Zum Buch:

Ben Jernigan lebt abgeschieden auf einem Berg und kommt nur ins Tal, um sich Vorräte zu kaufen. Er möchte keinen Kontakt zu anderen Menschen, doch die schüchterne Sela Gordon hat es ihm angetan. Gegen seinen Willen muss er immer wieder an die schweigsame Frau denken. Sela wiederum würde nur zu gerne mehr über den gut aussehenden Ex-Soldaten wissen, doch als er das erste Mal mit ihr redet, warnt er sie vor einer herannahenden Katastrophe. Sie kann sich nicht vorstellen, dass Ben mit seiner Voraussage recht haben könnte, beginnt aber, Vorräte anzulegen. Als es zur Katastrophe kommt, ist Sela bewaffneten Banden ausgeliefert. Ob Ben die schöne Sela retten kann?

»Eine brennende Leidenschaft. Beängstigend realistisch.« – Publishers Weekly

Zu den Autorinnen:

Linda Howard

Seit Linda Howards Karriere als Autorin begann, hat sie mehr als 25 Romane geschrieben, die weltweit eine begeisterte Leserschaft gefunden haben und millionenfach verkauft wurden. Zahlreiche Auszeichnungen sprechen für ihren internationalen Ruhm. Zusammen mit ihrem Mann und zwei Golden Retrievern lebt sie in Alabama.

Linda Jones

Linda Jones hat schon viele Jahre zu Hause am heimischen Küchentisch geschrieben, bevor ihr erster Roman erschien. Die USA-Today-Bestsellerautorin schreibt Romances von paranormal bis historisch. Sie lebt in Huntsville, Alabama.

Linda Howard
Linda Jones

Bedrohliche Gefühle

Roman

Aus dem amerikanischen Englisch von
Sindy Ganas

mtb

Die Originalausgabe erschien 2020 unter dem Titel
After Sundown bei William Morrow, New York.

1. Auflage 2021

Deutsche Erstausgabe

Published by arrangement with William Morrow,
an imprint of HarperCollins *Publishers*, New York
Umschlaggestaltung von ZERO Werbeagentur, München
Umschlagabbildung von coldsun777 / Shutterstock
Gesetzt aus der Stempel Garamond
von GGP Media GmbH, Pößneck
Druck und Bindung von GGP Media GmbH, Pößneck
Printed in Germany
ISBN 978-3-7457-0107-4
www.mira-taschenbuch.de

Klimaneutral
Druckprodukt
ClimatePartner.com/15109-2009-1001

MIX
Papier
FSC FSC® C014496

Unser besonderer Dank gilt Fran Troxler, die uns kreuz und quer durch Cove Mountain und durch die stillen Straßen von Wears Valley gekarrt hat und dabei unsere sämtlichen Fragen über die Gemeinde beantwortete. Sie kennt sich dort wirklich aus! Die Troxlers sind ein Riesenschatz für das Tal. Vielen Dank, Fran und David, für alles, was ihr für uns getan habt. Wir wissen das sehr zu schätzen.

1. Kapitel

Gleich das erste Alarmsignal seines Computers riss Ben Jernigan aus dem Schlaf. Er war auf den Beinen und stand vor dem Laptop, noch bevor er richtig wach war. Das lag ihm nach einem gefühlt lebenslangen Training im Blut. Er rieb sich das Gesicht und knipste eine Lampe an, während er versuchte, die Information zu entziffern, die in winziger Schrift über den Bildschirm flimmerte. Mit einem leisen Unmutslaut vergrößerte er den Ausschnitt – und fluchte daraufhin lautstark.

Keine zehn Sekunden nachdem er zu lesen begonnen hatte, klingelte sein Handy. Es gab nur sehr wenige, die diese Nummer kannten, und jeder Anruf, der um … Er warf einen Blick auf seinen Wecker … 2:43 Uhr in der Nacht kam, musste wichtig sein.

»Ja«, grunzte er in dem Versuch, halbwegs annehmbar zu klingen. Nach dem abrupten Erwachen schoss das Adrenalin durch seine Venen, alle Muskeln waren angespannt, der Blick geschärft, und die Gedanken rasten. Auch wenn seit über zwei Jahren niemand mehr auf ihn geschossen hatte, reagierte sein vegetatives Nervensystem noch immer prompt.

»Hast du das gelesen?« Die Stimme gehörte Cory Howler, einem alten Kumpel aus der Militärzeit, der jetzt für die Regierung tätig war. Aus seiner etwas undurchsichtigen Jobbeschreibung war zu folgern, dass er jede Menge schmutziger Details kannte. Solche Leute waren für jede Organisation von unschätzbarem Wert, egal wie viel oder wie wenig Macht diese hatte.

»Ja. Details?«

»Heftiger als Carrington.«

»Verdammt.«

Beim Carrington-Ereignis von 1859 war es zu einer Serie von starken Sonneneruptionen gekommen, in deren Folge Telegrafendrähte geschmolzen und einige Telegrafenbüros in Flammen aufgegangen waren. Die Kommunikationstechnologie war im 19. Jahrhundert noch auf Telefon und Telegramme beschränkt gewesen. Inzwischen stützte sich das moderne Leben auf Computer, und die Schäden bei einem vergleichbaren Sonnensturm wären unkalkulierbar. Satelliten würden schmelzen, die Stromnetze – die meisten jedenfalls, einige waren extra stark gesichert – würden ausfallen, die Benzinvorräte wären bald aufgebraucht, da die Pipelines zerstört würden, Lebensmittelvorräte gingen zu Ende, und in den Städten bräche die Hölle los.

Schwächere koronale Massenauswürfe, sogenannte KMAs, die fast täglich vorkamen, hatten kaum Auswirkungen auf die neuen Technologien. Aber diese leichten Magnetstürme waren nichts im Vergleich zu dem, was kommen sollte.

»Wann?«

»Etwa in sechsunddreißig Stunden. Wir hätten es früher erfahren sollen, um mehr Vorbereitungszeit zu haben, aber einer der geostationären Satelliten ist wegen Wartung ausgefallen. Oder er hat nicht funktioniert, und sie wollen es nicht zugeben. Schlechtes Timing«, fügte Howler trocken dazu. Leichte Untertreibung, wenn man bedachte, welche Katastrophe bevorstand. »Es kommt eine ganze Serie, wir haben *bisher* vier beobachtet. Die erste wird in ungefähr zwölf Stunden den Fernen Osten treffen, aber die danach sind noch stärker, umfassender und schneller. Der Mittlere Osten und Europa werden draufgehen.«

Ben war die Betonung auf »bisher« nicht entgangen. Sie erwarteten mehr als vier. Die vierte würde auf den Atlantik treffen und Baseball mit den noch auf See befindlichen Schiffen spielen, aber jeder darauf folgende KMA träfe auf den amerikanischen Kontinent und würde einen weltweiten buchstäblichen Shitstorm auslösen. Die Sache mit KMA-Serien war, dass die erste, sozusagen kosmisch gesprochen, den Weg ebnete, sodass die folgenden an Intensität und Geschwindigkeit gewannen.

»Was hast du geplant?«, wollte Ben wissen, denn Howler hatte eine Familie, um die er sich kümmern musste.

»Ich werde dafür sorgen, dass meine Frau mit den Kindern sofort die Sachen packt und Richtung Süden fährt. Sie sollen aus der Stadt raus und so weit in den Süden wie möglich.«

Ben grummelte seine Zustimmung. Im Süden würde es leichter sein zu überwintern.

»Was ist mit dir?«

»Ich bereite mich auch zum Aufbruch vor, muss aber noch die nächsten zwölf Stunden oder länger hierbleiben. Später treffe ich mich mit Gen und den Kindern. Wir wollen uns verbarrikadieren und versuchen zu überleben. Ich schätze, es wird fast ein Jahr dauern, bevor die Stromnetze wieder funktionieren.«

Das war eine optimistische Einschätzung, aber nicht vollkommen daneben. »Wird es eine Warnung geben?« Ben ging nicht davon aus. Wahrscheinlich würden ein paar Neurotiker in der Regierung die führenden Köpfe davor warnen, eine »Panikwelle in den Straßen« auszulösen. Sie würden alle davon überzeugen, dass es wichtiger wäre, diese Panik zu verhindern, als die Bevölkerung Vorbereitungen treffen zu lassen. Andererseits war nicht nur die Regierung in der Lage, die Katastrophe vorherzusehen. Die Nachricht würde sich ausbreiten, und früher war besser als später.

»Ist in Vorbereitung«, erwiderte Howler. »Angeblich geht sie früh am Morgen raus, aber ich wette, da passiert nichts vor heute Nachmittag. Die Schwachköpfe glauben vielleicht, es wäre falscher Alarm, und warten, bis Japan untergegangen ist. Du weißt ja, wie das läuft.«

Das tat er, leider. »Dann mach's gut, wir sehen uns!«

»Pass auf dich auf, Alter.«

Ben beendete den Anruf und zog sich an. Auch wenn er größtenteils autark war, gab es immer noch Vorkehrungen, die er treffen konnte, um seine Ausgangsposition zu verbessern – Vorräte aufstocken und Sicherheitsmaßnahmen könnten nicht schaden. Er musste auch seine Solarzellen schützen. Sein Funkgerät wäre nach dem KMA für eine Weile wegen der atmosphärischen Störungen nutzlos, aber er sollte das Gerät so präparieren, dass es wieder funktionierte, sobald die Störungen vorbei wären. Genauso musste er seinen Generator in Sicherheit bringen und mit Propangas auffüllen, außerdem Benzinvorräte für seinen Truck und seinen ATV-Quad herschaffen.

Es war unmöglich, genug Benzin zu besorgen, um damit über den gesamten Zeitraum auszukommen. Das ganze Desaster würde nicht so schnell vorüber sein. Militär und Regierung hatten jahrzehntelang den Kopf in den Sand gesteckt und beschlossen, aufgrund der hohen Kosten nichts zu unternehmen, immer in der Hoffnung, dass der katastrophale Magnetsturm die Erde nicht treffen würde – zumindest nicht in ihrem Leben. Und jetzt hatten einige von ihnen Pech. Die Sonne bestimmte den Ablauf, und sie hatte gerade eine Energie von der Stärke Tausender Nuklearwaffen auf die Erde geworfen – ohne radioaktive Explosionen, aber mit einer enormen Zerstörung.

Wissenschaftler, die dafür bezahlt wurden, sich mit solchen Vorkommnissen und deren möglichen Folgen zu befassen, hatten vorhergesagt, dass sich die weltweite Sterblichkeitsrate nach dem ersten Jahr auf etwa neunzig Prozent belaufen würde. Ben glaubte nicht, dass es so schlimm kommen würde, denn die Menschen waren einfallsreicher, als die Regierenden es ihnen zugestehen wollten.

Im Moment, noch Stunden vor Tagesanbruch, konnte er nicht viel tun. Schlafen war aber auch unmöglich. Also ging er in die Küche und kochte sich Kaffee. Er überprüfte die Wärmebildkamera seiner Überwachungsanlage, um zu sehen, ob sich in seinem Garten oder vielleicht sogar auf der Terrasse Bären herumtrieben. Bären zu begegnen war hier im Osten der Tennessee-Berge etwas Alltägliches, und er gönnte den Tieren das Wegerecht.

Ben entdeckte ein paar kleinere Flecken, Vögel und wahrscheinlich einen Waschbären, aber nichts in Schwarzbärengröße. Er nahm eine Dose Bärenabwehrspray, eine geladene Pistole und seine Kaffeetasse mit auf die Veranda, von der aus er über das Tal sehen konnte. Nur weil gerade kein Bär da war, hieß das noch lange nicht, dass sich keiner mehr blicken ließ.

Ben setzte sich in seinen Schaukelstuhl, streckte die Beine aus und legte seine Füße, die in Stiefeln steckten, auf das

Terrassengeländer, nippte an seinem Kaffee und beobachtete die blinkenden Lichter von Wears Valley tief unter sich.

Er lebte nun seit fast zwei Jahren hier oben. Ein Kumpel vom Militär, der aus dieser Gegend stammte, hatte ihn hierher in die Berge geführt, um ihm das Haus zu zeigen. Und trotz Bens ursprünglicher Absicht, sich irgendwo eine kleine Hütte zu bauen, hatte er sich sofort darum bemüht. Er hatte etwas Kleineres im Auge gehabt, aber der Ort, hoch oben am Cove Mountain, war ideal. Der Feldweg, der hier heraufführte, war so steil, dass normale Personenwagen ihn nicht passieren konnten, und selbst die meisten Pick-up-Trucks kamen nicht bis hierher, es sei denn, ihr Fahrgestell lag so hoch, dass sie über den Felsstein fahren konnten, den Ben als Abschreckung in die Mitte des Wegs gerollt hatte. Er hätte auch eine Metallkette über den Pfad spannen können, aber dann müsste er jedes Mal aus- und einsteigen und das Schloss auf- und zuschließen, wenn er sein Haus verließ und zurückkam. Er würde sich hauptsächlich selbst das Leben schwer machen. Es trauten sich nicht viele Leute hier hoch.

Ben war gern allein, so fühlte er sich wohler. Nach jahrelangem Kämpfen und Verhandeln mit Bürokraten, die von nichts eine Ahnung hatten, aber dennoch die Entscheidungsmacht über Leben und Tod besaßen, was ihn und seine Männer betraf, reichte es ihm. Er war ausgestiegen, und jetzt wollte er verdammt noch mal in Ruhe gelassen werden.

Das bedeutete, dass er ständig entsprechende Vorsichtsmaßnahmen ergriff. Im Haus hatte er ein exzellentes Sicherheitssystem installiert, mit Monitoren und Warnsignalanlage. Ben meinte es ernst damit, die Leute auf Abstand zu halten. Einige Male waren ein paar neugierige Nachbarn bis hierher hochgewandert – oder Touristen, das konnte er nicht unterscheiden, weil er seine Nachbarn nicht kannte, wenn man jemanden, der über zwei Kilometer entfernt wohnte, überhaupt als »Nachbarn« bezeichnen konnte. Sein Bewegungsmelder hatte ihn in dem Moment alarmiert, als sie um die Biegung gekommen waren und die weite Ebene betreten hatten, auf der sein Haus stand. Er war mit seinem schussbereiten Gewehr über dem Arm auf die Veranda gekommen. In keinem Fall hatte er auch nur ein Wort sagen müssen. Der Anblick dieses großen kräftigen Mannes mit dem finsteren Gesichtsausdruck und der Knarre in der Hand hatte gereicht, um die Eindringlinge von seinem Grundstück zu vertreiben.

Deshalb war er hierher in die Berge von Tennessee gezogen – um in der Morgendämmerung auf seiner Terrasse zu sitzen, den Nachtvögeln zu lauschen, dem Rauschen der Blätter in den Bäumen, ohne einen Menschen irgendwo in der Nähe. Er litt unter keiner posttraumatischen Belastungsstörung – keine Albträume, keine quälenden Flashbacks, kein Angstschweiß. Womöglich würde ihm irgendein Seelenklempner erzählen, dass seine übertriebene Menschenscheu eine Form von PTBS wäre, aber das war eben ihre Aufgabe: eine Diagnose stellen, um ihren Job zu rechtfertigen. Was Ben betraf, würde wohl jeder, der noch richtig im Kopf war und sich jahrelang mit solchen idiotischen Bürokraten herumgeschlagen hatte, genauso reagieren.

Es war nicht so, dass er niemanden hier kannte, immerhin waren ihm die Namen einiger Leute aus der Gegend geläufig. Weil es nicht zu vermeiden war, hatte er schon ein paar Bewohner im Tal getroffen. Die Leute wollten immer mit einem reden, selbst wenn er seine Antworten auf ein unwilliges Brummen beschränkte. Das war der einzige Nachteil hier in dieser Gegend: Die Südstaatler waren sehr gesellig und plauderten gern. Er wollte aber nicht angesprochen werden. Ein älteres Ehepaar, dem er vor Kurzem begegnet war, hatte ihn sogar zum Essen eingeladen. Alten Leuten zu entkommen war fast so schwierig, wie einem Hinterhalt auszuweichen, sie waren einfach zu beharrlich mit ihren freundlichen Angeboten. Er hatte sich gefühlt, als würde ihm die Haut abgezogen werden, und hatte nur noch in Deckung gehen wollen.

Ben war keiner einzigen Frau begegnet, von der er sich auch nur im Entferntesten angezogen fühlte. Belüg dich nicht selbst, meldete sich sofort sein Unterbewusstsein. Sela Gordon, die Besitzerin der Tankstelle mit dem kleinen Laden am Highway, war ihm durchaus aufgefallen. Sie war schweigsam, bombardierte ihn nicht mit Fragen und versuchte nie, ihn in eine Unterhaltung zu verwickeln. Er konnte den Shop betreten und ein paar Sachen einkaufen, ohne sich bedrängt zu fühlen. Vielleicht war sie ein bisschen schüchtern, denn sie redete auch nicht besonders viel mit den anderen Kunden. Schüchtern war gut. So würde sie sich in seiner Gegenwart nie entspannt genug fühlen, um ein Gespräch anzufangen.

Sie war schlank, brünett, mit hellbraunen Augen und gerade genug Rundungen, um keinen Zweifel daran zu lassen, dass sie eine Frau war. Einen Ehering trug sie nicht – oder überhaupt irgendwelche Ringe. Wenn sie ihn nicht ansah, was die meiste Zeit der Fall war, während er sich im Laden aufhielt, erlaubte er sich, sie zu betrachten, auch wenn er sorgfältig darauf bedacht war, sich dabei nicht erwischen zu lassen. Das war das erste Mal in den vergangenen drei Jahren, dass sein Schwanz ein Lebenszeichen von sich gegeben hatte.

Grübelnd beobachtete Ben ein einzelnes Fahrzeug tief unten im Tal, dessen Frontscheinwerfer sich von links nach rechts vorwärts bewegten. Okay, vielleicht hatte er ja doch eine Art PTBS. Noch vor einigen Jahren hätte er sich an Sela Gordon herangemacht und versucht, bei ihr zu landen. Die Tatsache, dass ihm der nicht vorhandene Ehering aufgefallen war, sagte eine Menge. Trotzdem konnte sein vorsichtiges Interesse nicht über das erheblich stärkere Bedürfnis nach Alleinsein siegen.

Die Menschen unten im Tal schliefen noch friedlich, die meisten jedenfalls. Vielleicht gab es ein paar, die unruhig auf das Anbrechen des Tages warteten so wie er. Womöglich war da unten sogar jemand, der im Internet die geomagnetische Vorhersage der Klimabehörde NOAA verfolgte, so wie Ben. Aber das bezweifelte er. Ihr Leben würde sich in Kürze drastisch verändern. Seines weniger. Seine Einkommensquelle würde versiegen, wenn die Sonnenstürme eintrafen, er könnte keine Kolumnen mehr für Survival-Magazine schreiben. Seine Militär-Pension würde sich auf seinem Konto anhäufen, bis Regierung und Banken wieder zu arbeiten anfingen. Aber Fakt war, dass auch keine Rechnungen bezahlt werden mussten, da weder Läden noch Ämter geöffnet haben würden. Essen konnte er das, was er anbauen oder erjagen würde. Als zusätzliche Absicherung hatte er ohnehin einen Vorrat an gefriergetrockneten Lebensmitteln für ein Jahr im Keller. Er besaß Konserven, und er hatte reichlich Munition gelagert, um Haus und Nahrung verteidigen zu können.

Wenn die Wissenschaftler recht hatten und nur zehn

Prozent der Weltbevölkerung die kommende Katastrophe überleben würden, dann wollte er zu diesen zehn Prozent gehören.

Für einen Wochentag war ziemlich viel los gewesen. Sela Gordons Tankstelle lag direkt am Highway 321 und lief generell nicht schlecht. Auch wenn sie mit ihrem Laden nicht reich wurde, konnte sie aber ganz gut davon leben. Die Zapfsäulen standen vor der Tür auf einem kleinen Parkplatz. Im Laden hatte sie sieben Regalreihen voll mit dem üblichen Zeug. Niemand machte bei ihr seine normalen Einkäufe, aber wenn den Leuten aus dem Tal ein paar Dinge ausgingen und sie nicht den ganzen Weg zur Stadt fahren wollten, dann kamen sie hierher. Tante Carol nannte das Geschäft den »Klopapier-und-Sandwich-Laden«, und da lag sie nicht ganz falsch. Doch Sela verkaufte auch Chips, Kekse, Müsli und Lebensmittelkonserven, und sie hatte eine kleine Abteilung mit Gewürzen und Salz und Zucker. In einer Regalreihe standen rezeptfreie Medikamente, Verbandszeug, Pflaster und Hygieneartikel. Der schmale bis zur Decke reichende Kühlschrank war mit Bier, Limonade und Säften gefüllt. Sie hatte auch eine Zeit lang Milch verkauft, aber die lief nicht so gut, dass es sich lohnte, dafür Platz zu machen. Beim Preis konnte sie nicht mit den Supermärkten in der Stadt mithalten, und die Haltbarkeit war zu kurz. Jetzt lagerte sie stattdessen Milchpulver und einige Büchsen Kondensmilch, die sie hauptsächlich im Sommer verkaufte, wenn die Leute sie für selbst gemachtes Eis benutzten.

Mit den Bewohnern von Wears Valley und den Touristen, die entweder ein paar Tage blieben oder auf dem Weg von Pigeon Forge und Gatlinburg vorbeifuhren, hatte sie genug

Kunden, um über die Runden zu kommen. Sie würde nie einen Privatjet besitzen oder sich ein eigenes Ferienhaus kaufen, aber es war okay, und okay reichte ihr.

Carol behauptete, dass Sela ihr kleines Geschäft mochte, weil es ihr Sicherheit gab, und auch da lag sie richtig.

Risiken eingehen, ob privat oder geschäftlich, war was für Leute, die einen Adrenalinkick brauchten. Sela gehörte nicht dazu.

Ein großer grauer Pick-up mit hohem Fahrgestell fuhr vor und parkte vor einer der Zapfsäulen. Die meisten Wagen der Einheimischen kannte sie, und dieser gehörte dazu. Ben Jernigan kam nicht allzu oft her, aber ab und zu hielt er an, um zu tanken, und manchmal kaufte er Bier und Müsli bei ihr – aber sie erkannte ihn sofort wieder, denn es war unmöglich, sich nicht an ihn zu erinnern. Der Mann war genauso beeindruckend wie sein Truck. Er war hochgewachsen, über eins fünfundachtzig, und seine imposanten Muskeln zeichneten sich unter den engen Baumwoll-T-Shirts ab, die er immer trug. Seine Arme sahen hart und gestählt aus und waren mit einigen Tattoos verziert, seine Hände wirkten kräftig und rau und wiesen einige Narben auf, und meist sah er aus, als bräuchte er eine Rasur. Fast immer trug er eine Sonnenbrille, doch wenn er den Laden betrat, schob er sie hoch, und in seinen hellgrünen Augen lag ein so abweisender, kühler Ausdruck, dass sein Blick wie ein Laserstrahl wirkte. Sie versuchte, freundlich zu ihren Kunden zu sein, auch wenn sie keine extrovertierte Person war, aber bei ihm gelang ihr nicht einmal das. In seiner Gegenwart blieb sie stumm und still wie ein verschrecktes Kaninchen, das hoffte, nicht vom Wolf entdeckt zu werden.

Sie mochte keine Tattoos, aber solche Arme hätte sie sich nicht ohne Tätowierungen vorstellen können. Ihre inneren Alarmglocken klingelten leise bei der Erkenntnis, dass sie sich so viele Gedanken über seine Arme machte.

Immer wenn er den Laden betrat, begann ihr Herz wild zu pochen und beruhigte sich erst wieder, nachdem er schon eine Weile wieder draußen war. Wirklich, wie ein verschrecktes Kaninchen.

Sie beobachtete, wie er aus dem Truck stieg und zur Zapfsäule ging. Auf einmal blieb er stehen und warf einen Blick zum Laden. Sela senkte schnell die Lider, obwohl sie bezweifelte, dass er sie von dort aus hinter den Schaufenstern erkennen konnte. Aber sie wollte kein Risiko eingehen, nicht dass er glaubte, sie würde ihn beobachten, auch wenn sie das tat. Als forsch würde sie sich nicht unbedingt beschreiben.

Jernigan drehte sich um und kam jetzt auf den Ladeneingang zu.

Wie auf Kommando begann ihr Herz laut zu hämmern. Sela konzentrierte sich auf die Rechnungen, die auf der Theke lagen, obwohl es sie reizte, ihn anzusehen. Welcher Frau würde es nicht so gehen? Und eine Frau war sie definitiv, wenn auch keine besonders abenteuerlustige.

Die Türglocke klingelte, und Ben lief ohne ein Wort an ihr vorbei. Sie hätte ihn gern gefragt, warum er nicht getankt, aber den Truck vor der Zapfsäule hatte stehen lassen, tat es aber nicht. Erst als er an ihr vorbeigegangen war, blickte sie auf und bewunderte seinen muskulösen Rücken, der sich unter seinem braunen T-Shirt abzeichnete. Und da sie schon dabei war, fiel ihr auch wieder auf, wie wunderbar sein muskulöser Hintern in der Jeans aussah. Ihr wurde plötzlich heiß, schnell starrte sie wieder auf die Rechnungen und konzentrierte sich darauf, versuchte es jedenfalls.

Ihre Gedanken rasten und wollten sich einfach nicht mit diesen Papieren beschäftigen. Ben hatte sich auf seinem Weg einen der Einkaufskörbe geschnappt, was ungewöhnlich war. Er kaufte nie viel, jedenfalls nie mehr, als in seine beiden großen Hände passte.

Verdammt. Lief ihr etwa schon das Wasser im Mund zusammen? Tatsächlich! Diese Erkenntnis verwirrte sie. Wenn sie auf einen Mann aus wäre, was definitiv nicht der Fall war, dann wäre Jernigan der Letzte, den sie in Betracht zöge. Sicher, er sah beeindruckend aus, mit diesem muskulösen Körper. Sie warf ihm einen weiteren Blick zu. Diese Arme, der Hintern … wow. Aber er hatte etwas an sich, das »Gefahr, Gefahr« zu schreien schien, und zwar laut kreischend wie der Roboter in dieser alten Fernsehsendung. Sie wusste, dass sie in Panik geraten würde, sollte er sie tatsächlich zu einem Date einladen oder auch nur mit ihr flirten. Eine kluge Frau spürte sofort, wenn sie jemanden vor sich hatte, dem sie nicht gewachsen war.

Jernigan erledigte seine Einkäufe normalerweise schnell und effizient. Er wusste, wo er alles fand, und ging zielsicher darauf zu. Heute aber schien er sich suchend umzusehen, was sehr ungewöhnlich war. Hmm. Er durchstöberte eine Reihe von Regalen, dann die nächste, bis er mit einem gefüllten Korb an die Kasse kam, nicht um zu bezahlen, sondern um alles auszupacken und noch einmal zu den Regalen zurückzukehren.

Toilettenpapier. Aspirin. Dosensuppe. Blaubeer-Pop-Tarts.

Er kam erneut mit einem gefüllten Korb, packte schweigend alles aus und nickte ihr zu. Einen kurzen Augenblick trafen sich ihre Blicke, und schon rutschte ihr das Herz in die Hose. Seine Augen waren so eindrucksvoll, ein raubtierhaftes Hellgrün, fast schön in diesem Gesicht, das man keinesfalls als hübsch, aber als sehr männlich und so beeindruckend bezeichnen konnte, dass Schönheit keine Rolle spielte.

Wie immer war sie diejenige, die zuerst wegsah. Schweigend nahm sie eine Dose nach der anderen und scannte sie ein.

Sie hätte etwas sagen sollen, vielleicht einfach nur »Hallo«. So etwas machte man, wenn man an der Kasse saß – die Kunden begrüßen, damit sie sich wohlfühlten, vor allem wenn einem der Laden selbst gehörte.

Aber sie brachte nur ein »Noch was?« heraus.

»Für dreißig Dollar Benzin.«

Normalerweise bezahlte er sein Benzin direkt an der Zapfsäule mit der Kreditkarte, ohne dafür extra in den Laden zu kommen. Sie nickte und gab die gewünschte Menge über ihr Computersystem frei.

Dann reichte sie ihm die Rechnung. Er zog seine Geldbörse aus der Jeanstasche und nahm ein paar Scheine heraus, während sie den Einkauf einpackte. Es wurden eine Menge Tüten, und wenn es jemand anders gewesen wäre, hätte sie ihm angeboten, einen Teil der Sachen zum Truck zu tragen. Nicht dass er das nicht allein schaffte, aber wäre er jemand anders, hätte sie es trotzdem angeboten. Sie gab ihm das Wechselgeld heraus, das er sich in die Hosentasche stopfte, bevor er alle Tüten zusammenraffte und zur Tür ging.

Sela atmete erleichtert aus. Was hatte er nur an sich, das sie so aus der Fassung brachte? Sie hoffte, dass sie nicht so oberflächlich war, sich nur von seinem Aussehen beeindrucken zu lassen. Von seinen Muskeln.

An der Tür blieb er kurz stehen, sodass sie sich fragte, ob er Probleme hatte, sie zu öffnen. Sie wollte gerade hinter der Theke hervorkommen und sagte: »Warten Sie, ich mache Ihnen auf«, aber da drehte er sich um und sah sie mit diesem Laserblick an, der sie mitten in der Bewegung innehalten ließ.

»Vielleicht sollten Sie lieber ein paar Vorräte für den Ernstfall zurücklegen, nur vorsichtshalber.«

Ernstfall? Erschrocken blickte Sela durchs Fenster nach draußen in der Erwartung von Sturmwolken oder etwas in der Art. Aber es war ein typischer Septembertag, blauer Himmel vor grün bewachsenen Bergen, immer noch heiß, keine Anzeichen von einem Orkan, der den Golf heraufwütete und mit heftigen Regengüssen über die Region hereinbrach. Schneestürme waren erst in Monaten zu erwarten. Also …?

»Es war noch nicht in den Nachrichten«, fuhr er fort. Seine Stimme war tief, ein bisschen rau, so als würde er nicht viel reden und müsste sich erst mal räuspern. »Aber in ein paar Stunden wird es offiziell durchgegeben, vielleicht auch erst morgen früh, kommt drauf an, wie kompetent die zuständigen Leute sind.« Seine Kiefermuskeln wirkten etwas angespannt, als er weiterredete. »Was die meisten nicht sind, also …« Er zuckte die Schultern.

Sie hatte immer noch keine Ahnung, wovon er sprach. »Was für Nachrichten? Welche Warnungen?«, fragte sie.

»Wir erwarten einen Solarsturm, einen KMA.«

»Einen *was*?«

»Einen geomagnetischen Sturm, koronale Massenauswürfe, eine starke Sonneneruption. Wenn es so schlimm ist wie angenommen, wird das Stromnetz zusammenkrachen.«

»Ein Stromausfall.« Sie lebten in den Bergen. Stromausfälle gehörten zum Alltag, obwohl sie hier in der Gemeinde eine recht zuverlässige Stromversorgung hatten.

Ein leichter Ausdruck von Ungeduld erschien auf seinem Gesicht. So als würde er bereits bereuen, überhaupt davon angefangen zu haben. »Ein Stromausfall, der über Monate andauert, wenn nicht sogar ein Jahr oder länger.«

Sela wäre fast zusammengezuckt. Da war sie, die Macke, und zwar eine, die sie bei ihm nicht erwartet hätte. Alkoholiker, Spielsüchtige, Kiffer – das war es, was sie täglich zu Gesicht bekam und weshalb sie die wenigen Einladungen, die sie erhielt, immer ausschlug. Das war jetzt was ganz Neues. Er war einer von denen, die sich auf die Apokalypse vorbereiten, ein Verschwörungstheoretiker. Kein noch so schöner Hintern und kein noch so muskulöser Körper, nicht einmal seine faszinierenden grünen Augen konnten diesen Makel ausgleichen.

»Besorgen Sie sich so viel Bargeld wie möglich«, fuhr er fort, und sie merkte, wie er sich zwingen musste, weiterzureden. »Schaffen Sie sich Vorräte von Grundnahrungsmitteln, Konserven und Batterien an.« Dann reichte es ihm offensichtlich, denn er fügte nur noch ungeduldig dazu: »Recherchieren Sie einfach mal im Internet.«

Die Hintertür wurde geöffnet, und Tante Carol rief ihm ein freundliches Hallo zu. Jernigan sah zu ihr hinüber, und das war wohl das Signal, sich aus dem Staub zu machen, zwei Leute waren einer zu viel. Er schob sich durch die Tür nach draußen und lief zu seinem Truck.

Nun, das war wirklich merkwürdig.

Carol beobachtete durch die Fensterscheibe, wie Jernigan seine Einkäufe in der Fahrerkabine verstaute und dann tankte. »Hej, jetzt habe ich den heißen Kerl verpasst. Ich hätte nicht so lange mit meiner Frisur trödeln sollen.« Sie fuhr sich mit den Fingern durch ihre kurzen blondierten Locken, die mit einer pinkfarbenen Strähne verziert waren, und flatterte übertrieben mit den Lidern. Dann lachte sie. Carol hatte ein wunderbares Lachen, ausgelassen und ansteckend, ihre ganze Persönlichkeit steckte darin.

Sela räusperte sich. »Er hat mir gerade erzählt, dass es bald einen Solarsturm geben wird und die Stromnetze für Monate ausfallen.« So wie es aus ihrem Mund kam, klang es genauso lächerlich wie bei ihm. Mit Absicht wiederholte sie nicht die Bezeichnung »heißer Kerl«, auch wenn sie durchaus zustimmen musste. Doch das hätte Tante Carol nur angespornt, sie zu drängeln, dass sie ihn einlud. Als hätte sie jemals in ihrem Leben einen Mann angesprochen.

Carol schnappte sich einen Besen aus dem Putzschrank und schnaufte. Sie half ab und zu im Laden aus, normalerweise vormittags, bis Olivia, ihre fünfzehnjährige Enkelin, die sie seit zehn Jahren aufzog, aus der Schule kam. Während sie fegte, seufzte sie. »Verdammt. Warum haben denn alle gut aussehenden Männer eine Macke? Ich hätte es ahnen sollen, dass er einer von denen ist, als er das alte Haus am Cove Mountain gekauft hat. Wer will denn schon allein da oben in der Einöde leben? Warum? Dann hat er diese ganzen Solarzellen da hochgeschleppt, und ich habe gehört, dass er ein Funkgerät hat.« Sie sah zu Sela hinüber. »Denk bloß nicht, dass ich eine alte Klatschtante bin. Aber die Leute reden nun mal, und ich höre zu.«

Sela war sich nicht sicher, ob es ein Zeichen von Verrücktheit war, wenn man ein Funkgerät hatte. Sie kannte noch mindestens eine weitere Person im Tal, die eins besaß. Jernigan hatte auf sie auch nie wie ein Spinner gewirkt – eigentlich eher das Gegenteil. Er schien ein Mann zu sein, der sich schon mit so einigen harten Tatsachen des Lebens hatte auseinandersetzen müssen.

Sie lehnte sich gegen die Ladentheke und versuchte, Instinkt und Zweifel irgendwie zusammenzubringen. Was wäre, wenn … »Wenn er nun recht hat?« Der Gedanke war beunruhigend, etwas, das sie kaum auszusprechen wagte. Sofort musste sie einen Anflug von Panik bekämpfen. Sie konnte sich nicht einmal im Entferntesten vorstellen, wie ihr Leben über Monate ohne Elektrizität ablaufen sollte.

Carol hörte auf zu fegen und stützte sich auf den Besen. Eigentlich war sie kaum breiter als dieser Besen. Sie verdrehte die Augen und verzog das Gesicht. »Ich hab immer noch mein aufziehbares Radio. Du warst ja noch ein Kind, als wir den Jahreswechsel von 1999 zu 2000 hatten, deshalb kannst du dich wahrscheinlich nicht an diese ganze Hysterie erinnern. Aber echt, es gab Leute, die dachten damals, dass die Computersysteme bei der Umstellung ausflippen würden. Dass die Banken zusammenbrechen, Stromnetze kollabieren. Chaos! Puh.« Sie fegte weiter. »Nichts ist passiert. Ich hatte genug Toilettenpapier gehortet, um damit ein Jahr auszukommen. Und ich hatte ein super aufziehbares Radio für Notfälle, nicht dass ich das jemals gebraucht hätte.«

Vielleicht hatte Carol recht, und es passierte gar nichts.

Aber andererseits … Was, wenn doch? Es wäre lächerlich, wenn sie auf die Warnung eines Mannes hörte, den sie kaum kannte, und nichts passierte. Aber sie wäre wirklich dumm, wenn sie nicht reagierte und sich herausstellte, dass seine Warnung berechtigt war.

Lieber machte sie sich lächerlich, als dumm zu sein. Das Schlimmste, was ihr passieren könnte, wäre, sich zu blamieren, aber wenn sie dumm war und nichts tat, konnte das tödlich sein. Dieses Risiko wollte sie nicht eingehen.

Sie nahm sich einen Einkaufskorb und begann, ein paar Grundnahrungsmittel einzupacken. Sie würde nicht alles aus den Regalen nehmen, auch nicht den Laden für heute schließen. Aber es könnte nichts schaden, ein paar Dinge zurückzulegen. Dinge, die sie brauchte und die sie auf jeden Fall lange aufheben konnte.

Während Sela Thunfischkonserven und Büchsen mit Huhn einpackte, beschloss Carol, den Gang mit den Fleischkonserven zu fegen. Nachdem sie ihr einen Moment zugesehen hatte, lästerte sie: »Wenn du schon alles für den Weltuntergang vorbereitest, dann vergiss nicht, auch Mayonnaise einzupacken.«

»Werde ich nicht. Ich nehme nur das, was wir sowieso brauchen. Wenn nichts passiert, ist das keine große Sache. Dann kann ich alles wieder in die Regale zurücklegen.«

Sie ging die Reihen auf und ab, in ihrem Kopf dröhnte es. Sie war gut organisiert und hatte ihr Leben gern unter Kontrolle, aber plötzlich fühlte sie sich alles andere als das. Die Welt um sie herum schien wie immer, aber sie fühlte sich verloren und hilflos. Sie wusste nicht, was sie tun sollte, konnte sich nicht vorstellen, welche Tragweite es hätte, wenn das passierte, was Jernigan angekündigt hatte. Also konzentrierte sie sich auf seine kurzen Ratschläge. Sie hatte etwas Bargeld, aber nicht genug für einen längeren Zeitraum. Und wozu sollte Bargeld überhaupt gut sein? Doch er meinte, sie solle sich Geld besorgen, also würde sie das tun. Wenn der Solarsturm kam und die Stromnetze ausfielen, wie Jernigan meinte, würde sie nicht an ihr Konto kommen. Die Kreditkarten und Kundenkarten, die sie in ihrer Kasse hatte, wären wertlos.

»Erst mal nur für heute«, sagte sie gerade laut genug, dass Carol sie verstehen konnte. »Wir nehmen nur Bargeld. Sag allen, der Kreditkartenleser wäre kaputt.« Sie hatte schon seit Jahren keine Schecks mehr angenommen, das wäre also kein Problem.

»Was ist mit den Zapfsäulen?«

Sie dachte einen Augenblick nach. Wenn Jernigan recht hatte und es einen Alarm gab, würden die Touristen nach Hause fahren. So würde sie jedenfalls reagieren, wenn sie in den Ferien wäre. Sie wäre auf dem schnellsten Weg über den Highway auf dem Heimweg. Die Touristen würden Benzin benötigen – alle würden Benzin brauchen. »Die lassen wir erst mal offen.« Sie wollte nicht, dass Leute, die nicht genug Bargeld hatten, um ihre Tanks zu füllen, hier auf ihrem Parkplatz strandeten oder auf der Straße. Es war ein vernünftiger Kompromiss, zumindest vorerst. Das würde sich ändern, wenn tatsächlich eine Warnung durchgegeben wurde.

Wieder überfiel sie ein irreales Gefühl, als sie versuchte, sich vorzustellen, wie die Realität in einem solchen Fall aussähe. Die Zivilisation und Kultur, die sie kannte, so wie sie jeder hier kannte, wäre von einem zum anderen Augenblick verschwunden. Das war unmöglich. Darauf konnte man sich nicht vorbereiten.

Sie ging zu den Regalen mit Keksen und Kuchen. Carol rief ihr zu: »Wenn jemand anders dir geraten hätte, dich auf den Weltuntergang vorzubereiten, hättest du den ernst genommen? Oder sammelst du jetzt Vorräte für die kommende Apokalypse, weil Mister Heißer Hengst dir das geraten hat?«

»Ich weiß nicht«, erwiderte Sela hilflos. »Ich weiß gar nicht, ob ich ihm glaube. Es ist nur … Warum ein Risiko eingehen?« Sie holte tief Luft. »Und es geht ja nicht nur um mich. Es geht auch um Olivia und dich.«

Das war es, was ihr wirklich Angst einjagte, wie sie jetzt feststellte. Sie waren eine Familie, sie, Carol und Olivia, ansonsten gab es nicht mehr viele Familienmitglieder. Da waren ein paar verstreute Cousins und Cousinen und Olivias älterer Bruder Joshua, der bei der Armee diente. Aber hier waren nur sie drei. Wenn Carol oder Olivia irgendetwas passieren sollte, weil Sela keine Vorkehrungen getroffen hatte, würde sie sich das niemals verzeihen.

Sie hatten in den vergangenen zehn Jahren schon zu viele Verluste erlitten: Olivias Eltern, Carols Tochter und deren Mann – bei einem sinnlosen Autounfall umgekommen, Selas Eltern, nach langer Krebserkrankung und durch ein plötzliches Aneurysma – drei und fünf Jahre später gestorben, Carols Mann – vor vier Jahren einem Herzanfall erlegen, weniger als ein Jahr nach Selas Scheidung.

Sie hatte genug verloren. Sie würde verdammt noch mal alles tun, was sie konnte, um ihre verbleibende Familie in Sicherheit zu bringen.

Sie standen sich so nahe, dass Sela sich nicht vorstellen konnte, wie es anders sein sollte. Sie lebten nahe beieinander in einem kleinen Vorort, der von der Tankstelle aus gut zu Fuß zu erreichen war. Ihre Häuser sahen von außen sehr ähnlich aus, unterschieden sich aber im Inneren ziemlich stark. Sela war Minimalistin. Carol war noch nie irgendein

Nippes in die Hände gefallen, der ihr nicht gefiel. Wichtiger noch, Carol war nicht darauf vorbereitet, mehr als zwei Tage ohne Strom auszukommen. Sie hatte beschlossen, dass sie keinen Generator benötigte, da Sela einen besaß. Und wenn der Strom ausfiel, kamen sie und Olivia eben zu Sela, bis das Netz wieder funktionierte. In beiden Häusern gab es einen Kamin, doch Carol hatte schon seit Jahren kein richtiges Feuer mehr angezündet. Das dürfte sich womöglich ändern.

Plötzlich hatte Sela das Gefühl, dass selbst ihre gesamte Ladenausstattung nicht genug für sie alle wäre, jedenfalls nicht über Monate. Und da waren nicht nur Carol und Olivia: Was würde passieren, wenn eine Freundin oder Nachbarn kämen und etwas bräuchten? Ihre Familie stand an erster Stelle, aber es würde ihr verdammt schwerfallen, jemanden abzuweisen. Mist. Sie starrte auf die lächerlichen Vorräte, die sie zusammengesammelt hatte.

Das reichte auf keinen Fall.

Sie holte tief Luft. »Von allen Leuten hier im Tal, wem würdest du am ehesten zutrauen, eine Katastrophe zu überstehen?«

Die beiden Frauen starrten sich an, und Sela wusste, dass sie sich beide ihre Freundinnen und Bekannten durch den Kopf gehen ließen und mit diesem toughen muskulösen Typen verglichen, dessen Blick verriet, dass er mehr gesehen hatte, als sie sich vorstellen konnten oder wollten.

»Mister Hotbody«, sagte Carol widerwillig und hatte schon wieder eine neue Bezeichnung für Jernigan erfunden.

Wieder sahen sie sich an, dann sagte Sela: »Pass eine Weile auf den Laden auf.« Sie trug die letzte Fuhre, die sie zusammengestellt hatte, ins Büro. »Ich fahre in die Stadt.«

»Weshalb?«, wollte Carol wissen.

»Wir müssen richtige Vorkehrungen treffen. Ruf deine Apotheke an und lass dir Vorräte von den Medikamenten zusammenstellen, die du brauchst. Ich hole sie dann ab.«

»Sie sind aber noch nicht fällig, und die Krankenkasse wird nicht ...«, begann Carol und unterbrach sich gleich selbst. »Oh. Vergiss die Krankenkasse, wir zahlen selbst. Richtig? Werden die sich in der Apotheke darauf einlassen?«

»Ich wüsste nicht, warum nicht, solange es keine Narkotika sind. Ruf an und erkundige dich und sag mir Bescheid.« Sela schnappte sich ihre Tasche, die unter dem Counter lag, und ging zur Tür. Im Kopf hatte sie bereits eine Liste zusammengestellt: Bargeld von der Bank holen, Lebensmittel aus dem Supermarkt, die Medikamente für Carol, Batterien, Petroleum für die Öllampen – immer mehr Dinge fielen ihr ein, so viele, dass sie sich überfordert fühlte. Sie konnte nicht an alles denken, nicht alles besorgen ... aber alles, was sie tat, war ein kleiner Schritt auf dem Weg, am Leben zu bleiben.

Vielleicht hatte Jernigan sich total geirrt, vielleicht war er ein Spinner oder womöglich auch nur ein gutgläubiger Typ, dem man falsche Informationen gegeben hatte. Plötzlich tauchte sein Bild vor ihrem inneren Auge auf. Nein, gutgläubig war sicher keine Beschreibung, die auf ihn passte. Er wirkte auf sie nicht wie ein Mann, der jemandem schnell vertraute.

Es hatte schon immer Leute gegeben, die vorausgesagt hatten, dass am nächsten Donnerstag oder nächstes Jahr oder an irgendeinem Datum das Ende der Welt bevorstand. Bisher hatten sich alle geirrt.

Zu solchen Leuten gehörte Jernigan aber nicht. Er schien ihr weder verrückt noch gutgläubig zu sein. Sie kannte ihn nicht besser als irgendeinen oberflächlichen Bekannten, aber von allen Leuten, die sie sich vorstellen konnte, schien er ihr derjenige zu sein, der am besten wusste, was in der Welt jenseits von Wears Valley vor sich ging.

Er hatte fast gezögert, sie zu warnen, aber er hatte es getan. Und plötzlich fragte sie sich, warum. Sagte er allen Bescheid? Spielte er den Menschenretter im Tal?

»Wann bist du wieder zurück?«, wollte Carol wissen.

»Ich weiß es nicht genau. Aber bestimmt, bevor Olivia aus dem Bus steigt. Halte so lange die Stellung.«

2. Kapitel

Sela war schon im Supermarkt, als ihr klar wurde, dass sie keine Ahnung hatte, was sie außer Dosensuppen und noch mehr Instantkaffee für eine so lange Zeit ohne Elektrizität besorgen sollte. Was sie noch mehr verwirrte, war, dass der Laden nicht gerade voll war. Ein Ereignis von dieser Tragweite konnte doch sicher nicht geheim bleiben, auch wenn es noch keine offizielle Warnung gegeben hatte, die sie eigentlich auf ihrem Smartphone oder im Radio erwartet hätte oder vielleicht sogar durch Sirenen in der Stadt. Was auch immer passieren würde – wenn es denn passierte: Es wussten offensichtlich noch nicht viele Menschen Bescheid.

Die Obst- und Gemüseabteilung wollte sie eigentlich auslassen, verderbliche Ware zu kaufen war nicht ratsam. Als sie an den Bananen vorbeikam, nahm sie sich trotzdem ein Büschel. Die würden in den nächsten Tagen gegessen werden, denn verdammt noch mal, wenn Jernigan recht hatte, dann bekämen sie in absehbarer Zeit keine mehr. Orangen packte sie auch ein, sie brauchten Vitamin C.

Es musste falscher Alarm gewesen sein. Sie betete, dass es so war, dass gar nichts passieren würde. Als sie den Gang halb durchquert hatte, dachte sie: »Verdammt, ich lass mich da nicht drauf ein« und kehrte wieder um, weil sie das Obst zurücklegen wollte, denn auf keinen Fall würde sie den vollen Einkaufswagen einfach stehen lassen, sodass sich die Angestellten damit befassen mussten. Aber dann sah sie wieder

Jernigans grimmigen Gesichtsausdruck vor sich, und mit klopfendem Herzen setzte sie ihren Einkauf fort. Was würde schon ein Vorrat von Konserven mit Hühnchen für zwei Jahre schaden?

Er hatte irgendetwas Vertrauenswürdiges an sich. Obwohl sie sich immer noch nicht richtig vorstellen konnte, dass eine Katastrophe bevorstand: Weil er es gesagt hatte, neigte sie doch zu sechzig Prozent dazu, es zu glauben.

Was sollte man kaufen, wenn man das Ende der Welt erwartete? Schokolade?

Am anderen Ende des Gangs angelangt, mit lediglich Bananen und Orangen in ihrem Einkaufswagen, zog sie ihr Smartphone aus der Tasche und gab »Notfallausrüstung im Katastrophenfall« in die Suchmaschine ein. Jede Menge Prepper-Websites erschienen, und sie öffnete die erste, die eine lange Liste von speziellen Dingen aufführte, die sie wahrscheinlich hier im Laden nicht fand. Die zweite Seite bot schon eher praktische Ratschläge für ihre Situation.

Bleiche, Streichhölzer, Wasser, Kerzen … Okay, das war machbar und nicht einmal ungewöhnlich. Vieles auf der Liste gehörte allerdings zu einer Campingausrüstung und war eher im Outdoor-Laden zu bekommen, aber sie kannte keinen in der Nähe. Und außerdem … Es war ja nur eine Vorsichtsmaßnahme.

Bereite dich auf das Schlimmste vor und hoffe auf das Beste. In diesem Fall, hoffen, dass nichts passierte.

Sela packte Toilettenpapier und Fleischkonserven ein – Frühstücksschinken, Lachs, Hühnchen, Rindfleisch, von allem etwas. Vier große Gläser Erdnussbutter würden nicht lange reichen, also nahm sie sechs. Sie machte einen kurzen Abstecher in die Hygiene-Abteilung und nahm ein paar

Dinge für die Erste Hilfe mit: Aspirin, antiseptische Salbe, Verbände, Vaseline. Sie griff nach allem, von dem sie dachte, dass es nützlich sein könnte, und lief den Gang mit Medikamenten entlang. Während sie darauf wartete, dass Carol ihre Arzneirezepte schickte, ging sie noch einmal zurück, fügte weitere Verbände dazu und eine Elastikbinde. Noch mehr Verbände. Eine weitere Elastikbinde. *Nein, machen wir drei daraus.*

Als die Rezepte eintrafen, war Selas Einkaufswagen gefüllt.

Sie warf einen Blick auf all die eingepackten Dinge und seufzte. Es waren nur Sachen, die sie sowieso irgendwann brauchen würden, deshalb hatte sie kein ungutes Gefühl wegen ihres Einkaufswahns. Sie war auf Nummer sicher gegangen und hatte etwas unternommen. Hatte sie genug für mehrere Monate? Nein. War sie besser ausgerüstet als vorher? Ja, auf jeden Fall.

Im Internet hieß es, sie sollten ein Wasserfiltersystem haben, damit sie sauberes Wasser trinken könnten, Pflanzensamen, um für den nächsten Sommer Gemüse anzubauen, dazu genug gefriergetrocknete Lebensmittel, um bis dahin auszukommen. Das hatte sie nicht.

Aber Jernigan hatte das bestimmt alles.

An der Kasse bezahlte sie mit Kreditkarte. Was sie eingekauft hatte, war nicht allzu teuer, aber sie wollte ihr Bargeld aufsparen.

Wäre Bargeld von Nutzen, wenn sie monatelang keinen Strom hätten? Vielleicht. Solange die Leute einen Wert in den grünen Papierstreifen sahen, bestimmt. Bargeld wäre nützlich, um Dinge zu erwerben, die sie brauchten und nicht hatten. Die Bank stand auf der Liste von Zielen, die sie sich im Kopf gemacht hatte und die sie noch ansteuern wollte. Sie würde eine nette Summe von ihrem Privat- und ihrem Geschäftskonto abheben. Wenn nichts passierte, konnte sie das Geld in ein paar Tagen wieder einzahlen.

Sie fühlte sich wie ein aufgeschrecktes Eichhörnchen, während sie von einem Ort zum nächsten eilte und eine Erledigung nach der anderen hinter sich brachte.

Als sie kurz nach Mittag auf dem Nachhauseweg war, erschöpft von der Hektik, begann sie wieder zu zweifeln. Wenn Jernigan sich einen Spaß mit ihr erlaubt hatte, wenn er verrückt war oder, Himmel noch mal, einfach nur eine falsche Information erhalten hatte ... Dann wäre sie so sauer, vielleicht sogar sauer genug, um ihn sich vorzuknöpfen und ihm ordentlich die Meinung zu sagen. Obwohl die direkte Konfrontation eigentlich nicht ihr Stil war.

Aber wenn die Katastrophe tatsächlich eintraf, dann wäre sie wirklich stinksauer. Denn ganz sicher hätte irgendjemand von ihren Stromlieferanten wissen müssen, dass so etwas passieren könnte, und niemand hatte Vorsichtsmaßnahmen ergriffen, um den Stromausfall zu verhindern. Ja, ganz bestimmt wäre sie stinksauer. Aber auch tief dankbar, denn ohne die Möglichkeit, sich vorzubereiten, wäre sie nicht besser dran gewesen als alle anderen. Auf dem Weg zum Wears Valley warf sie einen Blick in Richtung Cove Mountain. »Danke«, sagte sie laut. »Nehme ich mal an.«

Carol verdrehte leicht die Augen, als sie die Berge von Supermarktartikeln sah, die Sela erbeutet hatte, half ihr jedoch, alles zu verstauen. »Glaubst du, dass du nun genug Frühstücksschinken hast?« Ihre Lippen verzogen sich zu einem Grinsen, während sie die rechteckigen Dosen übereinanderstapelte.

»Ich werde dich daran erinnern, was du gesagt hast, wenn das Ding wirklich passiert und du irgendwann nichts mehr zu essen hast. Außerdem habe ich das gekauft, was wir auch im Shop anbieten können, falls nichts passiert.« Sela und Carol wussten, was auch immer eine von ihnen hatte, gehörte allen, denn in der Familie sorgte man füreinander. Wenn Sela Frühstücksschinken hatte, dann hatte Carol auch Frühstücksschinken.

Sie hatten die Einkäufe aufgeteilt, packten die Vorräte aus Selas Laden dazu, und Carol lud alles in ihren Wagen, um es nach Hause zu transportieren. Kunden betraten das Geschäft und gingen wieder, genug, um Sela in Bewegung zu halten, doch niemand von den Leuten wirkte beunruhigt oder sagte irgendetwas über eine bevorstehende Katastrophe. Carol kehrte zurück und ging ins Büro, um fernzusehen, während Sela herumwerkelte, sauber machte, aufräumte und auf weitere Kunden wartete. Die Zeiger der alten Kitty-Cat-Uhr an der Wand, die Sela aufgehoben hatte, weil ihr der schwingende Katzenschwanz gefiel, hatten inzwischen ein Uhr nachmittags überschritten. Sicher hätten doch die Zuständigen, die eine Warnung herausgeben sollten, dies schon längst getan, wenn etwas passieren würde.

Mit jeder weiteren Sekunde, die verging, wuchsen ihre Zweifel, und sie fühlte sich mehr und mehr wie eine gutgläubige Närrin. Es müsste doch schon allgemein in aller Welt bekannt sein – wenn es denn etwas zum Bekanntgeben gab. Die Astronomen müssten es wissen, die Wetterbehörden müssten es wissen und längst veröffentlicht haben. In diesem Fall wären bereits die Meldungen auf Twitter und allen anderen sozialen Medien explodiert ... wenn es denn Nachrichten gab. Wenn, wenn, wenn! Vielleicht sollte sie auf die Website von NOAA, der Wetterbehörde, gehen und selbst nachsehen, ob dort irgendwas …

Im Laden waren keine Kunden, und Sela wollte gerade nach ihrem Smartphone greifen, als ein schriller Alarm ertönte, der gleiche, der bei Sturmwarnungen zu hören war. Sela zuckte zusammen und warf automatisch einen Blick durchs Fenster, genau wie am Morgen, als Jernigan ihr von der aufkommenden Katastrophe erzählt hatte. Aber der Himmel war immer noch hellblau wie üblicherweise im September. Nicht eine Wolke zeigte sich am Himmel.

In Gedanken malte sie sich aus, was sonst passiert sein könnte. Das Signal könnte bedeuten, dass jemand vermisst wurde, vielleicht war es auch einer der monatlichen Probealarme. Es gab zahlreiche Möglichkeiten. Doch plötzlich hämmerte ihr Herz, und sie wusste verdammt genau, dass es keine der gewöhnlichen Warnungen war, die den Alarm ausgelöst hatte. Aus dem Büro hörte sie den Signalton von Carols Smartphone, und sofort standen ihr die Nackenhaare zu Berge.

Sie griff nach ihrem Handy, das unter dem Verkaufstresen lag. Und da war sie auf dem Display, die Warnung von County's CodeRED, die sie befürchtet und an deren Eintreffen sie gleichzeitig gezweifelt hatte: NOAA-WARNUNG GEOMAGNETISCHER STURM K-INDEX 9 VORHERGESAGT FÜR MORGEN. BITTE STELLEN SIE SICH AUF STROMAUSFALL UND AUSFALL VON KOMMUNIKATIONSKANÄLEN EIN.

Wieder ein Alarmton, dann erschien eine weitere Mitteilung auf dem Display: DAS IST KEIN TEST. WIEDERHOLE: DAS IST KEIN TEST.

Carol kam aus dem Büro, das Handy fest umklammert, die Augen weit aufgerissen. »Scheiße«, fluchte sie.

Selas Mund fühlte sich augenblicklich trocken an, sie versuchte zu schlucken. Dann lehnte sie sich gegen den Verkaufstresen. »Doppelte Scheiße.«

»Ich nehme alles zurück, was ich über deine Einkaufsorgie gesagt habe.«

Vierundzwanzig Stunden. Sie hatten ungefähr vierundzwanzig Stunden, um sich vorzubereiten. Was bedeutete, dass Jernigan nicht nur damit recht gehabt hatte, dass etwas passieren würde, sondern auch den richtigen Zeitpunkt genannt hatte. Großer Gott. Was konnten sie in vierundzwanzig Stunden tun, um sich auf einen »längeren Stromausfall« vorzubereiten? Sie würden Monate brauchen, um sich auf so etwas einzustellen.

»Sieht aus, als hättest du recht gehabt, auf Jernigan zu hören«, fügte Carol noch dazu. Ihr Blick wirkte ein bisschen wild, und alle Farbe war ihr aus dem Gesicht gewichen. »Heiliger Strohsack. Aber … sie könnten sich doch irren, oder? Ich meine, es könnte doch sein wie die Vorhersagen von heftigen Gewittern oder Eisstürmen, die dann doch nicht eintreffen. Vielleicht kommen wir ja noch mal davon, sagen die das nicht immer bei der Wettervorhersage, wenn sie sich geirrt haben?«

»Ich glaube, einen geomagnetischen Sturm kann man nicht mit dem Wetter auf der Erde vergleichen, das sich ständig ändert.« Sie wünschte, es könnte so sein, aber sie würde nicht darauf wetten – auf ihres und Olivias und Carols Leben. Sela zog sich der Magen zusammen, sie wurde von einem Adrenalinschock überwältigt, und ein ursprünglicher Überlebensinstinkt setzte sie in Trab. Gott sei Dank, trotz ihrer Zweifel war sie zur Bank und zum Supermarkt gegangen, bevor alle anderen erfahren hatten, was passierte. »Denk nach! Was müssen wir alles vorbereiten?«

Carol warf ihr einen verständnislosen Blick zu. »Ich dachte, wir hätten alles.«

»Wir sind besser vorbereitet als die meisten anderen, dank Jernigan. Wir haben Lebensmittelvorräte. Aber was ist mit Holz für den Kamin, wenn es kalt wird, Petroleum für die Campinglampen? Ich wollte welches holen, hab's aber vergessen. Dafür habe ich ein paar Kerzen mitgebracht, Batterien. Wenn das ein Jahr oder länger dauert …«

»Ein Jahr!« Carol sah sie entsetzt an. »Du glaubst doch nicht – das ist doch nicht möglich, oder?«

»Keine Ahnung. Das weiß vermutlich niemand.« Außer vielleicht Ben Jernigan, der wohl im Gegensatz zu allen anderen, die sie kannte, eher eine Vorstellung davon hatte. »Er sagte, Monate, vielleicht ein Jahr oder länger.« Nicht notwendig zu erklären, wer mit »er« gemeint war.

Carol holte tief Luft, als ihr die Tragweite des Ganzen bewusst wurde. »Dann brauchen wir Munition. Und Whiskey.«

»Munition?« Sela sah ihre Tante entgeistert an, aber sie zweifelte nicht daran, dass sie recht hatte. Wahrscheinlich benötigen wir wirklich Munition, erkannte sie mit Entsetzen … und Whiskey. Die Gesellschaft, so wie sie sie kannten, funktionierte mit elektrischer Energie. Ohne Strom war es nicht möglich, in einen Laden zu gehen und sich etwas zum Abendessen zu kaufen. Sie würden das tun müssen, was ihre Vorfahren in den Bergen getan hatten, und sich ihr Essen jagen – auch wenn sie keine Ahnung hatte, wie man Wild erlegte, und einen Horror davor hatte, es lernen zu müssen.

Sie besaß ein Gewehr Kaliber 22 – sie und Carol hatten beide eines, Sela, da sie allein lebte, und Carol, weil sie ihre Enkelin beschützen musste. Aber sie hatte nur ein paar Mal damit geschossen und war nicht in der Lage zu jagen.

Ihr wurde schwindlig, und in ihren Ohren rauschte es. Wieder schoss ihr das Adrenalin durch den Körper, als ihr etwas anderes einfiel. Verdammt. Sie trug die Verantwortung für Carol und Olivia. Die beiden brauchten sie, wenn es wirklich schlimm kam. Carol war Ende sechzig, und obwohl sie einigermaßen gesund war, hatte sie nicht mehr so viel Energie wie noch vor Jahren. Olivia war fünfzehn. Das sagte alles.

Sela blickte sich im Laden um, machte im Geist Inventur und besah sich die Waren in den Regalen, dachte daran, was sie für sich zurückgelegt hatte. Sie versuchte zu kalkulieren, was sie benötigen würden, konnte sich aber nicht vorstellen, was es bedeutete, ein Jahr ohne Strom zu leben, war sich nicht sicher, was sie jetzt tun sollte.

Das Dilemma war: Sie konnte den Laden geöffnet lassen und versuchen, den Nachbarn zu helfen, oder sich auf ihre eigene Familie konzentrieren. Es war nicht allzu viel Platz in den Regalen, und sie hatte nur wenige Grundnahrungsmittel im Angebot, dazu ein paar Snacks. Sie wäre in kürzester Zeit ausverkauft und hätte nur noch das übrig, was sie sich bereits zur Seite gepackt hatte.

Vielleicht war sie ja egoistisch, aber nach wenigen Sekunden des Nachdenkens beschloss sie, sich auf ihre eigene Familie zu konzentrieren. Die Familie war das Wichtigste, die kam immer zuerst.

Sie musste sich einen Aktionsplan zurechtlegen. Besser irgendwas tun als gar nichts.

Sela schob sich ihr Handy in die Jeanstasche und kam hinter dem Ladentisch vor. »Olivia wird bald hier sein«, sagte sie zu Carol. Normalerweise hing Olivia noch eine Weile bei ihr herum, nachdem der Schulbus sie hier abgeliefert hatte. Dann trank sie meist eine Limonade und aß vielleicht einen Schokoriegel oder ein paar Chips. Manchmal, wenn sie Glück hatten, berichtete sie ihnen, was in der Schule gelaufen war. Die meisten Nachmittage saß sie im Büro neben der Hintertür und schrieb ihren Freundinnen Textnachrichten, bevor sie sich auf den Weg nach Hause machte. »Ich möchte, dass ihr beiden einpackt, was ihr tragen könnt, und nach Hause geht. Wenn ihr angekommen seid, fangt ihr an, die Kühlboxen mit Eis zu füllen, damit die Eismaschine weiter Eis produzieren kann.«

»Eis?«

»Wir haben einen Tag, vielleicht etwas mehr, um genug Eis zusammenzupacken, damit wir Verderbliches kühlen können.« Ein Teil würde schmelzen, aber je mehr Eis sie in die Boxen füllten, desto länger würde es halten.

»Du hast doch den Generator …«

»Den werden wir dringender brauchen, wenn es kalt wird.« Ihr Generator war klein, ein transportables Gerät, aber er reichte aus, um damit im Winter zu heizen. Allerdings würde sie damit kein ganzes Haus warm bekommen. Und ohne Treibstoff würde der Generator gar nicht funktionieren. Egal wie sie die Sache betrachtete, sie fürchtete, dass nichts, was sie hatten, ausreichend wäre.

Einen Moment rührte sich Carol nicht von der Stelle und starrte in die Luft. Genauso wie Sela vorher versuchte sie offensichtlich zu begreifen, was ihnen Fürchterliches bevorstand.

Durch das Fenster des Ladens sahen sie einen Wagen stadtauswärts den Highway entlangrasen wie ein schwarzer Blitz. Davor war es ruhig gewesen, nur eine Handvoll Fahrzeuge, die in normalem Tempo vorbeifuhren. War das schon eine Reaktion auf den Alarm gewesen? Die Nachricht war definitiv raus, durchs Fernsehen und den nationalen Wetterservice, vielleicht auch über die Radiostationen. Hörte überhaupt noch jemand Radio?

Natürlich. Die Touristen, das Lebenselixier der Ortschaften in den Smoky Mountains, wollten nach Hause. In den Ferienhütten hatten sie keine Vorräte, länger als ein paar Tage blieben sie meist nicht.

Und wenn sie zu Hause eine Familie hatten, wollten sie dort sein. Die Familie kam für alle an erster Stelle, so wie für sie.

Ein SUV mit einem Paar und zwei Kindern auf dem Rücksitz bog in zu hohem Tempo auf den Parkplatz ein und kam vor einer der Zapfsäulen schlingernd zum Stehen. Der Fahrer sprang aus dem Wagen, schob seine Kreditkarte in den Automaten und pumpte für zehn Dollar Benzin, bevor er wieder einstieg und davonbrauste.

»Die Zapfsäulen sperren«, sagte Carol und richtete sich auf, aber Sela hatte das bereits getan.

Sie schnappte sich ein paar Plastiktüten, lief nach draußen zu den Pumpen und deckte die Zapfhähne ab, das Zeichen dafür, dass es kein Benzin gab. Sie hatte sowieso keine großen Mengen, und wenn sie nicht aufpasste, wäre der Vorrat in Kürze aufgebraucht. Wenn die Stromnetze ausfielen, müsste sie das Benzin per Hand hochpumpen. Das ging nicht so einfach, war aber möglich.

Die Familie zuerst, erinnerte sie sich. Die Angehörigen

waren in jeder Krise am wichtigsten. Doch um ihre Freunde und Nachbarn sorgte sie sich ebenfalls. Die würde sie nicht auf dem Trockenen sitzen lassen. Etwa die Hälfte der Generatoren im Tal wurde mit Benzin angetrieben. Einige arbeiteten mit Propangas, aber ihr Gerät nicht und auch nicht die ihrer nächsten Nachbarn. Bevor der Strom ausging, musste sie im Internet recherchieren, wie sie das Benzin aus den Tanks bekam.

Jernigan wusste bestimmt, wie das ging.

Sofort verdrängte sie diesen plötzlichen Gedanken. Jernigan stand nicht nur nicht zur Verfügung, sondern sie musste es selbst wissen, musste in der Lage sein, auf eigenen Füßen zu stehen. Das hatte sie auf die harte Tour gelernt, nachdem ihr Ex-Mann sich aus dem Staub gemacht hatte. Eine Lektion, die sie sich gut eingeprägt hatte. Jetzt ging sie auf Nummer sicher. Denn wer sich auf andere Leute verließ, riskierte, dass sie einem das Leben ruinierten.

Fünfzehn Minuten später stoppte der Schulbus vor der Tankstelle, und eine Reihe von Fahrzeugen staute sich dahinter. Ein Fahrer schien überholen zu wollen und scherte mit einem knappen Meter Abstand aus, schien es sich aber dann anders zu überlegen. Die Bustüren schwangen auf, und Olivia kam die Stufen heruntergetänzelt. Fünfzehn Jahre jung, schlank und groß mit welligem hellbraunem Haar wie das ihres Vaters, Gott hab ihn selig, war sie so schön, wie es nur ein Teenager sein konnte. Für Carol war sie das Lebenslicht, und auch Sela liebte ihre Nichte über alles.

Olivia kam mit weit aufgerissenen Augen in den Laden gestürzt. »Habt ihr das gehört? Die Lehrer spielen alle verrückt, na ja, ein paar.« Aus ihrem Handy kam ein Signal, das eine Textnachricht ankündigte, und sie blickte auf das Display. »Wie haben sie das genannt? Eine koro… irgend so was.« Sie grinste, als sie den Text las, und schrieb mit fliegenden Fingern eine Antwort.

»Koronale Massenauswürfe«, sagte Sela.

»Ein Solarsturm, hat Mr. Hendricks gesagt.« Olivia ging zum Kühlschrank, um sich eine Dr Pepper zu holen. Dann drehte sie sich um und lief zur mittleren Regalreihe. »Hey! Wo sind denn die ganzen Chips geblieben?«

»Weggeräumt«, erwiderte Sela, während sie die Straße durchs Fenster beobachtete. Es herrschte inzwischen definitiv stärkerer Verkehr. Die meisten Autos fuhren in normaler Geschwindigkeit, aber einige rasten viel zu schnell und hatten es offenbar eilig, von hier zu verschwinden. Kurz entschlossen nahm sie ihre Schlüssel vom Haken, schloss die Tür ab und drehte das »Geöffnet«-Schild auf die »Geschlossen«-Seite. Warum sollte sie hier noch herumhängen und Carol alles vorbereiten lassen? Das war Blödsinn. Sie musste ihre eigenen Kühlboxen füllen und die Eismaschine anwerfen.

»Warum machst du so früh zu?«, wollte Olivia wissen. »Geht's dir nicht gut?«

»Wir haben keine vierundzwanzig Stunden mehr, um uns auf die KMAs vorzubereiten.«

Olivia sah sie verständnislos an. »Wie denn vorbereiten?«

»Wir werden vielleicht monatelang keinen Strom haben«, erklärte Carol nachdrücklich. »Wir brauchen genug zu essen, irgendeine Möglichkeit zu kochen und müssen uns überlegen, wie wir heizen sollen, wenn es kälter wird und das Stromnetz noch nicht funktioniert.«

Olivia stand einen Moment mit großen runden Augen da,

ohne sich zu rühren, und schien sich das Unmögliche durch den Kopf gehen zu lassen. »Meinst du das ernst?«, fragte sie dann. »Monate? Wird mein Handy funktionieren?«

»Das bezweifle ich«, erwiderte Carol. »Vielleicht ja, vielleicht nein. Das werden wir erst morgen um diese Zeit wissen. Aber wir bereiten uns vor, was auch immer passiert. Die Chips sind übrigens bei uns zu Hause, aber schlag dir das aus dem Kopf. Wir öffnen keine einzige Packung, bevor wir nicht alle frischen oder tiefgefrorenen Lebensmittel aufgegessen haben. Ich hab einen Kohlkopf, den ich zubereiten muss, bevor er schlecht wird, und die letzten Tomaten. Wir dürfen nichts verschwenden, gerade jetzt nicht.«

»Es sei denn, sie irren sich.« Olivia sah hoffnungsvoll zu ihrer Großmutter. »Ich meine, das kann doch auch falscher Alarm sein, oder? Dieses koro…«

»KMA«, sagte Sela. »Nenn es einfach KMA.«

»Ja, also das jedenfalls. Die könnten sich doch irren.«

»Vielleicht.« Sela schob ihre Tante und Olivia zur Hintertür und schnappte sich auf dem Weg nach draußen die Taschen, die sie am Nachmittag mit Carol gepackt hatte. »Aber das glaube ich eher nicht.«

Olivia, die sich zwei Tüten unter den Arm geklemmt hatte, blickte immer noch auf das Display ihres Smartphones. Die meiste Zeit war sie förmlich mit diesem Ding verwachsen. Aber sicher würde sie doch verstehen, dass sich eine Katastrophe anbahnte, und sich auch Gedanken …

»Wir sollten alle Geräte aus der Steckdose ziehen, bevor der KMA kommt«, sagte Olivia mit Blick auf ihr Display. »Das rät ein Typ von der NASA. Damit sie bei der Überspannung oder was auch immer nicht kaputtgehen.«

Olivia hatte mit ihrem Smartphone recherchiert. Sela

atmete erleichtert aus und ermahnte sich, nicht vor Stress die Nerven zu verlieren. Sie musste in Bestform sein, und auch Carol und Olivia würden sich der Herausforderung stellen.

Sie würden es schaffen. Sie mussten es schaffen.

3. Kapitel

Carols Haus war ein kleines gelbes zweigeschossiges Schindelgebäude mit dem Luxus einer inliegenden Garage. Es befand sich fast genau in der Mitte des kleinen Viertels, das sich über die Myra Road – gerade noch breit genug für zwei Fahrzeuge, die aneinander vorbeifahren wollten – und drei schmale kurze Straßen erstreckte, die darauf zuführten. Stattliche Fichten und blühende Büsche zierten den etwa zweitausend Quadratmeter großen Vorgarten. Hinter dem Haus befanden sich kleine Gemüsebeete, die Carol während des Sommers gepflegt hatte, aber die Pflanzen trugen keine Früchte mehr und waren bräunlich und vertrocknet.

Selas Haus lag am Ende der Straße und bot mehr Privatsphäre durch die Fichten und Tannen, die – entweder aus diesem Grund so angepflanzt waren oder zufälligerweise – den Blick zu den Nachbarn auf der linken Seite verstellten. Zur Rechten wohnte niemand, ihr Haus stand ganz am Rand der Siedlung. Es war etwas kleiner als Carols und hatte keine Garage. Doch sie besaß dafür eine viel größere eingezäunte Terrasse, die sie meist ausgiebig zum Frühstücken nutzte und von der aus sie einen Blick auf Cove Mountain hatte, der über dem Tal thronte.

Die Straße machte einen großen Bogen, und Selas Haus stand an einer Stelle, die nicht weit von ihrem Laden entfernt war. Manchmal lief sie über einen Pfad zur Arbeit, der gerade breit genug für ein Quad war und auf dem sie nicht mal einen Kilometer zu laufen hatte, während sie mit dem Wagen erst zum Highway fahren und so vier Kilometer mehr Weg zurücklegen musste. Der Schleichweg, wie sie ihn nannten, gehörte zu den bevorzugten Abkürzungen für alle, die den Highway meiden wollten, und war vor allem für Kinder ein optimaler Fahrradweg. Der Pfad war von hohen schattenspendenden Bäumen gesäumt, es gab diesen und jenen Bach, in dem man sich abkühlen oder an dessen Ufer man picknicken konnte, wo die Kids Frösche jagten oder kleine flinke Fische. Sela liebte es, im Winter dort entlangzugehen, vor allem wenn Schnee lag und alles so still und unberührt war und nur das Knirschen ihrer Stiefelsohlen auf dem Boden oder hin und wieder das Flügelschlagen eines Vogels zu hören waren. Der schmale Weg führte um verschiedene Privatgrundstücke herum, ab und zu gab er den Blick auf ein Haus frei. Während der Sommermonate war Sela etwas vorsichtiger wegen der Bären, so wie alle Bewohner des Tals. Die Smoky Mountains und Schwarzbären gehörten zusammen.

Sie lebten inmitten einer wunderbaren friedlichen Szenerie, weshalb ihr die herannahende Katastrophe wie die Legende eines alten Talbewohners erschien, die er im Kreis seiner Kumpanen zum Besten gab, während sie zusammen am Biertisch saßen.

Die drei betraten das kühle Haus, und Carol nahm ohne zu fragen Gläser aus dem Schrank, füllte sie mit Eiswürfeln und goss kalten Tee aus einer Karaffe darüber. Dann setzten sich die drei in der Wohnküche an den Tisch.

Olivia zog ihr Tablet aus dem Rucksack und wandte sich mit erschrockenem Gesichtsausdruck an die beiden Frauen. »Funktioniert das denn noch, nachdem … ihr wisst schon?«

Sie sahen sich alle an. Schließlich zuckte Sela mit den

Schultern. »Im Prinzip schon, denke ich. Aber du kannst nicht mehr online gehen. Du kommst an deine Daten, wenn das Tablet während des KMA nicht mit der Steckdose verbunden ist. Sieh zu, dass du den Akku vorher noch auflädst.« Sie hoffte, dass sie recht hatte. Die Sache war, dass niemand die Folgen genau vorhersagen konnte, denn ein KMA dieser Stärke war im elektronischen Zeitalter noch nicht aufgetreten.

Olivia hielt inne, dann schaltete sie das Tablet wieder aus, schob es in den Rucksack zurück und nahm stattdessen Block und Kuli vom Küchentresen, wo Carol ihre Einkaufslisten schrieb. »Damit verbrauche ich keine Batterie«, sagte sie lapidar.

Trotz der ernsten Situation mussten Sela und Carol lachen. Eine Menge Leute würden sehr bald zu demselben Schluss kommen, wenn sie nicht schon so weit gedacht hatten.

Olivia schrieb eine große Eins aufs Papier. »Also, was sollen wir zuerst machen?«

»Ein Dach über dem Kopf und Essen ist das Wichtigste«, sagte Sela. »Und das haben wir so gut wie möglich in Angriff genommen.« Aber trotzdem hatten sie nicht genug Lebensmittel, nicht wenn das Ganze ein Jahr oder länger andauerte, und vielleicht nicht einmal bis zum nächsten Sommer, wenn im Garten wieder etwas wuchs. »Ich werde aber noch mehr zu essen besorgen, wenn möglich. Falls wir genug haben, können wir es auch mit den Nachbarn teilen.«

»Du solltest zu uns ziehen«, sagte Carol entschlossen. »Wir werden unsere Vorräte sowieso teilen. Und dann haben wir nur das eine Haus zu heizen.«

Carols Vorschlag war mehr als vernünftig, aber Sela zog sich bei dem Gedanken daran der Magen zusammen. Sie war gern allein, genoss die Ruhe. Sie war nie der laute, gesellige Typ gewesen, aber seit ihrer Scheidung hatte sie sich noch mehr zurückgezogen. Ihre Selbstsicherheit und ihre Zuversicht schienen unter Adams Betrug und seiner Ablehnung gelitten zu haben. Es dauerte eine Weile, bis sie sich davon erholt hatte, Zeit, in der sie viel nachgedacht und einfach nur den Alltag bewältigt hatte. Kurz nachdem sie nach Wears Valley zurückgekehrt war, um wieder dort zu leben, hatte sie kaum die Kraft gehabt, das Haus zu verlassen. Allein die Notwendigkeit, sich ihren Lebensunterhalt zu verdienen, hatte sie angetrieben.

Sie war nicht der abenteuerlustige Typ. Sie stellte sich auch nicht gern in den Vordergrund. Es war noch nie ihr Ding gewesen, etwas Riskantes zu unternehmen, und ihre Abneigung dagegen hatte irgendwann dazu geführt, dass Adam sich nur noch von ihr abgestoßen fühlte. Sie mochte kein exotisches Essen und wollte nicht Skifahren, obwohl Adam es liebte, und sie hasste es, wenn er so schnell mit dem Auto raste. Sie war nicht abgeneigt, in fremde Länder zu reisen, aber wenn es darum ging, einen Trip zu planen, begann sie ständig über alles nachzudenken, was schiefgehen konnte, und nahm dann Abstand davon.

Sie machte Adam keinen Vorwurf, dass er sie verlassen hatte, und warf sich selbst vor, dass sie eine solche Langweilerin war. Sela wollte Carols Einladung, das heißt ihre Aufforderung, sofort ablehnen, aber Tatsache war, dass sie, so gern sie auch allein sein wollte, nicht wusste, wie sie das ohne Elektrizität schaffen sollte.

Ein Auto war auf der Einfahrt zu hören, und Carol reckte den Hals, um aus dem Wohnzimmerfenster zu sehen. »Barb kommt.«

Barb Finley war Carols beste Freundin, und das schon seit Jahren, noch bevor sie Witwe geworden war. Barb war ein paar Jahre älter, und die beiden Frauen wirkten, als hätten sie gar nichts gemeinsam. Carol war sehr schlank, Barb eher pummelig. Carol hatte diese flotte pinkfarbene Strähne im Haar, während Barb ihre weißen Haare eher herkömmlich frisierte. Carol wirkte schick, Barb war der gemütliche Typ. Aber die beiden verstanden sich blendend und verbrachten Stunden beim Kochen zusammen, redeten und lachten. Manchmal kümmerte sich Sela eine Woche um Olivia, während die beiden älteren Frauen sich zu den Outer Banks aufmachten. Olivia war einmal mitgefahren, aber nach ihrer Rückkehr hatte sie Sela zugeflüstert, dass sie das auf gar keinen Fall wiederholen wollte. So sammelte Sela bei Olivia und Carol gleichzeitig ein paar Bonuspunkte, wenn sie Olivia bei sich aufnahm, während die beiden Freundinnen sich ungestört zu ihren Abenteuern aufmachen konnten.

Carol ging zur Haustür und öffnete. »Komm rein«, rief sie. »Wir machen gerade eine Liste, was noch alles zu tun ist.« Dann kam sie in die Küche zurück, um noch ein Glas Eistee einzugießen.

Barb betrat die Küche mit angespannter Miene. Sie humpelte ein bisschen und hatte eine Elastikbinde am linken Knöchel. »Was ist mit deinem Fuß passiert?«, wollte Sela wissen und setzte sich auf die andere Seite des Tisches, damit Barb den Stuhl nehmen konnte, der am nächsten zum Eingang stand.

»Den hab ich mir heute Morgen verstaucht, als ich Rasen gemäht habe.« Barb sank auf den Stuhl und legte ihre Hände um ihr Glas Eistee, trank aber nicht davon. Sie holte tief

Luft, und ihre Augen füllten sich mit Tränen. »Wird das …« Sie machte eine ausladende Armbewegung, als wolle sie das ganze Universum beschreiben. »… wirklich passieren? Ich weiß nicht, was ich dann tun soll. Wenn es keinen Strom gibt, funktioniert meine Alarmanlage nicht, jeder kann unbemerkt einbrechen, und ich kann nicht mal Hilfe rufen. Unsere Autos werden nicht mehr fahren, es wird nicht genug zu essen geben, ich habe keinen Kamin, um zu heizen, und könnte sowieso kein Brennholz hacken …«

»Du ziehst zu uns«, beschloss Carol spontan, um Barbs panische Litanei zu unterbrechen, doch schon während sie das sagte, warf sie Sela einen besorgten Blick zu. Die nickte Carol leicht zu, um ihr zu signalisieren, dass es okay war, dass sie stattdessen Barb einlud. Okay? Sela war regelrecht erleichtert.

Barb sah sie erstaunt an. »Wirklich? Ist denn genug Platz?« Sie blickte Sela an. »Ich dachte, dass du …«

»Nein, ich bleibe in meinem Haus«, erwiderte Sela entschlossen. »Carol und ich teilen unsere Vorräte, und ich esse hier, aber ich schlafe zu Hause.« Trotz ihrer großen Dankbarkeit für die Einladung sorgte sie sich um Sela. Das war Barb.

»Ich bin da drüben so sicher wie immer«, versuchte Sela sie zu beruhigen. Sie hatte ihren kleinen tragbaren Generator, aber es wäre sinnvoller, das Gerät zu Carol zu bringen, da hier dann drei Leute wohnten. Sie würde die meiste Zeit hier verbringen, außer nachts. Zum Heizen hatte sie ihren Kamin, außerdem zur Not ihren Ölofen. Den würde sie selten benutzen, denn sie hatte nur eine begrenzte Menge an Heizöl … und das erinnerte sie daran, dass sie endlich tätig werden mussten. Im Notfall könnte sie sich auch ein Zimmer mit Carol und Olivia teilen, aber nur, wenn ihr nichts anderes übrig blieb. Sie brauchte ihren eigenen Raum.

Sie tippte auf Olivias Notizblock. »Zweitens: Wir brauchen noch mehr Feuerholz. Oh, verdammt! Ich habe vergessen, Propangas und Petroleum zu kaufen! Ich werde im Tankstellenshop ein paar Zwanzig-Liter-Kannen abfüllen, damit wir erst mal genug haben, um den Generator anzuwerfen, bis wir alles aus dem Kühlschrank und der Tiefkühltruhe verbraucht haben. Aber wir müssen Petroleum kaufen.«

Olivia notierte das pflichtschuldig, und die drei Frauen sahen sich besorgt an. Alle würden den gleichen Gedanken haben, und die Möglichkeit, an Vorräte dieser Art zu kommen, wurde immer geringer.

»Himmel noch mal.« Sela sprang auf. »Ich muss sofort los.«

»Ich helfe dir.« Carol stand auf. »Das Wichtigste zuerst. Barb, geh zurück in dein Haus, such alles zusammen, was du brauchst, und bring es her. Olivia, geh mit und hilf ihr. Bringt alles Essbare her, dann Batterien, Taschenlampen, Campinglampen ...«

»Und Munition und Whiskey«, sagte Sela und schenkte ihrer Tante ein kurzes Lächeln.

»Ich habe keine Munition«, entgegnete Barb schnell und grinste. »Aber ihr solltet so viel Obst und Gemüse holen, wie ihr kriegt, und wir werden das Zeug die ganze Nacht über einkochen. Ich habe jede Menge Einmachgläser. Ich hatte vor, den Sommer über ein paar Vorräte anzulegen, hatte dann aber immer was Besseres zu tun. Das wird mir eine Lehre sein.«

Im ganzen Tal würden die Bewohner vermutlich zum

gleichen Schluss kommen und alle ihre Schnellkocher hervorholen. Das hoffte Sela zumindest. Sie hatte noch nie selbst etwas eingemacht, aber das würde sich nun ändern.

»Husch, husch«, sagte Carol, und alle verließen die Küche, um sich an ihre Aufgaben zu machen.

Carol besaß zwei Ölkanister, Sela hatte einen zu Hause und fünf neue Kanister im Laden. Sie hielten auf dem Weg in die Stadt dort an, und Sela rannte hinein, um sie zu holen. Carol teilte die Kanister auf, und beide hasteten weiter.

Sela erwartete halb, dass jemand zur Tür hereingestürzt kam, um die Regale leerzukaufen. Aber die Wagen auf dem Highway fuhren mit gleichbleibender Geschwindigkeit vorbei. Es gab nicht genug Waren in ihrem kleinen Laden, um jemanden zu reizen. Wenn das der Fall gewesen wäre, müsste sie selbst nicht in die Stadt fahren.

Sela konnte sich kaum aufs Autofahren konzentrieren. Ihre Gedanken überschlugen sich vor Panik. Was brauchten sie noch? Klebeband. Sie wusste nicht, warum, aber Klebeband schien ihr wichtig. Salz, viel Salz, Zucker, Mehl, Maismehl, Eierpulver, Milchpulver, alle möglichen Grundnahrungsmittel, die nicht gekühlt werden mussten. Alle möglichen Konserven – im wahrsten Sinne des Wortes: alles Mögliche.

Sie stellte sich vor, dass die Leute irgendwann alles essen würden, was sie bekamen, selbst Sachen, die sie vorher nie angefasst hätten. Sie hatte heute gefühlt tonnenweise Zeug eingekauft, aber eigentlich war ihr klar, dass sie mehr brauchten.

In der Stadt herrschte Chaos. Der Platz vor dem Supermarkt war überfüllt, Kunden fuhren auf der Suche nach einer Lücke die Reihen der geparkten Fahrzeuge auf und ab.

Sela konnte nicht links abbiegen, weil niemand sie durchließ, deshalb fuhr sie bis zur Ampel – aus irgendeinem Grund blieben die Leute aber immer noch bei Rot stehen – und machte einen Bogen, um auf den Parkplatz zu kommen. Es war sinnlos. Es gab einfach keine Lücke mehr. Schließlich entdeckte sie einen freien Streifen auf dem Rasen vor Taco Bell und schaffte es, sich durchzuquetschen, bevor jemand ihr den Platz wegschnappte. Was machte es schon, wenn sie am Straßenrand parkte? Wenn sie einen Strafzettel bekam? Sie hatte noch nie einen bekommen, aber jetzt war der richtige Zeitpunkt, um das Risiko einzugehen.

Ihr Herz hämmerte vor Aufregung. Es war immer noch knallheiß, sie rannte über den dampfenden Parkplatz und stürzte sich in die Kühle des Supermarkts, kopfüber in das Getümmel, das sich zu einem Aufruhr zu entwickeln schien. Die Gänge waren voller Leute, die sich schnappten, was sie in die Hände bekamen, links und rechts standen die Einkaufswagen wild durcheinander, ganz anders als im üblichen Einkaufsmodus. Barb hatte gesagt, sie sollte an Obst und Gemüse besorgen, was sie konnte, aber in der Frischeabteilung war es so voll, dass sie nicht mehr durchkam. Sie lief an den Ecken entlang und nahm, was sie zu fassen bekam. Lief am Brotregal vorbei und ging zu den Konserven, wo sie wie gehabt vorging und das einpackte, was ihr in die Finger kam. Dann folgte die Reihe mit den Backzutaten, mit Mehl, Zucker, Milchpulver und so viel Salz, wie sie packen konnte, während die anderen Einkäufer dasselbe taten. Sie wurde angerempelt, geschubst, an ihr wurde gezerrt, und einmal stieß jemand sie sogar gegen ein Regal, sodass sie fast zu Boden gegangen wäre.

Die Kassenreihen mit den Automaten waren geschlossen,

sodass sie vierzig Minuten in der Schlange wartete, bis sie an die Kasse kam. Manchmal ging es schneller vorwärts, weil einige Kunden abgewiesen wurden, die mit Kreditkarte oder Scheck zahlen wollten. Ein handgemaltes Schild mit dem Hinweis »Nur Bargeld« hing über jeder Kasse. Die Abgewiesenen ließen ihren vollen Einkaufswagen an Ort und Stelle stehen, und die Leute in der Warteschlange dahinter stürzten sich auf die Körbe, um sich daraus zu bedienen.

Glücklicherweise war Sela vorher bei der Bank gewesen, um Cash zu holen, denn normalerweise hatte sie nie mehr als zwanzig Dollar im Portemonnaie. Wenn sie gezwungen gewesen wäre, ihren Einkauf zurückzulassen ... Sie wusste nicht, was sie dann getan hätte. Sie war schon jetzt furchtbar angespannt von der Hetzerei und kämpfte gegen ihre Panik angesichts der bevorstehenden Katastrophe an.

Nachdem sie bezahlt hatte, schob Sela den Einkaufswagen zum Parkplatz, zerrte das Gefährt über den Randstein auf die Grasfläche und zog es zu ihrem weißen Honda. Nach der Kühle des Supermarkts fühlte sich die Sonne gut auf der Haut an. Sela räumte ihre Einkäufe auf die Rücksitze, denn der Kofferraum war von den leeren Ölkanistern besetzt. Als sie alles ausgeladen hatte, fröstelte sie nicht mehr, sondern begann zu schwitzen.

Auf dem Highway und um den Parkplatz herum herrschte ein unglaublicher Betrieb, und Sela fragte sich, wie sie sich bei den vielen Autos jemals in die Fahrspur einreihen sollte. Meist blickte sie in verbissene, angespannte Gesichter, die sich ihr zuwandten, während die Fahrzeuge im Schritttempo vorbeizogen. Es war unmöglich, den Einkaufswagen zum Supermarkt zurückzuschieben und ihren Wagen solange unbeaufsichtigt zu lassen. Innerhalb von Minuten hätte jemand eingebrochen und ihre Vorräte gestohlen. Ihr Herz hämmerte vor Aufregung. Wenn es jetzt schon so schlimm war, wie würde es erst werden, wenn das Stromnetz tatsächlich nicht mehr funktionierte und man keine Lebensmittel mehr kaufen konnte?

Auf den Highway zu gelangen war unmöglich, also rumpelte sie mit dem Wagen über den Randstein zum Parkplatz des Taco Bell und schlängelte sich über Parkplätze und Seitenstraßen bis zu einer Tankstelle, die Petroleum verkaufte. Die Zapfsäulen waren verriegelt, aber sie brauchte kein Benzin, glücklicherweise.

Sela schaffte es, sich neben einen Müllcontainer zu stellen, dicht an der Öl-Pumpe. Ein drahtiger weißhaariger Mann in Overall und speckiger John-Deere-Kappe stand an der Pumpe und beobachtete den Aufruhr auf dem Parkplatz mit undurchdringlicher Miene. Ein Farmer aus der Gegend, dachte sie. Alteingesessene wie er würden diejenigen sein, die die Bevölkerung durch die bevorstehende Krise bringen könnten, denn sie wussten, wie man Nahrungsmittel anbaute und ohne all die modernen Errungenschaften auskam.

Sie las den Preis pro Liter für das Öl ab und rechnete schnell nach. Sie hatte vier Zwanzig-Liter-Kannen. Sela zog das entsprechende Geld aus der Tasche, rannte in den Laden, um sich anzustellen und zu bezahlen. So wie sie vorher selbst nahm der Inhaber keine Kreditkarten und Schecks an. Die Leute fluchten, manche leise, andere weniger dezent, während sie ihr Bargeld herausrückten und sich beschwerten, dass sie nun kein Geld mehr hätten, um sich auf dem Heimweg etwas zum Essen zu kaufen. Meist waren es Touristen, schätzte Sela, die eine Reihe von unterschiedlichen Dialekten und Akzenten heraushörte. Sie waren regelrecht in Panik, ob sie rechtzeitig nach Hause kämen, manche kamen womöglich von so weit her, dass sie es nicht mehr schaffen würden.

Die ganze Zeit behielt sie ihren Wagen im Auge, um sicherzugehen, dass sich niemand daran zu schaffen machte. Die Leute hier waren aber nicht auf Nahrungsmittel aus, sie wollten Benzin. Sie drehte sich um und betrachtete die Reihen von Regalen im Laden: die meisten leer.

Ein Gefühl von Irrealität überfiel sie so stark, dass sie sich fragte, ob hier irgendwo ein verstecktes Kamerateam war und heimlich alles filmte, denn sie fühlte sich wie in einem Katastrophenfilm. Keine Häuser krachten zusammen, nichts explodierte, niemand kreischte oder kämpfte, aber Anspannung und Panik waren bei allen spürbar. Sie wurde immer nervöser und fragte sich, was wäre, wenn sich tatsächlich jemand hier in diesem überfüllten Laden anfing zu prügeln. Wie würde sie hinauskommen? Sollte sie hinter den Regalen in Deckung gehen oder sich flach auf den Boden legen und versuchen hinauszukriechen? Würde man auf ihr herumtrampeln?

Aber nichts passierte. Trotz der Spannung ging es langsam und stetig vorwärts. Als sie an der Kasse angelangt war, reichte sie der Verkäuferin, deren gestresster Gesichtsausdruck Selas Gefühle widerspiegelte, das abgezählte Geld. »Petroleum, ich habe vier Zwanzig-Liter-Kannen.«

Die Frau nickte und registrierte die Summe in der Kasse. Auf einmal sagte jemand, der hinter Sela stand: »Ich gebe Ihnen fünfzig Dollar für die Kannen.«

Sela wagte nicht, sich umzudrehen. Sie schoss aus der Tür und zu ihrem Wagen, wo sie schnell die Kanister herauszerrte, aufstellte und füllte, während sie unauffällig darauf achtete, ob sich jemand von hinten näherte. Sie hatte in ihrem Leben noch nie um etwas gekämpft, aber diese Öl-Kanister würde sie verteidigen.

Endlich – *endlich*! – konnte sie die schweren Kanister in ihren Kofferraum bugsieren und abschließen. Aus dem Augenwinkel bemerkte sie einen Mann, der auf sie zukam, und betätigte schnell die Zentralverriegelung. Als er den Ton hörte, der signalisierte, dass die Türsicherung in Betrieb war, drehte der Mann ab. Heftig atmend stürzte Sela zur Fahrertür, öffnete sie, stieg ein und verschloss den Wagen sofort wieder. Sie startete den Motor, der Luftzug der Klimaanlage blies ihr ins Gesicht und ließ ihre Schweißperlen verdampfen.

Langsam streckte sie den Arm aus und stellte die Klimaanlage aus, um Benzin zu sparen, das war jetzt wichtiger denn je.

Die Highways waren verstopft. Sie sah Polizeiwagen und die Fahrzeuge der Hilfssheriffs, die im Schneckentempo von einem Motel zum nächsten krochen und über Lautsprecher alle Touristen aufforderten, auszuchecken und nach Hause zu fahren, solange es noch möglich war. Wenigstens war die Hauptsaison nach dem Labor Day vorbei. Das herbstliche Autorennen Rod Run hatte noch einmal einen Schub von Besuchern gebracht, aber der größte Ansturm war danach üblicherweise vorbei – zumindest bis zum Oktober, wenn das Laub der Bäume in allen Farben leuchtete und weitere Touristen anzog. Einen herbstlichen Besucheransturm wird es dieses Jahr aber nicht geben, dachte Sela. Jetzt in der Nachsaison gab es wenige Touristen, nur an den Wochenenden war in der Umgebung viel Betrieb. Sie erschauerte bei dem Gedanken daran, wie es ausgesehen hätte, wenn das, was ihnen bevorstand, während der Hauptsaison passiert wäre.

Ihre einzige Möglichkeit, nach Hause zu kommen, war es, über Nebenstraßen und kleine Pfade zu fahren, bis sie an den Goose Gap kam. Selbst die Nebenstraßen waren voll, aber wurden meist von Einheimischen benutzt, die wussten, wie sie dem gröbsten Verkehr auf den Hauptstraßen ausweichen konnten. Irgendwann musste sie auf den Highway, und sie saß einige Minuten fest, bevor sie eine Lücke fand, die groß genug war, um sich einzureihen.

Fünfzehn Minuten später fuhr sie Carols Einfahrt hoch und blieb einen Moment vor Erleichterung ausatmend und zitternd sitzen. Carol war bereits zurück, Barb und Olivia ebenfalls. Olivia kam die Stufen herunter, um ihr beim Tragen zu helfen. Als Sela das unschuldige hübsche Gesicht ihrer Nichte sah, ging ihr wieder durch den Kopf, dass sie Himmel und Hölle in Bewegung setzen würde, um ihre Familie zu beschützen – egal was sie dafür tun musste.

Carol hatte bei ihrem Einkauf von Obst und Gemüse mehr Erfolg gehabt als Sela. »Ich habe an einigen Straßenständen haltgemacht«, sagte sie. »Ich habe mir gedacht, dass es in der Stadt bestimmt wie im Tollhaus zugeht.«

Das war glatt untertrieben. Sela gestand ihrer Tante nicht, dass sie Angst gehabt hatte, auch wenn nichts passiert war. Der Mann, der sich ihrem Wagen genähert hatte, hatte womöglich nur fragen wollen, wo man die Ölkanister bekam … Allerdings war er umgekehrt, als sie die Wagentüren geschlossen hatte.

Carol und Barb raspelten bereits die Maiskörner von den Kolben, und ein Druckluftkocher voller Tomaten war am Arbeiten. Olivia nahm saubere Gläser aus der Spülmaschine, füllte eine neue Ladung ein und stellte die Maschine wieder an. Sela holte sich ein Glas Eistee und trank es in einem Zug leer, dann goss sie sich ihr Glas erneut voll, bevor sie sich zu den anderen an den Tisch setzte, die alles, was sie an frischen Nahrungsmittelvorräten besaßen, konservierten. Was auch immer sie tun konnten, selbst wenn sie die ganze Nacht durcharbeiten mussten, würde ihnen helfen, die kommende Krise zu überstehen.

Olivia half ebenfalls, auch wenn sie immer wieder mit ihrem Smartphone im Internet recherchierte, welche Überlebenstipps es gab. Einige waren gut, für andere war es zu spät. Sie bereitete auch einen Teller mit Sandwiches vor und stellte ihn auf den Tisch, sodass sich alle bedienen konnten, während sie arbeiteten.

Schon kühlte eine weitere Ladung aus dem Schnellkochtopf ab. Die Sonne verschwand bereits hinter den Bergen, sodass die Hitze endlich etwas nachließ. »Gran, da draußen sind lauter Leute«, sagte Olivia, als sie einen Blick aus dem Fenster warf.

»Was für Leute?« Carol und Sela gingen ans Fenster, um nachzusehen, und bemerkten auf der Straße eine Ansammlung von Nachbarn, die miteinander debattierten. Andere tigerten vor ihren Häusern den Fußweg auf und ab. Barb hievte sich aus ihrem Stuhl und blickte über Olivias Schulter nach draußen.

Es gab doch nichts Besseres als eine aufkommende Katastrophe, um die Leute zusammenzubringen. Sela konnte sich nicht erinnern, wann sie das letzte Mal so viele Nachbarn versammelt gesehen hatte. Da standen mindestens zwanzig Leute und warfen immer wieder einen Blick zum Himmel, als könnten sie dort hilfreiche Antworten auf ihre Fragen finden. Die Mitte der schmalen asphaltierten Straße direkt vor

Carols Haus schien der allgemeine Treffpunkt zu sein. Carol hatte hier ihr ganzes Leben lang gewohnt und kannte sie alle. Sela war schon viele Jahre hier, davon ein paar vor ihrer Scheidung und die gesamte Zeit danach. Doch sie war nicht so der gesellige Typ und kannte zwar viele Namen, hatte aber persönlich nicht viel mit den Nachbarn zu tun gehabt.

»Worüber die wohl reden«, sinnierte Carol laut, was aber nicht als Frage gemeint war, denn natürlich ging es um die KMAs. Sie war bereits aus der Tür und auf der Veranda und stieg die Stufen zu ihrem Vorgarten hinunter, um auf die Straße zu gehen. Mit Olivia und Barb auf den Fersen.

Sela folgte den anderen etwas langsamer und blieb instinktiv ein Stück zurück. Im Hintergrund zu bleiben war ihr immer lieber, als nach vorn zu stürmen.

»Was haltet ihr denn von dieser Solarsturm-Geschichte?«, fragte Mike Kilgore, ein stämmiger Handwerker mit eigenem Klempnereibetrieb.

»Die Cops scheinen es jedenfalls ernst zu nehmen«, entgegnete Nancy Meador. Wie um es zu bestätigen, hörten sie aus der Ferne plötzlich die Lautsprecheransagen eines Deputys, der langsam sämtliche Ferienhäuser abfuhr und die Touristen aufforderte, zu ihrer eigenen Sicherheit sofort ihre Sachen zu packen und nach Hause zu fahren. Ein starker Sonnensturm, der einen lang anhaltenden Stromausfall zur Folge haben könne, werde in weniger als vierundzwanzig Stunden erwartet.

Nancy warf Sela einen leicht tadelnden Blick zu. »Ich war bei dir an der Tankstelle, um ein paar Sachen zu kaufen, aber niemand war da.«

Sela widerstand dem Impuls, sich zu entschuldigen, denn dafür gab es gar keinen Grund.

Ein kleiner, etwa sechsjähriger Junge begann zu weinen. Sein Vater legte dem Kleinen eine Hand auf die Schulter und beruhigte ihn. »Es wird schon alles gut.« Die Mutter des Jungen, die noch ein kleineres Kind auf dem Arm trug, wollte ihn ebenfalls trösten und umarmte ihn. Sela versuchte sich daran zu erinnern, wie die Familie hieß ... Greer? Es war ihr peinlich, dass sie ihre Nachbarn nicht besser kannte.

In der Gruppe wurde diskutiert, Spekulationen machten die Runde. Die Meinungen und Reaktionen waren unterschiedlich – von stoischem Zweifeln, ob überhaupt etwas passieren würde, bis zu der Überzeugung, dass das Ende der Welt, so wie sie sie kannten, bevorstand. Während Sela zuhörte, stellte sie fest, dass alle bereits entsprechende Vorkehrungen getroffen hatten, egal was sie davon hielten.

»Wir konservieren alle verderblichen Lebensmittel, die wir haben«, sagte Barb, und ein paar ältere Frauen nickten, während die jüngeren, die wahrscheinlich keinen Dampfkochtopf besaßen, sie ängstlich ansahen.

»Bringt eure Lebensmittel rüber und so viele Gläser ihr habt, dann helfen wir denen, die sich mit dem Einmachen nicht auskennen«, bot Carol an, so wie es ihre Art war. Genauso taten es auch die anderen älteren Frauen. Sie begannen zu debattieren, wer zu wem ging, welche Lebensmittel sie besaßen, wie viele Gläser – wobei vor allem die Gläser ein Problem zu sein schienen, da Leute sie nur sammelten, wenn sie sie brauchten.

Arbeiten. Sie mussten arbeiten, und zwar zügig, solange das Stromnetz noch funktionierte. Und sie mussten sparsam mit ihren Vorräten umgehen, denn sie wussten nicht genau, wie viel sie wirklich benötigten. Sie waren so unvorbereitet wie die ersten Siedler aus Europa, als sie den Fuß in diese fremde Welt gesetzt hatten … Nun, vielleicht auch nicht. Sie hatten Farmer und Leute mit Erfahrung, jede Menge Wild zum Jagen und reichlich frisches Wasser. Wenn Sela darüber nachdachte, dann hatten sie hier in Wears Valley alles, was sie zum Überleben benötigten.

Die Ansammlung löste sich auf, aus der großen Gruppe wurden mehrere kleinere. Sela hielt sich im Hintergrund und hörte zu, schnappte hier und dort einige Wortfetzen auf. Ein paar Männer diskutierten die Sicherheit und machten Pläne für einen lokalen Wachdienst. Eine Frau sagte, sie hätte einen Dörrautomaten, der die ganze Zeit schon lief, weil sie sämtliches Gemüse aus dem Garten trocknete. Eine andere berichtete, dass sie Suppe kochte und konservierte. Irgendwann ebbte die Panik unter den Nachbarn ab, zumindest wirkte es so, und wurde durch emsige Vorbereitungen abgelöst. Sela konnte nur hoffen, dass dies überall so ablief, doch sie vermutete, dass dem nicht so war.

Sie schreckte auf, als sie ihren Namen hörte, und drehte sich um.

Barb lächelte ihr zu und wirkte verdächtig selbstzufrieden. »Ich schlage Sela als Kandidatin vor.«

Sie hätte wohl besser zuhören sollen. »Wie bitte?« Kandidatin für irgendetwas hörte sich immer nach Ärger an.

»Wir brauchen jemand, der die Organisation übernimmt.«

»Was für eine Organisation?« Das spielte aber sowieso keine Rolle. Danke, nein danke vielmals. So was war nicht ihr Ding.

»Die ganzen Aktivitäten und Vorbereitungen koordinieren«, entgegnete Nancy. »Du bist vernünftig und nicht größenwahnsinnig.«

Nein, keine Chance. Die Vorstellung, für etwas anderes

als ihren Laden Verantwortung zu übernehmen, machte ihr Angst. »Wirklich, ich glaube nicht …«

Barb ließ sie nicht ausreden. »Leute, die nicht daran interessiert sind, die Leitung zu übernehmen, sind genau die richtigen. Meistens melden sich immer zuerst die, denen man lieber keine Verantwortung übergeben will. Solche Arschlöcher gibt es überall.« Sie warf schnell einen Blick zu Olivia hinüber, um sich zu vergewissern, dass sie nicht in Hörweite stand. Keine Gefahr, außerdem hatten Olivia und ihre Freundinnen ein ganz anderes Vokabular parat, aber trotzdem. »Entschuldigt meine Ausdrucksweise«, fügte sie leise hinzu.

Ehe Sela sich versah, war sie von Nachbarn umzingelt, neben ihrer Tante und Freunden auch von verschiedenen anderen. Es gab fünfzehn Häuser in der näheren Umgebung, und Sela zählte, dass mindestens ein Mitglied jedes Haushalts anwesend war. Und alle sahen sie an.

»Also?«, drängelte Barb. »Was machen wir jetzt?«

Nachbarn von fünf bis fünfundsiebzig blickten sie erwartungsvoll an, als hätte sie die Lösung für alles parat. Sela warf Mike Kilgore einen panischen Blick zu, doch der hob abwehrend die Hände und schüttelte den Kopf. »Sieh mich nicht so an. Ich hab für so was keine Geduld. Sagt mir, was ich tun soll, und ich mach's, aber ich kenne meine Schwächen.«

Die Sache war, dass Sela ihre ebenfalls kannte. Und sie war nicht energisch genug, um die Leitung zu übernehmen, das gehörte nicht zu ihrem Register.

Andererseits … was sie im Moment brauchten, war jemand, der organisieren konnte, nicht jemand, der die Führung übernahm. Sie führte ein Geschäft und musste Lieferungen und Kalkulationen managen. Vielleicht konnte sie tatsächlich helfen, denn sie wäre zumindest in der Lage, alles zu koordinieren. Sie brauchte nur die anstehenden Aufgaben zu verteilen, sodass alles erledigt würde, aber nichts davon doppelt und dreifach.

Sie spürte Olivias Blick auf sich. Wenn sie sich jetzt drückte, welche Lehre würde ihre Nichte daraus ziehen? Welche Schlüsse zog sie, wenn es darum ging, sich zu engagieren, stark zu sein, auch gegen die eigenen Schwächen anzugehen? Sie war nicht Olivias einziges Vorbild, aber dennoch – ein Vorbild zu sein, war echt anstrengend.

Sela holte tief Luft, dachte kurz nach und sagte dann: »Wir brauchen einen Plan, aber nicht nur für unsere Straße, sondern für die gesamte Gemeinde.« Es gab um die sechstausend Einwohner in Wears Valley, ein paar mehr, ein paar weniger. Aufgrund der Ortsbeschaffenheit waren sie ziemlich weit verstreut. Das hier war eine ländliche Gegend, eine gemeindefreie Ortschaft ohne Stadtregierung. »Okay, denkt mal alle nach. Lasst uns alle kontaktieren und ein Notfallzentrum einrichten, solange wir noch Telefon und Internet haben.« Dafür bot sich eigentlich nur ein Ort an. »Morgen Nachmittag, wenn passiert ist, was vorhergesagt wurde, treffen wir uns an der Schule. Jeder, der kommen will, soll kommen, aber aus jedem Ortsteil sollte mindestens eine Vertretung da sein. Wir brauchen eine Liste der Einwohner mit Adressen und die Namen von Angehörigen, mit denen wir im Notfall Kontakt aufnehmen können.« Das war zwar hart, musste aber zur Sprache gebracht werden. »Sagt das überall weiter, versucht so viele Leute wie möglich zu dem Treffen zu bewegen. Alle, die dorthin laufen können, sollen zu Fuß kommen, um Benzin zu sparen. Und die anderen sollen

Fahrgemeinschaften bilden. Auf dem Treffen werden wir dann einen Plan für die nächsten Tage zusammenstellen.«

Sie sagte »Tage«, nicht Wochen oder Monate, um nicht wieder Panik bei denen aufkommen zu lassen, die sich inzwischen etwas beruhigt hatten. »Wir können dann auch eine Gemeindeleitung wählen.« Soweit Sela wusste, hatten sie keinen für sie zuständigen Bezirksabgeordneten, der in dieser Gegend lebte, aber sie könnte sich auch irren. Es hatte mal einen Ranger für den Wald gegeben, aber der sollte in Rente gegangen sein.

Eines war klar: Ihre Nachbarn mochten sie vielleicht gewählt haben, um ein paar Dinge zu organisieren, aber sie würde auf keinen Fall die Leitung der gesamten Community übernehmen.

Einer der Männer, die über einen Sicherheitsdienst geredet hatten, meldete sich. »Wir sollten mit diesem Jernigan oben auf Cove Mountain Kontakt aufnehmen. Er ist doch ehemaliger Soldat, oder? Das habe ich jedenfalls gehört. Der wäre eine echte Hilfe.«

Wenn die nur wüssten ... Sela und Carol sagten nichts dazu. Niemand brauchte zu erfahren, dass Jernigan sie im Vorfeld vor dem Solarsturm gewarnt hatte, Stunden bevor die Nachricht an alle herausgegangen war.

Ein paar der Versammelten nickten, einer fragte, ob jemand seine Telefonnummer hätte.

Offensichtlich hatte niemand eine Nummer von ihm, keine Überraschung. Schließlich bot Mike Kilgore an, am nächsten Morgen zu Jernigan auf den Berg zu fahren und ihn zu bitten, auf die Versammlung zu kommen. Die Männer würden zweifellos gern jemandem wie Ben die Verantwortung übertragen, und um ehrlich zu sein, ging es Sela genauso. Aber sie glaubte nicht, dass er sich darauf einlassen würde. Eigentlich war sie sich sicher, dass er ablehnte.

Während es langsam dunkler wurde, standen noch immer ein paar Nachbarn zusammen und redeten, aber die meisten gingen zurück nach Hause, um Vorbereitungen zu treffen, zu warten, Freunde und Verwandte anzurufen, mit denen sie möglicherweise eine ganze Weile nicht mehr sprechen konnten. Vielleicht würden manche vor Angst weinen, andere sich wiederum einzureden versuchen, dass trotz der Warnungen nichts passieren würde. Menschen reagierten verschieden.

Sela fühlte sich ausgelaugt. Sie murmelte eine leise Entschuldigung, dass sie etwas überprüfen müsse, obwohl es nichts zu überprüfen gab, und kehrte in Carols Haus zurück. Es war ein anstrengender – und ein anstrengend langer – Tag gewesen, und sie sehnte sich danach, sich zurückzuziehen. Doch das war jetzt noch nicht möglich, es sei denn, sie wollte Carol und Barb die ganze Arbeit mit den Lebensmitteln überlassen.

Sela suchte ein paar Zutaten aus dem Kühlschrank, um eine Mahlzeit zusammenzustellen. Das Verderbliche zuerst, dachte sie. Das bedeutete, der Schinken musste gegessen werden. Okay, dann gab es also Schinken-Käse-Sandwiches.

Olivia kam mit Tränen in den Augen herein, gefolgt von Carol und Barb. »Ich wollte mit Josh sprechen, aber er geht nicht ans Telefon.«

»Er ist wahrscheinlich im Dienst«, versuchte Sela sie zu beruhigen. »Jeder aktive Soldat wird jetzt im Einsatz sein. Schick ihm eine Textnachricht und schreib ihm, er soll dich zurückrufen, wann immer er kann, egal um welche Uhrzeit.« Carol machte sich bestimmt auch Sorgen um ihren

Enkel, hatte sich jedoch aus Rücksicht auf Olivia nicht dazu geäußert.

Was Sela betraf, so hätte sie ebenso gern gehört, dass ihr Neffe in Sicherheit war, und dabei auch noch herausgefunden, welche Vorbereitungen das Militär traf. Und dann wollte sie nichts lieber als nach Hause gehen und schlafen, obwohl sie bezweifelte, dass sie in dieser Nacht zur Ruhe käme.

Doch zuerst mussten sie arbeiten – zügig. Sie mussten tun, was sie konnten, solange sie noch Strom hatten.

4. Kapitel

Mike Kilgore war ein Mann, der zu seinem Wort stand. Am nächsten Morgen machte er sich auf den Weg zu Ben Jernigans Haus hoch oben auf dem Cove Mountain. Er freute sich nicht gerade darauf, denn soweit er gehört hatte, war Jernigan nicht gerade ein freundlicher Zeitgenosse. Aber Mike war selbst Soldat gewesen und stellte sich vor, dass sie vielleicht eine gemeinsame Basis hatten ... oder auch nicht. Das würde er erst erfahren, wenn er dort war.

Die Morgennachrichten hatten sich nicht gut angehört, und der Mobilfunk war bereits teilweise gestört, die Satelliten versagten nacheinander ihren Dienst ... Es sah aus, als müssten sie sich auf das Schlimmste gefasst machen. Mike mochte gar nicht daran denken. Er hatte geglaubt, das Schlimmste bereits gesehen zu haben, damals im Golfkrieg, aber das, was in den Städten passieren würde, wenn die Stromnetze zusammenbrachen, könnte durchaus ähnlich schlimm werden. Ihm wurde übel, wenn er daran dachte, und er konzentrierte sich stattdessen lieber auf seine unmittelbare Umgebung, seine Familie, seine Nachbarn, Wears Valley. *Denk an das, was dir am Nächsten liegt.* Die Leute im Tal brauchten Hilfe, jemanden, der sie anführte, der sich verdammt noch mal auskannte, und Mike war der Meinung, dass Ben Jernigan dafür am besten geeignet war.

Der Morgennebel schwebte noch immer an einigen Stellen über dem Boden, als Mike sich mit dem Wagen die Kurven und Wendungen der Bergstraße am Cove Mountain hochschlängelte. Der September war ein trockener Monat, aber die Vegetation produzierte immer Feuchtigkeit und das Ökosystem, dem die Smoky Mountains ihren vielsagenden Namen *smoky*, dunstig, neblig, verdankten. In wenigen Wochen würden die Blätter sich verfärben, aber im Moment herrschte noch immer Hitze. Was auch gut ist, dachte er, so brauchten die Talbewohner nicht zu heizen. Alle würden lernen müssen, mit den Ressourcen sparsam umzugehen, damit sie durch den Winter kamen.

Er bog von der breiteren Asphaltstraße, auf der zwei Wagen Platz hatten, in eine schmalere, ebenfalls asphaltierte ein, die für die Bewohner der Häuser längs dieser Straße gedacht war. Es gab hier keinen Durchgangsverkehr, keine Abzweigungen. Wenn er sich richtig erinnerte, aber es war schon Jahre her, dass er hier nach oben gefahren war, wurde die Straße immer schmaler und schmaler, bis sie in einen Schotterweg mündete, und sie war verdammt steil.

Weiter oben zu seiner Rechten entdeckte er einen Mann, der seinen Rasenmäher über einen schmalen Grasstreifen schob. Vorsichtshalber fuhr Mike langsamer und hielt sich so weit links wie möglich, ohne von der Straße abzukommen. Der Mann blickte auf, und zu Mikes Erstaunen hob er die Hand und kam auf die Mitte des Fahrdamms gelaufen.

Der will reden, dachte Mike, hören, was es für Neuigkeiten gibt. Also reagierte er auf das Signal und bremste ab. Er kannte den Mann nicht, aber einige der Häuser am Hang waren Ferienhäuser. Himmel – wenn er ein Tourist war, hätte er schon längst auf dem Heimweg sein müssen. Aber vielleicht war er auch ein Zugezogener. Es war unmöglich, jeden zu kennen, der hier im Tal wohnte, selbst für einen Alteingesessenen wie ihn.

Als sein Wagen zum Stehen kam, musste Mike sich zusammenreißen, um den Typ nicht mit offenem Mund anzustarren. Er sah aus wie Teddy Roosevelt, komplett mit Tropenhelm und Schnurrbart. Und er trug ein Khakihemd und Khakishorts mit schwarzen Schuhen und braunen Socken.

Mike ließ die Scheibe auf der Fahrerseite herunter und lehnte sich heraus. »Guten Morgen«, begrüßte er den Mann.

Teddy Roosevelt blickte ihn tadelnd an. »Das hier ist ein Privatweg«, sagte er. »Was tun Sie hier?«

Mike sträubten sich leicht die Nackenhaare, er bemühte sich aber weiterhin um einen freundlichen Gesichtsausdruck. Vielleicht war es gar nicht schlecht, in Zukunft ein bisschen vorsichtiger zu werden. »Ich weiß. Ich besuche jemanden.«

»Wen?«

Jetzt sträubten sich seine Nackenhaare noch mehr. Schließlich fuhr Mike seinen Dienstwagen mit dem gut sichtbaren Schriftzug »Kilgore Sanitärdienst« auf beiden Seiten, zusammen mit seiner Telefonnummer. Es sah also nicht so aus, als würde er Ausschau nach einem Haus halten, in das er einbrechen könnte. Statt die Frage zu beantworten, konterte er mit einer eigenen: »Wer sind Sie denn?«

»Ich bin Ted Parsons, mir gehört das Haus hier.« Er zeigte auf das Gebäude hinter sich, ein ziemlich geräumig wirkendes Blockhaus, wie es Touristen liebten, weil sie das wahrscheinlich für gebirgstypisch hielten.

Von seinem Akzent her war Mike sicher, dass der Mann nicht aus der Gegend stammte, zumindest nicht hier geboren und aufgewachsen war. »Ein Ferienhaus?«

Die Gesichtszüge des Mannes verhärteten sich. »Ich gebe die Frage zurück: Wer sind Sie?«

»Sehen Sie einfach auf meinen Truck«, sagte Mike. »Mike Kilgore, Sanitärdienst.«

Teddy – Ted – warf einen Blick auf den Schriftzug. »Hat Sie jemand gerufen?«

Zum Teufel mit dem Kerl. Mike hätte am liebsten die Augen verdreht. »Ja«, log er. »Warum?«

»Wer?«

»Mister, wenn Sie mir erklären, warum es Sie was angeht, bei wem die Wasserleitung leckt, gebe ich Ihnen alle Informationen, die Sie haben möchten. Aber da ich davon ausgehe, dass das nicht der Fall ist, werde ich jetzt weiterfahren.« Er ließ das Fenster hoch und trat aufs Gas, sodass der Teddy-Verschnitt gezwungen war, einen Schritt zurückzutreten, damit er ihm nicht über den Zeh rollte. Allmächtiger Gott. Mike hoffte, dass dieser Typ nicht hier wohnte und sich bald auf den Nachhauseweg machte – was er bereits gestern hätte tun sollen. Aber Idioten gab es in jeder Gegend, und der Herrgott wusste, dass sie in diesem Tal schon genug hatten. Mehr von der Sorte brauchten sie nicht.

Ben ging in Gedanken noch einmal durch, was er gestern alles erledigt, welche Vorräte er angeschafft hatte, was bereits vorhanden war, welche Vorkehrungen er zum Schutz seiner Gerätschaften getroffen hatte, und stellte fest, dass alles getan war, was er tun konnte.

Er war kein Prepper, Überlebenskünstler oder Panikmacher. Er hatte seine gefriergetrockneten Lebensmittel, die Munition, alternative Energiespeicher und Wasservorräte nicht gehortet, weil er glaubte, dass das Ende der Welt bevorstand. Er bereitete sich ganz einfach auf alles vor, was das Leben für ihn bereithielt – schon allein, um möglichst wenig Kontakt mit dem Rest der Bevölkerung aufnehmen zu müssen. Den Zusammenbruch des Stromnetzes würde er ohne Weiteres überstehen, dazu musste er nicht mal groß sein Leben umstellen. Er musste nur weniger Benzin verbrauchen und ein bisschen Einfallsreichtum beweisen, wenn nichts mehr übrig wäre, aber durch seine militärische Ausbildung und Erfahrung war das keine große Sache. Er konnte sich zu Fuß kilometerweit durch die Berge bewegen, was er sowieso regelmäßig tat, vor allem um in Form zu bleiben, aber auch weil ihm die Einsamkeit und die ursprüngliche Erhabenheit der Mountains gefielen.

Heute war DER Tag, die Kacke war am Dampfen. Prepper und Wissenschaftler hatten schon lange davor gewarnt, und heute würde es passieren. Schuld war nicht irgendein aggressiver Angreifer, der eine thermonukleare Bombe in der Atmosphäre explodieren ließ, sondern die Sonne. Die Sonne bestimmte, was auf der Erde ablief, und daran wurden die Menschen nun aufs Heftigste erinnert.

Europa und der größte Teil Asiens lagen bereits im Dunkeln. Nur spärlich kamen Nachrichten durch, da die Kommunikationssysteme dort schon nicht mehr funktionierten: Stromnetze, Satelliten, Telefonleitungen, alles war verkohlt. Das US-Militär hatte besonders gesicherte Energiequellen, und die wenigen Informationen, die im Umlauf waren, kamen von dort. Aber sie hatten alle Hände voll mit ihrer Krisenbewältigung auf Basen und in Botschaften weltweit zu tun, und das Übermitteln von Nachrichten gehörte nicht zu ihren Aufgaben. Ihr Job war es, die Stellung zu halten, das Land und seine Bewohner zu schützen, und das Militär war im Moment darauf konzentriert. Nur wenige Anrufe und SMS kamen durch, und ein paar Nachrichten tröpfelten über sein Funkgerät herein, doch die atmosphärischen Störungen wurden mit jeder Minute stärker.

Die Nachrichten waren nicht beruhigend, und das würde sich noch eine ganze Weile nicht ändern.

Ben besaß keinen Fernseher, er wollte auch keinen, brauchte keinen. Im Internet hatte er mehr als genug gesehen. In vielen größeren Städten war der Verkehr bereits kollabiert, und wer schlau war, sah zu, dass er dort rauskam. Die weniger Schlauen versuchten, einen Lebensmittelvorrat für zwei Tage zu sammeln, und meinten, das sei genug. Einige Leute waren gezwungen, zu bleiben, wo sie waren, vielleicht wegen eines kranken Familienmitglieds, das sie nicht allein zurücklassen wollten. Diese Menschen taten ihm leid, denn sie würden die ganze Sache höchstwahrscheinlich nicht überleben. Eine Großstadt war auf so lange andauernde Krisen nicht vorbereitet. Zu viele Bewohner würden mit ihren Vorräten nicht länger als zwei Tage auskommen. Sie hatten keine Vorstellung davon, wie es war, wenn die elektrische Versorgung für Wochen oder Monate ausfiel und sie nicht kurz zum Imbiss gehen und etwas holen konnten oder zum Supermarkt, um Zutaten fürs Kochen zu kaufen.

In einigen Teilen des Landes gab es bereits keine Stromversorgung mehr oder nur noch eine unzureichende, da die Atomkraftwerke aus Sicherheitsgründen bereits abgeschaltet worden waren. Wenn der Solarsturm ohne Warnung eingetroffen wäre, hätten die Betreiber der Nuklearanlagen keine Zeit mehr gehabt, eine sichere Notabschaltung vorzunehmen.

Und natürlich gab es Menschen, die nicht glaubten, dass

die Vorhersagen eintreffen würden. Ben verstand nicht, dass jemand etwas ignorieren konnte, was genau vor seiner Nase passierte, und wie gelassen manche die Nachrichten aufnahmen, dass Europa und Asien im Dunkeln lagen. Glaubten sie etwa immer noch, dass ihnen selbst nichts passieren würde? Sie lebten ihr normales Leben weiter wie bisher und lachten über andere, die Vorkehrungen trafen. Das hier war nicht Y2K, die Panik vor der Jahrtausendwende. Morgen würden diese Leute nicht mehr lachen.

Er hoffte, dass Sela Gordon nicht zu den Ignoranten gehörte. Er hatte getan, was er konnte, als er ihr schon so früh Bescheid gesagt hatte. Er hätte auch zu einem größeren Supermarkt in der Stadt gehen können, um sich weitere Vorräte zu besorgen. Vielleicht wäre das besser gewesen. Niemand dort hätte sich im Geringsten über seinen Einkauf gewundert, so wie Sela es getan hatte. Es wäre auch billiger gewesen. So ein kleines Geschäft konnte mit den Preisen großer Ladenketten nicht konkurrieren.

Er hätte außerdem mit seiner Kreditkarte bezahlen können, wohl wissend, dass die Zahlung für lange Zeit nicht eingelöst werden konnte, wenn überhaupt. Denn die Daten könnten bei dem Zusammenbruch der Stromleitung auch gelöscht werden. Wie jeder wollte auch er sein Bargeld sparen. Aber er dachte gar nicht daran, Sela zu betrügen. Sie würde ebenfalls Cash benötigen, dringender noch als er, denn er war viel unabhängiger.

Seine fehlgeleiteten Überlegungen waren deshalb schnell wieder vergessen gewesen. Er hätte nicht einfach an ihrem Shop vorbeifahren können, denn tief im Inneren hatte er das Bedürfnis verspürt, ihr zu sagen, was bevorstand. Er trug keine Verantwortung für sie, für niemanden, aber er hätte sich trotzdem unwohl gefühlt, wenn er sie hätte hängen lassen So wie er sie einschätzte, gehörte sie zu den sanften Seelen, ein stilles, warmes Licht in einer Welt, die alle Wärme brauchte, die sie bekommen konnte. Sanft bedeutete jedoch nicht schwach, und er hoffte, dass sie auf seine Warnung reagiert hatte.

Mit dieser Warnung war sein Drang, am Leben jenseits seiner Hütte teilzuhaben, allerdings schon erschöpft. Er erwartete nicht, in den kommenden Monaten oder vielleicht sogar Jahren irgendjemanden von den anderen aus dem Tal zu Gesicht zu bekommen. Und das passte ihm sehr gut.

Man sollte den Teufel nicht in Versuchung führen.

Kaum war ihm dieser Gedanke durch den Kopf gegangen, als sein Bewegungsmelder Alarm schlug und seine Annahme sich als Irrtum herausstellte. Er hoffte, dass sein Besucher ein Bär war, doch als er das Display seiner Überwachungskamera checkte, fluchte er laut. Ein leicht übergewichtiger Mann im mittleren Alter arbeitete sich mit kurzen schweren Schritten und gesenktem Kopf schnaufend und ächzend den Hang zu Bens Veranda herauf. Ben kniff die Augen zusammen, nahm das Mossberg Gewehr von seinem Platz an der Eingangstür und trat nach draußen.

Er wollte, dass sein Besucher ihn sofort sah und nicht näher kam. Als die Tür hinter ihm zuschlug, blieb der Eindringling stehen und hob den Kopf, die Augen sofort auf Bens Waffe gerichtet. Er hob langsam den rechten Arm. »Guten Morgen. Ich bin Mike Kilgore aus dem Tal.« Er warf einen Blick über die Schulter zurück. »Sie haben da einen riesigen Scheiß-Felsen mitten auf dem Weg. Ich musste den Wagen stehen lassen und die ganze Auffahrt hochlaufen.«

»Ich weiß. Ich hab ihn da hingerollt«, sagte Ben ungerührt. »Was kann ich für Sie tun?« Er hatte gar nicht vor, irgendetwas zu tun, er wollte nur, dass dieser Mann wieder umkehrte.

Mike Kilgore holte ein paar Mal tief Luft, bis er wieder normal atmen konnte. »Wir versuchen uns zu organisieren, für den Fall … Sie wissen schon. Leute müssen informiert werden. Wie auch immer, niemand hatte Ihre Telefonnummer, sonst hätten wir Sie angerufen. Also habe ich mich freiwillig gemeldet, hier hochzukommen und mit Ihnen zu reden.« Er wischte sich den Schweiß vom Gesicht. Es war jetzt am frühen Morgen noch relativ kühl, aber der Weg hier auf den Berg hätte wohl jeden ins Schwitzen gebracht. Ben kam ohne große Anstrengung hier hoch, aber er sorgte auch dafür, dass er die Kondition dafür hatte. Kilgores Haar war an den Schläfen grau, und seine Wangen hatten eine unnatürliche rosa Färbung angenommen. »Wir stellen außerdem eine Liste von Kontaktpersonen zusammen – Sie wissen schon, die nächsten Angehörigen, falls etwas passiert und wir sie benachrichtigen müssen, wenn sich die Situation wieder normalisiert.«

Ben dachte kurz an seinen Vater, einen Rancher in Montana, der sich einen Scheiß um seine Kinder scherte. Bens Mutter war tot. Sein Vater hatte erneut geheiratet, und die anderen Kids waren nun seine Halbgeschwister, denen er nicht wirklich nahestand. Vielleicht würden sie es gern erfahren, wenn er tot wäre, aber nur um herauszufinden, ob er ihnen etwas vererbt hatte. In diesem Fall musste er sie allerdings enttäuschen.

Ein guter Nachbar hätte den Mann auf ein Glas Wasser oder vielleicht sogar eine Tasse Kaffee eingeladen, aber Ben war kein guter Nachbar und hatte auch nicht die Absicht, einer zu werden. Er hielt, mit dem Gewehr in der Hand, Stellung auf der Veranda. Wenn niemand im Tal seine Telefonnummer hatte, sollte denen doch klar sein, dass er keine Anrufe wollte. Oder Besuche.

Aber Mike Kilgore schien nicht gehen zu wollen, bevor er seine Aufgabe erledigt hatte. Jetzt, wo er ein bisschen näher gekommen war und Ben ihn besser erkennen konnte, strich er in Gedanken den ersten Eindruck von »leicht übergewichtig« und machte daraus ein »untersetzt muskulös«.

»Wie auch immer«, fuhr Kilgore fort, »die Schule wird unser Versammlungsort sein. Wenn das Stromnetz zusammenbricht, wollen wir uns am Nachmittag dort treffen, um uns zu organisieren. In solchen Zeiten müssen wir zusammenhalten, ein Nachbar dem anderen helfen. Wir wollten Sie bitten, dazuzukommen. Sie besitzen ein paar nützliche Fähigkeiten, und verdammt, womöglich brauchen Sie uns auch mal. Ich bin übrigens Klempner. Jeder braucht irgendwann mal einen Klempner.«

Das mochte vielleicht generell stimmen, aber Ben antwortete nicht darauf.

»Ich wohne mit meiner Frau in der Myra Road, in derselben Straße wie Sela Gordon.« Kilgore wischte sich wieder den Schweiß von der Stirn. »Sie kennen Sela doch, nicht? Hat den kleinen Tankstellenladen am Highway. Ich glaube, ich hab Ihren Truck schon mal da gesehen. Ein paar der Frauen wollen, dass sie die Organisation der Gemeinde übernimmt, aber …« Er zuckte die Schultern. »Sie möchte nicht, und ich denke, sie ist vielleicht nicht stark genug für diese Aufgabe. Sie wären aber perfekt dafür.«

»Nein«, sagte Ben kurz und ohne zu zögern. Er hatte kein Verlangen danach, für irgendjemand anderen als sich selbst

Verantwortung zu übernehmen. Davon hatte er beim Militär genug gehabt.

Kilgore machte einen Schritt zurück. »Na gut, falls Sie Ihre Meinung ändern …«

»Werde ich nicht.«

Er warf einen Blick auf das Gewehr. »Denken Sie noch mal drüber nach …«

Ben schüttelte nachdrücklich den Kopf.

Kilgore seufzte. »Na gut, ich hab's jedenfalls versucht. Falls Sie Ihre Meinung noch ändern, kommen Sie einfach zum Meeting in der Schule.« Er warf einen Blick zurück auf die Auffahrt und verzog das Gesicht. »Ich muss den ganzen Weg rückwärts runterfahren. Es gibt auf dem nächsten Kilometer nirgends Platz zum Wenden.«

»Ich weiß.« Ben bot ihm weder Hilfe an, noch äußerte er sein Bedauern. Kilgore würde es allen erzählen. Er würde nicht noch einmal herkommen und auch sonst niemand, der von Bens fehlendem Entgegenkommen gehört hatte. Und von seinem Gewehr. Perfekt.

Er blieb auf der Veranda stehen und beobachtete, wie Kilgore sich auf den Rückweg machte. Als der Mann außer Sichtweite war, ging Ben zurück ins Haus und stellte das Gewehr wieder an seinen Platz neben der Tür.

Er dachte daran, dass Sela Gordon die Organisation im Tal übernehmen sollte, und konnte sich das kaum vorstellen. Allerdings sagte sie so wenig, dass sie schwer einzuschätzen war. Er glaubte, dass sie kompetent war und wahrscheinlich besser dafür geeignet als die meisten anderen, wenn sie denn ein bisschen energischer auftreten würde.

Bens Art der Organisation wäre es, allen klarzumachen, dass sie für sich selbst sorgen sollten. Wer sich nicht vorbereitet hatte, war selbst schuld. Die anderen würden schon über die Runden kommen. Menschen würden sterben, und zwar bald. Aber in diesem Teil der Welt würden die meisten es wahrscheinlich überstehen. Sie konnten jagen und fischen und Tauschgeschäfte mit den Nachbarn machen. Diejenigen, denen danach war, würden sich zusammentun und dafür sorgen, dass sie es schafften.

Sie brauchten ihn nicht, und er brauchte weiß Gott auch sie nicht.

Ted Parsons saß auf seiner eingezäunten Veranda und blickte über das Tal. Es war immer sehr ruhig hier, aber im Moment wirkte die Stille noch tiefer als sonst, umfassender. Selbst die Vögel schienen sich verkrochen zu haben und darauf zu warten, dass der Solarsturm vorüberginge.

Die meisten Häuser an diesem Weg waren verlassen, gewöhnlich nur an Feriengäste vermietet, obwohl es hier auch ein paar Einheimische gab, so wie John Dabbs. Der Witwer wohnte ein Stück den Berg hoch. John war eine echte Nervensäge. Immer wenn Ted und seine Frau Meredith da waren, klopfte er an die Tür und wollte irgendwas ausleihen, alles Mögliche vom Kaffee bis zum Schraubenzieher oder den Rasenmäher. John war ein Schnorrer. Dass er jetzt nicht hier auftauchte, hieß, dass er zu Besuch bei seiner Tochter in Memphis war. Es gab noch ein paar andere, die hier wohnten, Leute, die Ted vom Nachbarschaftsverein kannte, wo sie Dinge besprachen wie die Reparatur der Straße, die Gestaltung einer Grünfläche oder das Installieren einer Straßenbeleuchtung. Ted war gegen die Grünfläche und die Beleuchtung. Er wollte nicht, dass die Straße noch einladender aussah und leichter zu finden wäre.

Sein Ferienhaus befand sich an einer Stelle, die er als einen Hotspot am Berghang ansah. Nicht zu hoch und daher gut zu erreichen, aber hoch genug, um eine gute Aussicht zu haben. Er und Meredith versuchten jeden Monat für mindestens ein verlängertes Wochenende herzukommen, und sie hatten schon darüber gesprochen, hier einmal ihren Ruhestand zu verbringen. Er fühlte sich genauso zur Gemeinde gehörend wie alle anderen in dieser Region, trug seinen Teil in Form von Steuern und Einkäufen im Tal und in der Umgebung bei. Er beschwerte sich berechtigterweise bei den Agenturen, die diese Ferienhäuser hier an der Straße verwalteten, wenn das Gras nicht gemäht wurde, Reparaturen gemacht werden mussten oder Feriengäste am Straßenrand oder, noch schlimmer, in Teds Auffahrt parkten. Weshalb dachten manche Leute, sie hätten das Recht, in jemandes Auffahrt zu parken?

Gestern hatte ein Deputy vom Sheriff an seine Tür geklopft und ihn gebeten abzureisen, weil »Touristen nach Hause fahren sollten«, solange es noch möglich war. Er war darüber immer noch stinksauer. Er war kein verdammter Tourist, ihm gehörte das Grundstück hier, und was hieß es schon, dass er nicht die ganze Zeit über hier wohnte? Es war trotzdem sein Zuhause, und er gehörte hierher wie jeder andere auch. Sie hätten ihn um Mithilfe bitten sollen und nicht versuchen, ihn aus seinem Haus zu vertreiben. Er wusste, wie man Dinge organisierte, wie man die Führung übernahm und Aufgaben verteilte.

Wenn nichts passierte, würde er mit Meredith am Sonntag nach Hause fahren, wie sie es ursprünglich geplant hatten. Wenn es zu einem KMA kommen sollte und es so schlimm wurde wie vorhergesagt, waren sie hier an der richtigen

Stelle. Er würde es niemals laut sagen, aber er wäre regelrecht enttäuscht, wenn die Wissenschaftler sich geirrt hätten. In einer Krise taten sich immer Möglichkeiten auf, wenn jemand – so wie er – schlau genug war, diese Gelegenheit zu ergreifen.

Meredith kam mit dem Mobiltelefon in der Hand auf die Terrasse. »Meine SMS gehen nicht durch. Das Ding ist immer am Rotieren und Rotieren!« Ihre Stimme zitterte leicht, und ihre Hände bebten. Er stand sofort auf und legte den Arm um sie. Wenn sie die Familie und ihre Kinder nicht erreichen konnte, machte sie sich immer Sorgen. Er wollte nicht, dass sie sich aufregte, nicht mit ihrem schwachen Herz.

»Die Leitungen sind überlastet, weil alle Nachrichten verschicken oder jemanden anrufen wollen«, tröstete er sie. »Du weißt doch, dass es allen gut geht, du hast noch gestern mit ihnen gesprochen.« Die beiden waren jetzt fünfunddreißig Jahre verheiratet, und er konnte sich ein Leben ohne Meredith nicht vorstellen. Als sie vor zehn Jahren fast an einem Herzanfall gestorben wäre, hatte ihn das tief erschüttert. Ted hatte wenige Freunde, meist ging ihm die Dummheit der Menschen auf die Nerven. Aber Meredith war das Zentrum seiner Welt. Er würde alles tun, um sie zu beschützen. Sie war so schwach, wie er stark war. Sie musste nicht stark sein, seine Kraft reichte für sie beide.

Sie war wie er sechsundfünfzig Jahre alt, hatte aber noch immer eine weiche Haut und war sehr attraktiv. Er fand, dass sie mit ihrem hellbraunen Haar und den blauen Augen etwas Engelhaftes an sich hatte, und es machte ihn wütend, wenn jemand versuchte, ihre Sanftheit auszunutzen.

Sie setzte sich, und er kehrte auf seinen Stuhl zurück. Das

Handy hatte sie so fest umklammert und ständig im Blick, als erwarte sie, dass es jeden Moment klingelte. »Wir hätten nach Hause fahren sollen«, sagte sie nicht zum ersten Mal. »Der Tank ist voll, wir hätten es geschafft.«

»Hier geht es uns besser.«

»Aber …«

Er schüttelte den Kopf. »Die Kinder sind nicht da. Sie haben dir versichert, dass es ihnen gut geht, und sie müssen sich um ihre eigene Familie kümmern. Es gäbe nichts, wobei du ihnen helfen könntest. Sie sind zu weit entfernt.« Beide Kinder waren direkt nach dem College weggezogen. Ted junior wohnte mit seiner neuen Frau im Bundesstaat Washington, und Kate war wegen eines besseren Jobs nach Texas gezogen. »Sie sind stark, es wird ihnen gut gehen.« Nicht alle in der Familie waren stark, aber das war nicht sein Problem. »Deine Schwester und deine Mutter müssen eben für sich selbst sorgen.«

Er wartete auf ein weiteres »Aber«, das jedoch nicht kam. Merediths Familie war ein Hauptgrund gewesen, aus dem er nicht hatte nach Hause fahren wollen. Sie rannten ständig mit ihren Problemen zu ihr, machten ihr Stress, erwarteten von ihr, dass sie ihnen Geld »lieh«, wenn sie wieder pleite waren – was sie dann nie zurückzahlten –, und beschwerten sich über die Versager, mit denen ihre Schwester sich immer wieder einließ. Ihre Mutter verteidigte ihre Schwester ständig, während sie Meredith fortwährend moralisch erpresste, um Geld von ihr zu bekommen. Das Letzte, was Meredith und er brauchten, war, sich mit diesen beiden Blutsaugern auseinanderzusetzen.

Er würde es nie in ihrer Gegenwart aussprechen, aber er hoffte, dass die beiden es nicht überlebten. Meredith wäre sehr traurig, aber auf lange Sicht ginge es ihr so besser.

Wenn er es recht bedachte, wäre ein elektromagnetischer Impuls noch eine bessere Katastrophe gewesen als ein KMA. Wenn das Stromnetz nach einem Überraschungsschlag zusammengebrochen wäre, hätte sich niemand in Sicherheit bringen können. Fahrzeuge wären zerstört – jedenfalls einige. Das Chaos wäre so viel größer gewesen.

Niemand wäre zu ihm gekommen und hätte ihn aufgefordert, sein eigenes Haus verdammt noch mal zu verlassen.

Ein Mann konnte sich bei einer solchen Katastrophe beweisen. Einige würden diese Krise überleben, sogar über sich hinauswachsen, aber andere eben nicht. Er hatte nicht nur vor zu überleben, er wollte die Dinge in die Hand nehmen.

An diesem Nachmittag fand eine Versammlung in der Grundschule statt. Niemand hatte ihn davon unterrichtet, das wurmte ihn. Er hatte die Nachricht über einen Webcrawler auf einer Seite des Knoxville Fernsehens gefunden, kurz bevor sein TV-Satellit den Geist aufgegeben hatte. Irgendjemand musste diesen Naivlingen beibringen, wie man organisierte und was zu tun war. Eine Menge Leute, die hier lebten, waren nie weiter gekommen als bis zum östlichen Rand von Tennessee, sie hatten keine Ahnung.

Er blickte über das Tal und dachte nach. In der Schule würden Vorräte sein, in den Restaurants, den Supermärkten und Tankstellen. Die Alkoholika beim Schwarzbrenner wären in den kommenden Monaten Gold wert. Ebenso das Apfelgelee, Karamellbonbons und Chutneys aus dem Laden neben dem Schwarzbrennerhaus. Jemand musste sich darum kümmern.

Ted war gut darin, sich um etwas zu kümmern. Er führte seit Jahren sein eigenes Unternehmen. Am Anfang war er sieben Tage die Woche im Reifengeschäft gewesen, dem ersten Laden. Er hatte sich den Arsch aufgerissen. Jetzt gehörten ihm sechs Läden, und für jeden hatte er einen kompetenten Manager. Es war nicht mehr notwendig, dass er sich mit dem täglichen Geschäft auseinandersetzte, doch er kam gern unangekündigt in die Läden, sodass er die Geschäftsführer auf Trab hielt.

Die Geschäfte würden während der Krise leiden, so wie bei jedem anderen Unternehmen auch. Aber wenn alles vorbei war, würde er wieder zur Stelle sein und sie neu aufbauen. Er würde klarkommen. Er war ein Überlebenskünstler, und er würde sich um Meredith kümmern.

Sie hatten genug Vorräte, um über einen kurzen Zeitraum auszukommen. Alles andere würde er im Tal dort unten finden. Er musste nur die Zügel in die Hand nehmen. Und alles ein bisschen aufmischen.

5. Kapitel

Olivia kam in die Küche gestürzt, wo Sela, Carol und Barb immer noch dabei waren, Lebensmittel einzumachen. Solange die Stromversorgung funktionierte, konnten sie diese Arbeit nicht liegen lassen. »Ich habe Nachricht von Josh!«, rief sie und wedelte mit ihrem Handy, während sie gleichzeitig in Tränen ausbrach.

»Ach, Liebes.« Carol trocknete sich die Hände ab und nahm ihre Enkelin in die Arme. »Ich bin ja so erleichtert. Wie geht es ihm? Ist er noch auf der Militärbasis?«

Olivia rieb sich die Augen und zeigte ihrer Großmutter die Textnachricht auf ihrem Smartphone.

»Alles okay hier«, las Carol laut vor, »sind vorbereitet, haben Sicherheitssysteme, werde hier eine Weile festsitzen, pass auf dich auf! Sag Gran Hi & ich lieb euch beide!«

Jetzt rieb sich Carol ebenfalls die Augen. »Mir fällt ein Stein vom Herzen. Ich dachte mir, dass beim Militär alles läuft, aber es von ihm zu hören, gibt mir ein besseres Gefühl.« Sie drückte Olivia noch einmal und setzte sich dann wieder, um weiter das Essen vorzubereiten.

Sela warf einen Blick auf die Uhr und rechnete nach. »Olivia, wenn du die Erbsen enthülsen könntest, haben wir noch genug Zeit, sie in den Schnellkochtopf zu werfen, bevor es zu spät ist.«

Olivia verzog das Gesicht, weil sie inzwischen gemerkt hatte, dass sie das Erbsenschälen hasste – genauso wie Körner vom Maiskolben zu raspeln –, setzte sich aber ohne zu protestieren an den Tisch und griff nach einer Schote. Es waren nicht mehr viele Erbsen übrig, vielleicht genug, um zweieinhalb oder drei Liter einzufüllen. Barb hatte mit ihrem Backautomaten frisches Brot produziert und Sela zwei Dutzend Mais-Muffins gebacken. Sie würden etwas hart werden, hielten sich aber länger als weiches Brot.

Sie hatten getan, was sie konnten. Es blieben nur noch wenige Stunden, bis der KMA sie erreichte. Sela wünschte, jemand könnte ihnen den genauen Zeitpunkt angeben, aber ein Solarsturm hielt sich nicht an Pläne. Die Naturgewalten waren ehrfurchtgebietend und mächtig, und für die Erde war nichts mächtiger als die Sonne.

Sela war so stolz auf Olivia, die so fleißig beim Konservieren geholfen hatte, auch wenn sie sich bei solchen Arbeiten eigentlich gern verdrückte. Auch sonst beschwerte sich niemand, obwohl es in der Küche ziemlich eng wurde, wenn alle wie verrückt arbeiteten. Olivia hatte sich die Warnung, alle elektrischen Geräte aus der Steckdose zu ziehen, zu Herzen genommen: Sie hatte nicht nur bei ihnen im Haus dafür gesorgt, sondern war auch bei den Nachbarn gewesen, um dort den Rat weiterzugeben. Die einzigen Geräte, die noch angeschlossen waren, waren die, die sie noch benutzten, und die befanden sich alle in der Küche. Olivia hatte weiterhin mit ihren Freundinnen hin und her getextet, aber hauptsächlich über die KMA, und inzwischen wurde der Austausch seltener. Auf Selas Vorschlag hin war Olivia zwischen Carols und Selas Haus hin und her gelaufen und hatte die ganze Wäsche gewaschen. Einer Krise trat man am besten mit sauberen Klamotten entgegen.

Carols Satellitenfernseher sendete nicht mehr. Aber sie

hatte noch eine Ersatzantenne, mit der sie die Lokalsender von Knoxville empfangen konnte, und der kleine Fernseher in der Küche lief. Auch wenn es ab und zu Störungen gab, Rauschen oder Blitze oder beides, konnten sie die ausführliche lokale Berichterstattung verfolgen, während sie arbeiteten. Die Nachrichtensprecher waren darin geschult, alle Mitteilungen so dramatisch wie möglich zu gestalten, aber sie wirkten alle wirklich verängstigt. Jetzt gab es tatsächlich jeden Grund, sich Sorgen zu machen.

Sela ließ die Uhr nicht aus den Augen. »Olivia, du solltest duschen und dir die Haare waschen, solange wir noch heißes Wasser haben. Das müssen wir alle, also mach, so schnell du kannst.«

Olivia raste die Treppe hoch und kam zehn Minuten später wieder herunter, ihr langes Haar nass und glatt zurückgekämmt. »Du gehst als Nächste«, sagte Carol entschlossen zu Sela. »Du hast längeres Haar als wir beide und brauchst mehr Zeit, um es zu trocknen. Wir sind hier sowieso fast fertig.«

Das traf nicht ganz zu, sie mussten immer noch putzen und aufräumen. Aber es stimmte, dass Selas Haar lang und voll war und nicht vor dem Zubettgehen trocken wäre, wenn sie keinen Fön benutzte. Noch etwas, das man planen sollte, dachte sie, während sie die Stufen nach oben stieg: Ohne Strom musste sie sich die Haare früh genug am Tag waschen, sodass es noch trocknen konnte. Sie hatte in Filmen gesehen und auch in Büchern gelesen, wie die Frauen am Feuer saßen und ihr Haar trockneten, hatte es jedoch immer romantisch oder pittoresk gefunden, ohne an den praktischen Hintergrund zu denken. Plötzlich sah sie die Situation ganz anders. Die alltäglichen Dinge würden viel komplizierter werden und eine bessere Organisation erfordern.

Genauso wie Olivia beeilte sie sich beim Duschen. Sie hätte es gern länger ausgekostet, weil sie wusste, dass es für lange Zeit die letzte heiße Dusche sein würde, doch dies war nicht der richtige Moment, um zu trödeln. Als sie wieder angezogen war, nahm sie den Fön mit nach unten und machte Platz für die Nächste.

Als alle das Bad benutzt und sie die Küche sauber gemacht hatten, war es fast so weit. Da sie nicht das Risiko eingehen wollten, dass die Küchengeräte zerstört würden, trennten sie alle vier Geräte vom Stromnetz. Der elektrische Dampfkochtopf hatte die letzten Erbsen gegart, und die Gläser standen auf dem Küchentresen zum Abkühlen. Zu viert trennten sie fast feierlich alle Geräte vom Stromnetz. Nur den kleinen Fernseher ließen sie laufen. Carol sagte, dass sie ihn opfern könnte, weil er sowieso schon alt war und durch einen neuen Flachbildschirm ersetzt würde, sobald die Stromnetze wieder funktionierten.

»Was sollen wir jetzt machen?«, fragte Olivia mit großen Augen.

Sela zuckte mit den Schultern. »Warten.« Sie umarmte ihre Nichte – was alle immer wieder taten, um das Mädchen so weit wie möglich zu beruhigen –, dann setzte sie sich an den Tisch, von wo aus sie den Fernsehbildschirm sehen konnte. Eine nach der anderen folgte ihr. Olivia quetschte sich zwischen Carol und Sela, als fühlte sie sich so sicherer.

Das Nachrichtenband am unteren Rand des Bildschirms fesselte ihre Aufmerksamkeit. Verschiedene Gemeinden hatten das Gleiche getan wie die Bewohner von Wears Valley und für den Nachmittag oder den nächsten Morgen einen Treffpunkt vereinbart. Jeder in der Gegend, der nicht benachrichtigt worden war, würde die Nachricht im Fernsehen mitbekommen, jedenfalls diejenigen, die noch immer Empfang hatten und die Sendung verfolgten. Mindestens drei Radiostationen in Knoxville hatten ihre eigenen Vorbereitungen getroffen. Sie kündigten weitere aktuelle Nachrichten zu bestimmten Uhrzeiten an, warnten jedoch auch, dass sie in den ersten Tagen nach dem Einschlag der KMA nur mit Unterbrechungen senden würden, die Zuhörer sollten deshalb nicht zu beunruhigt sein, falls sie keinen Sender empfingen.

Sollten nicht zu beunruhigt sein. Ha.

»Radio«, sagte Olivia ungläubig, »kein Mensch hört noch Radio.«

»Natürlich hören Leute Radio«, konterte Barb. »Und jetzt erst recht.«

Sela empfing ein Signal auf dem Handy, das eine Textnachricht ankündigte, und alle zuckten zusammen. Sie warf einen Blick auf das Display. »Von Kristina«, sagte sie erleichtert. Sie hatte ihren engsten Freundinnen Amy und Kristina am Abend vorher eine SMS geschickt. Amy hatte ihr innerhalb einer Stunde geantwortet und Sela versichert, dass sie so vorbereitet waren, wie sie es nur sein konnten. Sie, ihr Mann Trace und die beiden Kinder – beide unter fünf Jahren – hatten gerade Amys Schwiegereltern besucht, als die Warnungen eingetroffen waren. Traces Eltern lebten auf einer Farm etwa zwei Stunden entfernt, und sie hatten beschlossen, dort zu bleiben. Auf dem Bauernhof war es möglich, sich eine Weile selbst zu versorgen, und Traces Eltern, beide in ihren Sechzigern, konnten auch gut ihre Hilfe gebrauchen.

Doch von Kristina hatte sie bis jetzt nichts gehört und sich Sorgen gemacht. Kristina lebte in Gatlinburg, nahe genug für Sela, um dorthin zu fahren, wäre sie nicht mit den

Vorbereitungen beschäftigt gewesen. Kristina war jedoch wegen ihres Jobs oft unterwegs, und sie hatten schon eine Woche oder länger keinen Kontakt mehr gehabt.

»In Mississippi mit Nathan & seiner Familie. Bleiben hier. Bei dir alles okay?«

Sie las die SMS ihrer Freundin laut vor und tippte schnell eine Antwort, dass es ihnen gut ginge und Amy und Trace bei Traces Eltern wären. Sie wünschte, ihre Freundinnen wären in der Nähe, aber die Vernunft sagte ihr, dass es ihnen dort, wo sie waren, besser ging: bei ihren Familien. Kristinas Eltern waren früh in den Ruhestand getreten und nach Arizona gezogen, deshalb hatte Kristina niemanden in ihrer Nähe. Sie und Nathan kannten sich seit einem halben Jahr, und es sah aus, als wäre es etwas Ernstes.

Das wird sicher ein Test, ob sie auch wirklich zusammenpassen, dachte Sela. Die beiden würden mit Nathans Eltern in einem Haus leben, ohne zu wissen, für wie lange, und das, obwohl Kristina sie gerade erst kennengelernt hatte.

Wie wäre es, eine solche Krise mit einem starken, zuverlässigen Partner in Angriff zu nehmen? Sela erschrak über diesen plötzlichen Gedankengang, und gleich darauf folgte ein weiterer: Sie war immer die Zurückhaltende gewesen, diejenige, die allen Risiken aus dem Weg ging. Wer würde diese Krise an *ihrer* Seite durchstehen wollen?

Sich das vor Augen zu halten, tat weh. Sie musste energischer werden, geschickter. Sela musste das ihrige beitragen und noch mehr. Sie hatte sich Sorgen gemacht, ob Carol und Olivia der ganzen Sache gewachsen sein würden, und wahrscheinlich dachten die beiden das Gleiche über sie. Carol jedenfalls, Olivia war vielleicht zu jung, um über so etwas nachzudenken.

Diese Krise würde für sie alle ein Test sein. Sela wollte nicht zu denen gehören, die sich nicht bewährten.

»Ich bin froh, dass sie bei Nathan und seinen Eltern ist«, sagte Carol. »Jetzt niemanden zu haben, muss fürchterlich sein.«

Die anderen drei nickten und stellten sich vor, wie schlimm es wäre, wenn sie niemanden hätten, auf den sie sich verlassen konnten.

»Ich würde mich besser fühlen, wenn ich wüsste, was uns erwartet«, meldete sich Barb, in deren weichen Gesichtszügen sich die Sorge abzeichnete. »Harte Arbeit stört mich nicht, damit bin ich aufgewachsen. Ich muss nur wissen, woran ich bin. Was funktioniert noch, was nicht? Was sollen wir tun, was sollen wir lassen?«

Unerklärlicherweise sahen alle zu Sela, als hätte sie die Antworten parat. Tatsächlich hatte sie einige Recherchen über KMA angestellt, aber das machte sie noch lange nicht zur Expertin. Wie konnte überhaupt jemand über etwas Bescheid wissen, das in der modernen Welt noch nicht passiert war?

»Ich kann auch nur Vermutungen anstellen«, begann sie langsam. »Textnachrichten sollten funktionieren – könnten funktionieren –, auch nachdem das Stromnetz zusammengebrochen ist, es sei denn, die Sendetürme werden vom Solarsturm getoastet. Die arbeiten ja mit Radiowellen, oder? Die Radiostationen meinen, dass die Wellen ein paar Tage gestört sein werden. Danach … vielleicht. Aber dazu müssen die Handys aufgeladen sein, und selbst dann haben wir keinen sicheren Empfang. Wir werden entscheiden müssen, ob wir die kostbare Energie zum Laden der Akkus benutzen wollen.«

»Ja!«, rief Olivia spontan.

»Ich sehe nicht ein, warum ein aufgeladenes Handy wichtiger ist als Licht«, sagte Carol. »Vor allem weil man nicht weiß, ob diejenigen, mit denen du telefonieren willst, auch ein aufgeladenes Handy haben und in der Nähe eines funktionsfähigen Sendemasts sind. Was kurz nach der Katastrophe eher fraglich ist. Aber ganz bestimmt werden alle wie verrückt daran arbeiten, die Leitungen zu reparieren.«

»Ich habe mein Handy heute Morgen aufgeladen«, sagte Sela. »Was ist mit euch?«

»Ich auch«, erwiderte Olivia. Natürlich.

Carol verzog das Gesicht. »Ich glaube, mein Akku ist auf siebzig Prozent.«

Barb seufzte. »Ich habe meins heute gar nicht angeschaltet. Hab's vergessen.«

»Damit kommen wir zu viert eine Weile aus, wenn denn ein Sendemast in der Nähe funktioniert.« Noch ein Gedanke ging ihr durch den Kopf. Sie hatten sich alle so damit beschäftigt, Nahrungsmittel zu konservieren, dass sie nicht mehr an Wasser gedacht hatten. Sie hatte eine große Menge Wasserflaschen aus dem Laden mitgebracht, aber das würde noch lange nicht reichen. »Wir sollten uns beeilen und möglichst viel Wasser abfüllen. Wenn der Strom aus ist, wird es viel schwieriger, an Wasser zu kommen.«

Alle machten sich an die Arbeit und füllten jedes Glas, jede Tasse, alle Schüsseln, Krüge und Töpfe, die sie finden konnten, während sie weiter den Fernseher im Auge behielten. Sela schickte Olivia in Carols kleines Badezimmer, das dem großen Schlafzimmer angeschlossen war, um dort auch noch die Badewanne zu füllen.

Die Nachrichtensprecher erklärten ernst, dass nichts

mehr funktionierte, was von Satelliten abhängig war, und dass man nicht abschätzen könne, wie lange es dauerte, sie zu reparieren oder zu ersetzen. Die Stromversorgung wiederherzustellen habe erste Priorität. Dann zählten sie Orte auf, an denen Notrationen verteilt und wo medizinische Zentren errichtet wurden. Der Betrieb von Krankenhäusern würde schwierig werden, wenn es keine Beleuchtung und funktionierende Aufzüge gab. Die medizinische Versorgung würde reduziert und aufs Minimum beschränkt werden.

Während sie mechanisch Wasser in Behälter füllte, fragte Sela sich, wie lange diese Notrationen reichen würden. Hier im Tal war nicht zu erwarten, dass jemand verhungerte. Es gab Wild und andere Tiere in der Gegend, ebenso Jäger, die bestimmt gern aushelfen würden. Sie hatte noch nie gebratenes Eichhörnchen gegessen, aber es gab hier so viele davon. Sie wäre nicht dagegen, Eichhörnchen zu essen, wenn die Vorräte ausgingen und kein anderes Wild mehr da wäre. Okay, die Vorstellung fand sie schrecklich, aber das würde sich wahrscheinlich ändern. Sie dachte sich, dass viele Abneigungen und Vorbehalte nicht mehr wichtig wären, bis sie diese Krise überstanden hätten.

Der Wasserstrahl, der aus der Leitung kam, wurde plötzlich dünner, dann tröpfelte es nur noch, bevor er ganz versiegte. »Was zum Teufel?« Carol warf einen Blick auf den Fernseher, der noch lief.

»Die Wasserwerke müssen alles abgestellt haben, damit die Pumpen nicht kaputtgehen«, sagte Sela. Sie sah zur Uhr und dachte, dass die Verantwortlichen ein ziemliches Risiko eingegangen waren, indem sie die Wasserversorgung noch so lange aufrechterhalten hatten. Sie drehte den Hahn zu und betrachtete ihren Vorrat an Wasser auf dem Küchentresen und dem Tisch, auf dem alle möglichen Gefäße standen, die sie sich hatten schnappen können. Olivia kam in die Küche zurück, sah Sela an und zuckte mit den Schultern. Sie hatte es gerade noch geschafft, Carols Badewanne zu füllen. Sie würden für eine Weile damit auskommen, und wenn es sein musste, könnten sie die Toilette mit Wasser aus dem Bach spülen.

Alles in Selas Haus war bereits vom Stromnetz genommen, ihre verderblichen Lebensmittel sowie ihren Generator hatte sie hierher zu Carol gebracht. Sie waren mehr oder weniger bereit.

Die vier setzten sich wieder an den Tisch, sahen fern und schwiegen. Die Minuten vergingen, es war fast drei Uhr nachmittags. Als der Zeiger auf der batteriebetriebenen Uhr die Drei überschritt, wurde Olivia unruhig. »Vielleicht …«, begann sie.

Der Fernseher wurde schwarz.

Das war es. Keine dramatische Explosion oder statisches Rauschen, einfach … weg.

In Carols Haus war es unheimlich still, die gewohnten Geräusche fehlten. Da war kein summender Kühlschrank, kein Gebläse der Klimaanlage, keine Fernsehstimmen. Alle saßen da und atmeten kaum. Sicher würde sich doch etwas so Bedeutsames … nun ja, bedeutsamer anfühlen. Das leise Ticken der Uhr, etwas, das Sela nie zuvor wahrgenommen hatte, war das einzige Hintergrundgeräusch.

Und so begann es. Nicht mit einem donnernden Krachen oder etwas Dramatischem, nicht mit einem lautstarken Zusammenbruch, sondern einfach nur mit … Stille.

»Das sieht aus wie in *The Walking Dead*«, flüsterte Sela, als sie sich zu den anderen gesellten, die aus allen Teilen des Wears Valley kamen und auf dem Weg zur Grundschule waren.

Olivia an ihrer Seite kicherte. Carol musste sich ein lautes Schnauben verkneifen. »Psst!«, sagte sie leise. Dann fügte sie hinzu: »Obwohl ein paar Leute aussehen, als würden sie schlafwandeln.«

Sie wirkten wie Zombies oder auch wie Lemminge, aber letztendlich machte das keinen Unterschied, denn sie bewegten sich alle auf dasselbe Ziel zu, wie Rasierklingen, die von einem Riesenmagneten angezogen wurden.

Die Tageshitze ließ allmählich nach, und die Nachmittagsschatten wurden länger. Sela hatte eine Taschenlampe mitgebracht, falls das Treffen bis nach Einbruch der Dunkelheit andauerte. Sie hoffte es nicht, aber sie schätzte, dass die Leute eine Menge zu sagen hatten, egal ob konstruktiv oder nicht. Alle machten sich Sorgen, sie auch. Vielleicht hatte jemand ein paar gute Ideen, wie sie das alles am besten überstehen könnten.

Sie bahnten sich ihren Weg in die Cafeteria. Sela hatte in diesem Raum noch nie so viele Menschen gesehen. Es war ein paar Jahre her, dass sie zum letzten Mal hier gewesen war, aber die Schule hatte sich kaum verändert. Der Geruch war derselbe, die Tische und Stühle waren dieselben. Vielleicht waren die Wände irgendwann gestrichen worden, aber mehr auch nicht.

Automatisch suchte sie Ben Jernigan in der Masse, obwohl ihr Gefühl ihr sagte, dass er nicht da sein würde. Wenn er hier irgendwo gewesen wäre, gäbe es wohl nur zwei Möglichkeiten: Er würde entweder allein dastehen, weil sich niemand traute, sich ihm zu nähern, oder er stünde im Zentrum einer Gruppe von Männern, die ihn als geborenen Anführer betrachteten. Etwas dazwischen gab es sicher nicht, er würde bestimmt nicht bei einer kleinen Gruppe von Nachbarn stehen und sich unterhalten.

Obwohl sie *wusste*, dass er nicht da war, nachdem sie sich im Saal umgesehen hatte, hämmerte ihr Puls allein bei dem Gedanken, dass sie sich irren könnte.

Natürlich war er nicht hier, keine Überraschung in dieser Hinsicht, auch wenn sie wünschte, es wäre anders. Wenn jemand wirklich eine Hilfe dabei wäre, dieses Desaster zu überstehen, dann war das Ben Jernigan. Sie konnte aber noch nicht mal wütend darüber sein, dass er nicht helfen wollte, denn, ehrlich, wenn sie die Wahl hätte, sich so lange zu verstecken, bis die Krise vorbei wäre, würde sie das wahrscheinlich tun.

Diese Möglichkeit hatte sie nicht, also war es vergeudete Energie, darüber nachzudenken.

Alle Plätze im Speisesaal waren besetzt, und viele Talbewohner standen an den Wänden oder in den Gängen. Sofort begann das Gemurmel der vielen Gespräche an Selas Nerven zu zerren. Sie hasste Menschenansammlungen und den Krach, der damit verbunden war, und es gefiel ihr nicht, dass sie immer den Drang verspürte, sich wie ein kleines Tier zusammenzukauern, um nicht bemerkt zu werden. Sie wünschte, sie wäre jemand, dem andere Menschen und neue Erfahrungen Auftrieb gaben, statt Fluchtreflexe in ihr auszulösen.

Ein Nachbar erkannte die Frauen und rief: »Miss Carol, hier!« Er stand auf und überließ Carol seinen Platz am Ende eines langen Tisches. Sela und Olivia stellten sich hinter sie. Es wäre nicht nötig gewesen, zu dritt zu kommen, aber sie und Carol hatten sich verpflichtet gefühlt, am Meeting teilzunehmen, und Olivia blieb in ihrer Nähe. Barb war in Carols Haus geblieben, um sich von der harten Arbeit zu erholen und auch weil sie meinte, sie könnten ihr später alles Wichtige erzählen – und damit hatte sie recht. Ihr Knöchel hatte sich inzwischen erholt, sie hätte also auch herlaufen können. Aber Sela nahm an, dass Barb sich versteckte, so wie Ben Jernigan, nur auf ihre Art. Jeder ging mit einer Krise anders um.

Aus den gedämpften Unterhaltungen hörte sie ein paar Bemerkungen heraus: »Ich habe nicht genug Tabletten gegen meinen hohen Blutdruck.«

»Ich hätte wirklich nicht gedacht, dass es tatsächlich passiert.«

Und so weiter und so weiter. Panik, Besorgnis, Neugierde – alle Gefühle gab es in ihrem Umfeld, so wie sie es selbst auch empfand, obwohl sie ihre Ängste nicht zeigte, weil sie Carol und Olivia nicht belasten wollte.

Eine Frau am Nebentisch erzählte, dass Mike Kilgore zu Ben Jernigans Haus gefahren sei und mit erhobenem Gewehr empfangen worden war. Jede noch so vage Hoffnung darauf, dass er auf wundersame Weise doch noch auftauchen würde, war verflogen.

Ohne Strom und damit ohne funktionierende Klimaanlage baute sich die Hitze in dem Raum voller Menschen immer weiter auf und wurde bald unangenehm, und die Stimmung wurde aggressiver.

Soweit Sela es mitbekam, hatten ein paar Männer den Versuch unternommen, die Versammlung zu leiten, schienen der Sache aber nicht gewachsen zu sein. Sie standen im vorderen Teil des Raumes, stritten sich um Essen, Sicherheitsmaßnahmen, die Verteilung von Benzin und Propangas. Noch mehr Männer kamen dazu, einige warfen ihre eigene Meinung in die Diskussion, andere hörten nur zu.

Der Lärmpegel stieg, ebenso die Anspannung und Panik, die in der Luft lagen. Carol blickte sich um und verzog das Gesicht. »Wenn jetzt nicht jemand vortritt, werden am Ende noch diese Idioten da vorne das Ganze in die Hand nehmen.«

»Warum sagst du nichts, Gran? Oder du, Sela?«, fragte Olivia.

Carol sah sie erst erschrocken an und warf Sela dann einen Blick zu. »Du solltest es machen«, sagte sie. »Du bist ja schließlich diejenige, die das Meeting organisiert hat.«

Selas Magen zog sich bei dem Gedanken zusammen, sich mit so vielen Leuten auseinanderzusetzen. Sie müsste nach vorn gehen, zu allen sprechen und jene von ihren Ideen überzeugen, die anders dachten – und eine ganze Menge anderer Dinge tun, die sofort wieder einen Fluchtreflex in ihr auslösten. Entsetzt protestierte sie: »Ich kenne ja noch nicht mal die meisten der Leute hier! Du?«

Carol sah sich stirnrunzelnd um. »Die meisten schon«, räumte sie ein. »Schließlich wohne ich mein ganzes Leben lang hier. Ein paar von denen, die neu zugezogen sind, kenne ich nicht.«

»Ich finde, du solltest es machen«, sagte Olivia zu ihrer Großmutter. Sie verzog das Gesicht, als sie zu den sich streitenden Männern hinübersah. »Die machen mir echt Angst. Gran, willst du dich nicht melden?«

»Dir ist hoffentlich klar, dass ich keine großen Chancen habe, gewählt zu werden, oder?«, sagte sie gereizt, stand aber auf und schob ihren Stuhl beiseite.

»Warum meinst du dann, dass ich es machen soll?«, fragte Sela. »Du kennst doch viel mehr Leute hier als ich!«

»Versuch mich nicht mit Logik reinzulegen.«

Als Carol sich langsam einen Weg zum anderen Ende des Saals bahnte, folgte Sela ihr. Es war nicht einfach, nach vorn zu kommen. Sie mussten sich an den Gruppen von besorgten Talbewohnern vorbeidrängeln, murmelten ständig »Entschuldigung, Entschuldigung« und arbeiteten sich so zu den Männern vor, die immer noch über die Führung stritten und keinen Schritt weitergekommen waren. Alle im Saal verfolgten die Debatte, einige mit düsterem Gesichtsausdruck, andere besorgt, als wenn sie jeden Moment eine Schlägerei befürchteten.

Die Luft war verbraucht, es war heiß, und offensichtlich hatten viele der Anwesenden nicht daran gedacht, noch mal ein Bad zu nehmen, solange es möglich war. Einige der Versammelten versuchten die Fenster zu öffnen, wahrscheinlich um etwas von der spätnachmittäglichen Brise hereinzulassen und zu lüften.

So wird das jetzt eine ganze Weile gehen, dachte Sela. Klimaanlage und Heizung hatten sie verdorben. Jetzt mussten sich alle wieder an die realen Temperaturen gewöhnen, Hitze aushalten oder am Feuer sitzen, wenn es Winter wurde. Das Stromnetz war noch nicht lange genug ausgefallen, um mehr als ein leichtes Unbehagen zu empfinden. Das würde sich ändern, wenn die Essensvorräte schwanden und die Läden nicht wieder öffneten.

Schließlich erreichten sie die Gruppe von Männern. Aber bevor Carol mit ihrer gewohnt unnachahmlichen Art die Diskussion unterbrechen konnte, ertönte ein Ruf vom anderen Ende des Saals. Fast synchron wandten sich alle Köpfe zu dem rotgesichtigen, gehetzt wirkenden Mann, der nun auf sie zukam. Genau wie sie und Carol bahnte er sich seinen Weg durch den Pulk von Menschen, tippte ihnen auf die Schulter, sagte immer wieder »Entschuldigung, Entschuldigung«, bis diejenigen, die ihm im Weg standen, so gut es ging zur Seite wichen. Der Speisesaal entwickelte sich regelrecht zu einem Nahkampfgebiet, und das steigerte sich noch, je mehr Leute dazukamen.

»Wer ist das?«, fragte Sela leise.

»Keine Ahnung«, erwiderte Carol, »aber offensichtlich hat er was Wichtiges zu sagen.«

Der Mann war endlich am Ende des Raumes angelangt, wo sich Küche und Bedienungstresen befanden, und wandte sich an die Versammlung. Er trug Khakihosen und ein blaues Oberhemd, die obligatorische Uniform der Südstaatler, und nahm einen Schluck aus der Wasserflasche in seiner linken Hand, bevor er das Wort erhob: »Ich bitte um Ihre Aufmerksamkeit!«, rief er und wiederholte den Satz wieder und wieder, ohne dass ihn jemand beachtete. Der Lärm im Saal wollte nicht abebben.

Sela hatte nicht viele Talente, wie sie fand, aber eines konnte sie weiß Gott gut: pfeifen. Sie schob sich zwei Finger zwischen die Lippen und blies kräftig, sodass ein schriller Pfiff durch den Saal schallte, der augenblicklich alle verstummen ließ.

Die plötzliche Ruhe war eine Wohltat, doch nun sahen alle zu ihr herüber. Sela spürte, wie sich ihre Wangen erhitzten. Schnell zeigte sie auf den Mann, der gerade etwas hatte sagen wollen.

Er nickte ihr dankbar zu und stellte sich vor: »Ich bin Jesse Poe, der Bezirksbevollmächtigte.«

Das provozierte einen Schwall von Fragen, aber er schüttelte den Kopf und hob die Hand. »Ich kann die meisten Fragen, die Sie haben, nicht beantworten. Wir arbeiten immer noch an einem Plan. Der Grund, warum ich heute hier bin, ist das Essen der Schulcafeteria. In den Kühlschränken befinden sich verderbliche Lebensmittel und eine Menge Grundnahrungsmittel, wir wollen verhindern, dass dieses Essen verdirbt.«

»Wie wollen Sie das denn bewerkstelligen?«, wollte eine Frau wissen.

Jesse Poe räusperte sich. »Wir schlagen vor, die Einwohnerzahl der letzten Zählung als Grundlage zu nehmen, das Gewicht der vorrätigen Lebensmittel zu errechnen und es durch die Einwohnerzahl zu teilen, um zu sehen, wie viel jeder Einzelne bekommt.«

Die Frau stand auf und sah den Abgeordneten ungläubig an. »Die Leute im Amt haben wohl keine Ahnung, wie es in einer Kantine aussieht, oder? Die Grundnahrungsmittel werden in Großverpackungen geliefert. Wie wollen Sie das aufteilen, soll jeder einen Messbecher mitbringen? Und was ist mit den Leuten aus den Ferienhäusern, die hiergeblieben sind? Wir vermieten eins, und unsere Gäste sind immer noch hier, sie meinten, sie hätten nichts von einem Solarsturm mitgekriegt. Sollen die bei der Verteilung mit berücksichtigt werden, obwohl sie keine Steuern bezahlt haben, von denen das Ganze finanziert wurde?«

»Moment mal, bitte!«, meldete sich ein Mann laut zu Wort, der eine verblüffende Ähnlichkeit mit Ted Roosevelt hatte. Sein Gesicht war vor Wut rot angelaufen. »Ich lebe nicht hier, aber ich besitze ein Ferienhaus und bezahle Grundsteuern wie jeder andere auch. Wollen Sie behaupten, dass meine Frau und ich kein Recht auf diese Nahrungsmittel haben?«

Die Frau zuckte die Schultern. »Sie sind nicht das ganze Jahr hier und zahlen weniger Steuern als wir. Daher sollten sie nicht die gleiche Menge bekommen wie die Einheimischen.«

»Das ist doch Blödsinn!« Der Mann lief mit vorgerecktem Hals auf die Frau zu.

»Beruhigen Sie sich, bitte!« Mike Kilgore hatte sich durch den Pulk von Menschen geschoben und stellte sich jetzt vor den Roosevelt-Verschnitt. »Es gibt keinen Grund, sich aufzuregen, wir können das alles regeln.«

»Sie stellen beide berechtigte Forderungen«, meldete sich Carol. Sela war der besorgte Blick nicht entgangen, den ihre Tante Olivia zugeworfen hatte. Sie wusste, dass Carol versuchte zu schlichten, um Gewalt zu verhindern, denn sie wollte nicht, dass ihre Enkelin Angst bekam. Die Situation war für die Kids beängstigend genug, ohne dass die Erwachsenen mit ihrer Aggression es noch schlimmer machten. Mike Kilgore warf ihr einen dankbaren Blick zu.

»Das ist auch völlig egal«, sagte eine andere Frau und stand auf. »Ich arbeite in der Cafeteria, und ich kann Ihnen versichern, Mr. Poe, dass wir das Essen nicht so verteilen können, wie Sie sich das vorstellen. Meine Vorrednerin hat recht, die Grundnahrungsmittel sind in Großpackungen gelagert. Das Fleisch wird sich nicht lange halten, die Eier auch nicht. Obst und Gemüse wie Salat, Tomaten und Ähnliches müssen innerhalb von einer Woche gegessen werden. Ich weiß nicht, was Sie meinen, was man mit dem ganzen Fleisch machen soll, einfach ein paar Stücke abschneiden und an die Leute verteilen, die vielleicht gar keine Möglichkeit haben, es zu kochen?«

Sela stellte sich automatisch riesige Rinderkeulen vor, die von der Decke hingen, obwohl sie wusste, dass es so etwas in der Kantine nicht gab. Die Mitarbeiterin der Cafeteria hatte recht. Wie sollte man große Mengen Fleisch zubereiten, wenn die meisten höchstens einen Gartengrill, aber keinen funktionierenden Herd mehr hatten? Im Laufe der Zeit würden sich die Leute etwas einfallen lassen, aber bis dahin wäre das Fleisch verdorben. Sie, Carol und Barb hatten das Fleisch, das sie hatten, konserviert, sodass es lange halten würde, aber was war mit den anderen?

Sie dachte einen Moment nach und hatte auf einmal einen Einfall. »Diese großen Räucheröfen. Mir fallen spontan drei Männer ein, die so was haben, aber es gibt bestimmt noch mehr«, sagte sie leise zu Carol.

Die Leute neben ihr hatten es jedoch gehört, drehten sich zu ihr um und nickten.

»Wer von euch hat einen großen Räucherofen?«, rief Carol laut und blickte sich im vollgepackten Speisesaal um. »Diejenigen, die einen Generator haben, können zwar damit eine Weile ihren Kühlschrank anwerfen. Aber wir brauchen die Generatoren zum Heizen, wenn es kälter wird. Wir sollten das Essen hier zusammen kochen und eine große Party veranstalten, bevor es verdirbt! Harley Johnson, ich weiß, du zum Beispiel hast einen Räucherofen.«

»Hab ich«, entgegnete ein Mann von der Seite des Saals, »und Bob Terrell hat auch einen.«

Ein paar weitere Namen wurden genannt. Und wenn Sela sich richtig erinnerte, wie groß die Öfen waren, ergab das die Kapazität, um mehrere Tausend Pfund Fleisch zu räuchern. Wahrscheinlich viel mehr, als in der Cafeteria lagerten – was bedeutete, dass auch noch das Fleisch geräuchert werden konnte, das einige zu Hause hatten und das noch nicht konserviert war.

»Das ist eine super gute Idee!«, sagte die Küchenangestellte. »Wir können das alle zusammen machen.«

»Das große Feld am Ufer wäre ein guter Ort dafür«, flüsterte Sela Carol ins Ohr. Doch wieder hatten es die anderen am Tisch gehört, drehten sich zu ihnen um und hoben zustimmend den Daumen. Sela spürte, wie ihr die Hitze ins Gesicht kroch, weil sie erneut so viel Aufmerksamkeit erregt hatte.

Mein Gott, warum konnte sie sich nicht von dieser Schüchternheit befreien? In kleinen Gruppen war es okay, mit Leuten, die sie kannte. Warum hatte sie solche Probleme bei größeren Menschenansammlungen?

Carol legte Sela beruhigend eine Hand auf die Schulter, als wolle sie ihr zu verstehen geben, dass sie Verständnis hatte. Wieder erhob sie die Stimme. »Das große Feld neben dem Ufer. Das ist groß genug, um die Räucheröfen aufzustellen, und es gibt genügend Platz für alle, die kommen wollen. Wir stellen Tische und Stühle aus dem Gemeindesaal auf, und jeder kann sich eine Decke zum Sitzen mitbringen oder Gartenstühle, dann veranstalten wir ein großes Picknick.«

Wieder ertönte ein Chor der Zustimmung, gefolgt von einer Flut von Vorschlägen, aber niemand redete von den Fleischvorräten, die manche in ihren Kühlschränken hatten, Fleisch, das bald verdarb, wenn es nicht schnellstens gekocht wurde. Carol hatte recht, sie würden die Generatoren benötigen, wenn es in ein paar Monaten kälter wurde. Heute Abend mit dem Räuchern zu beginnen, war eine viel bessere Lösung.

Sela wartete ab, ob jemand das Thema ansprach. Hatte sich niemand auf den einschlägigen Websites umgesehen, wo Vorschläge zur Rettung von Vorräten gemacht wurden?

Offensichtlich nicht.

»Himmel noch mal«, stöhnte sie frustriert. Carol drehte sich zu ihr um und hob fragend die Augenbrauen. Sela beugte sich zu ihr vor. »Alle, die zu Hause Fleisch haben und keine Kochgelegenheit, sollen ihre Vorräte mitbringen, damit sie geräuchert werden können«, sagte sie leise. Wegen des Lärmpegels konnte Carol sie nicht verstehen. Sie schüttelte den Kopf, und Sela wiederholte ihren Vorschlag etwas lauter.

»Du solltest dich selbst zu Wort melden«, schimpfte Carol, dann rief sie: »Alle, die noch rohes Fleisch zu Hause haben, bringen es zum Räuchern mit!«

Im Saal brach Begeisterung aus, als Harley Johnson und Bob Terrell sich zusammentaten und eine Zeit für das Treffen auf dem Feld festmachten, um die Räucheröfen anzuwerfen. Weitere Anwesende boten Campingkocher und Grills an, mit denen Eier und andere Vorräte gegart werden konnten. In der Schule wurde manchmal Frühstück angeboten, und da das Schuljahr gerade begonnen hatte, gab es besonders viele Vorräte. Die Küchenmitarbeiterinnen begannen zu planen, wie die großen Mengen am besten verarbeitet werden konnten.

Jesse Poe schien erleichtert, dass die Essensvorräte der Kantine nun verteilt wurden, wenn er auch etwas verstört darüber wirkte, dass seine Pläne so schnell abgelehnt worden waren. Aber er ergab sich. »Sie scheinen ja alles unter Kontrolle zu haben«, sagte er, ohne dass ihm jemand zuhörte. »Dann kann ich ja nach Sevierville zurückfahren.«

Die County-Verwaltung hatte den Talbewohnern die Erlaubnis erteilt, das Essen aufzubrauchen, und sie nahmen das Angebot an und organisierten es auf ihre Weise. Sela fragte sich, ob er etwas anderes erwartet hatte. Die Landbevölkerung hatte ihre eigenen Vorstellungen darüber, wie man die Dinge handhabte.

»Bevor Sie gehen«, sagte Mike Kilgore, »wie sieht es denn sonst so aus? Bei der Polizei zum Beispiel?«

Der Mann blieb stehen. »Die Polizei kann nicht viel tun. Sie werden Patrouille fahren, solange es Benzin gibt – die Gemeinde hat einige Reserven –, aber wenn die verbraucht sind …« Er zuckte mit den Schultern. »Da das Telefonnetz nicht funktioniert, gibt es auch kein Notrufsystem. Wenn die atmosphärischen Störungen nachlassen, kann per Funk kommuniziert werden. Jedenfalls, wenn sie sich darum gekümmert haben, dass ihre Geräte nicht kaputtgehen. Im Büro des Sheriffs gibt es ein Funkgerät, aber eigentlich …« Er zögerte.

»… eigentlich sind wir alle auf uns allein gestellt«, beendete Carol den Satz für ihn.

Er seufzte. »Ja, Ma'am, ich fürchte, so ist es. Tut mir leid.«

»Es ist immer noch besser, das jetzt zu erfahren, als auf Hilfe zu warten, die nicht kommt«, erwiderte Carol entschlossen. »Das wird nicht einfach, aber wir werden uns schon zu helfen wissen.«

Jesse Poe nickte ihr zu und bahnte sich seinen Weg durch den überfüllten Speisesaal zum Ausgang. Die Leute blickten ihm hinterher, ihre Gespräche waren größtenteils verebbt, während sie darüber nachdachten, was es tatsächlich bedeutete, keine Polizeihilfe zu haben.

Der Teddy-Roosevelt-Typ sah sich um und verkündete

mit erhobener Stimme: »Wir müssen die Gemeinde organisieren, unser eigenes Ordnungssystem aufbauen. Ich bin bereit, um …«

Mike Kilgore unterbrach ihn. »Für alle, die ihn noch nicht kennengelernt haben, das ist Ted Parsons, der ein Haus auf dem Cove Mountain hat.«

Sela musste ein Lachen unterdrücken. Teddy Roosevelt hieß tatsächlich Ted. Das konnte kein Zufall sein!

»Woher kommen Sie denn, Mr. Parsons?«, erkundigte sich Carol in so neutralem Tonfall, dass Selas Alarmglocken schrillten. Carol mochte Mr. Parsons offensichtlich nicht, denn normalerweise war sie lebhaft und freundlich. *Neutral* war bei ihr so gut wie feindselig.

»Columbus, Ohio.« Ted warf ihr einen pikierten Blick zu, als hätte sie sich nach der Sauberkeit seiner Unterwäsche erkundigt. »Mir gehören sechs Reifengeschäfte, vier in Columbus und zwei in Dayton. Ich bin es gewohnt, Leute anzuleiten, und kenne mich in Logistik aus. Ich könnte eine so kleine Gemeinde im Schlaf organisieren.«

»Vergelt's Gott«, sagte Carol mit einem höflichen Lächeln auf dem Gesicht, »aber im Tal leben um die sechstausend Menschen, was weit mehr sein dürfte, als Sie gewöhnlich handhaben – es sei denn, Ihre kleinen Reifenläden beschäftigen jeweils tausend Mitarbeiter.«

Einige Leute hüstelten bei Carols »Vergelt's Gott«, was in den Südstaaten nichts anderes hieß als: »Sie sind ein Spinner«. Sela neigte den Kopf und biss sich auf die Lippe. Oh mein Gott, sie würde womöglich gleich einen Kampf verhindern müssen, sie sollte sich vorbereiten, statt sich vor Lachen zu krümmen.

Ted Parsons' Gesicht war rot angelaufen, als Carol seine

Unternehmen als »kleine Reifenläden« bezeichnet hatte. Diese Bemerkung musste sein Ego hart getroffen haben. Mike Kilgore schien das Gleiche zu denken, denn er trat einen Schritt vor und klatschte in die Hände. »Okay, Leute, also macht mal ein paar Vorschläge, was wir brauchen und wie wir das bewerkstelligen.«

»Bevor irgendetwas getan werden kann«, bemerkte Ted Parsons, »muss eine Leitung gewählt werden. Wie schon angekündigt, stelle ich mich gern zur Verfügung.«

»Aber Sie sind nicht von hier«, rief jemand vom anderen Ende des Saals. »Sie kennen die Leute doch gar nicht!«

Parsons reagierte verärgert, bemühte sich aber um einen neutralen Gesichtsausdruck und zuckte mit den Schultern. »Menschen sind Menschen. Management ist Management.«

»So einfach ist das nicht«, meldete sich ein alter Mann mit wettergegerbtem Gesicht und einer speckigen John-Deere-Kappe. »Wenn Sie nicht wissen, wo die Leute leben und was sie tun können, oder noch nicht mal deren Namen kennen, dann können Sie gar nichts managen.«

Carol lehnte sich zu Sela hinüber und flüsterte: »Vielleicht habe ich ja ein bisschen übertrieben damit, dass ich fast alle im Tal kenne. Aber ich kenne verdammt noch mal mehr als Teddy Roosevelt.«

»Stellt sich noch jemand zur Wahl?«, sagte ein anderer Mann schlecht gelaunt. »Hier drinnen ist es verdammt heiß, lasst uns die Wahl hinter uns bringen und nach Hause gehen.«

Es folgte ein Augenblick der Stille, keiner meldete sich, und Sela wand sich bei dem Gedanken, dass Ted Parsons Verantwortung für die Vorräte des Tals tragen sollte. Er schien mehr an seinem eigenen Wohl interessiert, als irgendwelche Pläne für das Gemeinwohl zu haben, obwohl sie sich natürlich auch irren konnte. Schließlich war er hier, und hatte er nicht ein Interesse daran, dass alles gut lief, weil es auch sein Überleben garantierte?

Die Frau von vorhin, die eine Auseinandersetzung mit Parsons gehabt hatte, stand auf. »Ich schlage Carol Allen vor. Sie hatte die gute Idee, was wir mit dem Essen machen.« Sie warf Parsons einen trotzigen Blick zu, während sie sich wieder setzte.

Die Leute neben Sela und Carol blickten sich zu ihnen um. »Nicht direkt«, murmelten sie, da sie mitbekommen hatten, wie Sela gegenüber ihrer Tante die Vorschläge gemacht hatte. Sela hatte fast panische Angst davor, dass jemand von ihnen sie vorschlagen könnte, und senkte den Kopf, um den Blicken der anderen auszuweichen.

»Diese Ehre gebührt mir nicht«, erklärte Carol. »Meine Verstärkung hier ist diejenige mit den guten Einfällen.« Sie legte eine Hand auf Selas Schulter. »Das Treffen heute war auch ihre Idee.«

Glücklicherweise ging Ted Parsons gar nicht weiter darauf ein. Sela war nicht nominiert worden, sondern Carol, und deshalb konzentrierte er sich auf sie. »Ich möchte doch meinen, dass wir jemanden bräuchten, der dafür besser geeignet ist als eine a…« Er verstummte augenblicklich, bevor ihm das Wort »alt« über die Lippen rutschte, aber es war bereits zu spät.

Carol versteifte sich. Selbst die pinkfarbene Strähne in ihrem Haar schien sich aufzurichten. »Eine *alte Frau,* oder was wollten Sie sagen?«, fragte Sela schneidend und blickte ihn böse an. »Diese *alte Frau* hat den ganzen Tag und die Nacht durchgearbeitet, um Lebensmittel einzumachen, damit wir

Vorräte haben. Was haben Sie denn getan, außer Anspruch auf das Schulessen zu erheben, das den Leuten zusteht, die hier das ganze Jahr über leben und arbeiten?«

Sela wurde nicht schnell wütend, aber Parsons herablassende Haltung ihrer Tante gegenüber hatte sie augenblicklich ihre Schüchternheit vergessen lassen, und sie war mit geballten Fäusten vorgetreten.

Carol nahm sie am Arm und zog sie zurück. »Ich komme schon klar«, flüsterte sie.

Einige böse Bemerkungen folgten diesem Wortwechsel. Parsons warf ihr einen verärgerten Blick zu. »Aber Sie haben selbst gesagt, dass ich recht habe.«

»Ich wollte höflich sein – etwas, das Sie womöglich nicht verstehen.«

»Möchte sich noch jemand anders zur Wahl stellen?«, fragte Mike Kilgore laut und versuchte erneut, die Auseinandersetzungen zu schlichten, um die Versammlung in eine produktive Richtung zu lenken. »Oder jemanden vorschlagen?«

Stille.

»Okay, dann lasst uns wählen. Alle, die für Mr. Parsons stimmen, rufen Ja!«

»Ja!«, ertönte ein Chor von meist männlichen Stimmen.

»Und wer ist für Carol Allen?«

»Ja!« Diesmal waren es meist weibliche Stimmen, und sie waren definitiv lauter.

»Sie können nicht danach gehen, wer am lautesten schreit«, protestierte Ted Parsons. »Wir müssen richtig wählen. Außerdem sind gar nicht alle anwesend. Zum Beispiel meine Frau ...«

»Hätte Ihre Frau denn herkommen können, wenn sie gewollt hätte?«, wollte Carol mit hochgezogenen Augenbrauen wissen. Sela fragte sich, ob die Wahl ohne Faustkampf ablaufen würde. Sie hatte noch nie gesehen, dass sich Carol so offensichtlich feindselig verhielt, vor allem gegenüber jemandem, den sie kaum kannte.

»Natürlich …«

»Dann ist es egal, ob sie hier ist oder nicht. Ich kann mich an keine Wahl in Amerika erinnern, an der hundert Prozent der Bevölkerung teilgenommen haben.«

»Aber das würde bedeuten, dass eine Entscheidung, die sechstausend Menschen betrifft, von den paar Hundert gefällt wird, die hier sind.«

»Das ist richtig. So läuft das, Mr. Parsons. Es wurde überall angekündigt. Diejenigen, die kein Interesse hatten, herzukommen, haben beschlossen, sich nicht an den Entscheidungen zu beteiligen.«

Oh nein, nun wurden sie politisch. »Lasst uns einfach Reihen bilden«, sagte Sela schnell. »Diejenigen, die Carol wählen, gehen auf die linke Seite, die Wähler von Mr. Parsons auf die rechte.«

»Gute Idee«, stimmte ihr Mike Kilgore sofort zu und erhob die Stimme. »Stellt euch auf, Leute! Wer für Carol Allen ist, geht zur linken Wand, die für Mr. Parsons zur rechten!«

»Das kommt darauf an, von welcher Seite aus man es betrachtet«, meldete sich ein alter Mann und lachte sich über seinen eigenen Scherz fast krumm.

»Das ist wohl wahr«, räumte Mike ein. »Okay, also das hier ist die linke Wand …« Er zeigte auf die Seite links von sich. »Und das hier ist die rechte …« Er zeigte nach rechts. »Gibt es jetzt noch Unstimmigkeiten?«

»Für mich nicht!« Carol schnappte sich Sela und Olivia und zog die beiden zu »ihrer« Wand hinüber, wobei sie andere Leute anrempelte und gegen Tische und Stühle stieß, die überall wild herumstanden.

»Gut gemacht, Gran!«, flüsterte Olivia und grinste Sela an. Sela unterdrückte einen Seufzer. Das kleine Biest hatte tatsächlich Spaß daran, dass ihre Großmutter sich mit jemandem duellierte.

Es war aber schon irgendwie witzig, musste sie sich eingestehen und erwiderte das Lächeln ihrer Nichte, während sie sich an der linken Wand einreihten.

»Nicht durcheinanderstehen, bitte«, ordnete Mike Kilgore an, »einer hinter dem anderen! Lasst es uns hinter uns bringen.«

Es dauerte einige Minuten mit Geschiebe, Gerangel und Anordnungen, bis schließlich zwei mehr oder weniger ordentliche Reihen entstanden waren. Sela blickte sich um. Ted Parsons Reihe bestand größtenteils aus Männern, auch wenn ein paar Frauen darunter waren. Sie sah sich Carols Reihe an, die meisten waren Frauen, darunter ein paar Männer. Kein Zweifel, Ted Parsons Aggression gegen Carol hatte die meisten anwesenden Frauen abgestoßen.

Und die Frauen waren in der Überzahl.

Die Reihe auf der linken Seite war gute zwei, drei Meter länger als die auf der rechten Seite. Ted Parsons schäumte. »Was für eine dilettantische Art zu wählen! Wir hätten Stimmzettel verteilen müssen!«

»Wollen Sie sagen, wir wären Dilettanten, Mr. Parsons?«, fragte Carol in eisigem Ton.

Er sah sie grimmig an, war aber schlau genug, zurückzurudern. »Ich meinte nur, dass diese Art zu wählen dilettantisch ist und diese Position zu wichtig, um sie einer ...«

»Es geht hier nicht um einen bezahlten Job, und egal wie Sie die Sache betrachten, meine Reihe ist länger als Ihre«, feixte Carol, wohl wissend, dass jeder im Saal diesen Austausch verfolgte.

Mike Kilgore holte tief Luft und trat erneut in die Bresche. »Das war es, die Wahl ist beendet. Carol Allen ist für die Koordination der Angelegenheiten im Tal zuständig.«

»Das wird ein echtes Desaster«, bemerkte Parsons abfällig. »Wir müssen wichtige Entscheidungen treffen. Es kann doch niemand wirklich glauben, dass eine ...« Wieder stoppte er sich rechtzeitig, als ihm klar wurde, dass er Carol nicht wieder als alte Frau bezeichnen konnte, ohne noch mehr Leute gegen sich aufzubringen.

»Wenn wir ein Menschenopfer bringen müssen«, konterte Carol mit Raubtierblick auf ihn, »da würde mir schon jemand einfallen.«

Die Leute lachten, trotz der ernsten Situation, und als Parsons sich umsah, konnte Sela erkennen, dass er seine Niederlage endlich akzeptierte.

Die Hitze im Saal wurde immer drückender. Sela dachte bedauernd, dass die Dusche völlig umsonst gewesen war, sie war total verschwitzt. Die Leute strömten zum Ausgang, offensichtlich genauso bestrebt wie Sela, endlich an die frische Luft zu kommen. Eine Kakophonie von schnarrend über den Boden rutschenden Stuhlbeinen begleitete das Getöse von menschlichen Stimmen.

»Einen Augenblick!«, rief Carol, und die meisten blieben stehen und drehten sich zu ihr um.

»Das ist erst der Anfang!«, fuhr sie mit erhobener Stimme fort. »Sela und ich haben besprochen, was alles getan werden muss. Wir brauchen Freiwillige, die dabei helfen, diejenigen im Tal zu finden, die alt oder gebrechlich sind und nicht für sich selbst sorgen können. Und wir brauchen Holz für den Winter, das bedeutet, dass Bäume gefällt werden müssen. Jeder, der helfen will, soll bitte dableiben, damit wir alles in die Wege leiten können.«

Plötzlich wurde Sela klar, dass Carol, Olivia und sie zu denen gehörten, die Hilfe beim Besorgen von Feuerholz benötigten. Sie könnte im Wald Holz sammeln, sie konnte sogar junge Bäume fällen – mit einer Laubsäge und einer Menge Schweiß und Entschlossenheit –, aber sie hatte keine Axt. »Wir brauchen selbst auch Feuerholz«, murmelte sie Carol zu, in dem Glauben, dass es niemand anders hörte, denn der Lärm im Saal war ohrenbetäubend. Doch sie irrte sich.

»Machen Sie sich keine Sorgen, Miss Sela«, sagte ein Mann hinter ihr. Sie drehte sich um und erkannte einen ihrer Kunden, Trey Foster. »Sie waren so freundlich, mir Benzin und ein paar Lebensmittel auf Kredit zu geben, als ich gerade keine Arbeit hatte. Also ist es das Mindeste, was ich tun kann, wenn ich Ihnen genug Holz für den Winter besorge.«

Sela stiegen Tränen in die Augen bei diesem netten Angebot. »Vielen Dank, Trey. Aber Sie haben mir ja jeden Penny zurückgezahlt, ich habe lediglich ein bisschen darauf gewartet.«

»Trotzdem. Ich kann Ihnen nicht sagen, wie viel das für mich und meine Familie bedeutet hat. Wenn Sie das nicht getan hätten, hätte ich kein Benzin gehabt, um zur Arbeit zu fahren, als ich endlich etwas gefunden hatte.«

Sela wusste nicht, wie sie anders reagieren sollte, und

streckte ihm ihre Hand entgegen, die er feierlich schüttelte. Für ihr Feuerholz war also gesorgt.

Obwohl Carol nach Freiwilligen gerufen hatte, verließen die meisten Leute den Saal. Einige von ihnen mussten natürlich die Vorbereitungen für das große Kochgelage treffen, das am nächsten Tag stattfinden sollte, und würden noch an diesem Abend damit anfangen. Ted Parsons warf den hinausströmenden Leuten einen verächtlichen Blick hinterher. »Ich werde bei dem helfen, was getan werden muss«, sagte er dann. »Ich habe keine Säge oder ähnliches Werkzeug, aber ich bin bereit zu arbeiten.«

Sela verbarg ihre Überraschung. »Danke, Mr. Parsons«, antwortete Carol, »wir wissen Ihre Hilfe zu schätzen.« Sie sah sich um. »Hat jemand einen Block und Stift?«

Niemand hatte so etwas, zumindest keiner aus der kleinen Gruppe von etwa zehn Leuten, die als Freiwillige zurückgeblieben waren. »Dann treffen wir uns … Sela, ist es in Ordnung, wenn wir uns an der Tankstelle treffen? Jeder weiß, wo das ist.«

»Natürlich.«

»Gut. Wir werden morgen früh alle beschäftigt sein. Währenddessen kann jeder darüber nachdenken, was getan werden muss, und dazu eine Liste anfertigen. Morgen beim Picknick werden wir uns organisieren.«

Es war eine Wohltat, aus dem überhitzten Speisesaal zu kommen, in dem es inzwischen auch zu dunkel geworden war, um noch etwas erledigen zu können. Die kühle Luft strich über Selas nackte Arme und fühlte sich an wie eine sanfte Berührung. Das Zwielicht ging langsam über in die Dunkelheit der Nacht. Alle riefen sich Grüße zum Abschied zu und machten sich auf den Weg zu ihren Häusern. Ihre kleine Gruppe, bestehend aus Sela, Carol und Olivia, Mike Kilgore und seiner Frau Leigh sowie ein paar weiteren Nachbarn, trottete den Schulweg hinunter zum Highway und bog nach links ab. Die anderen liefen schneller, und nach und nach fielen die drei zurück.

»Lasst uns in der Straßenmitte gehen«, schlug Sela vor, weil es so bequemer war und ... ja, eben möglich. Es fuhr kein Auto. Mitten auf dem sonst immer stark befahrenen Highway zu wandern fühlte sich beängstigend und befreiend zugleich an. Es war ein weiteres Beispiel dafür, wie drastisch sich ihr Leben an einem einzigen Tag verändert hatte.

»Verdammt«, schimpfte Carol, als sie nur noch unter sich waren und Sela zu ahnen begann, dass sie aus Kalkül so langsam gelaufen war. »Warum hast du zugelassen, dass ich mich für so einen Job freiwillig melde? Hast du eine Ahnung, was das für einen Ärger bedeutet? Wie viel Zeit das kosten wird?«

»Es war unmöglich, dich aufzuhalten, als du dich mit Mr. Parsons angelegt hast«, erwiderte Sela amüsiert. Sie schaltete die Taschenlampe ein, um ihren Weg zu beleuchten; der Lichtschein war beruhigend, aber irgendwie auch dürftig, als wäre er nichts weiter als ein Flüstern in der Nacht. Normalerweise war das Tal um diese Zeit von den Lichtern der Häuser erhellt, den Scheinwerfern der Autos auf dem Highway und hier und dort einem Signallicht und der Beleuchtung einzelner Tankstellen. Jetzt gab es nichts als wachsende Dunkelheit und eine Stille, die sie in ihrem ganzen Leben noch nicht wahrgenommen hatte. Nachtvögel sangen, Insekten zirpten, Frösche quakten, und das Laub der Bäume raschelte in der leichten Brise. Es war also nicht vollkommen still – nur eben anders.

»Er hat mich rasend gemacht, wie er gegen Geneva Whitcomb angewettert hat.«

»Ich bin stolz auf dich, Gran«, sagte Olivia neben Sela, die in der Mitte lief, weil sie die Taschenlampe hielt.

»Ich auch«, schloss sich Sela ihr an. »Ich wusste gar nicht, wie die Frau heißt.«

Carol seufzte. »Dachte ich mir. Trotzdem – ich werde deine Hilfe brauchen, wenn es darum geht, Pläne zu machen. Du siehst Dinge, die mir nicht einfallen, überlegst genau, wo ich einfach vorschieße, ohne groß nachzudenken. Sieh doch nur, wie gut du alles organisieren konntest und wie du uns allen geholfen hast, uns gut vorzubereiten.«

»Wir haben alle gute Ideen dazu beigetragen.«

Carol tätschelte ihr den Arm. »Sela, mein Schatz, stell dein Licht nicht unter den Scheffel. Du hast mehr drauf als neunzig Prozent der anderen da draußen, mich eingeschlossen. Du solltest einfach mehr Selbstvertrauen haben.«

»Das stimmt«, bestätigte Olivia.

Betreten fragte sich Sela, was für ein Feigling sie doch war, wenn es selbst einer Fünfzehnjährigen auffiel. Das musste sich ändern. Sie würde sich ändern. Sie wollte nicht das schwächste Glied in der Familienkette sein, wollte so stark und zuverlässig werden, wie es notwendig war. Sie war in ihren besten Jahren, körperlich stärker als Carol, erfahrener als Olivia. Sie sollte ihnen eine Stütze sein, egal wie sehr das gegen ihr Naturell ging.

Da es nichts weiter zu sagen gab, setzten sie ihren Weg schweigend fort, bis sie in ihre Straße einbogen. Jetzt, wo es wirklich Nacht war, konnten sie hinter den Fenstern der Häuser blasse flackernde Lichter erkennen, entweder Petroleumlampen oder batteriebetriebene, die nun das elektrische

Licht ersetzten. So etwa musste das Tal vor hundertfünfzig Jahren ausgesehen haben, als die Menschen noch zu Fuß oder mit Pferden unterwegs gewesen waren. In der Nacht war der Wandel ihrer Welt besonders beeindruckend.

Sie erreichten Carols Haus, und Sela begleitete sie hinein, sagte Gute Nacht und setzte ihren Weg über die schmale Straße zu ihrem eigenen Haus fort. Sie lief etwas schneller, weil sie wusste, dass Bären nachts herumstreunten. Zu dieser Jahreszeit waren sie ganz besonders auf Nahrungssuche. Sie schwenkte den Strahl der Taschenlampe hin und her, hielt Ausschau nach leuchtenden Augen oder dem schwarzen Schatten eines bärenartigen Körpers. Sie widerstand dem Drang, zu Carols Haus zurückzurennen und dort zu übernachten.

So würde ihr Leben nun sein, sie konnte nicht im Auto überallhin fahren, es gab auch keine Lichter, die in der Nacht die Dunkelheit vertrieben.

Es würde sicher nicht das letzte Mal sein, dass sie nachts allein eine dunkle Straße entlanglief.

6. Kapitel

Sie konnte nicht schlafen.

Das Haus war zu still, zu dunkel. Die Stunden zogen sich so quälend langsam in die Länge wie kalter Sirup. Normalerweise ging Sela zwischen halb elf und elf Uhr ins Bett. Aber nachdem sie nach Hause gekommen war und das Haus abgeschlossen hatte – was sie noch einmal überprüft hatte –, gab es nichts zu tun, auch kein Fernsehen, und sie war von den fast zwei Tagen Schufterei erschöpft. Da war es naheliegend, gleich ins Bett zu gehen.

Sie war müde genug, um sofort einzuschlafen. Doch das passierte nicht.

Sela döste, wachte auf, warf sich im Bett herum, fiel erneut in leichten Schlaf, bis sie wieder wach wurde und schließlich im Dunklen dalag und an die Zimmerdecke starrte. Die Gedanken rasten ihr durch den Kopf, was hatten sie alles vorbereitet, was war erledigt, was mussten sie noch tun. Sie dachte immer wieder über das Treffen der Talbewohner nach, überlegte, wer sich am besten worum kümmern sollte. Doch die Realität war, dass sie sich mit der winzigen Gruppe von Freiwilligen und deren Fähigkeiten zufriedengeben mussten. In jeder Gemeinschaft gab es immer nur eine kleine Gruppe von Leuten, die Zeit und Mühen für die Allgemeinheit opferte, während andere einfach nur abwarteten und von den Ergebnissen profitierten. Ob diese Gruppe von Helfern ausreichte, würde sich zeigen. Womöglich mussten sie noch ein paar »Freiwillige« mehr heranziehen.

Wirklich schade, dass Ben Jernigan sich nicht zur Verfügung gestellt hatte.

Sie rief sich sein hartes, mürrisches Gesicht ins Gedächtnis, den scharfen Blick aus seinen grünen Augen und wie er sie fast widerwillig vor der kommenden Katastrophe gewarnt hatte. Er war auf keinen Fall ein kommunikativer Mensch, dagegen war sogar sie gesellig, und sie war eine echte Niete, wenn es darum ging, Kontakte zu knüpfen. Aber er hatte sich bemüht, was bedeutete, dass er nicht vollständig dichtgemacht hatte. Vielleicht könnte sie ihn ja doch überreden, mitzuhelfen.

Oder auch nicht.

Das Problem war, sie brauchten ihn, aber er brauchte die Talbewohner nicht.

An ihn zu denken, war nicht gerade hilfreich beim Einschlafen. Plötzlich wurde ihr heiß, obwohl sie sich nur mit dem Laken zugedeckt hatte; im Haus war es ohne Klimaanlage zu warm, auch bei offenen Fensterläden. Sie warf das Laken zur Seite und lag mit ihrem Tanktop und den Pyjamahosen auf dem Bett, in der Hoffnung auf eine kühle Brise, aber die Luft schien zu stehen.

Ein rotes Licht leuchtete ins Zimmer, dann war es verschwunden.

Erschrocken setzte sie sich auf und lauschte nach ungewöhnlichen Geräuschen. Brannte es irgendwo? Ihr Herz hämmerte, denn ein Feuer wäre gerade jetzt eine Katastrophe für die Leute, die es betraf.

Wieder schien das glühend rote Licht durch ihr Schlafzimmerfenster.

Sela sprang aus dem Bett und rannte zum Fenster, erwartete schon, das Haus der Nachbarn in Flammen zu sehen. Stattdessen …

… brannte der Himmel lichterloh.

»Wow«, hauchte sie unwillkürlich angesichts dieses eindrucksvollen Schauspiels. Wie gebannt starrte sie ein paar Minuten nach oben, dann rannte sie durch das dunkle Haus, schloss die Vordertür auf und trat auf die eingezäunte Veranda hinaus, wo sie einen viel umfassenderen Blick hatte. Eine Weile blieb sie von dem Anblick wie gebannt stehen.

Wenn sie einen Hinweis auf die Großartigkeit dieses Ereignisses benötigt hätte und immer noch im Zweifel gewesen wäre, ob die KMA wirklich eingetroffen waren, das hier hätte sie überzeugt. Der Himmel brannte. Es gab zwar keine Flammen, aber dennoch …

Blutrote Polarlichter tanzten über den Himmel, über und um Cove Mountain wie ein sanftes Netz aus Purpur, das sich in alle Richtungen durch die Dunkelheit ausbreitete. Es war ein tief bewegender himmlischer Walzer der Naturgewalten, und Sela bemerkte, dass sie beim Bestaunen dieses Schauspiels die Luft anhielt. Sie konnte sich nicht erinnern, jemals ergriffener und gleichzeitig so erschrocken und ehrfürchtig gewesen zu sein.

Sie öffnete die Terrassentür und ging die Stufen hinunter, verweilte im Garten und drehte sich langsam im Kreis, den Blick nach oben gerichtet. Auch hinter ihr tanzten die sonnenroten Streifen. Sie hatte noch nie ein solches Polarlicht gesehen, so weit im Süden waren sie einfach nicht so rot, jedenfalls bisher nicht.

Vereinzelte grüne Streifen schossen durch das blutrote Feld, das den ganzen Himmel wie ein Tuch bedeckte, dann zitterte es vor und zurück, verschwand kurz, um gleich darauf erneut zum Leben zu erwachen und wieder zu einem schimmernden Vorhang zu werden.

Wie viele ihrer Nachbarn hatten wohl Probleme einzuschlafen, weil sie von Ängsten geplagt waren, und standen nun draußen und beobachteten das feurige Schauspiel, ein Zeugnis dieses mächtigen Solarsturms? Sela konnte in den Nachbarsgärten zwar niemanden erkennen, doch die Sicht war sowieso von den Bäumen blockiert. Sicher hätte sie aber jemanden reden gehört. Sie schien allein in dieser Nacht zu sein, allein mit dieser unglaublichen Erhabenheit, die sich über ihnen zeigte.

Ben durchstreifte die Gegend bereits seit einigen Stunden, angetrieben von einem tief sitzenden Impuls. Er lief Patrouille das war ihm klar, er konnte es einfach nicht lassen, auch wenn es ihn ärgerte und richtiggehend wütend machte. Egal. Er musste einfach tun, wozu er ausgebildet war. Dies war eine Notsituation, und Zivilisten befanden sich in Gefahr. Er brauchte nicht zu ihren Treffen zu gehen oder mit ihnen zu plaudern, womöglich seine Vorräte mit ihnen zu teilen, aber er konnte verdammt noch mal zusehen, dass niemand mit bösen Absichten ins Tal kam, zumindest heute Nacht.

Das war Blödsinn. Er wusste, dass es Blödsinn war.

Trotzdem tat er es.

Er hatte ein paar Stunden geschlafen, aber nachdem er einmal aufgewacht war, hatte er keine Ruhe mehr gefunden. Und warum sollte er auch im Bett bleiben? Durch sein Fenster hatte er die tanzenden Lichtstreifen gesehen – warum diese Show des Universums verpassen? Rastlosigkeit und eine nagende Unruhe hatten ihn gedrängt, etwas zu unternehmen. Also hatte er sich angezogen, sein Mossberg Gewehr in die Waffentasche geschoben, die er quer über der Schulter trug, und war in die Dunkelheit aufgebrochen, über den schmalen Pfad den Berg hinunter.

Stille umfing ihn. Normalerweise waren um diese Zeit überall die Laute der Tierwelt zu hören, aber nicht heute Nacht. Selbst die Insekten gaben keine Töne von sich, als spürten sie, dass sich die Welt um sie herum verändert hatte.

Als er tiefer ins Tal hinunterlief, sah er auf der Lichtung abseits der Hauptstraße etwas, das wie eine riesige Grillparty wirkte. Ein paar schwache Lichter leuchteten, nicht sehr viele. In der Ferne hörte er das Summen eines Generators. Es roch nach gebratenem Fleisch. Diejenigen, die an den Grills und Räucheröfen arbeiteten, hatten die Stimmen gesenkt. Es war eine kluge Entscheidung, die Fleischvorräte zu garen.

Ben machte einen großen Bogen um den Platz, er wollte nicht bemerkt werden und seinen Weg in aller Stille fortsetzen. Bald darauf war es wieder ruhig und dunkel.

Über den düster aufragenden Bergen tanzte ein unheimliches Glühen am Himmel. Die Smokies waren eine uralte Gebirgsformation und hatten einen solchen Himmel bestimmt schon einmal gesehen, aber er ganz sicher nicht. Verdammt, das war ein wahnsinniges Polarlicht. Es hatte die Farbe von Blut und wirkte so gewaltig und übernatürlich. Die Atmosphäre musste hoch aufgeladen sein, so rot wie der Himmel sich verfärbt hatte, und das in allen Facetten.

Polarlichter hatte er bereits gesehen. Normalerweise waren sie blau und violett oder leuchteten grün über den Nachthimmel, aber nie in einem so ominösen Karminrot.

Es war verdammt eindrucksvoll, ein Beweis für die Kraft dieses Zwergsterns, der durchschnittlich 149,6 Millionen Kilometer von der Erde entfernt war. Wäre die Sonne nur ein paar Millionen Kilometer näher, würde das Leben hier unten so nicht existieren können. Selbst bei der bestehenden Entfernung konnte dieser glühende Stern den Asphalt auf der Erde zum Schmelzen bringen. Ben war fasziniert von solchen Naturgewalten, dagegen kam niemand an.

Wenn er nun schon nachts in diesem verdammten Tal patrouillieren musste, bekam er zumindest etwas echt Umwerfendes zu sehen.

Das Tal lag im Dunkel. In so vielen Nächten und frühen Morgenstunden hatte er auf seiner Terrasse gesessen und auf eine Kette von Lichtern geblickt. Er hatte die Service-Stationen gesehen, die Bewegungsmelder der Häuser, die Lampen der Nachteulen, die noch lange wach waren, oder auch der Frühaufsteher, die bereits ihren Tag begannen. Egal um welche Zeit, es fuhren immer irgendwelche Fahrzeuge über die Wege im Tal oder den Highway und beleuchteten mit den Scheinwerfern ihre Route. Nicht heute. Jetzt herrschten Stille und Dunkelheit, keine Autos, keine Lampen. Es war, als hätte sich das Leben auf der Erde, die Zivilisation um zweihundert Jahre zurückbewegt – und das konnte man im Augenblick für den größten Teil der industrialisierten Welt tatsächlich sagen.

Die Regierung hatte Notstandspläne und würde auf einem stark reduzierten Level weiterarbeiten. Das Militär war so weit wie möglich vorbereitet und hatte transportable Nuklearreaktoren, die dafür sorgten, dass die Energieversorgung auf den Basen funktionierte, genauso wie sie wichtige Kernpunkte versorgten, von denen aus die Wiederherstellung des Netzes in Angriff genommen wurde. Ein paar kleine Stromversorgungsunternehmen, vielleicht auch mehrere, hatten womöglich ihr Netz besonders gesichert und Vorsichtsmaßnahmen für eine Notversorgung ergriffen. Vielleicht hätten sie ihre Arbeit noch vor den großen Unternehmen wiederaufnehmen können. Doch ihr kleines Gebiet würde sehr bald von Flüchtlingen überrannt werden, sodass die Anbieter ihr Versorgungsnetz wohl erst wieder anlaufen ließen, sobald sich die Lage insgesamt erholt hatte.

Die normale Bevölkerung war ziemlich am Arsch. Sie musste sich weiterhelfen, so gut sie konnte.

Und er würde in seinem winzigen Teil der Welt nachts Patrouille laufen.

Die Sohlen von Bens gut eingelaufenen Boots verursachten ein leises, knirschendes Geräusch auf dem Kies, als er in eine der schmaleren Seitenstraßen einbog. Im rot glühenden Licht, das die dunkle Erde fast wie eine rote Taschenlampe erhellte, konnte er den Namen auf dem Straßenschild erkennen: Myra Road. Hier, hatte Mike Kilgore gesagt, würde sein Haus stehen – und Sela Gordon sollte hier ebenfalls wohnen. Bens Schritte wurden langsamer, und er wäre fast wieder umgekehrt. Er wollte nicht wissen, wo sie wohnte, wie ihr Haus aussah. Er wollte nicht daran denken, wie sie lebte, die Straßen sehen, auf denen sie entlangging, spekulieren, welches Fenster zu ihrem Schlafzimmer gehörte. Ja, vor allem das nicht. Es war nicht sehr klug, seinem bereits sehr unwillkommenen Interesse an ihr noch Futter zu geben. Er sollte umkehren und im wahrsten Sinne des Wortes diesen Weg nicht einschlagen.

Ben kehrte nicht um. Er lief weiter.

Es war ein nettes Viertel. Keines der Häuser war neu, aber alle wirkten sehr gut gepflegt, zumindest soweit er das im roten Schein des Polarlichts erkennen konnte. Der Rasen in den Gärten war gemäht, und es schienen nirgendwo Müllhaufen herumzuliegen. Ben roch den Duft einiger spät blühender Pflanzen in der Luft, die das noch schwache, aber sich nach und nach entwickelnde Aroma des Herbstes überlagerten. Das Leben ohne Elektrizität wäre im Sommer definitiv einfacher. Aber der Sommer war vorüber.

Ein paar wenige schwache Lichter waren zu sehen. Zumindest eines der Häuser in der Myra Road hatte solarbetriebene Gartenlampen. Sie waren alles andere als hell, von seinem Platz oben auf dem Berg hätte er sie bestimmt nicht gesehen.

Dann entdeckte er ihren Wagen, einen kleinen weißen SUV, der vor einem einstöckigen Haus mit eingezäunter Terrasse stand. Das Haus war vielleicht vierzig, fünfzig Jahre alt, wirkte robust, aber nicht protzig. Eine Reihe von immergrünen Bäumen blockierte den Blick zum Nachbarhaus. Die Fenster waren alle dunkel, natürlich, und er spürte die Stille. Ben richtete den Blick weiter nach vorn und erkannte in dem unheimlichen rot glühenden Licht, dass die Straße etwa fünfzig Meter weiter in einer Sackgasse endete.

»Hallo.«

Das Wort kam leise, so leise, dass er, wenn er gewollt hätte, auch so hätte tun können, als habe er es nicht gehört. Es war von der dunklen Veranda gekommen. Dachte sie, er hätte sie gesehen und hatte sich aus Höflichkeit gezwungen gefühlt, ihn zu grüßen, wie auf dem Land üblich? Vielleicht wollte sie in diesen frühen Morgenstunden eigentlich gar keine Unterhaltung. Er könnte einfach weitergehen … Aber er hatte dieses Selbstgespräch bereits vorhin mit sich geführt, und da war er nun.

Ben blieb mitten auf der Straße stehen, wandte den Kopf und blickte zum Haus hinüber. Ja, er konnte sie erkennen, einen schwachen Umriss, kaum sichtbar in der schützenden Dunkelheit der Veranda.

»Hallo«, antwortete er.

Sela hatte eine Weile in ihrem Garten gestanden, den Blick zum Himmel gerichtet, und war dann wieder zur Veranda hochgegangen mit dem Vorsatz, ins Haus zu gehen und zu versuchen zu schlafen. Doch der rote Himmel hatte sie gefangen gehalten, und sie war an der Fliegengittertür stehen geblieben, von diesem Anblick so gebannt wie vom ersten Moment an. Dann hatte sie Ben bemerkt. Nach dem ersten Schreck, einen unbekannten Mann die Straße entlangkommen zu sehen, hatte sie ihn aber sofort erkannt. Seine geschmeidige Art, sich zu bewegen, war ihr vertraut, und sie stellte erstaunt fest, dass sie ihn schon lange genug beobachtet hatte, um seinen Gang wiederzuerkennen, sogar in diesem spärlichen roten Licht.

Ihr Herz begann zu hämmern.

Sie wollte sich zurückziehen, ohne etwas zu sagen. Warum er mitten in der Nacht hier auf der Straße herumlief, war ihr ein Rätsel, doch eins wusste sie genau, nämlich dass er keinen Bedarf nach Gesellschaft hatte. Dass er sie vor dem Solarsturm gewarnt hatte, war eigentlich erstaunlich, verständlicher hätte sie es gefunden, wenn er nichts gesagt hätte. Zu der Zeit hatte sie seine Warnung nicht richtig zu schätzen gewusst, aber das tat sie inzwischen. Egal wie sie diese Krise überstehen würden: Ohne seine Information, die ihnen einen Zeitvorsprung gegeben hatte, wären sie viel schlechter dran. Das Mindeste, was sie tun konnte, war, sich zu bedanken.

»Hallo«, hatte sie dann nur herausbekommen, weil ihr Herz so wild klopfte, dass sie kaum noch genug Luft bekam, um mehr zu sagen. Sie bezweifelte, dass er sie überhaupt gehört hatte, so leise wie ihre Stimme gewesen war.

Doch dann war er stehen geblieben, hatte zu ihr herübergesehen und ihren Gruß erwidert. Ihre Knie wurden weich, so weich, dass sie fast gegen die Terrassentür gerutscht wäre. Sela reagierte so dermaßen heftig auf ihn, dass sie sich vorkam wie ein Teenager. Diese Erkenntnis brachte sie dazu, mit geradem Rücken aufzustehen. Fest entschlossen und ohne zitternde Knie zog sie die Terrassentür auf und trat hinaus, sodass er sie sehen und vielleicht auch erkennen konnte. So weit reichte ihre Entschlusskraft, dann sank sie auf die oberste Stufe der Vordertreppe. Sela krümmte die Zehen, als sie das kühle Holz unter den nackten Füßen spürte, während sie ruhig sitzen blieb, um zu sehen, ob er vorbeilief.

Das wäre eigentlich zu erwarten gewesen, womöglich wollte sie es auch. Sie holte scharf Luft, als er sich nach einem langen Moment, in dem sie den Atem angehalten hatte, umdrehte und durch den Garten auf sie zukam … vielleicht war ihre Reaktion Panik, vielleicht Aufregung, wahrscheinlich beides.

Beim Näherkommen erkannte sie etwas Längliches, das quer über seinem Rücken hing … eine Waffentasche, aus der ein Gewehrkolben herausragte. Natürlich, kein vernünftiger Mensch würde nachts ohne eine Waffe in den Bergen herumwandern, mit der er sich vor den Angriffen wilder Tiere schützen könnte.

Ben zog den Gewehrgurt über den Kopf und nahm ihn von seiner Schulter, bevor er sich ohne ein Wort neben Sela auf die Treppenstufe setzte. Die Waffe hatte er griffbereit neben sich abgelegt.

Sela holte unauffällig tief Luft, völlig gefangen von dem Zauber des blutroten Schauspiels über sich und Bens Gegenwart. Unbewusst registrierte sie, dass sie diesen Moment nie vergessen würde, egal was sich noch ereignete und wie lange sie noch lebte. Das hier war nun in ihr Sein eingraviert. Rote Bänder tanzten über den Himmel, verblassten und pulsierten dann erneut und voller Kraft. Sie waren von dem roten Licht getränkt, und es sah aus, als käme die Hitze, die sie an ihrer linken Seite verspürte, von der Sonne und nicht von ihm. Er berührte sie nicht, war aber so nahe, dass sie ein magnetisches Feld zwischen ihnen zu spüren glaubte, das dafür sorgte, dass sich ihre Härchen an den Armen aufrichteten.

Sela hob den Kopf und blickte nach oben, mit einem Mal wurde ihr klar, dass sie sich in Bens Gegenwart nur so unwohl fühlte, weil sie so stark auf ihn reagierte. In seiner Nähe breitete sich eine fast schmerzhafte Lebendigkeit in ihr aus, ihre Haut war erhitzt und übersensibel, ihre Brustwarzen hatten sich so stark verhärtet, dass es beinahe wehtat. Das war eine rein körperliche Reaktion, pure Lust. Höchstwahrscheinlich passierte das nur einseitig, denn er hatte sie nie mit auch nur leisestem Interesse angesehen. Ihre Erfahrungen mit jemandem wie ihm beliefen sich praktisch auf null, denn so hatte sie noch nie auf einen Mann reagiert. Das war außerhalb der Welt, die sie kannte und in der sie sich wohlfühlte.

Nach etwa dreißig Sekunden hatte er immer noch keinen Ton gesagt. Am liebsten hätte sie ihn mit Fragen bombardiert – war er beim Militär gewesen? Warum hatte er sich diesen Ort zum Wohnen ausgesucht? War er jemals verheiratet gewesen? Hatte er Kinder? Aber sie schwieg. Sie mochte vielleicht lächerlicherweise von seiner Nähe erregt sein, aber ihr Instinkt sagte ihr, dass sie ihn am schnellsten vertrieb, wenn sie ihn bedrängte. Normalerweise vermied er jeden sozialen Kontakt. Dass er nicht einfach vorbeigegangen war und nun hier saß, reichte vorerst. So brachte sie nur ein leises »Danke für die Warnung. Es hat etwas geholfen« heraus.

Sela hatte den Blick immer noch nach oben gerichtet, aber aus dem Augenwinkel bemerkte sie, dass er sich zu ihr umwandte und sie ansah, bevor er ebenfalls den Kopf nach hinten legte und den Himmel betrachtete. »Keine Ursache«, murmelte er schließlich zögernd, als hätte er Mühe gehabt, eine passende Antwort zu finden.

Wow. Wenn sie so weitermachten, dann könnten sie in einem Jahr womöglich eine richtige Unterhaltung führen. Sie hätte am liebsten gelacht, war aber von sich viel zu genervt, weil sie nicht besser reagierte als er. Die Krise war aber ein unverfängliches Thema, also sollte sie sich wohl darauf konzentrieren.

»Ich denke ständig an all die Sachen, die ich hätte tun müssen«, gestand sie. So, das hatte nicht wehgetan, sie hatte noch nicht einmal lange darüber nachdenken müssen, was sie sagen wollte, es war einfach so passiert.

»Zum Beispiel?«

Sie bemerkte, dass sie gern eine Einschätzung von ihm hätte, ob das, was sie unternommen hatten, sinnvoll war, und was sie noch unternehmen könnten. Sie wollte wissen, ob sie das Richtige getan hatte, ob sie sich nun auf etwas anderes konzentrieren sollte. Und sie wollte seine Stimme hören, die tief und leicht angeraut war, so männlich, dass sie erschauerte. Sie wollte, dass er redete, auch wenn er sie kritisierte. Es war auch wichtig, herauszufinden, was sie nicht tun sollten.

»Wir haben uns auf die Lebensmittel konzentriert und so viel eingekocht, wie wir konnten. Ich habe haltbare Sachen gekauft, Fleischkonserven, Erdnussbutter, getrocknete Bohnen. Ich denke, in der Hinsicht sind wir gut versorgt, auch wenn wir uns einschränken und gut haushalten müssen, um nichts zu vergeuden. Ich habe Ölreserven für den Generator, Holz für die Öfen, Kerzen und Petroleumlampen, Medikamente und eine Erste-Hilfe-Ausrüstung – aber ich hätte fast vergessen, Wasservorräte anzulegen, zum Spülen und Waschen, also haben wir nicht besonders viel«, berichtete sie. »Im Moment haben wir zwar noch jede Menge Flaschen Wasser, aber die werden nicht lange reichen. Wenn sie verbraucht sind, können wir Wasser zum Trinken abkochen. Aber ich hätte für alles andere einen Regenwassertank aufstellen müssen. Immer zum Bach zu gehen, um Wasser zu holen, wird ziemlich anstrengend. Darum habe ich nachgedacht, was ich unter die Regenrinnen stellen könnte, um das Wasser aufzufangen. Das Einzige, was mir dazu einfiel, sind große Plastikbehälter.« Sela stoppte ihren Redefluss, um ihm eine Chance zu geben, etwas einzuwenden.

Doch was er dann fragte, hatte nichts mit ihren Vorbereitungen zu tun. »Wir?«

Er hatte ihr eine fast persönliche Frage gestellt. Vor Überraschung blinzelte sie. »Meine Tante Carol Allen und ihre Enkelin Olivia. Sie leben beide zusammen ein Stück die Straße runter. In dem gelben zweistöckigen Haus. Sie haben Carol sicher schon bei mir im Laden gesehen, sie ist die Frau mit dem rosa Strähnchen im Haar. Sie ist heute Abend zur Leitung des Tals gewählt worden.«

Er gab einen grummelnden zustimmenden Laut von sich. Vielleicht hatte er schon gewusst, dass sie und Carol verwandt waren, vielleicht aber auch nicht, da sie Carol nicht mit »Tante«, sondern ihrem Vornamen anredete. »Sie sollten zu ihr ziehen.«

»Eine Freundin von ihr wohnt schon vorübergehend im Gästezimmer. Wenn die Umstände es erfordern, werde ich auch einziehen, aber … ich bin gern allein.«

Er gab wieder einen zustimmenden Laut von sich. Sie nahm an, dass er den Wunsch nach dem Alleinsein sehr gut verstand.

Endlich war eine leichte Brise zu spüren. Es fühlte sich wundervoll auf Selas erhitzter Haut an, und sie seufzte erleichtert. »Wie auch immer, die Plastikkanister auszuleeren wird leichter sein, als jeden Tag das Wasser vom Bach hierherzuschleppen.« Sie erwähnte nicht, um welchen Bach es ging, und es war auch egal. Das Tal war von Bächen durchzogen.

»Das wird funktionieren«, kommentierte er.

Er klang zwar nicht gerade begeistert, aber seine Zustimmung freute sie trotzdem. Es bedeutete, dass sie durchaus zu vernünftigen Lösungen gekommen war. In den kommenden Wochen würden noch viele alltägliche Probleme auf sie zukommen, und sie konnte nur hoffen, dass ihre Lösungsansätze Erfolg hatten.

Die Brise wurde stärker, und sie begann mit ihren nackten Armen leicht zu frösteln. Es war ein willkommenes Gefühl nach all der Hitze, aber schon wurde es ihr an den Füßen zu kalt, sodass sie die Beine anzog und die Säume der Pyjamahosenbeine etwas herunterzog, um die nackten Zehen zu bedecken. Bei der Bewegung streifte sie Bens Arm. Der Hautkontakt, so zart er auch war, ließ fast ihren Atem stocken. Er strahlte eine solche Hitze aus, dass ihr dort, wo sie ihn gestreift hatte, sengend heiß wurde. Sela hielt mitten in der Bewegung inne, ihre Arme berührten sich noch immer, denn sie war einfach nicht in der Lage, von ihm wegzurutschen. Alles, was sie konnte, war, darauf zu warten, dass er sich zurückzog.

Doch das tat er nicht. Er rückte nicht näher an sie heran, um die Berührung zu vertiefen, aber er entfernte sich auch nicht. Es war, als hätte er das, was gerade geschah, nicht bemerkt. Doch so belanglos es auch war, es brachte sie aus dem Gleichgewicht. Ben legte den Kopf noch weiter zurück und betrachtete bewundernd das rote Polarleuchten, das über den Himmel flatterte. »Das ist so beeindruckend«, sagte er leise.

Der Themenwechsel war sehr willkommen, auch wenn es ihr zeigte, wie unbedeutend die Situation für ihn war. Sie grübelte zu viel nach über … nun, über alles, statt den Moment zu genießen. Der Gedanke gab ihr Kraft, sich zusammenzureißen und in die Realität zurückzukehren. »Ja. Ich bin froh, dass ich nicht schlafen konnte, sonst hätte ich das hier verpasst.«

Wieder herrschte Schweigen. Sela begann sich dabei wohlzufühlen und es zu genießen, hier im Dunklen neben ihm zu sitzen. Seltsamerweise erleichterte es sie, dass er ganz offensichtlich nicht reden wollte, sie empfand es als regelrecht entspannend. Wenn er erwartet hätte, dass sie ihn mit Witz und Charme unterhielt, wäre sie gestresst. Auch wenn sie nicht viel über ihn wusste, so war ihr klar, dass er das Schweigen mehr genoss als lautes Gerede und das Alleinsein der Gesellschaft vorzog. Dass er nun hier saß, offensichtlich ohne den Drang, gleich wieder aufbrechen zu müssen, kam ihr vor wie ein verfrühtes Weihnachtsgeschenk, und sie akzeptierte es als das, was es war, ohne sich zu wünschen, dass es mehr wäre. Es war genug.

Verdammter Mist, er konnte ihre Brüste mit den aufgerichteten Brustwarzen unter dem dünnen Top erkennen. Wahrscheinlich dachte sie, im Dunklen wäre sie sicher, aber wegen des glühenden Polarlichts war es gar nicht so dunkel, und er konnte sowieso auch nachts sehr gut sehen. Sie hatte kleine Brüste, und die Spitzen hatten sich in der kühlen Brise fest zusammengezogen.

Da Ben, wenn auch freiwillig, schon sehr lange Single war, hatten diese Brüste unter dem fast durchsichtigen Top auf ihn eine so erotisierende Wirkung, als würde Sela nackt vor ihm tanzen. Er war so angeturnt, als würde er bereits auf ihr liegen und kurz davor sein, in sie einzudringen – was vollkommen verrückt war, denn sie berührte ihn lediglich mit ihrem nackten Arm an seinem Oberarm, und er konnte nur ihre Brüste und die aufgerichteten Nippel unter dem Shirt erkennen. Dass er lange keinen Sex gehabt hatte, hieß nicht, dass er in der Zeit nie gekommen wäre. In den drei Jahren hatte er sich schon ab und zu einen heruntergeholt. Er war gekommen, aber eben nicht in einer Frau. So ausgehungert war er also gar nicht, aber sie hatte etwas Bestimmtes an sich, das ihn anturnte. Er hatte nicht gewusst, auf welche Art Frau er eigentlich stand, nur, dass er hetero war. Aber er wäre ein Idiot, wenn er nicht bemerkt hätte, was hier ablief.

Er sollte auf der Stelle gehen. Dieses freundschaftliche

Schweigen zwischen ihnen gefiel ihm gar nicht, genauso wenig diese gemeinsame Andacht unter dem magischen Nachthimmel. Er wollte keine Verbindung zu ihr aufbauen. Viel lieber wäre er weiterhin ein flüchtiger Bekannter gewesen, ein Kunde ihrer Tankstelle. Eigentlich wollte er nichts lieber, als zurück auf seinen Berg zu wandern und allein auf seiner Terrasse zu sitzen, nicht hier unten neben ihr auf der Treppenstufe.

Aber … diese Brüste.

Es war hart, sich von ihr loszureißen – *hart* war das richtige Wort.

Das machte sie zur Gefahr für sein selbst gewähltes Eremitendasein, denn jedes Mal, wenn er mit ihr zusammentraf, wollte er mehr darüber herausfinden, wer sie war, wie sie tickte. Sie war so still und in sich gekehrt, dass er bei ihr womöglich noch in Jahren immer wieder Überraschungen erleben könnte, und er war einfach nicht der »Für-die-Zukunft«-Typ. Er war ein »Hier-und-jetzt«-Typ, der niemanden nah genug an sich heranließ, um Gefühle zu entwickeln. Er wollte sich nicht fragen, ob sie auch mal richtig wütend werden konnte und wie weit man bei ihr gehen musste, damit sie aus sich herausging, ob er sie dazu bringen könnte, im Bett zu schreien, oder ob sie eher der Typ war, der ins Kissen biss …

Verdammt. Gerade als sein Schwanz sich etwas beruhigt hatte, musste er wieder an Sex denken.

»Wenn Ihnen irgendwann die Lebensmittel ausgehen, können Sie gern was von uns haben«, bot Sela in diesem Moment an. »Wir hätten ja nicht so viele Vorräte, wenn Sie uns nicht gewarnt hätten.«

Fast hätte er losgeprustet, aber er konnte sich noch rechtzeitig zurückhalten. Hier marterte er sich selbst mit seinen erotischen Fantasien, und sie dachte ans Essen. Da ist er wieder, kurz und bündig, der Unterschied zwischen Frauen und Männern, dachte er.

Er hätte das als Herausforderung nehmen und versuchen können, ihre Aufmerksamkeit zu erwecken. Das würde er sicher schaffen. Er hatte das Talent, Frauen glücklich zu machen, mehrmals pro Nacht. Er bräuchte nur fünf Minuten, und sie würde nicht mehr an Pizza oder Pop-Tarts denken oder was auch immer sie essen wollte …

Verdammter Mist! Er musste sehen, dass er hier wegkam. Er musste gehen, und zwar sofort.

Eine hell leuchtende Wand von tiefem Rot waberte über den Himmel, und in diesem Moment entdeckte Ben eine schwarze Silhouette auf der anderen Straßenseite. Innerhalb eines Sekundenbruchteils war er auf den Füßen und hatte das Gewehr in der rechten Hand, gleichzeitig zog er Sela mit der linken hoch, noch bevor sich in seinem Bewusstsein das Wort »Bär« manifestiert hatte. Obwohl er sie erschreckt hatte, gab sie keinen Ton von sich. Er ließ sie kurz los, um die Terrassentür zu öffnen, und zog sie mit sich auf die umzäunte Veranda. Dann stellte er sich zwischen sie und die Tür und schloss diese leise.

Ben deutete in Richtung Bär und hoffte, dass sie seine Geste in der Dunkelheit mitbekam. Sie wandte den Kopf in die Richtung, in die er zeigte, und verharrte still, als sie das Tier erblickte.

Der Schwarzbär wühlte auf dem Boden herum, suchte offensichtlich nach heruntergefallenen Eicheln. Die Brise wehte ihnen ins Gesicht, also hatte er sie wohl noch nicht gewittert, obwohl seine Nase bei Weitem besser war als seine

Augen. Womöglich hätten sie ruhig auf der Verandatreppe sitzen bleiben können, ohne von dem Tier entdeckt zu werden – und notfalls hatte Ben sein Gewehr, auch wenn er den Bären nicht sinnlos töten wollte. Er wollte Sela aber auch nicht unnötig in Gefahr bringen. Sie waren hier auf der Veranda sicherer, wo sie schnell ins Haus flüchten könnten, wenn der Wind sich drehen sollte und der Bär sie witterte.

Bewegungslos standen sie da, beobachteten das Tier. Ab und zu hörten sie ein leises Grunzen und Schnüffeln, bis der Bär schließlich tiefer in den Büschen verschwand und bald wieder außer Sicht war. Ben lauschte, wie er sich weiter und weiter entfernte, bis die Geräusche schließlich ganz verschwunden waren.

Er bemerkte, dass er die ganze Zeit Selas Handgelenk umfasst hatte. Er konnte es vollkommen umschließen. Ihre Haut fühlte sich kühl und seidig unter seinen rauen Fingern an. Als ihm klar wurde, dass er nach all diesen Jahren der Zurückhaltung jemanden freiwillig berührte, war er so schockiert, als hätte man ihm einen Faustschlag in den Magen verpasst. Er musste sich zwingen, sie loszulassen.

»Ich muss jetzt gehen.«

Er schob die Terrassentür auf. Seine Stimme hatte rau und angestrengt geklungen, aber endlich bewegte er sich in die richtige Richtung.

Sie versuchte nicht, ihn zurückzuhalten. Stattdessen sagte sie nur leise: »Sei vorsichtig.« Dann ging sie ins Haus und ließ ihn draußen zurück. Er hörte nur noch das Klicken des Türschlosses.

Ben atmete erleichtert aus, als er wieder auf der Straße war und den Weg nach Hause einschlug. Das Gewehr behielt er griffbereit in der Hand, denn offensichtlich waren die Bären heute Nacht aktiv … Und Sela hatte ihn nicht gebeten zu warten, bis sich das Tier vor ihrem Haus weiter entfernt hatte. Sie hatte kein Theater darum gemacht. Und dass sie zum vertraulichen Du übergegangen war, schien ihm nur logisch. Ihr gehauchtes »Sei vorsichtig« fühlte sich wie eine Liebkosung an, die ihn den ganzen Weg über nach Hause durch die rot glühende Nacht begleitete.

7. Kapitel

Der neue Tag brach an, so heiß wie der vorherige. Die Bewohner des Tals begannen sich früh auf der Lichtung am Ufer zu versammeln. Die großen Räucheröfen und die Grills waren noch immer heiß, bewacht von den müden Männern, die die ganze Nacht durch das Fleisch gegart hatten und sich nicht hatten ablösen lassen, denn natürlich waren sie der festen Meinung, dass niemand ihre Geräte so gut bedienen konnte wie sie selbst. Der köstliche Duft von gegrilltem und geräuchertem Fleisch durchzog die Luft, und Sela lief das Wasser im Mund zusammen, obwohl sie vor Kurzem erst gefrühstückt hatte: eine Schale Müsli mit Nüssen und Wasser. Auf Kaffee oder Tee hatte sie verzichtet, denn dann hätte sie Wasser heiß machen müssen. Nun spürte sie, was sie vermisste, doch das würde sich schnell ändern.

Lange Tische waren aufgestellt worden und mit Plastikdecken bedeckt. Zwei besonders einfallsreiche Frauen hatten große Krüge mit gesüßtem Wasser und Teebeuteln in die Sonne gestellt, um Sonnentee zu machen. Natürlich hatte niemand nur Fleisch mitgebracht. Sela hatte keine Ahnung, wie die Leute all diese Speisen zubereitet hatten, aber es gab Bohneneintöpfe, große Salatplatten, Kartoffelpüree und andere Dinge, von denen die Frauen meinten, es müsse gegessen werden, damit es nicht verdarb. Sela hatte einen großen Salat zubereitet und dafür ihren gesamten Vorrat an Römersalat genommen, bevor dieser welk wurde.

Es standen ein paar vereinzelte Fahrzeuge auf dem Feld, Pick-ups, mit denen die schweren Sachen transportiert wurden, aber der größte Teil der Leute war zu Fuß gekommen, um wertvolles Benzin zu sparen. Einige der Kids waren mit den Fahrrädern unterwegs, und so manche Talbewohner hatten ihre Pferde gesattelt und kamen angeritten. Es gab viele Pferde in der Gegend, einige wurden für Touristenausflüge eingesetzt, andere gehörten Privatleuten. Sela dachte, dass sie in den nächsten Monaten wohl häufig Pferde und Fahrräder sehen würden.

Für etwas Schatten waren Sonnenschirme und Gartenpavillons aufgestellt worden, vor die Tische hatten die Talbewohner Klappstühle geschoben. Kinder rannten umher, spielten und kreischten, und trotz der ernsten Situation erinnerte die Atmosphäre eher an ein riesiges Picknick als an eine Notsituation.

Sela, Carol und Olivia hatten ihre Mitbringsel auf Joshs alten Schiebekarren geladen und aufs Feld gezogen, wo Carol einen Platz unter einem Gartenpavillon in Beschlag nahm. Auf Selas Vorschlag hin hatten sie einen kleinen Grill mitgebracht, Kohlen, einen blauen Emaillekessel und ein paar Packungen Kaffee. Sela und Carol zündeten schnell die Kohlen an und begannen den Kaffee zu brühen. Bald zog der Duft einen ständigen Strom von Talbewohnern zum Pavillon, die gleich dazu angehalten wurden, entweder gute Vorschläge einzubringen oder sich als freiwillige Helfer zu melden – Sela hoffte, dass sie beides tun würden, aber eines war klar: Wer einen Kaffee wollte, wurde auf Carols Liste gesetzt.

Nachdem auch sie sich eine heiß ersehnte Tasse Kaffee eingegossen hatte, sagte sie zu Carol: »Ich werde mal herumlaufen und sehen, wer sonst noch da ist und was alle vorbereitet haben.«

»Nimm einen Stift und Notizblock mit und schreib ihre Namen auf«, erwiderte Carol und reichte ihr beides.

Gute Idee. Sela wanderte umher und notierte nicht nur, welche Menschen hier zusammenkamen, sondern auch, wer von ihnen am besten vorbereitet und organisiert war, denn das waren diejenigen, mit denen Carol reden wollte. Dabei ließ sie auch Olivia nie aus den Augen, die mit einigen Schulfreundinnen zusammensaß. Es gab viel Gelächter und dramatisches Herumgestikulieren. Und sie konnte nicht anders, als immer wieder in die Ferne zu sehen, ob womöglich Ben irgendwo auftauchte, ob er vielleicht zusah, ohne sich zu ihnen zu gesellen.

Natürlich war er nicht da. Wahrscheinlich versuchte er zu schlafen, was sie eigentlich auch hätte tun sollen. Nachdem er gegangen war, hatte sie sich noch ein paar Stunden hingelegt, doch sie spürte jetzt schon, dass es nicht genug Schlaf gewesen war. Vielleicht könnte sie ein bisschen dösen, wenn das gemeinsame Kochen zu Ende war und sie sich ein wenig organisiert hatten.

Es überraschte sie nicht, dass in den meisten Gesprächen, die sie mitbekam, aufgeregt über die roten Polarlichter diskutiert wurde.

»Hast du den Himmel gestern Nacht gesehen?«

»Ich dachte schon, es wär das Ende …«

»Verdammt, ich war so müde, dass ich sofort ins Bett bin und das verpasst habe …«

Sela glaubte, dass das rote Polarlicht wegen der starken atmosphärischen Aufladung noch eine Weile zu sehen sein würde, doch sie blieb nicht stehen, um sich in die Unterhaltungen einzumischen, weil sie selbst nichts dazu beitragen konnte. Mit Ben auf der Verandastufe gesessen und den Himmel beobachtet zu haben war etwas, das sie für sich behalten wollte. Sie hatte nicht einmal Carol von diesem etwas unbeholfenen, aber auch magischen Erlebnis mit Ben erzählt – wenn man das Nebeneinandersitzen als »gemeinsames Erlebnis« bezeichnen konnte –, denn es war zu intim und andererseits auch wieder zu nebensächlich. Carol würde daraus eine große Geschichte machen und scherzen, dass *Mister Hotbody* etwas für Sela übrig hatte. Aber Sela wusste: Sie würde zurzeit nichts, was mit Ben zu tun hatte, witzig finden.

Es war ja nicht so, dass sie eine tiefschürfende Unterhaltung geführt hätten. Tatsächlich hatte er wahrscheinlich nicht einmal dreißig Wörter mit ihr gewechselt. Aber immerhin – sie hatten miteinander gesprochen. Und zusammen etwas Magisches erlebt, das sie nie vergessen würden. Sie hatte auch seine nackte Haut an ihrer gespürt, und das, obwohl sie nicht glaubte, dass Ben Jernigan schon je mit irgendjemandem aus dem Tal freiwillig Zeit verbracht oder sogar jemanden berührt hatte. Bestimmt erhielt er regelmäßig sexuelle Angebote von Frauen, aber er wirkte nicht so, als würde er darauf eingehen.

Plötzlich bemerkte sie, dass sie stehen geblieben war und bewegungslos in der Mitte des großen Felds verharrte, während der Trubel um sie herum weiterging. Ihr wurde heiß im Gesicht, obwohl niemand der Vorbeigehenden wissen konnte, dass sie an Ben dachte, an das, was er niemandem erzählt hatte, und wie sehr sie sich zu ihm hingezogen fühlte. Aber sie selbst wusste es, und sie ärgerte sich, dass sie so lächerlich aufgeregt war. So hatte sie sich als Teenager gefühlt, wenn sie verknallt gewesen war, und sie hatte geglaubt, inzwischen aus solchen pubertären Anwandlungen herausgewachsen zu sein. Offensichtlich hatte sie sich geirrt.

Jemand legte ihr von hinten die Hand auf den Arm. Sela drehte sich um und sah sich Ted Parsons gegenüber. Wenn das nicht Schock genug war, um von ihren Träumereien abgelenkt zu werden! Er ließ ihren Arm los und zog eine andere Frau zu sich heran. »Meredith, das ist … Oh, tut mir leid, ich habe Ihren Namen gestern Abend gar nicht verstanden.«

»Sela Gordon«, stellte sie sich vor und streckte Meredith die Hand entgegen. »Freut mich, Sie kennenzulernen.«

»Also, das ist meine Frau Meredith.«

Das hatte sich Sela bereits gedacht. Meredith Parsons schien genau das Gegenteil von ihrem aggressiven Ehemann zu sein. Sie hatte ein freundliches, zartes Gesicht, und ihr Lächeln wirkte echt. Während sie Selas Hand schüttelte, blickte sie sich auf dem belebten Feld um. »Ist das nicht unglaublich? So viele Menschen, und alle helfen sich gegenseitig und teilen miteinander.«

»Es ist wichtig, die frischen Lebensmittel zu kochen, damit sie nicht verderben …«, begann Sela.

»Ihre Mutter wurde zur Leiterin des Tals gewählt«, unterbrach Ted sie. Er war noch immer unübersehbar verärgert, dass er nicht nur nicht gewählt worden war, sondern ihm auch noch eine »alte Frau« den Posten streitig gemacht hatte.

»Meine Tante«, korrigierte Sela ihn, »die Schwester meines Vaters.«

So wie Ted die Lippen verzog, war klar, dass ihn Selas Verwandtschaftsverhältnis zu Carol absolut nicht interessierte. »Wo ist sie denn? Ich habe ein paar Vorschläge, wie wir weiter vorgehen können.«

»Da bin ich mir sicher«, murmelte Sela, während sie sich umdrehte und auf eine Stelle im hinteren Feld deutete. »Sie sitzt unter dem Pavillon mit den roten Streifen. Bei ihr gibt es auch Kaffee, falls Sie gern eine Tasse hätten. Und sie sammelt Ideen: Alle sind willkommen.«

»Ted ist sehr gut im Organisieren.« Meredith blickte ihn mit einem Lächeln an, das er mit so offensichtlicher Zuneigung erwiderte, dass Sela überrascht blinzelte. Wenn er seine Frau ansah, veränderten sich seine Gesichtszüge vollkommen. Das erinnerte sie daran, dass selbst die schlimmsten Egozentriker ein paar gute Seiten hatten und man das nie vergessen sollte. Sie verspürte gleich weniger Abneigung gegen ihn. Und das war gut, denn sie alle würden in den kommenden Monaten zusammenarbeiten müssen.

Der Morgen zog sich dahin. Ein Paar in den Siebzigern, beide schlank und agil, hatte Sela angesprochen und Kenntnisse in Kräuterkunde angeboten, falls jemand krank wurde. Eine Gruppe Frauen vom Handarbeitsclub schlug vor, Steppdecken für Talbewohner zu nähen, die für den Winter nicht genug warme Decken hatten. Ein paar Männer stellten sich zur Verfügung, um Wild für Leute zu schießen, die es nicht selbst tun konnten. Sela notierte Namen und Adressen der Helfer sowie deren Angebote und Fähigkeiten. Sie mussten ein System ausarbeiten, um die Talbewohner, die etwas benötigten, mit denen zu vernetzen, die etwas anboten, ebenso eine Art Bezahlung in Form von Tauschhandel ermöglichen, auch wenn es wahrscheinlich nicht immer einfach wäre, etwas zu finden, das die Empfänger von Dingen oder Diensten als Gegenleistung bringen könnten. Darüber grübelte sie nach, als jemand in Carols Pavillon eine Kuhglocke läutete, um die Leute zum Essen zusammenzurufen.

Die Sonne brannte inzwischen heiß auf sie herunter, und zum Glück war der Pfarrer, der den Segen sprach, clever genug, sich kurzzufassen, sodass Carol schnell alle zum Essen auffordern konnte. Sela hatte sich an Carols Seite herangearbeitet und zwinkerte ihrer Tante zu. »Eine gute Strategie, alle richtig zu füttern, bevor du die Arbeit verteilst.«

»Ich bin ja nicht von gestern«, erwiderte Carol selbstgefällig. Sie stutzte kurz. »Oder aus diesem Jahrhundert. Und dabei fällt mir ein: Hast du Olivia gesehen, die zum Beispiel aus diesem Jahrhundert ist?«

»Der geht es gut. Sie hängt mit ihren Freundinnen zusammen.« Sela blickte sich um und entdeckte eine von Olivias Freundinnen, die in der Menge mit ihrem leuchtend roten Haar leicht zu erkennen war. Nach einem kurzen Check fand sie auch Olivia in der Gruppe. »Da vorn ist sie.« Unter den Jugendlichen waren keine Jungen, jedenfalls im Moment nicht.

Carol nickte und zeigte auf Selas Notizbuch. »Und, war was Gutes dabei?«

»Allerdings. Was ist mit Ted Parsons? Konntest du was mit seinen Vorschlägen anfangen?« Sie hoffte es, denn das würde sein Ego etwas besänftigen, und dann wäre es sicher einfacher, mit ihm auszukommen. Nicht dass sie ihn als großes Problem einschätzte, aber er konnte auf jeden Fall nervig werden.

Carol wedelte mit der Hand. »Vielleicht ja, vielleicht nein. Ich hab's aufgeschrieben. Man kann nie wissen, wie sich die Dinge entwickeln.«

Sela füllte für sich und Carol jeweils einen Teller, holte

sich ein Glas Tee und setzte sich zu ihr unter das Pavillondach. Gleich darauf steckten die beiden die Köpfe zusammen und versuchten, das, was sie an diesem Morgen an Informationen gesammelt hatten, zu koordinieren. Carol hatte zwar einige Freiwillige gewonnen, hielt aber eine Reihe von ihnen nicht für einsetzbar. Zoe Dietrich etwa sollte man besser nicht damit beauftragen, sich um die älteren Talbewohner zu kümmern, da sie wahrscheinlich ihre Medikamente stehlen würde, meinte Carol. Patty Stone hätte gute Absichten, aber gehörte leider zu denen, die nichts zu Ende führen konnten. Und so weiter und so fort.

»Wir können von den Leuten nicht erwarten, dass sie ihre Zeit und Arbeit einfach so regelmäßig zur Verfügung stellen.« Sela kritzelte nachdenklich Kreise auf das Papier. »Für einen kurzen Zeitraum werden die Noteinsätze von Freiwilligen kein Problem sein, aber das hier wird eine Weile dauern.«

»Denkst du an ein Tauschsystem?«

»Anders wird es nicht funktionieren. Fürs Erste schon, aber was passiert im Winter, wenn die Essensvorräte zur Neige gehen?«

»Aber was könnten die Leute anbieten? Wenn sie jemanden brauchen, der für sie jagen geht, können sie ihm vermutlich nichts zu essen anbieten, oder? Denn genau davon haben sie ja nicht genug.«

»Aber sie könnten Sachen reparieren, Babysitten. Kochen. Erfahrungen weitergeben. Die Älteren werden am meisten Hilfe brauchen, haben gleichzeitig aber auch eine lange Lebenserfahrung und wissen, wie man den Alltag ohne Strom bewältigt. Andere könnten ihr Wissen und ihre Bildung einbringen. Denn die Kinder brauchen Unterricht, auch wenn sie jetzt zu Hause mehr mithelfen müssen.« Sela lehnte sich zurück und dachte an ihre eigene Situation. Sie benötigte Feuerholz, und Trey Foster hatte ihr angeboten, welches zu besorgen. Also musste sie sich überlegen, was sie ihm für das Holz geben konnte. Feuerholz zu hacken war harte Arbeit. Die Kettensägen würden nur so lange funktionieren, wie der Treibstoff reichte, dann musste das Holz mit der Axt geschnitten werden.

Verdammt, das wurde kompliziert. Auch wenn alles auf die grundlegenden Bedürfnisse reduziert war, mussten sie als Gemeinschaft überleben, und da gab es jede Menge offene Fragen.

Carol nahm einen Schluck Tee. »Ich kann mich nur wiederholen, du solltest das hier machen. Du hast gerade ein paar Sachen genannt, an die ich nie gedacht hätte.«

»Und ich hatte keine Ahnung von der Medikamenten-Diebin«, entgegnete Sela, entschlossen, sich nicht in etwas drängen zu lassen, was sie nicht wollte. »Außerdem bin nicht ich gewählt worden, sondern du.«

»Wie hätten sie dich wählen sollen, wenn du dich versteckst?«, konterte Carol gereizt.

»Wir drehen uns im Kreis«, sagte Sela unnachgiebig, worauf sie von ihrer Tante ein Schnauben erntete.

In der Nähe der großen Räucheröfen brach plötzlich ein Tumult aus, und die beiden Frauen sprangen auf. Es hatte sich bereits ein Knäuel von Menschen gebildet, und durch eine kurz entstandene Lücke sahen sie zwei Männer mit fliegenden Fäusten über den Boden rollen.

»Mist.« Carol seufzte. »So funktioniert das nie.«

Die große Grillparty war eine gute Idee gewesen, weil sie so eine Menge Nahrungsmittel gerettet hatten, die sonst verdorben wären. Aber darüber hinaus hatten sie nicht viel erreicht. Carol hatte zwar ein paar Namen aufgeschrieben und sie hatten Vorschläge gesammelt, doch sie waren mit dem Organisieren immer noch nicht richtig vorangekommen. Die Krise hatte gerade erst begonnen, und die Lage war noch nicht allzu kritisch. Das Wetter war gut, die Leute hatten genug zu essen. Größtenteils begannen sich die Talbewohner auf ein Leben ohne Elektrizität einzustellen, werkelten im Freien herum, gingen früh ins Bett und richteten sich so gut es ging auf den Winter ein.

Auch wenn Sela ungeduldig war und die Planung ihres weiteren Vorgehens vorantreiben wollte, war sie fürs Erste ebenfalls zufrieden, genauso wie die anderen zu verfahren. Sie hatte ihre Regenrinnen so zurechtgekappt, dass sie ein paar Plastikcontainer darunterstellen konnte, um das Regenwasser aufzufangen … Nicht dass es zu dieser Jahreszeit viel Regen gab, doch wenn ein starkes tropisches Gewitter vom Golf heraufzog, könnte sich das ändern. Bis dahin würden sie und die Nachbarn nachmittags zum nächstgelegenen Bach laufen, um in allen Behältern, die sie tragen konnten, Wasser zu transportieren.

Carol versuchte jeden Tag mit ihrem aufziehbaren Radio einen Sender zu finden, hörte aber nur immer statisches Knistern und Rauschen. Trotzdem hatte sich sofort ein Ritual daraus entwickelt, indem sie sich mit Carol zusammensetzten, während diese einen Sender suchte. Nachdem Sela vorgeschlagen hatte, nach draußen zu gehen, weil es dort vielleicht besseren Empfang gab, wurde das mit dem Radio so etwas wie ein nachbarschaftliches Treffen. Ein paar Leute boten sich an, die Spindel aufzuziehen, um die Batterie aufzuladen. Jemand brachte einen Klapptisch heraus, auf den

Carol das Radio stellte, während sich alle um sie versammelten und jedes Mal hofften, dass es klappte, ein Signal von außerhalb des Tals zu empfangen.

Nach vier Tagen des Schweigens war hinter dem statischen Knistern eine Stimme zu hören. Die Nachbarn waren am Plaudern gewesen, wurden aber augenblicklich still und drängten sich um den Klapptisch.

»… sämtliche Geschäfte leergeräumt. Die Kommunikationstechnik ist …« Wieder wurde alles von einem Rauschen übertönt, und man konnte die Worte nicht mehr verstehen, aber zumindest hatten sie etwas gehört. Knoxville war ziemlich weit entfernt und die Atmosphäre noch immer gestört, was durch die Polarlichter, die nachts über ihnen tanzten, bestätigt wurde. Doch Sela hatte beobachtet, dass ihre Leuchtkraft abnahm und das Rot immer mehr von Grün durchzogen wurde.

»Es wird besser«, murmelte sie. »Ich meine, der Empfang.« Doch die Radiostationen arbeiteten mit Notgeneratoren, und wer wusste schon, wie lange ihre Energie noch reichen würde. Sie hoffte jedenfalls, dass die atmosphärischen Störungen sich vorher gelegt hätten, sodass sie ein paar nützliche Informationen bekommen konnten.

»Was, wenn wir das Radio weiter oben aufbauen?« Mike Kilgore sah sich suchend um. »Ich könnte eine Leiter holen und es aufs Dach stellen.«

»Dann müssen wir aber alle aufs Dach klettern, um was hören zu können«, wandte seine Frau Leigh ein und boxte ihn in den Arm.

»Lasst es uns einfach weiter von hier aus versuchen.« Carol drehte an dem Rädchen, um nach einem anderen Sender zu suchen.

Eine weitere Stimme schallte jetzt aus dem Radio, die viel deutlicher zu verstehen war, und alle zuckten zusammen.

»… operieren so lange mit Notstrom, wie es noch möglich ist. Die öffentlichen Bekanntgaben werden jeden Morgen um neun Uhr gesendet, bitte schalten Sie Ihr Radio morgen um diese Zeit ein. Das war heute unsere letzte Sendung.«

Seit es keinen Strom mehr gab, hatte die exakte Uhrzeit an Bedeutung verloren, doch ein paar Leute trugen noch immer ihre Armbanduhren und blickten jetzt automatisch auf die Anzeige. »Es ist halb fünf«, stellte Mike fest.

»Ich kann noch einen anderen Sender suchen«, bot Carol an.

»Ist nicht notwendig. Wir können bis morgen warten. Der Sender war wenigstens gut zu hören.«

Am nächsten Morgen versammelten sich alle wieder in Carols Vorgarten. Es hatte sich herumgesprochen, dass sie ein aufziehbares Radio besaß, und nun waren noch mehr Leute gekommen, um zuzuhören. Manche Einwohner besaßen alte batteriebetriebene Radios, und einige hatten tatsächlich ihr Auto angeworfen, um Radio zu hören. Aber in diesen Tagen nutzten die meisten jeden Anlass, um sich zu versammeln, und dies war einer davon. Carols Garten war voller Menschen. Um 8:59 Uhr stellte sie das Radio an, und alle verstummten.

Olivia stand etwas abseits und spielte mit ihrem Haar, wickelte sich eine Strähne um den Finger. Es war eine nervöse Angewohnheit, die sie schon vor Jahren abgelegt hatte. Barb war auffallend blass, von den vieren war sie immer die aufgeregteste und nervöseste gewesen.

Sela stellte sich neben Olivia und legte ihr freundschaftlich den Arm um die Schultern. Bei einer festen Umarmung hätte sie sich womöglich bedrängt gefühlt, doch diese Wir-halten-alle-zusammen-Geste, die ihr zeigen sollte, dass sie nicht allein war, schien akzeptabel. Olivia schenkte ihr ein flüchtiges Lächeln – ein etwas angestrengtes, aber ein Lächeln.

Alle schienen die Luft anzuhalten, doch Sela erwartete an diesem Morgen keine besonders bedeutungsvollen Nachrichten. Es war einfach so, dass sie diesen Kontakt zur Außenwelt brauchten, selbst wenn er nicht mehr als eine bedeutungslose Routine werden würde. Sie hatten sich so isoliert gefühlt, von allen Informationen abgeschnitten, von Freunden, der Familie, allen, die nicht in der Nähe wohnten. Sie standen unter ständiger, fortwährender Anspannung, die sie so nicht erwartet und auf die sie sich nicht hatten vorbereiten können.

Der Radiomoderator meldete sich. *»Aus dem Studio begrüßt sie Robert Keller.«* Sela erinnerte sich an diesen Namen. Der Tonfall des Moderators sprach Bände: Normalerweise war der Mann humorvoll und locker, jetzt klang seine Stimme sehr ernst. *»Kuriere des Gouverneurs berichten, dass die Tennessee National Guard nun das Capitol in Nashville sichert, doch alle Arbeiten werden durch die knappen Benzinvorräte behindert. Laut unbestätigten Meldungen gibt es weitverbreitete Plünderungen und auch Tote durch Schusswaffen. Da die Notfalldienste nicht in der Lage sind, zu reagieren, ist jeder zur Selbsthilfe gezwungen.«* Die Stimme des Sprechers zitterte leicht, dann räusperte er sich und fuhr etwas gefasster fort. *»Die Supermärkte sind leer geräumt, aber die Bewohner von Knoxville meistern die Krise bisher gut. Bitte schauen Sie weiterhin nach Ihren Nachbarn und seien Sie vorsichtig. Die nächsten Meldungen folgen morgen früh um neun Uhr.«*

»Ich frage mich, ob die ganzen College-Kids es geschafft haben, nach Hause zu fahren«, meldete sich Barb.

»Das hoffe ich«, erwiderte Mike. »Ich kann mir nicht vorstellen, dass die Stadt in der Lage wäre, sich um achtundzwanzigtausend Kids zu kümmern.«

Auch wenn die kurzen Nachrichten nicht gerade rosig gewesen waren und auch nur wenig informativ, hatten sie trotz allem nicht so katastrophal geklungen, wie sie erwartet hatten. Und überhaupt: Einfach nur die Nachrichten zu hören, hatte etwas Tröstliches. Etwas funktionierte noch, zumindest vorerst.

Am nächsten Morgen war die Versammlung in Carols Garten sogar noch größer. Sela war bereits kurz nach Tagesanbruch zu ihr herübergegangen und erschrak, als sie einen Blick aus dem Fenster warf. »Du brauchst einen größeren Garten«, sagte sie.

Carol riss die Augen angesichts der sich drängelnden Massen auf. »Gott, hab Erbarmen. Ich fürchte, wir müssen das irgendwo anders veranstalten, wo mehr Platz ist.«

Als es an der Zeit war, trug Carol das Radio nach draußen und stellte es auf den Klapptisch. Sie hatten gekurbelt und gekurbelt und gekurbelt, um die Batterie ausreichend aufzuladen. Vielleicht gab es ja heute mehr Informationen und die Sendung dauerte länger.

»Hier spricht Robert Keller. Gestern Nacht gab es zahlreiche Fälle von Plünderungen in mehreren Vororten, wie uns Personen berichteten, die über die Interstate Highways nach Knoxville gekommen sind. Die hiesige Polizei hat mit heldenhaftem Einsatz sämtlichen Plünderern das Handwerk in der Nacht gelegt, und inzwischen herrscht Ruhe. In den Krankenhäusern werden keine kritischen Fälle mehr aufge-

nommen, die schwindenden Medikamentenvorräte müssen mit aller Vorsicht genutzt werden, um einem möglichst großen Teil der Bevölkerung Hilfe zukommen zu lassen.« Er gab die Adressen der Hilfsstellen durch, die geöffnet hatten, sowie Zeiten und Orte, an denen Nahrungsmittel und Wasser verteilt wurden, zusammen mit der Warnung, dass bewaffnete Polizeibeamte für Ordnung sorgen würden. Dann verabschiedete er sich mit dem Hinweis auf die nächste Sendung.

In das folgende Schweigen sagte jemand: »Ich bin froh, dass wir hier leben.« Alle nickten. In der nächsten Stadt würde es bald genauso aussehen, wenn es nicht sogar schon so weit war. Und die war keine fünfzig Kilometer entfernt.

Sela vermutete, dass es überall im Land ähnliche Nachrichten gab. Sie hoffte, dass sich alle Leute so glücklich schätzen konnten, Zugang zu einem Radio zu haben. Aber in den eher ländlichen Gegenden würde das nicht überall der Fall sein.

So weit ging es ihnen gut. Die vergangenen Tage waren stressig und gewöhnungsbedürftig gewesen, aber nicht wirklich schlimm. Es gab kein Fernsehen, kein Telefon, keine Verbindung zur Welt außerhalb des Tals. Weil Sela keinen Sinn darin sah, die Tankstelle zu öffnen, brauchte sie sich nicht um sie zu kümmern. Und zu essen gab es noch genug.

Die Gärten an der Straße wurden nun nicht nur von ihren Besitzern, sondern auch von anderen gepflegt, da einige Nachbarn zu Hilfe kamen und hofften, das angebaute Gemüse so besser am Leben zu erhalten. Im einzigen Treibhaus der Nachbarschaft, wo bisher irgendetwas anderes gezogen worden war, hatten sie sich nun auf Gemüse umgestellt, das sie in den kommenden Monaten dringend brauchen würden. Alle arbeiteten für das Überleben und taten sich zusammen. Noch war alles friedlich, und das Wetter war gut. Doch in den folgenden Monaten … wer konnte schon wissen, was bevorstand?

Es war beängstigend, sich zu vergegenwärtigen, dass die Stromversorgung so lange nicht funktionieren würde, aber Sela hatte keinen Grund, etwas anderes anzunehmen. Die Welt lag im Dunkeln, und Ben hatte gesagt, dass es Monate dauern konnte, das Netz wieder in Ordnung zu bringen, wenn nicht sogar Jahre. Das mussten sie sich vor Augen halten und sich so gut wie möglich darauf einstellen.

Barb hatte Tränen in den Augen, Olivia ebenso. Doch Sela vermutete, dass es keine Tränen der Trauer waren, sondern der Angst. Knoxville war nicht so weit entfernt, und was dort wie auch in anderen Städten passierte, würde sich noch weiter zuspitzen.

»Die Show ist vorbei.« Carol klatschte in die Hände. »Lasst uns wieder an die Arbeit gehen. Morgen werde ich die Radioübertragung auf das große Feld verlegen, dann können noch mehr Leute zuhören.«

Wie anders der Tagesablauf jetzt schon ist, dachte Sela, während sie beobachtete, wie die Leute sich wieder verteilten. Sie, Carol und Barb hatten sich vorgenommen, heute ein paar Stunden an den warmen Decken zu arbeiten, um für den Winter gewappnet zu sein. Olivia und eine Freundin halfen einem älteren Paar aus der Straße bei der Gartenarbeit. Die Mädchen wirkten ohne ihre Handys verloren, und die körperliche Tätigkeit tat ihnen gut. Sela hatte ihre Nichte sogar schon ein-, zweimal beim Lesen beobachtet, und Olivia hatte ihnen beim Nähen geholfen – wenn auch nur kurz. Sie hatte nicht genug Geduld für diese Art von Handarbeit. Eigentlich ging es Sela genauso, sie musste sich selbst zusammenreißen, aber die Arbeit war wichtig.

Beim Nähen wanderten ihre Gedanken wieder zu Ben. Ob er genug Decken besaß, um sich warm zu halten? Sofort schalt sie sich selbst. Natürlich hatte er genug. Er war vermutlich von allen Leuten hier am besten vorbereitet. Es ging ihm gut. Kein Plünderer würde es wagen, sich ihm zu nähern. Und wenn doch, nun, Pech für den Plünderer. Aber nur weil Ben vorbereitet war, hieß das nicht, dass er alles hatte. Er hatte keine Nachbarn, mit denen er sich austauschen konnte, keine Möglichkeit, frische Tomaten gegen gerade aufgetautes Hühnerfleisch zu tauschen – nicht dass sie sich vorstellen konnte, wie er sich mit anderen austauschte. Trotzdem. So völlig allein für sich zu sein, war nicht gut. Wenn er sich nun verletzte? So isoliert, wie er lebte, würde niemand erfahren, wenn er krank wäre und Hilfe bräuchte.

Aber vielleicht konnte er sich in Notfällen auch selbst versorgen.

Statt von diesem Gedanken beruhigt zu sein, schossen ihr plötzlich die Tränen in die Augen, und sie senkte den Kopf, damit es niemand bemerkte.

Wieso hatte sie bloß nicht früher Kontakt zu ihm aufgenommen? Nicht dass er irgendein Anzeichen von Interesse an ihr gezeigt hätte oder an irgendjemand anders. Und durch ihre Zurückhaltung hatte sie sein Interesse auch nicht gerade geweckt. Warum war sie nur in seiner Gegenwart so schüchtern? Warum hatte sie ihn nie angelächelt und ihn gefragt, wie es ihm ging, wenn er in ihren Laden gekommen war? Wahrscheinlich hätte er statt einer Antwort nur irgendetwas vor sich hin geknurrt, aber vielleicht … Vielleicht hätte er sich ja auch mit ihr unterhalten. Womöglich hätten sie sogar … wer weiß.

Sie machte sich mit diesen vielen Vielleichts und Womöglichs richtig verrückt. Was vergangen war, konnte sie nicht ändern. Die Zukunft lag aber noch vor ihr. Doch die vielen verpassten Möglichkeiten gaben ihr zu denken. Im Leben gab es einfach mehr als Arbeit, ihre Tante und ihre Nichte. Sie war ewig auf der Stelle getreten, hatte auf Nummer sicher gehen wollen und in einer Blase gelebt.

Aber Blasen hatten es nun mal an sich, dass sie irgendwann platzten.

8. Kapitel

Ben trat auf seine Terrasse, empfangen von einem neuen, warmen Morgen, doch heute waren tiefe Wolken am Himmel zu sehen, die auf einen Wetterwechsel hindeuteten. Vor mehr als einer Woche war die Stromversorgung ausgefallen, und Wettervorhersagen gab es vorerst nicht. Der September war aber ein typischer Monat für Hurrikans, und wer wusste schon, was sich in den Tropen zusammenbraute. In jedem Fall wäre Regen sehr willkommen, denn bis jetzt war es zu lange heiß und trocken gewesen.

Nach seinem ungeplanten Zusammentreffen mit Sela war er auf dem Berg geblieben und hatte sich mit Holzhacken beschäftigt, hatte gejagt und geangelt, um seine Konserven und getrockneten Nahrungsmittel nicht schon vor dem Winter anreißen zu müssen. Für das Licht, das er abends benötigte, lieferten die Sonnenkollektoren Energie, sodass er seine Petroleumlampen und Kerzen für später aufheben konnte. Weil die atmosphärische Aufladung etwas schwächer geworden war, hatte er sein Funkgerät wieder angestellt. Doch die Übertragung war bisher zu störungsanfällig und die Reichweite zu kurz. Vielleicht würde es ihm in einer Woche gelingen, über Funk ein paar interessante Infos zu bekommen.

Ben hatte sein Frühstück mit nach draußen genommen, Kaffee und der Rest von dem Fisch, den er am Abend zuvor gekocht hatte, und setzte sich mit dem Teller und einer Tasse

Kaffee in einen Campingsessel, um sich zurückzulehnen und den Morgen voller Licht mit seinem einfachen Mahl zu genießen.

Die Tasse war fast leer, und ein Stückchen Fisch war noch übrig, als er etwa vierzig Meter entfernt eine Bewegung links vom Zufahrtsweg wahrnahm. Er wandte den Kopf ganz leicht zur Seite und konzentrierte sich auf diese Stelle. Es könnte ein Reh sein, ein Bär, ein Truthahn – alles Mögliche. Ein geräucherter Truthahn für den Winter wäre nicht schlecht.

Aber es war ein Hund, der aus dem Gebüsch auftauchte und ihn vorsichtig beäugte. Ben bewegte sich nicht und wartete ab, was er vorhatte. Er war noch jung, ein schwarz-weißer Jagdhund, ein Mountain Cur, schätzte Ben. Der Hund wagte sich weiter aus dem Gebüsch vor, geduckt zwar, aber zögernd mit dem Schwanz wedelnd.

Ben konnte die Rippen des Tieres sehen, so dünn war es. Mountain Curs waren großartige Jagdhunde. Ben nahm an, dass irgendein kurzsichtiger Idiot den Hund nach den KMA einfach ausgesetzt hatte, aus Angst, ihn nicht ausreichend füttern zu können. Dabei konnte ein ausgebildeter Jagdhund eine echte Hilfe sein.

Von seiner Körpersprache her war das Tier freundlich, aber noch unsicher, es wollte sich nähern, wagte es aber nicht. Wahrscheinlich hatte es den Fisch gerochen, und der Hunger hatte es dazu getrieben, aus seinem Versteck zu kommen.

»Hallo«, sagte Ben leise. Die Ohren des Hundes richteten sich beim Klang seiner Stimme auf. Ben wollte keinen Hund oder irgendeine Bindung eingehen, aber während seiner Einsätze hatte er großen Respekt vor den Kriegshunden bekommen, und er würde niemals ein Tier leiden lassen, wenn er es verhindern konnte. Der Hund brauchte Futter, und Ben hatte genug. Aber wenn er auf den Hund zuginge, würde der höchstwahrscheinlich flüchten.

Also stand Ben langsam auf und bewegte sich vorsichtig zur Treppe hin. Ohne den Hund direkt anzusehen, teilte er ein Stück vom Fisch ab und legte es auf die oberste Stufe. Ein weiteres Stück platzierte er in der Mitte zwischen Treppe und Vordertür. Langsam öffnete er die Tür ein Stück, schlüpfte hinein und legte gleich darauf ein weiteres Stück Fisch auf die Schwelle. Das letzte Stück hinterließ er etwa einen Meter von der Tür entfernt auf dem Boden. Dann zog er sich ganz nach hinten in die Küche zurück und setzte sich auf einen Stuhl, von dem aus er den Hund beobachten konnte.

Weil das Tier ihn ebenfalls sehen konnte, verharrte Ben in entspannter Haltung. Er wusste nicht, ob der Hund es gewohnt war, im Haus zu sein. Wenn nicht, dann würde er sich womöglich nicht bis zur Türschwelle vorwagen und schon gar nicht, das letzte Stück Fisch von drinnen zu holen. Andererseits war Hunger eine starke Antriebskraft, und so ein junger Hund war nicht so vorsichtig wie ein ausgewachsener.

Der Welpe kam über den Hof in seine Richtung getapst, immer noch mit gekrümmtem Rücken und wedelndem Schwanz, sein Blick ging schnell zwischen Ben und dem leckeren Happen auf der Treppe hin und her. Ein paar Mal blieb er stehen, wich ein Stück zurück, setzte sich, stand wieder auf und traute sich dann ein weiteres Stück vor. Als Ben sich immer noch nicht bewegte und nichts passierte, kam der Hund bis zur Treppe. Mit einem mutigen kurzen Sprung erreichte er die oberste Stufe, schnappte nach dem Happen und schlang ihn mit einem Mal hinunter.

Sofort tapste er weiter zum zweiten Stück und dann zum dritten, das auf der Türschwelle lag.

Inzwischen wedelte der junge Hund noch heftiger mit dem Schwanz, und mit wachem Blick, der längst nicht mehr so ängstlich wirkte, fixierte er Ben. »Hallo«, sagte der wieder leise und in jenem leicht singenden Tonfall, in dem die Hundeführer im Krieg mit ihren Schützlingen kommuniziert hatten. »Komm rein, Buddy. Es gibt jede Menge Futter und Wasser und einen Läufer, auf dem du dich ausstrecken kannst, falls du dich ausruhen willst.«

Der Hund beäugte das letzte Stück Fisch, stürmte herein, um es sich zu schnappen, blieb dann aber unsicher stehen, als wisse er nicht, was er nun tun sollte. Aber er wedelte noch immer mit dem Schwanz, auch wenn er nicht so weit zu sein schien, sich Ben bis auf Reichweite zu nähern. Der Welpe trug ein ziemlich beschmutztes rotes Halsband, aber keine Hundemarke. Entweder er hatte sie auf seinen Streifzügen im Kampf ums Überleben verloren – oder sein Besitzer hatte sie ihm abgenommen, damit er nicht identifiziert werden konnte. Zumindest aber war das Halsband ein Beweis dafür, dass der Hund an Menschen gewöhnt war, und bisher zeigte er keine Anzeichen dafür, dass er Angst vor Schlägen hatte. Er war sich wohl einfach noch nicht sicher, was er von der Situation halten sollte.

Ben blickte sich in der Küche um. Es gab bei ihm jede Menge Nahrungsmittel, aber nichts speziell für Hunde. Allerdings hatte er Dörrfleisch, und der Welpe brauchte Proteine. Ben sah zur Seite und gähnte – ein Hundetrainer, mit dem er zusammen stationiert gewesen war, hatte ihm erzählt, dass ein gähnender Mensch dem Hund zeigte, dass er nichts zu befürchten hätte –, dann ging er zum Schrank und öffnete eine Packung Trockenfleisch. Der Hund wich bei seiner Bewegung ein Stück zurück, floh aber nicht. Als Ben die Packung öffnete, erregte der Geruch des Dörrfleischs sofort die Aufmerksamkeit des fremden Besuchers.

Ben setzte sich wieder auf seinen Stuhl, nahm einen Streifen aus der Packung und legte ihn sich vor die Füße.

Der Welpe wimmerte leise und rückte ein Stück vor. Ben rührte sich nicht. Schnell schnappte sich der Hund den Streifen, schlang ihn hinunter und warf dann einen erwartungsvollen Blick auf die geöffnete Packung. Als Ben sich immer noch nicht bewegte, sah der Hund zu ihm und anschließend auf die Packung.

Ha, das war ein kluges kleines Kerlchen, aber Mountain Curs waren ja auch sehr intelligente Tiere.

Der Hund stieß gegen Bens Hand und sah zur Packung. *Gib mir noch mehr, Mensch.*

»Ganz schön gierig, was?«, murmelte Ben, holte aber einen weiteren Streifen aus der Packung und hielt ihn dem Hund hin, jederzeit bereit, die Hand zurückzuziehen, falls der Welpe zu wild zubeißen wollte. Aber stattdessen legte dieser den Kopf schief und zog seine Beute vorsichtig mit den Lippen aus Bens Griff. Als jedoch das Stück in seiner Schnauze gelandet war, gab es keine Zurückhaltung mehr.

Ben hielt dem Hund seinen Handrücken hin, und der schnüffelte daran und begann ihn abzulecken.

Immer noch mit langsamen Bewegungen stand Ben auf, nahm eine Schale, füllte sie mit Wasser und stellte sie auf den Boden. Der Welpe kam ohne zu zögern näher und trank durstig, leerte fast die ganze Schüssel. Dann sah er wieder auf die Packung Dörrfleisch, aber Ben wollte erst mal etwas abwarten und sehen, ob das, was er dem Tier gegeben hatte, auch unten blieb und nicht wieder auf seinen Fußboden gewürgt wurde. Schließlich wagte er es, dem Hund den Rücken zu tätscheln, worauf der sich genüsslich an Bens Beine schmiegte.

»Okay«, sagte er zu dem Hund. »Ich helfe dir, du kannst eine Weile hierbleiben. Aber dass du es gleich weißt: Ich suche keine Gesellschaft. Verstanden?«

Ob der Hund es verstanden hatte oder nicht, er hatte jedenfalls seine Chance erkannt. In den nächsten Tagen war er Bens ständiger Begleiter. Und bald war Ben klar: Jagdhund oder nicht, der Kleine war es gewohnt, im Haus zu sein, und fühlte sich dort wohl. Er versuchte nicht, zu Ben aufs Bett zu springen, schlief aber auf einem Läufer daneben. Vielleicht hatte ihn sein vorheriger Besitzer gar nicht ausgesetzt, vielleicht war er weggelaufen und hatte nicht zurückgefunden. Ben erwartete normalerweise nicht das Beste von den Menschen – die Erfahrung war ein harter Lehrer –, aber ganz bestimmt war der Hund nicht schlecht behandelt oder gar geschlagen worden. Dafür hatte er zu viel Vertrauen zu Ben und fühlte sich in seiner Gesellschaft zu wohl.

Ben gab dem Hund keinen Namen, er rief ihn einfach »Hund« oder »Kumpel«. Ihm einen Namen zu geben, hätte bedeutet, dass er ihn behalten wollte, und dazu war er nicht bereit – obwohl die Gesellschaft des Welpen nicht so lästig war, wie er es erwartet hätte. Manchmal aber war es ihm trotzdem zu viel, dann ließ er den Hund zu Hause und ging auf eine lange einsame Wanderung durch die Berge. Er jagte oder lief einfach nur eine Strecke, um fit zu bleiben, kletterte über steile Felsen, sprang über Baumstämme, umrundete Geröll und Bäume. Er hatte im Haus ein paar Hanteln, trainierte aber lieber in der Natur, und in all den Jahren hatte er nichts kennengelernt, das mit einem Berglauf zu vergleichen wäre.

Zwei Wochen nach den KMA bekam er mit seinem Funkgerät schließlich Kontakt zur fernen Außenwelt. Der Hund saß neben ihm, den Kopf schief gelegt, als versuchte er herauszufinden, woher die andere menschliche Stimme stammte, während er doch niemanden witterte. Der Funker, den Ben erreichte, lebte außerhalb von Memphis, etwa sechshundert Kilometer entfernt.

»*Die Städte sind vermüllt, alles wurde geplündert, viel ist verbrannt*«, berichtete der Unbekannte. »*Viele Leute wurden getötet. Es gibt ein paar Nester, in denen es zu gefährlich ist, um sich da aufzuhalten, aber die meisten sind weitergezogen, weil hier nichts mehr zu holen ist. Die Nationalgarde beginnt, ein paar Areale abzusichern, aber es gibt nicht viel zu essen. Soweit ich gehört habe, ist es in Little Rock genauso.*«

»Das Gleiche gilt für Knoxville und Nashville. Wie weit reicht dein Kontakt?«

»*Du bist bis jetzt an der Grenze, aber es wird jeden Tag besser. Welche Energiequelle hast du?*«

»Solarzellen.« Ben besaß noch einiges mehr, hatte aber nicht die Absicht, der Welt von seinen sämtlichen Ressourcen zu berichten. Das würde nur Ärger anziehen, und zwar in Form von Plünderern, die alles nahmen, was sie fassen konnten. »Sieh dich vor«, sagte er und beendete den Kontakt. Dann versuchte er seinen Kumpel Cory Howler zu erreichen, aber ohne Erfolg. Cory hatte auf der Flucht in den Süden sicher sein Funkgerät mitgenommen, aber die Berge zwischen ihnen waren zu mächtig, in der aufgeladenen Atmosphäre gelang die Funkübertragung über diese Hindernisse noch nicht … entweder das, oder Cory war nicht in der

Lage, sich zu melden. Ben hatte schon zu viele seiner Kumpel sterben sehen, um diese Möglichkeit nicht in Betracht zu ziehen. Cory könnte tot sein oder schwer verletzt, oder sein Funkgerät wurde gestohlen oder zerstört. Alles war möglich. Irgendwann würde er es herausfinden.

Rastlos stand er auf und lief nach draußen, der Hund auf seinen Fersen. Ein leichter Regen war an diesem Morgen gefallen, aber jetzt brach die Sonne durch. Bisher hatten sie noch keinen drastischen Wettereinbruch erlebt, doch die Septemberhitze war vorbei, und nachts wurde es bereits kühler. Ben blickte über das Tal. Seit der ersten Nacht mit den Polarlichtern war er nicht mehr unten gewesen. Er wollte nicht Patrouille laufen, und obwohl er Selas durchsichtiges Top nicht aus dem Kopf bekam, wollte er sie nicht sehen ... *Verdammt, gib es zu, du belügst dich selbst*. Natürlich wollte er sie sehen, aber am besten aus der Ferne. Nach ihrem zufälligen Zusammenstoß mitten in der Nacht lagen seine Nerven blank, er fühlte sich, als hätte man ihm bei lebendigem Leib die Haut abgezogen. Dieser Kontakt mit ihr war zu viel gewesen, sodass er sich zurückgezogen hatte, um sich erst mal zu erholen.

Allein zu sein war viel bequemer. In der Einsamkeit und Stille konnte er Frieden finden. Warum spielte er also mit dem Gedanken, ins Tal hinunterzulaufen?

Weil er ein Mann war und sie eine Frau und sein Schwanz schon allein bei dem Gedanken an sie reagierte. *Fuck!* Im wahrsten Sinn des Wortes. Ja, es war gut zu sehen, dass noch Leben in ihm war. Aber tatsächlich einen Schritt auf sie zuzugehen, sich auf jemanden einzulassen, ging ihm zu weit. Alles in Ben sträubte sich bei dem Gedanken ... alles, bis auf den Teil von ihm, der ihn zum Handeln drängte.

Bevor er sich dessen bewusst wurde, hatte er längst beschlossen, etwas in der Richtung zu unternehmen. Er hängte sich sein Gewehr um, packte eine Wasserflasche ein und befestigte einen Strick am Halsband des Hundes. Der Welpe konnte einen ordentlichen Marsch gut gebrauchen, aber sein Jagdinstinkt war stark, und er war nicht trainiert. Ben wollte nicht, dass der Hund wild durch den Wald sprang und nicht reagierte, wenn er gerufen wurde. Statt an der provisorischen Leine zu zerren, begann der Welpe aufgeregt herumzuhüpfen, was Ben in seiner Annahme bestärkte, dass er schon *etwas* Erziehung genossen hatte.

»Okay, Hund, dann lass uns mal einen Spaziergang machen.«

Je weiter er den Berg hinunterkam, desto mehr ärgerte Ben sich über sich selbst. Aber genauso wie in jener Nacht mit den Polarlichtern schien das nichts zu ändern. Diesmal war es noch nicht einmal dunkel, trotzdem ging er dorthin, wo die Leute ihn sehen konnten. Doch schließlich dachte er einfach: »Verdammt noch mal, vergiss es«, und konzentrierte sich auf seine Umgebung. Der Berg und der anstrengende Abstieg gaben ihm ein gutes Gefühl, obwohl er auf den jungen Hund achten musste, der jeden neuen Geruch untersuchen wollte, der ihm begegnete. Zwar musste Ben nicht direkt über ihn lachen – er hatte schon sehr lange nicht mehr gelacht und konnte sich gar nicht an das letzte Mal erinnern –, aber der junge, ungezwungene Welpeneifer heiterte ihn auf.

Okay, er stieg also den Berg hinunter. Es könnte sein, dass er sich mit Leuten unterhalten musste. Die Welt würde nicht untergehen, er konnte sich später immer noch auf seinen

Berg zurückziehen und sich nicht blicken lassen, bis er sich wieder erholt hatte, bereit für Neues wäre.

Er trug für niemanden in Wears Valley die Verantwortung. Er musste niemanden retten, sich um niemanden Sorgen machen. Alles, was er tat oder unterließ, geschah aus seinem eigenen freien Willen, ohne dass er irgendwelche Befehle ausführen musste. Alles war seine Entscheidung, und er konnte mit den Leuten reden oder es lassen.

Komisch. Warum war ihm bisher nie klar gewesen, dass er über jeden Austausch mit anderen Leuten selbst bestimmen konnte? Er hatte sich neben Sela gesetzt und mit ihr geredet, weil er es gewollt hatte, nicht weil er in eine Falle gelockt worden war und sich nicht hatte wehren können. Er könnte wieder mit ihr reden, wenn er in Stimmung wäre, oder auch nicht. Das Gleiche galt für alle anderen, denen er womöglich begegnete.

Er konnte selbst bestimmen, ob er redete oder nicht. Diese Erkenntnis war befreiend.

Ben machte einen Bogen um die Häuser, die weiter unten am Berg lagen, verließ den Weg und lief durch den Wald. Er kannte seine nächsten Nachbarn nicht und hatte nicht das Gefühl, dadurch etwas zu versäumen. Das würde sich vielleicht irgendwann ändern, aber nicht im Augenblick.

Einfach vor sich selbst zuzugeben, dass er womöglich eines Tages seine Nachbarn kennenlernen wollte, gab ihm das Gefühl, vielleicht doch bald die Kurve zu kriegen … oder zumindest einzusehen, dass es etwas zu überwinden gab.

Abseits der Pfade den Berg hinabzustiefeln war anstrengend genug, und er hörte auf zu grübeln und konzentrierte sich darauf, dass er sich und den Hund sicher ins Tal brachte. Die Eicheln fielen bereits von den Bäumen und knirschten unter seinen Stiefelsohlen. Der Geruch des Waldes hatte sich verändert, die Vitalität des Sommers wurde schwächer. Hier in der Wildnis war Ben in seinem Element. Er liebte die frische Luft, kühle Schatten und die Ruhe, nur unterbrochen vom Rascheln des trockenen Laubs und dem gelegentlichen Schrei eines Vogels.

Es war noch immer recht warm, sodass er ins Schwitzen geriet, und auch der Hund hechelte bereits. Als sie unten im Tal ankamen, blieb Ben kurz stehen und ließ den Welpen aus einem Bach trinken. An einer eingezäunten Weide wurden sie neugierig von ein paar Kühen beäugt. Ben stieg über den Zaun, der Hund kroch darunter, und bald erreichten sie die Covemont Lane.

Unwillkürlich dachte er an das ältere Ehepaar, das ihn vor einer Weile zum Dinner eingeladen hatte. Damals war er nicht in der Stimmung gewesen, die Einladung anzunehmen. Ein Abendessen mit zwei redseligen Großelterntypen erschien ihm wie ein Albtraum. Sie hatten es gut gemeint, waren freundliche, ehrliche Leute. Inzwischen stellte er sich ein Gespräch mit ihnen gar nicht mehr so fürchterlich vor. Wie sie wohl seit dem Zusammenbruch der Stromversorgung klarkamen? Hatten sie eine Familie oder Nachbarn, die ein Auge auf sie warfen? Wären sie in der Lage, ihre Vorräte zu verteidigen, wenn die Nahrungsmittel knapper wurden?

Verdammt, hatten sie überhaupt irgendetwas, dass sich zu verteidigen lohnte? Vielleicht hatten sie sich trotz aller Warnungen überhaupt nicht auf die Katastrophe vorbereitet. Es gab Leute, die sämtliche Sicherheitshinweise ignorierten, die in ihren Häusern saßen, wenn Hurrikans oder Tornados über sie hereinbrachen, als verstünden sie gar nicht, dass sie in Gefahr waren. Und die Warnung vor den Sonnenstürmen war tatsächlich schwer zu begreifen gewesen, weil es eine Gefahr war, die sie weder hören noch sehen konnten.

Ben hatte ein sehr gutes räumliches Gedächtnis. Als die beiden alten Leute ihm gesagt hatten, wo sie lebten, hatte er sich die Beschreibung gut gemerkt und in seiner mentalen Landkarte eingezeichnet. Sie wohnten nicht weit von hier, er konnte sie wahrscheinlich ohne große Probleme finden.

Ihr Wohl ging ihn nichts an, aber sie waren so freundlich zu ihm gewesen. Es wäre nicht allzu viel Aufwand, nach ihnen zu sehen und sich zu vergewissern, dass es ihnen gut ging.

Wenn er sich richtig erinnerte, musste er die nächste Straße links einbiegen. Apropos erinnern, wie zum Teufel war noch mal ihr Name? Sie hatten sich ihm vorgestellt. Richardson? Masterson?

Livingston, das war es. Der Mann hieß Jim, das war nicht so schwer zu behalten. Sie hingegen hatte einen sehr nach Südstaaten klingenden Doppelnamen, der ihm einfach nicht einfallen wollte. Aber er konnte ja nichts falsch machen, wenn er sie Mrs. Livingston nannte.

Der Hund sprang herum und beschnüffelte alles mit großer Freude. In der kurzen Straße der Livingstons gab es nur sechs Häuser, und ihres war leicht zu erkennen, da Jim einen 1998er Cavalier fuhr, der aussah, als würde er auf dem letzten Loch pfeifen. Der Wagen parkte in der Einfahrt des zweiten Hauses zur Rechten, und auf dem Briefkasten stand ihr Name. Ben unterdrückte ein Aufstöhnen. Die Zeiten, in denen man gefahrlos seinen Namen für alle sichtbar am Haus anbringen konnte, waren vorbei. Andererseits waren sie jetzt ohne funktionierendes Internet sicher vor Betrügern, die Identitäten stahlen.

Ben ging die Auffahrt hoch, wo der Cavalier mit der verblassten roten Karosserie stand. Das kleine Haus sah nett und gut erhalten aus, war zwei Etagen hoch und traditionell aus rotem Ziegelstein errichtet. Im Garten neben dem Haus waren Blumen angepflanzt. Die konnte man nicht essen, jedenfalls nicht so viele, um durch den Winter zu kommen. Insekten waren nahrhafter, davon konnte er weiß Gott ein Lied singen.

Er stieg mit dem Hündchen die zwei Stufen hoch und klopfte an die vordere Haustür. Keine Antwort, es war auch von drinnen kein Geräusch zu hören. Vielleicht waren sie von Verwandten vor Eintreffen der KMA abgeholt worden. Das wäre die beste Lösung gewesen.

Aber das Haus *fühlte* sich nicht verlassen an. Ben hatte genug Gebäude geräumt, um für so etwas einen guten Riecher zu haben. Unwillkürlich hatte er sogar nach seinem Gewehr auf dem Rücken getastet, bevor ihm bewusst wurde, dass er nicht das Haus räumen, sondern – verdammt noch mal – einen Besuch abstatten wollte. Wie verrückt war das denn?

Er lief um das Gebäude herum und blickte in jedes Fenster, während er die Blumenbeete umrundete. Schließlich erreichte er den hinteren Teil des Gartens, und seine Hoffnung, dass sich jemand um die Livingstons kümmerte, erlosch auf der Stelle.

Jim stand am Kohlengrill, ganz vertieft in seine Aufgabe, Fleisch zu brutzeln. Der Wind kam aus Bens Richtung, sonst hätte er es vorher schon gerochen. Der Hund begann aufgeregt, hin und her zu springen, in der sicheren Erwartung, dass die Menschen ihm etwas von dem köstlich duftenden Fleisch abgaben. Doppelname saß in einem Clubsessel keine zwei Meter von ihm entfernt, sie entdeckte ihn als Erste.

Es hätte ihn nicht überrascht, wenn sie erschrocken reagiert hätte. Jede Frau mit gesundem Menschenverstand wäre alarmiert gewesen, wenn ein bewaffneter Mann, den sie nur flüchtig kannte, plötzlich in ihrem Garten erschienen wäre. Doch Doppelname besaß offensichtlich keinen gesunden Menschenverstand. »Ach du meine Güte!«, rief sie, stand auf und kam Ben entgegen. »Was für eine nette Überraschung! Sie hätte ich nicht erwartet. Unser Abendessen wird in Kürze fertig sein, wir würden uns freuen, wenn Sie uns Gesellschaft leisten. In der letzten Zeit haben wir nicht gerade viele Leute gesehen. Es ist ziemlich früh fürs Abendessen, aber ohne Strom gehen wir ins Bett, sobald es dunkel wird, das ist am einfachsten. Wie ist es Ihnen ergangen? Was für ein süßes Hündchen!«

»Äh … gut.« Ben musste sich selbst daran erinnern, dass es seine Entscheidung gewesen war, herzukommen. Mit den beiden zu sprechen war allein seine Entscheidung. »Ich bin nur gerade vorbeigekommen und dachte, ich sehe mal nach, wie es Ihnen geht.«

Jim lächelte ihm zu, verließ aber seinen Platz am Grill nicht. »Ein Nachbar hat uns etwas Wild gebracht«, sagte er. »Wir haben vor etwa einer Woche unser letztes Fleisch verbraucht. Ich bereite es zu, und ein paar andere Nachbarn essen mit uns. Das machen wir öfter. JD bringt ein paar von seinen letzten Tomaten, und Janet meint, sie würde gebackene Bohnen beisteuern.«

Sie sollten sich die Bohnen für den Winter aufheben, dachte Ben sofort, aber jetzt war es zu spät für diesen Rat. »Danke für die Einladung, aber ich habe noch etwas vor, ich besuche ein paar andere Leute, um zu sehen, wie es ihnen geht.«

Mrs. Livingston strahlte ihn an, als wäre er der beste, wohltätigste Pfadfinder der Welt. »Ich habe Ihren Wagen gar nicht gehört«, sagte Jim. Hier ist es in letzter Zeit so still, dass ich dachte, ich würde jeden hören, der bei uns langkommt.«

»Ich bin mit dem Hund gelaufen.«

Beide starrten ihn einen Moment an, dann rief Mrs. Livingston: »Sie sind den Cove Mountain herunter*gelaufen*?«

»Ja, Ma'am.« Er hatte schon viel längere Strecken zurückgelegt, und das unter härteren Bedingungen.

»Ach, nennen Sie mich doch einfach Mary Alice! Die Berge sind so steil, ich kann mir gar nicht vorstellen, da zu Fuß hochzugehen.«

Mary Alice. Das war es. Er merkte sich den Namen. »Haben Sie denn genug Vorräte, um eine Weile auszukommen?«, erkundigte er sich und wich einen Schritt zurück. Er hoffte zu entkommen, bevor die Nachbarn hier eintrafen.

Mary Alice zuckte die Schultern. »Ach, ich denke, wir werden es schon schaffen. Wir haben ein paar Konserven zurückgelegt und eine Menge Erdnussbutter, die wir mit Apfelschnitzen essen können. Wir waren nicht auf der Versammlung in der Schule, kurz nachdem der Strom ausging, aber JD war da und hält uns auf dem Laufenden. Carol Allen organisiert ja wohl alles, aber ich glaube eh nicht, dass es noch lange dauert, oder? Die Leute machen ja immer aus einer Mücke einen Elefanten und wittern überall eine Katastrophe.«

Jim runzelte die Stirn und räusperte sich. »Es wäre gut, wenn der Strom bald wieder zurück wäre. Mary Allens Tabletten reichen nur noch wenige Wochen. Wir müssten in die Stadt fahren, um zu tanken, mein alter Wagen hat schon kein

Benzin mehr. Ich hatte einen fast vollen Tank, aber JD und ich haben das Benzin für seinen Generator umgefüllt. Ich dachte, die Tankstellen würden bald wieder öffnen, aber bis jetzt ist nichts passiert.«

Himmel noch mal, die beiden steuerten ja geradezu in ihr Unglück. »Es tut mir leid, das sagen zu müssen, aber das Ganze wird noch Monate dauern.« Sie blickten ihn beide bestürzt an, aber er musste es ihnen sagen. Vielleicht würde das ihre Überlebensinstinkte wecken, soweit sie welche besaßen. Das hier war kein verdammtes Picknick, und ihre kleine nachbarliche Grillparty würde bald einem verdammten Fastentreffen weichen. Unwillkürlich fiel sein Blick auf die kleine rundliche Mary Alice. Vielleicht täuschte er sich, aber als sie ihn damals zum Essen eingeladen hatten, war sie ihm weniger füllig erschienen. »Was für Medikamente nehmen Sie denn?«

»Ach, nur Blutdruck- und Herzpillen.«

Ben rieb sich das Gesicht. Er kannte sich mit Medikamenten nicht besonders gut aus, abgesehen davon, dass er vor Einsätzen Schlaftabletten genommen hatte. Manchmal hatte er auch verwundeten Kameraden Morphium spritzen müssen, um deren Schmerzen zu lindern. Sein Zeitplan war jahrelang nach dem Militär ausgerichtet gewesen, und das hatte wenig mit einem normalen Tagesablauf zu tun gehabt. Blutdruck und »Herzpillen« waren nicht sein Metier, und jetzt war es auch nicht möglich, Recherchen anzustellen.

»Sie müssen sparsamer mit Ihren Medikamenten umgehen«, sagte er entschlossen. »Teilen Sie die Tabletten und nehmen Sie sie nur alle zwei Tage oder sogar in noch längeren Abständen. Sehen Sie zu, dass sie so lange halten wie möglich. Das Gleiche gilt für Ihre Nahrungsmittel, für alles.« Meine Güte, eigentlich sollte man Medikamente natürlich nicht halbieren, aber jetzt musste man zu Notmaßnahmen greifen.

Ihre Augen wurden immer größer, und es schien ihnen langsam zu dämmern, dass sie sich auf das Schlimmste gefasst machen mussten. Schließlich nickte sie. »Verstehe. Hier im Tal gibt es ein paar Leute, die sich mit Kräutern und so auskennen, wahrscheinlich könnte ich meinen Blutdruck auch damit in den Griff bekommen.«

»Sehr gute Idee«, sagte Ben. »Ich werde ab und zu vorbeikommen und sehen, wie es läuft. Passen Sie auf sich auf. Komm, Hund.« Er ging den Weg zurück, den sie gekommen waren, und auch wenn der Welpe den wunderbaren Duft von gegrilltem Fleisch ziemlich widerwillig hinter sich ließ, folgte er ihm. Glücklicherweise begegneten sie keinem Nachbarn. Sein Bedürfnis nach nachbarlichem Gesprächsbedarf war bereits versiegt.

Mit dem Hund erreichte er den Highway und lief in die Richtung weiter, in der Sela wohnte. Es liefen mehr Leute auf dem Highway entlang, als er erwartet hätte, und es erstaunte ihn, dass ihm einige von ihnen zuwinkten und Hallo riefen. Er hatte sie nicht erkannt, also warum zum Teufel glaubten sie, ihn zu kennen? Andererseits hatte er in den vergangenen Jahren die Angewohnheit gehabt, niemanden direkt anzusehen, um nicht angesprochen zu werden. Was offensichtlich nicht bedeutete, dass sie ihn nicht beobachtet hätten. Die Erkenntnis, dass viele Talbewohner ihn vom Sehen kannten, war etwas schockierend und machte ihn ziemlich nervös.

Er winkte zurück, lief jedoch weiter. Gott schütze ihn vor freundlichen Menschen! Was zum Teufel stimmte nicht mit denen?

Als er Selas Seitenstraße erreichte, wurde ihm klar, dass er davon ausgegangen war, sie in ihrem Haus anzutreffen. In Wirklichkeit konnte sie sich überall aufhalten. Im Vorbeigehen warf er einen Blick auf das gelbe zweistöckige Gebäude, von dem sie gesagt hatte, dass es ihrer Tante gehörte, blieb aber nicht stehen. Auf keinen Fall wollte er mit irgendwelchen Leuten sprechen. Er hatte für heute genug, mehr würde er nicht ertragen. Wenn Sela nicht zu Hause war, würde er wieder zurück auf seinen Berg steigen.

Aber sie war da. Er sah sie auf der Terrasse sitzen. Als sie ihn entdeckte, legte sie das Buch beiseite, in dem sie gelesen hatte, und stand auf. Der Hund bellte wie zur Begrüßung und versuchte, ihr entgegen zu springen, wurde aber von der Leine, die Ben hielt, zurückgehalten.

Irgendwie fühlte es sich nicht beängstigend an, durch ihren Garten zu gehen. Mit ihr zu reden war anders, als hätte er in der Nacht, als sie die Polarlichter beobachtet hatten, die erste Hürde mit ihr übersprungen. Vielleicht liegt das ja auch an ihren Brüsten, die ich durch das dünne Top gesehen habe, dachte er leicht amüsiert. Amüsiert? Er konnte sich nicht daran erinnern, wann er sich das letzte Mal amüsiert hatte, schon gar nicht über sich selbst.

»Du hast ja einen Hund!«, rief sie, während sie die Fliegengittertür öffnete, und sah lächelnd auf den Welpen hinunter.

Als Ben nach einem kurzen Blick feststellte, dass sie heute einen BH trug, war er zugleich erleichtert und enttäuscht. Wenigstens wurde er so nicht abgelenkt und konnte sich auf das Gespräch konzentrieren, aber verdammt, er vermisste diesen Anblick. »Er ist mir zugelaufen, entweder hat er sich verlaufen oder jemand hat ihn ausgesetzt.«

Sela zog die Tür ein Stück weiter auf. »Komm rein, er darf ruhig mitkommen. Ich hole ihm ein bisschen Wasser. Möchtest du einen Tee?« Sie zeigte auf ihr halb volles Glas, das neben dem aufgeschlagenen Buch stand. »Ich habe frischen Sonnentee.«

Er hatte sich nie an diese Südstaatenvorliebe für süßen Tee gewöhnt, sagte aber Ja. »Ich bleibe mit dem Hund lieber hier auf der Terrasse, ich weiß nicht, wie seine Manieren in einem fremden Haus sind.« Außerdem sträubte er sich, in ihr Haus zu gehen, auch wenn er nicht genau wusste, warum.

»Bin gleich zurück.«

Er sah ihr nach und stellte unwillkürlich fest, wie gut die Jeans über ihrem Po saß. Sie hatte das lange dunkle Haar in einem Pferdeschwanz zusammengefasst und trug ein rotes T-Shirt. Keine Schuhe. Ben hatte nie erlebt, dass sie sich besonders sexy kleidete, um Aufmerksamkeit zu erregen. Sie schien offensichtlich lieber unter dem Radar zu bleiben.

Sela kehrte mit einem Glas Tee in der einen Hand und einer Schale mit Wasser in der anderen zurück. Ben nahm das Glas, und sie stellte die Wasserschale für den Hund ab, der sich sofort darauf stürzte, als hätte er nicht gerade vor einer Stunde jede Menge Wasser aus einem Bach getrunken. Ben ließ die Leine los, und der Hund begann überall herumzuschnüffeln und zog den Strick hinter sich her.

»Setz dich doch.« Sela zeigte auf den Terrassenstuhl neben ihrem, dazwischen stand der kleine Tisch, auf dem sie ihr Buch abgelegt und die Tasse Tee stehen hatte. Sie setzte sich und zog die Füße an. »Was führt dich ins Tal?«

So genau konnte er ihre Frage nicht beantworten. Aber er sagte das Nächstliegende. »Kennst du die Livingstons in der Covemont Lane? Jim und Mary Alice, älteres Ehepaar.«

»Ja, aber nicht gut. Jim kam jeden Samstag vorbei, um zu tanken.« Sie grinste. »Meistens brauchte er gar nicht viel, aber er hat immer vollgetankt.«

»Sie sind nicht darauf vorbereitet, noch viel länger über die Runden zu kommen. Ihre Essensvorräte sind fast aufgebraucht, obwohl die Nachbarn offensichtlich aushelfen. Mary Alice nimmt Medikamente gegen hohen Blutdruck und irgendein Herzmittel, beides ist bald alle.« Erstaunt hörte er sich reden. Er klang wie jemand, der sich um andere kümmerte. Verdammt. »Kennst du jemanden im Tal, der medizinisch geschult ist?« Mary Alice hatte behauptet, jemanden mit Kräuterkenntnissen zu kennen, aber vorsichtshalber zu fragen, war sicher keine schlechte Idee.

»Kenne ich, ja. Ich werde die beiden kontaktieren und bitten, mit Mary Alice zu sprechen. Wir haben einen Übersichtsplan mit Freiwilligen zusammengestellt und was sie anbieten. Leider sind keine Apotheker oder Ärzte darunter, aber bisher kommen wir klar.«

Ben nahm einen Schluck Tee und war erleichtert, dass er nicht allzu süß war. Einige, die er getrunken hatte, waren eher wie Zuckerwasser gewesen. Er trank das meiste aus dem Glas und stellte es ab. Dann sah er sich nach dem Hund um. Der schnüffelte gerade an einer Topfpflanze. »Komm hierher, Hund«, rief er ihn, bevor der womöglich begann, die Blätter zu fressen. Der Welpe kam prompt zu ihm herübergetrottet und wurde mit einem Kraulen hinter dem Ohr belohnt.

»Er ist sehr gut erzogen.« Sela lehnte sich vor, um dem Hund über den glatten Kopf zu streichen.

»Offensichtlich ist dir nicht aufgefallen, dass er gerade kurz davor war, deine Pflanze zu fressen.«

Sie lächelte, und irgendetwas wärmte ihn von innen, nicht nur das Lächeln, sondern auch zu wissen, dass er es hervorgezaubert hatte. Er war nicht unbedingt für seinen Humor bekannt.

»Ich bin froh, dass du gekommen bist. Ich habe nämlich gerade vorhin über das Benzin in meinen Zapfsäulen nachgedacht.«

Damit hatte sie seine volle Aufmerksamkeit. »Du hast Benzin?« Im Moment war Treibstoff mehr wert als Gold.

»Ich habe an dem Tag, als du mich gewarnt hast, die Zapfhähne zugedreht.«

»Das war clever. Weiß das noch jemand außer dir?«, erkundigte er sich in fast scharfem Tonfall. Aber das hier war ernst.

»Carol natürlich. Ich weiß nicht, ob sie's jemandem erzählt hat.«

»Frag sie. Du musst wissen, woran du bist. Wenn sie es niemandem gesagt hat, dann soll sie es auch in Zukunft für sich behalten. Es gibt Leute, die im Moment für Benzin töten, und es wird immer schlimmer.«

Sela wirkte verunsichert, und er wünschte, sie wäre in solchen Dingen etwas erfahrener. »Aber die Leute hier im Tal werden doch nicht …«

»Doch, einige werden. Benzin ist Geld, und hier gibt es Drogensüchtige wie überall. Es geht ihnen nicht so sehr um Nahrungsmittel wie darum, wo sie ihre nächste Dröhnung bekommen. Sind die Tanks abgeschlossen?«

»Ja, natürlich.«

»Irgendwann werden Gangs und Plünderer hier eintreffen. Wenn die Bewohner aus dem Norden ein Fünkchen Verstand haben, kommen sie in den Süden. Wears Valley liegt nicht an der Interstate, aber ein paar Leute werden hier durch die Gegend kommen. Versteck das, was du hast, sonst wirst du's verlieren.«

Sela nickte langsam, den Blick nach innen gerichtet, während sie sich klarmachte, dass dieses Tal nicht so sicher war, wie sie gedacht hatte.

»Je nach Treibstoff haben wir ein Problem. Ethanol-Kraftstoff hält sich gut über drei Monate, dann muss man es verbrauchen. Reines Benzin ist viel länger haltbar, aber …«

»Ich habe einen Tank mit reinem Benzin«, sagte sie. »Er ist nicht besonders groß, aber ich habe den, weil manche Leute das als Treibstoff für ihren Rasenmäher und so was benutzen. Er ist auf der linken Seite unter einer extra Pumpe.«

Ben hatte die kleine Pumpe gesehen, aber immer gedacht, sie wäre für Petroleum. Das war eine unerwartete Ressource, und sie hatte sie noch, weil sie so vorausschauend gewesen war, die Pumpen abzustellen. Einige andere Tankstellen im Tal waren völlig leer gepumpt, weil die Besitzer so viel Geld wie möglich daran verdienen wollten, solange sie konnten, was auch nachvollziehbar war.

»Hast du Treibstoff-Stabilisator in deinem Laden?«

»Etwas, nicht viel.«

»Okay.« Er dachte kurz nach. »Das ist ein Balanceakt. Ich würde dir nicht raten, das Benzin zu horten, weil es nicht allzu lange hält. Aber wenn du es jetzt an die Leute weitergibst, werden es viele für ihre Generatoren benutzen, statt auf die kalte Witterung zu warten. Ich würde sagen, warte einen Monat, bevor du es verkaufst, oder tausche es ein. Wenn es kälter wird, können die Leute Feuerholz sparen, indem sie die Generatoren anwerfen. Benutze den Stabilisator, wenn du den Ethanol-Treibstoff verkaufst, aber behalte das reine Benzin für dich.«

»Das ist doch selbstsüchtig.« Sie seufzte. »Aber auch pragmatisch. Es geht ja nicht nur um mich, ich muss auch an Carol und Olivia denken.« Diesmal wirkte ihr Lächeln ein bisschen gequält. »Dieses Der-Stärkere-überlebt-Ding ist ganz schön schwierig.«

Das war es für Ben nie gewesen, aber Sela war aus weicherem Holz geschnitzt. Er bezweifelte, dass jemals jemand eine Waffe auf sie gerichtet hatte. Das machte einen Unterschied.

»Wie auch immer. Ich wollte dich fragen, ob du weißt, wie man das Benzin ohne Strom aus den Pumpen bekommt. Ich wollte es im Internet nachlesen, bevor … Also eben davor. Aber dann war ich so beschäftigt, dass ich nicht mehr dazu kam.«

»Das müsste mit einer Absaugpumpe gehen, so wie man Benzin aus einem Automotor absaugt. Sag Bescheid, wenn du es verkaufen willst, dann kann ich was zurechtbasteln.«

»Danke. Ich dachte mir, dass du das kannst.«

Sie hatte Vertrauen in seine Fähigkeiten, obwohl sie so gut wie nichts über ihn und über seinen Hintergrund oder seine Erfahrungen wusste. Einfach so. Er spürte einen heftigen Druck im Brustkorb, denn seine Truppenmitglieder hatten ihm ebenfalls vertraut, waren seiner Führung gefolgt, dachten, er wüsste, was er tat. Meist hatte er seine Jungs lebend zurückgebracht, aber die Einheit hatte auch Unfälle und Todesopfer erfahren wie jede andere Truppe. Je mehr sich die Toten summiert hatten, desto schwerer war diese Last für ihn geworden. Schließlich war alles über ihm zusammengestürzt, die dummen bürokratischen Anordnungen, die Inkompetenz der Verantwortlichen, die Opfer, die seine Männer und andere gebracht hatten.

Ben musste gehen. So wie in der Nacht, als sie auf der Treppe gesessen hatten, schien plötzlich eine Grenze überschritten zu sein, und er musste flüchten, musste allein sein – mindestens für einen Monat. Doch hier bei ihr zu sein war seine Entscheidung gewesen. Er redete mit ihr aus eigenem Entschluss. Daher zwang er sich, den letzten Rest Tee auszutrinken, weil er Sela nicht mit einem abrupten Aufbruch kränken wollte.

»Ich sollte jetzt wieder gehen. Ich wollte nur sicherstellen, dass jemand nach den Livingstons sieht«, sagte er, während er aufstand.

Sela erhob sich ebenfalls von ihrem Stuhl. »Ich kümmere mich darum. Danke, dass du mir Bescheid gesagt hast.« Sie ging einen Schritt auf die Terrassentür zu und streifte ihn dabei mit dem Arm. Sofort blieb sie stehen, leicht schwankend, als hätte die Berührung sie erschüttert. Er sah zu ihr hinunter und stellte fest, dass sie ihm gerade mal bis ans Kinn reichte und ihre Hand leicht bebte, als sie sie nach dem Türgriff ausstreckte. Seine Handgelenke waren fast doppelt so breit wie ihre.

Sie sah ihn an, und ihre braunen Augen wirkten übergroß, ihr Blick sowohl weich wie auch beunruhigt, als würde sie spüren, was ihm durch den Kopf ging.

Er dachte daran, dass er mit ihr vorsichtig sein müsste, stellte sich vor, wie sie seinen Schwanz in sich aufnahm und dass er sie kommen lassen wollte, bis sie schrie. Er konnte förmlich spüren, wie sein Gesichtsausdruck sich veränderte, dass er die Dringlichkeit und die Intensität nicht vor ihr verbergen konnte.

»Ich muss weg von dir«, murmelte er. »Jetzt sofort.«

Sie protestierte nicht, als er sich die Hundeleine schnappte und die Stufen hinunterstieg. Er drehte sich nicht noch einmal um.

9. Kapitel

Sela setzte sich zitternd hin und sah Ben nach, bis er mit dem jungen Hund außer Sichtweite war. Sie konnte den Blick nicht von ihm lösen, von diesen breiten Schultern und der Linie seines starken Rückens, seinen muskulösen Beinen und den fließenden Bewegungen, dem leichten Gang. Sie hätte ihn am liebsten zurückgerufen, wollte ihn wieder nahe genug haben, um seinen männlichen Duft einzuatmen, die Hitze seiner Haut zu spüren, ihn zu berühren.

Verdammter Mist. Sie konnte nicht behaupten, dass sie nicht gemerkt hätte, was beinahe passiert wäre, denn das hatte sie sehr wohl gespürt. Sie war nicht naiv, aber sie hatte noch nie einen so hungrigen, fast gierigen Blick auf dem Gesicht eines Mannes gesehen.

Ich muss weg von dir.

Oder … *was*?

Er hätte sie geküsst, und sie war sich nicht sicher, ob es beim Küssen geblieben wäre. Sie wusste nicht, ob *sie* die Bremse gezogen hätte oder warum sie das hätte tun sollen, und wie wahrscheinlich war es, dass *er* es getan hätte? Nicht sehr. Trotzdem hatte er es geschafft, sich wieder in seinen Panzer zurückzuziehen und zu gehen, bevor irgendetwas hatte passieren können.

Die Unsicherheit nagte an ihr. Was, wenn er gegangen war, weil er sich nicht mit ihr einlassen wollte, weil er befürchtete, dass sie etwas von ihm wollte, was er ihr nicht geben konnte? Ihre Wangen brannten vor Scham über diese nachträgliche Demütigung. Vielleicht hatte sie seinen Gesichtsausdruck aber auch falsch interpretiert. Sie hatte noch nie zuvor wilde Lust in einem Mann erweckt, wie kam sie also darauf, dass es plötzlich anders wäre und jemand wie Ben Jernigan sie wollte?

Sex, ja. Männer gingen gern auf unverbindlichen Sex ein. Aber was war damit, dass er *sie* wollte, sie als Person, an der nichts Besonderes war? Hatte er gedacht, sie wäre ausgehungert und erwartete mehr, als er geben konnte, und war deshalb geflüchtet? Sie hatte nie unverbindlichen Sex gehabt, sie hatte sich nie so verwundbar machen wollen. Instinktiv versuchte sie sich immer selbst zu schützen und so wenig Aufmerksamkeit wie möglich zu erregen.

Sela sammelte die Teegläser ein und brachte sie ins Haus, wusch sie in dem kalten Abwaschwasser, das sie jeden Morgen in einem Topf vorbereitete. Diese alltägliche Arbeit verschaffte ihr ein bisschen Abstand von dem, was gerade mit Ben vorgefallen war. Sie konnte es nicht mehr ändern. Wenn er interessiert war, würde er zurückkommen. Wenn nicht, musste sie das akzeptieren und weitermachen wie immer.

Am nächsten Tag ging Sela zu Carol hinüber, um mit ihr und den anderen zum morgendlichen Ritual des Radiohörens aufzubrechen. Manchmal machte sie sich früher auf den Weg, um vorher noch mit ihnen zu frühstücken, das hieß, eine Tasse löslicher Kaffee und was immer es an diesem Tag sein sollte, vielleicht ein Apfel mit Erdnussbutter. Oft ließ sie das Frühstück aber aus. Sie war morgens nicht sehr hungrig, außerdem dachte sie immer daran, dass jeder Bissen, den sie heute zu sich nahm, ein Bissen war, den sie im Winter dann nicht hätten.

Kaum hatte Sela das Haus betreten, sah Carol sie mit hochgezogenen Augenbrauen an. »Ben Jernigan ist gestern Nachmittag bei uns vorbeigelaufen. Hast du ihn gesehen?«

»Hab ich.« Sela nahm sich eine Tasse und den Instantkaffee, füllte das Pulver ein, goss Wasser darüber und rührte um. Sie hatte Carol nichts von der Nacht mit den Polarlichtern erzählt, und sie hatte es auch nicht vor. Es war eine Erinnerung, die ihr viel bedeutete, sie wollte sie nicht teilen oder womöglich Carols Kommentare über *Mister Hotbody* hören. »Ich hab auf der Terrasse gesessen.«

»Ich frage mich, wo er hinwollte«, fuhr Carol mit verschlagenem Gesichtsausdruck fort. »Er ist erst nach einer Weile wieder zurückgekommen.«

Sela ignorierte Carols Andeutung, dass er in *ihrem* Haus gewesen sein könnte. Schließlich war er aus einem anderen Grund da gewesen, als sie dachte. »Er hat mir gesagt, dass jemand nach den Livingstons sehen sollte, diesem älteren Ehepaar an der Covemont Lane. Du kennst sie doch, oder?«

»Na klar. Jim und Mary Alice. Woher kennt er die beiden denn? Ich dachte, er hält sich aus allem raus.«

»Keine Ahnung. Wie auch immer, Mary Alice nimmt Medikamente und braucht Rat, wie sie die ersetzen kann, wenn sie verbraucht sind. Ich dachte, ich gehe nach den Nachrichten zu ihnen und frage, was sie genau nimmt, dann spreche ich mit den Bouldins darüber.« Pat und Helen Bouldin waren die Kräuterkundler, die sie am großen Grilltag kennengelernt hatte.

Carol wirkte enttäuscht, dass Sela nichts Interessanteres über Ben zu berichten hatte, nahm aber ihr allzeit bereites

Notizbuch und schrieb eine datierte Bemerkung zu den Livingstons aufs Papier. Auf diese Weise wurde nichts vergessen oder übersehen.

Olivia kam die Treppe herunter und verzog das Gesicht, als sie das Frühstück sah, das heute aus Haferflocken, zwei Portionen durch drei oder vier geteilt, und getrockneten Pflaumen bestand. Sie protestierte nicht, nahm aber lediglich eine getrocknete Pflaume und sehr wenig von den Haferflocken. Barb aß auch nicht sehr viel, aber nichts wurde vergeudet, die nicht gegessenen Haferflocken würden mit heißem Wasser zum Mittagessen verrührt werden. »Wir brauchen Brot«, sagte sie. »Toast wäre super.« Ihre Brotreserven waren aufgebraucht, aber sie hatten die Zutaten, um Brot zu backen, es nur noch nicht getan – wieder, um die Vorräte für härtere Zeiten aufzuheben.

»Ich backe morgen früh ein paar Biskuitbrötchen«, versprach Barb. »Es wird nicht mehr lange dauern, dann machen wir das Feuer an und haben öfter Brot.« Sie lächelte nachdenklich. »Ich muss daran denken, wie meine Mutter Brot in einer gusseisernen Pfanne gebacken hat, am Feuer. Ich hab's selbst ein-, zweimal gemacht. Allerdings habe ich nicht so ein Händchen dafür wie meine Mutter. Na ja, ich werde es schon schaffen.«

»Danke!«, rief Olivia überschwänglich und beugte sich herunter, um Barb auf die Wange zu küssen. Die ältere Frau errötete vor Freude. Seit den KMA schien Barb irgendwie verloren, obwohl sie und Carol gute Freundinnen waren, aber ihre Familie war nicht da, und sie hatte ihr vertrautes Zuhause verlassen müssen. Olivias lockere Geste bedeutete ihr mehr, als das Mädchen sich vorstellen konnte, denn dadurch fühlte sich Barb gewürdigt und gebraucht.

Sela merkte sich, dass sie etwas gegen Butter eintauschen sollte. Einige Leute im Tal, die Kühe besaßen, handelten mit frischer Milch und geschlagener Butter. Wenn Sela aktiv wurde, würde sie sich beschäftigen und so die Gedanken an Ben vertreiben.

Nachdem sie das Frühstück beendet hatten – Olivia hatte es lediglich überstanden –, nahmen sie das Radio und verließen das Haus, liefen die Straße zum Highway hinunter und dann zu dem großen Feld. Das hatten sie in den vergangenen neun Tagen jeden Morgen gemacht, immer zur selben Zeit die Nachrichten gehört. Dieser spärliche Kontakt zu denen, die sie in Gedanken als »Außenwelt« bezeichnete, gab ihnen die Hoffnung, dass ihr normales modernes Leben, das womöglich noch monatelang entfernt in der Zukunft lag, doch zumindest im Kleinen noch existierte. Die Nachrichten waren nie positiv gewesen, manchmal sogar besonders schlimm. Und auch wenn sie an den Problemen in Knoxville und anderen Städten nichts ändern konnten, hatten sie doch eine Verbindung zum Rest der Welt. Diese Verbindung brauchten sie, wollten sie so lange, wie es möglich war, aufrechterhalten.

Anfangs hatten sie meist von weitverbreiteten Plünderungen und Toten aufgrund der fehlenden Stromversorgung in den Krankenhäusern und Pflegeheimen gehört. Danach schienen sich die Dinge etwas beruhigt zu haben, auch wenn die Lage kritisch blieb. Vor allem die schnelle Anhäufung von Müll und Abwasser wurde zum Problem.

Sela konnte nur dankbar sein, dass sie in einer ländlichen Gegend lebten. Wenn es in Knoxville schon so schlimm war, wie mochte es erst in größeren Städten wie New York und Chicago sein, wenn der Winter hereinbrach? Die Bewohner dort konnten nicht jagen und fischen, und die Nahrungsmittelvorräte waren bestimmt schon in den ersten Tagen nach dem Zusammenbruch des Stromnetzes aufgebraucht worden.

Die Nachrichten gestern waren überhaupt nicht gut gewesen. Sogar in Knoxville gingen die Vorräte zur Neige, was zu mehr Aufständen und Plünderungen führte. Als wenn eine Revolte wie von Zauberhand dafür sorgen würde, dass sich die Nahrungsmittel vermehrten. Es war von Einbrüchen in Privathäuser berichtet worden: Menschen, die verzweifelt nach Lebensmitteln suchten, verschafften sich Zugang zu unbewachten Wohnungen.

Aber am beängstigendsten war, dass von den meisten Vorfällen gar nichts bekannt wurde. Der Radiomoderator konnte nur das berichten, was man ihm gemeldet hatte. Es gab keine Telefonanrufe, keine Internetwarnungen, keine Polizeiberichte. Das Team der Polizei von Knoxville war stark zusammengeschrumpft, denn die meisten Cops waren gezwungen, zu Hause zu bleiben und sich um ihre Familien zu kümmern. Es gab kaum jemanden, der etwas gegen die Aufstände unternehmen konnte, Diebe verfolgte oder Einbrüche untersuchte.

Gestern hatte Robert Keller, der Radiomoderator, erst panisch über ein Handgemenge auf dem Parkplatz des Senders berichtet. Seine Stimme hatte gezittert, und er hatte die Hörer vorgewarnt, dass die Generatoren nicht mehr lange in Betrieb sein würden, da sie kaum noch Treibstoff hatten. Die anderen Radiostationen waren bereits verstummt. Sie hatten entweder kein Benzin für ihre Generatoren, oder die Journalisten waren alle geflohen – vielleicht hatte man ihnen auch den Treibstoff gestohlen. Keller hatte länger ausgeharrt als die Kollegen, aber er war definitiv gestresst und klang immer gehetzter. Die Anspannung in seiner Stimme nahm täglich zu.

Vielleicht wäre es besser, das Radio gar nicht mehr anzuschalten, dachte Sela. So würden sie sich diese ständige psychische Belastung durch die schlechten Nachrichten ersparen. Doch sie bezweifelte, dass die anderen ihrer Meinung wären. Alle schienen wie unter Zwang jeden Morgen an diesem Treffen teilhaben zu wollen, um die neuesten Berichte zu verfolgen. Was, wenn es Informationen zum Stromnetz gäbe, wann es wiederhergestellt sein würde? Was, wenn etwas Wichtiges in der Welt passierte, etwas, das sie alle wissen sollten – aber wie diese Nachrichten zur Radiostation in Knoxville gelangen sollten, war Sela ein Rätsel.

Sie hatten auch jede Menge eigene Probleme. Im Moment ging es den Talbewohnern gut, sie hatten immer noch gutes Wetter und genug Vorräte. Sie passten sich den Umständen an, improvisierten. Sela befürchtete aber, dass diese gute Phase nicht lange anhalten würde. Irgendjemand würde krank werden, sich verletzen, die Leute würden sich streiten – letztendlich waren es Menschen, und Menschen taten so etwas eben.

Eine von Olivias Freundinnen rief sie. »Hier, Gran«, sagte sie zu Carol und reichte ihr das Radio, bevor sie hinüberrannte und sich den Gleichaltrigen anschloss. Die Kids wollten die Nachrichten hören, aber sie wollten auch unter sich sein.

Kurz vor neun stellte Carol das Radio an. Wer eine Armbanduhr hatte, trug sie jetzt, auch wenn niemand wissen konnte, wie genau die angezeigte Uhrzeit war. Carol hatte ihre Uhr am zweiten Tag nach dem Radio gestellt, schaltete es aber vorsichtshalber früher an, falls die Zeit abweichen sollte.

Sie lauschten den statischen Geräuschen, standen um Carols Tisch herum und schwiegen, warteten darauf, dass die Sendung begann. Eine Minute verging, dann eine weitere. Langsam breitete sich ein beunruhigtes Murmeln unter den Leuten aus. Blicke wurden gewechselt. Sela sah zu Mike Kilgore und bemerkte die Besorgnis in seinem Gesicht.

Es kam nur ein statisches Knistern aus dem Gerät.

Carol untersuchte die Wählscheibe, versuchte sie an die richtige Stelle zu rücken, für den Fall, dass sie sich verschoben hätte, drehte sie sie hin und zurück.

Statisches Rauschen.

Die Leute rückten näher, hofften das Unmögliche. Carol drehte an der Scheibe, versuchte, einen anderen Sender zu finden, egal wie schwach das Signal wäre. Nichts.

Die Unruhe unter den Versammelten nahm zu. Barb stöhnte verzweifelt, dann presste sie sich die Hand auf den Mund. Ein Mädchen in Olivias Gruppe begann zu weinen, und Olivia versuchte, sie zu trösten, obwohl sie selbst vollkommen verängstigt wirkte.

Sela versuchte, sich nicht zu viele Sorgen zu machen, aber sie spürte, dass jetzt eine andere Phase begonnen hatte und die Krise sich verschärfte. Es war zu erwarten gewesen, dass die Radiostation bald nicht mehr senden konnte, aber der Moderator hatte gestern geschätzt, dass ihr Generator noch zwei oder drei Tage durchhalten würde. Hatte er sich einfach verrechnet? Oder war die Radiostation überfallen worden?

Hatte er womöglich aufgegeben und war einfach nicht zum Sender gegangen? Sie würden es nicht erfahren.

»Okay, das war's dann.« Entschlossen schaltete Carol das Radio mit einem kurzen Klick aus. »Ich hätte nie gedacht, dass ich es bedauern würde, keine schlechten Nachrichten mehr zu hören. Verdammt, jetzt brauche ich eine Tasse von dieser dünnen Kaffeebrühe.«

Mike war zu ihnen herübergekommen. »Wir müssen unsere Sicherheitsvorkehrungen besprechen«, sagte Sela zu ihm.

Carol und Barb sahen sie an, und die Leute um sie herum verstummten und horchten auf. »Warum?«, wollte Barb wissen.

»Die Leute verlassen Knoxville«, erklärte Sela. »Die meisten werden über die Interstate in Richtung Süden ziehen, aber einige werden zu uns kommen, und sie sind verzweifelt.« Verzweifelt oder heimtückisch, aber das lief auf dasselbe hinaus. Wer auch immer ins Tal kam, würde Nahrung und ein Dach über dem Kopf suchen oder Waffen und alles, was verkauft oder getauscht werden konnte. »Wir haben genug, um eine Weile damit auszukommen, genug für uns und unsere Nachbarn. Aber wenn wir überrannt werden, wird das, was wir haben, keine Woche mehr reichen, vorausgesetzt dass man uns überhaupt etwas lässt und uns nicht gleich umbringt.«

»Sie hat recht«, stimmte Mike zu. »Wir hätten schon früher daran denken müssen und etwas organisieren.«

»Wer sollte denn hierherkommen?«, fragte Barb alarmiert. Sie war nicht die Einzige, die der Gedanke erschreckte, auch jüngere Leute sahen sich verunsichert um, als würden sie erwarten, dass jeden Moment Horden von Plünderern den Highway herunterströmten. Diejenigen, die beim Militär gewesen waren, nickten.

»Es können alle möglichen Leute sein«, erwiderte Mike. »Denkt doch nur daran, wie viele Touristen sonst herkommen. Die Leute in den Städten wissen bereits, dass sie da nicht bleiben können. Wenn sie also etwas Verstand haben, werden sie nicht in eine andere Stadt gehen, sondern sich in kleineren Gemeinden umsehen – eine wie wir es sind, die sich selbst versorgen kann. Sie wissen, dass die Landbevölkerung Waffen hat und dass es dort Gärten gibt, und das ist es, was sie brauchen.«

Sela hatte nicht bemerkt, dass sich Ted Parsons unter den Versammelten befand, aber jetzt arbeitete er sich ins Zentrum der Gruppe vor. »Die wenigsten werden Plünderer und Gangs sein«, sagte er laut. »Eine Menge Leute, die ihre Stadt verlassen, sind normale Bürger, und die könnten auch Hilfe bedeuten. Mehr Leute bedeuten auch mehr Sicherheit. Eine Gang wird nach einzelnen Menschen Ausschau halten, die sie leicht überwältigen können, nicht nach Gemeinden, deren Einwohner ihnen zahlenmäßig überlegen sind.«

»Wenn wir unbegrenzte Ressourcen hätten, würde ich Ihnen zustimmen«, meldete sich Mike.

»Wie es aussieht, sind wir nicht in der Lage, noch mehr Menschen mit Wohnraum und Lebensmitteln zu versorgen«, bemerkte Carol. »In den Gärten wächst kein Gemüse mehr, und wir werden erst wieder im nächsten Frühjahr frische Nahrungsmittel anbauen können ... es dauert also etwa acht Monate, bis es wieder Feldfrüchte gibt. Wir können nicht noch mehr Leute aufnehmen, ohne denen, die schon hier sind, die Vorräte zu kürzen.«

Um sie herum grummelten mehrere Leute ihre Zustimmung. Ted sah frustriert aus. »Aber mehr Leute sind mehr Hände, um Holz zu hacken und zu jagen.«

»Das funktioniert aber nur, wenn sie ihre eigenen Äxte und Waffen mit Munition mitbringen«, sagte Sela leise. »Ansonsten müssen sie unsere Geräte benutzen. Egal wie gern wir anderen helfen möchten, wenn wir durch den Winter kommen wollen, müssen wir unbedingt das für uns bewahren, was wir haben.«

Das brachte ihr einen bösen Blick von Ted ein. Normalerweise würde sie das nicht weiter stören, aber seine Argumente waren schlüssig genug, um für Widerspruch und Unruhe in der Gemeinde zu sorgen. Ihre Ressourcen waren so gering, dass Sela nicht wusste, ob sie einen Bruch in der gemeinsamen Front überstehen würden.

Sie wünschte, Ben wäre hier, auch wenn ihr dieser Wunsch wenig nützte. Er hätte gewusst, was zu tun wäre. Aber obwohl er sich die Mühe gemacht hatte, sie vorzuwarnen, und sie auch damit überrascht hatte, dass er sich um die Livingstons sorgte, könnten Wochen vergehen, ohne dass sie ihn wiedersah. Er hatte bereits Mikes Bitte abgeschlagen, sich mit ihnen zusammenzutun. Dort oben auf Cove Mountain hatte er die besten Voraussetzungen, er brauchte die Talbewohner nicht. Wenn jemand an seine Vorräte wollte, so musste er zuerst den Berg hochsteigen und dann gegen ihn kämpfen. Selbst Straßengangs würden sich leichtere Opfer suchen und ihn und sein Gewehr meiden.

Aber er war nicht der Einzige hier, der beim Militär gedient hatte, auch ein paar andere Männer und Frauen waren bei der Armee gewesen. Sie hatten ebenfalls einen Waldhüter, einen pensionierten Polizisten und eine Menge Leute, die ihr ganzes Leben schon in den Bergen auf die Jagd gingen. Die Talbewohner waren nicht hilflos, sie konnten sich wehren.

Carol griff nach ihrem ständig präsenten Notizblock. »Okay, Leute, ich brauche ein paar Namen. Wir benötigen Helfer, die zu Pferd oder zu Fuß auf Patrouille gehen können. Es müssen genug sein, um die Hauptstraßen, die ins Tal führen, im Auge zu behalten, außerdem könnte die neue Schnellstraße über die Berge von Knoxville hierher ein echtes Problem werden, mal sehen.«

Dem konnte Sela nur zustimmen. Diese neue Straße war jahrelang nicht weitergebaut worden, dann hatte man das Projekt wieder in Angriff genommen, gerade rechtzeitig, um nun zu einer problematischen Schwachstelle für das Tal zu werden. Um diese im Auge zu behalten, bräuchten sie wenigstens zwei Leute, die zwölf Stunden im Einsatz waren, und das würde nicht einfach werden.

Trey Foster, der Mann, der Sela angeboten hatte, sie mit Feuerholz zu versorgen, meldete sich. »Ich war in der Armee, ich kann bei der Patrouille helfen. Aber wenn wir Wache halten, können wir nicht jagen oder Brennholz besorgen, und darunter würden unsere Familien leiden.«

»Die vernünftigste Lösung wäre, die Sicherheitsleute mit Lebensmitteln zu bezahlen«, überlegte Mike. »Jeder müsste einen kleinen Teil beisteuern. Wenn zum Beispiel ein Jäger ein Reh erlegt hat, wird ein Teil davon als Bezahlung abgegeben.«

»Manche Leute können es sich aber nicht leisten, Essen wegzugeben!« Ted wirkte ziemlich beunruhigt, für Sela ein Hinweis darauf, dass er und seine Frau nicht so viele Vorräte hatten, wie notwendig gewesen wäre.

»Dann schließen Sie sich am besten der Gemeinde-Patrouille an«, schlug Mike vor, der offensichtlich das Gleiche vermutete.

Ted sah ihn erschrocken an. »Nun, okay«, antwortete er zögerlich. Gleich darauf glätteten sich seine Züge, und er wirkte sogar erfreut. Er war nicht nur in die Gruppe einbezogen worden, sondern hatte auch eine wichtige Aufgabe. Das war vielleicht der Schlüssel dazu, wie man mit ihm klarkam: ihn beschäftigen und sein Ego streicheln.

Carol notierte die Namen von Trey und Ted und schrieb auf Mikes Nicken hin auch ihn auf die Liste. »Ich warte auf weitere Freiwillige«, rief sie. »Los, kommt aus den Puschen und helft, das Tal zu schützen, sonst werde ich mich bei eurer Mama oder eurer Frau beschweren, und das wollt ihr bestimmt nicht!«

Mit ihrem lockeren Spruch provozierte sie lautes Lachen in der Gruppe, und tatsächlich traten nun einige Männer vor und meldeten sich. Es waren nicht allzu viele, vielleicht zwei Dutzend, aber es reichte, um eine Patrouille für die Highway-Auffahrten aufzustellen. Irgendwann würden sie sich weiter zu dem Thema beraten müssen, aber fürs Erste war es gut. Es war ein Anfang.

10. Kapitel

Die zweite Oktoberhälfte war normalerweise Touristensaison mit Verkehrschaos auf den Straßen und überfüllten Restaurants. Die Blätter verfärbten sich – rot, gelb und orange, dazwischen das Grün der immergrünen Bäume –, die Festivals starteten, und es wurde angenehm kühl. Oktober und Anfang November war normalerweise am meisten los, sowohl bei Sela an der Tankstelle wie auch sonst überall im Tal.

Dieses Jahr nicht. Auf dem Highway fuhren kaum noch Fahrzeuge, die Leute sparten ihr kostbares Benzin für Anlässe, bei denen sie es dringend brauchten. Aber wo sollten sie auch hinfahren? Es konnten keine Arztbesuche gemacht werden, keine Zahnarzttermine standen an, es gab keine Restaurants [bessere Trennung] in denen man essen könnte, oder Kinos, die Filme zeigten. Die meisten Leute gingen zu Fuß oder fuhren mit dem Rad. Die neu aufgestellte Gemeinde-Patrouille war größtenteils zu Pferd unterwegs. Allerdings war nicht jeder ein guter Reiter, einige lernten es jetzt, andere gingen zu Fuß. In den ersten zwei Wochen hatte es eine Menge wunder Hinterteile und Oberschenkel gegeben.

Aber weil die Menschen nun mal Menschen waren und die Südstaatler sehr gesellig, war es den Talbewohnern zur Gewohnheit geworden, sich spätnachmittags in der Nachbarschaft zusammenzufinden, und bis Ende Oktober waren diese Treffen ein regelrechtes Ritual geworden. An besonders schönen Tagen zogen sich diese Treffen bis spät in den Abend hin. Niemand plante etwas, alles lief so, wie es gerade kam. Es hatte mit ein paar Nachbarn angefangen, die am Ende des Tages auf der Straße zusammensaßen, und sich ständig erweitert. Nach und nach wurden überall im Tal kleine Partys gefeiert, auf denen sich die Bewohner näherkamen und anfreundeten. Es wurde über Essen geredet, über Energiequellen und darüber, wie verdammt dunkel es nachts war. Die Tage wurden kürzer, und viele richteten ihren Schlafrhythmus danach, um Batterien und Kerzen zu sparen, gingen ins Bett, wenn es dunkel wurde, und schliefen – oder versuchten es zumindest – bis zum Sonnenaufgang. Das wurde immer schwieriger, je länger die Nächte dauerten.

Sie sprachen auch über die Kids, über Filme, Bücher und übers Stricken. Es war der Versuch, in einer außergewöhnlichen Zeit etwas Normalität ins Leben zu bringen.

Zum Überleben war mehr nötig als Nahrung und Wasser. Menschen brauchten Menschen, ein Zusammengehörigkeitsgefühl. Das hatte es hier immer gegeben, aber nun war es noch stärker geworden. Vergangene Woche hatte ein Jugendlicher vom anderen Ende der Straße seine Gitarre mitgebracht und ein paar Countrysongs gezupft, und die anderen hatten sich um ihn versammelt und zugehört. Er war nicht gerade virtuos, konnte aber gut genug spielen, um den Zuhörern keine Schmerzen zu bereiten. Sela war nicht unbedingt ein Countryfan, aber es gefiel ihr trotzdem. Es schien ihr, als sei es Jahre her, seit sie das letzte Mal Musik gehört hatte, und nicht erst einen Monat. Es hieß, Musik würde die wildeste Seele beruhigen, und auch wenn sie sich nicht gerade als wild bezeichnet hätte, so fühlte sie sich trotzdem besänftigt, und sie war nicht allein damit. Alle erfreuten sich an der Musik.

Halloween war ein besonders schöner Abend, klar und mild und mit hellen Sternen am Himmel. In einer transportablen Feuerschale loderten die Flammen, denn trotz der milden Witterung war ein Feuer immer irgendwie tröstlich. Nachbarn hatten Klappstühle und Campingsessel mitgebracht oder Decken auf dem Boden ausgebreitet, um darauf zu sitzen. Von dem Jungen inspiriert, hatte Mike Kilgore nun ebenso seine Gitarre dabei. Die beiden wechselten sich ab oder spielten auch manchmal zusammen, nicht immer genau im gleichen Takt, aber wen störte es? Die Leute kannten die Songs und sangen manchmal ein paar Strophen mit.

An diesem Abend waren es fast dreißig Leute, die in der Mitte der Straße saßen oder standen. Olivia und eine ihrer Freundinnen, die zu Besuch war und über Nacht bleiben würde, saßen mit angewinkelten Beinen auf einer Decke und beobachteten fasziniert den jungen Gitarrenspieler. Sela schätzte, dass der Junge wahrscheinlich ein Jahr jünger war als Olivia, aber die Auswahl hier in der Gegend war nicht besonders groß, und Hormone waren eben Hormone.

Sela, Carol und Barb saßen mit ihren Campingstühlen mitten im Geschehen. Barb war etwas kälteempfindlicher und deshalb näher ans Feuer gerückt. Sela streckte die Beine aus und genoss diesen entspannenden Moment, denn davon gab es in letzter Zeit nicht allzu viele.

Den vergangenen Monat als stressig zu bezeichnen, wäre eine starke Untertreibung gewesen. Sie hätte sich eine solche Situation nie vorstellen können, genauso wenig wie alle anderen, aber sie machten das Beste daraus. Inzwischen hatte sie zumindest nicht mehr das Gefühl, jede Minute kämpfen zu müssen, um nicht unterzugehen, und zweifelte auch nicht mehr jede ihrer Entscheidungen an. Letztlich hatten sie einiges geleistet, sie und Carol und Barb, mit ihrer Marathon-Konservierungs-Session und ihrer hektischen Einkaufstour, um Vorräte zusammenzubekommen.

Der neue Alltag ging langsam in Normalität über. Vergangene Woche wurde wieder der Sonntagsgottesdienst gefeiert, und ihre Gemeinde hatte ausdrücklich jeden dazu eingeladen. Der Pfarrer hatte seine Predigt ökumenisch gehalten. »Gott ist Gott«, hatte er begonnen, »alles andere, das sind wir, und wir versuchen das Leben so zu organisieren, wie es gut für uns ist. Ich werde mich auf die Sache mit Gott konzentrieren, und ihr könnt euch dann vor der Kirche streiten.«

Die meisten Besucher hatten gelacht und sich einfach gefreut, dass der Gottesdienst wieder stattfand.

Sela seufzte, während sie sich bei der Musik langsam entspannte. Die Klänge umfingen sie, erfüllten sie, und alle Gedanken über das Morgen verblassten.

Plötzlich grinste Carol, schlug entschlossen auf ihre Sessellehne und sprang auf. Sie bahnte sich einen Weg durch die Gruppe von Leuten zu den beiden Musikern, lehnte sich zu Mike hinunter und flüsterte ihm etwas ins Ohr. Er grinste ebenfalls, antwortete leise, und mit zufriedener Miene stellte sich Carol zwischen den beiden Gitarristen in Pose.

»Oh, Gran, bloß nicht!«, zischte Olivia und schlug sich die Hände vors Gesicht, als sie der Horror einer 15-Jährigen heimsuchte, die von einer älteren Verwandten in Verlegenheit gebracht wurde. Sie wusste, was jetzt kam, genau wie Sela, aber im Gegensatz zu Olivia freute diese sich jedes Mal, wenn Carol einen Song schmetterte.

Ihre Tante war keine Janis Joplin, aber sie hatte eine ziemlich gute Stimme und war absolut nicht schüchtern. »Cry Baby« war einer ihrer Lieblingssongs, und sie bot eine angemessene Interpretation. Mit einer dramatischen Geste stimmte sie die ersten Töne an. Mike kannte das Lied oder zumindest so ungefähr, und der Junge tat sein Bestes, um mit den Gitarren-Licks Schritt zu halten, spielte aber nicht zu laut, um Carols Stimme nicht zu übertönen. Einige der älteren Leute jubelten und begannen mitzusingen.

»Deine Tante ist ein richtiger Hippie«, flüsterte Barb und lächelte Sela zu.

»Ich weiß.« Sela warf einen Blick auf Olivia, die noch immer ihr Gesicht peinlich berührt hinter den Händen versteckte. Aber ihre Freundin grinste und tippte mit dem Fuß im Takt, versuchte, mit dem ständig wechselnden Rhythmus des Songs mitzuhalten.

Das ist Gemeinschaft, dachte Sela, als ihre Tante eine Passage fast auf Janis-Joplin-Art herausschmetterte. Nachbarn unterstützten Nachbarn, erfreuten sich am Zusammensein am Ende eines langen Tages, versammelten sich zu allen möglichen Anlässen. Das war so viel besser, als wenn jeder allein nach Hause ging, um fernzusehen oder Computerspiele zu spielen oder ein Buch zu lesen.

Vielleicht würden sie sich als Nächstes am Lagerfeuer Geschichten erzählen. Das würde ihr gefallen – als Zuhörerin natürlich, nicht als Erzählerin. Der Gedanke, sich vor allen anderen zu präsentieren, verschreckte sie.

Ohne dass sie es wollte, wanderten ihre Gedanken wieder zu Ben, der oben ganz allein auf seinem Berg saß, nur einen Hund als Gesellschaft, dem er noch nicht mal einen Namen geben wollte. Sie versuchte, *nicht* daran zu denken, wie sie sich vor ihm blamiert hatte. Aber egal wie sehr sie versuchte sich abzulenken, egal was um sie herum passierte, sie konnte ihre Gedanken nicht im Zaum halten. Seit er bei ihr gewesen war, um ihr von den Livingstons zu erzählen, hatte sie ihn nicht mehr gesehen, und sie war sich ziemlich sicher, dass er ihr aus dem Weg ging, was ihre Demütigung noch verstärkte. Doch das verhinderte nicht, dass sie ständig grübelte und dazu von einer Sehnsucht überfallen wurde, gegen die sie nicht ankam.

Es hatte keinen Sinn, sich um ihn Gedanken zu machen. Ihn zu bemitleiden, weil er so allein lebte, war ebenfalls unsinnig. Er war bestens in der Lage, sich um sich selbst zu kümmern, und er war allein, weil er das wollte. Aber was, wenn er sich verletzte oder krank wurde? Er war nicht Superman, nicht unverwundbar. Was, wenn …

Unsinn. Sie vergeudete ihre Zeit und Energie. Er hatte deutlich klargemacht, dass er niemanden brauchte. Und ganz sicher brauchte er nicht sie.

Inzwischen war »Cry Baby« vorbei, aber Carol kam nicht auf ihren Platz zurück. Stattdessen machte sie Olivia und Sela ein Zeichen, zu ihr zu kommen. Beide schüttelten den Kopf, Sela noch vehementer als ihre Nichte.

»Ihr wisst, was ich als Nächstes vorhabe.« Carol grinste in teuflischer Vorfreude. »Und ihr beide kennt jedes Wort von dem Lied auswendig!«

Olivia wurde von ihrer Freundin mit dem Ellenbogen angestoßen. »Geh schon«, sagte sie. »Du kannst singen, ich hab dich schon gehört!« Widerwillig stand Olivia auf und stellte sich neben Carol. Sela zog sich der Magen vor Lampenfieber zusammen, und sie rührte sich nicht von der Stelle. »Bitte!«, formte Olivia mit den Lippen, und auch die anderen um sie herum versuchten sie dazu zu ermuntern aufzustehen. Innerhalb von Sekunden erregte sie mit ihrem Widerstand mehr Aufsehen, als sie es mit ihrem Gesang je könnte. Daher erhob sie sich schließlich und trat zu Carol und Olivia. Kichernd erhob sich nun auch Barb aus dem Liegestuhl und folgte ihr.

Wie oft hatte sie schon »Mercedes Benz« in Carols Wohnzimmer gesungen? Als sie noch ein Kind gewesen war, hatte Carol den Song auf einem Vinylalbum gehabt, für das sie noch einen Plattenspieler angeworfen hatte, bevor sie zögernd dem Trend gefolgt war und ihn durch einen CD-Spieler ersetzt hatte. Vielleicht war dazwischen sogar noch ein Kassettendeck im Spiel gewesen. »Mercedes Benz« war schon immer Carols Lieblingssong, und sie war gnadenlos darin gewesen, Familie und Gäste damit zu berieseln.

Unter Carols Führung sangen die vier die ersten Töne des Songs a capella. Bei der zweiten Strophe fiel eine Anzahl der älteren Anwesenden voller Eifer mit ein, denn das Lied war viel leichter zu singen als »Cry Baby«. Außer Olivia blickten die jungen Leute – also jeder unter dreißig – zwar zuerst verblüfft, schienen sich dann aber gut zu unterhalten.

Es wurde viel gelacht, während die verschiedenen Stimmen, laut und leise, talentiert und weniger musikalisch erklangen. Es schien, als ließe sich jeder hier von der Kraft der Musik mitreißen, um die Sorgen für einen Moment zu vergessen. Der kurze Song war viel zu schnell vorbei.

Sela und Olivia setzten sich wieder, ebenso die atemlose Carol.

Barb aber blieb stehen und begann eine völlig andere Art von Song zu singen. Sie war nie ein Janis-Joplin-Fan gewesen so wie Carol, sondern hatte offensichtlich ein Faible für

Folkmusic. Joan Baez vielleicht, Sela war sich nicht sicher. Barb hatte eine überraschend gute Stimme, und ihr langsamer, einfacher Song ergriff alle Versammelten. Es wurde ganz still. Nach Carols rockiger Interpretation von Janis Joplin erschuf Barb mit ihrem warmen Gesang einen Zauber, der sich mit den hellen Sternen am Himmel und der milden Nachtluft, dem frischen herbstlichen Duft und dem knisternden Feuer verwob. Es war ein magischer Moment, an den Sela sich noch erinnern würde, lange nachdem die Lichter wieder angegangen wären.

Als Ben sich Selas Straße genähert hatte, war er überrascht, Musik zu hören. Die Musik war nicht so laut, dass sie bis weithin schallen konnte, aber in dieser stillen Nacht hörte er sie. Der Hund spitzte die Ohren, tänzelte sogar unruhig, blieb aber an Bens Seite. Sie verließen die Straße und durchquerten die hinteren Gärten, um zu ihrem Ziel zu gelangen.

Auf einer Seite von Selas Haus blockierten mächtige hohe Bäume den Blick, also ging Ben durch den Garten, bis er das, was in der Mitte der Myra Road passierte, sehen konnte. Aufgrund der Dunkelheit und der Entfernung war er für die anderen nicht zu erkennen, aber er hatte einen guten Blick auf die Leute, die sich im Feuerschein versammelt hatten. War das Selas Tante? Die sang? Mein Gott, was für ein Gegröle. Sie kreischte in den höchsten Tönen aus offensichtlich kräftigen Lungen. Ben wollte schon wieder umkehren und später noch einmal zurückkommen, wenn Sela gerade nicht so beschäftigt wäre, als Carol ihre Nichte und Olivia aufforderte, nach vorn zu kommen … Nun, das konnte er sich auf keinen Fall entgehen lassen. Er lehnte sich an die Hausfassade und war gespannt auf das, was da kommen würde.

Keine der vier Frauen würde wohl als Profisängerin durchgehen, aber sie waren begeistert bei der Sache, grinsten ihre Zuschauer an und ernteten ihrerseits wohlwollende Lacher. Sein Blick wurde unwillkürlich von Sela angezogen, die er nicht aus den Augen lassen konnte. Sie schwang ein bisschen im Takt mit, war nicht so ungestüm wie die anderen, aber wie sie die Hüften schwang … Verdammt, das konnte er nun wirklich nicht gebrauchen. Was er vorgehabt hatte, konnte auch bis morgen warten. Und um ehrlich zu sich zu sein, hatte er im Grunde gar nichts vor. Er sollte überhaupt nicht hier sein.

Aber er ging nicht. Selbst der Hund, der an seiner Seite saß, schien merkwürdig fasziniert zu sein.

Das Lied war viel zu schnell vorbei, und Sela setzte sich wieder auf ihren Platz. Jetzt konnte er sie nicht mehr so gut sehen, war aber nicht geneigt, sein Versteck zu verlassen, um einen besseren Blick zu haben, auch wenn er in Versuchung geriet. Die ältere Frau, die mit ihnen zusammen gesungen hatte, blieb stehen und sang noch ein Lied allein, etwas Einfaches, Langsames. Sie war gar nicht mal so schlecht.

Musik am Lagerfeuer. So etwas hatte er nicht erwartet.

Als die Frau den Song beendete, gab jemand anderes etwas zum Besten. Einige Leute stimmten mit ein, bis schließlich jeder die bekannte Melodie mitsang. Es hätte schrecklich klingen müssen, tat es aber nicht. Manche trafen den Ton nicht – raue und nicht allzu angenehme Stimmen mischten sich mit talentierten –, aber das störte nicht.

Ben blieb lange, anders als beabsichtigt, stand dort im dunklen Schatten der Nacht, bis die Gruppe sich langsam auflöste und auch Sela sich in Bewegung setzte. Er wusste, dass sie zwar viel Zeit mit ihrer Familie verbrachte, aber in ihrem Haus schlief, ganz allein. Sie wog sich in Sicherheit, so wie alle.

Aber niemand war sicher. Das wusste er, und bestimmt ahnten es auch einige von den Leuten hier. Warum lachten sie also und sangen? Sie befanden sich in einer Krise, das Ganze hier war keine verdammte Grillparty.

Und trotzdem ... Ein Teil von ihm beneidete die Leute um ihre Unschuld, darum, dass sie sich zusammentaten und für eine Weile alles vergessen konnten. Er wünschte, er könnte auch glauben, dass alles gut werden würde.

Aber das war nicht der Fall.

Sela, den Strahl der Taschenlampe auf den Boden vor sich gerichtet, hatte fast ihre Gartentür erreicht, als Ben von der Hauswand vortrat und sie mit seinem plötzlichen Erscheinen überraschte. Sie zuckte erschrocken zusammen.

»Verdammte Scheiße!«, keuchte sie und schlug sich eine Hand aufs Herz. »Tut mir leid, dass ich fluche, aber ich bin gerade vor Schreck um zehn Jahre gealtert!« Sie holte tief Luft. »Wie lange stehst du denn schon da?«

Er hätte fast gegrinst, tat es aber nicht. »Lange genug.«

So gut kannte er Sela bereits, um zu wissen, dass sie jetzt rot werden würde. »Sorry, ich kann nicht besonders gut singen.«

»Das hast du schon gut gemacht.«

Sie legte den Kopf schief und sah ihn tadelnd an. »Du hättest mitmachen sollen. Wir könnten einen Bariton gut gebrauchen.«

»Ich singe nicht.«

»Na komm schon ...«

»Auf keinen Fall.«

Sela lachte und ging auf die Terrasse zu. »Komm doch rein. Was kann ich für dich tun?«

Sie hatte keine Ahnung … Na gut, vielleicht schon. Diese Anziehungskraft, die ihn fast zum Wahnsinn trieb, war nicht einseitig, das wusste er. Wie auch immer diese beschaffen war, sie war zu viel für ihn.

Er hatte nicht vor, sich wieder neben sie zu setzen und sich mit unmöglichen Fantasien zu martern. Also warum war er dann eigentlich hier, wenn er sich nicht foltern wollte?

Richtig. Er hatte ja einen Grund! Sofort nahm er seinen Rucksack von der Schulter und öffnete den Reißverschluss. »Ich habe ein paar Solarlampen übrig und dachte, du könntest vielleicht eine gebrauchen.«

Sie drehte sich zu ihm um. »Übrig?«

Ben hatte bei Sela keine gesehen, und er besaß mehr als genug, und verdammt noch mal, sie brauchte ihn gar nicht so anzusehen. »Wenn du sie nicht haben willst …«

»Das habe ich nicht gesagt!«, rief sie schnell und kam lächelnd zu ihm zurück.

Er stellte den Rucksack auf dem Boden ab und zog nicht eine, sondern zwei leistungsstarke Solar-Gartenlampen heraus. Er kannte Sela gut genug, um zu ahnen, dass sie, wenn sie eine Lampe hätte, diese ihrer Tante geben würde. Auf diese Weise hatten beide eine. Sela richtete den Strahl der Taschenlampe auf ihn, als er das Kopfteil an die Halterung schraubte. Die Lampen waren zu lang, um in seinen Rucksack zu passen, weshalb er sie auseinandergenommen hatte. »Steck sie morgens draußen in den Boden, damit sich die Zellen aufladen können, und nimm sie abends mit ins Haus.« Er zeigte auf den kleinen Schalter am unteren Ende der Lampe, wo sie an- und ausgeknipst werden konnte.

Sela nahm die erste Lampe, die er ihr reichte, bedacht darauf, ihn dabei nicht zu berühren. Was auf Gegenseitigkeit zu beruhen schien. »Das ist ja super«, sagte sie. »Funktioniert die auch bei bedecktem Himmel?«

»Ja. Das Licht wird dann nicht so hell, aber es reicht aus.« Er schraubte die zweite Lampe zusammen und lehnte sie gegen die Hauswand.

»Wenn du nichts dagegen hast, würde ich Carol eine geben. Das wäre wirklich praktisch.«

Er lächelte, sie hatte ihn nicht enttäuscht.

Es folgte ein endlos langer Moment des angespannten Schweigens, bis der Hund sich einmischte und vor Selas Füßen herumtänzelte. Sie lächelte, stellte die Lampe neben sich ab und beugte sich zu ihm hinunter, um ihn inbrünstig hinter den Ohren zu kraulen, während sie ihn einen guten Jungen nannte.

Glücklicher Köter.

Ben hätte auch gern ihre Hände an sich gespürt. Er konnte auch ein *guter Junge* sein. In Gedanken schnaufte er über seine absurden Gedanken. Noch lieber würde er *sie* berühren. Das war eigentlich der Grund, warum er ihr diesen lächerlichen Besuch abgestattet und ihr die Solarlampen angeboten hatte. Wollte er sie beeindrucken? Sich nützlich machen? Was für ein ausgemachter Schwachsinn. Sein Schwanz dirigierte ihn, und er folgte.

»Hund«, rief er barsch, drehte sich um und lief auf das Gartentor zu. »Auf geht's!«

»Vielen Dank!«, rief sie ihm unsicher und mit viel zu sanfter Stimme hinterher.

»Keine Ursache«, grummelte er, als der Hund ihm gefolgt war, aber er drehte sich nicht noch einmal zu ihr um.

Ein Tag ging in den anderen über, und das Leben ohne Elektrizität wurde mehr und mehr zur Routine. Sela knipste nicht mehr automatisch den Lichtschalter an, wenn sie ein Zimmer betrat. Der Oktober war wie immer ein trockener Monat, aber es hatte auch ein bisschen geregnet, jedenfalls genug, dass sie etwas Wasser in ihren provisorischen Sammelcontainern hatte auffangen können und für einen Tag oder zwei keine Eimer vom Bach herschleppen musste.

Sie liebte die Solarlampe von Ben, und Carol war auch von ihrer begeistert, vor allem weil sie so die kostbaren Kerzen aufsparen konnte, was ein riesiger Vorteil war. Für Sela war dieses einfache Geschenk mehr etwas Persönliches, etwas … nun, sie wusste nicht, wie sie es bezeichnen sollte.

Jeden Abend, wenn Sela die Lampe aus dem Garten ins Haus brachte, dachte sie an Ben. War das seine Absicht gewesen? Den ganzen Tag konzentrierte sie sich darauf, zu überleben, aber wenn sie abends die Lampe anschaltete, gingen ihre Gedanken in eine andere Richtung.

Carol meinte, so ein Geschenk wäre in dieser apokalyptischen Zeit so gut wie ein romantisches Angebot, aber Sela war sich da nicht so sicher. Ihre Tante war einfach … eben ihre Tante.

Sie alle verloren Gewicht. Nicht unbedingt, weil es weniger zu essen gab, sondern eher, weil sie körperlich mehr arbeiteten und automatisch weniger aßen, um die Vorräte für später aufzuheben. Die Biskuitbrötchen, die Barb manchmal herstellte – wirklich nur manchmal, denn Mehl und Haferflocken waren sehr kostbar –, waren tatsächlich eher eine Delikatesse als etwas Alltägliches.

Ende Oktober hatte es an manchen Morgen schon Frost gegeben, und der November brachte noch mehr davon. Fast jeden Tag in der Frühe zog von den Feuerstellen in den Häusern Rauch und der Geruch von Feuer durchs Tal, obwohl der Winter nur sehr zögerlich kam und es an einigen Tagen noch so warm war, dass die Leute kurzärmlig ins Freie gehen konnten. An diesen immer seltener werdenden, hellen Tagen waren die Talbewohner öfter draußen und unterwegs, um ihre Besorgungen zu machen.

Sela hortete den Stapel Feuerholz, den Trey Foster ihr gebracht hatte, denn sie wollte ihm nicht zu oft zur Last fallen. Um länger damit auszukommen, lief sie in den Wald und sammelte Reisig zum Anstecken und größere Stücke Holz, wann immer sie welche finden konnte. Sie nahm dazu eine blaue Plane mit, lud ihre Funde darauf und schleifte sie hinter sich her nach Hause, wo sie alles mit Carol und den anderen teilte. Manchmal begleitete Olivia sie, um aus dem Haus zu kommen und ein bisschen Energie loszuwerden. Sie und ihre Freundinnen trafen sich, wann immer sie konnten, aber alle hatten jetzt auch Aufgaben im Haushalt zu erledigen.

»Ich vermisse die Schule«, gestand ihr Olivia eines Nachmittags, als sie Holz sammelten.

»Das kann ich verstehen.« Sela blieb stehen und streckte den Rücken. Sie hatten bereits eine ordentliche Menge zusammen, und sie spürte die Anstrengung vom ständigen Bücken und Heben im Kreuz. »Moment mal.« Für einen Moment starrte sie Olivia an und fragte sich, warum sie nicht schon früher daran gedacht hatte, warum *niemand* daran gedacht hatte. »Wenn der Gottesdienst wieder stattfindet, wüsste ich nicht, warum es nicht auch wieder Unterricht geben sollte.« War davon nicht die Rede gewesen, kurz nachdem die Stromversorgung zusammengebrochen war? Sie konnte es nicht fassen, dass sie das vergessen hatten!

Olivia sah sie hoffnungsvoll an. »Du meinst, die Schule wieder aufmachen?«

»Nein, die könnten wir nicht beheizen. Es müsste irgendwo stattfinden, wo es warm ist. Und von wie vielen Schülern sprechen wir? Vermutlich könnten nicht alle kommen, weil sie zu weit weg wohnen.« Vor hundert Jahren waren die Kinder regelmäßig viele Kilometer zur Schule gegangen, aber das war vor hundert Jahren gewesen. Die Gewohnheiten der Leute hatten sich noch nicht so grundlegend geändert, dass sie ihre Kids kilometerweit in Regen und Schnee zum Unterricht laufen lassen würden. Aber wenn der Strom länger als ein Jahr ausblieb, war auch das denkbar.

»Vielleicht fünfzig?«

Das hielt Sela für eine gute Zahl. Eigentlich hatte die Schule fast viermal so viele Schüler, aber dazu gehörten neben denen, die zu weit entfernt wohnten, auch Vorschulkinder.

»Es muss doch jemanden im Tal geben, der euch unterrichten könnte«, sagte sie nachdenklich, hoffte aber, dass Carol da besser Bescheid wusste. »Abgesehen davon: Ihr habt doch eure Schulbücher, oder? Was ihr braucht, ist eine Art Stundenplan und jemand, der den Stoff mit euch durchnimmt.«

So viele Kinder durchzufüttern wäre unmöglich, also würden alle ihr Essen mitbringen müssen. Es würde ziemlich viel Arbeit bedeuten, die Kids in Klassen einzuteilen, Freiwillige fürs Unterrichten zu finden und einen beheizbaren Raum, in dem das stattfinden sollte. Rein logistisch gesehen wären private Häuser für den Unterricht am besten geeignet, eins für jede Gruppe, sodass kein extra Feuerholz verbraucht wurde. Außergewöhnliche Situationen erforderten außergewöhnliche Maßnahmen. Später könnten sie sich dann Gedanken über den Betrieb einer richtigen Schule machen, so wie sie es sonst kannten.

»Danke.« Olivia umarmte sie kurz. »Ich wusste, dass dir was einfällt.«

Sie schleppten ihre Ladung auf der Plane zu Carols Haus, wo sie die Hälfte abluden und ein paar Meter von der Hintertür entfernt stapelten. Dann deckten sie den Stapel ab, damit er nicht nass wurde, und Sela zog den Rest der Beute zu ihrem Haus und tat dasselbe noch einmal.

Eigentlich waren die Aufgaben, die sie jetzt erledigen musste, simpel. Sie musste sich nicht mit Öllieferungen auseinandersetzen, Inventur machen, Bankauszüge überprüfen oder Steuererklärungen abgeben. Sie musste essen, alles sauber halten und das Feuer an den kühlen Tagen schüren. Sela lief sehr viel, schleppte Wasser und Feuerholz und wanderte zum Tal hinüber. Sie hatte sich mit den Bouldins getroffen, und die waren bei den Livingstons gewesen, um Mary Alice zu erklären, welche speziellen Kräuter sie nehmen sollte, um ihren Blutdruck im Zaum zu halten, und wie diese zubereitet werden mussten. Einmal die Woche gingen Carol und sie zur Tankstelle, um sich mit Mike und den anderen von der Gemeinde-Patrouille zu treffen und zu besprechen, wie die Dinge liefen, ob einer der Freiwilligen eine Ablösung brauchte oder etwas gesehen hatte, von dem Mike noch nichts wusste. Ted Parsons hatte jedes Mal eine Menge zu erzählen, aber er machte mit und sie fand ihn nicht mehr so unausstehlich, wie sie anfangs gedacht hatte. Er und Carol würden nie dicke Freunde werden, aber zumindest gingen sie höflich miteinander um.

Sie kamen klar. Die Talbewohner hielten zusammen, kooperierten. Auch die ältesten Leute trugen ihren Teil bei, indem sie Dinge reparierten, Steppdecken nähten und taten, was ihnen einfiel, um diejenigen zu bezahlen, die ihnen etwas zu essen brachten. Die alten Frauen wussten noch, wie man ohne Strom kochen konnte, und zwar nicht nur einen Topf Suppe auf dem Feuer. Einige von ihnen passten auf die kleineren Kinder auf, während die Eltern beschäftigt waren. Das Tauschsystem wurde sehr locker gehandhabt, alle machten ihre eigenen Geschäfte untereinander. Nur was sie für die Gemeinde-Patrouille benötigten, wurde organisiert, und das funktionierte. Mit einer Ausnahme hatte es bisher keine Probleme gegeben. Ein Mann, der Richtung Townsend wohnte, hatte sich irgendwoher Meth besorgt und im Drogenrausch sein Haus verwüstet, seine Frau verprügelt und schließlich auf das Nachbarhaus geschossen. Die Gemeinde-Patrouille, zwei ehemalige Militärangehörige, hatte es selbst übernommen, den Typen zu überwältigen, zu fesseln und in eine Scheune zu sperren, bis er sich beruhigt hatte. Mehr konnten sie nicht tun, sie hatten kein Gefängnis, und niemand wollte sich um einen Gefangenen kümmern und ihn durchfüttern.

Sela hatte das beunruhigende Gefühl, dass er irgendwann mit einer Kugel im Kopf als »Jagdunfall« enden würde, wenn er regelmäßig Drogen konsumierte und seine Frau verprügelte. Und Gott allein wusste, wo er sein Meth herhatte!

Der Gedanke, dass das geschehen konnte, war ihr zuwider. Doch jeder, der an den wöchentlichen Treffen der Gemeinde-Patrouille teilnahm, wusste, dass alles möglich wäre. Sie konnten deshalb nur hoffen, dass es weiter so friedlich blieb wie bisher.

Direkt am nächsten Morgen passierte das kleine Unglück, das sie schon befürchtet hatte. Ihr war nicht klar gewesen, wer, was oder wann, aber dass irgendwann irgendjemandem irgendetwas passieren würde. Sie hatte nur nicht damit gerechnet, dass *ihre* Familie betroffen wäre.

»Sela! *Sela*!«

Sie stand gerade auf der Straße und unterhielt sich mit Mike über das ältere Paar, das am Anfang der Myra Road wohnte, und darüber, mehr Leute für den Sicherheitsdienst zu gewinnen, damit Trey Foster mehr Zeit hätte, Feuerholz zu schlagen, auch für andere, die es nicht selbst tun konnten – da hörten sie Olivias lautes, schrilles Schreien und drehten sich nach ihr um.

Etwas war passiert.

Olivia rannte über die Straße auf sie zu, ihr Pferdeschwanz wippte dabei von einer Seite zur anderen. Als sie nahe genug war, konnte Sela die Tränen in den Augen ihrer Nichte sehen.

Carol, es musste etwas mit Carol passiert sein. Sonst wäre Olivia nicht so aufgeregt.

»Gran ist hingefallen!« Olivia schnaufte, als sie vor Sela stehen blieb, und rang nach Atem.

»Hingefallen?« Selas Herz setzte einen Schlag aus. In Carols Alter konnte ein Sturz schlimme Folgen haben – vor allem jetzt, wo sie keine Ambulanz rufen, in kein Krankenhaus fahren konnten.

»Die Treppe runter.« Olivia beugte sich vor und holte ein paar Mal tief Luft. Es war vermutlich nicht nur der kurze Sprint, der ihr den Atem genommen hatte, sondern auch die Angst, ihre Gran zu verlieren. Das Mädchen hatte in seinem kurzen Leben schon so viele Verluste erlitten. Olivia unterdrückte einen Schluchzer. »Barb meint, sie hätte sich das Bein gebrochen.«

Sela rannte los, und Mike folgte ihr. Im Laufen versuchte sie sich zu beruhigen. *Besser das Bein als die Hüfte. Vielleicht ist es ja gar nicht gebrochen.* Vielleicht war es nur eine böse Verstauchung, und Barb, die sich manchmal von ihren Gefühlen mitreißen ließ, hatte ein bisschen übertrieben.

Bitte mach, dass es nur verstaucht ist. Bitte lass es nur eine Verstauchung sein. Nicht dass ein verstauchtes Bein nicht schlimm genug wäre unter diesen Umständen, manchmal konnte so etwas länger dauern als ein Bruch.

Sela rannte die Verandastufen hoch und durch die Haustür, mit Mike immer noch auf den Fersen und Olivia als Letzte. Ihr Herz blieb fast stehen, als sie Carol in einer merkwürdigen Verrenkung am Fuß der Treppe liegen sah, die Augen geschlossen und kalkweiß im Gesicht. Barb kniete neben ihr. Sela eilte zu ihr, und im selben Augenblick presste Carol sich die Hand auf die Seite und stöhnte. Dann fluchte sie: »Scheiße!« Und sofort war Sela erleichtert. Carol war nicht nur bei Bewusstsein, sie war wütend, und das war sehr gut.

Barb sah hoch, sie wirkte überraschend gefasst für jemanden, der sich in Krisensituationen immer schnell aufregte. »Gott sei Dank, dass du da bist, Mike. Wir brauchen jemanden, der uns hilft, sie wegzutragen.«

»Was ist passiert?«, wollte Sela wissen, als sie sich neben Carol kniete. »Wie schlimm ist es?« Und war es denn richtig, Carol zu bewegen? Aber das mussten sie, was sollten sie sonst tun? Sie hier unten liegen lassen, bis das Bein verheilt war?

Carol öffnete die Augen und warf Sela einen Blick zu.

Man sah ihr an, dass sie Schmerzen hatte, so wie sie die Lippen zusammenpresste. »Ich habe oben an der Treppe die Balance verloren, wollte einen Karton mit Winterklamotten aus dem Schrank holen, um sie durchzulüften, weil wir sie ja bald brauchen. Wahrscheinlich schneit es bald, und ich wollte vorbereitet sein.« Sie redete nicht gerade wirres Zeug, aber es klang beunruhigend. »Verdammter Mist! Ich bin sauer auf mich selbst, dass ich wie eine olle …« Sie verzog vor Schmerz das Gesicht. »Fast verdammte siebzig Jahre alt und nie vorher einen Knochen gebrochen. Echt eindrucksvolles Timing, was?«

»Was sollen wir nur machen?«, fragte Olivia verängstigt. »Oh mein Gott, oh mein Gott!«

Mike kniete sich auf Carols andere Seite. »Sie wird schon wieder gesund, meine Kleine. Soweit ich das sehen kann, ist es kein komplizierter Bruch. Ich hole einen Sanitäter, der soll sie sich ansehen, aber ich bin mir ziemlich sicher.«

Sela musste gegen eine aufsteigende Hysterie ankämpfen, der sie auf keinen Fall nachgeben durfte. Der Gedanke, was alles hätte passieren können, entsetzte sie mehr als das, was tatsächlich vorgefallen war. Sie versuchte sich zu beruhigen. Ja, es konnte sein, dass Carols Bein gebrochen war, aber es war keine komplizierte Fraktur. Es war ein ziemlich warmer Novembertag, und Carol trug Caprihosen statt Jeans oder Jogginghosen. Wenn ein Knochensplitter herausgeragt hätte, wäre sie wirklich in Panik ausgebrochen, denn sie wusste genug über offene Frakturen und dass diese ohne professionelle medizinische Hilfe tödlich enden konnten.

Jemand musste jetzt die Initiative ergreifen. Und dieser Jemand war sie.

»Wir müssen sie zur Couch tragen. Mike, was denkst du,

wie wir sie am besten hochheben? Vielleicht auf eine Decke legen oder einen Tragegurt holen?«

»Ich glaube nicht, dass so was nötig ist«, sagte er und legte einen Arm auf Carols Rücken, um sie in Sitzposition zu bringen. Barb beeilte sich, um eine Decke auf die Couch zu legen und sich Kissen zu schnappen. Mit Sela und Mike auf je einer Seite und Olivias Hilfe schafften sie es, Carol hochzuheben, bis sie stand.

Carol verlagerte das Gewicht auf den linken Fuß, trat aber mit dem rechten nicht auf. Ihr Unterschenkel begann bereits anzuschwellen und sich zu verfärben. Das war kein gutes Zeichen. Zusammen schaukelten und schlurften sie das Stück zum Sofa und legten die Verletzte so sanft wie möglich auf die Matratze. Später und mit weiterer Unterstützung würden sie Carol ins Schlafzimmer tragen, aber so war es leichter, Erste Hilfe zu leisten.

Carol stöhnte, als sie auf die Couch gelegt wurde. Wieder schloss sie die Augen.

Barb legte ihr ein Kissen unter den Kopf und ein weiteres unter das rechte Knie. »Wir müssen das Bein schienen und höher legen.«

»Hast du das schon mal gemacht?«, wollte Sela wissen.

Barb seufzte und schob noch ein Kissen unter Carols rechten Fuß. »Ja, Harold hat sich mal beim Camping das Bein gebrochen. Es war schrecklich, für uns beide echt traumatisch, aber letztendlich ist alles gut ausgegangen. Ich wünschte, wir hätten etwas Eis. Das wäre gut gegen die Schwellung.«

Genauso hätte man sich die gute Fee herbeiwünschen können: Sie hatten kein Eis, nicht einen einzigen kleinen Würfel. Aber sie hatten kaltes Wasser, denn das, was sie aus dem Bach geschöpft hatten, war eiskalt. »Olivia, hol doch mal ein paar Handtücher und tauche sie ins kalte Wasser, das wird helfen. Was noch, Barb?«

»Ein Holzstab, um das Bein zu schienen. Sie muss es mindestens zwei Monate schonen.«

Carol riss die Augen auf und versuchte sich aufzusetzen, kam aber nicht weit. Vor Schmerz zuckte sie zusammen und ließ sich zurückfallen, wobei sie sich eine Hand auf die Rippen presste. Hatte sie sich etwa auch die Rippen gebrochen? »Zwei Monate? Willst du mich veräppeln?« Sie schloss die Augen wieder. »Mein Bein tut so verdammt weh. Alles tut weh, aber das Bein ist am schlimmsten.« Sie hob einen Arm, um sich an den Hinterkopf zu fassen, und zog heftig die Luft ein. »Verdammter Mistdreck, ich hab mir den Kopf auch noch angeschlagen. Blutet es?« Sie drehte den Kopf, damit alle es sehen konnten.

»Kein Blut«, sagte Olivia. »Das ist gut, oder?« Sie klang immer noch weinerlich.

Sela wandte sich zu ihrer Nichte um. Carol war vorerst auf der Couch versorgt, und Olivia brauchte Beistand, das war genauso wichtig. »Liebling, deine Gran wird wieder gesund. Sie ist so grantig wie immer, und das ist auf jeden Fall ein gutes Zeichen.«

»Rede nicht über mich, als wäre ich gar nicht da!«

Barb legte Sela eine Hand auf den Arm. »Ich hab noch ein paar Schmerztabletten von meiner OP letztes Jahr.« Sie beeilte sich, um nach oben zu gehen und sie zu holen, aber auf der Treppe wurde sie wieder langsamer und stieg die Stufen besonders vorsichtig hoch.

Olivia hockte sich neben Carol. »Wehe, du wirst nicht gesund«, flüsterte sie.

Als Carol ihrer Enkelin über den Kopf strich, bemerkte Sela die Schürfwunde an ihrem Unterarm. Es war eine kleine Verletzung, aber noch etwas, was sie verarzten mussten. Carol hatte einen ganz schön schweren Sturz hingelegt, und wenn das gebrochene Bein die einzige ernste Verletzung war, könnten sie sich alle glücklich schätzen.

»Ich hole mal Terry«, sagte Mike. Terry Morris war ein Sanitäter, der bei der freiwilligen Feuerwehr arbeitete. »Bin so schnell wie möglich wieder zurück«, rief er noch im Hinausgehen.

»Ganz bestimmt werde ich wieder gesund, Süße.« Die Schärfe war aus Carols Stimme verschwunden, und sie streichelte weiter Olivias Haar. »Ich bin einfach nur so angepisst, weil ich gefallen bin.«

Und immer noch nicht ganz bei Sinnen, wenn sie in Gegenwart ihrer Enkelin Wörter wie *angepisst* benutzte.

Barb kehrte zurück, wieder besonders vorsichtig auf der Treppe. Sie sollten alle besonders vorsichtig sein, jetzt, wo es keine richtige medizinische Betreuung gab. Aus der Küche holte sie ein Glas Wasser und reichte Carol schließlich eine Tablette. Die Kranke richtete sich etwas auf, um die Pille zu schlucken und mit dem Wasser hinunterzuspülen.

»Olivia, hol mal das nasse Handtuch, und ein trockenes, das wir darunter legen, damit die Decke nicht nass wird«, sagte Sela. Diesmal setzte sich Olivia in Bewegung und holte das Gewünschte.

Sela konzentrierte sich auf das, was als Nächstes getan werden musste. Was könnten sie als Schiene benutzen? Irgendjemand in der Nachbarschaft würde Gehhilfen haben, und sie war sich ziemlich sicher, dass Mrs. Armstrong eine dieser tragbaren Toiletten gehabt hatte, als ihre Mutter bei ihr gewohnt hatte. Vielleicht besaß sie die ja noch. Alltägliche Angelegenheiten, aber darum musste man sich ebenfalls kümmern.

Das alles und mehr schoss ihr durch den Kopf, als Carol sagte: »Du musst übernehmen.«

»Was meinst du?« Wollte Carol, dass sie zu ihnen zog? Für ein paar Tage wäre das wahrscheinlich eine gute Idee, damit sie Barb und Olivia mit der Patientin helfen konnte, während sie noch starke Schmerzen hatte.

»Alles«, antwortete Carol leise. »Ich weiß, ich bin gewählt worden und du solltest mich nur unterstützen, aber jetzt mal ehrlich: Ich werde nicht zum Meeting morgen gehen können, und auch nicht nächste Woche.«

Bevor Sela automatisch protestieren konnte, fügte Carol hinzu: »Mein Bein tut wirklich höllisch weh. Ich wollte das nicht vor Olivia zeigen, aber ich glaube, ich werde Barbs Schmerztabletten ein paar Tage nehmen müssen, und dann bin ich gar nicht richtig ansprechbar.« Vorsichtig berührte sie ihren schmerzenden Kopf. »Ich weiß nicht, wie schwer meine Kopfverletzung ist, aber ich war kurz ohnmächtig. Wahrscheinlich sollte ich in der nächsten Zeit besser keine Entscheidungen treffen.«

Sela starrte sie entsetzt an: »Jemand anders könnte aber …« Doch dann verstummte sie und versuchte sich für das Unausweichliche zu wappnen.

»Willst du, dass Teddy sich um Wears Valley kümmert?«, zischte Carol.

Nein. Nein, das wollte sie nicht.

»Du weißt genau, dass er jede Gelegenheit nutzen wird, um sich an die Macht zu drängen.«

Vorausgesetzt man glaubte, dass es sich hier um eine

Machtposition handelte. Aber es reizte ihn jedenfalls, die Leitung zu übernehmen. »Ich mach das nur vorübergehend«, gab Sela nach. »Ich denke, du bist schneller wieder einsatzfähig, als du glaubst.«

»Nein, meine Liebe, das glaube ich nicht.« Carol verzog das Gesicht und schloss die Augen. Dann zischte sie leise: »Scheiße!« Gerade noch bevor Olivia mit den kalten nassen Handtüchern zurückkam.

Terry Morris traf bald ein. Er betastete vorsichtig Carols Bein und meinte, dass wahrscheinlich beide Wadenbeine gebrochen wären. Aber die gute Nachricht sei, dass es ein glatter Bruch war und die Knochen sich nicht verschoben hatten. Terry benutzte zwei kurze Holzbretter als Schiene, und Olivia opferte ein paar alte T-Shirts, die er aufschnitt, um mit den Streifen die Schiene am Bein zu befestigen. Carol fluchte vor sich hin, als sie von der Couch zu ihrem Bett getragen wurde. Normalerweise hielt sie sich mit Ausdrücken in Olivias Gegenwart zurück, versuchte, ein gutes Vorbild zu sein. Aber sie hatte starke Schmerzen und dachte immer erst daran, sich zurückzuhalten, nachdem sie etwas gesagt hatte, das sie nicht hätte aussprechen sollen. Nicht dass sie irgendetwas von sich gegeben hätte, das Olivia noch nicht kannte. Das junge Mädchen hatte es lediglich noch nie aus dem Mund ihrer Großmutter gehört.

Als Carol schließlich im Bett lag, ging Sela zu Mike und Terry, um sie davon zu unterrichten, dass sie Carol vorerst vertreten würde.

Gott sei Dank begann die Schmerztablette zu wirken, aber obwohl sie etwas benommen war, schien Carol noch ganz klar zu sein. Als sie hörte, wie die Haustür hinter Sela geschlossen wurde, nahm sie erst Olivias Hand, dann Barbs.

»Ich will nicht, dass ihr euch zu viele Sorgen um mich macht. Das alles ist ärgerlich, ich *habe* Schmerzen, und das wahrscheinlich eine Weile, das will ich nicht verheimlichen, aber es wird bald besser.« Ihr wurde ein bisschen schwindlig, so als hätte sie ein Glas Wein getrunken, was in letzter Zeit nicht oft der Fall gewesen war. Sie vertrug nicht besonders viel, und da sie auch immer an Olivia denken musste, war sie mit Alkohol besonders vorsichtig.

»Aber Gran …«

Sie drückte Olivias Hand und bemühte sich um ein Lächeln. »Ich versprech's dir, meine Süße, ich werde wieder gesund.«

Dann sah sie Barb an. »Eins muss ich euch beiden noch sagen. Sela hätte von Anfang an die Organisation der Gemeinde übernehmen sollen. Ich bin zu alt und zu schrullig, und Tatsache ist doch, die guten Ideen kamen alle von ihr. Sie braucht nur einen kleinen Schubs. Wenn ich in Selas Gegenwart mit meinem Zustand ein bisschen übertreibe, dann macht euch bitte keine Sorgen.«

»Aber Gran!« Olivia sah sie mit aufgerissenen Augen an. »Willst du, dass wir Sela anlügen?«

»Nicht anlügen«, erklärte Carol, »nur ein bisschen übertreiben.«

»Du bist die Treppe runtergefallen, und dein erster Gedanke ist, den Sturz als Vorwand zu benutzen, um Sela in den Job zu drängen?«, fragte Barb.

»Natürlich nicht. Es war mein zweiter oder dritter Gedanke.« Wenn sie die Krise etwas gelehrt hatte, dann, dass man immer das Beste aus einer schlimmen Situation machen sollte, und das tat sie jetzt. »Vielleicht der vierte.«

»Dein kleines Vögelchen muss aus dem Nest gestoßen werden.« Barb hatte verstanden. Sie grinste sogar bei dem Gedanken.

Carol schloss die Augen. Die Welt um sie herum begann sich zu drehen. Vielleicht sollte sie das nächste Mal nur eine halbe Tablette nehmen. Das würde vollkommen reichen, und auf diese Weise hielten sie länger.

»Sela ist stärker, als sie ahnt, und ja, sie muss ein kleines bisschen angeschoben werden.« Carol war klar, dass sie in den nächsten Wochen auf einem schmalen Grat wandeln würde, indem sie sich schwächer darstellte, als sie war, ohne Sela zu sehr zu beunruhigen. Wenn Sela ihren Posten nicht ganz übernehmen wollte, was Carol befürchtete, würde sie, nachdem der Bruch verheilt war, wieder antreten.

Aber wenn Sela sich selbst und allen anderen bewies, dass sie das Zeug dazu hatte, ihren Job zu übernehmen – gut so. Das wäre die beste Lösung und fast ein gebrochenes Bein wert.

11. Kapitel

Jim Livingston verbrachte eine weitere unruhige Nacht, schlief immer nur kurz ein und wachte wieder auf. Die Schlaflosigkeit ärgerte ihn, er wälzte sich herum und hoffte, Mary Alice dabei nicht zu wecken. Seit der Sonnensturm das Stromnetz zum Einsturz gebracht hatte, hatte er Schlafprobleme, aber Mary Alice hatte jede Nacht gut geschlafen. So war sie schon immer, durchschlief Wirbelstürme und problematische Zeiten. Das einzige Mal, wo sie nicht hatte schlafen können, war nach dem Tod ihres Sohnes Danny gewesen. Das hatte zu unruhigen Nächten und viel Herzschmerz geführt, für sie beide. Er war jedes Mal aus dem Haus gegangen, um in Ruhe zu weinen und Mary Alice nicht noch trauriger zu machen, aber sie schien es immer gewusst zu haben und hatte ihn besonders fest umarmt, wenn er wiedergekommen war.

Wenn man ein Kind bekam, gab man ihm ein Stück von seinem Herzen und erhielt es nie zurück. Selbst jetzt, dreißig Jahre nachdem Danny gestorben war, vermisste Jim ihn noch und trauerte um ihn. Manchmal tat es ihm leid, dass Danny nie geheiratet und Kinder bekommen hatte, aber er war bei seinem Tod ja erst in den Zwanzigern gewesen. Jim und Mary Alice waren allein, hatten keine Schwiegertochter oder Enkel, die sie lieben und verwöhnen und beschützen konnten. Fast alle aus ihrer Familie waren bereits gegangen, auch die, mit denen sie nicht so viel zu tun gehabt hatten.

Viele ihrer alten Freunde waren ebenfalls gestorben. Mary Alice litt besonders darunter, so viele Menschen zu verlieren, mit denen sie verwandt oder durch Freundschaft verbunden war.

Manchmal glaubte er, dass Danny der Grund war, aus dem sich Mary Alice so zu Ben Jernigan hingezogen fühlte. Danny war ebenfalls in der Armee gewesen. Nicht dass er und Jernigan sich irgendwie ähnlich waren, doch obwohl niemand Genaues über Jernigan wusste, war er ganz offensichtlich ein Mann vom Militär. Das merkte Jim an seinem Gang, diesen langen ausholenden Schritten, an seinem Verhalten und diesem »Leg-dich-nicht-mit-mir-an«-Blick. Beide, er und Danny, waren Berufssoldaten gewesen und hatten ihre Sicherheit und Bequemlichkeit für andere geopfert. Danny hatte das größte Opfer gebracht, Jernigan hatte überlebt, schleppte aber die Geister seiner Vergangenheit mit sich herum.

Mary Alice hatte sich ihm sofort nahe gefühlt, sonst hätte sie ihn nicht gleich zum Dinner eingeladen, als sie ihn kennengelernt hatte. Zwar war sie seit jeher sehr freundlich zu allen Leuten, aber das war selbst für sie sehr spontan gewesen. Wie sie aufgeblüht war, als er neulich nach ihnen gesehen hatte! Jim vermutete, dass sie ihn am liebsten eingeladen hätte, bei ihnen zu wohnen. Gut, dass Jernigan ganz bestimmt kein Interesse daran hatte.

Unruhig drehte sich Jim wieder auf die andere Seite. Seine Gedanken wanderten weiter zu Janets Nachricht, dass Carol Allen sich gestern das Bein gebrochen hatte. Das war schlimm. Nicht nur, weil Carol verletzt war, sondern weil sie die Gemeinde leitete und es immer schaffte, Leute zu motivieren. Okay, eigentlich überrannte sie sie. Wer sie wohl ersetzen würde? Ihre Nichte Sela war ganz süß, hielt sich aber immer im Hintergrund. Vielleicht würde es jemand anders …

Ein Quietschen.

Jim erstarrte, plötzlich aus seinen Grübeleien gerissen. Wenn er geschlafen hätte, hätte er dieses ungewöhnliche Geräusch gar nicht wahrgenommen. Wenn es Strom gegeben hätte, eine eingeschaltete Heizung oder Klimaanlage, wenn der Kühlschrank gesummt hätte, der ab und zu außerdem ein Geräusch von sich gab, auf das Mary Alice ihn vor Monaten hingewiesen hatte, weil es repariert werden musste, er hätte nichts gehört. Aber es gab keinen Strom, keine Geräusche, kein Licht, und er hatte definitiv etwas gehört. Sein Herz begann plötzlich zu hämmern, er war in Alarmbereitschaft.

Vorsichtig rutschte er vom Bett und griff in die Nachttischschublade, um seine Pistole und eine kleine Taschenlampe herauszuholen. Leise schlich er um das Bett herum zur Schlafzimmertür, schaltete die Taschenlampe ein und richtete ihren Schein nach unten und deckte mit den Fingern das meiste Licht ab. Normalerweise hätte er gar keine Taschenlampe gebraucht, doch ohne Straßenbeleuchtung und andere Lichtquellen war es extrem dunkel im Haus. Allerdings hätte er auch ohne Licht einen Vorteil jedem Eindringling gegenüber, denn er lebte hier schon seit über vierzig Jahren, und die Räumlichkeiten waren ihm so vertraut, als wären sie ein Teil von ihm.

So wenig Licht auch von der Lampe kam und sosehr er sich bemühte, keine Geräusche zu machen, Mary Alice wachte trotzdem auf und drehte sich zu ihm um. »Pssst!«, machte er sofort und hoffte, dass sie die leise Warnung verstand und sah, dass er es war, der hier herumschlich. Gleichzeitig hoffte er, dass derjenige im Haus es nicht gehört hatte und bemerkte, dass sie wach waren.

Jim hob die Hand und machte ein Zeichen, dass sie im Bett bleiben sollte, dann legte er den Finger an die Lippen.

Sie hatte bisher schon immer ihren eigenen Kopf gehabt, erwartete er nun nach all den Jahren tatsächlich, dass sie tun würde, was er ihr sagte? Ha. Sie war leise, aber sie schlüpfte aus dem Bett und stellte sich hinter ihn. Als sie ein weiteres Geräusch hörten, ein Knarren aus der Diele, legte sie ihm leicht eine Hand auf den Rücken.

Ihre Schlafzimmertür stand offen, sie lebten allein, es gab keinen Grund, sie zu schließen. In früheren Zeiten, bevor das Stromnetz zusammengebrochen war, hätte er den Notruf der Polizei ins Telefon getippt und dann die Tür verschlossen, Mary Alice ins Badezimmer geschoben und diese Tür ebenfalls abgeschlossen, um in seinem Unterschlupf zu warten, bis die Cops da wären. Er war achtzig Jahre alt, und obwohl er eine Pistole besaß, hatte er erst ein paarmal damit geschossen. Er war froh, die Waffe zum Schutz zu haben, aber – jemanden erschießen? Er hatte nie ernsthaft geglaubt, dass es mal notwendig wäre.

Wieder ein Geräusch, ein leises Klicken, als wäre eine Schublade zugeschoben worden. Das Geräusch kam aus der Küche. Natürlich, dort waren ihre Lebensmittel. Jim wollte niemanden erschießen, der aus Hunger hier war, aber … Sie hatten selbst auch nicht viel, und das wenige brauchten sie. Wenn jemand ihnen ihre Nahrungsmittel stahl, wären sie auf Freunde und Nachbarn angewiesen, die selbst nicht viel hatten. Jeder Verlust von Vorräten konnte letztendlich bedeuten, dass sie nicht überlebten.

Er würde dem Eindringling einen Schreck einjagen. Wenn er merkte, dass jemand im Haus war und eine Waffe hatte, dann würde er wegrennen.

Ohne mit seinen nackten Füßen auf den kühlen Fliesen ein Geräusch zu machen, schlich Jim in die kleine Diele hinunter, Mary Alice dicht hinter ihm. Wieder kam ein Geräusch aus der Küche, so als würde eine weitere Schublade geöffnet und wieder geschlossen werden. Jim dachte daran, den Einbrecher anzurufen und zu verjagen. Aber was, wenn derjenige, der dort war, bereits seine Tasche vollgepackt hatte und sie dann mitnahm? Was, wenn derjenige selbst eine Waffe hatte und in den schmalen Flur kam? Dann säßen sie auf dem Präsentierteller. Also wartete Jim, bis sie an der Küchentür standen, bevor er rief: »Sofort alles stehen lassen!« Dabei hob er die Taschenlampe und richtete den Lichtstrahl direkt in das Gesicht des überraschten Einbrechers.

Er kannte den Mann nicht, den er nach einem kurzen Blick auf ein mittleres Alter schätzte. Jim erwartete, dass der Fremde erschrocken durch die Hintertür fliehen würde, stattdessen aber wirbelte der Plünderer herum und streckte die Hand nach einer Pistole aus, die er im Hosenbund trug. Doch Jim hatte seine Waffe bereits in der Hand, und Mary Alice stand direkt hinter ihm. Dass er sie beschützen musste, war noch nicht einmal eine Überlegung, sondern wie ein Instinkt, etwas, das ihn veranlasste, den Abzug zu drücken, bevor der Einbrecher seine Waffe gehoben hatte.

Der Einbrecher schoss, hatte aber keine Zeit gehabt, richtig zu zielen, und die Kugel schlug in die Wand zu ihrer Linken ein. Mary Alice schrie, und Jim feuerte ein zweites Mal.

Der Mann fiel, riss dabei einen der Küchenstühle mit sich und warf im Sturz den Mülleimer um.

Mary Alice schrie wieder und schlug sich die Hand vor den Mund. Jim drehte sich zu ihr um und legte die Arme um sie. Zu seinem Erstaunen zitterte er wie ein Blatt im Wind, sogar noch schlimmer als sie. Vorsichtig streckte er den Arm aus und ließ die Pistole auf den Küchentresen fallen. Dann hielt er sich an seiner Frau fest, und sie zitterten gemeinsam.

Sela hatte die Nacht in Carols Haus verbracht, um sich um die Patientin kümmern zu können. Barb sollte nicht nachts jede Stunde die Treppe hoch und runter gehen müssen, um nach Carol zu sehen, und für den Fall, dass Carol irgendeine Dummheit vorgehabt hätte – wie zum Beispiel ohne Hilfe aufzustehen –, wäre Olivia allein nicht in der Lage gewesen, sie aufzuhalten. Deshalb hatte Sela sich bei Carol im Schlafzimmer eine Palette zum Schlafen auf den Boden gestellt.

Nicht dass Carol nicht protestiert hätte, das tat sie, lautstark und wiederholte Male. »Wenn ich hier mit einem gebrochenen Bein liegen würde«, sagte Sela, »wo wärst du dann?«

Carol blickte sie finster an. Ihr Gesichtsausdruck wirkte aber eher komisch, da sie unter dem Einfluss der Schmerztabletten ziemlich lahmgelegt worden war und eher so aussah, als hätte sie gerade in einen verfaulten Apfel gebissen. Sela verkniff sich das Lachen, während sie das Licht ausschaltete und es sich auf der Palette bequem machte. Ihr provisorisches Bett war nicht allzu schlecht, sie hatte Carols Yogamatte daraufgelegt, dann einen Schlafsack und dazu eine Steppdecke zusammengefaltet. Das war ihr Kissen. Die Tür stand offen, damit die Wärme vom Kamin hereinziehen konnte. Nein, es würde keine besonders erholsame Nacht werden, aber sie würde zumindest *etwas* Schlaf bekommen.

Sela drehte sich auf die Seite und machte es sich bequem. Sie war sogar kurz vorm Einschlafen, als Carol wieder anfing: »Ich komme sehr gut allein klar. Ich weiß, ich kann nicht aufstehen und ins Badezimmer gehen. Aber auf dem Boden wirst du überhaupt nicht schlafen …«

»Ich war fast eingeschlafen, bevor du mich mit deinem Gerede wieder aufgeweckt hast«, sagte Sela und fügte dann noch ein »Pssst!« dazu.

Von Carols Bett kam ein unterdrücktes Grummeln. Sela horchte, und binnen weniger Minuten hörte sie ihre Tante langsam und tief atmen. Müde von dem stressigen Tag nickte Sela ein. Sie schlief nicht sehr fest, natürlich nicht, und dreimal stand sie in der Nacht auf, um Holz auf die Feuerstelle zu legen. Einmal half sie Carol auf die tragbare Toilette, die sie neben ihrem Bett aufgestellt hatten. Da ihre Patientin unruhig wurde, was darauf deutete, dass die Wirkung der Schmerztablette nachließ, gab sie ihr noch eine Pille.

Da sie nicht so besonders gut geschlafen hatte, war Sela bereits vor dem Morgengrauen wach und stellte einen Kessel Wasser auf die Feuerstelle, um Kaffee zu kochen. Sie zog sich so leise wie möglich an, setzte sich dann an den Tisch und machte sich Notizen zur Organisation des Schulunterrichts. Sie dachte daran, dass ein Teil des Unterrichts hier stattfinden könnte, wenn es Carol erst besser ging und sie keine starken Schmerzen mehr hatte. Wenn sie etwas zu tun bekam, würde ihre Tante nicht auf dumme Gedanken kommen, und die Kids konnten ihr auch helfen. Das wäre eine Win-win-Situation.

Sela hatte ihre Tasse halb leer getrunken, als sie schwere Schritte auf den Eingangsstufen hörte. Sofort bekam sie Herzklopfen und sprang zur Tür, bevor jemand dagegen hämmerte und Carol aufweckte. »Wer ist da?«, fragte sie gegen die Tür gelehnt und so leise wie möglich.

»Mike.«

Schnell schloss sie auf und ließ ihn herein. Er wirkte etwas mitgenommen, und seine Kleidung sah ziemlich verrutscht aus, so als hätte er sich in Eile angezogen.

Sie legte einen Finger auf die Lippen und ging zu Carols Schlafzimmertür, um sie zu schließen, sodass die Geräusche sie nicht aufweckten. »Was ist passiert?« Etwas war ganz offensichtlich vorgefallen, etwas Schlimmes.

»Jemand ist vor zwei Stunden bei den Livingstons ins Haus eingebrochen. Jim hat ihn erschossen.«

»Oh mein Gott.« Sela sah ihn schockiert an. Was sollte sie nun tun? Sie musste etwas unternehmen und hingehen, denn Carol konnte ganz sicher nicht aufstehen. Weil Mike so aussah, als habe er einen Kaffee nötig, machte sie ihm schnell eine Tasse, die er dankbar annahm, und weckte dann Olivia.

»Es gibt einen Notfall, ich muss mit Mike mitgehen«, erklärte sie leise. »Zieh dich bitte an und komm nach unten, damit du hörst, ob Gran irgendwas braucht. Du kannst dich auf mein Bett legen.«

»Okay.« Olivia gähnte und rappelte sich aus dem Bett hoch. Unten stand Mike mit dem Rücken zum Feuer und wärmte sein Hinterteil, während er an dem heißen Kaffee nippte.

»Sind die Livingstons verletzt?«, wollte Sela wissen, während sie sich Schuhe und Mantel anzog.

»Nein, aber beide stehen unter Schock.«

»Wer war es?«

»Ein Typ namens Phil Millard oder Milford oder so ähnlich. Aus Nashville. Er hatte einen Führerschein dabei.«

Nashville war über dreihundert Kilometer entfernt. So alarmierend der Vorfall war, genauso beunruhigend fand Sela es, dass der Einbrecher von so weit her zu ihnen gekommen war, statt direkt auf der Interstate in den Süden zu fahren. Was hatte ihn angelockt? Das würden sie nie erfahren, aber es war beängstigend.

Olivia kam die Treppe herunter, immer noch gähnend, mit einer Jacke über dem Pyjama. »Ich weiß nicht, wann ich zurückkomme«, sagte Sela zu ihr. »Ich habe ihr vor etwa drei Stunden eine Schmerztablette gegeben, also wird sie wohl noch eine Weile schlafen.«

»Okay.« Olivia schlüpfte durch Carols Schlafzimmertür, als Sela und Mike das Haus verließen. Sie war froh, dass ihre Nichte noch zu verschlafen gewesen war, um weitere Fragen zu stellen. Sie selbst hatte mehr Fragen als Antworten, und sie wollte die anderen nicht aufschrecken, wenn sie ihnen nichts weiter darüber sagen konnte als die paar Infos, die sie von Mike hatte.

Die noch nächtliche Luft war kalt, und ihr Atem bildete weiße Wölkchen. Sie und Mike liefen schnell und leuchteten den Weg mit der Taschenlampe aus. »Jim ist mit Mary Alice zu den Nachbarn gegangen und hat sie geweckt, die haben dann der Gemeinde-Patrouille Bescheid gesagt«, berichtete Mike. »Ich denke, einer von uns könnte es nach Sevierville schaffen und nachsehen, ob jemand in der Polizeiwache ist.«

»Wenn wirklich jemand da ist, bezweifle ich, dass der hierherkommt.« Es war Wochen her, dass sie den letzten Streifenwagen gesehen hatten, und davor war auch nur sporadisch jemand erschienen.

»Wir sollten den Toten zur Polizei …« Mike beendete den Satz nicht, als ihm klar wurde, wie sinnlos das wäre. Beim

Sheriff würden sie auch nichts anderes machen als das, was sie hier vor Ort tun konnten. Es gab buchstäblich keine funktionierende Polizei, niemand würde irgendetwas untersuchen. Sie konnten nicht einmal die Familie des Toten benachrichtigen, wenn er eine hatte.

»Wir sollten seinen Ausweis aufheben, ein Foto machen, aufschreiben, was passiert ist, und ihn hier begraben«, erklärte Sela ein bisschen hilflos. Sie konnten nichts anderes tun, außer für diesen Mann zu beten.

Mike nickte, und plötzlich hatte sie das unangenehme Gefühl, dass er ihren Vorschlag als Anweisung verstand. Als würde er, ohne es zu hinterfragen, annehmen, dass sie Carols Rolle übernahm. Er war nicht dabei gewesen, als Carol ihr gesagt hatte, dass sie die Gemeinde führen sollte, und sie war verblüfft, dass er so einfach zu diesem Schluss gekommen war. Offensichtlich hatten die Leute in ihrem Umfeld mehr Vertrauen in ihre Fähigkeiten als sie selbst.

Das war etwas, worüber sie wirklich nachdenken sollte – später. Im Moment musste sie sich mit einer ernsten Angelegenheit befassen.

Die Strahlen mehrerer Taschenlampen zuckten durch das Haus der Livingstons und das der Nachbarn, dazwischen leuchteten zusätzlich noch ein paar Jagdlaternen. Viele Nachbarn hatten sich in den Vorgärten versammelt und auf der Straße. Schätzungsweise waren alle, die irgendwo in der Ecke wohnten, hier draußen, außerdem einige Mitglieder der Gemeinde-Patrouille.

»Wir bringen es besser hinter uns«, flüsterte Sela Mike zu und holte tief Luft, bevor sie die Tür öffnete. Im Haus waren noch mehr Nachbarn, einige im Wohnzimmer, die meisten aber in der Küche.

»Hier drin«, sagte jemand und zeigte auf die Küche, also gingen sie und Mike zu den anderen, die sich vor den Schränken und um den Esstisch versammelt hatten. Der Tote lag merkwürdig verdreht auf der Seite in der Mitte des Raums auf dem Boden, das Gesicht abgewandt. Ein Stuhl und ein Mülleimer waren umgekippt, und niemand hatte irgendetwas wieder aufgestellt. In der Luft hing der schwere Geruch von Tod, und Sela musste schlucken, bevor sie versuchte, nur durch den Mund zu atmen.

Trey Foster hatte sich gegen das Abwaschbecken gelehnt. Als er Sela sah, richtete er sich auf. »Wir haben nichts angefasst. Die Pistole des Mannes liegt noch an derselben Stelle, niemand hat irgendwas verändert. Er hat einen Schuss abgegeben, die Patrone hat die Wand durchschlagen.«

Sie hatten alle so viele Krimis im Fernsehen gesehen, dass sie niemals eine Tatwaffe anrühren würden. Unter anderen Umständen hätte Sela darüber gelächelt. Stattdessen versuchte sie, nicht auf die Leiche zu blicken, und konzentrierte sich auf die Leute, die um sie herumstanden und sie ansahen, als warteten sie auf eine Anweisung.

»Es gibt nicht viel, was wir tun können«, sagte sie. »Hat irgendjemand hier ein Handy? Nein? Dann kann vielleicht jemand eins besorgen und ein Foto von dem Mann machen. Ebenso ein Foto von dem Einschussloch in der Wand. Besser wäre noch, jemand hätte eine richtige Kamera. Ich werde mit Jim und Mary Alice sprechen und aufschreiben, was sie über den ganzen Hergang zu sagen haben.« Sela dachte darüber nach, was noch getan werden müsste, und wünschte, jemand anders würde vortreten und das Ganze in die Hand nehmen. Doch niemand trat vor. »Gibt es irgendeine Möglichkeit, Fingerabdrücke von dem Mann zu nehmen? Ich weiß nicht, wozu wir sie noch brauchen könnten, aber es scheint mir sinnvoll zu sein.«

Einige zuckten die Schultern. Ein Nachbar, der als Parkwächter gearbeitet hatte, bevor er vor einigen Jahren in Rente gegangen war, meldete sich. »Vielleicht eine Karteikarte und ein bisschen Graphit, das man vom Bleistift abkratzt. Oder Tinte, wenn wir welche finden.«

»Mary Alice hat so eine Rolle, mit der sie ihre Adresse und persönliche Angaben schwärzt, bevor sie Papiere wegwirft«, überlegte eine Nachbarin. »Ich frage sie, wo sie sie aufbewahrt.« Die Frau verließ die Küche.

»Gibt es noch was zu tun, außer ihn zu begraben?« Sela sah sich fragend um.

»Mir fällt nichts weiter ein«, sagte Mike. »Du hast eigentlich alles gesagt.«

Trey warf einen Blick auf den Toten. »Ich möchte nur ungern Holz verschwenden, um einen Sarg für jemanden zu bauen, der alte Leute ausraubt und versucht, sie zu töten, aber ich finde es auch nicht richtig, ihn einfach in eine Grube zu werfen. Deshalb kümmere ich mich darum. Ich kann nichts bauen, was wasserfest ist, wir müssen ihn also irgendwo begraben, wo er nicht das Grundwasser verunreinigt.«

Sela zuckte bei dieser pragmatischen Bemerkung leicht zusammen. Aber Pragmatismus brauchten sie, um diese Krise zu überstehen, nicht nur die aktuelle Situation hier, sondern das Leben ohne Strom generell.

»Wenn ihr die Fotos und die Fingerabdrücke übernehmen könnt, dann gehe ich jetzt rüber zu Jim und Mary Alice und rede mit ihnen.« Sie sah zu Mike, und der nickte, um zu signalisieren, dass sie alles erledigen würden.

Sela ging nach nebenan zu den Nachbarn und fand Jim und Mary Alice zusammengekauert im Wohnzimmer. Jemand hatte eine Decke um beide gewickelt, denn sie waren barfuß und trugen ihr Schlafzeug, Jim einen Pyjama, Mary Alice ein Nachthemd. Im Haus gab es keinen Kamin, und Sela fragte sich, wie die Bewohner hier alles warm halten wollten. Sie nahm sich vor, später danach zu fragen, sobald sie diese Angelegenheit hinter sich gebracht hätten.

Sie fragte leise, ob jemand Papier und Bleistift hätte, und als sie beides bekam, setzte sie sich neben das alte Ehepaar.

»Muss ich ins Gefängnis?«, fragte Jim mit zittriger Stimme.

»Himmel nein!«, erwiderte Sela spontan. »Du hast das getan, was du tun musstest, um dich und Mary Alice zu beschützen.« Zu anderen Zeiten und unter anderen Umständen wäre seine Befürchtung berechtigt gewesen, aber nicht hier und nicht jetzt.

Mary Alice brach in Tränen aus und umarmte Jim stürmisch. »Gott sei Dank, Gott sei Dank«, wiederholte sie ständig.

Plötzlich fiel Sela etwas ein, und sie hoffte, dass es wirklich das Letzte war, was sie vergessen hatte. Sie stand auf und ging zu der Gruppe Frauen, die in der Küche stand und einen großen Pott Kaffee über einem Campingkocher erhitzte. Mit gesenkter Stimme fragte sie: »Wenn die Männer den Toten aus dem Haus gebracht haben, würde jemand helfen, die Küche sauber zu machen? Die Livingstons sollten das nicht tun müssen.«

»Ich kann das übernehmen«, sagte eine der Frauen. »Ich bin Janet Seahorn, ich wohne hier. Für die beiden würde ich alles tun, was ich kann, es sind so nette Leute.«

Okay, wo die Gelegenheit nun schon da war ... »Schön, dich kennenzulernen, Janet. Sag mal, wie wollt ihr denn euer Haus beheizen?«

Janet verzog das Gesicht. »Gar nicht. Wir haben Freunde die Straße runter, die meinen, wir sollten zu ihnen kommen, wenn es richtig kalt wird. Sie haben einen Gasofen und einen Kamin. Aber ihre ganze Familie wohnt schon bei ihnen im Haus, das wird ziemlich eng. Bis jetzt sind wir über die Runden gekommen, indem wir uns hier drinnen warm anziehen. Ich will ihnen nicht zur Last fallen, bevor es unbedingt notwendig ist.«

»Gute Idee.« Hier ging es auch nur um einen Haushalt. Aber es gab eine Menge Häuser im Tal ohne Kamin. Vielleicht ... Feuerschalen? Sie hatte in Büchern davon gelesen. Grills waren eigentlich auch Feuerschalen, aber in denen wurde Holzkohle verbrannt, und das war im Haus nicht sicher. Doch wenn man einen feuerfesten Behälter mit einem Grillrost hatte, konnte man auch Holz darin verbrennen. Das war etwas, an dem die gesamte Gemeinde arbeiten musste.

Bis dahin hatte sie sich um ein verstörtes älteres Paar und einen Toten zu kümmern. Sie kehrte zu Jim und Mary Alice zurück, setzte sich wieder und notierte alles, was die beiden berichteten, stellte noch einige Fragen, ließ sie aber hauptsächlich einfach reden. Sie war keine Kriminalbeamtin und wusste nicht, welche Fragen man stellen sollte, und die beiden mussten sich alles von der Seele reden, um ihren Schock zu verarbeiten.

»Ich hätte nie gedacht, dass ich mal jemanden töte.« Jim starrte in die Luft. »Niemals. Unser Danny war in der Armee – er ist tot –, und ich habe mir immer Sorgen gemacht, dass er jemanden erschießen muss. Ich habe einmal mit ihm darüber gesprochen, und er hat nur gesagt, Pop, man tut, was man tun muss.«

»Genau.« Sela legte ihre Hand auf seine, die sich so zerbrechlich anfühlte. Früher war diese Hand groß und stark gewesen, aber jetzt spürte sie unter der dünnen Haut jeden einzelnen Knochen. »Du hast getan, was du tun musstest. Du hast Mary Alice beschützt.«

Mary Alice legte ihre Hand auf seine Schulter. »Das hat er.«

Als sie fertig war, ging Sela wieder zum Haus der Livingstons hinüber. Die Sonne war aufgegangen, und im bräunlichen Gras glitzerte der Frost. Mike berichtete, dass Trey die Fingerabdrücke des Toten genommen hatte, er aber nicht wisse, wie brauchbar sie waren, und dass sie den Toten weggebracht hätten. Eine kleine Gruppe von Frauen reinigte den Boden mit Bleichmittel und rückte die Möbel wieder zurecht. Keiner der beiden Livingstons würde sich hier in der nächsten Zeit wohlfühlen. Sie konnten bei den Nachbarn unterkommen, solange es notwendig wäre, aber dies war ihr Zuhause.

Auch sie hatten keinen Kamin.

»Wir haben getan, was wir können«, sagte sie. »Die Nachbarn werden ihnen helfen, den Tag zu überstehen.«

Diese Krise hatte sie auf noch etwas gebracht, das sie auf die Liste der zu erledigenden Dinge setzen musste, und das war die Verteilung ihres Benzins. Vielleicht gab es hier im Tal einen Töpfer, das Benzin könnte auch dazu benutzt werden, um einen Brennofen anzufeuern und Feuerschalen aus Ton herzustellen. Die Talbewohner brauchten eine Heizmöglichkeit. Zuallererst musste jedoch der Treibstoff verteilt werden, bevor er nutzlos wurde, und zwar für die Fahrzeuge einer verstärkten Patrouille, da nun offensichtlich Leute von außerhalb ins Tal kamen. Sie konnten nicht davon ausgehen, dass der getötete Mann der Einzige war, der zum Plündern kam, der vielleicht sogar bereit war, zu töten.

Ein paar Leute von der Gemeinde-Patrouille waren da, weil sie gerade Schicht hatten, andere würden eben erst ihren Tag beginnen und hatten wahrscheinlich nicht mitbekommen, was passiert war, sonst wären sie längst hier. »Es bleibt nicht viel Zeit, ich weiß, aber gebt bitte weiter, dass alle, die Patrouillendienst machen, heute zum Meeting kommen sollen«, sagte sie. »Wir müssen etwas besprechen. Es ist sehr wichtig.«

Mike nickte. »Was hast du vor?«

»Ich möchte nicht, dass es sich zu früh herumspricht, und lieber warten, bis alle zusammen sind.« Wieder nickte er verständnisvoll, und erneut staunte sie darüber, dass niemand sie als Organisatorin infrage stellte. Sie wollte Mike eigentlich sagen, dass alle mit dem Auto kommen sollten, damit sie ihren Tank füllen könnten. Aber sie hatte keine Absaugpumpe. Wenn sie eine Möglichkeit hatten, das Benzin abzupumpen, könnten sie zur Tankstelle fahren. Ein Schritt nach dem anderen, dachte sie sich. Ein Schritt nach dem anderen. Auf diese Art würde sie vielleicht nicht auf die Nase fallen.

12. Kapitel

Ben stand mit dem ersten Tageslicht auf, ging mit dem Hund raus, kam wieder zurück, kochte Kaffee und bereitete für sie beide, Hund und Mann, das Frühstück zu. Der Morgenhimmel war wolkenlos, und die Luft kälter als noch vor wenigen Tagen. Auf dem Boden glitzerte der Frost, auch auf den Büschen und dem am Boden liegenden Laub.

Für heute hatte er eine besondere Mission.

Gestern Nachmittag hatte er seinen Holzstapel überprüft und beschlossen, dass es eine gute Idee wäre, etwas Extra-Vorrat anzuschaffen, auch wenn er sich so gut wie sicher war, dass es reichte, um über den Winter zu kommen. Und wenn er das Holz jetzt schlug, konnte es noch rechtzeitig trocknen, falls der Winter länger dauerte als gewohnt. *So gut wie sicher* war nicht gut genug. Er rechnete nicht damit, dass die Stromversorgung in den nächsten Monaten oder im folgenden Jahr wiederhergestellt wäre. Sie würde wieder funktionieren, wenn sie funktionierte. Bis dahin tat er, als würde sie nie mehr funktionieren. Feuerholz zu schlagen würde eine ständige Aufgabe bleiben.

Er füllte einen Teil seines Benzinvorrats in den Tank der Motorsäge und rüstete sich mit Jacke, Handschuhen, Sicherheitsbrille, Beinschützern und Stiefeln aus. Beim Holzfällen war er nie leichtsinnig, aber Unfälle passierten selbst vorsichtigen Leuten. Da er allein lebte, musste er sich besonders vorsehen, denn wenn er sich verletzte, war es Glückssache, rechtzeitig medizinische Hilfe zu bekommen – und das hatte schon gegolten, bevor das Stromnetz zusammengebrochen war. Inzwischen war es aussichtslos.

Er hatte sich überlegt, einen Hickorybaum für zusätzliches Feuerholz zu schlagen, weil es besonders hartes Holz war und lange brannte. Die Härte sorgte allerdings auch dafür, dass es sehr schwierig war, Hickorys zu fällen und zu spalten. Normalerweise schlug er Ahorn und Eiche, der Hickory war eine Zugabe, wenn er Fleisch grillen oder räuchern wollte. Es ging doch nichts über ein paar langsam schmorende Hickoryscheite im Feuer, um dem Fleisch eine besondere Geschmacksnote zu geben.

Einen Hickorybaum zu finden, war nicht schwierig, einen in der richtigen Größe und an der richtigen Stelle zu finden, um ihn zu fällen und abzutransportieren, dagegen schon. Ben wollte vermeiden, dass der gefällte Baum in einen anderen stürzte, denn das führte unweigerlich zu einem Unfall. Nach fast einem Kilometer fand er, wonach er gesucht hatte, einen Baum in der perfekten Größe, nicht zu dick für die Kettensäge, und an einem Standort, wo er korrekt gefällt die richtige Fallrichtung haben würde.

Bevor er mit dem Fällen begann, zog Ben seine Jacke aus und warf sie beiseite, denn lose hängende Klamotten und die Kettensäge vertrugen sich nicht. Er machte den Anfangsschnitt, dann sägte er die Kerbe ein und ging auf die andere Seite, um von dort den finalen Schnitt einzusägen.

Er war fast mit dem Sägen fertig, als alles schiefging.

Aus irgendeinem Grund begann der Baum zu fallen, bevor er es sollte, und drehte sich dabei, sodass der abgesägte Stamm auf Ben zu rutschte. Bens schnelle Reaktionsfähigkeit rettete ihn. Er warf die Kettensäge in eine Richtung und sprang in die entgegengesetzte, wobei er sich im Sprung zur Seite drehte, sodass der Baum ihn nur am Rücken streifte, statt ihm auf die Brust zu schlagen und ihm womöglich das Brustbein zu zertrümmern. Die Kettenbremse schaltete die Säge sofort nachdem er losgelassen hatte ab, aber er hatte trotzdem nicht in die Sägezähne fallen wollen. Stattdessen landete er auf dem Waldboden und rollte ein paar Meter den Hügel hinunter, bis er von einem großen Stein aufgefangen wurde.

»Verfluchter Scheißdreck!«, rief er, als er sich wieder aufrappelte, und schüttelte die Blätter, Zweige und Erde, die ihm an Kleidung und Haut klebten, ab. Er rollte die Schultern und bewegte die Beine, um sich zu vergewissern, dass noch alle Körperteile funktionierten. Das taten sie, obwohl sich seine Schulter anfühlte, als hätte ihn ein Maultier getreten. Es war noch lange nicht so schlimm, wie mit ballistischen Platten ausgerüstet eine Kugel in die Brust gejagt zu bekommen, aber heftig genug. Ben ging zu der Stelle, wo die Kettensäge lag, hob sie auf und untersuchte sie. Das Gerät war in ein Gebüsch gefallen, er musste keinen Dreck aus der Säge entfernen. Als er an der Schnur zog, begann der Motor zu röhren.

Er stellte die Säge wieder ab und schätzte die Lage ein. Der Baum hätte ihn umbringen können, aber zumindest war der Scheißkerl sauber gekippt, und Ben konnte weiterarbeiten. Er spürte an der Stelle, wo der Baum ihn getroffen hatte, etwas Warmes, das an seinem Rücken heruntertropfte, aber das konnte nichts Schlimmes sein. Er hatte beim Militär mit schwereren Verletzungen weitergekämpft. Außerdem war er wütend, auf den Baum und auf sich. Wenn er einen Fehler gemacht hatte, dann wollte er wissen, welchen, um ihn beim nächsten Mal nicht zu wiederholen. In Gedanken ging er noch einmal jeden Schritt durch, doch er konnte nichts finden, was er verdammt noch mal hätte anders machen müssen.

Systematisch entfernte er die Äste vom Stamm und arbeitete so den ganzen Vormittag durch. Seine Schulter tat weh, und durch das Blut klebte ihm das Hemd am Rücken. Er achtete nicht darauf. Als er mit den Ästen fertig war, gab ihm sein knurrender Magen das Signal, dass es Zeit wurde, etwas zu essen, und sein Pflichtbewusstsein erinnerte ihn daran, dass er den Hund rauslassen musste. Vielleicht würde er am späten Nachmittag zurückkommen, um den Stamm zu zersägen.

Als er zu Hause angekommen war, ließ er den Hund raus, damit der sein Geschäft erledigen konnte, was er auch tat. Dann kam er zum Haus zurückgerannt und bellte, um wieder hereingelassen zu werden. Jagdhund oder nicht, der Kleine war gern im Haus und genoss die Gesellschaft. Ben aß etwas Suppe und zog sich anschließend aus, um zu duschen. Er war von der morgendlichen Arbeit nicht nur verschwitzt, sondern an seinem Rücken klebte auch überall Blut. Mit dem Rücken zum Badezimmerspiegel begutachtete Ben über die Schulter hinweg seine Verletzung.

Mit all dem verschmierten Blut war es nicht so genau zu erkennen, aber er glaubte, dass es sich bei seiner Verletzung eher um eine Schürfwunde als um einen tieferen Schnitt handelte. Erwartungsgemäß war die Stelle angeschwollen und verfärbte sich, und das Blut tropfte noch immer aus der Wunde. Vielleicht müsste man sie mit einem oder zwei Stichen nähen, aber wahrscheinlich eher nicht. Und wie auch immer, er würde nicht im Tal herumsuchen, bis er jemanden fand, der in der Lage und willens war, ihn zusammenzunähen. Es würde von allein heilen, eventuell nicht glatt, aber es würde verheilen.

Er duschte, beeilte sich dabei zwar, aber genoss das warme Wasser auf der Haut. Die Blutung wurde dadurch natürlich wieder stärker. Ben nahm einen Verband aus dem Badezimmerschrank und faltete ihn zu einem dicken Kissen zusammen, verteilte etwas antibakterielle Salbe darauf und legte es sich nach mehreren Versuchen auf die richtige Stelle. Dann lehnte er sich gegen den Türrahmen, um es festzudrücken, bis es kleben blieb. Na bitte. Gut so. Erste Hilfe vollendet. Nun würde er nicht im ganzen Haus Blutstropfen verteilen.

Ben zog sich ein Flanellhemd und saubere Jeans an, legte die blutbeschmierte Kleidung ins Waschbecken und füllte kaltes Wasser ein, um alles einzuweichen. Anschließend kochte er sich einen Kaffee und setzte sich, um zu lesen, trotz des kleinen Unfalls zufrieden mit seiner morgendlichen Arbeit.

Sela atmete tief durch. Sechzig oder siebzig Leute hatten sich im Tankstellenshop versammelt – einige kannte sie, andere nicht –, und soweit sie sehen konnte, waren alle von der Gemeinde-Patrouille anwesend, was gut war. Vor Leuten zu sprechen war noch nie ihre Stärke gewesen, früher in der Schule hatte sie immer gelitten, wenn sie ein Referat hatte halten müssen. Aber das hier war kein Vortrag, sie musste keine Leistung vorweisen, hier ging es um Kommunikation. Die Leute sollten erfahren, was los war.

»Einige von euch wissen es wohl schon, Carol Allen ist gestern die Treppe heruntergefallen und hat sich ein Bein gebrochen. Bis sie wieder aufstehen kann, werde ich an ihrer Stelle …«

»Moment mal!« Wie vorhergesehen unterbrach Ted sie. »Niemand hat dich gewählt, du warst ja nicht mal Kandidatin. Warum nimmst du ihren Platz ein, statt jemanden vorzulassen, der sich für diesen Job beworben hat?«

»Um Gottes willen, Teddy, lass es doch sein«, beschwerte sich Trey und erntete dafür einen bösen Blick von Ted. Einige der Anwesenden kicherten, denn der Teddy-Roosevelt-Look war den Leuten nicht entgangen.

»Ted, bitte!«, zischte Ted.

Selas Herz begann zu hämmern, und ihre Wangen brannten. Am liebsten wäre sie einfach weggegangen und hätte alles den anderen überlassen, aber sie sammelte sich. »Weil Carol mich darum gebeten hat und weil ich mehrmals am Tag mit ihr spreche, täglich.«

»Deshalb bist du noch lange nicht die logische Ver…«

»Für mich schon.« Mike sah Ted stirnrunzelnd an. »Vielleicht warst du an dem Abend in der Schule nicht nahe genug, um es mitzubekommen, aber die meisten Vorschläge, die Carol präsentiert hat, waren Selas. Sela war auch diejenige, die heute Morgen die Angelegenheit mit dem Einbruch bei den Livingstons geregelt hat.«

Sofort ertönte lautes Gemurmel unter den Anwesenden, viele erkundigten sich, was genau passiert war, wie es den Livingstons ginge, ob der Sheriff benachrichtigt wurde und so weiter. Was Ted nun wiederum in eine andere Richtung lenkte. »Ich habe erst von den Livingstons erfahren, als ich hierhergekommen bin. Warum hat sich gestern Abend niemand die Mühe gemacht, mich zu informieren?«

»Vielleicht wollte keiner den halben Cove Mountain hochklettern«, entgegnete Mike gereizt. »Um Gottes willen, Ted, wir haben nicht jeden von der Gemeinde-Patrouille aufgescheucht, wir haben den Leuten ihren Schlaf gelassen. Du hättest so oder so nichts mehr tun können.«

Eine Vielzahl von Kommentaren und Fragen zu den Livingstons wie auch zu Carol wurden lauter und übertönten alles Weitere, was Ted womöglich noch von sich gegeben hätte. Er beruhigte sich, sah aber beleidigt aus.

Sela hob die Hand, und oh Wunder, der Lärm legte sich. »Carol wird wieder gesund, es war ein glatter Bruch, aber sie wird etwa acht Wochen nicht laufen können. Die Livingstons sind nicht verletzt. Wir haben keine Möglichkeit, den Sheriff zu benachrichtigen, also haben wir getan, was wir konnten. Es sieht aus wie ein klarer Fall von Selbstverteidigung. Der Einbrecher war bewaffnet und hat auf die beiden geschossen, aber Jim war der bessere Schütze. Der Mann war aus Nashville. Wir haben seinen Führerschein bei ihm gefunden, und wir haben ihn fotografiert und Fingerabdrücke genommen. Jim hat eine Aussage gemacht, die ich protokolliert habe. Der Mann ist beerdigt worden. Mehr konnten wir in diesem Fall nicht tun.«

Es folgte eine weitere halbe Stunde, in der dieselben Fragen immer wieder und wieder von denen gestellt wurden, die nichts mitbekommen hatten, und ein paar Leute, die sich aus welchen Gründen auch immer für unwichtige Einzelheiten interessierten, wollten alles genau erklärt haben, zum Beispiel wovon Jim aufgewacht war.

Sela warf Mike einen Blick zu, der zeigte, wie genervt sie war, und auch so etwas wie ein Hilferuf sein sollte. Darauf reagierte er mit einem kleinen Lächeln und dem Daumen-hoch-Zeichen, was nicht sehr hilfreich war.

So nachdrücklich, wie es ihr gelang, sagte sie: »Lasst uns weitermachen, ich habe noch ein paar andere Punkte auf der

Liste. Erstens, gibt es einen Töpfer im Tal? Und einen Brennofen? Ich weiß, dass es auf dem Weg nach Townsend eine Töpferei gibt, aber es wäre praktischer, jemanden hier zu haben. Viele Leute im Tal haben keinen Kamin oder Ofen, und sie brauchen etwas zum Heizen. Mit einer Tonfeuerschale und einem Ofenrost könnte man sowohl heizen als auch kochen.«

Das sorgte für einiges Nachdenken, Kinnkratzen und Diskussionen, in denen sich viele über das vor ihnen liegende Problem und eine Lösung austauschten. »Ich werde mal Mona Clausen besuchen, in der Nähe von Dogwood«, meldete sich eine Frau. »Ich glaube, sie hat getöpfert, oder vielleicht war es ja auch ihre Mutter. Wie auch immer, sie weiß vielleicht was über einen Brennofen.«

»Danke! Wer kennt sonst noch jemanden, der ein paar Töpfe produzieren könnte? Sie müssen nicht schön aussehen, aber brauchbar sein.«

»Meine Kinder haben welche gemacht, im Feriencamp der Kirche.«

Gelächter brach aus, doch Sela deutete auf den Mann, der das gesagt hatte, und meinte: »Ist gut, vielleicht brauchen wir deine Kinder noch.« Und das war nicht unbedingt als Scherz gemeint.

Es wurden noch einige andere Themen besprochen, die Sela in ihrem Notizbuch aufschrieb, um später darauf zurückzukommen. Die Treffen waren zu einer Routine geworden. Sie sprachen darüber, was in der nächsten Zukunft gebraucht wurde, was alles passiert war und auch darüber, was sie auf lange Sicht brauchen würden, auch wenn die Diskussionen um Letzteres beängstigend waren und nie sehr lange dauerten. Denn egal wie sie auch versuchten, sich vorzubereiten, Tatsache war, dass sie keine Ahnung hatten, was alles auf sie zukommen würde. Von einem Tag auf den anderen zu planen war leichter, das konnten sie bewältigen. Sich zu überlegen, was der Januar bringen könnte, jagte allen eine Heidenangst ein.

Sela würde mit Carol über alles reden, was angesprochen worden war, auch wenn sie sich mehr oder weniger denken konnte, was diese dazu sagen würde. Doch auf diese Weise fühlte sich ihre Tante nicht aus dem Geschehen gedrängt. Auch wenn sie es nie zugeben würde, liebte sie es, sich in Szene zu setzen – deshalb auch ihre pinkfarbene Strähne im Haar, die langsam auswuchs. Sela machte sich eine weitere Notiz: eine Friseurin finden, die Carols Haarsträhne auffrischen konnte. Das würde ihre Tante bei Laune halten.

Endlich verließen die Leute Selas kalten Laden. Ohne Heizung fühlte es sich dort drinnen um zwanzig Grad kälter an als draußen, wo die Sonne die Luft auf 16 Grad erwärmte. Zum Ende des Monats würde es unerträglich kalt werden. Seufzend notierte Sela einen weiteren Punkt. Eine zweite Ölheizung auftreiben oder den Ofen, den sie hatten, für die Meetings zur Tankstelle tragen – den Ofen, den sie erst benutzen wollten, wenn er wirklich benötigt wurde. Vielleicht hatten sie auch Glück und fanden wirklich jemanden, der Feuerschalen herstellen konnte. Oder sie mussten sich einen anderen Treffpunkt suchen.

Durchs Fenster sah Sela, dass draußen immer noch einige Leute in Grüppchen standen und miteinander redeten. In den fast zwei Monaten seit dem Zusammenbrechen des Stromnetzes hatte sie mehr Talbewohner kennengelernt als in den Jahren zuvor und entdeckte doch jede Woche neue Gesichter nach den Meetings, Leute, die nicht unbedingt an den Versammlungen teilnehmen, aber mit denen reden wollten, die dort gewesen waren. Es handelte sich meist um Leute, die in den Außenbereichen von Wears Valley lebten und es bisher ganz schön weit hatten. Manche wollten sich nur vergewissern, dass sie und ihre Nachbarn nicht vergessen wurden, dass man sie auch in anstehende Lebensmittelverteilungen einbezog – als wenn dieser Zug nicht schon ganz am Anfang abgefahren wäre. Was die Leute noch besaßen, war das, was sie beiseitegelegt, was sie gefischt oder gejagt oder eingetauscht hatten.

Wie Sela es vorher gewünscht hatte, blieben die Mitglieder der Gemeinde-Patrouille zurück und rückten nun zusammen. »Was gibt es denn?«, wollte Mike wissen.

»Müssen wir die Patrouillen verstärken nach dem Vorfall bei den Livingstons?«, fragte Ted, was keine schlechte Idee war.

»Wahrscheinlich.« Sela nickte ihm zu. Dass er eine Nervensäge war, hieß nicht, dass er keine guten Vorschläge machte – es bedeutete einfach, dass er eben eine Nervensäge war. Er wirkte irgendwie zufrieden und ein bisschen selbstgefällig, dass sie ihn nicht wieder abgeschmettert hatte. »Aber das müsst ihr entscheiden, denn ihr wisst, wie viel ihr abdecken könnt. Was ich sagen wollte, ist etwas ganz anderes.« Sie holte tief Luft. »Als die Warnung wegen des Solarsturms kam, habe ich meine Benzinpumpen abgestellt.«

Es folgte einen Moment Stille, dann zeigte sich auf ihren Gesichtern, dass sie verstanden hatten. »Heilige Scheiße«, sagte Trey. »Du sitzt auf einer Goldader.«

»Nicht wirklich. Die Goldader hat ein Verfallsdatum. Es ist Ethanol-Benzin, es wird sich also nicht mehr sehr lange halten. Wir müssen es verteilen, und zwar an diejenigen, die es brauchen. Im Januar und Februar wird es wohl am meisten Bedarf geben, aber wer weiß, ob es sich bis dahin hält? Es wäre ein Lotteriespiel. Bis jetzt ist der Anteil von Oktan zwar etwas gesunken, aber es ist noch zu gebrauchen.«

Sela holte Atem und ordnete ihre Gedanken. »Wir können eure Tanks auffüllen, die Motoren einiger Generatoren und der Kettensägen, um mehr Holz zu fällen. Die Leute können heizen, eine warme Dusche nehmen und wichtige Nahrungsmittel einkochen. Wenn wir irgendwo in der Nähe einen Brennofen finden und das Benzin nutzen, um ihn anzuwerfen und Feuerschalen herzustellen, haben wir eine Heizmöglichkeit für Leute ohne Kamin. Das sind meine Vorschläge. Wenn die Leute noch weitere oder andere haben, gern. Ich habe nicht die Absicht, das zu überwachen.«

Wie vorhergesehen, platzte Ted ärgerlich heraus: »Du hast die ganze Zeit auf diesen Benzintanks gesessen …«

»Und es für Zeiten gespart, in denen es stärker benötigt wird, ja.« Sela sagte das nicht gerade unfreundlich, aber ihre Nerven lagen blank. Es brauchte einiges, um sie wütend werden zu lassen … doch sie war auf dem besten Weg dorthin. Wenn der Posten der »Gemeindeleitung« irgendwie bezahlt wäre oder Prestige mit sich bringen würde, könnte sie sein missgünstiges Verhalten womöglich nachvollziehen – aber das war nicht der Fall. Zum größten Teil beinhaltete die Aufgabe, endlose Listen zu schreiben und sich die Beschwerden von Leuten anzuhören. Ganz bestimmt würde sie sich vor Ted nicht rechtfertigen, wie sie *ihre* Vorräte verwaltete.

»Die erste Kältewelle kann jederzeit eintreffen«, sagte Mike. »Ich staune sowieso, dass sich das Wetter so lange gehalten hat. Ich würde sagen, das war gutes Timing.«

»Ich habe Tanks, die 37.800 Liter mit 87 und 91 Oktan fassen, und ich bekomme während der Nachsaison alle vier Tage Lieferungen, in der Hochsaison alle drei Tage. Als ich abgestellt habe, waren es zwei Tage nach der letzten Lieferung, grob geschätzt habe ich also je 18.900 Liter und insgesamt 37.800. Was ich nicht habe, ist eine Möglichkeit, den Treibstoff aus den Tanks zu pumpen. Weiß jemand, wie man eine Absaugpumpe basteln kann?« Sie hätte Ben gebeten, einen Apparat zusammenzubauen, aber er war nicht hier, also würde sie sehen, ob jemand anders es tun konnte.

»Ich habe mal Benzin aus einem Auto gepumpt«, antwortete Trey. »Das werden die meisten von uns schon mal gemacht haben. Ich denke, das Prinzip ist das Gleiche, nur in einer anderen Größenordnung. Vielleicht könnte ich bis morgen was hinkriegen.«

»Einige Leute haben Propangas-Generatoren«, wusste jemand anders, »die werden damit nichts anfangen können, aber etwa genauso viele haben benzinbetriebene.«

»Sagt den Leuten Bescheid«, bat Sela sie. »Es länger aufzuheben ist sinnlos, da wir es irgendwann nicht mehr benutzen können. Es ist besser, wenn es verwendet wird. Jeder, der Bedarf hat, kann morgen kommen und seinen Tank oder Kanister auffüllen.«

»Noch ein Vorschlag«, sagte Trey. »Es ist deine Entscheidung, weil es dein Benzin ist. Du hast dafür bezahlt, und wenn wir es umsonst bekommen, wirst du den Kürzeren ziehen, wenn die Stromversorgung wieder funktioniert.«

»Die Leute haben doch kein Geld …«

Ted, natürlich. Einen Augenblick dachte Sela ernsthaft daran, ihm den Stinkefinger zu zeigen, etwas, das sie noch nie getan hatte. Sie ballte die Fäuste. Eines Tages würde sie das auf jeden Fall machen … na gut, vielleicht. Sie musste daran arbeiten. Dieser unablässige Stress rieb sie entweder auf oder machte sie stärker, sie war sich nicht ganz sicher.

Trey hob die Hand. »Das weiß ich, lasst mich doch mal ausreden. Wir sollten das Benzin in 20-Liter-Kanister füllen und aufschreiben, wer wie viel bekommt. Der Preis richtet sich nach den Kosten vor dem KMA. Wenn alles irgendwann wieder normal läuft, sollten die Leute dann für das Benzin bezahlen. Das ist nur fair. Sela kann es sich nicht leisten, Benzin im Wert von Tausenden von Dollar wegzugeben.«

Er hatte recht, so weit hatte Sela nicht gedacht, sondern nur daran, das Benzin zu nutzen, bevor es unbrauchbar wurde, und den Bewohnern des Tals zu helfen. Dinge wie Profit und Verlust waren ihr überhaupt nicht durch den Kopf gegangen. Immerhin hatte sie den viel kleineren Tank mit dem reinen Benzin zurückgehalten, für sich und für Notfälle, wenn auch mit Gewissensbissen. Aber sie musste an die drei Menschen denken, die sie brauchten.

Sie blickte sich in ihrem leer geräumten Laden um – dort war nichts mehr. Die Regale und Kühlschränke waren verwaist, weder Cracker noch Konserven mit Frühstücksfleisch lagen herum, nur noch etwas Öl und Kraftstoffzusatz. Sie würde die Waren nach und nach vollkommen neu aufstocken müssen. Wer wusste schon, wann wieder Öl durch die Pipelines in die Raffinerien transportiert wurde? Das Überleben selbst würde ein Kampf werden, zumindest bis zum Frühjahr.

»Das war alles, was ich zu sagen hatte. Gebt die Nachricht bitte weiter. Ich werde bei der Vergabe niemanden bevorzugen – außer jemanden mit einem Brennofen, aber das wäre zu unser aller Wohl und könnte im Winter Leben retten.

Morgen um neun Uhr, wenn Trey die Absaugpumpe bereit hat, werden wir die Tanks leeren. Ich schlage vor, dass ihr mit dem Auto kommt und euch als Erste in die Reihe stellt. Ted hat recht damit, die Patrouillen zu verstärken. Wir müssen uns wohl darauf gefasst machen, dass mehr Leute im Tal auftauchen, die nichts Gutes im Sinn haben.«

Fast alle verließen den Laden, Mike blieb als Einziger zurück. »Es war klug, die Pumpen zu schließen.«

»Ich hatte einfach nur Angst.«

»Genau wie alle anderen. Trotzdem war es eine gute Reaktion.« Mike verschränkte die Arme und schob die Hände unter die Achseln, um sie warmzuhalten, während er zum Parkplatz blickte, wo noch immer ein paar Leute standen. Die Patrouillengruppe verteilte sich und ging umher, um die anderen über das Benzin zu informieren. Sela beobachtete sie, sah in den Gesichtern, wie sich Vorfreude auf etwas Luxus breitmachte, denn das bedeutete das Benzin: Heizung, Dusche, Mobilität, eine kurze Erholung von all den Provisorien und eine Möglichkeit, die Holzvorräte aufzustocken. Feuer war Leben.

»Bill Haney, der in der Nähe des Cades Cove wohnt, hätte heute Morgen fast einen Finger beim Holzhacken verloren. Einer seiner Nachbarn ist pensionierter Tierarzt, der hat den Finger wieder angenäht. Bill wird wieder gesund, bis auf einen steifen Finger. Dann gibt es drüben in Little Round Top ein paar Fälle, von denen es heißt, dass es die Grippe sein könnte.«

Sie verfügten über kein medizinisches Team. Bisher hatten sie sich immer im Bedarfsfall irgendwie ausgeholfen, die Kräuterkenner taten, was sie konnten, der Sanitäter der Feuerwehr half, ebenso ein paar Krankenschwestern. Es war nicht organisiert, und Sela war sich nicht sicher, ob das nicht doch notwendig wäre.

»Grippe? Jetzt schon?« Das schien ihr ungewöhnlich. Außerdem sollten sie dieses Jahr vor Grippewellen geschützt sein. Sie hatten fast keinen Kontakt mit Leuten von außerhalb des Tals, und niemand berührte Einkaufswagen voller Keime, bei Walmart oder Kroger.

Mike zuckte mit den Schultern. »Das habe ich nur gehört, aber ich bezweifle es auch. Vermutlich haben die einfach nur eine Erkältung. Aber ich werde nicht hingehen und das überprüfen.« Er runzelte die Stirn. Sela folgte seinem Blick, um zu sehen, was ihn beunruhigte.

»Was ist?«

»Ted unterhält sich mit Lawrence Dietrich. Ich weiß, du hast gesagt, dass alle gleich behandelt werden, aber es tut mir echt weh, wenn das gute Benzin an so einen Kerl wie ihn verschwendet wird. Allerdings hat er auch Kinder.«

Sela beobachtete die beiden Männer, die sich etwas von den anderen abgesondert hatten. Teds Körperhaltung und Gestik drückten aus, dass er sich für den Größten hielt, der etwas zu melden hatte. So hätte er es jedenfalls gern. Lawrence Dietrich kam ihr vage bekannt vor, aber vielleicht hatte sie auch nur seinen Namen schon einmal gehört. Er war noch ziemlich jung und auf eine gewisse Art, so schlank und energisch, ein gut aussehender Mann. Vielleicht hatte er schon mal bei ihr getankt. Doch sie war müde und wollte nicht mehr darüber nachdenken. Was sie brauchte, war Schlaf, auch wenn das kaum möglich sein würde. Es gab noch so viel zu tun, und sie hatte das Gefühl, dass die Verantwortung sie wie eine Lawine überrollte.

Auch wenn Ted noch immer sauer war, dass Sela Gordon keinen Ton von ihren Tausenden von Litern Benzin gesagt hatte, die sie hortete, fand er es großartig, den Leuten jetzt Bescheid geben zu können. Wie aufgeregt sie reagierten! Und er war es, der ihre Fragen beantworten konnte. Es war, als würden sie glauben, er selbst täte ihnen einen Gefallen. Zur Abwechslung tat es mal richtig gut, dass die Leute zu ihm aufsahen, statt ihn abzulehnen.

Ausnahmsweise war er mal einer Meinung mit der Gordon, dass die Gemeinde-Patrouille zuerst berücksichtigt werden sollte. Er würde seinen Tank füllen, und wenn Meredith irgendwohin wollte, könnte er sie demnächst auch dorthin fahren. Es war nicht gut für sie, wenn sie zu viel laufen musste. Sie hatte schon mehr abgenommen, als gesund war, und das machte ihm Sorgen. Wenn ihr irgendetwas zustieß, musste er zumindest in der Lage sein, sie den Berg runter zu einem Sanitäter zu bringen. Auch wenn sie ständig beteuerte, dass es ihr gut ging, machte er sich doch ständig Gedanken um ihre Gesundheit.

»Hallo Ted.«

Er zuckte zusammen, weil er so in Gedanken versunken gewesen war. Vor ihm stand der junge Mann, mit dem er vor einer Minute gesprochen hatte. »Lass uns mal ein Stück da rübergehen, weg von den anderen, damit wir reden können.«

Ted wollte sich eigentlich weigern, aber vielleicht hatte der Kerl ja was Interessantes zu sagen, worüber er Bescheid wissen sollte. Zusammen gingen sie an den Rand des Parkplatzes, wo sie außer Hörweite waren.

»Pardon, ich weiß gar nicht, wie du heißt.«

»Lawrence.« Der Mann streckte Ted zur Begrüßung seine Hand entgegen. »Lawrence Dietrich.«

Dietrich wirkte auf ihn ziemlich drahtig. Er war schlank, fast dürr, und er müsste sich mal rasieren und die Haare schneiden. Aber wer musste das in diesen Tagen nicht – außer Ted natürlich. Er gab sich große Mühe, immer gepflegt auszusehen, zum Teil wegen Meredith und zum Teil aus seiner Erfahrung im Reifengeschäft, wo es wichtig war, immer professionell auszusehen. Seiner Meinung nach war das eine gute Angewohnheit.

»Nennen dich deine Freunde Larry?«

Lawrence warf ihm einen bösen Blick zu. »Sagen sie denn Teddy zu dir?«

Verstanden. Dietrich war bei der Versammlung gewesen und hatte den kleinen Wortwechsel zwischen Trey Foster und Ted mitbekommen. »Was kann ich für dich tun, Lawrence?«

»Ich habe ein paar Ideen für die Sicherheit in der Gemeinde.«

»Das hättest du doch in der Versammlung sagen sollen.«

Dietrich machte eine wegwerfende Geste mit der Hand. »Als würde das was nützen. Diese Gordon und ihre vorlaute Tante denken doch, sie wären was Besseres, als wüssten sie über alles Bescheid und darüber, wie die Dinge hier laufen sollten.«

Da hatte er recht. Ted dachte an Carol Allen, die so von sich eingenommen war, dass sie fast platzte, während sich die Nichte immer im Hintergrund gehalten hatte. Aber jetzt wusste er, dass die eine genauso rechthaberisch war wie die andere.

»Was für Ideen hast du denn?«

»Ich finde, dass diese Gemeinde-Patrouille reine Zeitverschwendung ist. Die meisten Trottel, die da mitmachen, haben doch keine Ahnung, die laufen nur durch die Gegend und fühlen sich wichtig. Haben sie irgendwie verhindern können, dass bei den Livingstons eingebrochen wurde? Nein, der Alte musste sich selbst verteidigen. Ich finde, wir brauchen einen richtigen Sicherheitsdienst – von mir aus könnte man den Patrouille 2.0 nennen. Und ich glaube, du könntest das organisieren, eine Armee oder so was Ähnliches zusammenstellen, die das Tal überwacht und dafür sorgt, dass die Leute das machen, was sie sollen.«

Ted zögerte. Er war bereits Teil der Gemeinde-Patrouille, und Lawrence Dietrich gehörte zu den Leuten, um die er lieber einen großen Bogen machte. Andererseits hatte ihn niemand sonst gebeten, seine Fähigkeiten und Erfahrungen im Führen und Organisieren zur Verfügung zu stellen. Sela Gordon machte alles falsch, wenn sie darauf wartete, dass Leute sich von selbst meldeten und ihr Eigentum oder ihre Dienste anboten. Die Leute dachten doch immer zuerst an sich.

»Es könnte nicht schaden, mal darüber zu reden«, sagte er schließlich.

»Gut. Vielleicht könnten wir uns morgen Nachmittag zusammen mit ein paar Freunden von mir treffen. Bei dir?«

Teds erster Gedanke war, das hier so weit wie möglich von Meredith fernzuhalten. »Nein, kein Grund für euch, so weit zu laufen, ich komme runter. Nach dem Mittagessen am Ufer. Vielleicht um zwei?«

Lawrence nickte. »Dann sehen wir uns da.« Er drehte sich um und machte sich nach einem kurzen Winken auf den Weg.

Eine Armee … oder so was Ähnliches. Ted konnte nicht verhindern, dass ihn der Gedanke begeisterte. Und sie wollten, dass er die Leitung übernahm. Sie würden die Organisation hier im Tal übernehmen, und zwar dieses Mal richtig.

13. Kapitel

Als Sela den Laden verließ, überlegte sie immer noch angestrengt, woher sie Lawrence Dietrich kannte. Mike winkte ihr zu und machte sich auf den Heimweg, während sie sich umdrehte, um die Tür abzuschließen – nicht dass es in ihrem Geschäft noch irgendetwas zu stehlen gab, aber sie wollte auch nicht, dass irgendwelche Kids die Einrichtung zertrümmerten oder Fremde, die vorbeikamen, oder … oder irgendjemand sonst. Menschen waren unberechenbar und taten beschissene Dinge, vor allem in dieser schweren Zeit.

Sie war kaum ein paar Schritte gegangen, als sich ihr eine kräftige Frau in den Weg stellte. Sie hatte blond gefärbtes Haar, bei dem der Haaransatz bereits in ihrer Naturfarbe nachwuchs. »Du hockst also seit zwei Monaten auf dem Benzin, das andere Leute dringend brauchen?«, schnauzte sie Sela an.

Wie bitte?

Sela kannte die Frau nicht und trat einen Schritt zurück, da die andere aussah, als würde sie ihr jeden Moment einen Schwinger verpassen. Sie wollte nicht in einen Kampf verwickelt werden, zumal sie sich ziemlich sicher war, dass ihr Gegenüber sie mit Leichtigkeit überwältigt hätte. »Es wird jetzt, wo es kälter ist, dringender gebraucht«, sagte sie so ruhig wie möglich und versuchte nicht zu zeigen, welchen Schreck ihr die Frau eingejagt hatte. Und wie wütend sie wurde.

»Wer gibt dir das Recht zu entscheiden, was die Leute brauchen?«

Selas Herz begann zu hämmern, und ihre Gesichtsmuskeln fühlten sich plötzlich wie verkrampft an. Langsam nahm sie ihren Stift aus der Tasche und klappte ihr Notizbuch auf. »Pardon, ich weiß deinen Namen nicht.«

»Carlette Broward«, sagte die Frau, und in ihren verärgerten Blick mischte sich nun auch Misstrauen, als sie auf das Notizbuch blickte. »Warum?«

Sela nahm sich extra Zeit, um in dem Heft hin und her zu blättern, obwohl sie bereits genau wusste, dass sie diesen Namen nie zuvor gehört hatte. Nein, keine Carlette Broward oder irgendein anderer Broward tauchte irgendwo in den Notizen auf. »Ich wollte nur mal nachsehen.«

»Was nachsehen? Und was hat das damit zu tun, dass du dir das Benzin unter den Nagel reißt?«

Ein paar Leute, die noch auf dem Parkplatz waren, sahen zu ihnen herüber und kamen näher. Sela wäre peinlich berührt gewesen, wenn sie es nicht so dermaßen sattgehabt hätte. Wirklich. Satt. So war es, und zwar bis oben hin. »Ich wollte nachsehen, ob du irgendwo auf einer der Listen von Freiwilligen stehst.«

Selas kleiner Stich traf sein Ziel, die Frau wirkte leicht verlegen. »Ich habe zwei kleine Kinder«, sagte sie gereizt. »Ich kann nicht einfach loslaufen, um gute Taten zu vollbringen.«

»Du könntest sie mitbringen. Oder eine Nachricht schicken mit Vorschlägen, was du tun kannst.«

»Ich habe genug Arbeit, du eingebildete Hexe, und was hat das mit dem Benzin zu tun? Antworte!«

Eine unbeschreibliche Wut stieg in Sela auf und nahm ihr fast den Atem. Sie wurde nicht oft wütend und war es nicht gewohnt, auf solche Aggressionen zu reagieren. Es schien ihr, als würde ihr Verstand aussetzen und als würde sie auf Autopilot handeln. Sie trat einen Schritt vor und starrte die Frau mit gesenktem Kinn an. »Redest du von *meinem* Benzinvorrat, den *ich* bezahlt habe und für den *du* keinen Cent ausgegeben hast? *Dieses Benzin*? Das Benzin, das ich nach der Warnung vor dem Solarsturm für viel Geld hätte verkaufen können? Was ich aber nicht getan habe, weil ich dachte, die Leute hier im Tal könnten es vielleicht gebrauchen, um den Winter zu überstehen?«

Jemand der Zuschauenden murmelte: »Weiter so, Mädchen.«

Sela war nicht in der Lage, zu entscheiden, ob sie weitermachen sollte, weil sie noch nie so ausgerastet war. Wütend trat sie noch näher an die Frau heran, bis sie den säuerlichen Geruch von ungewaschener Kleidung roch. Jeder Muskel in ihrem Körper zitterte, aber nicht vor Angst oder Schreck, sondern von der Anstrengung, sich zu beherrschen. Sie hätte dieser Frau am liebsten ins Gesicht geboxt – sie, die nie in ihrem Leben jemanden geschlagen hatte. »Hast du vor, dich morgen in die Warteschlange einzureihen, um *mein* Benzin zu bekommen, nachdem du mich heute beleidigt hast?«

Zu ihrer Überraschung trat Carlette Broward einen Schritt zurück. »Es steht mir genauso zu wie allen anderen«, brummte sie verärgert.

»Wirklich?« Sela rückte wieder ein Stück vor und spuckte die nächsten Worte regelrecht aus. »Genauso wie denen, die sich den Arsch aufreißen, um Holz für andere zu hacken? So wie denen, die nachts wach bleiben, um Patrouille zu laufen, damit die anderen sicher sind? Die alten Leuten Nahrungsmittel bringen, wenn sie nicht genug haben? Was hast du für die Gemeinde getan? Irgendwas? Rummeckern zählt nicht.«

Als ein paar Lacher hinter ihnen ertönten, wurde Carlette rot. »Das muss ich mir nicht bieten lassen«, zischte sie und machte noch zwei weitere Schritte zurück.

»Das stimmt, musst du nicht. Du musst auch mein Benzin nicht nehmen. Niemand hindert dich daran, wieder zu gehen.«

»Glaub ja nicht, dass ich dir das vergesse, du rotzige Schlampe!«, warf Carlette noch über die Schulter zurück und stampfte davon.

»Danke für die Warnung!« Sela starrte ihr schwer atmend hinterher. »Scheiße!«, fluchte sie leise. Bevor Carlette außer Hörweite war, rief sie: »Carlette!«

Die Frau wirbelte herum. »Fick dich!«

Sela biss die Zähne zusammen und versuchte Ruhe zu bewahren. »Bring deinen Wagen morgen mit. Und die Kinder. Ich geb dir das Benzin.« Wenn sie zwei kleine Kinder hat. Keine Kinder, kein Benzin.

Carlette blieb stehen, immer noch aufgebracht und beleidigt. »Wie ist es mit einem Kanister?«

»Bring am besten einen mit.«

Mit einem heftigen kurzen Nicken ging die Frau weiter.

»Oh, Himmel noch mal!« Sela schloss die Augen. Sie bebte am ganzen Körper, und ihr Atem ging stoßweise. Irgendwie fühlte sie sich zwischen dem Wunsch, loszuheulen, und dem Drang, auf und ab zu springen und zu schreien, hin und her gerissen. Sie hatte keine Erfahrungen mit Konfrontationen, wusste nicht, wie man kämpfte, trotzdem hätte sie sich fast mit einer Frau geprügelt, die gute vierzig oder fünfzig Pfund mehr auf die Waage brachte als sie.

Nancy Meador, eine ihrer Nachbarinnen, kam zu ihr herüber und legte ihr den Arm um die Schultern. »Das hast du gut gemacht, Süße.« Sie lächelte und drückte Sela freundschaftlich. »Hat mich wirklich amüsiert.«

Sela sah sie erstaunt an. »Du amüsierst dich, wenn Leute sich streiten?« Gewalt verursachte ihr immer Magenschmerzen und Übelkeit.

»Na ja, jetzt, wo es kein Fernsehen mehr gibt, müssen wir uns eben anders unterhalten.« Nancy warf den Kopf zurück und lachte. Einige der anderen um sie herum stimmten ihr ebenfalls lachend zu.

»Außerdem muss man sich gegen Mobbing wehren, sonst wird es immer schlimmer.« Nancy drückte ihre Schultern. »Du solltest mal eine Runde schlafen, siehst ziemlich kaputt aus. Ich wette, du hast die ganze Nacht bei Carol gewacht, oder?«

Sela nickte. »Und jetzt muss ich auch gleich wieder zu ihr gehen und nach ihr sehen. Nicht dass Barb und Olivia sich nicht um sie kümmern, aber …«

»Ich weiß schon. Carol kann ganz schön anstrengend werden. Ich sag dir was … Ich komme rüber und bleibe heute Nacht bei ihr, damit du ein bisschen schlafen kannst. Wie hört sich das an?«

Sela wollte schon automatisch erwidern, dass sie klarkäme, dann stockte sie. Nachbarn halfen Nachbarn, und sie musste wirklich etwas Schlaf nachholen, sonst war sie Carol oder den anderen keine große Hilfe. »Das klingt wundervoll«, sagte sie schließlich wahrheitsgemäß.

»Dann haben wir einen Deal. Ich komme heute Abend nach dem Essen rüber, wenn ich Geschirr gespült und alles andere aufgeräumt habe. Bis dann!«

Weil andere ihr ebenfalls Mut zusprechen oder ihr freundschaftlich auf den Rücken klopfen wollten, kam sie nur langsam von den Leuten los. Sie wollte nichts anderes als endlich allein sein und schreien oder heulen oder auf und ab springen und ihre Wut ablassen – sie wusste nicht, was davon. Vielleicht von allem etwas. »Mit so was kann ich nicht gut umgehen«, murmelte sie vor sich hin, als sie sich auf den Nachhauseweg machte. »Mit so was kann ich so was von nicht gut umgehen.«

Sie ging an Carols Haus vorbei, obwohl sie wusste, dass alle darauf warteten, detailliert zu erfahren, was passiert war. Doch sie war nicht in der Stimmung, alles noch einmal zu erzählen, und wollte einfach nur ins Bett gehen, sich die Decke über den Kopf ziehen und ein ordentliches Nickerchen machen. Zumindest aber musste sie eine Weile allein sein, um sich wieder zu beruhigen.

Trockenes Laub knackte unter ihren Füßen. Jetzt, wo es keine Autos auf den Straßen gab, die alles verteilten, sammelten sich die Blätter auf dem Boden und hatten fast den gesamten Gehweg bedeckt. Nach dem KMA hatte sich die Zivilisation um etwa zweihundert Jahre zurückbewegt. Sie hatte sich mit den Begebenheiten arrangiert, hatte sich Gedanken gemacht und geplant und versucht Vorkehrungen zu treffen. Und obwohl sie einiges geschafft hatte, schien es ihr nicht genug.

Mike Kilgore war ein Fels, der ihr immer den Rücken stärken würde, aber er war keine Führungspersönlichkeit. Das Gleiche galt für Trey Foster: kompetent, aber kein Anführer. Carol hatte den Job übernommen, obwohl sie die Aufgabe genauso wenig gewollt hatte wie Sela, konnte jetzt aber auch kaum noch helfen.

Sela schloss die Tür auf, betrat ihr Haus, legte Holz auf die spärliche Glut in der Feuerstelle, wickelte sich in eine Decke und ließ sich aufs Sofa fallen, während ihre Gedanken im Kopf rasten.

Es war kalt hier und still. Sela hatte sich daran gewöhnt, dass es nachts dunkel und ruhig war. Doch jetzt umfing sie die Dunkelheit und Stille, obwohl die Sonne draußen schien, so als hätte sie sich tief in eine Höhle vergraben.

Was bei den Livingstons passiert war, würde kein Einzelfall bleiben. Noch mehr Menschen würden herkommen, und auch wenn die meisten harmlos waren, waren es die anderen, die ihr eine Heidenangst einjagten. Es war naiv von ihr gewesen, zu glauben, dass sie all das auch nur vorübergehend allein in den Griff bekäme. Aber eigentlich hatte sie das ja auch gar nicht geglaubt. Carol schon. Und Carol würde sicher genauso wenig wissen, was zu tun wäre, denn sie hatte in solchen Situationen genauso wenig Erfahrung wie Sela. Sie konnte mit ihrer Tante noch nicht einmal über diese neue Entwicklung reden, nicht jetzt. Carol musste sich erholen, sich ausruhen, und unter Einfluss der Schmerztabletten konnte sie sicher auch keine wohlüberlegten Ratschläge erteilen.

Carol. Jim Livingston. Teds Feindseligkeit. Von Carlette Broward belästigt zu werden. Das war zu viel, zu viel auf einmal.

In ihrem ganzen Leben hatte sie nur selten um Hilfe gebeten, zumindest nicht, wenn es um eine große Sache ging. Nie. Vielleicht war sie zu still, vielleicht war sie furchtbar schüchtern, aber sie hatte die Lösung ihrer Probleme immer selbst in die Hand genommen. Adam. Das Geschäft. Selbst Carol wusste nicht, dass Sela nach ein paar schlechten Monaten an der Tankstelle einmal einen Kredit hatte aufnehmen müssen. Sie hatte alles beglichen, alles zusammengekratzt und sich eingeschränkt, bis sie jeden Cent noch vor der Zeit hatte zurückzahlen können. Danach hatte sie keine finanziellen Probleme mehr gehabt, aber niemand wusste, wie sehr sie sich anfangs abgemüht hatte.

Niemand ahnte auch nur, wie tief sie die Scheidung verletzt hatte oder dass sie noch immer darunter litt. Sie wollte Adam nicht zurückhaben – auf keinen Fall, dieser Zug war abgefahren, ganz sicher –, aber das änderte nichts daran, dass sie die gescheiterte Ehe schmerzte. Dass sie Adam nicht genug gewesen war, dass er sie schwach und minderwertig fand, war eine Verletzung, die tief saß.

Sie hatte nie eine Therapie gemacht, hatte niemals Carol oder ihren Freundinnen ihr Herz ausgeschüttet. Vielmehr hatte sie alles klaglos ertragen, statt andere mit dem zu belasten, was sie als ihr Versagen angesehen hatte.

Aber das hier war etwas, was sie nicht allein tragen durfte, denn andere würden darunter leiden, wenn sie Fehler machte. Diesmal musste sie um Hilfe bitten. Und sie kannte nur eine Person, die genug Erfahrung besaß, um ihr helfen zu können.

14. Kapitel

Sie konnte nicht an Carols Haus vorbeifahren, ohne kurz anzuhalten und sie wissen zu lassen, wohin sie unterwegs war. Jedes Auto auf der Straße erregte zurzeit Aufsehen. Zu ihrer Erleichterung schlief Carol aber gerade, und Barb und Olivia stellten nicht viele Fragen.

Sie hatte nicht vor, auf den Cove Mountain hochzukraxeln. Ben mochte das vielleicht schaffen und auch gern tun – sie wusste, dass er es nach dem KMA zumindest dreimal getan hatte, und vermutlich noch öfter. Doch sie würde nicht laufen. Es war bereits Nachmittag, und sie wollte zurück sein, bevor es dunkel wurde.

Ihr Herz hämmerte wie wild bei der Aussicht, Ben zu treffen. Es war jetzt einen Monat her, seit er auf ihrer Veranda gesessen und mit ihr Tee getrunken hatte, sie danach angesehen hatte, als wenn … nun, sie war sich immer noch nicht ganz sicher, was das für ein Blick gewesen war. Damals hätte sie schwören können, Begierde gesehen zu haben, doch heute dachte sie, dass es nur Panik war, weil er geglaubt hatte, sie wollte ihn anmachen. Wie sollte er wissen, dass sie noch nie in ihrem Leben jemanden angemacht hatte? Und was sagte das über sie aus, wenn sie den Unterschied zwischen Verlangen und Abwehr nicht erkannte?

Es war Wochen her, dass er ihr nicht nur eine, sondern zwei Solarlampen geschenkt hatte … und dann geflüchtet war, ohne sie überhaupt anzusehen. Hatte sie sein Verhalten dermaßen falsch verstanden? Sie glaubte es nicht, aber andererseits war es vielleicht auch nur der Wunsch, der sie so denken ließ.

Sie fühlte sich so heftig zu ihm hingezogen, dass es sie Überwindung kostete, ihn aufzusuchen. Starke Gefühle machten verwundbar, sie setzte sich der Gefahr aus, zurückgewiesen zu werden, selbst wenn die Zurückweisung sie in diesem Fall nicht persönlich beträfe. Ihr innerer Selbstschutz ließ alle Alarmglocken schrillen und verlangte, dass sie umkehrte.

Pflicht und Verantwortungsgefühl trieben sie weiter.

Sie brauchte ihn, brauchte seine Hilfe. Die Bewohner von Wears Valley waren auf ihn angewiesen. Er hatte die nötige Erfahrung, sie brauchten seinen Rat, sein taktisches Denken und seine Kompetenz.

Wenn Ted auf irgendjemanden hören würde, dann wäre das Ben. Er strahlte etwas aus, das allen, die nur einen Funken Verstand hatten, signalisierte: »Gefährlich!« Oder: »Dieser Typ kann mich fertigmachen.« Und selbst wenn Ted oder irgendjemand anders nicht auf ihn hören *wollten*, würden sie es aus Angst vor ihm letztendlich tun.

Sie erinnerte sich an den großen Felsen mitten auf dem Pfad zu Bens Haus, von dem Mike ihr berichtet hatte, und parkte den Wagen an einer Stelle, die noch breit genug zum Wenden war. So musste sie zwar eine längere Strecke zu Fuß zurücklegen, aber das war besser, als den schmalen verschlungenen Privatweg rückwärts hinunterzufahren.

Riesige breite Bäume ragten auf beiden Seiten des Weges über ihr auf und blockierten das Sonnenlicht, sodass es aussah, als wäre es schon fast Abend. In der Great-Smoky-Region war die Gegenwart der alten geheimnisvollen Berge immer zu spüren, aber hier oben zu wandern war noch einmal etwas ganz anderes. Sie spürte das Alter der Bäume, die Abgeschiedenheit und wurde sich wieder bewusst, dass die Menschen hier der Gnade der Natur ausgesetzt waren.

Als sie aus ihrem Honda stieg, schlug ihr sofort die Kälte entgegen. Hier unter diesen riesigen Bäumen war es gute sieben bis zehn Grad kälter als unten im sonnigen Tal. Vorsichtig sah sie sich um und lauschte nach irgendwelchen Geräuschen in den Büschen, hörte aber nichts Alarmierendes.

Auch wenn sie glaubte, dass niemand hier war, schloss sie den Wagen ab und steckte sich den Schlüssel in die Tasche, bevor sie die steile Straße hochlief. Die wurde nach und nach immer schmaler, bis aus dem asphaltierten Weg zwei parallel verlaufende dünne Schotterspuren wurden, in deren Mitte Gras wuchs, ein Zeichen, dass auch schon vor dem Solarsturm niemand oft hier heraufgekommen war. Auch Ben schien den Weg den Berg hinunter nur selten mit dem Auto gefahren zu sein.

Es war steil, so steil, dass sie bereits nach fünfzig Metern zu schnaufen und zu keuchen begann und ihr die Beine wehtaten. Um die Muskeln etwas zu entlasten, änderte sie ihre Taktik und lief im Zickzack hoch, statt geradeaus den Berg anzugehen. Der Wind seufzte zwischen den dicken Baumstämmen, die Kronen schwangen sanft, und der üppige Duft des Waldes umfing sie.

Sie blieb stehen und verharrte einen Moment, etwas in ihr begann sich mit der dynamischen Kraft der Berge zu verbinden. Sie wünschte, sie hätte mehr Zeit. Sie wünschte, sie hätte eine Kamera, um zu dokumentieren, was ihre Augen sahen, doch was sie spürte, hätte sie nie in einem Foto festhalten können.

Weitere hundert Meter den Berg hoch erreichte sie eine Kurve und sah den riesigen Stein, den Mike erwähnt hatte. Eine sehr effektive Maßnahme, so genau in der Mitte des Weges positioniert, dass ein Wagen weder an der einen noch an der anderen Seite vorbeikam und nur ein Truck mit so hohem Fahrgestell wie Bens es schaffte, darüber hinwegzufahren. Der Fels war ein stiller Zeuge für die Richtigkeit ihres Entschlusses, herzukommen. Ben würde wissen, was zu tun war, wie sich die Talbewohner einen taktischen Vorteil verschaffen könnten.

Schließlich umrundete sie schnaufend eine weitere Biegung, und plötzlich war dort das Haus, mitten auf einem erstaunlich flachen Grundstück, und daneben parkte Bens Truck. Zur Linken stieg der Berg weiter an, zur Rechten öffnete sich das Tal vor ihr. Sie blieb stehen und starrte mit weit aufgerissenen Augen und leicht geöffneten Lippen ehrfürchtig hinunter. Eine breite Veranda umgab das Haus, und sie sah einen Schaukelstuhl auf der anderen Seite, von der aus man das Tal überblicken konnte. Die Aussicht war atemberaubend. Sie stellte sich vor, wie er hier saß und die Welt unter sich betrachtete, ohne an ihr teilzunehmen, abgeschieden in seinem Horst.

Dunkelbraune Holzplanken oder Bretter zogen sich horizontal um die Fassade des flachen Gebäudes. Vom Tal aus war es vermutlich nicht zu sehen, vor allem im Sommer, wenn die Bäume voller Laub waren. Es war überhaupt nicht im Stil einer Blockhütte gebaut, besaß aber eine Art … nautischen Touch durch das runde Glasfenster an der Eingangstür. Ländlich, Jahrhundertmitte, in keinem benennbaren Stil gebaut, ein funktionales Haus, Punkt. Und das passte besser zu Ben Jernigan als irgendein besonderes Design.

Eine dünne Rauchwolke stieg aus dem Schornstein auf, was bedeutete, dass er zu Hause war. Es hätte sie geärgert, all die Energie und Entschlusskraft umsonst aufgebracht zu haben. Allerdings könnte er auch auf der Jagd sein, oder …

Die Tür wurde aufgerissen, und Ben trat auf die Veranda heraus.

Er trug Jeans, Stiefel und ein lose über der Hose hängendes Flanellhemd mit aufgerollten Ärmeln, die seine muskulösen Unterarme freilegten. Ein Zweitagebart lag als dunkler Schatten auf seinem Kinn. Bei seinem Anblick zog sich alles in ihr zusammen, ihr Herz begann, *bumm, bumm, bumm,* zu hämmern. Der Hund schoss hinter ihm vor, sprang von der Veranda und rannte mit freudigem Gebell auf sie zu und um sie herum. Ben beobachtete den Welpen, ohne eine Miene zu verziehen, und schüttelte den Kopf. »Du einfältiges Tier.« Aber er klang nicht verärgert, sondern schien eher vor der Ausgelassenheit des jungen Hundes zu kapitulieren.

Um sich kurz sammeln zu können, beugte Sela sich zu dem Hund hinunter und tätschelte ihm den Kopf. Der rieb sich genüsslich an ihren Beinen.

Zumindest hatte Ben nicht sein Gewehr schussbereit in der Hand, so wie er Mike empfangen hatte, er würde sie also nicht erschießen, weil sie sein Privatgrundstück betrat. Das war schon mal ein vielversprechender Anfang, auch wenn Ben nicht gerade ein einladendes Gesicht machte. Immerhin war er bereits zweimal auf ihrem Grundstück gewesen, hatte Tee mit ihr auf der Terrasse getrunken. Sie sollten deshalb eigentlich schon darüber hinweg sein, dass er versuchte, sie mit vorgehaltenem Gewehr am Betreten seiner Festung zu hindern. Sie wünschte, sie wäre hier willkommen, aber fürs

Erste registrierte sie ihren Status als geduldet. Groß und einschüchternd stand er da, seine harten Gesichtszüge so ausdruckslos wie ein Stein. Vielleicht war »geduldet« doch zu optimistisch gewesen.

»Was ist passiert?«, erkundigte er sich schroff.

Denn natürlich musste etwas passiert sein, wenn sie hier auftauchte – aber war das nicht sowieso klar? Ständig war etwas nicht in Ordnung. Sie fühlte sich überfordert und überrannt. Wo sollte sie beginnen?

Sela holte tief Atem und ging auf die Verandatreppe zu, so weit, wie sie es wagte, bevor der Mut sie verließ. Sie hatte das Gefühl, ihre Stimme würde versagen, so hart hämmerte ihr Herz, und ihr Magen fühlte sich wie zusammengeschnürt an. Sie starrte zu ihm hoch und fragte sich, ob er ihr die Verzweiflung ansehen konnte.

Da trat er einen Schritt zur Seite. »Komm rein.«

Nichts lieber als das wollte sie, und gleichzeitig wollte sie lieber draußen bleiben. Sie hätte gern schnell gesagt, was sie zu sagen hatte, und wäre dann sofort wieder gegangen, bevor sie sich blamierte und zusammenbrach. Aber sie war neugierig, wie er lebte, wie es da drinnen aussah, während ihr Selbsterhaltungstrieb, ihr altes Verständnis von Vorsicht beinahe schrie, dass sie Abstand halten sollte. Abstand bedeutete Sicherheit, und Sicherheit war … was? Das Gegenteil von Leben?

Sie stieg die Stufen hoch, und niemand würde je erfahren, wie viel Überwindung sie das kostete. Der Hund jagte an ihr vorbei und flitzte ins Haus, und bevor sie die Tür erreichte, stand er wieder vor ihr mit einem Schuh in der Schnauze und freudig wedelndem Schwanz.

Obwohl sie so nervös war, musste Sela bei dem Gedanken, dass der Hund Bens Schuhe anknabberte, lächeln. »Du hast ihm deinen Schuh gegeben?«

»Nicht direkt *gegeben*, er hat ihn sich eher angeeignet. Das war aber sowieso ein altes Paar. Aus dem Weg, Hund.«

Der Hund rannte wieder ins Haus. Ben legte Sela die Hand auf den Rücken und schob sie hinein, eine leichte Berührung, die aber durch ihre dicke Kleidung hindurch wie Feuer brannte. Sie wäre fast gestolpert, schaffte es aber, einen Fuß vor den anderen zu setzen – ein kleines Stück zumindest, bevor sie wieder erstaunt stehen blieb.

Die Einrichtung sah nicht so aus, wie sie es erwartet hätte. Aus irgendeinem Grund hatte sie sich alles ein bisschen schäbig vorgestellt. Doch auch wenn es hier funktional und fast spartanisch war, war es alles andere als schäbig. Der große offene Raum diente als Küche, Speisezimmer und Wohnzimmer, breite Holzdielen bedeckten den Boden, ein dünner Webteppich lag unter dem Esstisch, ein anderer im Wohnbereich, der mit einer Ledercouch, zwei Ledersesseln, einem Kaffeetisch, Beistelltischen und einigen Lampen ausgestattet war. Sela hätte mit Pinienholz verkleidete Wände vermutet, doch stattdessen fand sie eine unverputzte Wand vor, die in nüchternem Beige gestrichen war. Kein Schnickschnack, natürlich nicht – sie hätte sich auch nicht vorstellen können, dass Ben Jernigan Dekorationsgegenstände besaß. Keine Kunst an der Wand. Wenn man einen Gewehrständer mit mehreren Waffen als Dekoration betrachten konnte, dann war das seine einzige Anstrengung in der Richtung. Im Raum war es angenehm warm – ohne Frage wärmer als in ihrem Haus –, dank eines Holzofens.

Ein paar Petroleumlampen standen herum, vor den Fenstern hingen dicke Vorhänge, die zurückgezogen waren, um das Licht hereinzulassen. Sie nahm an, der dicke Stoff sorgte nachts dafür, dass nicht zu viel Wärme nach draußen zog.

»Willst du einen Kaffee?«, fragte er.

Normalerweise trank sie so spät am Tag keinen Kaffee mehr, aber ein warmes Getränk wäre angenehm, außerdem hätte sie etwas, um ihre Hände zu beschäftigen. »Ja, gern.« Sie setzte sich auf den Stuhl am Tisch, auf den er zeigte.

»Wie trinkst du ihn?«

»Äh … schwarz.« Inzwischen natürlich sowieso.

Er bereitete zwei Tassen mit löslichem Kaffee zu, brachte sie zum Tisch und setzte sich ihr gegenüber. Dann wartete er. Ben hatte bereits gefragt, was passiert war, und offensichtlich sah er keine Notwendigkeit darin, sich zu wiederholen.

Sela atmete tief durch. Es lag ihr so viel auf der Seele, dass sie vielleicht alles verständlicher erklärte, wenn sie die Vorfälle chronologisch vortrug.

»Erstens: Carol ist gestern die Treppe runtergefallen und hat sich das Bein gebrochen. Sie ist für mindestens zwei Monate außer Gefecht gesetzt, und offenbar habe ich ihren Job geerbt, die Gemeinde zu organisieren, denn außer Ted Parsons will es niemand machen, und das wollen wir wiederum nicht. Also bleibt es an mir hängen.

Zweitens: Etwa um drei Uhr heute Morgen ist jemand bei den Livingstons eingebrochen. Jim und Mary Alice haben den Einbrecher gehört und sind aufgestanden, um nachzusehen. Der Einbrecher hat …« Sela schluckte. »Er hat auf sie geschossen, und Jim hat auch geschossen und ihn getötet. Jim und Mary geht es gut, sie sind nur geschockt. Der Mann war aus der Gegend um Nashville, das stand jedenfalls auf seinem Führerschein. Wir haben aufgeschrieben, was passiert ist, um wen es sich handelt, Fotos gemacht und ihn begraben.«

Bei dieser Nachricht hatte Ben sich gerade aufgerichtet, der Blick seiner grünen Augen wirkte fast aufgebracht, aber er entspannte sich etwas, als sie berichtete, dass den Livingstons nicht passiert war.

»Drittens: Auf dem Meeting heute habe ich allen von dem Benzin in meinen Tanks erzählt. Trey Foster wird eine Absaugpumpe basteln, und wir werden morgen ab neun Uhr mit der Verteilung anfangen. Wenn du deinen Tank auffüllen willst, kannst du das morgen tun.«

Er nickte.

Sie erwähnte nichts von dem Zwischenfall mit Carlette Broward. Obwohl es sie sehr aufgeregt hatte, war es im Grunde genommen nicht wichtig.

»Ich fürchte, der Mann aus Nashville ist erst der Anfang. Wenn er den Weg hierher findet, dann können andere das auch. Ich weiß nicht, was ich tun soll, und niemand anders scheint willens, eine Entscheidung zu fällen. Wir haben eine Gemeinde-Patrouille, aber es dürfte nicht so schwierig sein, an der vorbeizukommen.«

Wieder nickte er. »Ihr solltet euch von jetzt an auf Probleme einstellen«, sagte er unbewegt.

Das hatte sie bereits, und deshalb war sie hier. »Ich weiß nicht, wie viele Menschen herumziehen und …«

»Eine Menge. So ziemlich alle, die aus den Städten kommen und den ersten Monat überlebt haben. Ich bekomme Nachrichten über mein Funkgerät, jetzt, wo sich die Atmosphäre etwas beruhigt hat, kann ich Meldungen aus dem ganzen Land empfangen.«

Sie war sich nicht sicher, ob sie sich darüber freute, dass man wieder Nachrichten über Funk weitergeben konnte, denn das bedeutete, dass ein kleines Stück der Zivilisation zurückkehrte, oder ob sie von der Bemerkung »den ersten Monat überlebt haben« alarmiert sein sollte.

»Wie schlimm ist es denn?«

»In den großen Städten herrscht totales Desaster. Die, die schlau sind, haben sich sofort auf den Weg gemacht, um rauszukommen.« Er dachte kurz nach und fügte mit grimmigem Blick dazu: »Genaueres willst du nicht wissen.«

Nein, das wollte sie tatsächlich nicht. Wenn Ben sagte, es sei schlimm, dann war es so schlimm, dass sie nichts darüber hören wollte. »Wenn viele Menschen losgezogen sind … Ted Parsons, der gerne Gemeindeführer werden will, meint, wir sollten sie aufnehmen, denn mit mehr Leuten wären wir sicherer …«

Er zog die Augenbrauen hoch. »Das ist Blödsinn.« Dieser kurze, knappe Kommentar sprach ihr aus der Seele. Sie fand ebenfalls, dass es riskant wäre, Leute unterzubringen, die sie nicht kannten, dass es zulasten ihrer Vorräte ginge, sodass alle leiden würden. Sie war gern hilfsbereit, wollte aber auch überleben. Dieser erste Winter würde der härteste sein. Wenn es im nächsten Winter immer noch keinen Strom gab, hätten sie zumindest den Sommer über Zeit, etwas anzupflanzen und zu ernten, und sie wären besser vorbereitet.

»Was sollten wir tun?«

»Erst schießen, dann Fragen stellen. So werde ich es handhaben.«

Bei diesem brutalen einfachen Rat blieb ihr die Luft weg. Trotz der Gewalt im Haus der Livingstons hatte sie irgendwie nicht akzeptiert, dass es so schlimm werden würde.

»Du hast doch eine Waffe, oder?«, fragte er mit hochgezogenen Augenbrauen, als könne er sich nicht vorstellen, dass jemand nicht bewaffnet war.

»Ja. Carol und ich haben beide ein Gewehr Kaliber 22. Carol nennt sie unsere Anti-Schurkenwaffen.«

Er sah nicht beeindruckt aus, aber das hatte sie auch nicht erwartet, schließlich war es eine Waffe, die man in der Regel zum Eichhörnchen jagen benutzte. »Vermutlich haben die Jäger im Tal bessere Waffen zur Selbstverteidigung.«

Sie senkte beklommen den Blick. Vor allen Dingen hatten sie nicht genügend Munition. Sie brauchten sie zum Jagen, aber wenn sie das Tal nicht verteidigten, war sowieso alles zu spät. Und wenn sie die Munition zur Verteidigung nutzten, konnten sie nicht jagen und ihre Familien ernähren ... Wenn es dafür eine Lösung gab, so fiel sie ihr nicht ein. Ob Ben wüsste, was zu tun wäre? Sie umklammerte die warme Tasse mit beiden Händen, fasste einen Entschluss und gab sich einen Ruck. »Wenn du für zwei Stunden ins Tal kommen könntest, um mit einigen Gemeindevertretern zu sprechen und uns ein paar Ratschläge zu geben, vielleicht mit dem Mann von ...«

»Nein.« Er ließ sie noch nicht einmal aussprechen, und in seinem Blick lag kein Funken Interesse. Obwohl er hier seit Jahren lebte, hatte er keinen Sinn für die Gemeinschaft, keinen Bezug zu den Menschen im Tal. Der einzige Kontakt, den er mit den Bewohnern gehabt hatte, war, soweit sie wusste, mit den Livingstons und ihr selbst gewesen – und die kurze Episode, bei der er Mike Kilgore die gleiche Antwort gegeben hatte wie ihr jetzt: Nein.

Bis zu diesem Moment war ihr nicht klar gewesen, wie dringend sie sich gewünscht hatte, dass er Ja sagte. Sie hatte die ganze Zeit über die Fassung bewahrt, mehr oder weniger, aber unter der Oberfläche war sie vollkommen verängstigt, fürchtete sich davor, etwas falsch zu machen, etwas Entscheidendes nicht zu bedenken und so schuld daran zu sein, dass jemand verletzt oder gar getötet wurde. Sie *brauchte* seine Hilfe … Aber was brauchte *er*? Nichts. Er hatte alles hier oben, um die Krise zu überstehen. Sie konnte nichts weiter tun, als ihn anzubetteln, da sie keine Gegenleistung anbieten konnte.

Plötzlich schoss ihr ein Gedanke durch den Kopf. Sie besaß zwar nichts, was er benötigte, aber vielleicht wollte er sie?

Ob sie es wagen sollte? Sie, die sich nie etwas getraut hatte?

Sie wusste es besser, als sich vorzumachen, dass sie ein persönliches Opfer für das Wohl der Talbewohner bringen würde. Die unverblümte Wahrheit war, dass sie Ben wollte, ihn begehrte, so stark, wie sie sich nie hätte vorstellen können, jemals einen Mann zu wollen. Sie war nie Risiken eingegangen, hatte immer Entscheidungen getroffen, für die sie ihre Komfortzone nicht verlassen musste, hatte nie jemanden bedrängt, nie gefordert oder versucht, Aufmerksamkeit zu erregen. Sie *glaubte*, er könne interessiert sein, aber weil sie sich an diesem Spiel der Geschlechter nie beteiligt hatte, besaß sie auch keine praktischen Erfahrungen, auf die sie zurückgreifen konnte.

Sie wusste, dass sie keine Schönheitskönigin war, aber attraktiv genug – es sei denn, er bevorzugte Frauen mit üppigen Rundungen, zu denen sie ganz sicher nicht gehörte. Carol meinte immer, im Grunde seien Männer nicht so wählerisch, aber Adam hatte diese Theorie irgendwie widerlegt, er war mit ihr nie so richtig zufrieden gewesen.

Aber das hier war Ben. Und die beiden waren so unterschiedliche Männer, dass sie genauso gut auch zu verschiedenen Spezies hätten gehören können. Wenn Ben Ja sagte, würde sie das bekommen, was sie wollte: ihn. Und mit Glück bekämen die Talbewohner seine militärische Beratung.

Sie könnte fragen … oder den Kopf einziehen und leise wieder gehen, vor der Herausforderung flüchten und so weitermachen wie bisher. Sie hatte nie die Hand nach dem ausgestreckt, was sie wollte.

Sie hatte nie *versucht*.

Ihre Lippen fühlten sich taub an, und es dröhnte in ihren Ohren. Die Herausforderung, über sich hinauszuwachsen, alles zu riskieren, war so überwältigend und angsteinflößend, dass sie glaubte, jeden Moment unter diesem Gefühl zusammenzubrechen. Doch sie konnte nicht einfach nichts tun und mit dieser Tatsache weiterleben. Das war kein Rückzieher vor einer Ski-Abfahrt, sondern es ging um die Möglichkeit, Ben zu bekommen. Und vielleicht auch mehr. Egal was, sie musste diese Chance ergreifen.

Wie aus weiter Ferne hörte sie ihre eigene Stimme, leise und ein kleines bisschen zittrig: »Ich würde mit dir ins Bett gehen, wenn du uns hilfst.«

Sein Gesichtsausdruck änderte sich um keine Nuance. Die Worte hingen zwischen ihnen … oder nicht? Hatte sie es wirklich laut ausgesprochen? Oder hatte sie sich ihr Angebot nur eingebildet?

Dann sagte er schließlich: »Ich weiß nicht, für wen das beleidigender ist, für dich oder mich.« Dann fügte er hinzu: »Nein.«

Das war es, nur ein Wort, und es war niederschmetternd.

Jetzt waren nicht nur ihre Lippen taub, sie hatte überhaupt kein Gefühl mehr im ganzen Körper. Der Himmel wurde nicht in Stücke gesprengt, die Erde tat sich nicht auf, um sie zu verschlucken, egal wie sehnlich sie sich das wünschte. Sie saß nur da, entblößt und gedemütigt, und kämpfte darum, durch den überwältigenden Schmerz der Zurückweisung atmen zu können.

Sollte ihr Herz noch schlagen, so merkte sie es nicht.

Irgendwie schaffte sie es, sich langsam zu erheben, auch wenn sie nicht wusste, wie. Irgendwie würde sie es schaffen, die steile Auffahrt zurückzugehen. Woher sie die Kraft dazu nehmen sollte, war eine andere Frage. Aber auch das würde ihr gelingen.

Doch sie durfte nicht einfach verschwinden, nicht so. Sie durfte ihn nicht im Glauben lassen, sie würde sich jedem zum Tausch anbieten. Also raffte sie den letzten Rest ihres Stolzes zusammen. »Es geht nicht nur um die Talbewohner. Ich hätte dieses … Angebot … niemand anderem gemacht. Nur dir. Weil … weil ich dachte, ich hatte das Gefühl …« Sie verstummte und versuchte sich zu sammeln. »Ich fühle mich … zu dir hingezogen.« Sie hatte es geschafft. Mehr würde sie nicht ertragen. »Tut mir leid«, fügte sie leise hinzu und drehte sich um.

Sie hatte noch keinen Schritt gemacht, als sich seine kräftige Hand um ihren Arm schloss und Ben sie zurückhielt. Alles in ihr wehrte sich dagegen, am Gehen gehindert zu werden. Sie musste verschwinden, seinen Blicken entkommen, bevor sie vollkommen zusammenbrach. Sie wollte nicht, dass er das sah, dass er mitbekam, was in ihr vorging. Hilflos versuchte sie ihren Arm zu befreien, obwohl ihr das vermutlich nur gelingen würde, wenn er es zuließ, aber sie versuchte es trotzdem, denn sie musste etwas tun.

»Also …« Seine tiefe Stimme hörte sich fast wie ein Knurren an, »das ändert die Dinge.« Er stand dicht hinter ihr, und seine Worte vibrierten durch ihren Körper und schienen über ihre blank liegenden Nerven zu streichen.

Sie schüttelte den Kopf. Alles, was er jetzt sagte, würde wie Mitleid klingen, und das konnte sie nicht ertragen. »Nein, tut es nicht.« Wieder wollte sie ihren Arm aus seinem Griff zerren.

»Und ob. Und ich kann es dir zeigen.«

Er ließ ihren Arm los und legte beide Hände um ihre Taille, drehte sie zu sich herum, sodass sie ihm das Gesicht zuwandte. Sie wollte nicht, dass er sie ansah und erkannte, wie verzweifelt sie war. Schnell senkte sie den Kopf, und plötzlich lag ihre Stirn auf seiner Brust. Er roch nach Seife, nach Mann, nach erhitzter Haut. Sie konnte seinen Herzschlag hören, gedämpft, aber stark und gleichmäßig, und fast hätte sie ihre Wange dagegen gelegt, um es auch zu fühlen. Aber sie widerstand diesem Drang, fühlte sich zu erschüttert, um etwas anderes zu machen, als es durchzustehen.

Langsam, fast vorsichtig zog er sie an sich.

Sie spürte noch mehr Hitze, fühlte seine Brust, seinen Bauch, die einzelnen harten Muskelstränge unter seiner warmen Haut. Sie spürte den Griff seiner großen Hände, die an ihren Hüften entlangstrichen, die langen muskulösen Beine, so dicht an sie gepresst, dass sich sein harter Schwanz gegen ihren Bauch drückte. Er bewegte sich gegen ihre Hüften, vor und zurück, ließ sie die dicke Schwellung spüren.

Wieder schüttelte sie den Kopf. »Ich … Das verstehe ich nicht.«

Er strich mit einer Hand von ihrer Hüfte über ihren Rücken hoch zu ihrem Haar, umfasste es an ihrem Hinterkopf und zog ihren Kopf nach hinten, bis sie ihm in die Augen blicken musste. Der Ausdruck dieser stechenden grünen Augen lähmte sie wie ein Kaninchen, das vor dem Raubtierblick des Wolfes erstarrte.

»Vielleicht hilft das hier zu verstehen.« Er küsste sie – auf eine Weise, wie sie noch nie geküsst worden war. Es war, als wolle er sie verschlingen, sie besitzen und jede Erinnerung an alles, was davor gewesen war, für immer auslöschen. Der Kuss war hart, seine Lippen fest, und seine Zunge eroberte ihren Mund, bevor ihr klar war, was er tat. Er verschlang ihren Mund, als wollte er ihr jeden Moment die Kleider vom Leib reißen, sie hochheben und gegen die Wand drücken.

Sein Geschmack … oh, sie liebte seinen Geschmack.

Ein Teil von ihr wollte ihn von sich schieben und ihn anschreien. Er hatte Nein gesagt und sie damit niedergeschmettert. Jetzt küsste er sie, als wollte er sie nie wieder gehen lassen. Sie war nicht gut in diesem Mann-Frau-Ding, diesem Hin und Her, es machte sie wütend, und sie hätte ihn am liebsten geschlagen.

Stattdessen legte sie die Arme um ihn und krallte sich in sein Hemd, erwiderte den Kuss mit derselben Glut und demselben Hunger, genoss die Kraft, die sie in seinen Händen spürte. Doch das reichte ihr nicht, und sie schob die Finger unter sein Hemd, strich über seinen Rücken und presste sich noch fester an ihn. Es würde nie genug sein, bevor sie nicht Haut an Haut lagen und sie ihn in sich spürte, er ihre schmerzende Leere füllte.

Auf einmal bemerkte sie an ihren Fingern etwas Warmes, Klebriges.

Es dauerte ein paar Sekunden, bis sich das unpassende Gefühl in ihr Bewusstsein rückte und sie erkannte, dass etwas nicht stimmte. Unbewusst rieb sie ihren Daumen gegen den Zeigefinger. Ben wollte gerade zu einem weiteren Kuss ansetzen, aber sie sah ihn mit gerunzelter Stirn an. »Warte.«

Er hielt in der Bewegung inne und horchte nach einem ungewöhnlichen Geräusch. Doch der Hund lag zufrieden schnaufend unter dem Tisch und zeigte keine Anzeichen von Beunruhigung. »Was ist? Hast du was gehört?«, fragte Ben.

»Nein.« Sie zog die Hand unter seinem Hemd vor und starrte verwirrt auf den roten Fleck an ihren Fingern. »Was ist das denn?«

Sofort wurde sein Blick wieder klar. »Blut. Meins. Aber nichts Ernstes, nur ein kleiner Schnitt, die Wunde muss wohl wieder aufgegangen sein.«

»Du machst Scherze.«

»Warum?«

»Es ist wieder aufgegangen, ist aber nichts Ernstes? Dreh dich mal um und lass mich sehen.«

Er hatte jetzt diesen teilnahmslosen Blick, der klarmachte, dass er eigentlich nicht das tat, was andere von ihm verlangten. Sela wusste, dass er es nicht leiden konnte, wenn andere sich um seine Angelegenheiten kümmerten, aber … Aber sie bebte innerlich immer noch von dem, was gerade passiert war, es war gut, sich auf etwas anderes zu konzentrieren. Sich seine Wunde anzusehen, war schon mal ein Anfang.

»Du hast mich geküsst«, beschwerte sie sich, »das gibt mir das Recht dazu. Tut mir leid, aber so ist das nun mal. Also dreh dich um.«

Sein teilnahmsloser Gesichtsausdruck veränderte sich, und es sah fast so aus, als wäre er amüsiert. »Ein Kuss gibt dir Rechte?«

»Dieser schon.« So war sie noch nie geküsst worden, und sie wusste, dass etwas zwischen ihnen passierte, das über alles hinausging, was sie sich vorstellen konnte. Sie war auch noch nie so direkt gewesen, aber sie hatte einen aufreibenden Tag hinter sich, und es schien ihre neue Gewohnheit zu sein, Dinge zu tun, die sie vorher noch nie getan hatte. Die Gewissheit, trotzdem immer noch zu funktionieren, ließ sie euphorisch werden und machte ihr gleichzeitig Angst. Zum Teufel, sie konnte gerade so einfach weitermachen. »Zieh dein Hemd aus und …« Sie ließ den Finger kreisen und wartete dann mit angehaltenem Atem auf seine Reaktion.

15. Kapitel

Er zog seine schwarzen Augenbrauen hoch, begann aber, sein Hemd aufzuknöpfen. Mit jedem Knopf, den er öffnete, bekam sie mehr und mehr von seiner nackten Brust zu sehen, dann seinen Bauch, und ihr stockte der Atem. Wie ein Diamant geformt bedeckte das dunkle Haar seine Brust und verlief dann in einer schmalen Linie weiter nach unten zu seinem muskulösen Bauch. Gern hätte sie die Hände ausgestreckt und ihn gestreichelt, aber in seinem Blick lag immer noch dieses wilde Verlangen. Sie wusste, wenn sie ihn jetzt berührte, würde sie sich nicht mehr um seine Wunde an der Schulter kümmern.

Ben warf das Flanellhemd über die Stuhllehne und drehte ihr den Rücken zu, sodass sie die Verletzung begutachten konnte. Sie hielt kurz erschrocken den Atem an. Zwar hatte er einen Verband angelegt, aber die Kompresse war schon von Blut durchtränkt. Das Stück Gaze war schmal, nur etwa sieben mal sieben Zentimeter, daneben hatte sich die Haut verfärbt. Der Schnitt mochte vielleicht nicht tief sein, aber es sah ziemlich schlimm aus. Sie begann die Kompresse vom äußeren Rand her zu entfernen, aber in der Mitte klebte sie fest.

»Wie ist das passiert?« Sie zog weiter an den Rändern des Verbands und lehnte sich vor, um die Wunde besser sehen zu können.

»Ich habe Feuerholz geschlagen, und ein Baum wollte

nicht so wie vorgesehen, hat mich erwischt. Es ist nicht so schlimm.«

»Aber es blutet immer noch.«

»Ich komme nicht ran, um blutstillendes Puder draufzustreuen.«

»Also der Verband ist durchgeblutet und klebt an der Wunde. Ich muss das mit warmem Wasser aufweichen. Wo ist dein Erste-Hilfe-Kasten?« Ja, sie stimmte ihm zu, dass es offensichtlich keine ernsthafte Verletzung war, sonst würde er sich auch nicht so normal bewegen, aber die Schulter musste trotzdem richtig verbunden werden.

»Im Badezimmer«, erwiderte er. Dann folgte eine längere Pause, er schien zu zögern, ob er sie nicht einfach wegschicken sollte, Kuss hin oder her. Sela wappnete sich dafür, nicht lockerzulassen, sie würde verdammt noch mal nicht gehen, bevor sie sich nicht um ihn gekümmert hatte.

»Zeig mir, wo es ist«, sagte sie und hielt die Luft an.

Einen kurzen Moment rührte er sich nicht, dann sah sie förmlich, wie er kapitulierte. Schließlich führte er sie durch sein Schlafzimmer ins Bad. Sie blieb ihm immer dicht auf den Fersen, ohne sich die Zeit zu nehmen, stehen zu bleiben und sich umzusehen, schon aus Angst, er könne es sich anders überlegen. Seine Geduld mit anderen Menschen war nicht allzu groß. Trotzdem bekam sie einen kurzen Eindruck von seinem Schlafzimmer, das genauso wie sein Wohnraum wirkte: sparsam möbliert, funktional. Der Teppich auf dem Boden diente nicht zur Dekoration, sondern um die Füße warm zu halten. Auf seinem Bett lag eine dunkelgrüne Decke, keine Überdecke. Immerhin ein Kissen.

Das Badezimmer genauso, aber größer, als sie vermutet

hatte, zwei Waschbecken, eine Wanne sowie eine Duschkabine mit Glastür. Es roch nach Seife, und die Luft war feucht. Es war lange her, dass ihr so etwas begegnet war. Erstaunt blieb sie stehen. Die Duschkabinentür stand offen, und sie bemerkte, dass der Boden feucht war. Nicht nur das, ein Handtuch, das dort hing, sah aus, als wäre es erst vor Kurzem benutzt worden.

»Deine … deine Dusche funktioniert noch?« Obwohl der Holzofen im Wohnraum brannte, hatte sie nicht erwartet, dass es im Schlafzimmer und im Bad so warm war, auf jeden Fall viel wärmer als bei ihr.

»Gravitations-System und Solarzellen für heißes Wasser.«

Heißes Wasser. Sie unterdrückte ein Stöhnen. Den Fernseher vermisste sie, auch die Möglichkeit, in einen Laden zu gehen und einzukaufen, was sie gerade brauchte, die Zentralheizung fehlte ihr, aber am meisten sehnte sie sich danach, heiß duschen zu können.

Ben zog einen beachtlichen Erste-Hilfe-Kasten aus dem Schrank und stellte ihn auf den Waschtisch. Dann setzte er sich rittlings auf den Toilettendeckel. »Streu einfach ein bisschen von dem blutstillenden Puder drauf, das reicht.«

Sela öffnete den robusten schwarzen Kasten und begutachtete den Inhalt. Sie fand antiseptische Tücher, antibiotische Salbe und ein Tütchen mit dem blutstillenden Puder, dazu selbstklebende Bandagen. Einmalhandschuhe sah sie nicht. Fast zögernd drehte sie den Heißwasserhahn auf, und was sie sah, empfand sie fast wie ein Wunder. Das Wasser floss aus dem Hahn.

»Oh mein Gott.« Sie nahm die Seife und wusch sich die Hände.

»Was?«

»Fließendes Wasser.« Ihre Hände waren sauber. Sie trocknete sie nicht ab, nahm gleich zwei Gazekissen, hielt sie unter das Wasser und drückte eins davon auf die blutige Kompresse, das andere hielt sie darunter, um die roten Rinnsale aufzufangen. Als der Verband durchnässt war, begann sie wieder vorsichtig daran zu ziehen. Es klebte immer noch ein bisschen, und die Wunde begann wieder zu bluten.

»Zieh ihn einfach schnell ab«, sagte Ben mit einem Blick über die Schulter.

Das war sicher der beste Weg, da es so oder so blutete. Die Kompresse war nass, noch nasser würde sie nicht werden. Sie nahm das obere Ende der Kompresse und zuckte ein kleines bisschen zusammen, als sie sie mit einem Ruck abzog. Kaum hatte sie sie gelöst, presste Sela sie wieder auf die Wunde, so fest sie konnte.

»Jetzt das Puder.«

»Einfach draufstreuen?«

Er lehnte sich etwas vor. »Streu es rauf und verteile es mit dem Finger.«

Sela riss die Tüte auf und gab etwas von dem weißen Pulver auf die blutende Wunde, wischte mit dem Finger über die feinen Körnchen und schob sie an die Stelle, die am stärksten blutete, um sie dann so zu verteilen, wie Ben es ihr gesagt hatte. Nach einigen Sekunden begann das Blut zu gerinnen, und in weniger als einer halben Minute hatte es aufgehört zu bluten.

Schweigend reinigte sie die Haut um die Wunde herum, und als die Blutung ganz zum Stillstand gekommen war, tupfte sie die fleckigen Körnchen weg. Die Haut war in einer Art Zickzacklinie zerrissen, nicht wie bei einem glatten Schnitt, und um die Wunde herum angeschwollen und verfärbt. »Zu dumm, dass wir kein Eis haben«, murmelte sie, dann stutzte sie. »Oder hast du welches?«

»Im Moment nicht.«

Was sich so anhörte, als könnte er welches herstellen, wenn er es unbedingt bräuchte. »Was hast du eigentlich nicht?«

»Satellitenfernseher, Klimaanlage, Internet.«

»Das fehlt mir alles«, gestand sie leise, während sie die Wunde mit einer sterilen Kompresse abtupfte. »Allerdings nicht so sehr wie fließendes Wasser.« Sie betrachtete die gezackten Wundränder. »Das müsste eigentlich genäht werden.«

»Nicht so dringend, dass ich loslaufe und jemanden suche, der so was kann. Aber wenn du dich freiwillig zur Verfügung stellst – ich habe im Erste-Hilfe-Kasten alles, was du brauchst.«

»Ich versuch's, wenn du willst.« Zweifelnd sah sie sich die Verletzung an. »Aber ich hab so was noch nie gemacht.« Sie war sich nicht sicher, ob sie es ertragen könnte, eine Nadel durch seine Haut zu stechen. Aber andererseits – vor drei Monaten hätte sie auch nicht geahnt, dass sie irgendetwas von dem zustande bringen würde, was inzwischen zu ihrem täglichen Leben gehörte. Und wenn Bens Wunde genäht werden musste, würde sie das auch schaffen.

»Kleb einfach ein paar Klammerpflaster drauf, das reicht.«

Auch wenn sie zweifelte, ob das reichte, reinigte sie die Wundränder noch einmal, um sicherzugehen, dass sie sauber waren, und trug etwas antibiotische Salbe auf. Während sie das tat, wurde ihr klar, dass dies ganz bestimmt nicht seine erste Verletzung war. Eine wulstige sternförmige Narbe bedeckte seine Haut über der Taille auf der linken Seite. Eine lange schmale Linie verlief von der linken Schulter über das Rückgrat bis zum rechten Rippenbogen hinüber. Auf der rechten Schulter, direkt über der frischen Wunde, befand sich eine kurze breite Narbe, die wie eine Furche den Muskel durchzog. Diese neue Verletzung würde eine weitere Narbe hinterlassen, so uneben, wie die Wundränder aussahen.

Sela wusste, dass Ben in der Armee gewesen war, und das hier war der Körper eines Kämpfers, ein lebender Beweis für ein Leben voller Schmerzen, Aufopferung und mit Nerven aus Stahl. Wenn diese Narben nicht von früheren Einsätzen in Gefechten stammten, musste er einen fürchterlichen Verkehrsunfall gehabt haben, aber sie würde eher auf Ersteres wetten. Vielleicht war er schon immer ein Einzelgänger gewesen, aber sie vermutete, dass seine Zurückgezogenheit mehr mit seinen Erfahrungen als seiner Persönlichkeit zu tun hatte.

Sie hätte die Narben gern gestreichelt, spürte aber, dass er das gar nicht gut fände. Egal wie er zu ihnen gekommen war, es war seine Vergangenheit, und es stand ihm zu, zu entscheiden, ob er sie teilen wollte.

So vorsichtig wie möglich presste sie die gezackten Wundränder zusammen und drückte mehrere Klammerpflaster darüber, dann legte sie noch eine Kompresse darauf und klebte sie mit Tape fest. »Ich bin keine Ärztin, aber ich habe so was oft im Fernsehen gesehen und musste auch Olivias Wehwehchen öfter behandeln. Diese Woche solltest du kein Holz hacken, und nass werden darf das hier auch nicht.«

Er warf ihr einen Blick über die Schulter zu, und diesmal sah er ganz offensichtlich amüsiert aus. »Und wie soll ich dann duschen?«

»Oh … okay, dann dusche eben zwei Tage nicht. Wenn du keine schwere körperliche Arbeit machst, wirst du ja auch nicht so schmutzig und verschwitzt, oder?« Sie ordnete alles, was sie nicht benutzt hatte, wieder in den Erste-Hilfe-Kasten ein. »Aber behalte das im Auge. Wenn es sich entzündet, musst du was unternehmen. Komm runter ins Tal, dann helfe ich. Wir haben ein paar Kräuterkundler, die dir einen guten Wickel machen können.«

»Ja, Ma'am.« Er stand auf und drehte sich zu ihr um, und wow, diese Brust. Sela wandte schnell den Blick ab, bevor sie sich wieder blamierte. Sie hatte ihr Gleichgewicht wiedergefunden, weil er sie geküsst hatte, aber das hieß nicht, dass sie sich nicht daran erinnerte, wie prompt er ihr Angebot abgelehnt hatte.

Ben legte ihr die Hände um die Taille so wie vorhin schon, mit den Daumen strich er sanft zu beiden Seiten ihres Bauchnabels über ihre Haut. Bei der Liebkosung richteten sich ihre Brustspitzen auf, und zwischen ihren Beinen begann es zu pulsieren. Sie wollte sich an ihn schmiegen, ihn spüren. Ein bisschen erstaunte es sie immer noch, dass er sie so berührte, und das hielt sie davor zurück, ihm über die muskulösen Arme zu streichen. »Ich werde morgen früh mit den Leuten aus dem Tal sprechen«, murmelte er, den scharfen Blick aus seinen grünen Augen auf ihre Lippen gerichtet, dann ließ er ihn zu ihren Brüsten wandern. »Aber wenn wir Sex haben, dann hat das nichts mit irgendeinem Handel zu tun. Nur damit, dass wir es wollen. Ist das klar?«

Sie nickte. *Wenn* wir Sex haben. Als wäre es etwas Unausweichliches.

Und das war es auch.

Sie akzeptierte es. Wollte es. Die einzige Frage war, *wann*?

»Ich muss jetzt gehen.« Sie wünschte, das Wann wäre jetzt, obwohl sie wusste, dass es nicht jetzt sein konnte. Sie musste nach Carol sehen, sich um das Essen kümmern. Glücklicherweise hatte Nancy sich bereit erklärt, heute Nacht bei ihrer Tante zu bleiben, denn Sela ging langsam die Energie aus. Sie wollte sich einfach nur auf die Couch vor dem Feuer unter ihre Decke kuscheln und etwas von dem versäumten Schlaf nachholen.

Ben deutete mit dem Kopf auf die Duschkabine. »Willst du duschen, bevor du gehst?«

Sie starrte ihn mit leicht geöffneten Lippen an. Er hätte sie nicht mehr in Versuchung führen können, wenn er ihr ein neues Auto versprochen hätte. Eine Dusche! Seit zwei Monaten wusch sie sich mit dem Wasser aus dem Bach und machte es über dem Feuer warm, was nicht sehr effizient war. Haarewaschen bedeutete viel Aufwand und ging nur, wenn sie Zeit hatte, es anschließend vor den Kamin zu trocknen. Sie gab sich viel Mühe mit der täglichen Körperpflege, und fließendes heißes Wasser war der größte Luxus für sie.

Ben hätte fast gegrinst – er tat es nicht, aber fast. »Wenn du dein Gesicht sehen könntest! Ich nehme das mal als ein Ja. Handtücher sind dort.« Er zeigte auf einen Wäscheschrank. »Allerdings habe ich keine nobel duftende Seife oder besonderes Shampoo …«

»Das ist mir egal!«, sagte sie schnell und wollte schon anfangen, ihr Hemd aufzuknöpfen. Errötend hielt sie sich noch rechtzeitig zurück, bevor sie sich hier vor ihm auszog.

»Nimm dir so viel Zeit, wie du willst.« Er verließ das Bad und schloss die Tür hinter sich.

Sela schälte sich so schnell aus ihren Kleidern, dass sie fast den Stoff zerriss. Eine Dusche! Sie würde eine wunderbare heiße Dusche nehmen!

Ben zog sich Hemd und Jacke an, dann rief er den Hund und ging mit ihm nach draußen. Er traute sich nicht, im Haus zu bleiben, wenn er wusste, dass eine nackte Frau in seiner Dusche war – und nicht irgendeine, sondern Sela. Die stille, sanfte Sela, die seinen Kuss mit einem solchen Feuer erwidert hatte, dass er schon bei dem Gedanken daran eine Erektion bekam. Es war nicht nur die Art, wie sie reagiert hatte, sondern auch die Besorgnis über diesen ärgerlichen, aber wirklich nicht ernsten Schnitt in der Schulter und die Sanftheit, mit der sie ihn verarztet hatte. Seine sämtlichen Wunden waren im Kriegsgebiet – ohne große Vorsicht – oder in einem Militärkrankenhaus – auch nicht viel vorsichtiger – behandelt worden. Sie hatte sich regelrecht um ihn gekümmert. Er konnte sich nicht mehr daran erinnern, wann oder ob sich je ein Mensch um ihn und nicht den Soldaten gesorgt hatte.

Das war wirklich eine überraschende Wendung gewesen. Von dem Moment an, als er sie seine Einfahrt hatte hochlaufen sehen, war alles ziemlich schnell passiert.

Verdammt. Sela hatte Mumm. Wenn sie etwas wirklich wollte, würde sie alles dafür tun, um es zu bekommen. Es war nicht mal für sie selbst gewesen, sondern für die Leute im Tal, die wohl nie erfahren würden, was sie ihm angeboten hatte, obwohl sie dieses Opfer vielleicht gar nicht verdienten.

Opfer? Er würde schon dafür sorgen, dass es weder ein Opfer noch eine Bezahlung wäre. Er würde tun, was sie wollte, ohne Einschränkung. Was auch immer danach geschehen sollte, es würde passieren, weil sie beide es wollten.

Ben wollte nichts mit den Leuten im Tal zu tun haben, mit der Gemeinde oder was zum Teufel dieses Wears Valley war. Er hatte kein Interesse an ihnen. Aber er hatte sich jetzt verpflichtet, und offensichtlich brauchten sie seine Hilfe. Trotz allem machte er sich auch Sorgen um das ältere Ehepaar, die Livingstons. Sie würden bestimmt eine Weile an dem, was vorgefallen war, zu knabbern haben und benötigten Hilfe, um den Schock zu überwinden und sich in ihrem Zuhause wieder sicher zu fühlen.

Ben sah zum Hund hinüber, der herumsprang und überall schnüffelte. Er hatte keine Verantwortung für einen Welpen übernehmen wollen und auch dessen Gesellschaft nicht gesucht, aber nun hatte er sich an ihn gewöhnt. Er klopfte sich auf den Schenkel, und der verspielte Hund kam herübergelaufen und wedelte hocherfreut mit dem Schwanz. Ben bückte sich und kraulte ihn hinter den Ohren. »Ich werde dich vermissen, Junge«, murmelte er, »aber da ist ein älteres Ehepaar, das dich mehr braucht als ich.« Erst als er es aussprach, wurde ihm bewusst, dass er den Hund überhaupt brauchte. »Meinst du, es würde dir gefallen, verwöhnt zu werden? Ich glaube kaum, dass du viel zum Jagen kommen wirst, aber du bekommst so viel Aufmerksamkeit und Zuwendung, wie du möchtest.« Vielleicht wollten sich die Livingstons gar nicht um einen Hund kümmern, aber einen Mountain Cur in der Wohnung zu haben, der sie bewachte, war ideal, um sich sicher zu fühlen. Mehr als fragen konnte er nicht.

Und, verdammt, das hieß, er müsste dann auch für sie Wild erlegen, damit sie den Hund füttern konnten. Das war das Problem, wenn man Leute kennenlernte. Man war wie in einem verdammten Spinnennetz gefangen, in das man immer fester eingewickelt wurde.

Eins dieser Spinnennetze befand sich gerade in seinem Bad. Während er den Hund streichelte, waren seine Gedanken wieder zu Sela gewandert. Als sie an die Dusche gedacht hatte … Ihr Gesichtsausdruck war unbezahlbar gewesen – und erregend. Er hatte Freude und Nachdenklichkeit gesehen und Verlangen, ihre sanften dunklen Augen hatten voller Verlangen geleuchtet. Verlangen nach einer Dusche.

Er war schon wieder hart. Vorsichtig stand er auf und streckte sich, um seinem Schwanz mehr Platz zu lassen. Ihm wurde klar, dass er nicht in der Lage sein würde, sich zurückzuhalten. Er wollte, dass sie ihn genauso ansah. *Gib es zu, gesteh es dir ein, und handle danach.*

Er sah zum Haus hinüber, sein Jagdinstinkt war erwacht. Unter seiner Dusche stand eine nackte Frau, und er hätte ihr gern Gesellschaft geleistet.

16. Kapitel

Ben und der Hund begleiteten Sela den steilen Pfad hinunter zu der Stelle, wo sie ihren SUV geparkt hatte. Er trug sein Gewehr mit sich, wandte sich immer wieder um, hatte den Blick ständig auf seine Umgebung gerichtet. Er war viel wachsamer, als Sela es auf dem Weg nach oben gewesen war, und er war bewaffnet. Sie war einfach hochgelaufen, ohne auf Gefahren zu achten. Die Gemeinde-Patrouille konnte vermutlich einiges von ihm lernen, und Sela sollte das auch. Jeder war verantwortlich dafür, im Tal für Sicherheit zu sorgen.

Sela fühlte sich wunderbar. Zwar hatte sie sich jeden Abend mit Seife gewaschen, aber es war etwas ganz anderes, unter einem warmen Wasserstrahl zu stehen. Sie roch nach Bens Seife und seinem Shampoo, beides schlicht und einfach, ohne Parfüm, und das gefiel ihr. Nach der Dusche hatte sie sich vor den Ofen gesetzt und die Haare mit den Fingern durchkämmt, bis sie halbwegs getrocknet waren. Sie hätte dort noch ewig bleiben können, war aber unruhig geworden, weil ihre Pflichten auf sie warteten.

Als sie den Wagen erreichten, nahm Sela die Fernbedienung aus der Tasche und entriegelte die Türen. Dabei warf sie Ben einen fast schuldbewussten Blick zu. »Ich hab auch deine Toilette benutzt«, gestand sie ihm, »und gespült.«

»Ich weiß, das habe ich gehört.« Er sah sie amüsiert an. »Also, die Spülung, meine ich.«

Bevor sie sich zurückhalten konnte, boxte sie ihm in den Arm und schlug sich noch im selben Moment die Hand vor den Mund, während ihr die Hitze ins Gesicht stieg. »Tut mir leid«, nuschelte sie hinter ihrer Hand. »Ich wollte nicht … Ich meine, ich habe noch nie …« Sie verstummte, es wäre lächerlich zu sagen, dass sie nie jemanden schlug, nachdem sie ihm gerade einen Schlag verpasst hatte.

»Leuten einen freundschaftlichen Klaps gegeben?«, fragte er. Dann legte er die Hände um ihre Taille und zog sie an sich. »Das war doch gar nichts, ich hab's kaum gespürt. Ehrlich gesagt, hast du meine Gefühle verletzt, das musst du wiedergutmachen.«

Bens … Gefühle verletzt? Sie sah ihn verwirrt an, bis ihr dämmerte, dass er mit ihr flirtete. Flirten! Ben Jernigan! Bei dem Gedanken wurde ihr warm, und ein Lächeln erschien auf ihrem Gesicht. Sie stellte sich auf die Zehenspitzen, legte ihm die Arme um den Nacken und hauchte einen Kuss auf seine Lippen. »Fühlst du dich jetzt besser?«, fragte sie und gab ihm einen weiteren Kuss. War es nicht unglaublich, dass Ben sie festhielt und sie ihn küsste? Alles hatte sich schlagartig verändert, es waren Dinge passiert, die sie sich niemals hätte vorstellen können.

»Fast«, entgegnete er und übernahm die Führung.

Es war so lange her, dass ein Mann sie hatte spüren lassen, wie attraktiv er sie fand, und dass sie Leidenschaft erlebt hatte. Ben gab ihr das Gefühl, dass sie ihn mit der geringsten Berührung entflammen konnte, was seine harte Beule in der Hose unterstrich. Bei der Erinnerung daran, wie er sich ihr genähert hatte, wenn auch zögernd, dämmerte ihr, dass er sich von ihr genauso angezogen fühlte wie sie sich von ihm. Diese Erkenntnis ließ sie aufgeregt erschauern. Sie würde bald Sex mit ihm haben – vielleicht nicht in der nächsten Woche, denn Carol brauchte noch ihre Hilfe, aber demnächst. Seit der Scheidung von Adam hatte sie keinen Sex gehabt. Ihr Selbstbewusstsein war so erschüttert gewesen, dass sie sich nicht einmal zu einem Date hatte überwinden können. Aber bald würde sie mit einem Mann ins Bett gehen, neben dem Adam wie eine alberne Ken-Puppe wirkte.

Ben hob sie auf die Kühlerhaube des Honda und stellte sich zwischen ihre Beine – so selbstverständlich und natürlich, als hätten sie bereits seit Monaten miteinander rumgemacht, und nicht erst seit … einer Stunde? Selas Herz begann zu hämmern, als er sich mit seinem harten Schwanz fest an sie drückte und vor und zurück rutschte. »Oh«, seufzte sie atemlos und krallte die Finger in sein Haar.

Ben gab ein Stöhnen von sich, das tief aus seiner Kehle kam, und ließ sie wieder los. Sofort spürte sie Enttäuschung, bis sie seinen entrückten Gesichtsausdruck sah und ihr klar wurde, dass er bei dieser lustvollen, heftigen Umarmung trotz all der Kleidung zwischen ihnen fast gekommen wäre. Es gefiel ihr, dass sie ihn anturnte. Sie beugte sich vor, um den Kopf auf seine linke Schulter zu legen, das Gesicht in seiner Halsbeuge. Sie liebte seinen warmen männlichen Duft, und er erregte sie.

»Du solltest lieber gehen«, sagte er heiser.

»Ja.« Sie hatte ihre Pflichten zu erledigen und noch einiges, über das sie nachdenken musste. Auf dem Weg nach oben hatte sie sich gefühlt, als würde ihr Untergang bevorstehen, aber jetzt war sie geradezu euphorisch. Sie würde Sex mit Ben Jernigan haben, bald. Die Lage im Tal war nicht weniger angespannt als vorher, die Gefahr lauerte noch immer, doch das wurde durch die Tatsache relativiert, dass

Menschen Menschen blieben und das taten, was sie schon immer getan hatten. Sexuelle Anziehungskraft, von Hormonen und Pheromonen überwältigt und trunken zu sein … sie fand, dass es ein wunderbarer Ausgleich zu allem anderen war.

Ben hob sie von der Kühlerhaube herunter und öffnete die Fahrertür. »Ich werde morgen früh an der Tankstelle sein. Du hast zwar gesagt, dass ihr um neun anfangt, aber die Leute werden wahrscheinlich schon in der Dämmerung anstehen.«

»Ich hoffe, ich habe genug Benzin für alle.«

»Etwas ist besser als gar nichts. Rationiere es so, dass jeder was bekommt.«

Unfähig, sich von ihm zu trennen, erzählte sie ihm von ihrem Plan, Feuerschalen zum Heizen und zum Kochen herstellen zu lassen. Er nickte. »Gute Idee. Bestimmt gibt es im Tal eine Töpferei, bei all den Handwerksbetrieben hier. Wenn ihr das macht, braucht ihr feuerfeste Ziegel oder Schiefer oder einen Sandkasten als Unterlage für die Feuerschalen, damit der Fußboden nicht anbrennt.«

»Noch etwas, das man bedenken muss«, sagte sie seufzend. »Für jede Lösung gibt es ein neues Problem, was?«

»So läuft es eben.« Er lehnte sich zu ihr hinunter und küsste sie noch einmal, als wolle er jede Gelegenheit ausnutzen. Ihr war es nur recht.

Während Sela den SUV wendete und den Berg hinunterfuhr, kamen unwillkürlich die Gedanken an all die vor ihr liegenden Probleme wieder. Sie hoffte, dass die Frau, die eine Töpferin kannte, positive Nachrichten hatte. Heute war so viel passiert, dass sie sich nicht mehr an den Namen der Frau erinnern konnte, die womöglich die Schalen herstellen könnte, aber sie wusste noch, wer sich bei ihr hatte erkundigen wollen.

Sela dachte daran, bei Carol anzuhalten, als sie am Haus vorbeikam, aber ihr Haar war immer noch nicht ganz trocken, und schon allein bei dem Gedanken spürte sie, wie ihr die Hitze ins Gesicht stieg, obwohl niemand sie sah. Nein, sie wollte keine Erklärung dazu abgeben, warum ihr Haar feucht war. Sie wollte nicht, dass jemand es erfuhr, denn Ben wäre es garantiert nicht recht, wenn alle wussten, dass er eine funktionierende Dusche und wunderbares heißes Wasser hatte. Sie fuhr weiter zu sich nach Hause, schürte das Feuer, setzte sich davor und kämmte ihr Haar, um es vollständig zu trocknen. Es fühlte sich herrlich an, von Kopf bis Fuß so sauber und frisch zu sein – eine Kleinigkeit, aber es half, um sich wohler zu fühlen. Als Selas Haar trocken war, befestigte sie es mit einer Spange am Hinterkopf, so wie sie es in diesen Tagen immer trug.

Dann ging sie zu Carol hinüber. »Wie geht es der Patientin?«, fragte sie Barb.

»Ich kann euch hören!«, rief Carol aus dem Schlafzimmer und beantwortete damit Selas Frage, denn sie klang ungeduldig und gereizt.

»Und das ganze Tal kann *dich* hören«, entgegnete Sela und ging zu ihr.

»Ha, ha.« Carol drehte sich ein wenig auf ihrem Bett, um eine bequemere Position zu finden. Sie wirkte nicht, als hätte sie Fieber, was beruhigend war, sah aber auch nicht direkt gut aus. Jetzt, nach einem Tag, begannen ihre Blutergüsse aufzublühen, vor allem der am Kinn, der am Abend zuvor nichts weiter als ein roter Fleck gewesen war. »Mein Bein tut weh. Meine Rippen tun weh, und mein Kopf tut weh. Ich habe die Schnauze voll. Ich langweile mich. Ich will ins Wohnzimmer umziehen.«

»Tut mir leid. Du kannst mal kurz zur Toilette umziehen, aber das war's auch schon. Wie wär's mit Lesen?«

Carol blickte sie empört an. »Ich habe ein Buch, vielen Dank, und du bist zu einer Tyrannin mutiert. Die Macht ist dir zu Kopf gestiegen.«

Sela lachte und beugte sich zu ihrer Tante hinunter, um sie auf die Stirn zu küssen. »Du wolltest doch, dass ich die Organisation hier übernehme. Wenn ich also eine Tyrannin bin, ist das deine Schuld.«

Sie mochte vielleicht Schmerzen haben, unter Tabletteneinfluss stehen und gereizt sein, aber Carols Beobachtungsgabe funktionierte nach wie vor. Sie sah Sela mit zusammengekniffenen Augen an. »Du wirkst so anders. Als wenn du high wärst. Hast du einen Joint geraucht?«

»Es war ein verrückter Tag«, entgegnete Sela. »Ich hätte mir wirklich ein paar Mal gewünscht, etwas Dope zu haben und zu wissen, wie man es raucht. Haben dir Barb und Olivia berichtet, was bei den Livingstons passiert ist?«

»Barb hat was von einem Einbruch gesagt, aber dass Jim und Mary Alice beide nicht verletzt sind.« Wieder kniff sie die Augen zusammen. »Stimmt das? Geht es ihnen gut?«

Sela schob sich den Stuhl so hin, dass sie Carol ansehen konnte. »Soweit man das sagen kann, geht es ihnen gut. Aber der Einbrecher hatte eine Waffe, und Jim hat auch geschossen und ihn getötet.«

Carol keuchte auf. »Mistdreck. Mist, Mist, Mist.«

»Wir haben alles getan, was wir konnten.« Sela berichtete ihr genau, was sie unternommen hatten, von den Fotos und Treys Versuch, Fingerabdrücke zu nehmen, von dem

Bericht, den sie protokolliert und den Jim unterschrieben hatte. »Ich wüsste nicht, was wir sonst noch hätten tun sollen – das Einzige wäre gewesen, nach Sevierville zum Sheriff zu fahren, falls die Polizeistation dort überhaupt besetzt ist. Na ja, und außerdem haben wir ein anderes Problem. In vielen Häusern im Tal gibt es keine Feuerstelle. Einige haben wahrscheinlich einen Ölofen, aber die werden bald kein Heizöl mehr haben, und wenn es kalt wird, können sie in ihrem Haus nicht mehr heizen.«

»Was jeden Tag passieren kann.«

»Genau. Eine Lösung wären Feuerschalen aus Ton, wenn wir einen Brennofen im Tal ausfindig machen können. Eine Nachbarin wollte sich bei einer Frau erkundigen, die wohl getöpfert hat ...«

»Mona Clausen hat getöpfert, wenn ich mich richtig erinnere.«

»Das war der Name! Ich hatte vergessen, wie sie hieß. Jemand wollte sie ansprechen.«

»Sie hatte damals einen kleinen Brennofen. Mit ihrer Mutter zusammen hat sie in der Töpferwerkstatt gearbeitet und ihre Objekte in Souvenirläden verkauft.«

»Dann bete, dass sie den Ofen noch hat oder zumindest jemanden kennt, der einen besitzt. Übrigens habe ich den Leuten der Gemeinde-Patrouille von meinem Benzin in den Tanks erzählt. Trey Foster will eine Absaugvorrichtung basteln, und morgen früh um neun fangen wir an, alles in Portionen von zwanzig Litern zu verteilen.« Sie zögerte kurz. »Ich habe ihnen nichts von dem kleinen Tank erzählt. War das falsch?«

»Hätte ich auch nicht gemacht, also wenn du falsch gehandelt hast, hätte ich es genauso falsch gemacht.« Wieder veränderte Carol ihre Lage und zuckte zusammen, als ihre Rippen sich schmerzhaft meldeten.

»Ich habe immer noch ein bisschen Schuldgefühle deshalb, aber ich dachte an Olivia, und …«

»Und Familie ist Familie.«

»Die Leute von der Patrouille werden die Nachricht im Tal verbreiten.« Sela seufzte. »Ich habe versucht, mich nicht von Ted Parsons unterkriegen zu lassen, aber er hat alles infrage gestellt, was ich gesagt habe. Wenn Mike und Trey nicht gewesen wären, hätte ich wahrscheinlich alles hingeschmissen.«

»Nein, hättest du nicht. Du hättest es gewollt, aber trotzdem weitergemacht.« Carol tätschelte ihr die Hand. »Das weiß ich, auch wenn du's selbst nicht glaubst.«

»Ich denke, Ted will sich wichtig fühlen. Er war der Boss in seinen Reifenläden, aber hier ist er ein Außenseiter, und niemand hört so richtig auf ihn. Er hat sich richtig aufgeplustert, als er den Leuten das mit dem Benzin erzählt hat, so als wär's seins. Und dann hat er noch mit einem komischen Typen geredet, der wohl Dietrich heißt.«

»Die einzigen Dietrichs, die ich kenne, leben hinten im Tal Richtung Townsend, Lawrence und Zoe. Die beiden sind auf Meth. Ich würde denen auf keinen Fall trauen.«

Richtig – in diesem Zusammenhang hatte sie den Namen gehört! Sela erinnerte sich, dass Carol am Anfang bei der Suche nach Freiwilligen gemeint hatte, sie würde Zoe Dietrich niemals die Aufgabe geben, alte Leute zu besuchen, weil sie Medikamente stehlen könnte. Zweifellos würden die Dietrichs auftauchen, um Benzin zu holen. Sela hoffte, dass sie es nutzten, um das Tal zu verlassen und irgendwohin zu ziehen, wo sie näher am Drogenhandel wären. Knoxville war nicht so weit entfernt, das könnten sie mit sieben, acht Litern Sprit erreichen.

Die Sache war: Sela war sicher nicht die einzige Tankstellenbetreiberin, die ihre Pumpen abgedreht hatte, um das Benzin für später aufzuheben. Es schien ihr nur logisch, dass die Ladenbesitzer überall im Land aus den gleichen Gründen wie sie ihre Benzinvorräte herausgaben, nämlich damit sie verbraucht wurden, bevor der Oktan-Anteil zu weit gesunken war. Würde es also für einen bestimmten Zeitraum eine Wanderbewegung geben? Clevere Leute wussten, dass man auf dem Land besser überleben konnte als in den Städten, und auch, dass es dort mehr zu stehlen gab.

»Ich mache mir Sorgen wegen der ganzen Menschen, die womöglich ins Tal kommen wollen«, gestand sie Carol. »Wenn es einer hierhergeschafft hat, schaffen das andere auch. Mit Benzin im Tank kann die Gemeinde-Patrouille ein größeres Gebiet schützen, zumindest für eine Weile, aber ansonsten wüsste ich nicht, was man noch unternehmen könnte.« Sie schwieg einen Moment. »Ich war oben bei Ben Jernigan.«

Egal wie verletzt und ausgepowert sie war, bei dieser Nachricht lebte Carol auf. Ihre Augen funkelten. »Du warst bei ihm? Und, was ist passiert? Irgendwas Interessantes?«

»Er hat nicht auf mich geschossen, falls du das meinst. Er hat mir zugehört.« Mit großer Willensanstrengung konzentrierte sich Sela auf das, was sie Carol sagen wollte, um nicht zu erröten. »Er scheint etwas für Jim und Mary Alice übrigzuhaben, und ich dachte, wenn er erfährt, was passiert ist, hilft er uns vielleicht eher. Er meinte, er würde morgen früh runterkommen, wenn alle für das Benzin anstehen, um mit unserer Patrouille zu sprechen. Das ist doch schon mal was.

Ach … ich hatte übrigens einen Streit mit Carlette Broward.« Sie musste unwillkürlich grinsen, während sie ein leichtes Triumphgefühl überkam. »Ich hab gewonnen. Glaube ich zumindest. Sie hat mich angemacht, von wegen, ich würde das Benzin für mich horten, und nachdem ich mir schon Teds Mist anhören musste, hatte ich wirklich genug.«

»Ich glaube, ich kenne keine Carlette Broward. Aber egal. Hast du dich mit ihr geprügelt?«

»Um Himmels willen, nein. So wie die aussieht, hätte sie mich in Grund und Boden gerammt und mich zu einem Fettfleck auf dem Pflaster gemacht.«

»Ach! Ich glaube, dann weiß ich doch, wen du meinst. Hatte sie ein Tattoo am Hals? Ja, die könnte dich fertigmachen.«

Auch wenn Carol so lautstark gefordert hatte, dass Sela die Organisation im Tal übernahm, liebte sie es doch, weiterhin die Finger im Spiel zu haben und über alles, was los war, Bescheid zu wissen. Sela saß so lange bei ihr, bis Carol einschlief, dann stand sie leise auf und verließ auf Zehenspitzen das Schlafzimmer.

Die Sonne ging inzwischen früher unter, und draußen war es bereits dunkel. Barb und Olivia erhitzten eine Gemüsesuppe über dem Feuer. Barb hatte am Tag zuvor Pfannenbrot gebacken und toastete jetzt den Rest davon, um ihn zur Suppe zu reichen. Der Duft von getoastetem Brot ließ Sela das Wasser im Mund zusammenlaufen, und sie aß das einfache Mahl, als wäre sie eine ausgehungerte Plantagenarbeiterin, obwohl sie immer wieder eine Pause machte, um Barb und Olivia auf den neuesten Stand zu bringen und ihnen zu sagen, dass Nancy Meador in dieser Nacht bei Carol bleiben würde.

»Aber das könnte ich doch machen«, protestierte Barb. »Wir können uns nachts gern abwechseln, das wäre okay für mich.«

»Du hast die Tagesschicht«, wandte Sela ein. Barb kümmerte sich inzwischen allein um das Essen. Olivia half, aber Barb organisierte alles. »Normalerweise hätte ich kein Problem damit, die Nachtwache zu übernehmen, aber heute ist so viel passiert, und der Tag hat schon ziemlich früh angefangen.«

»Ich bezweifle, dass es morgen besser wird. Also wenn Nancy oder irgendjemand anders anbietet, hierzubleiben, dann nimm es an.« Barb füllte eine Schüssel mit Suppe für Carol, legte ein Stück getoastetes Brot aufs Tablett. »Diese Phase wird nicht lange andauern. Sobald ihre Rippen nicht mehr so wehtun, wird sie sich allein im Haus bewegen können und auch keine Schmerztabletten mehr brauchen. Ich denke, das dauert noch eine Woche.«

»Ich kann auch helfen. Es ist doch egal, ob ich oben schlafe oder hier unten bei Gran«, meldete sich Olivia.

»Na ja, das stimmt.« Die Gründe, die Sela vorgebracht hatte, um die gestrige Nacht bei Carol zu bleiben, schienen jetzt nicht mehr so überzeugend. Olivia hatte keine Erfahrung darin, sich um Kranke zu kümmern, aber sie war ein intelligentes Mädchen, und die täglichen Aufgaben waren nicht allzu schwierig. Delegieren, delegieren, delegieren. Sela ermahnte sich wieder im Stillen, um Hilfe zu bitten, wenn sie welche benötigte. Sie hatte sich überwunden und Ben angesprochen, und sieh an, was daraus geworden war. Sie spürte wieder, wie ihr Gesicht, ihr ganzer Körper heiß wurde. *Wenn wir Sex haben* … Ihr Atem beschleunigte sich, und schon war sie abgelenkt.

Sie war dankbar, dass Nancy heute Nacht bei Carol blieb, sodass sie allein sein konnte und in Erinnerungen schwelgen an das, was heute passiert war, sowie ihrer Fantasie freien Lauf lassen über das, was in Zukunft passieren könnte. In naher Zukunft, wie sie hoffte. Auch wenn sie verstand, dass Ben mit ihr keinen Deal wollte, hätte sie nichts dagegen gehabt, wenn sie nicht länger gewartet hätten.

Trotzdem, es war besser so. Eigentlich war sie sehr vorsichtig, wenn es um Beziehungen ging. Und obwohl sie sich von ganzem Herzen wünschte, mit Ben zusammen zu sein, musste sie sich erst innerlich darauf einstellen, nach so langer Zeit wieder mit einem Mann intim zu werden. Automatisch kamen ihr Zweifel. Auf der einen Seite sehnte sie sich so danach, dass sie das Gefühl hatte, sich kaum noch beherrschen zu können. Aber auf der anderen Seite hatte sie auch Angst. Was, wenn er sie körperlich gar nicht attraktiv fand? Sie hatte alles, was eine Frau so bieten konnte, sah aber nicht außergewöhnlich aus. Vielleicht stand er auf abenteuerlichen Sex. Womöglich hatte er irgendwelche abstrusen Vorlieben. Sie glaubte nicht, dass sie auf Abenteuerlichkeit oder abstruse Vorlieben einsteigen könnte. Vielleicht also würde er sich in kürzester Zeit mit ihr langweilen, so wie Adam.

Auf der anderen Seite hatte sie Bens Kuss viel stärker erregt, als Adam es je im Bett geschafft hatte. Vielleicht unterschätzte sie sich. Vielleicht war mit Ben alles ganz anders.

»Du guckst so komisch.« Olivia hatte ihre Mimik beobachtet.

Sela kam mit einem Ruck wieder in die Gegenwart zurück. »So als wäre ich verrückt?«, sagte sie. »So fühle ich mich nämlich, als wenn ich zwanzig Bälle in die Luft geworfen hätte, aber nur mit einem jonglieren könnte.«

»Mit einem Ball ist es kein Jonglieren.«

»Genau, du sagst es. Ich kann gar nicht jonglieren.« Sela seufzte. »Ich gehe nach Hause, um ein bisschen zu schlafen.«

Das tat sie dann auch, obwohl sie sich nicht ins Bett legte. Stattdessen wickelte sie sich in eine Decke und kuschelte sich auf die Couch, wo sie die Flammen in der Feuerstelle beobachten konnte. Komisch, wie selten sie früher den Kamin angemacht hatte, und jetzt war es der tröstlichste Anblick, den sie sich vorstellen konnte …

Sie schlief so tief, dass sie beim Aufwachen das Gefühl hatte, bereits Stunden geschlafen zu haben. Aber das Feuer brannte immer noch, was ihr zeigte, dass es nicht allzu lange gewesen sein konnte. Verschlafen stand sie auf, legte mehr Holz nach, sah auf ihre batteriebetriebene Uhr – kurz vor halb elf – und legte sich wieder auf die Couch. Statt wieder einzuschlafen, lag sie aber nur da, starrte in die Flammen und ging im Geist alles durch, was an diesem langen, ereignisreichen Tag passiert war. Sie wollte an Ben denken und sich die intensiven, aufregenden Küsse in Erinnerung rufen, das Versprechen auf mehr. Stattdessen machte sie sich um alles andere Sorgen.

Ein leichtes Unbehagen kroch in ihr hoch, aber sie hätte nicht sagen können, was es genau war. Es war viel passiert und konnte nicht mehr geändert werden. Vor ihr lag die Verteilung des Benzins, aber dabei hatte sie viel Unterstützung. Vor allem hatte auch Ben versprochen zu kommen.

Aber … was, wenn es Probleme bei der Verteilung gab? Wenn es mehr Bedarf als Vorräte gab und diejenigen, die leer ausgingen, wütend wurden? Sie wusste nicht, wie sie das verhindern könnte, sie konnte kein Benzin hervorzaubern und die Tanks voller machen. Sie könnten es auf zwanzig Liter für jeden rationieren – nachdem die Leute von der Gemeinde-Patrouille ihre Fahrzeuge vollgetankt hatten –, und dann gäbe es entweder genug für alle oder nicht. Sie musste sich auch nach dem Brennofen von Mona Clausen erkundigen, bevor sie die Tanks leerpumpte.

Das waren Dinge, die sie noch erledigen musste, nichts, was sie beunruhigen sollte. Für kurze Zeit würde das Benzin das Leben im Tal erleichtern.

Du sitzt auf einer Goldader.

Der Benzinvorrat war in der aktuellen Situation unbezahlbar. Manche Leute würden alles tun, um etwas zu bekommen. Es war besser als Geld, denn man konnte es selber nutzen oder tauschen.

Wieder sah sie in Gedanken Ted vor sich, der mit Lawrence Dietrich redete – Dietrich, der laut Carol auf Meth war. Es produzierte oder verkaufte oder selbst nahm, das wusste sie nicht. Aber Meth war tödlich. Wer von Meth abhängig war, würde alles tun, um an seine Droge zu kommen, zum Beispiel stehlen …

Und sie hatte Benzin.

Meth war ein zunehmendes Problem in der Gegend, und wenn nicht Lawrence Dietrich, dann würden andere Abhängige wissen, dass sie am Morgen die Tanks leerpumpen wollte. Die Nachricht war überall verbreitet worden, so wie sie es gewollt hatte. Wenn jemand vorhatte, das Benzin zu stehlen, musste er es heute Nacht tun, bevor alle anstanden. Sela erwartete, dass viele sich bereits vor der Dämmerung auf den Weg machen würden, und sobald sie dort waren, wäre die Gelegenheit für potenzielle Diebe vorbei. Die beste Zeit, um das Benzin zu stehlen, war … jetzt.

Mit einem Ruck warf sie die Decke zur Seite und sprang auf. Niemand würde ihr das Benzin wegnehmen!

Schnell schürte sie noch einmal das Feuer und zog so viele Kleidungsstücke übereinander wie möglich. Dann packte sie ein, was sie für notwendig hielt: eine Flasche Wasser, einen wahrscheinlich alten Müsliriegel, ihr Gewehr Kaliber 22 und eine Packung Patronen, die sie in die Manteltasche schob. Sie nahm außerdem zwei Paar Handwärmer mit, die sie am ersten Tag in der Campingabteilung gekauft hatte, zusammen mit ihrer stärksten Taschenlampe, und verließ schließlich das Haus. Sie war bereits zwanzig Meter die Straße hinuntergelaufen, als sie plötzlich stehen blieb.

Was zum Teufel tat sie denn da?

Sie überlegte kurz, dann kehrte sie wieder um. Warum sollte sie laufen, wenn sie fahren konnte? Wenn man ihren SUV vor dem Geschäft parken sah, sollte das doch für jeden potenziellen Benzindieb abschreckend sein.

Vielleicht übertrieb sie, sah eine Bedrohung, wo keine existierte. Sie war nicht die typische Heldin, die jedem Bösewicht mit Tatkraft, Esprit und unglaublichem Mut entgegentreten würde. Andererseits hatte sie fest vor, ihr Bestes zu geben, um ihre Familie zu schützen und die Leute im Tal, die von ihr erwarteten, dass sie Entscheidungen traf, die in ihrem gemeinschaftlichen Sinn lagen.

Wenn das bedeutete, eine unbequeme Nacht in ihrem kalten Laden zu verbringen, dann sollte es so sein. Mit etwas Glück würde nicht mehr als das passieren. Eigentlich war das alles gar nicht ihr Ding: Sie blieb gern auf der sicheren Seite. Aus irgendeiner verqueren Logik heraus begab sie sich nun in potenzielle Gefahr. Hallo Amboss, sag Hallo zum Hammer.

Sela überlegte, ob sie Mike Kilgore von ihrem Vorhaben unterrichten sollte. Er könnte bei der Wache mithelfen …

aber Mike und die anderen von der Gemeinde-Patrouille taten bereits so viele Stunden Dienst, und wenn sie daran dachte, dass er es war, der sie heute früh gerufen hatte, dann musste er noch weniger geschlafen haben als sie. Wenn sie sicher wüsste, dass der Benzinvorrat in Gefahr war, würde sie ihn und alle anderen, die ihr helfen könnten, wecken. Aber sie hatte lediglich eine vage Ahnung.

Trotzdem wäre es dumm, zur Tankstelle zu fahren, ohne jemandem Bescheid zu sagen.

Fast alle im Tal hatten sich angewöhnt, früh ins Bett zu gehen, um Batterien und das Petroleum für die Lampen zu sparen. Auch bei Carol war alles dunkel, als sie die Auffahrt hochfuhr. Doch sie nahm an, dass Nancy Meador zumindest schnell wach werden würde.

Wie erwartet, reagierte Nancy schnell, als Sela vorsichtig an die Haustür klopfte. »Wer ist da?«

»Sela.«

Nancy öffnete die Tür und sah gleich zu Selas Wagen. »Ist was passiert?«

»Nein, alles okay. Ich werde die Nacht im Laden verbringen und wollte nur jemandem Bescheid sagen.«

Nancy sah sie verwirrt an. »Warum machst du das?«

»Falls jemand auf die Idee kommen sollte, Benzin stehlen zu wollen, wird es heute Nacht passieren, denn morgen früh ist es zu spät.«

»Aber … Das kannst du doch nicht allein machen, das ist zu gefährlich!«

»Es ist ja nur eine Vorsichtsmaßnahme. Wenn ich meinen Wagen vor dem Laden parke, sollte das ausreichen, um jeden von einem Versuch abzuhalten.«

»Oder du hast recht! Und wer Benzin stehlen will, wird

nicht davor zurückschrecken, anderen wehzutun, um es zu bekommen«, sagte Nancy scharfsinnig.

Sela geriet leicht ins Wanken, als sie es so in Worte gefasst hörte. Doch sie schob den Gedanken beiseite. »Ich habe mein Gewehr dabei, das sollte mich schützen.«

Nancy sah sie einen Moment schweigend an, dann tätschelte sie ihr den Arm. »Sei vorsichtig.«

»Das werde ich.«

Sela fuhr zum Laden und umrundete die Tankstelle langsam, suchte im Licht der Scheinwerfer nach jemandem, der womöglich dort im Schatten parkte. Glücklicherweise entdeckte sie niemanden. Sie wollte schon vor der Eingangstür parken, überlegte es sich dann aber anders und stellte den Wagen direkt über dem Zugang zu den Tanks ab. Wenn jemand an das Benzin wollte, musste er zuerst ihren Wagen aus dem Weg schaffen.

Wenn sie das leere Geschäft betrat, erschrak sie jedes Mal ein wenig – egal wie oft sie es bereits getan hatte. Dieser Laden war ihre Existenzgrundlage, und nun war er leer. Wenn es wieder Strom gäbe … Was dann? Die Welt würde nicht von einem Tag zum anderen wieder wie vorher sein. Es würde erst nach und nach alles wiederhergestellt werden, wenn die Güterproduktion langsam anlief, wenn wieder Lebensmittel produziert wurden. Wahrscheinlich dauerte es ein Jahr, bis Waren wieder lieferbar wären. Wie würden die Banken das handhaben? Kredite? Sie hatte einen Vorrat an Bargeld – dank Bens Warnung –, aber was würde sie dafür kaufen können?

In absehbarer Zukunft würde der Laden keine Rolle spielen. Im Frühjahr würden alle etwas in den Gärten anbauen. Die Leute würden ihre eigenen Lebensmittel anpflanzen und ernten, statt Kartoffelchips zu kaufen. Wenn sie irgendetwas verkaufte, dann wahrscheinlich Benzin und ein paar Grundnahrungsmittel wie Mehl, Salz, Pfeffer, Zucker und einige Gewürze, falls es welche gab.

Seufzend schaltete sie die Taschenlampe an und sah sich im Laden um, überprüfte das Lager, die Kühlschränke, die Toiletten. Leer. Die Vordertür ließ sie unabgeschlossen, sie wollte in der Lage sein, schnell aus dem Laden zu kommen, ohne am Schloss herumhantieren zu müssen. In der tiefen Stille war das Geräusch beim Aufschließen so laut, dass es jemanden aufschrecken könnte, der womöglich auf dem Parkplatz lauerte.

Das Überraschungsmoment wäre ein Vorteil.

Sela legte das Gewehr auf den Ladentresen, die Schachtel mit den Patronen daneben, schaltete die Taschenlampe aus und setzte sich auf den Stuhl hinter dem Ladentisch. Von dort aus konnte sie fast den gesamten Parkplatz überblicken und jeden sehen, der sich von der Straße her näherte. Der Mond war fast voll und spendete genug Licht, um, wie sie glaubte, alles zu erkennen, was Ärger bedeutete.

Im Laden war es eiskalt, aber mit den vielen Schichten Kleidung, die sie trug, dem zusätzlichen Paar Socken und der Daunenjacke würde sie sich einigermaßen warmhalten können. Zumindest für ein paar Stunden. Vielleicht würden sich die Leute schon früh anstellen, wirklich sehr früh, was die Chance für potenzielle Diebe zunichtemachen könnte. Die Wartenden würden draußen ein Feuer machen, weit genug entfernt von den Tanks, und den Rest der Nacht zusammen vor den Flammen stehen und sich unterhalten.

Sie wünschte, Ben wäre bei ihr. Hier herrschten zwar nicht gerade die besten Voraussetzungen, um sich näherzukommen, aber ihn einfach nur an ihrer Seite zu haben, hätte sie glücklich gemacht. Vielleicht hätten sie nicht viel miteinander geredet, aber nebeneinandergesessen wie in der Nacht mit den roten Polarlichtern. Sie lächelte im Dunklen vor sich hin, während ihre Gedanken auf Wanderschaft gingen. Als sie daran dachte, wie er schmeckte, seufzte sie unwillkürlich vor Verlangen.

Ihr Blick wanderte vom verlassenen Parkplatz nach oben zum Cove Mountain, der dunkel und geheimnisvoll vor dem Tal aufragte. Sie hätte nicht genau sagen können, wo sich Bens Haus befand, da keine Lichter zu sehen waren, aber sie wusste: Da oben war er jetzt mit seiner Dusche und seinem Hund, mit den Solarzellen und seinem Holzofen und weiß der Teufel was noch allem. Wenn er schon nicht hier unten bei ihr sein konnte, wünschte sie sich, dort oben bei ihm zu sein. Sie hätten es dort beide garantiert viel bequemer.

Wie spät war es? Sie wusste, dass sie nicht länger als eine halbe Stunde gebraucht hatte – vielleicht eher zwanzig Minuten –, um sich anzuziehen, bei Carol anzuhalten und hierherzufahren. Wahrscheinlich war es erst elf Uhr. Das bedeutete, dass es noch sieben lange Stunden dunkel sein würde. Hier in dem kalten düsteren Laden zu sitzen war langweilig. Aber langweilig war gut. Langweilig bedeutete, dass nichts passierte.

Wenn wir Sex haben …

Die Unterhaltung mit Ben ließ sie nicht mehr los, noch weniger die Erinnerung an seine Arme und diesen knackigen Hintern in der Jeans, die er immer trug, an sein Gesicht, das so maskulin und gut proportioniert war, dass ihr das Wasser im Mund zusammenlief. Sie hatte sich sonst nie Fantasien von Männern hingegeben, nicht für Filmstars geschwärmt oder Musiker oder für Männer, die sie kannte. Sie funktionierte anders. Und hier saß sie nun, ganz eindeutig in Schwärmereien über Ben Jernigan versunken, was sie fast ins Schwitzen brachte. Zumindest war ihr nicht so kalt, wenn sie an ihn dachte, und wach hielt es sie allemal.

Auf einmal schreckten sie eine Bewegung und das Aufflackern von Licht vor dem Schaufenster auf. Sela sprang auf und schnappte sich das Gewehr. Sie zielte nicht, wollte ihre Waffe aber griffbereit haben. Keine Frage: Jemand näherte sich dem Laden.

Eine Zehntelsekunde später erkannte sie dank des hellen Mondlichts die Gestalt, die auf sie zukam. Olivia.

Sie betrat den Shop, den schwachen Schein ihrer Taschenlampe auf den Boden gerichtet.

»Bist du irre?«, brüllte Sela und stellte das Gewehr beiseite. Sie wurde selten so wütend, aber Olivia hatte ihr einen Riesenschreck eingejagt. Was, wenn sie das Mädchen nicht erkannt hätte? Was, wenn sie in Panik auf sie geschossen hätte? Sie liebte Olivia, und ihr gingen plötzlich zu viele Szenarien durch den Kopf.

Olivia hatte sich genauso wie Sela warm angezogen, trug Stiefel und einen schweren Mantel. Carols Gewehr Kaliber 22 hing über der Schulter der Jugendlichen, zusammen mit zwei Stoffbeuteln.

»Ich habe gedacht, du solltest hier nicht alleine sitzen«, erwiderte Olivia ruhig auf Selas Frage.

»Ich kann nicht glauben, dass Nancy dir erlaubt hat …«

»Sie weiß es nicht. Ich bin durch die Hintertür, hab aber einen Zettel auf meinem Bett hinterlassen, damit sie wissen, wo ich bin. Ich hab dich gehört, als du die Einfahrt hochgekommen bist, und mitbekommen, was du zu Nancy gesagt hast. Ich bin wieder ins Bett, aber dann habe ich mir Sorgen gemacht, weil du hier so alleine bist, bin wieder aufgestanden, hab mich angezogen, und hier bin ich.«

»Du musst wieder nach Hause gehen.«

»Nur wenn du mitkommst«, sagte Olivia trotzig. Sie stiefelte zum hinteren Teil des Ladens, holte sich einen Stuhl und stellte ihn neben Selas. Dann legte sie Gewehr und Stoffbeutel neben sich und schaltete die Taschenlampe aus, um die schon fast verbrauchten Batterien zu schonen.

Sela kämpfte mit sich. Wie konnte sie mit Olivia schimpfen – die noch so jung, aber in den vergangenen zwei Monaten so viel reifer geworden war –, obwohl sie das Gleiche getan hatte wie Sela selbst? »Ich will nicht, dass dir was passiert«, sagte sie schließlich.

»Und ich will nicht, dass *dir* was passiert«, entgegnete Olivia, wogegen nichts mehr zu sagen war.

Sie saßen eine Weile schweigend nebeneinander, bis Olivia in ihre linke Manteltasche griff und etwas leise Knisterndes herauszog, das sie Sela hinstreckte. Im schwachen Schein des Mondlichts, der sie erreichte, erkannte sie, was Olivia ihr da anbot: zwei Reese's Peanut Butter Cups, ihr Lieblingsschokoriegel.

»Die hab ich aufgehoben«, erklärte Olivia. »Für Notfälle.«

»Für Schoko-Notfälle.«

»Ich glaube, das ist jetzt gerade richtig.«

Sela lachte und nahm den angebotenen Riegel, wickelte ihn aus und hielt ihn sich vor die Nase, um kurz den wohlbekannten Duft einzuatmen, bevor sie ein Stück davon abbiss.

»Besser als Thunfisch, oder?«, fragte Olivia und grinste.

Sie nahmen sich beide Zeit, knabberten an ihrem Erdnuss-Schoko-Riegel und genossen jeden einzelnen Bissen. »Ich wünschte, ich hätte Kakao kochen können«, sagte Olivia sehnsüchtig. »Aber dann hätte Nancy mich gehört. Immerhin hab ich Wasser mitgebracht.«

»Ich auch.«

Es könnte schlimmer sein, dachte Sela. Zumindest wusste Olivia, wie sie die Waffe handhaben musste, auch wenn sie genauso wenig Expertin darin war wie Sela. Carol hatte ihr die Grundkenntnisse beigebracht. Wenn sie schon eine Feuerwaffe im Haus hatte, dann wollte sie auch, dass ihre Enkelin damit umgehen konnte.

Sie tranken etwas Wasser und saßen schweigend nebeneinander. Bis jetzt blieb alles ruhig. Wenn sie Glück hatten, blieb das die ganze Nacht durch so. Vielleicht war es gut, dass Olivia hier war. Nach dem langen anstrengenden Tag hatte Sela wirklich Probleme, wach zu bleiben, und sich zu unterhalten, half etwas. Carol würde fuchsteufelswild werden, wenn sie das erfuhr, aber wahrscheinlich auch im tiefsten Inneren stolz auf das Mädchen sein.

Nach einer Weile fragte Sela: »Hast du noch mehr Süßigkeiten versteckt?«

Olivia seufzte. »Nein, das war alles. Es könnte aber noch eine Packung Barbecue Chips irgendwo in der Garage liegen.«

Sela lachte, und es fühlte sich gut an, nach einem so stressigen Tag festzustellen, dass sie noch immer lachen konnte. Olivia erinnerte sie wieder daran, warum sie sich die Mühe machte, zu tun, was getan werden musste, warum sie sich hier die Nacht um die Ohren schlug, damit nicht das Benzin gestohlen wurde, das ihre Familie, ihre Freunde und die Nachbarn brauchten, um zu überleben. »Danke, dass du mit mir geteilt hast.«

»Gerne. Du hast dir auf jeden Fall einen Peanut Butter Cup verdient nach dem, was du durchgemacht hast. Ich wünschte, ich hätte mehr.«

»Ich auch.«

Sie unterhielten sich noch eine Weile, über Carol und ihren Unfall, über Barb und wie sie sich seitdem eingesetzt hatte. Wenn Olivia älter gewesen wäre, hätte Sela ihr alles über Ben erzählt, über die Dusche und seinen aufregenden »Wenn-wir-Sex-haben«-Kommentar. Aber trotz Gewehr war Olivia noch immer ein halbes Kind. Und Sela war auch nicht der Typ, um über ihr Sexleben – oder dessen Fehlen – zu reden. Sie hatte nicht mal mit guten Freundinnen über solche Intimitäten gesprochen. Sie war sehr zurückhaltend. Schüchtern, ja, aber eben auch zurückhaltend. Sie behielt solche Dinge lieber für sich, manche Gedanken blieben ihr Geheimnis, gingen nur sie etwas an.

Fast wäre Sela eingeschlafen. Die Augen fielen ihr zu, der Kopf sank nach vorn. Auch Olivia nickte hin und wieder ein, schreckte aber regelmäßig wieder hoch, denn auf einem Stuhl tief zu schlafen war schwierig. Sie versuchten, sich mit Reden wachzuhalten, sprachen über das Wetter, die Zukunft, die Nachbarn, aber immer wieder gab es zwischendurch lange Phasen des Schweigens, in denen keine von ihnen etwas zu sagen wusste.

Selas Hände und Füße wurden kalt. Sie holte die Handwärmer heraus und drückte sie, um sie zu aktivieren, schob sich jeweils einen in die Tasche und gab Olivia die anderen, die dasselbe tat. Dann zog sie ihre Handschuhe aus, um die

Wärme der Pads intensiver zu spüren. So klein diese Wärmequelle auch war, warme Hände zu haben fühlte sich herrlich an, und das gab ihr das Gefühl, ihr ganzer Körper sei warm. Sie wurde wieder schläfrig.

Um sich wachzuhalten, trank sie noch mehr Wasser, stand auf und lief etwas herum. Olivia schob ihren Stuhl näher zum Verkaufstresen, legte die verschränkten Arme auf den Tisch und bettete den Kopf auf die Arme. Während sie schlief, stand Sela mit den Händen in den Manteltaschen am Fenster und blickte in die kalte, stille Nacht hinaus.

Es war die Reflexion von Mondlicht auf Glas, ein kurzes, kaum sichtbares Aufleuchten, das ihre Aufmerksamkeit erregte. Sie senkte den Kopf und starrte die Straße hinunter. Dann hörte sie das Geräusch von Motoren, früher alltäglich, aber inzwischen so außergewöhnlich, dass ihr das Adrenalin durch den Körper schoss wie ein elektrischer Stromstoß.

»Olivia!«, sagte sie alarmiert, denn jemand, der den Highway mit ausgeschalteten Scheinwerfern entlangfuhr, bedeutete Ärger.

»Hmmm?«, murmelte ihre Nichte.

»Da kommt jemand.«

Schnell ging Sela zum Tresen und nahm ihr Gewehr, stellte sich neben die Tür und starrte aus dem Fenster. Olivia kam zu ihr herüber, in der Hand Carols Gewehr, die Mündung auf den Boden gerichtet. »Ich sehe nichts«, flüsterte sie.

»Hör mal.«

Das Geräusch von Motoren wurde lauter – nicht ein Motor, sondern mehrere. Das war nicht gut.

»Oje«, murmelte Olivia beklommen. Sela fühlte sich genauso, wie Olivia sich anhörte. Sie hatte mit der Möglichkeit gerechnet, dass jemand Benzin stehlen wollte, aber dass mehrere Wagen mit ausgeschalteten Scheinwerfern auf sie zukamen – und ganz offensichtlich nicht gesehen werden wollten –, schnürte ihr doch den Magen zusammen. Der erste schreckliche Gedanke war, dass Olivia etwas passieren könnte.

»Geh hinter den Tresen«, befahl sie ihr.

»Nein«, entgegnete Olivia. Ihre Stimme bebte leicht, aber sie bewegte sich nicht. »Ich bleibe bei dir.«

Sela schob die Tür auf und sicherte sie, damit sie offen blieb. Vielleicht eine falsche Maßnahme, aber sie wollte nicht durch das Glas schießen. Da vorne stand ihr SUV. Das und die geöffnete Tür mochte die Leute vielleicht davon überzeugen, besser weiterzufahren.

»Vielleicht kommen schon die Ersten, um sich anzustellen«, sagte Olivia hoffnungsvoll.

»Mit ausgeschalteten Scheinwerfern?«

»Wahrscheinlich eher nicht.«

Fünf Fahrzeuge, drei Pick-ups und zwei ältere Wagen, wurden sichtbar. Sie fuhren langsam. Auf Höhe der Tankstelle blieben sie stehen.

17. Kapitel

Ben war nach dem Abendessen auf der Couch eingenickt, mit dem Hund auf dem Teppich neben sich, aber nachdem er aufgewacht war, wurde er unruhig. Die Schulter tat ein bisschen weh, genug, um ihn zu nerven. Was ihn aber nervös machte, waren die Gedanken an Selas zarte Hände, die seine nackte Haut berührten. Es war lange her, dass er Interesse an einer Frau gehabt hatte, und nichts war mit dem vergleichbar, was Sela in ihm auslöste. Sie ging ihm nicht aus dem Kopf. Heute Nachmittag hätte er sie haben können, und sein Schwanz schien ihm sagen zu wollen, dass er verrückt war, diese Chance nicht ergriffen zu haben. So langsam musste er dem zustimmen.

Aber – er wollte nicht mit ihr ins Bett, als wäre es eine Bezahlung für irgendwas. Er wollte sie nur, wenn sie es beide wollten. Seine spontane Reaktion war richtig gewesen. Doch diese Gewissheit änderte nichts daran, dass er es bedauerte.

Er zündete eine Lampe an, lehnte sich zurück und las eine Weile. Er war hellwach, unruhig und sah keinen Grund, ins Bett zu gehen. Als der Hund den Kopf hob und winselte, ließ Ben ihn nach draußen, damit er sein Territorium erneut markieren konnte. Er selbst kochte sich einen Kaffee – zum Teufel mit dem Schlafen, er würde es sowieso nicht schaffen, also könnte er sich auch einen Koffeinkick verpassen – und trat zur Terrasse hinaus, um ins dunkle Tal hinunterzusehen.

Der volle Mond erhellte die Gegend, es war kalt, aber nicht unter null. Bens Atem bildete weiße Wölkchen.

Es war genug zu erkennen, um Teile der silbrig glänzenden Straßen auszumachen, die aus und in das Tal führten, inklusive dem Zugang nach Knoxville. Ben begann nachzudenken. Wie würden Leute versuchen ins Tal zu kommen, und wie könnte man sie am besten davon abhalten? Vielleicht sollte man auch gar nicht alle automatisch abwehren – wer etwas zur Gemeinschaft beitragen konnte, sollte willkommen sein. Im Prinzip brauchte das Tal keine ständig herumziehende Patrouille, überlegte Ben, eher strategisch eingesetzte Wachposten und klare verständliche Anordnungen. Die Truppe wäre effizienter, wenn es eine eindeutige Autorität gebe, wenn Entscheidungen nicht spontan von unterschiedlichen Leuten gefällt wurden – kurz gesagt, eine eher militärische Struktur musste her.

Ben wollte sich nicht direkt einmischen, aber er würde ihnen Ratschläge erteilen, so wie er es Sela versprochen hatte, und sie dann machen lassen.

Klar doch.

Er stöhnte leise und gab diese Illusion auf. Am nächsten Morgen würde er einen Schritt auf sie zu machen, um ihnen zu helfen, und sich wahrscheinlich hoffnungslos verstricken. Und zugegeben, der Gedanke, bei der Verteidigung behilflich zu sein, war verlockend. Sosehr er auch unter politischen Entscheidungen gelitten hatte, die einige seiner Männer und seiner Freunde das Leben gekostet hatten, war er doch im Grunde seines Herzens Soldat, und irgendwie fühlte es sich an, als würde er nach Hause zurückkehren. Schutz und Kampf, das war nicht nur sein Ding, das war er, sein Leben.

Außerdem musste er akzeptieren, dass Sela keine Einzelgängerin war. Zu ihr gehörten Menschen, die ihr etwas bedeuteten, Familie und Nachbarn, ihre Gemeinde. Er konnte sie nicht davon isolieren und sie zu sich holen, auch wenn er das gern getan hätte. Solange er diese Gefühle für sie hatte, würde sie ihn unweigerlich mit Leuten zusammenbringen. Und wer wusste schon, wie lange das dauern würde …

Das scharfe Knallen einer abgefeuerten Waffe hallte durch das Tal.

Durch jahrelanges Training konditioniert, war er bereits auf dem Weg, bevor ihm ins Bewusstsein drang, dass er ein Gewehr Kaliber 22 gehört hatte, aus dem der Schuss gekommen war. Der Hall in den Bergen könnte das Geräusch verzerrt haben, außerdem besaßen eine Menge Leute hier ein 22er-Gewehr. Aber mit seinem geschulten Gehör hatte er erkannt, dass der Schuss von rechts gekommen war, was ungefähr der Standpunkt von Selas Tankstelle sein dürfte.

Der Hund war aufgesprungen und hatte unruhig zu bellen begonnen, als Ben ins Haus rannte. Er nahm sein Jagdgewehr von der Halterung, eine Schachtel mit Patronen, die Gewehrtasche mit seiner Mossberg und die Autoschlüssel. Nur sieben Sekunden nachdem er ins Haus gestürmt war, kam er wieder heraus, sprang die Stufen von der Terrasse hinunter und saß kurz darauf in seinem Truck auf dem steilen Weg nach unten ins Tal.

In den drei Sekunden, die er von der Terrasse zum Truck gebraucht hatte, waren weitere Schüsse gefallen, einmal hatte er das markante Geräusch von einem 22er gehört, dann ein lauteres Knallen von einem Gewehr höheren Kalibers.

»Verdammt!«, knurrte er.

Das war sein Fehler. Als er sich bereit erklärt hatte, die

Leute zu beraten, hätte er gleich strategisch denken müssen, statt sich für die Nacht in seine Sicherheitszone zurückzuziehen. Er hatte Sela selbst gesagt, wie wertvoll das Benzin war, und er wusste, dass sie am Morgen verkündet hatte, dass sie es verteilen wollte. Es war nur logisch, dass jemand, der das Benzin für sich allein wollte, es in dieser Nacht holte, bevor sich die Talbewohner morgens dafür anstellten.

Er hätte seinen Arsch verwetten können, dass der Schuss aus Selas Gewehr gekommen war. Was bedeutete, dass sie weiter gedacht hatte als er und ihre Benzinvorräte verteidigte.

Gütiger Himmel, hoffentlich war sie nicht allein dort unten.

Die kleine Karawane war langsam herangerollt. Wenn Sela sie sehen konnte, konnten sie auch ihren SUV sehen. Und vielleicht erkannten sie sogar, dass die Ladentür offen stand. Sela hielt die Luft an, als ein dunkler Pick-up langsam über den Kies des Parkplatzes bis zum vorderen Rand fuhr, mit der Front zum Laden hin ausgerichtet. Es war nicht zu erkennen, wie viele Personen darin saßen, aber sie glaubte, jemanden auf der Ladefläche zu sehen. Der Wagen stoppte, und eine dunkle Gestalt sprang von hinten herunter. Alle anderen Fahrzeuge hatten ebenfalls angehalten. Die Fahrer stiegen aus und holten dann vom Anhänger oder dem Rücksitz ihres Wagens Benzinkanister hervor. Vom Körperbau her schätzte sie, dass es sich um Männer handelte, aber mit den dicken Wintermänteln, Baseball-Caps oder Kapuzen konnte sie keinen einzigen erkennen.

Sie hatte sechs Gestalten gezählt, konnte aber jemanden übersehen haben. Vielleicht waren es mehr.

Gedämpfte Stimmen drangen zu ihr herüber. Die Leute schienen auf ihren SUV zu blicken. Olivia atmete in kurzen, hektischen Stößen. Sela tätschelte ihr beruhigend den Arm. Mit etwas Glück würden die Männer es sich anders überlegen und wieder abziehen, da sie den Zugang zum Tank blockiert hatte ... es sei denn, sie glaubten, ihren Honda wegschieben zu können.

Drei der Männer gingen auf Selas Wagen zu.

Oh Gott, hoffentlich tat sie das Richtige. Aber irgendetwas musste sie jetzt unternehmen, und sie hatte ihre Entscheidung ohne lange nachzudenken gefällt. Sela hob das Gewehr, hoch genug, um nicht aus Versehen jemanden zu erschießen, und gab einen Warnschuss über die Köpfe der Männer hinweg ab.

Alle warfen sich augenblicklich auf den Boden, ein Wirrwarr von Bewegungen war im Dunklen zu erkennen, die Gestalten hasteten in unterschiedliche Richtungen, suchten geduckt Deckung.

Ihre verzweifelte Hoffnung war, dass dieser einzelne Schuss ausreichen würde, um die Männer davonzujagen, dass sie abziehen würden, weil im Laden jemand Wache hielt. Im Moment war die Dunkelheit zu ihrem Vorteil. Sie konnten nicht wissen, wie viele Personen hier waren, nur dass deren heimliche Aktion nicht funktioniert hatte.

Doch dann schoss jemand, und die Fensterscheibe neben ihr zerbarst in tausend Scherben.

Panik erfasste sie, und das Adrenalin schoss durch ihren Körper. Olivia schrie auf. Sela wirbelte herum und erwartete fast, sie blutend zu ihren Füßen liegen zu sehen. Stattdessen kauerte das Mädchen neben der Tür und starrte sie an, ihr Gesicht in der Dunkelheit kreidebleich. »Nach hinten!«, zischte Sela. Wieder Schüsse. Glas zerschmetterte, um sie herum regnete es Scherben. Sela spürte ein Brennen im Gesicht und an ihren Händen. Statt zu gehorchen, trat Olivia ein Stück vor, hob das Gewehr und zielte. Sie feuerte einen Schuss ab, dann noch einen.

Verdammt! *Verdammt*! Sie waren hier vorn so angreifbar, hatten nichts, um sich vor den Schüssen zu verschanzen, und Olivia schoss zurück, statt in Deckung zu gehen. Sie mussten raus hier, und zwar sofort. »Zur Hintertür!«, befahl Sela. Sie würden nicht zu ihrem Honda kommen, aber sie könnten auf dem hinteren Pfad flüchten. Hastig packte sie Olivia am Kragen und zerrte sie ein Stück mit sich zurück.

Diesmal hörte das Mädchen glücklicherweise auf sie und kroch mit dem Gewehr in der Hand nach hinten. Sela folgte ihr. Dann sah sie zwei dunkle Gestalten vorbeirennen, am Laden vorbei zur Rückseite. Jetzt war es zu spät zu fliehen, sie würden erwischt werden, sobald sie aus der Hintertür traten – aber wenigstens war die Tür fest mit einem schweren Verriegelungsbolzen verschlossen, sodass sie nur von vorn angreifbar waren.

»Zu spät«, schnaufte sie und feuerte einen Schuss durch die offene Tür ab, um jeden aufzuhalten, der dort eindringen wollte.

Noch mehr Schüsse. Inzwischen waren alle Schaufensterscheiben zertrümmert, von der Glastür war nur noch ein leerer Stahlrahmen übrig.

Ihr einziger Vorteil war, dass man die Männer draußen im Mondlicht erkennen konnte, während sie und Olivia von der Dunkelheit im Laden verschluckt wurden. Angst überfiel sie, aber nicht um sich, sondern um Olivia. Sie würde so lange schießen, wie sie in der Lage dazu war, um das Mädchen zu beschützen. Wie hatte sie nur zulassen können, dass

Olivia hiergeblieben war? Sie hätte darauf bestehen müssen, sie nach Hause zu bringen. Wenn ihrer Nichte irgendetwas passierte, würde das Carol zugrunde richten.

»Geh hinter den Ladentisch!« Der würde nicht allzu viel Schutz bieten, da er nur aus Holz war, aber das war besser als nichts. Sie blieb immer zwischen dem Eingang und Olivia, während sie über den mit Scherben übersäten Boden weiter nach vorn krochen.

Jemand würde es gehört haben, *musste* es gehört haben. Auch wenn es mitten in der Nacht war, die Schüsse würden die Talbewohner wecken, die nach dem Vorfall bei den Livingstons ohnehin schon nervös waren. Jemand würde kommen. Hoffentlich bald! dachte sie verzweifelt.

Im Mondlicht sah sie am linken Rand des Parkplatzes neben einer Pick-up-Ladefläche eine Gewehrmündung aufblitzen. Schnell zielte sie dorthin und drückte den Abzug, duckte sich aber sofort, als auch schon zur Antwort ein Schuss den Tresen links von ihr zersplittern ließ. Olivia fuhr hoch wie ein Steh-auf-Männchen und schoss, dann ging sie wieder in Deckung. »Ich glaube, ich hab ihn erwischt«, sagte sie, und ihre Stimme klang so schrill, als würde sie jeden Moment kreischen.

»Gut gemacht!« Später würde Sela darüber nachdenken, was es bedeutete, ihre Nichte dafür zu loben, dass sie vielleicht jemanden erschossen hatte. Später würde sie wahrscheinlich selbst durchdrehen. Im Moment war sie zu sehr damit beschäftigt, am Leben zu bleiben.

»Versteck dich im Kühlschrank!«

Zumindest war der aus Metall. Man konnte ihn nicht von innen abschließen, aber es war mehr Schutz als …

Aus dem Augenwinkel bemerkte sie eine Bewegung: Ein

paar dunkle Gestalten versuchten ihren Honda wegzuschieben. Der Schütze am Pick-up-Truck auf der linken Seite war nur ein Ablenkungsmanöver gewesen. Wütend schwenkte sie das Gewehr herum und schoss.

Diese Idioten! War denen nicht klar, dass sie das ganze Tal aufweckten und die Leute bald hier sein würden? Sie hätten nur Erfolg gehabt, wenn sie ungesehen davongekommen wären. Diese Chance war verpasst.

Sie würden ihr Benzin *nicht* stehlen, nicht einen einzigen Liter!

Wieder feuerte Sela einen Schuss ab, und die Reste eines Fensters zersplitterten. Oh nein! Hatte sie ihren eigenen Wagen getroffen? Sie zögerte einen Sekundenbruchteil, dann drückte sie erneut ab. Wenn sie die Angreifer nicht aufhielt, würden sie sie und Olivia überwältigen und töten, damit es keine Zeugen gäbe? Selbst wenn sie ihren Honda durchlöcherte, sie konnte nicht zulassen, dass die Männer sich Zugang zu den Tanks verschafften.

In der Dunkelheit hinter dem Ring von Fahrzeugen auf dem Parkplatz blitzte ein Licht auf. Dann ein weiteres. Noch mehr Autos? Oder war das eine irreführende Reflexion des Mondlichts, das ihre hoffnungsvollen Gedanken lenkte?

Sela blieb keine Zeit, darüber nachzudenken. Wieder sah sie im Augenwinkel eine Bewegung. Olivia musste es ebenfalls gesehen haben, denn sie feuerten beide einen Schuss ab.

Draußen rief jemand etwas, es klang alarmiert, aber sie konnte nichts verstehen, da es in ihren Ohren dröhnte. Die dunklen Gestalten rannten jetzt in alle Richtungen davon. Benommen beobachtete Sela, wie die Männer ihre Wagentüren aufrissen und in ihre Autos stürzten, dann starteten alle Wagen fast gleichzeitig und jagten wie von Hunden verfolgte

Hasen davon. In weniger als einer halben Minute war der Parkplatz verlassen.

»Sie sind weg«, rief sie laut über das Dröhnen in ihren Ohren.

»Was?«, schrie Olivia.

»Sie sind abgehauen!«

Nebeneinander stellten sie sich vor die zertrümmerten Ladenfenster und starrten hinaus. Das blasse Mondlicht glitzerte in den Glasscherben am Boden wie auf einer schimmernden Meeresoberfläche. Doch hier und da wurde die Dunkelheit von Scheinwerfern durchbrochen, die sich auf sie zu bewegten. Endlich, endlich kamen die Leute, um ihnen zu helfen – oder zumindest um nachzusehen, was passiert war, was aber aufs Gleiche hinauslief.

Vorsichtig legte Sela das Gewehr auf den Ladentisch, dann nahm sie auch Olivia die Waffe ab und schlang die Arme um ihre Nichte. Sie drückte sie fest an sich, spürte, wie sie bebte, aber das war okay, denn Sela zitterte ebenso am ganzen Körper.

»Bist du verletzt?«, wollte sie wissen und redete immer noch viel zu laut.

»Nein. Du?«

»Ich glaube nicht, nein.« Sie hielt ihre Nichte immer noch fest umschlungen. Vielleicht hatte sie ein paar Glassplitter abbekommen, aber ihr dicker Wintermantel hatte sie vor Schlimmerem geschützt. Die kleinen Schnitte waren unbedeutend, wenn man bedachte, dass sie tot sein könnten.

»Wir haben's geschafft«, sagte Olivia mit zittriger Stimme, aber voller Stolz. »Wir haben sie verjagt.«

»Das haben wir.« Eigentlich hatten die sich nähernden Fahrzeuge der Talbewohner ihre Angreifer in die Flucht geschlagen, aber Sela war nicht danach, sich mit solchen Details zu befassen.

»*Girls rule, Boys drool.*« Olivia brach in Tränen aus.

Sela tröstete sie, so gut sie konnte, während sie mit Olivia nach draußen ging. Durch Gähnen versuchte sie, das Dröhnen in ihren Ohren loszuwerden. Sie ließ Olivia kurz los, um sich die Hände auf beide Ohren zu pressen, was etwas zu helfen schien. Ihre 22er waren nicht so laut, aber das Wummern der anderen Gewehre war ihr aufs Trommelfell geschlagen. Der Geruch von verbranntem Schießpulver hing in der kalten Nachtluft, und ein leichter Dunst von Rauch schien noch über ihnen zu schweben.

Das erste Fahrzeug kam auf der Straße auf sie zugerast. Sela trat einen Schritt vor, sodass man sie im Scheinwerferlicht sehen konnte, und winkte. Der Truck bremste ab, Mike Kilgore sprang heraus und rannte ihr entgegen. »Ich habe Schüsse gehört!«, rief er besorgt.

»Ein paar Männer haben versucht, mein Benzin zu stehlen.« Sela holte tief Luft. Alles, was in den vergangenen ... fünfzehn Minuten vielleicht? ... passiert war, erschien ihr so irreal, dass sie es kaum in Worte fassen konnte. »Olivia und ich haben Wache gehalten. Wir hatten unsere 22er-Gewehre dabei.«

Erschrocken starrte Mike auf die Zerstörung hinter Sela und auf Olivia, die davorstand und sich die Augen rieb.

»Sie haben auf *euch geschossen*?«

Da alle Fenster des Geschäfts zertrümmert waren, erübrigte sich die Antwort. Sela schwieg und sah stattdessen zu den anderen Fahrzeugen hinüber, die jetzt auf sie zukamen. Eines, das größer als die anderen war, fuhr auf der falschen Straßenseite und überholte alle Wagen vor sich. Nicht dass es im Moment wichtig war, auf welcher Fahrspur man fuhr, da alle das gleiche Ziel hatten und in dieselbe Richtung wollten – es waren mindestens zehn Wagen, die auf sie zurasten. Sela trat einen Schritt zurück und schob Olivia besorgt nach hinten. Das Letzte, was sie wollte, war von den Lastern überrollt zu werden, nachdem sie eine Schießerei überlebt hatten.

Eine Schießerei!

Das Gefühl des Unwirklichen war überwältigend. Sela wusste nicht, ob sie mit Olivia zusammen weinen sollte oder … sich setzen. Ja, sie musste sich unbedingt hinsetzen.

»Meine Beine zittern«, sagte sie zu Olivia. »Lass uns hinsetzen.«

»Hier?« Olivia sah sie mit großen Augen an und wischte sich mit dem Handrücken über die Nase.

»Warum nicht?«

Sie sanken zusammen auf den kalten schmutzigen Asphalt, der mit Abfall und Laub übersät war, das vom Parkplatz herübergeweht war. Hier und dort sah man im Scheinwerferlicht von Mikes Wagen Patronenhülsen herumliegen. Olivia lehnte sich gegen Selas Schulter und schmiegte sich wie ein Kind an sie. Sela hielt sie fest, sie hätte gar nicht in Worte fassen können, wie froh sie war, dass sie so ungeschoren davongekommen waren, auch wenn sie nicht dasselbe von ihrem Laden behaupten konnte.

Die rasende motorisierte Kavallerie hatte inzwischen den Parkplatz erreicht, und der große Truck blieb als Erster mit quietschenden Reifen stehen. Ben sprang aus der Fahrerkabine, bevor der Motor richtig verstummt war. Er trug ein großes Gewehr in der Hand und sah einschüchternd und gefährlich aus. Von dem grellen Licht der Scheinwerfer beleuchtet, lief er über den Parkplatz, sein Blick so intensiv auf die am Boden kauernde Sela gerichtet, als wäre alles andere um ihn herum unsichtbar.

Von einem plötzlichen Energieschub angetrieben, sprang Sela auf die Füße. Auch Olivia stand auf und starrte Ben mit großen Augen an.

Er blieb vor Sela stehen. Auch wenn er sie nicht berührte, war er ihr so nahe, dass sie selbst in dieser kalten Luft die Hitze spürte, die er ausstrahlte – oder vielleicht war es auch ihre Reaktion auf ihn, dass ihr plötzlich so heiß wurde. Ein wild loderndes Feuer brannte in seinen Augen, als er sie ansah. »Du blutest«, sagte er tonlos.

»Was?«

Mit der Fingerspitze berührte er vorsichtig ihr Gesicht, dann ließ er die Hand wieder sinken, als hätte er sich an ihr verbrannt.

»Von den Glasscherben«, sagte Olivia. »Als sie die Fenster zerschossen haben.«

»Wer?«, presste Ben nur hervor.

Sela schluckte. Sie konnte sich in diesem Augenblick vorstellen, wie Ben die Angreifer jagen und kurzen Prozess mit ihnen machen würde. »Weiß ich nicht. Es waren sechs Leute, soweit ich sie zählen konnte, aber sie waren nicht zu erkennen. Sie hatten Kapuzen auf, Baseballmützen … und es war dunkel. Alles ist so schnell passiert.«

Eigentlich war es ihr nicht so schnell vorgekommen. Jede Sekunde hatte sich wie eine Ewigkeit angefühlt.

Olivia schüttelte ebenfalls den Kopf. »Ich hab auch keinen erkannt.« Sela drehte sich um und beobachtete, wie all die anderen verspäteten Retter eintrafen, Wagen um Wagen fuhr auf den Parkplatz oder hielt einfach mitten auf der

Straße an. Es war ja nicht so, dass sie sich Gedanken über Durchgangsverkehr machen mussten.

»Ich glaube, das waren diese Meth-Typen aus Richtung Townsend«, sagte Mike, der sich zu ihnen gestellt hatte. »Es hat sich herumgesprochen, dass du Benzin hast.«

Sela zwang sich, den Blick von Ben loszureißen. »Das habe ich auch vermutet«, antwortete sie. »Deshalb war ich ja überhaupt hier. Aber es müssen nicht die Meth-Süchtigen gewesen sein. Ich kann mir vorstellen, dass eine Menge Leute gern mehr Benzin hätten, als ihnen zugeteilt wird.«

Ben gab einen Ton von sich, der tief aus seiner Kehle kam und fast wie ein Knurren klang. Sie hatte noch nie jemanden gekannt, der eine so beängstigende Wut ausstrahlte. Aber statt zu erschrecken, wurde ihr wieder ganz warm. Sie musste sich zusammenreißen, um stehen zu bleiben wo sie war, und sich nicht an ihn zu drücken, den Kopf an seine Brust zu schmiegen und die Arme um ihn zu legen.

Das wünschte sie sich jetzt mehr als alles andere.

»Ich hab einen Erste-Hilfe-Kasten im Truck.« Er wandte sich ab und lief zu seinem Wagen. Mike blickte ihm kurz mit hochgezogenen Augenbrauen hinterher, dann drehte er sich wieder zu Sela um.

»Verdammt, ich wünschte, ich wäre früher hier gewesen«, sagte er betreten. »Es tut mir leid. Und was zum … Was macht Ben Jernigan hier?« Er hielt sich in Gegenwart von Olivia zurück, um keinen unflätigen Ausdruck zu benutzen. Offensichtlich ahnte er nicht, dass viele Jugendliche wie Seemänner fluchten und Olivia unter Freundinnen sicher auch nicht zimperlich war. Mike war ein altmodischer Südstaatenmann, der sich immer bemühte, höflich und korrekt zu bleiben.

»Warum er jetzt schon hier ist, weiß ich auch nicht«, erwiderte Sela. »Aber ich war gestern bei ihm oben im Haus und habe ihn gebeten, uns ein paar Tipps für die Gemeinde-Patrouille zu geben, und er wollte heute Morgen kommen ... ist es schon Morgen?« Sie hatte das Gefühl, dass bereits eine Ewigkeit vergangen war, zuerst war es die Langeweile, das Frieren gewesen, dann der Überfall. Es müsste nach ihrer Schätzung bald dämmern.

»Es ist fast ein Uhr«, erwiderte Mike.

Nicht später? Sela war entsetzt. Bis zum Morgen dauerte es noch Stunden.

»Sommerzeit oder Winterzeit?«, meldete sich Olivia verwirrt.

Mike starrte sie an. Er warf Sela einen hilflosen Blick zu. »Keine Ahnung. Was für ein Datum haben wir denn? Wann fängt die Winterzeit an?«

Dieses Gespräch war absurd. Sela hatte das Gefühl, als wäre die Welt aus dem Gleichgewicht geraten, aber vielleicht war das nur der Schock. »Ich habe keine Ahnung.« Und was für einen Unterschied machte das? Sie mussten nirgendwohin, verpassten kein Flugzeug, hatten keinen Termin.

»Es ist null, fünf, siebenundvierzig Zulu-Zeit«, sagte Ben, der zurückgekehrt war. Er stellte den Erste-Hilfe-Kasten ab, den er mitgebracht hatte, und klappte ihn auf.

Mike nickte. »Also zwölf Uhr siebenundvierzig bei uns«, sagte er zu Olivia, die Ben mit großen Augen anstarrte, als er ein Päckchen öffnete und ein antiseptisches Tuch herausnahm. Dann drehte er sich so, dass er das Licht der Scheinwerfer nicht blockierte, das auf Selas Gesicht schien, und begann vorsichtig, das Blut von ihrem Gesicht zu wischen.

Sela sah zu ihm hoch. Weniger als zwölf Stunden zuvor hatte sie noch das Gleiche für ihn getan, wobei seine Verletzung an der Schulter viel schlimmer war als die kleinen Wunden von den Glassplittern. Es brannte etwas, aber das war alles. Aber Ben machte ein Gesicht, als läge sie im Sterben. Er sah wütend aus – beherrscht, aber wütend. Sie hätte sich selbst viel schneller verarzten können, denn Ben war übervorsichtig, um ihr nicht wehzutun. Selbst wäre sie nicht so sanft mit sich umgegangen.

Trey Foster, Harley Johnson, Bob Terrell und noch etwa zehn andere Männer hatten sich um sie versammelt und diskutierten, sie hörte den Ärger in ihren Stimmen. Entsetzt und wütend besahen sie sich den Schaden, der an ihrem Laden entstanden war. Es tat nichts zur Sache, dass er gerade leer war und nicht gebraucht wurde. Jemand von ihnen war angegriffen worden, und das nahmen sie persönlich. Wahrscheinlich fühlten sie sich auch schuldig, weil sie es nicht vorausgesehen hatten, und Sela und Olivia – ein Kind! – im wahrsten Sinne des Wortes in die Schusslinie geraten waren. Schließlich ging auch Mike zu den Männern hinüber und überließ Sela, Ben und Olivia sich selbst.

»Es ist meine Schuld, dass du verletzt bist«, sagte Ben leise. »Verdammt noch mal, ich hätte es wissen müssen. War doch klar, dass diese Mistkerle heute Nacht kommen würden.«

»Ich hätte nicht gedacht, dass sie es tatsächlich versuchen«, murmelte Sela, während er ihr Kinn anhob, um die Schnitte besser begutachten zu können. »Und das, obwohl ich den Wagen so auffällig geparkt hatte. Ich dachte, das würde reichen, um den Leuten zu signalisieren, dass jemand da ist.«

»Das Benzin ist jedes Risiko wert«, bemerkte er. Er berührte eine Stelle an ihrem Jochbein, und sie zuckte erschrocken zusammen. »Autsch!«

»Da ist noch ein Stück Glas drin. Halt still.« Er beugte sich vor und zog eine lange Pinzette aus der Kiste, klemmte damit den Glassplitter fest und zog ihn heraus. Sela spürte, wie ein Tropfen Blut über ihr Gesicht lief, den Ben wegtupfte, bevor er das Tuch auf ihre Wange drückte.

In einer Nacht, in der sich so viel Unglaubliches ereignet hatte, war das Unglaublichste für Sela, dass seine Berührung sie so beruhigte und tröstete. Sie hörte auf zu zittern, konnte wieder normal atmen, ohne zu befürchten, gleich eine Panikattacke zu bekommen. Merkwürdig war, dass er sich zwar selbst Vorwürfe machte, aber mit nichts andeutete, sie hätte die ganze Sache nicht im Griff.

Sie selbst hätte ohne zu zögern zugegeben, dass sie überfordert gewesen war und so etwas nie wieder erleben wollte. Aber sie hatte es bewältigt. Sie war nicht in Panik ausgebrochen und hatte sich lediglich Sorgen um Olivia gemacht. Und vor allem hatte sie eins gelernt: Wenn sie je wieder meinte, sie müsste sich bewaffneten Männern entgegenstellen, dann mit einem größeren Gewehr und besserer Deckung.

Himmel, sie hoffte, so etwas nie wieder tun zu müssen.

Ben klebte ein paar Pflaster über die größten Schnitte, die noch geblutet hatten. »Noch was?«

»Nur meine Hand, aber das kann ich selbst machen.«

»Lass mal sehen.«

Mit der Linken hielt er ihre rechte Hand und reinigte vorsichtig die kleinen Schnitte, wischte das Blut ab. Die Schnitte waren nicht tief und hatten bereits aufgehört zu bluten.

»Ist alles in Ordnung?«, erkundigte sich Olivia leise, die verängstigt daneben kauerte.

»Alles okay.« Ben beugte sich hinunter, um den Erste-Hilfe-Kasten wieder zu schließen. »Nur ein paar kleine Schnitte.« Er sah zu ihr hoch. »Und wie geht es dir?«

»Alles gut. Sela hat mich geschützt.« Olivia kam ein Stück näher und betrachtete Selas Gesicht besorgt, als wollte sie sich vergewissern, dass sie beide tatsächlich noch unversehrt waren. »Gran wird einen Scheiß-Anfall bekommen«, sagte sie dann.

Bens Lippen zuckten. Er lachte nicht, aber Sela bemerkte die leichte Erheiterung in seinem Blick. Sollte sie das Mädchen wegen ihrer Wortwahl ermahnen? Aber die Fünfzehnjährige hatte gerade einen Schusswechsel mit einer Gruppe bewaffneter Männer überstanden, die sie ohne zu zögern getötet hätten, da wäre das wohl mehr als kleinlich. »Das glaube ich auch«, stimmte sie stattdessen zu.

Nachdem Ben sich um die Erste Hilfe gekümmert hatte, sammelten sich die Männer wieder um sie herum.

»Hast du ihre Fahrzeuge gesehen?«, erkundigte sich Trey.

»Ich kann nicht sagen, welche Farbe oder welche Marken oder so. Es waren zwei Autos und drei Pick-ups. Vielleicht habe ich jemanden im Dunklen übersehen, aber ich habe sechs Männer gezählt. Als sie eure Scheinwerfer gesehen haben, sind sie abgehauen. Sie selbst hatten ihre Lichter ausgeschaltet.«

»Hast du jemanden angeschossen?«, fragte Ben. »Oder eins der Fahrzeuge getroffen?«

»Es könnte sein, dass ein oder zwei Trucks was abbekommen haben«, sagte Sela. »Was die Männer betrifft …«

»Ich glaube, ja.« Olivia nickte. »Einen habe ich wohl getroffen.« Die letzten Worte kamen leicht zittrig, und sie zwinkerte die Tränen weg, die ihr in die Augen stiegen.

»Manchmal bleibt einem nichts anderes übrig«, sagte Ben beruhigend, und Olivia richtete sich wieder auf. Er drehte sich zu den Männern um. »Wie wär's, wenn ein paar von euch mit der Taschenlampe nach Blutspuren suchen? Sela, wo haben die Wagen gestanden?«

»Überall«, entgegnete sie und zeichnete mit der Hand einen Kreis in die Luft.

Einige der Männer gingen zu ihren Trucks, um eine Taschenlampe zu holen, zwei hatten Handscheinwerfer dabei. Andere stiegen in ihren Wagen, um aus dem angegebenen Bereich zu fahren. Ben beobachtete sie ein paar Sekunden, dann drehte er sich wieder um. »Ich bin niemandem begegnet, der ohne Licht unterwegs war.«

»Sie sind die Seitenstraßen runter, nicht auf den Highway«, sagte Harley Johnson. »Und wenn sie die Nebenwege kennen, dann heißt das, sie sind von hier.«

»Hier ist Blut!«, meldete sich Trey, der am Rand des Tankstellengeländes stand und auf das Pflaster starrte. Sofort rannten Ben und die anderen zu ihm. Sela und Olivia blieben, wo sie waren, und Sela nahm Olivias Hand. Noch eine Stunde zuvor hätte sie der Gedanke, jemanden angeschossen zu haben, tief betroffen gemacht. Aber sie und Olivia waren in Gefahr gewesen, und sie fand es schwer, Bedauern zu empfinden. Wenn sie bedachte, wie schnell ihre Angreifer wieder verschwunden waren, bezweifelte sie, dass einer von ihnen ernsthaft verwundet war. Bedauerlich, eigentlich.

Offensichtlich trug sie ein winziges Quäntchen Wildheit in sich.

Ben kehrte mit den anderen zurück. Er stand in der Mitte der Gruppe und schien mühelos das Kommando übernommen zu haben. Es waren toughe Männer, die es gewohnt waren, hart zu arbeiten, zu jagen, um ihre Familie zu ernähren, etwas zu riskieren, aber sie akzeptierten ihn, ohne zu zögern. Er war derjenige, den sie alle von Anfang an hatten dabeihaben wollen, und jetzt, wo er hier war, wären sie Dummköpfe, wenn sie nicht auf ihn hören würden.

»Wir müssen uns jeden Wagen genau ansehen. Wie Sela sagt, besteht die Möglichkeit, dass mehr als einer Schusslöcher hat. Wir wissen auch, dass zumindest einer von den Männern verwundet ist. Hört euch um, findet heraus, wer sich heute Nacht verletzt hat, angeblich beim Jagen oder Ähnliches.« Ben sah einen nach dem anderen mit entschlossenem Blick an. »Es gibt eine Bedrohung von außen, aber im Moment kommt die größte Gefahr von Leuten direkt hier im Tal.«

18. Kapitel

Keiner von ihnen fuhr nach Hause. Da nun sowieso alle da waren, packte Trey seine selbst gebaute Absaugpumpe aus, um sie zu testen. Sie funktionierte nicht.

»Ich habe das Passende oben bei mir«, sagte Ben mit Blick auf die Konstruktion. »Ich bin gleich wieder zurück.«

Etwa eine Dreiviertelstunde später war er wieder da, hatte die benötigten Teile dabei und auch den Hund, der aus dem Truck sprang und sofort mit Ausrufen wie »Was für ein schöner Hund!« empfangen wurde. Olivia setzte sich neben die Pumpen auf den Boden und streichelte und kraulte das lebhafte Tier.

»Woher hast du den?«, wollte Trey von Ben wissen. Irgendwie erinnerte sich Sela daran, dass Trey mit Jagdhunden arbeitete.

»Der ist vor ein paar Wochen bei mir oben am Berg aufgetaucht, ausgehungert und hilflos. Ich denke, ich gebe ihn den Livingstons, damit sie sich nach dem Vorfall gestern ein bisschen sicherer fühlen.«

Gestern? War es erst gestern gewesen, dass Jim den Einbrecher erschossen hatte? Sela beobachtete den jungen Hund und kämpfte gegen plötzliche Tränen der Rührung an. Ben hatte sich dagegen gesträubt, ihm einen Namen zu geben, aber sie konnte sehen, dass er inzwischen an dem Tier hing. Es sagte etwas über ihn aus, wenn er den Welpen trotzdem an die Livingstons weitergab. Sie spürte, dass er jemand war, der zu viel verloren hatte, um sich so leicht wieder von etwas zu trennen. Es würde ihm schwerfallen, den Hund wegzugeben, aber das hätte er niemals zugegeben.

Er warf ihr einen kurzen Blick zu, als wolle er sich vergewissern, wo sie war, dann begann er mit Trey die Absaugpumpe zu reparieren. Da sie sich mit solchen mechanischen Apparaten nicht auskannte, war es sicher das Beste, wenn sie ihnen nicht im Weg stand. Wäre sie nicht so müde gewesen, hätte sie sich den Besen geholt und die Scherben im Laden zusammengefegt. Doch die Flut von Adrenalin hatte sich gelegt, und sie fühlte sich, als würde sie gleich ins Koma fallen. Olivia musste es genauso gehen. Sela setzte sich neben sie und spielte einen Moment mit dem Hund. »Soll ich dich nach Hause fahren?«, fragte sie Olivia nach einer Weile.

»Noch nicht«, erwiderte die nach kurzem Nachdenken. »Ich warte lieber, bis du mitkommst.«

Sela lachte leise. »Feigling. Aber kann ich gut verstehen.«

Irgendwann bat Ben sie, ihren Honda von der Tanköffnung wegzufahren. Was sie daran erinnerte, dass sie nicht einmal nachgesehen hatte, ob ihr Auto beschädigt war. Die ganze Zeit hatte sie nur wie benommen neben Olivia gesessen. Sie stand auf und ging zu ihrem Honda hinüber.

Erstaunlicherweise schien am Wagen alles in Ordnung zu sein. Sie startete den Motor und fuhr vorwärts, ohne die Tür zu schließen. Als Ben »Halt!« rief, bremste sie ab, obwohl sie nicht mal drei Meter gefahren war.

Sie lehnte sich aus dem Fenster. »Was ist los?«, wollte sie wissen.

»Es ist dein Benzin. Du tankst als Erste.«

Sie hatte eigentlich genau das Gleiche gedacht, war aber so müde, dass sie es total vergessen hatte. Schnell warf sie einen

Blick auf den Benzinanzeiger und schüttelte den Kopf. »Ich habe gleich nach dem KMA vollgetankt und kaum was verbraucht.« Bis auf den Weg zu Ben hoch auf den Cove Mountain hatte sie das Auto zwei Monate lang überhaupt nicht benutzt. Und zusätzlich hatte sie noch den kleinen Tank mit dem reinen Benzin, auf den sie zurückgreifen konnte, aber den wollte sie für später aufsparen.

»Okay dann.« Er winkte sie weiter, und Sela fuhr den Wagen aus dem Weg. Wie sich herausstellte, hatten auch die meisten anderen fast volle Tanks, trugen aber 20-Liter-Kanister mit sich, um sich einen Vorrat abzufüllen. Ben und Trey öffneten den Zulauf zum größten Tank, und kurz darauf floss das Benzin. Mike notierte für Sela, wer wie viel bekam.

Heute Nacht werden die Generatoren laufen, dachte sie und freute sich für alle im Tal. Wer einen eigenen Brunnen besaß, hätte fließendes Wasser und könnte duschen – wahrscheinlich boten sie es auch den Nachbarn an, die an ihre zentrale Wasserversorgung angeschlossen waren, die nicht mehr funktionierte, und tauschten den Service gegen etwas, was diese anbieten konnten. Sela dachte daran, tragbare Generatoren zu den Häusern zu bringen, die weder Kamin noch Holzofen hatten, um zu heizen. Was sie wieder an das Vorhaben erinnerte, Feuerschalen zu besorgen. Es gab so viel, an das sie denken musste, aber sie war so müde …

»Da kommt jemand.« Olivia blickte die Straße hinunter. Sie klang fast wie auf Drogen. Vorhin hatte sie schon halb geschlafen, den Kopf gegen Selas Schulter gelehnt.

»Ja, eine ganze Truppe ist im Anmarsch«, sagte Sela. Die Scheinwerfer, die Olivia gesehen hatte, waren schon sehr nah, dahinter fuhren andere, die die gleiche Idee gehabt hatten, und ein stetiger Strom von Autos schlängelte sich in ihre Richtung. Andere waren zu Fuß unterwegs und trugen Plastikkanister bei sich. So viel dazu, dass es um neun Uhr anfangen sollte. Andererseits hatte heute Nacht niemand viel Schlaf bekommen, also konnten sie auch genauso gut jetzt mit der Verteilung des Benzins beginnen.

Ted Parsons und ein paar andere Mitglieder der Gemeinde-Patrouille waren die ersten Fahrer, die auf dem Parkplatz ankamen. Ted stieg aus und sah sich erstaunt um. Um Benzin zu sparen, hatten alle ihre Motoren ausgeschaltet, aber Taschenlampen und tragbare Spots erleuchteten die Szene gut genug, um erkennen zu können, dass etwas passiert war. Ted beleuchtete mit seiner Taschenlampe die scheibenlosen Fenster des Ladens.

»Was zum Teufel? Was ist denn hier los?«

»Jemand hat versucht, das Benzin zu stehlen«, erklärte ihm Mike. »Sela und Olivia haben Wache gehalten und es verhindert, aber der Laden hat einiges abgekriegt.«

Ted drehte sich zu Sela und Olivia um, die zusammengekauert neben den Benzinpumpen saßen. »Wann ist denn das passiert?«

»Vielleicht vor vier Stunden, oder auch fünf. Wie spät ist es jetzt?«

Ted beantwortete die Frage nicht. Er schüttelte den Kopf, sah sich um und drehte sich zu Mike um. »Warum seid ihr denn alle hier? Woher wusstet ihr, was passiert ist?«

»Ich hab die Schüsse gehört«, erwiderte Mike.

»Ich auch«, meldete sich Trey.

»Ich bin aufgewacht, weil jemand an meinem Haus vorbeigefahren ist«, sagte Harley Johnson. »Dieses Geräusch hört man ja jetzt nicht mehr so oft. Deshalb bin ich aufgestanden und rausgegangen, um nachzusehen. Kurz darauf habe ich die Schüsse gehört. Ich hab mich schnell angezogen und bin dann in die Richtung gefahren, aus der sie kamen.«

Sela konnte aus ihrer Position heraus beobachten, wie Ted die Lippen zusammenpresste. In diesem Licht sah man es nicht, aber sie hätte schwören können, dass er rot anlief.

»Wollt ihr mich eigentlich nicht in der Gemeinde-Patrouille, Leute?«, rief er erbost. »Das ist jetzt schon das zweite Mal, dass mir niemand Bescheid sagt, obwohl was Wichtiges passiert!«

»Du wohnst ziemlich weit draußen«, entgegnete Mike, sichtlich bemüht, ruhig zu bleiben. »Und ich habe erst gesehen, was hier los ist, als ich ankam. Wir haben ja keine Handys, falls du dich erinnerst, und alle, die hier sind, haben die Schießerei gehört und sind deshalb hergekommen. Niemand ist benachrichtigt worden, wir haben dich nicht ausgeschlossen. Außerdem war schon alles vorbei, als wir hier ankamen, und derjenige, der das Benzin stehlen wollte, hatte sich schon aus dem Staub gemacht.«

»Aber ihr seid doch immer noch hier und haltet Wache. Inzwischen hätte jemand zu mir kommen können.«

»Das stimmt, obwohl wir nicht direkt Wache halten.« Mike seufzte und warf Sela einen Hilfe suchenden Blick zu.

Sie rappelte sich auf. Als aktuelle Gemeindeleiterin sollte sie besser aktiv werden. »Wo schon mal alle da waren ...«

»Es waren eben nicht *alle* da!«, brüllte Ted.

Sela holte Atem und versuchte sich zu beruhigen, was nicht sehr einfach war. »Wo wir nun eh schon mal hier waren, wollte Trey die Absaugpumpe testen. Sie hat nicht funktioniert, und Ben ist nach Hause gefahren, um ein paar fehlende Teile zu holen. Als er zurückkam, haben sie die Pumpe funktionstüchtig gemacht.« In der Hoffnung, ihn abzulenken, sagte sie: »Warum fährst du nicht mit deinem Wagen zur Pumpe und tankst jetzt schon? Kein Grund, länger zu warten.«

Er zögerte, und einen Augenblick hoffte sie schon, das Ablenkungsmanöver hätte funktioniert. Doch er blickte sich fragend um. »Und was ist mit den anderen? Ich bin nicht der Erste in der Warteschlange.«

»Fast alle hier hatten eh einen vollen Tank, ich auch.«

»Fast?«

»Einige haben nachgetankt und ein paar Kanister gefüllt.«

Sie hätte genauso gut sagen können, es wären Hundert-Dollar-Scheine verteilt worden, und er bekäme lediglich ein paar Cent. »Vielen Dank, dass ihr auf mich gewartet habt«, sagte er sarkastisch.

»Ted, wir haben einen ganz kleinen Teil von dem hochgepumpt, was in den Tanks ist. Die Gemeinde-Patrouille war zuerst dran. Du gehörst dazu. Ein paar von den anderen waren vor dir dran, aber einige kommen auch nach dir dran.« Sie hörte selbst die Ungeduld in ihrer Stimme. Verdammt noch mal, es war eine aufreibende Nacht gewesen, sogar zwei aufreibende Nächte mit einem stressigen Tag dazwischen. Und normalerweise dachte sie nicht so, aber im Moment interessierte es sie einen Scheißdreck, ob sein Ego gestreichelt wurde oder nicht.

»Ich bin nur früher hier, weil ich meinen Wecker gestellt habe«, erklärte er schmallippig, ganz offensichtlich immer noch beleidigt, weil er nicht beachtet worden war. »Sonst würde ich am Ende der Schlange stehen und das Benzin wäre alle gewesen, bevor ich drangekommen wäre. Da hättest du dich gefreut, was?«

»Schließe nicht von dir auf andere.«

»Wieso maßt du dir an zu wissen, wie ich denke? Ich weiß, wie die Leute mich hier behandeln, ihr habt alle klargemacht, dass ich nicht willkommen bin.«

»Das stimmt nicht. Wir freuen uns alle über deine Mithilfe.«

»Natürlich.« Der Sarkasmus war wieder da. »Deshalb wolltest du ja unbedingt diesen Job übernehmen, obwohl du offensichtlich völlig damit überfordert bist und jeder andere es besser machen könnte. Eine fähige Führung hätte sich um eine Möglichkeit gekümmert, die Leute zu informieren, eine fähige Führung hätte sich Rat geholt und zugehört ...«

Über Teds Schulter hinweg konnte Sela sehen, wie Ben den Kopf hob und die Augen zusammenkniff. Schnell hatte er die Situation erfasst und kam zu ihnen herüber, den Blick auf Ted gerichtet. Seine Körperhaltung signalisierte, dass er drauf und dran war, ihm einen Tritt in den Hintern zu verpassen.

Sela hob das Kinn. Sie hatte Hilfe benötigt, als eine Gruppe von Männern auf sie geschossen hatte, aber sie brauchte niemanden, der ihr half, sich gegen Ted Parsons zu wehren. Sie hatte wirklich genug für heute. Ein leichter roter Nebel schien sich vor ihr Blickfeld zu legen, und sie stellte sich genüsslich vor, wie sie Ted einen Boxhieb verpasste. Stattdessen sagte sie mit einer Stimme, die von weit her zu kommen schien: »Weißt du, was, Ted? Du kannst dir gern dein Benzin nehmen, aber ansonsten ...« Statt weiterzureden, hob sie die Hand und zeigte ihm den Mittelfinger, und zwar so dicht vor seinen Augen, dass er zu schielen anfing, als er darauf sah.

Er öffnete den Mund, um etwas zu erwidern, schloss ihn

wieder, dann schnaufte er empört, wirbelte herum und stampfte davon.

Sela hatte noch nie jemandem den Mittelfinger gezeigt, noch nicht mal beim Autofahren.

Als sie sich umdrehte, sah sie, dass Olivia sie mit offenem Mund anstarrte. Dann begann sie zu grinsen und hob enthusiastisch den Daumen.

Schon merkwürdig, dass zwei Finger derselben Hand so unterschiedliche Bedeutungen haben konnten. Fassungslos über sich selbst, schlug sie sich die Hände vors Gesicht. Zweimal innerhalb von vierundzwanzig Stunden hatte sie die Nerven verloren und war ausfällig geworden.

Dann stand Ben neben ihr. »Du brauchst nur was zu sagen, dann bekommt er von mir eine Abreibung.« Wie jedes Mal schien seine Nähe ein Kraftfeld um sie herum zu errichten, das alle anderen fast unsichtbar werden ließ. Es fühlte sich an, als würden sie und Ben sich in einer Blase befinden. Vielleicht ging es ihm nicht so, vielleicht spürte nur sie das, weil sie sich so stark zu ihm hingezogen fühlte, aber wenn er da war, schien ihr alles so … richtig.

»Vielen Dank, aber das ist nicht notwendig«, seufzte sie. »Er tut mir fast leid, weil er so ein Idiot ist und nicht merkt, warum die Leute ihn nicht mögen. Aber seine Frau ist sehr nett.«

Ben musterte sie mit diesem scharfen Raubtierblick und berührte kurz die kleinen Pflaster auf den Schnitten in ihrem Gesicht. »Du siehst aus, als könntest du vor Müdigkeit nicht mehr stehen. Warum fährst du nicht nach Hause und schläfst ein bisschen? Wir haben hier alles im Griff. Wenn wir das Benzin verteilt haben, werde ich mit den Männern die Organisation der Patrouille besprechen, und dann komme ich vorbei, um dir zu berichten.« Er blickte sich um und sah zum Hund hinüber, der sich neben Olivia zusammengerollt hatte. »Nachdem ich den Hund zu den Livingstons gebracht habe.«

Sie wollte schon ablehnen, fand, es sei ihre Aufgabe, hierzubleiben. Aber dann sah sie Olivia an, die völlig erschöpft aussah, und ihr wurde bewusst, dass sie in keinem besseren Zustand war. Daher legte sie ihm eine Hand auf den Arm und genoss für einen Moment das Gefühl der stählernen Muskeln unter ihren Fingern, die sie selbst durch die dicke Kleidung spürte. »Bist du dir sicher mit dem Hund? Wir könnten einen anderen für die beiden finden.«

Ben blickte wieder zu dem Welpen hinüber, und sie glaubte, kurz einen Ausdruck von Bedauern auf seinem Gesicht zu sehen, das aber sofort wieder verschwunden war. »Ja, es ist die richtige Entscheidung. Es wird ihm guttun, wenn er viel Aufmerksamkeit bekommt, und für die beiden ist es auch gut. Es ist ja nicht so, dass ich ihn nicht mehr sehen werde, ich muss ja auch weiter das Futter für ihn ranschaffen. Die Livingstons sind bestimmt nicht in der Lage, einen jungen Hund allein durchzufüttern.«

Und Ben war es gewohnt, allein zu sein, das musste er nicht erwähnen.

Korrektur: Er war es gewohnt *gewesen*, allein zu sein, aber das hatte sich geändert. Auch wenn er Jim und Mary Alice den Hund brachte, würde er sich weiter um alle drei kümmern. Und auch zwischen ihnen beiden war etwas entstanden. Sela hatte entdeckt, dass sie für das, was ihr wichtig war, kämpfen konnte. Ben war ihr wichtig geworden, mehr, als sie jemals geahnt hatte.

Und zwar nicht nur für sie: Ohne großen Widerstand hatten die Männer aus dem Tal ihre Reihen geöffnet und ihn akzeptiert. Er kam aus der Nummer nur noch raus, wenn er komplett aus der Gemeinde verschwand. Wenn man die gegenwärtigen Umstände bedachte und wie schwierig ein solcher Umzug sein würde, stand das aber wohl außer Diskussion. Ben dachte stets strategisch und erkannte schnell, wo eine akute Gefahrenquelle lag.

Sela sah, wie sich auf dem Highway die lange Reihe von Scheinwerferlichtern näherte, und das Pflichtgefühl ließ sie in dem Entschluss, nach Hause zu fahren, schwanken. Doch Ben nickte ihr ermutigend zu. »Wir haben alles unter Kontrolle«, versicherte er und legte ihr eine Hand auf die Taille. Obwohl sie so müde und kaputt war, entging ihr nicht, dass er damit eine sehr deutliche öffentliche Erklärung abgab. Niemand, der diese Geste beobachtete, würde denken: »Ach, die sind nur so befreundet.«

Sie wollte mit ihm befreundet sein, genauso wie sie seine Geliebte werden wollte. Aber eine Freundschaft war noch schwieriger, intimer, und sie hatten noch keinen Schritt in diese Richtung unternommen. Sie sah Ben an und rang sich ein Lächeln ab. »Das weiß ich. Ich fühle mich trotzdem irgendwie verpflichtet zu bleiben. Aber ich muss Olivia nach Hause bringen und den Generator anwerfen, damit wir alle schön heiß duschen können.« Obwohl sie bei ihm zu Hause geduscht hatte, fühlte sie sich schon wieder verschwitzt und voller Staub und Rauch. Ihre Haare und Kleider rochen nach Schießpulver. Nach dem Stress heute Nacht wünschte sie sich etwas Trost durch die Bequemlichkeit moderner Errungenschaften. Sie bewahrte ihr Benzin zwar eigentlich für die kalte Jahreszeit und Notfälle auf, aber sie fand, das hier konnte man als Notfall bezeichnen.

Sie wagte es, Bens Arm in einer vertraulichen Geste leicht zu drücken, dann schleppte sie sich in den Laden, um die beiden Gewehre zu holen, bevor sie zu Olivia ging. Sie hatte das Gefühl, schwere Gewichte an den Beinen zu haben, und ihre Augen brannten vor Müdigkeit. »Lass uns nach Hause gehen«, sagte sie. »Ich werfe den Generator an, damit wir heiß duschen können. Die Pumpe für den Brunnen müssen wir auch in Gang bringen.« Bevor sie an das Wassersystem der Gemeinde angeschlossen worden waren, hatten alle Häuser Brunnen und Wasserpumpen gehabt. Ohne Strom mussten sie das Wasser in Eimern heraufziehen oder es aus den Bächen schöpfen.

Olivias Augen leuchteten auf. »Heiß duschen! Wow, dafür lohnt sich's doch, fast erschossen zu werden!«

Sela lachte leise. So weit würde sie nicht gehen, aber Olivias Enthusiasmus war sicher ein Anreiz, noch so lange durchzuhalten, bis sie alles vorbereitet hatte.

Glücklicherweise war die Fahrt nicht so weit, denn sie hatte Mühe, die Augen offen zu halten. Olivia hatte sich auf dem Beifahrersitz in ihren Mantel vergraben. »Mir ist so kalt.«

»Mir auch.« Sie bog in Carols Auffahrt ein und sah im Fenster eine Lampe brennen, was bedeutete, dass schon jemand wach war. Es dämmert bald, dachte Sela, als sie bemerkte, dass sich der Himmel im Osten bereits lichtete.

Noch bevor sie mit Olivia die Stufen hochgestiegen war, wurde die Haustür aufgerissen, und Barb und Nancy kamen herausgestürmt. »Wir haben uns solche Sorgen gemacht! Geht es euch beiden gut? Ich kann nicht glauben, dass ihr so was Törichtes macht!«, rief Barb mit bebender Stimme, als würde sie jeden Moment in Tränen ausbrechen. Aber dann hob sie Olivia die Handfläche entgegen, um mit ihr abzuklatschen. »Ich bin so stolz auf euch beide! Aber bitte, macht so was nie wieder.« Nach Olivia klatschte sie auch Sela ab.

»Wir hatten das auch nicht so geplant«, murmelte Sela, als sie das warme Haus betraten.

»Was ist denn mit deinem Gesicht passiert?«, fragte Nancy.

»Glasscherben. Ist nicht schlimm, nur ein paar kleine Ritzer.«

Sie und Olivia schälten sich aus ihren Mänteln und stellten sich beide vor den Kamin. Sela dachte gerade daran, wie froh sie war, dass Carol offensichtlich die Krise verschlief, als ihre Tante aus dem Nebenzimmer brüllte: »Sela! Olivia! Kommt sofort her!«

Barb verdrehte die Augen. »Sie ist kurz davor durchzudrehen, seit wir erfahren haben, was passiert ist.«

»Wie habt ihr davon erfahren?«

»Leigh Kilgore meinte, Mike wäre aus dem Haus gestürmt, als er die Schüsse gehört hat, und sie ist ihm hinterhergerannt, weil er seine Handschuhe vergessen hat. Sie ist dem Lärm und den Lichtern bis zur Tankstelle gefolgt. Nachdem sie Mike seine Handschuhe gegeben hat, ist sie bei uns vorbeigekommen.«

Sie hatte Leigh vor Ort überhaupt nicht gesehen, aber vermutlich war sie zu abgelenkt gewesen.

»Sela!«, schrie Carol wieder.

»Ich habe dich gehört!«, schrie Sela zurück, inzwischen mit den Nerven völlig am Ende.

Ein schockiertes Schweigen folgte, und Olivia verdrehte die Augen. »Jetzt hast du's geschafft«, flüsterte sie in theatralischem Ton, während sie zu Carols Schlafzimmertür ging. Sela schlich hinter ihr her. Sie wusste, dass sie Carol erst beruhigen musste, bevor sie die notwendigen Arbeiten für das fließende heiße Wasser in Angriff nehmen konnte, aber sie hatte schon fast keine Kraft mehr.

»Wir hätten nie gedacht, dass irgendwas passieren würde«, knurrte sie, als sie das Schlafzimmer betrat.

Carol riss die Augen auf, als sie Sela sah, wahrscheinlich staunte sie über ihren ungewohnt schroffen Ton. »Du bist verletzt«, flüsterte sie und schlug sich die Hand vor den Mund.

»Es sind nur ein paar Kratzer, wirklich. Aber im Laden gibt es jetzt keine Scheiben mehr.«

»Sela hat Mr. Parsons den Finger gezeigt«, verkündete Olivia.

Sela wurde heiß vor Scham, obwohl sie Olivia dankbar war, dass sie Carol von der Gefahr, in der sie gesteckt hatten, ablenkte. Trotzdem wünschte sie sich, dass ihr Fehlverhalten nicht zum Thema gemacht wurde. »Ich war gestresst«, murmelte sie.

Olivia rollte sich neben Carol auf dem Bett zusammen und legte den Kopf auf ihre Schulter. »Es tut mir nicht leid, dass ich mich rausgeschlichen habe, Gran. Wenn ich nicht da gewesen wäre, könnte Sela jetzt tot sein. Sie brauchte mich, und ihr hättet mich nicht gehen lassen, wenn ich gefragt hätte.«

Carol öffnete den Mund, um etwas zu erwidern, überlegte es sich dann aber offensichtlich anders.

»Wenn du gekonnt hättest, wärst du auch bei uns gewesen«, sagte Sela.

»Das stimmt.« Barb, die gerade mit Nancy das Schlafzimmer betrat, nickte. »Versuch es gar nicht erst abzustreiten.«

»Ich muss nach Hause und meine Bande füttern«, sagte Nancy. »Aber ich möchte gern noch meinen Senf dazugeben, bevor ich mich verabschiede. Ich bin stolz auf dich, Sela, und auf dich auch, Olivia. Ihr beide habt das Benzin für uns gerettet. Ich bin wirklich froh, dass keine von euch verletzt ist – oder zumindest nicht ernsthaft verletzt –, und wenn ihr irgendwann Unterstützung braucht, dann sagt Bescheid.«

Nachdem Nancy gegangen war, sah Barb die anderen an: »Ich weiß nicht, wie es euch geht, aber ich könnte jetzt eine Tasse Kaffee gebrauchen und mehr Frühstück als sonst. Sich Sorgen machen kostet ganz schön Kalorien, wisst ihr.«

Sela dachte daran, was sie noch alles erledigen musste, bevor sie sich hinlegen konnte. »Ich werde jetzt den Generator anwerfen und die Brunnenpumpe, wenn ich herausfinde, wie das geht, und den Durchlauferhitzer anmachen. Ich denke, wir haben alle eine schöne heiße Dusche verdient.«

»Schön für euch, Dusche klingt toll«, beschwerte sich Carol mit einem Blick auf ihr geschientes Bein.

»Wir können dir einen Stuhl in die Dusche stellen und dir helfen, rein- und rauszukommen«, sagte Barb beherzt. »Und was die Brunnenpumpe betrifft, kann ich auch helfen. Früher hatten wir mit ihr ständig Ärger. Wahrscheinlich brauchen wir ein paar Eimer Wasser, um sie in Gang zu bringen.«

Sela hätte fast dankbar gejubelt, dass jemand Bescheid wusste. Sie hatte sich bereits auf eine längere Learning-by-doing-Session eingestellt, was sie viel Zeit gekostet hätte, die sie so dringend zum Ausruhen benötigte.

Wie lange Carol auch vorgehabt hatte, sie auszuschimpfen, diese Pläne hatte sie augenscheinlich aufgegeben: wegen Selas mit Schnittwunden übersätem Gesicht und wegen

Olivias Begründung, warum sie sich hinausgeschlichen hatte, und wohl auch wegen der Aussicht auf eine heiße Dusche. Dann war da noch das Ding mit dem Stinkefinger, der sicherlich noch Thema so mancher Frotzelei werden würde.

Barb bestand darauf, dass sie sich alle viel besser fühlen würden, wenn sie etwas gegessen hätten, und sie hatte recht. Auch wenn das Frühstück und die Tasse Kaffee sie nicht energetisierten, war Sela in der Lage, mit Barbs Hilfe alles Nötige in die Wege zu leiten, damit das Wasser wieder aus der Leitung floss. Dann stellte sie den Durchlauferhitzer an und lauschte zufrieden dem Knacken und Puffen, als das Gerät zu arbeiten begann. Olivia stand neben einer Lampe und schaltete sie an, dann starrte sie erfreut auf das Licht. »Können wir das einmal im Monat machen?«, fragte sie wehmütig.

»Vielleicht. Aber ich kann es nicht versprechen.« Einmal im Monat wäre himmlisch, aber wer wusste, was die Zukunft bereithielt? »Ich bin in zwei Stunden zurück. Bevor ich auf die Nase falle, muss ich ein bisschen schlafen.«

»Genau.« Olivia gähnte.

Sela zögerte, als sie ein paar Minuten später ihr Haus betrat. Es war kalt, das Feuer war ausgegangen, obwohl noch ein paar glühende Aschestücke übrig waren. Sie legte vorsichtig etwas Holz darüber und schloss die Augen, während sie darauf wartete, dass es Feuer fing. Sie döste im Sitzen ein und stellte beim Aufwachen fest, dass die Hölzer fast abgebrannt waren. Also legte sie noch mehr dazu, und diesmal blieb sie wach, um rechtzeitig das Brennholz nachzulegen. Als die Flammen loderten, legte sie sich auf die Couch, wickelte sich in eine Decke und war fast schon eingeschlafen, bevor ihr Kopf das Kissen berührte.

Der Tag wollte einfach verdammt noch mal nicht zu Ende gehen.

Das Benzin musste verteilt werden, und mit dem Sicherheitsdienst mussten Pläne gemacht werden – Ted Parsons war dabei, immer noch mürrisch, aber er war da. Dass er da war, zählte schon etwas, aber Ben behielt den Mann trotzdem im Auge. Verbitterung konnte in unvorhergesehener Weise an einem Menschen nagen und böse Konsequenzen nach sich ziehen. Nachdem Ben allen seine Pläne für eine systematische Überprüfung der Talbewohner auf Schusslöcher in den Karosserien ihrer Wagen oder einer Verletzung dargelegt hatte, beobachtete er, wie die Patrouillenmitglieder alles zusammenpackten, um sich auf den Weg zu machen. Parsons wurde von einem schlanken jüngeren Mann mit leicht brutalen Gesichtszügen angesprochen, und die beiden standen ein paar Minuten zusammen und redeten miteinander. Ben beobachtete den jungen Mann und prägte sich dessen Gesicht, Körperbau und seine Art, sich zu bewegen, ein.

»Mit wem spricht Parsons da?«, erkundigte er sich bei Harley Johnson, der sich umdrehte und mit zusammengekniffenen Augen zu den beiden hinübersah.

»Hm. Bin mir nicht sicher. Aber das könnte der Dietrich-Typ sein.«

»Der gefällt mir nicht.« Ben scheute sich nicht davor, jemanden auf den ersten Blick zu beurteilen, denn das hatte ihm schon manches Mal das Leben gerettet. Der Mann wirkte durchtrieben, mit den hohlen Wangen und tiefen Augenhöhlen vermutete Ben, dass er Drogen nahm. Nicht nur das, seine Körpersprache signalisierte, dass er sich Ted gegenüber als Leithammel fühlte.

»Wenn das der Dietrich ist, stimme ich dir auf jeden Fall zu.« Harley zog die Stirn kraus. »Es gefällt mir nicht, dass Ted mit ihm redet. Die Dietrichs sind schwer auf Drogen, soweit ich gehört habe.«

»Dann rückt er ganz nach oben auf der Liste von Leuten, die für den versuchten Benzindiebstahl infrage kommen.«

Auf Bens Kommentar hin warf Harley Ted und Dietrich einen besorgten Blick zu. »Da hast du recht.«

»Das bedeutet auch, dass sein Haus zu den ersten gehört, die überprüft werden. Jetzt wäre der richtige Zeitpunkt.«

Harley nickte, er hatte verstanden und ging zu Mike und Trey hinüber, die sich beide bemühten, nicht zu Ted hinüberzusehen, aber unauffällig in ihre Autos stiegen.

Es war immer noch viel los, Leute kamen und gingen, holten sich Benzin und fuhren weg, sodass ihre Aktion keine Aufmerksamkeit erregte.

Ben behielt die beiden im Auge, bis Ted abzog. Der Dietrich-Typ stieg wieder in seinen Wagen und reihte sich in die Warteschlange ein, um sich Benzin zu holen. Wenn er einer von denen gewesen sein sollte, die den Laden überfallen hatten, war das verdammt mutig – aber Drogensüchtige würden buchstäblich alles tun, um noch mehr Drogen zu bekommen. Ben sah auf die Straße, die Warteschlange von Autos war endlos. Die Leute holten sich ihre zwanzig Liter und stellten sich dann wieder in die Schlange, um noch mehr zu bekommen. Tausende von Litern in Zwanzig-Liter-Portionen für jeden zu pumpen dauerte seine Zeit, aber das war die gerechteste Art, das Benzin zu verteilen.

Als Dietrich fast am Anfang der Warteschlange stand, zog Ben sich zurück und ließ jemand anders weiterverteilen, sodass er sich auf das Beobachten konzentrieren konnte.

Kurz ging ihm der Gedanke durch den Kopf, Dietrich einfach zu überwältigen und ihn irgendwo, wo sie nicht gestört wurden, zum Reden zu bringen. Aber zum Teufel, wenn er mit diesen Leuten zusammenleben wollte, musste er sich einigermaßen zivilisiert verhalten. Wenn er sicher wüsste, dass der Typ am Überfall auf Sela beteiligt gewesen war, hätte er für nichts mehr garantiert – aber er hatte nur einen Verdacht.

Manchmal verhielten sich Scheißkerle verdammt freundlich, um die anderen davon zu überzeugen, dass sie keine richtigen Scheißkerle waren, aber meist übertrieben sie es, redeten zu laut, lachten zu viel. Dietrich – und es war tatsächlich Lawrence Dietrich, denn Ben hörte, wie er demjenigen, der das Benzin ausgab und alle notierte, seinen Namen nannte – war da raffinierter. Er redete in normaler Lautstärke, sagte nicht viel, nur »Vielen Dank«, als er seine zwanzig Liter erhalten hatte. Ben bemerkte den kurzen verstohlenen Blick, mit dem er Laden und Parkplatz streifte, vielleicht um zu prüfen, ob auch niemand etwas verloren hatte, das eine Identifizierung ermöglichte, vielleicht auch mit Plänen, später erneut vorbeizukommen.

Ben ging zu der Frau hinüber, die die Registrierung vornahm, und erkundigte sich beiläufig, wie viele Liter bereits gepumpt worden waren.

»Ich hab's noch nicht zusammengezählt«, erwiderte sie und blätterte in den Aufzeichnungen. »Es sieht aber aus, als wäre genug da. Ich habe jetzt Leute gehabt, die schon einmal da waren.«

»Gut. Wir machen weiter, bis die Tanks leer sind«, sagte Ben und bemerkte, dass Dietrich zuhörte. Hoffentlich kapiert er, dass es keinen Zweck hätte, noch einmal zurückzukommen. Nachdem Sela gegangen war, hatte Ben vorsichtshalber seinen Truck über den Zugang zu dem kleineren Tank mit reinem Benzin gestellt und auch die Pumpe mit seinem Wagen verdeckt, von der er angenommen hatte, sie wäre für Petroleum, bevor Sela ihn aufgeklärt hatte. Vielleicht sollten sie die Pumpe abbauen, bevor jemand Verdacht schöpfte und daran herumfummelte.

Dietrich fuhr wieder los, wahrscheinlich, um sich erneut in die Warteschlange einzureihen, und Ben warf einen Blick auf den Highway. Ja, das hier würde den ganzen Tag dauern.

19. Kapitel

Die Männer, die sich auf dem Parkplatz der Bank versammelt hatten, sahen genauso abgerissen aus wie Lawrence. Sie schienen zwischen zwanzig und vierzig Jahre alt zu sein, obwohl das nicht so leicht zu schätzen war, da es bei den meisten an Körperpflege mangelte. Ted bemühte sich, über das ungehobelte Erscheinungsbild hinwegzusehen. Vielleicht hatten diese Leute vor dem KMA auch schon so ausgesehen, aber womöglich waren sie vor der Katastrophe ordentliche und tüchtige junge Männer gewesen.

Nein, so wirkten sie nicht. Das hier war ein ziemlich heruntergekommener Haufen, musste Ted sich eingestehen. Trotzdem, in Krisenzeiten …

Die Vorkommnisse vom Morgen versetzten ihm immer noch einen Stich, der mehr als nur ein bisschen schmerzte. Er sah immer noch Sela Gordons Mittelfinger, den sie ihm vor das Gesicht gehalten hatte. Wie konnte sie es wagen! Und ein paar Leute in der Nähe hatten gelacht! Nicht über Sela, natürlich, sondern über ihn. Das hatte ihn genauso schwer getroffen. Er war es nicht gewohnt, dass man ihn demütigte, und es passte ihm verdammt noch mal überhaupt nicht.

Ted verdrängte seinen Ärger und versuchte sich auf das vor ihm Liegende zu konzentrieren. Vielleicht wussten Sela und ihre Kumpel ihn nicht zu schätzen, aber diese Jungs hier schon – zumindest würde das bald der Fall sein. Sela konnte ihre alberne Patrouille behalten. Er würde diese Männer hier zurechtrücken, genauso wie er es mit den Angestellten in seinen Reifengeschäften getan hatte. Einige von denen waren anfangs auch ziemlich ungeschliffen gewesen, aber unter seiner Führung hatten sie sich gut entwickelt. Die meisten jedenfalls. Einige Typen waren aussichtlose Fälle.

Lawrence stellte Ted den anderen vor. Die Männer, die sich dieser neuen Organisation anschließen wollten, waren ein Cousin, Freunde, ein Bruder, Nachbarn. Abgesehen von dem unappetitlichen Äußeren waren sie freundlich und schienen zu Ted aufzusehen. Sie sahen ihn als Autorität an, sie brauchten ihn.

Sein Stolz wuchs. Er wurde geschätzt.

Einer der jüngeren Männer, Lawrences Cousin Patrick, trat einen Schritt vor, zuckte aber gleich darauf zusammen, als er leicht stolperte. Dabei fiel Ted auf, dass seine Jeans an einem Oberschenkel enger saßen als am anderen ... Als würde er darunter einen dicken Verband tragen. Dazu das schmerzverzerrte Gesicht, die Blässe in seinem Gesicht: Er war verletzt.

Das musste keine Schusswunde sein. Eine Sekunde oder zwei dachte Ted an andere Erklärungen – aber er war kein Idiot, er konnte sich nichts vormachen. Mit einem Schlag rutschte Ted das Herz in die Hosen. Das hier waren die Männer, die versucht hatten, die Tankstelle auszurauben, und die auf Sela und das junge Mädchen geschossen hatten. Diese Männer hatten Selas Ladenfenster zertrümmert.

Ted erkundigte sich nicht bei Patrick, was ihm fehle, stattdessen bemühte er sich, sich nichts anmerken zu lassen. Er machte ein interessiertes Gesicht, sah sie offen an. Wenn sie etwas sagten, blickte er ihnen in die Augen. Während die Männer über organisatorische Fragen diskutierten, trat Ted unauffällig näher an ihre Wagen heran. In der Stoßstange des einen Trucks entdeckte er ein paar kleine Löcher, bei denen es sich um Schusslöcher handeln könnte, aber wieder tat er sein Bestes, sich nicht anmerken zu lassen, was er bemerkt hatte.

Mit einem kurzen Blick registrierte Ted, dass alle sechs Männer bewaffnet waren. Er hätte gern geglaubt, dass sie hier standen, weil sie die Ordnung in ihrem Tal wiederherstellen wollten, dass sie sich nicht anerkannt fühlten, so wie Ted, aber sein Bauch sagte ihm, dass sie gefährlich waren und keine guten Absichten hatten.

Es erschien ihm so, als versuchten sie ihm Honig ums Maul zu schmieren, indem sie ihn immer wieder nach seiner Meinung fragten, und zum ersten Mal stellte er sich die naheliegende Frage: Was wollten sie von ihm? Er hätte sich nicht bereiterklärt, mit ihnen Benzin zu stehlen und auf Frauen zu schießen, und das mussten sie wissen.

Während er sich mit ihnen unterhielt, versuchte er sich jeden Namen zu merken. Er begriff schnell, wer von ihnen zu den Anführertypen und wer zu den Mitläufern gehörte. Ein paar von ihnen waren von irgendwelchen Drogen high, das konnte er an ihren Augen sehen. Ein Nachbar von Lawrence namens Wesley war betrunken.

Teds Gedanken rasten. Statt zu planen, wie er seine eigene Hilfstruppe organisierte, um allen zu helfen, die Krise zu überstehen, musste er nun einen Weg finden, sich aus dem Schlamassel hinauszumanövrieren. Er hatte nicht die Absicht, sich mit dieser Crew zusammenzutun, war aber nicht so dumm, das laut zu sagen und davon auszugehen, dass sie ihn einfach ziehen ließen. Vielleicht würden sie es tun – aber vielleicht auch nicht.

Was sollte er außerdem mit den Informationen anfangen, die er hatte? Er musste nachdenken.

»Wir brauchen einen festen Treffpunkt«, schlug Lawrence vor. »Eine Art Headquarter.« Jetzt, wo es nicht möglich war, sich telefonisch zu verabreden, war das unerlässlich. Unter anderen Umständen, mit einer anderen Gruppe von Männern hätte Ted sein eigenes Haus vorgeschlagen, um immer im Zentrum des Geschehens zu sein. Aber glücklicherweise hatte er noch rechtzeitig bemerkt, was los war. Wie war er froh, dass auch dieses erste Treffen nicht bei ihm zu Hause stattfand! Er wollte diese Männer meilenweit von Meredith fernhalten, und erst recht von ihrem Heim.

Der Vorschlag, einen Treffpunkt auszusuchen, der eine leicht zu findende Anlaufstelle wäre, ergab Sinn. Etwas Zentrales, vielleicht neben der Schule. Er nickte, wollte den Eindruck erwecken, dass er mitmachte.

Während sie die Idee besprachen, meldete sich der betrunkene Wesley so laut zu Wort, dass man ihn wahrscheinlich bis zur Küste hören konnte. »Die Mutter von meinem Kumpel hat den Kunsthandwerksladen neben der Pizzeria. Ich überrede sie mal, dass sie uns den überlässt. Da passiert im Moment eh nichts, ist alles leer.«

Einige aus der Gruppe nickten, und Ted schloss sich an. Es interessierte ihn nicht, wo sie sich trafen, solange es nicht in Merediths Nähe war.

Sie verabredeten einen Zeitpunkt, zu dem sie sich in ihrem neuen Headquarter treffen wollten – am übernächsten Tag, sodass Wesley Zeit hätte, mit der Frau zu reden und sich um den Schlüssel zu kümmern, vielleicht auch, um nüchtern zu werden –, dann war die Besprechung vorbei.

Als die anderen sich verstreuten, legte Lawrence ihm eine

Hand auf die Schulter. Es kostete Ted große Überwindung, sie nicht abzuschütteln. »Ich schätze mal, du würdest am liebsten die Gemeinde-Patrouille verlassen und Sela und ihren Leuten sagen, sie können dich mal. Aber warte damit lieber noch ein bisschen.«

Jetzt kommt es, dachte Ted, der Grund, warum ich hier bin.

»Weißt du, die trauen mir nicht, keinem von uns. Aber dir schon, Ted, dir vertrauen sie.«

»Das glaube ich eigentlich nicht«, entgegnete Ted, der keinen Hehl aus seinen Vorbehalten Sela gegenüber machte. Wahrscheinlich hatte Lawrence die Auseinandersetzung mit ihr mitbekommen, und er würde misstrauisch werden, wenn Ted behauptete, alles wäre gut. »Diese Hexe … Na ja, egal.«

»Bleib einfach cool, Mann. Wir werden dich noch brauchen, damit du uns sagen kannst, was läuft. Die Nahrungsmittel werden immer knapper. Munition auch. Medikamente gibt es bald keine mehr, und ich glaube, du kriegst bestimmt mit, wer was hat und wo alles aufbewahrt wird.«

Ted schien es richtig, zumindest etwas Empörung zu zeigen. »Du willst, dass ich spioniere.«

Lawrence grinste. »Wir wollen, dass du wichtige Informationen sammelst und sie mit uns teilst. Wenn du willst, nenn es spionieren. Aber ich sehe es als einen weiteren Schritt auf dem Weg, unser Überleben zu garantieren. Das Überleben der Stärkeren, du weißt schon. Wir brauchen auch noch mehr Männer, die sich uns anschließen. Du ziehst andere Leute unserer tollen Community an, du kannst sie überzeugen, bei unserer Organisation mitzumachen.«

Ted nickte ernst und schob die Hände in die Taschen. »Die Hälfte der Leute würde es sowieso lieber sehen, wenn ich nicht dabei wäre. Ich glaube nicht, dass sie mir alles anvertrauen, deshalb weiß ich nicht, inwiefern ich nützlich sein kann.« Ja, das klang ganz überzeugend und würde Lawrence nicht misstrauisch werden lassen.

»Wir brauchen dich, Ted.«

Ted versprach, über alles nachzudenken, drehte sich um und ging nach Hause. Der Weg den Berg hoch zu seinem Haus wurde immer weniger anstrengend, inzwischen waren seine Beinmuskeln stärker geworden. Er dachte überhaupt nicht mehr an den Kraftaufwand. Außerdem gingen ihm an diesem Nachmittag andere Dinge durch den Kopf. Man musste kein Genie sein, um zu wissen, was Lawrence wollte. Menschen würden verletzt werden. Das würde den Männern, die er gerade getroffen hatte, völlig egal sein. Womöglich hätten sie sogar noch ihren Spaß daran.

Er musste diese Informationen an jemanden weitergeben … Mike Kilgore vielleicht, auch wenn sie nicht gerade den besten Start miteinander gehabt hatten. Es wäre ein bisschen peinlich, aber Mike wusste bestimmt, was man tun könnte. Aber nicht jetzt, nicht heute. Er hatte den Verdacht, dass Lawrence oder einer seiner Kumpane ihn genau beobachtete, um zu sehen, wie er auf ihre Bitte reagierte. Das Beste, was er tun konnte, war, nach Hause zu gehen und nichts Ungewöhnliches zu unternehmen.

Sie suchten keinen Anführer, sie wollten einen Einfaltspinsel. Einen Verräter. Wenn er jetzt umdrehte, wenn er irgendwie zeigte, dass er das, was er wusste, weitergeben wollte, dann wäre er in ernster Gefahr.

Er hasste Sela Gordon – er hasste sie wirklich, vor allem nach dem letzten Vorfall. Aber er wollte nicht, dass sie getötet wurde, hätte sich auch nie an dem Raub und der Schießerei an ihrer Tankstelle beteiligt. Und wenn es nach Lawrence ginge, würden noch mehr Aktionen dieser Art folgen.

Vor dem Haus der Livingstons ließ Ben den Hund aus dem Truck, und der Welpe begann sofort herumzuspringen und überall zu schnüffeln, um sich mit der Umgebung vertraut zu machen. Jim und Mary Alice kamen aus dem Nachbarhaus gelaufen. Sie sahen beide niedergeschlagener und erschöpfter aus, als er erwartet hatte. Der Hund raste auf Mary Alice zu, und sie bückte sich, um ihn mit Liebkosungen zu überhäufen, redete dabei in einem Tonfall mit ihm, den Frauen wohl immer bei Babys und Tieren anschlugen.

»Bin hier, um zu sehen, wie es Ihnen geht«, sagte Ben unnötigerweise, als Auftakt, um von ihnen zu hören, was los war.

»Können nicht klagen«, antwortete Jim. Aber ein trauriger Ausdruck erschien auf seinem Gesicht, als er einen Blick zu ihrem Haus hinüberwarf. Hinter ihnen kamen die Nachbarn ebenfalls heraus, die Frau stellte sich neben Mary Alice und strich ihr leicht über die Schulter. »Wir sind am Leben.«

»Ich kann mich nicht überwinden, wieder da reinzugehen.« Mary Alice hielt den Kopf gesenkt und konzentrierte sich weiter auf den Hund, den sie inbrünstig streichelte. »Ich sehe immer noch …«

»Aber meine Liebe, es ist alles sauber«, sagte die Nachbarin. »Guck's dir doch einfach mal richtig an …«

»Nein, ich kann nicht. Noch nicht, tut mir leid. Ich will nicht, dass wir euch belasten, wir werden woandershin gehen und …«

»Mary Alice Livingston, du weißt genau, dass es nicht darum geht! Ich will doch nur, dass ihr euch wohlfühlt.«

Ben beschloss, das Ganze abzukürzen, da er nicht in ein Gespräch über Gefühle verwickelt werden wollte. »Wie wär's, wenn ich den Hund mal mit reinnehme, damit er sich umsehen kann? Sie wissen doch, dass Sela Gordon heute ihr Benzin aus den Tanks verteilt hat, oder? Ich habe ein paar Vorratskanister mitgebracht und einen tragbaren Generator. Wenn die beiden Männer mir helfen könnten, den Generator aufzustellen und aufzutanken, dann stellen wir die Heizung an, um das Haus warm zu bekommen.«

Sofort waren die beiden abgelenkt. Ben wusste aus eigener Erfahrung, dass es eine Erleichterung war, wenn man über etwas anderes nachdenken konnte. Eigentlich änderte es überhaupt nichts, dass er den Hund durch das Haus führte, um sich umzusehen, aber die Livingstons waren im Moment zu aufgewühlt, als dass ihnen das aufgefallen wäre.

Mary Alice' Gesicht hellte sich auf. »Ja, lassen Sie den Hund mal nachsehen. Wie heißt er denn?«

»Ich habe ihm noch keinen Namen gegeben, ich dachte, das könnten Sie vielleicht machen.« Das war eine gute Ablenkung.

Sie sah den Hund mit großen Augen an, und auf ihrem Gesicht erschien fast ein Ausdruck von Freude. »Ich darf ihm einen Namen geben? Oh mein Gott! Das ist aber eine große Verantwortung, nicht, mein Kleiner? Guter Junge, ja, das bist du.« Sie unterstrich ihre Worte, indem sie hinter seinen Hundeohren kraulte, und der Welpe geriet geradezu in Verzückung.

Ben pfiff nach ihm. »Ist das Haus verschlossen?«, erkundigte er sich.

Die beiden Livingstons sahen ihn verdattert an, denn offensichtlich hatten sie sich keine Gedanken darüber gemacht.

»Es ist offen.« Der Nachbar machte die Tür auf und ging mit Ben und dem Hund hinein.

Ben tat nichts Besonderes, sondern ließ den Hund nur im Inneren des Hauses herumlaufen und schnüffeln, damit er sich mit den Räumlichkeiten vertraut machen konnte, ebenso hinterließ er auf diese Weise seinen eigenen Geruch, sodass der Welpe sich nicht verlassen fühlen würde. Er sah sich in der Küche um, wo der Schusswechsel stattgefunden hatte, und redete mit dem Nachbarn über das, was an der Tankstelle passiert war, über das Benzin – der Nachbar hatte seinen Tank und ein paar Vorratskanister füllen lassen – und darüber, wie sehr Mary Alice das Vorgefallene belastete. Sie glaubte, ihr Haus wäre nicht mehr sicher, und sie hatte das Gefühl, keinen Rückzugsort mehr zu haben.

Ben hatte viel nachgedacht, als er in der Nacht zu seinem Haus zurückgefahren war, um den Hund und die fehlenden Teile für die Absaugpumpe zu holen. Er hatte nicht gewusst, dass Jim und Mary Alice nicht in ihr Haus zurückgezogen waren, aber er wusste, wie Menschen nach einem Trauma reagierten und dass man das Umfeld verändern musste. Das war es, was er selbst getan hatte, ein Gedanke, den er jetzt zum ersten Mal zuließ. Er war in diese Berge gezogen, hatte sich isoliert, nachdem er jahrelang als Teil eines Teams gelebt hatte, und sich auf ein zwar einsames, aber unabhängiges Leben eingestellt. Die Zeit in den Bergen war für ihn die ideale Ablenkung gewesen, bis er zu dem Punkt gelangt war, an dem er … an dem er wieder gesund werden konnte.

Er hatte sich nicht als krank oder verletzt angesehen, sondern nur als jemanden, der es satthatte. Erst jetzt, wo er in der Lage war, die Gegenwart von anderen Menschen zu ertragen, begann er zu verstehen, wo er gestanden hatte und wie weit er gekommen war.

Sela. Sie war der Köder gewesen, der ihn aus seiner Höhle gelockt hatte, genauso wie er die Livingstons nun mithilfe des Hundes aus ihrer Höhle holte. Der Vergleich amüsierte ihn, und er glaubte nicht, dass er Sela das so sagen würde. Ihre Sanftheit war das Erste, was ihm an ihr aufgefallen war, und er hatte den Wunsch verspürt, sie zu schützen, sie in ihrer Reinheit zu bewahren. Ihr etwas zu erzählen, was sie womöglich peinlich berührte, war nicht der richtige Weg. Aber möglicherweise fand sie es auch komisch? Vielleicht würde er es ihr irgendwann in naher Zukunft verraten.

»Was denken Sie?«, wollte der Nachbar wissen und riss Ben aus seinen Gedanken.

Er hatte keine Ahnung, wovon der Mann redete, und zuckte die Schultern. »Ich denke, wir holen jetzt den Generator vom Truck und heizen, damit es hier warm wird. Die beiden können nicht in so einem kalten Haus bleiben.«

»Sie sind bei uns im Haus willkommen, aber sie wollen ihren eigenen privaten Bereich, und gleichzeitig hat Mary Alice Angst, wieder zurückzugehen. Wie wollen Sie das Problem lösen?«

»Mit dem Hund«, erwiderte Ben und ging wieder nach draußen. Der Welpe folgte ihm auf dem Fuß.

»Haben Sie sich schon einen Namen überlegt?«, fragte er Mary Alice, während sie den Generator von der Ladefläche des Trucks zogen.

Natürlich war der junge Hund wieder zu ihr hinübergerannt, um sich noch mehr an den Ohren kraulen und sich am Bauch streicheln zu lassen, während er sich begeistert an Mary Alices Bein rieb. Sie wurde tatsächlich rot. »Ich denke,

Sajak wäre schön«, sagte sie. »Ich sehe gern – ich habe gern *Wheel of Fortune* gesehen.«

»Sajak ist ein guter Name«, sagte Ben. »Was halten Sie beide davon, sich ein bisschen um ihn zu kümmern? Ich bin so oft nicht zu Hause, und der Kleine hier braucht mehr Gesellschaft, als ich ihm bieten kann. Wenn er im Haus ist, wird sich niemand einschleichen können, Mountain Curs sind sehr gute Wachhunde.«

Mary Alice strahlte. Als Jim seine Frau beobachtete, schien er zu begreifen. »Ich hätte gern einen Hund im Haus«, erklärte er. »Das hat mir gefehlt. Aber wie sollen wir den füttern? Wir haben ja schon Schwierigkeiten, uns selbst zu ernähren.«

»Ich gehe für Sie jagen«, bot Ben an. Er hatte sich bereits in sein Schicksal ergeben und gewusst, dass er das würde tun müssen. »Ich habe etwas Futter dabei, seine Decke und Schalen und den Strick, den ich als Leine benutzt habe. Sein Halsband ist ein bisschen verschlissen, tut mir leid.«

»Ich kann ihm eins aus einem alten Gürtel machen«, sagte Jim und begann nun selbst zu lächeln, während er den Hund beobachtete. Er bückte sich und klopfte sich auf den Schenkel. »Komm mal her, Sajak, lass dich mal vom Pops streicheln.«

Der Hund sprang bei der Einladung willig zu ihm hinüber, und Mary Alice folgte ihm.

Während sich das ältere Paar mit dem Hund anfreundete, trugen Ben und der Nachbar den Generator zum Haus und warfen die elektrische Heizung an. Dann holte Ben das Futter für den Hund und dessen Sachen – zu denen Bens alter Schuh gehörte. Als der Hund den Schuh sah, rannte er hinter ihm her. Jim folgte ihm und, wenn auch etwas zögernd,

Mary Alice ebenso. Ben sah den ängstlichen Blick, den sie in die Küche warf, aber dann sprang der Welpe zu seinem Schuh, schnappte ihn sich und schüttelte ihn hin und her, sodass sie lächeln musste.

Ben ging noch einmal zum Auto, um die Ölheizung zu holen und einen Kanister Heizöl. »Wenn das Haus mit dem Generator angeheizt ist, nehmen Sie den Ölofen, um es warm zu halten, bis Sela ein paar Feuerschalen machen lassen kann.« Er zweifelte nicht daran, dass sie das schaffte, irgendwie, wenn es einen Brennofen in nicht zu großer Entfernung gab. Er blickte sich um. »Ich glaube, das war es. Ich muss noch einen anderen Besuch machen, deshalb gehe ich jetzt.«

Jim kam mit ausgestreckter Hand auf ihn zu. »Mein Junge, ich kann Ihnen für das, was Sie für uns getan haben, nicht genug danken.« Er deutete mit dem Kopf auf Mary Alice. »Das hat alles geändert.«

Ben schüttelte die knochige Hand, immer noch irgendwie überrascht, dass er freiwillig jemanden berührte.

Die Sonne stand schon tief, der lange Tag war fast vorbei. Ben fühlte sich ausgehungert und zerschlagen, doch das war nichts gegen den Schock. Ein Teil von ihm würde sich auch in hundert Jahren nicht von dem Schrecken erholen, den er durchgemacht hatte, während er den Berg hinunter ins Tal gerast war, in der Befürchtung, Sela tot aufzufinden, und das nur wegen dieses verdammten Benzins. Er hätte sich nie verzeihen können, nicht vorausgedacht und bemerkt zu haben, dass es nur ein kleines Zeitfenster gab, um die Tankstelle auszurauben.

Er war unheimlich stolz darauf, wie sie diese Situation gemeistert hatte – mit nichts weiter als einer albernen Blechbüchse die Diebe abzuwehren –, aber sie selbst würde sich wahrscheinlich nie als etwas Besonderes sehen. Sie agierte lieber im Hintergrund, als sich in Szene zu setzen, aber wenn ein Vorfall drastische Maßnahmen erforderte, tat sie, was zu tun war. Er fand aber, dass sie etwas Besonderes war und dass sie etwas zählte.

Ben wollte niemals mehr so etwas erleben wie jene zehn fürchterlichen Minuten, in denen er Angst gehabt hatte, dass sie tot sein könnte. In dieser kurzen Zeit hatte sich herauskristallisiert, was für ihn wichtig war.

Alles, was er jetzt wollte, war sie zu sehen.

Na gut, das war nicht *alles*, was er wollte, aber er würde sich schon besser fühlen, wenn er sie einfach nur sah.

Als er an dem gelben Haus ihrer Tante vorbeikam, sah er ihren weißen Honda davorstehen und steuerte seinen Truck in die Auffahrt. Ihm war klar, dass er jetzt in ein Haus voller Frauen kam und sich womöglich klaustrophobische Gefühle einstellten, aber das musste er aushalten. Bevor er ausstieg, schnappte er sich eine der Konservendosen, die er vorsorglich mitgenommen hatte, und schob sie in seine Manteltasche.

Während er aus dem Truck stieg, blickte er sich um und besah sich den Himmel, an dem vorher noch die Sonne gestanden hatte. In der vergangenen Stunde waren bleigraue Wolken aufgezogen, und die Temperatur war beträchtlich gefallen. Schnee, dachte er. Vielleicht nicht viel, wenn man bedachte, dass der Winter erst bevorstand, aber das Wetter würde in absehbarer Zeit umschlagen. Er tippte auf heute Nacht.

Ben ging zur Terrasse hoch und klopfte an die Tür. In wenigen Sekunden erschien Selas Gesicht hinter einer der Glasscheiben, und sie öffnete ihm. »Wie ist es gelaufen?« Sie sah schuldbewusst aus. »Ich hab so lange geschlafen, und als ich dann kam, waren schon alle weg. Wer hat denn die Fenster mit Brettern vernagelt? Das war nett, danke.«

Sie trat einen Schritt zurück, um ihn eintreten zu lassen, und schloss die Tür hinter ihm. Er hatte recht gehabt: Er fühlte sich gleich besser, jetzt, wo er sie sah, wo er bei ihr war. Es gefiel ihm, dass sie gleich zu dem Schluss gekommen war, er hätte die Fenster zugenagelt. »Ein Typ namens Bob Terrell hat ein bisschen Sperrholz gespendet. Er und Trey Foster haben mir geholfen. Niemand hat erwartet, dass du zurückkommst, du warst doch total fertig.« Die Wärme des Hauses und der Duft von gekochtem Essen umfingen ihn wie eine Umarmung. Wie hatte er das vergessen können? Die Art und Weise, wie Frauen einen Raum einnahmen und ihn automatisch freundlicher und bequemer gestalteten.

Olivia saß auf der Couch und beobachtete sie beide mit großen neugierigen Augen. Eine kleine weißhaarige Frau stand am Feuer und rührte in einem Topf, der darüber hing. »Olivia kennst du ja schon«, sagte Sela. »Barb, das ist Ben Jernigan. Ben, unsere Freundin und Nachbarin Barb Finley. Sie ist vorübergehend hier eingezogen.«

»Wer ist denn da?«, rief jemand aus dem Nebenzimmer.

Sela verdrehte die Augen. »Ben Jernigan!« Dann horchte sie und schien auf etwas zu warten.

»Was?! Mister Hotbody ist hier?«

»Sie nimmt Schmerztabletten«, flüsterte Sela, deren Wangen ganz heiß wurden. »Wir haben sie heute unter die Dusche gesetzt und ihr danach eine extra Dosis verabreichen müssen. Seit sie sich das Bein gebrochen hat, kennt sie nur noch zwei Zustände: ausfallend oder streitsüchtig. Du kannst dir denken, wie sie gerade drauf ist.«

Olivia kicherte: »Gran, benimm dich!«

»Ich benehme mich ja! Aber ich würde gern was zertrümmern, weil ich hier allein in diesem Scheiß-Schlafzimmer feststecke! Olivia, das hast du jetzt nicht gehört.«

»Doch, habe ich.«

»Also die Laune ist gerade zu streitsüchtig umgeschlagen.« Sela lächelte ihn verhalten an. »Vielleicht möchtest du lieber flüchten.«

Er hatte schon Schlimmeres überlebt als eine von Pillen angestachelte Granny ... wahrscheinlich.

»Du musst zum Essen bleiben.« Barb hatte sich umgedreht und lächelte ihn an. »Es ist nichts Besonderes, nur Rindfleischsuppe und Maisbrot, aber wir haben genug da.«

Sein erster Impuls war, abzulehnen, Gewohnheit war Gewohnheit. Aber dann besann er sich. »Danke, gern.« Er griff in seine Manteltasche und zog die Konservendose heraus. »Ich habe was mitgebracht. Dachte, ihr könnt vielleicht etwas Schinkenspeck gebrauchen.«

Sela starrte auf die Dose. Barb wirbelte herum, ohne auf den Löffel in ihrer Hand zu achten, von dem es heruntertropfte. Olivia sprang von der Couch hoch. »Bacon«, sagte sie andächtig, als sie zu ihnen herüberkam. Dann fügte sie erstaunt dazu: »In der Dose?«

»Ja. Das kauf ich immer.« Er reichte Sela die Dose Yoder's, und sie nahm das Präsent so vorsichtig entgegen, als wäre es aus feinstem Kristall gemacht.

»Mein Gott, ich habe noch nie Schinkenspeck in der Dose gesehen.« Barb kam näher, um sie besser begutachten zu können. »Wie bereitet man den zu?«

»Er ist schon gekocht, aber man kann ihn ganz normal knusprig braten.«

»Was geht da draußen vor sich?«, brüllte Carol.

»Er hat Schinkenspeck mitgebracht!«, schrie Barb zurück.

»Bacon! Verdammte Unzucht! Ich stecke hier fest, und ihr habt da draußen Bacon …«

Ben seufzte. Offensichtlich erforderte es drastische Maßnahmen, um die Granny im Nebenraum zu beruhigen. Er wollte die Zeit mit Sela genießen, aber das konnte er nicht, wenn sie ständig von dem Gebrüll ihrer Tante gestört wurden. »Ist sie salonfähig?«

»Sie ist angezogen, falls du das meinst. Weiter würde ich nicht gehen«, erwiderte Sela und verkniff sich ein Grinsen.

In der Schlacht hatte Ben gelernt, dass es besser war zu agieren, als nicht zu agieren, auch wenn man manchmal falschlag. Schnell und ohne einen Laut von sich zu geben, machte er sich auf den Weg zur Quelle des Aufruhrs, die sofort verstummte, als er durch die Tür trat. Die Frau im Bett starrte ihn mit weit aufgerissenen Augen an. Ja, er erkannte sie wieder, erinnerte sich an diese unmögliche – und inzwischen verblassende – pinkfarbene Strähne in ihrem Haar. Sie lag unter einer Decke, ihr gebrochenes und geschientes Bein ruhte auf zwei Kissen. Schweigend trat er an ihr Bett, beugte sich herunter und hob sie mitsamt Decke und allem hoch. Als er sie nach draußen getragen hatte, erkundigte er sich: »Wo soll ich sie absetzen?«

»Hier.« Sela zog schnell einen Stuhl unter dem Tisch vor und drehte ihn zur Seite. Dann zog sie einen weiteren Stuhl heran, auf den ihre Tante ihr geschientes Bein legen konnte. »Wenn sie schon hier ist, kann sie genauso gut auch mit uns am Tisch essen.« Ben setzte die Frau auf dem Stuhl ab und stützte vorsichtig ihr gebrochenes Bein, bis Sela die beiden Kissen auf dem Stuhl zurechtgerückt hatte. »Ist das so bequem?«, fragte sie ihre Tante, lehnte sich zu ihr vor und zog die Decke um sie. Ben beobachtete, wie ihr dabei das lange dunkle Haar über die Schulter fiel, und stellte sich sofort vor, wie es auf seinem Kopfkissen ausgebreitet aussehen würde. Schnell verdrängte er den Gedanken, sonst würde er hier mit einer sichtbaren Erektion herumstehen.

»Ich denke schon«, erwiderte die Frau, den Blick starr auf Ben gerichtet, dann streckte sie die Hand aus. »Ich bin Carol Allen.«

»Angenehm.« Ben schüttelte ihre Hand. »Ich bin Mister Hotbody.«

Sie zuckte nicht mit der Wimper. Stattdessen sagte sie: »Ach, Süßer, wenn du bloß wüsstest, was ich dir noch für Namen gegeben habe.«

»Willst du lieber nicht wissen«, erwiderte Sela.

Das glaubte er ihr. Ben sah sich ein bisschen unbehaglich um, aber Sela deutete auf einen anderen Stuhl am Tisch, und er setzte sich. Kurz darauf wurde eine Eisenpfanne mit Maisbrot auf einem Topflappen auf dem Tisch abgestellt und in viereckige Stücke zerteilt. Darauf folgte eine große Kasserolle mit Rindfleischeintopf. Während Barb alles auf den Tisch stellte, verteilten Olivia und Sela auf jedem der fünf Plätze Schalen und Löffel sowie Servietten. Dann wurden Gläser mit Wasser gereicht.

Es war ein einfaches Mahl. Carol sprach ein kurzes Dankgebet vor dem Essen, dann wurden Brot und Suppe herumgereicht, sodass sich jeder nehmen konnte, so viel er wollte. Sela hatte sich neben ihn gesetzt, und ihm fiel auf, dass sie sich die kleinste Portion von allen nahm. Er schätzte, dass sie sich einschränkte, um sicherzugehen, dass die anderen genug bekamen.

So konnte das nicht weitergehen. Er würde dafür sorgen, dass sie genug zu essen hatte.

Ben konnte sich nicht an seine letzte Mahlzeit in Gesellschaft erinnern - das war wahrscheinlich noch während seiner Militärzeit gewesen. Als Sela fragte, wie die Benzinverteilung gelaufen sei, brauchte er einen Augenblick, um zu realisieren, dass sie ihn angesprochen hatte.

»Ganz gut.« Ein paar Leute waren gereizt gewesen, weil sie im ersten Durchlauf nur zwanzig Liter bekommen hatten, damit alle drankämen. Er hatte ihnen gesagt, sie könnten auch gern wieder nach Hause gehen, damit die anderen mehr hätten. Dasselbe hatte er denen gegenüber geäußert, die sich beschwerten, dass registriert wurde, wer wie viel bekam, und dass sie das Benzin bezahlen müssten, sobald die Stromversorgung wieder funktionierte. Er machte genug Eindruck, sodass nicht allzu viele von den Nörglern widersprachen, außerdem hatte er die ganze Zeit sein Mossberg über der Schulter hängen. So ein Gewehr hatte schon was für sich.

Dazu kam, dass der Waffengurt gegen seine Wunde am Rücken rieb und er deshalb mit übel gelauntem Gesichtsausdruck herumlief. Manchmal fügte sich alles zum Besten.

Sela sah ihn an, als erwarte sie ein paar weitergehende Informationen. »Ich will mit dir ins Bett«, war vermutlich nicht das, was sie vor den anderen hören wollte, also ging er zu einem angemesseneren Thema über. »Jim und Mary Alice lieben den Hund. Mary Alice wollte eigentlich nicht in ihr Haus zurück, aber mit dem Hund fühlt sie sich besser. Sie hat ihn Sajak genannt.«

»Nach dem Moderator Pat Sajak«, sagte Barb lächelnd. »Sie liebt ihre Glücksradsendung *Wheel of Fortune*.«

Ben hatte diese Show nie gesehen.

Olivia warf ihm einen irritierten Blick zu. »Ich kann's nicht glauben, dass du den Hund weggegeben hast.«

»Tja.« Wieder trafen ihn erwartungsvolle Blicke. »Sie können ihm mehr Zuwendung geben als ich, und sie brauchen einen Wachhund. Ich werde für sie jagen gehen, damit alle was zu essen bekommen.« Er sah Sela an. »Gibt es Fortschritte mit den Feuerschalen? Ich habe den beiden meinen Ölofen geliehen, aber das ist nur eine vorübergehende Lösung, weil sie bald kein Heizöl mehr haben werden.«

»Ja, gibt es«, meldete sich Carol zu Wort. Sie rückte umständlich ihr Bein zurecht, bevor sie weiterredete. »Mona Clausen ist hergekommen, um das zu besprechen, während du geschlafen hast, Sela. Sie hat immer noch einen Brennofen. Der ist nicht groß und wird elektrisch betrieben. Sie bräuchte also einen Generator und Treibstoff. Sie meint, so eine Feuerschale herzustellen wäre einfach, das ist im Grunde so was wie eine Grillpfanne, aber sie kann nur eine mittelgroße oder zwei kleine auf einmal brennen. Was meinst du, wie viele gebraucht werden?«

»Ich habe keine Ahnung«, sagte Sela. »Die Leute werden außerdem Holzkohle dafür benötigen.«

»Holzkohle kann man selbst machen, indem man das Holz ein Stück runterbrennt«, meldete sich Ben. »Ich werde den Generator aufstellen, damit sie anfangen kann. Selbst eine einzige Schale wird für die Leute, die keine Feuerstelle oder Kochmöglichkeit haben, schon viel ausmachen.«

Zum Teufel noch mal. Er hatte heute mit mehr Leuten gesprochen als in den vergangenen drei Jahren zusammen. Ben spürte, wie sich ein Gefühl von Unwohlsein in ihm ausbreitete und der Wunsch, sich auf seinen Berg zurückzuziehen, wo es nur Bäume und Erde gab, Wind und Himmel. Das war aber jetzt keine Alternative, es sei denn, Sela käme mit ihm. Sela, deren Mitgefühl und Fürsorge für andere Bestandteil ihrer Persönlichkeit waren, sie würde er nicht mehr aufgeben.

»Ich glaube, es werden Hunderte nötig sein«, stellte sie dann fest und rieb sich die Augen, als hätte sie die Erkenntnis schockiert.

»Eine Menge Leute haben einen Grill«, meldete sich Olivia. »Ich weiß, dass man dann eine gute Durchlüftung und so was alles braucht, aber sie könnten ihn benutzen. Und wenn die Leute zu blöd sind, um das Fenster zu öffnen, dann ist das ja nur gut für den Genpool, oder?«

»Na ja, theoretisch würde ich dir vielleicht zustimmen, aber rein praktisch gesehen wollen wir nicht, dass jemand umkommt«, entgegnete Sela entsetzt. »Die gleiche Vorsichtsmaßnahme gilt für die Benutzung von Feuerschalen, weil das, wie du ja schon sagtest, eigentlich auch Grillpfannen sind.«

Sie zog ein Notizbuch hervor und begann alles aufzuschreiben, was ihr dazu einfiel. Offensichtlich hatten sie auch vor, eine Art Schulunterricht für die Kids zu organisieren. Und jeder – wirklich jeder – musste im Frühjahr in seinem Garten Gemüse anpflanzen. Sela hatte auch eine Liste von denen, die Hilfe beim Umpflügen des Grundstücks und beim Säen benötigten. Sie hatte so viele Listen, dass es ihm Kopfschmerzen bereitete: Leute, die Beschwerden hatten, um die sich Kräuterkundler oder Mediziner kümmern sollten. Orte, wo Kräuter gesammelt werden konnten, und Teams, die das Sammeln organisierten. Eine größere Scheune zum Trocknen würde benötigt werden. Sie brauchten einen Platz, wo Fleisch geräuchert werden konnte. Quellenhäuser, wo sie Butter und Milch kühlen konnten.

Das Ganze würde ihn umbringen. Sie gab alles, um ihre Welt lebenswert zu gestalten, ihre Freunde und Nachbarn durch die Krise zu bringen. Und er steckte bis zum Hals mit drin.

»Wir dürfen auch das Thema Sicherheit nicht aus dem Auge verlieren.« Ben war sich sehr bewusst, dass er »wir« gesagt hatte. »Die Leute, die versucht haben, euch zu töten, müssen gefunden werden, sie gefährden uns alle. Die Männer der Gemeinde-Patrouille sind auf der Suche nach Wagen mit Schusslöchern, erkundigen sich nach Leuten, die verletzt wurden.«

»Aber sie haben es nicht geschafft. Das Benzin ist jetzt aus den Tanks gepumpt.«

»Also werden sie versuchen, von Privatleuten zu stehlen. Das ist der nächste Schritt.«

Er bemerkte, dass sie bei dem Gedanken zusammenzuckte, dass sie mit dem Abwehren der Diebe dafür gesorgt hatte, dass nun andere Ziel der Angriffe wurden. Er wollte ihr sagen, dass die Kerle irgendwann sowieso nach weiteren Opfern Ausschau gehalten hätten. Aber die Frauen hatten bereits das Thema gewechselt.

Nach und nach hatte jeder genug gegessen, und sie waren fertig mit dem Abendbrot. Sela und Barb standen auf und begannen den Tisch abzuräumen, während Carol zufrieden zu sein schien, am Tisch zu sitzen und mit ihnen reden zu können. Ben hatte das Gefühl, eher im Weg zu stehen, und ging daher zum Kamin, legte noch etwas Holz auf und stellte sich mit dem Rücken zum Feuer hin, wo er die Wärme genoss.

Nach kurzer Zeit kam Olivia zögernd an seine Seite und

stellte sich so vor die Flammen, als würde sie unbewusst seine Haltung nachahmen. Nachdem sie einen Moment geschwiegen hatte, fragte sie: »Warst du in der Armee?«

»Bei der Marine.«

»Ach so.« Wieder Schweigen. »Mein Bruder ist in der Armee. Im Fort Stewart.«

»In der Nähe von Savannah.«

Sie nickte.

»Da wird es ihm gut gehen. Die Militärbasen haben Notstrom, und die Forts sind gesichert.«

Sie wechselte unbehaglich ihre Position. »Meinst du, er hat mal jemanden erschossen?«

Der Gedanke schien sie zu beunruhigen. Ben fragte sich, wie zum Teufel er einer Fünfzehnjährigen erklären sollte, wie es bei der Armee zuging. Das letzte Mal, dass er Kontakt mit einem Teenager gehabt hatte und es über das Bestellen von Fast Food hinausgegangen war, war er selbst noch ein Jugendlicher gewesen. Inzwischen kam ihm diese Altersgruppe eher wie eine fremde Spezies vor. »Wenn er nicht in einem Kampfgebiet eingesetzt war, wohl eher nicht.«

»War er nicht.« Wieder zögerte sie. »Und du?«

»Eingesetzt? Ja.«

»Im Kampfgebiet?«

»Öfter, ja.«

»Dann hast du also auf Leute geschossen.«

»Ja.«

»Und getroffen?«

»Ich war gut in meinem Job.« Sollte sie daraus schlussfolgern, was sie wollte. Sie war noch ein halbes Kind, also würde er ihr nicht jedes Detail erklären. Er warf Sela einen Blick zu und fragte sich, wann sie ihn endlich erlösen würde.

Selbst normale Menschen hatten Probleme mit Jugendlichen, und er war schon eine ganze Weile nicht mehr normal gewesen.

»Ich glaube, ich habe jemanden angeschossen«, gestand sie.

»Das hoffe ich. Eine Schusswunde würde helfen, die Gang zu identifizieren.«

»Du glaubst nicht, dass ich ihn getötet habe?«

»Mit einem 22er Kaliber? Nicht unmöglich, aber unwahrscheinlich.«

Olivia sah ihn an und überraschte ihn gleich darauf mit ihrer nächsten Bemerkung. »Dann meinst du, ich sollte mir ein größeres Gewehr besorgen?«

Er sah zu Sela hinüber und schickte ihr in Gedanken die Nachricht: Rette mich! Jetzt sofort!

Doch die Gedankenübertragung funktionierte nicht, denn Sela schwatzte mit den beiden anderen Frauen, während sie den Abwasch machten. »Ich wünschte einfach, ich wäre dort gewesen statt ihr beide allein. Ob du eine Waffe hast und wenn ja, welche, ist eine persönliche Entscheidung, die du mit deiner Großmutter fällen musst.« Und in einer perfekten Welt gäbe es keinen Krieg, und eine Fünfzehnjährige müsste sich nicht nach Waffen erkundigen. Die Welt war aber nicht perfekt und würde es nie sein. Das zu wissen minderte aber nicht sein Unbehagen.

»Ich wünschte auch, du wärst dort gewesen«, sagte sie, und glücklicherweise schien damit das Gespräch beendet zu sein, denn danach schwieg sie.

Sela warf ihm einen Blick zu und lächelte, ein warmes Lächeln, das ihm durch und durch ging.

20. Kapitel

Ben trug Carol trotz ihres Protests wieder zu ihrem Bett zurück, bevor er und Sela sich von den anderen verabschiedeten. Sela zog sich Mantel und Handschuhe an, und sie gingen zu ihrem Wagen. »Ich fahr dir nach, bis zu dir nach Hause.«

Sie sah ihn überrascht an. Andererseits tat er seit gestern Nachmittag ständig irgendetwas, was sie überraschte. Sie wollte schon versichern, dass es nicht nötig wäre, doch dann dachte sie daran, dass sie zwar keine Ahnung hatte, wer die Benzindiebe waren, diese aber ganz sicher wussten, wer sie war, und vielleicht wollten sie sich bei ihr rächen. Es könnte doch besser sein, nicht allein nach Hause zu gehen. Denk strategisch, sagte sie sich.

Der kurze Weg zu ihrem Haus dauerte nur eine Minute. Ben fuhr hinter ihr in die Auffahrt. Als sie die Verandatreppe nach oben stiegen, wirbelte eine weiße Flocke vor ihrem Gesicht, dann noch eine. Sie blieb stehen und sah nach oben, beobachtete die feinen Kristalle, die aus der Dunkelheit zu ihnen herunterschwebten. »Schnee«, stellte sie leicht erstaunt fest. Nach all dem, was in den vergangenen zwei Tagen vorgefallen war, hatte sie gar nicht daran gedacht, dass es schneien könnte.

Schnee im November war nichts Ungewöhnliches, nur ein Anzeichen dafür, dass es zwar vom Kalender her noch Herbst war, aber der Winter dem nicht unbedingt zustimmen musste. Es würde immer noch gute Tage geben, mild und sonnig, selbst noch im Januar und Februar, aber im Großen und Ganzen sollten sich alle jetzt auf den Winter einstellen. In normalen Zeiten bedeutete dies, die Außenhähne abzustellen und vor Frost zu schützen. Dieses Jahr war das unnötig, vieles aber dafür schwieriger.

Trotzdem … der erste Schnee war immer ein bisschen magisch, egal wie wenig es war. Es war kein Schneesturm, es waren leise in einer Spirale herunterfallende Flocken, friedlich in der stillen Nacht. Sie stand dort eine Weile, das Gesicht zum Himmel gewandt und ein Lächeln auf den Lippen. Sie war kein Naturfreak, aber sie mochte den Wechsel der Jahreszeiten, vor allem diesen Augenblick. Ohne nachzudenken, griff sie nach Bens Hand. Erst das leichte Zögern, bevor er die Finger um ihre schloss, erinnerte sie wieder daran, wie wachsam er immer noch anderen gegenüber war.

Aber er hielt sie fest, die Hitze seiner Handfläche brannte durch ihren Handschuh. Auch wenn er vielleicht beim ersten Schnee nicht dasselbe empfand wie sie, blieb er bereitwillig dort mit ihr stehen, während sie sich daran erfreute.

»Ist das nicht fantastisch?«, fragte sie und spürte den Blick, den er ihr zuwarf.

»Magst du Schnee?«

»Ich mag den *ersten* Schnee.« Sie lächelte. »Der ist so neu und was Besonderes, und hör doch, wie still alles ist. Aber wenn er morgen früh noch hier liegt, wird das echt ein Schlamassel.«

In der Dunkelheit hätte sie es nicht sicher sagen können, aber sie glaubte, dass er ein bisschen lächelte. Wie klein sein Lächeln auch sein mochte, sie nahm es gern an.

»Das stimmt. Wenn wir das Benzin heute nicht ausgeteilt

hätten, würden alle zu Fuß gehen und es gebe kein Problem. Aber wenn die Leute morgen mit ihren Wagen über die Straßen schlittern …«

»Autsch.« Sie zuckte zusammen. Ihr Timing hätte also nicht schlechter sein können. In normalen Zeiten wären die Straßen geräumt und gestreut worden, aber »normal« war jetzt etwas anderes, und Schneepflüge gab es zurzeit nicht.

»Das ist ja nichts Neues. Alle sind auch vorher schon mal im Schnee Auto gefahren.«

Er hatte seine Hand nicht weggezogen, aber sie fürchtete, sie zu lange zu halten, und ließ sie wieder los. Es war besser, den Körperkontakt vorzeitig zu beenden, als Ben in Bedrängnis zu bringen.

Er öffnete die Fliegengittertür, und sie betraten die Veranda, seine Hand an ihrem Rücken, während sie die Haustür aufschloss. Zögernd nahm sie allen Mut zusammen. »Möchtest du mit reinkommen?«, fragte sie. Mehr als Nein konnte er nicht sagen, und obwohl sie enttäuscht wäre, würde es sie nicht umbringen. So wie er sie geküsst hatte, war sie sich sicher, dass er sich von ihr angezogen fühlte, doch ihr war auch klar, dass sein Maß an Gesellschaft heute schon voll war.

»Ja.«

Sie war gleichzeitig ein bisschen erschrocken und sehr froh. Sie würden miteinander reden und sich berühren, und bei dem Gedanken an Letzteres schoss ihr die Hitze durch den Körper. Doch auf dem Weg ins Haus hielt er sie mit der Hand auf dem Arm zurück und sah sie ernst an. »Wenn es für dich zu früh ist, sag es mir.« Seine Stimme hörte sich heiser und etwas angespannt an, so als fürchtete er, sie würde ihn wegschicken.

Selas Herz machte einen mächtigen Satz, und sie hielt den Atem an, als warte sie darauf, dass ihre Antwort von innen käme. Sie hatte verstanden, was er ihr sagen wollte, und sie fragte sich, warum ihr nicht schon längst klar gewesen war, was er sich wünschte. Warum sonst war er zu Carol gekommen – mit dieser Dose Schinkenspeck als Geschenk – und hatte sich mit ihnen an den Tisch gesetzt? Sich um die Sicherheit anderer zu sorgen war eine Sache, aber sich in Gesellschaft zu begeben war für ihn ein riesiger Schritt gewesen.

Das Herz hämmerte ihr in der Brust. Was sollte daran »zu früh« sein? Sie fühlte sich bereits seit Ewigkeiten zu ihm hingezogen. Sie hatten nie ein Date gehabt, hatten nichts von diesen traditionellen romantischen Dingen getan, aber in der Welt, in der sie jetzt lebten, bedeutete eine Dose Schinkenspeck mehr als jede Schachtel Konfekt oder ein teures Dinner. Eine heiße Dusche überstrahlte jeden Kinobesuch, und sich um die Wunden des anderen zu kümmern war geradezu unvergleichlich. Nicht nur das, in dieser neuen Welt waren sie alle in ständiger Gefahr, mehr als zuvor, und dass sie morgen noch lebten, schien nicht mehr selbstverständlich.

»Nein.« Sie lehnte den Kopf an seinen Arm. »Es ist nicht zu früh.« Wenn sie das Leben nicht anpackte, könnte es ihr entgleiten. Heute hätte sie sterben können, ohne gewusst zu haben, wie es wäre, mit ihm zusammen zu sein, und dieses Risiko wollte sie nicht noch einmal eingehen.

Sie betraten das Haus, und Sela sorgte dafür, dass die Tür sorgfältig verschlossen war. Ben blieb kurz stehen und sah sich um, machte sich mit seiner Umgebung vertraut wie ein wachsames Tier, dann zog er seinen Mantel aus, hängte ihn an den Kleiderhaken neben der Tür und ging zum Kamin hinüber, wo er sich hinhockte, um das Feuer wieder zu schüren, weil es fast heruntergebrannt war. Der große Raum mit Küche und Essecke war eiskalt. Es war kein sehr großes Zimmer, aber da es so offen war, war es schwer zu beheizen. Sela zündete zwei Petroleumlampen an, die den gemütlichen Raum in ein sanftes Licht tauchten und etwas mehr Wärme beisteuerten.

Das war ihr Zuhause, für sie so vertraut wie ihr eigenes Gesicht, aber wie wirkte es auf Ben, wenn er sich so umsah? Sein Haus war größer und sehr spartanisch eingerichtet. Selas Wohnung war nicht luxuriös, aber gemütlich. Sela hatte dekorative Teppiche auf den Boden gelegt, hübsche Lampen verteilt, die allerdings zurzeit nutzlos waren, Fotos, Bücher und ein paar schöne Nippsachen. Es war das Haus einer Frau, und auf ihn machte es womöglich einen überladenen Eindruck, der erstickend wirkte.

Er stand wieder von der Feuerstelle auf. So groß wie Ben war und mit seinen breiten Schultern wirkte der Raum plötzlich viel kleiner. Sela stockte der Atem, schon wenn sie ihn betrachtete, fühlte sie sich von der Stärke, die er ausstrahlte, fast überwältigt. Doch nach einigen Sekunden riss sie sich zusammen und folgte seinem Beispiel, legte den Mantel ab und hängte ihn an den Haken neben seinem. Diese so alltägliche Handlung fühlte sich für sie unglaublich intim an, wenn sie auf diese beiden nebeneinander hängenden Mäntel sah.

Atmen.

Das war schwieriger als gedacht. Seine Gegenwart und die Aussicht auf das, was sie gleich tun würden, überwältigten sie so, dass sie sich wie betäubt fühlte. Seit ihrer Scheidung war sie mit keinem Mann mehr zusammen gewesen, zu traumatisiert und unsicher, um sich auch nur mit jemandem zu verabreden. Und jetzt war Ben plötzlich da, den man mit keinem anderen Mann vergleichen konnte, den sie bisher gekannt hatte.

Sie würde sich vor ihm ausziehen … Aber ihn würde sie ebenfalls nackt sehen, und der Gedanke daran war noch fesselnder als die Verletzlichkeit, die sie plötzlich verspürte.

Ben stand immer noch dort und blickte in die Flammen. Sela fasste sich ein Herz und ging zu ihm hinüber, fragte sich, ob er genauso nervös war wie sie – nicht wegen der Aussicht darauf, dass sie Sex miteinander haben würden, sondern wegen der Gefühle, die damit verbunden waren. Seine Schultern wirkten angespannt. Instinktiv reagierte sie und suchte nach etwas, womit sie seine Spannung lösen könnte oder was ihm etwas Zeit gab, sich vorzubereiten. »Möchtest du was trinken?« Oh Gott, das war ein blöder Spruch. Ein großes Angebot hatte sie sowieso nicht. »Ich esse meist bei Carol, hab aber etwas Kaffee hier und eine Mischung für heißen Kakao.«

Er neigte den Kopf und sah sie interessiert an. »Wie viel ist *etwas*?«

»Nicht so viel«, musste sie zugeben, »aber genug für ein paar Tassen.«

»Dann lass uns jetzt Kakao trinken und den Kaffee für morgen früh aufheben.«

Sie ließ die Bemerkung auf sich wirken … Er hatte vor, über Nacht zu bleiben. Vor Erwartung begann sie am ganzen Körper zu beben.

»Es sei denn, du möchtest, dass ich gehe. Danach.«

Hatte er ihre Gedanken gelesen, sah man es ihr an? In ihrem Gesicht ablesen konnte man es bestimmt nicht, da sie geradezu vor Freude strahlte und er diese Frage sonst nicht gestellt hätte. »Nein«, brachte sie heraus, »ich möchte, dass du bleibst.«

Sie lief in die Küche und goss etwas von ihrem Wasservorrat in einen kleinen gusseisernen Topf und brachte ihn zur Feuerstelle, um das Wasser zu erhitzen. Ben nahm ihr den Topf ab, stellte ihn auf das Feuer und legte den Deckel darauf, damit keine Asche hineinfiel. »Hast du einen Generator? Ich könnte ihn anwerfen, um hier ein bisschen zu heizen.«

»Ich hatte einen, aber den habe ich zu Carol gebracht. Ich dachte, sie und Olivia brauchen ihn dringender. Ich schlafe hier, viel mehr mache ich hier nicht.« Und sie zog sich hierher zurück, wenn sie mal allein sein musste. Außerdem war das ihr Zuhause, und sie fühlte sich hier selbst ohne Strom wohler und fand es gemütlicher als bei Carol. »Es war so angenehm heute, den Generator anzuwerfen. Barb hat mir geholfen, die Brunnenpumpe zum Laufen zu bringen. Wir haben alle eine schöne heiße Dusche gehabt.« Sie lächelte. »Ich konnte jetzt zwei Tage hintereinander duschen, ich fühle mich richtig verwöhnt.«

»Du meinst abgesehen von der Tatsache, dass sie auf dich geschossen haben?« Er legte eine Hand auf ihre Taille und zog sie näher zu sich heran. Sie ließ es gern geschehen und schmiegte sich an ihn. Es war so ein neues Gefühl, eine völlig unerwartete Erfüllung ihrer heimlichen Wünsche, und es erstaunte sie. Warum sollte jemand wie Ben Jernigan sich ausgerechnet von einer Frau wie ihr angezogen fühlen? Andererseits erstaunten sie ihre eigenen Gefühle genauso. Er war so völlig anders als sie, der genaue Gegenpol – aber die Chemie der Anziehungskraft richtete sich nicht nach solchen

Vorbehalten, und sie wollte ihn einfach berühren, wollte von ihm berührt werden.

»Das fühlt sich gar nicht mehr real an«, sagte sie nachdenklich. Hier am Feuer stehend miteinander zu sprechen, mit dem Blick in die Flammen, die um das Holz leckten, war einfacher als von Angesicht zu Angesicht. »Aber so ist es immer mit dem Ungewöhnlichen, oder? Es sind die kleinen normalen Begebenheiten, die uns verankern.«

»Es *war* real«, antwortete er grimmig, und sie spürte, wie sich sein Griff um ihre Taille verstärkte. »Nach einer Weile gewöhnt man sich daran, man checkt jeden danach ab, ob er eine Waffe trägt, und irgendwann fühlt es sich dann verdammt merkwürdig an, nicht zu kämpfen.« Er schwieg, so als hätte er mehr offenbart, als er vorgehabt hatte, oder vielleicht hatten ihn seine eigenen Worte erschreckt.

Seine Aussage hatte ein kleines bisschen an der Oberfläche dessen geschabt, was er gesehen und durchgemacht hatte. Sie konnte sich nicht vorstellen, wie es war, an der Front zu kämpfen – das heutige Erlebnis hatte ihr höchstens einen winzigen Eindruck davon vermittelt.

Sie standen ein paar Minuten schweigend da, beide in diesen gemeinsamen Moment und ihre eigenen Gedanken versunken, während sie ins Feuer blickten und sich aneinander kuschelten.

»Wo ist dein Schlafzimmer?«, fragte er.

Sie zuckte vor Aufregung leicht zusammen. »Da hinten.« Sie deutete auf den kurzen Flur hinter der Küche. »Am Ende des Gangs rechts.«

»Ich bin gleich zurück.«

Er nahm die Taschenlampe und verschwand in die Richtung. Sela blieb erstaunt am Kamin zurück. Warum sollte sie nicht mitkommen? Die Neugier siegte, und sie lief ihm hinterher, aber Ben kam ihr auf dem Flur bereits entgegen. Er trug ihre Matratze, mit Decken und allem. Sie hatte immer Probleme, das Ding umzudrehen, aber er schleppte alles durch die Tür ins Wohnzimmer, als hätte es kaum ein Gewicht.

Automatisch nahm sie ihm die Taschenlampe aus der Hand, damit er beide Hände frei hatte. »Was …?«

»Hier drinnen ist es wärmer als da hinten.«

Das stimmte allerdings. Als es kälter geworden war, hatte sie vor dem Kamin ein Handtuch erwärmt, war schnell ins Bett gestiegen und hatte sich das Ding um die Füße gewickelt, bevor sie kalt werden konnten. Im Winter würde das allerdings nicht mehr ausreichen, und sie hatte schon überlegt, es so zu machen wie die Menschen früher und einen Stein im Kamin zu erhitzen, den sie in ein Handtuch gewickelt am Fußende ihres Betts unter die Decke schob. Eine andere Möglichkeit wäre, auf der Couch zu schlafen, wo sie näher an der Feuerstelle war.

»Schieb mal den Tisch zurück«, sagte Ben, als er die Matratze an ihr vorbeitrug.

Oder ich könnte einfach mit dem Bett in den großen Raum ziehen, dachte sie und musste fast über seine praktische Lösung des Problems lachen. Sie schob Couchtisch und Sofa ein paar Zentimeter nach hinten, und Ben legte die Matratze auf den Boden. Während Sela Kissen aus dem Schlafzimmer holte, schob er die Couch wieder ein Stück heran, bis sie direkt an die Matratze grenzte. Um sich anzulehnen, dachte Sela.

Schweigend zogen beide ihre Stiefel aus, setzten sich auf die Matratze und machten es sich mit ein paar Kissen im

Rücken am Sofa bequem. Er legte ihr den Arm um die Schulter, und sie schmiegte sich an ihn, ihr Kopf an seiner Schulter, die Hand auf seiner Brust, dort wo sie seinen kräftigen, stetigen Herzschlag spürte.

Es wunderte sie, dass sie sich so entspannt in seiner Gegenwart fühlte. Als sie mit Adam zusammen gewesen war, hatte sie sich monatelang gehemmt und unsicher gefühlt, sich ständig gefragt, ob etwas, das sie sagte oder tat, ihn abstoßen könnte. Bei Ben schienen die Aufregung und die Lust, ihn zu berühren und von ihm berührt zu werden, jede Unsicherheit zu überbrücken. Ihr erster Kuss hatte alles verändert, sie hatte nicht einfach nur seine Erregung deutlich gespürt, sondern auch seinen Hunger nach ihr. Er wollte sie als Frau, aber auch als Mensch, und das machte den großen Unterschied.

Ben rieb sein Kinn an ihrem Haar. »Ich war nie verheiratet.«

Interessant. Obwohl sich garantiert viele Frauen wie magnetisch von seiner männlichen Ausstrahlung angezogen fühlten, war er also immer allein gewesen. Das hätte sie nicht vermutet. Sie hob den Kopf, um ihn anzusehen, bewunderte die harten Konturen seines Gesichts, auf denen das Licht der Flammen tanzte. »Warum nicht? Carol nennt dich ja nicht umsonst *einen heißen Kerl.*«

Er gab einen Ton von sich, der sich halb wie ein Schnaufen, halb wie ein Lachen anhörte, und es ging ihr warm durch und durch. »Ich dachte, ich wäre *Mister Hotbody.*«

»Sie hat eine ganze Liste von Namen. Ich glaube, da ist was von einem Raubtier in ihr.«

»Genau, ich sollte wohl mal checken, ob sie irgendwo die Spuren ihrer Krallen hinterlassen hat.« Ein amüsierter Ausdruck huschte kurz über sein Gesicht, dann wurde er wieder ernst. »Ich war beim Militär – bei der Marine – und ständig in irgendeinem Winkel der Welt. Wenn ich mal zu Hause war, hat es einfach nie funktioniert. Eine Menge Frauen gehen gern mit Typen in Uniform aus, aber sie wollen nicht ernsthaft mit jemandem zusammen sein, der so gut wie nie da ist. Mir war das egal. Es hat keine gegeben, an der ich wirklich interessiert war.«

»Und nachdem du die Armee verlassen hast?«

Er rührte sich nicht, aber sie spürte, wie er sich innerlich zurückzog. »War da auch niemand?«, fragte sie nach, um ihn nicht in seine Grübeleien zurückfallen zu lassen.

»Nein.« Nach ein paar Sekunden sah er sie an. »Niemand.« Er räusperte sich. »Ich sollte mich vielleicht schon vorher entschuldigen, weil ... Eigentlich wollte ich mir ein bisschen den Druck nehmen, bevor wir zusammen im Bett landen, aber ich bin nicht dazu gekommen, und ich will nicht länger warten.«

Sie hatte sich so darauf konzentriert, ihn zum Weiterreden zu drängen, dass sie ein paar Sekunden brauchte, um zu begreifen, was er meinte. Ihre Reaktion war eine Mischung aus Erstaunen, Erheiterung und Dankbarkeit darüber, dass er so weit gedacht hatte. Wieder wurde ihr ganz warm, und sie schmiegte sich noch dichter an ihn und legte ihm die Arme um den Nacken. »Ich ... also ... Bei mir ist es auch eine ganze Weile her. Seit meiner Scheidung, fast fünf Jahre.«

»Warum hast du dich von ihm getrennt?«

»Hab ich nicht«, gestand sie, erstaunt darüber, dass er sofort zu diesem Schluss gekommen war. »Er hat mich verlassen.«

Er lehnte sich zurück und blickte sie stirnrunzelnd an. »Ist der nicht ganz richtig im Kopf?«

Ein Teil von ihr hätte ihm einfach gern erklärt, dass sie und Adam andere Lebensentwürfe gehabt hatten – was auch der Fall gewesen war –, aber die letzten Tage waren eine Feuerprobe gewesen. Wenn sie auch für Ben doch nicht das sein sollte, was er sich vorstellte, dann wollte sie es lieber gleich erfahren. »Nein, bei der Trennung hat sein Gehirn bestens funktioniert. Ich war ihm einfach nie gut genug.« Da, jetzt war es heraus, und sie schämte sich nicht einmal. Wenn überhaupt, dann ... ja, sie spürte Wut – nicht allzu viel, denn Adam war ihr nicht mehr wichtig. »Er wollte aufregende Sachen erleben, und ich hatte immer zu viel Angst.«

»Was denn so?«

»Ach, eigentlich nichts Wildes. Skifahren. Reisen nach Afrika, Südamerika. Drachenfliegen, Tauchen. Ich weiß, das klingt alles nicht so gefährlich, aber es hat mir Angst gemacht, ich konnte es einfach nicht.« Sie seufzte.

»Du hast ihm nicht vertraut.«

»Ich ... was?« Sie sah ihn verwirrt an.

»Ich habe viel getan, bei dem ich hätte umkommen können. Meist, weil mein Leben in Gefahr war, aber manchmal auch, weil ich ein Team im Hintergrund hatte, dem ich vertraut habe. Du hast ihm nicht abgenommen, dass er sich so um dich sorgt wie du dich um ihn. Wie hieß dieser Scheißkerl überhaupt?«

»Adam.« Sie hatte über Adam nie als einen Scheißkerl gedacht. Andererseits hatte sie sich auch nie gefragt, wie er sich in einer Gefahrensituation verhalten hätte. Wenn sie getaucht wären und etwas wäre mit ihrer Gasflasche nicht in Ordnung gewesen, hätte Adam seine Atemluft mit ihr geteilt? Ihre Wünsche und Bedürfnisse waren ihm nie besonders wichtig gewesen. Sie hoffte, er hätte seine Gasflasche mit ihr geteilt, aber das war Hoffnung, keine Gewissheit.

»Adam Gordon?«

»Nein. Ich habe meinen Geburtsnamen wieder angenommen.« Sela hörte, wie das Wasser kochte, und stand auf, um den Topf mit dem Feuerhaken aus dem Kamin zu ziehen. Die nächsten Minuten waren sie damit beschäftigt, den Kakao zuzubereiten. Dann setzten sie sich mit den heißen Tassen zwischen den Händen zurück auf die Matratze. Es erfüllte sie immer mit tiefer Zufriedenheit, heiße Schokolade zu trinken, während draußen der Schnee fiel, als würde man ein Urbedürfnis stillen. So vertraut mit Ben zusammen vor dem Feuer zu sitzen, befriedigte ein anderes Bedürfnis. Sexuelle Erwartung knisterte in ihrem Inneren und wartete nur auf den endgültigen Ausbruch, aber fürs Erste war Sela die langsame Annäherung sehr recht. Sosehr sie ihn auch begehrte, sie wollte auch mit ihm reden, erfahren, was ihn so einzigartig machte.

»Ich habe mich immer wie ein Feigling gefühlt.« Sie nippte an ihrem heißen Kakao und starrte in die Flammen. »Manche Menschen gehen das Leben voll an, aber ich bleibe lieber im Hintergrund.«

Er schnaufte. »Ja, genau, und bietest mir an, mit mir zu schlafen, um zu bekommen, was du willst. Und wer hat die Gruppe von Männern abgewehrt, die auf dich geschossen hat?«

Sie war froh, dass er im Licht der Flammen nicht sehen konnte, wie sie rot wurde, verbarg aber trotzdem ihr Gesicht an seiner Schulter. Dass die Männer auf sie geschossen hatten, war irreal und schon irgendwie weit weg. Dass sie ihm angeboten hatte, mit ihm ins Bett zu gehen, war eine andere Sache.

Ben setzte seine Tasse ab und streichelte Selas Rücken. »Was das betrifft: Überleg dir noch mal, ob du wirklich ganz sicher bist, dass du es auch willst. Für mich ist das hier kein Deal. Wir können immer noch warten, aber … Verdammt noch mal und zum Teufel, auf dich ist geschossen worden.« Seine Stimme klang jetzt aufgebracht. »So was machst du nie wieder, hörst du? Ich bin um zwanzig Jahre gealtert, als ich vor Angst um dich diesen verdammten Berg runtergerast bin.«

Irgendwas musste mit ihr nicht ganz stimmen, denn sie fand, dass bisher niemand etwas Schöneres zu ihr gesagt hatte. Sie kuschelte sich noch dichter an ihn. »Ich verspreche, dass ich Schießereien ab sofort vermeide.«

Er hob ihr Kinn mit dem Daumen an und drückte seine Lippen auf ihre. Der Kuss wurde schnell heiß und begehrlich, als er mit der Zunge in ihren Mund drang. Mit der anderen Hand strich er über ihren Hals und packte dann das Haar in ihrem Nacken, um ihren Kopf festzuhalten. Sela rutschte fast die Tasse mit dem heißen Kakao aus der Hand, und hastig umklammerte sie den Henkel fester. Ein tiefes, raues Lachen kam aus seiner Kehle, und er ließ ihre Lippen frei. »Verschütte nichts.«

»Dann darfst du mich nicht küssen.« Sie liebte es, ihn lachen zu hören, es war kein richtiges Lachen, mehr ein heiseres Geräusch in seiner Kehle, aber wenn er dabei die Lippen leicht verzog und sich kleine Fältchen in seinen Augenwinkeln bildeten, dann zählte es auch. Jeder Augenblick mit ihm zählte.

Der heiße Kakao war köstlich, aber er störte. Statt ihn zu verschwenden, trank sie den Rest schnell aus und stellte die Tasse zur Seite. »So. Problem gelöst.«

Er nahm seine Tasse und kippte den letzten Schluck der heißen Schokolade hinunter wie Whiskey.

Jetzt.

»Ich möchte dich nackt sehen.«

Sein rauer Tonfall ging ihr durch und durch, und sie bebte innerlich. Sie spürte, dass er sie genauso begehrte wie sie ihn. Sie wollte ihn ebenfalls nackt sehen, das Verlangen danach war so stark, dass sie sich nicht entscheiden konnte, ob sie sich selbst oder ihm die Kleider vom Leib reißen sollte.

Aber, egal. Was zählte, war, dass sie sich auszogen. Sie setzte sich rittlings auf seine Schenkel und legte ihm beide Arme um den Nacken, dann küsste sie ihn mit all dem Feuer, das sie in sich spürte, und mehr Ermunterung benötigte er nicht.

Benommen von seinen fiebrigen Küssen spürte sie seine Hände überall, auf ihren Brüsten, wie er ihre Jeans öffnete, unter ihren Slip glitt und zwischen ihre Beine. Sie keuchte auf, als er seinen großen Finger in sie schob, und wimmerte auf, als er mit einem zweiten folgte. Von der Stimulation erhitzt, aufgepeitscht von der Lust, die sie überflutete, kniete sie sich hin. Oh Gott, oh Gott, es war so lange her gewesen, und so wie jetzt hatte sie es noch nie vorher erlebt. Sie hatte sich niemals zuvor so wunderbar gefühlt, so unbeschreiblich erregt, dass sie das Gefühl hatte zu kommen, bevor er in ihr war. Das wollte sie nicht, sie wollte ihn ganz spüren, sein Gewicht auf sich und seine Stöße … alles. Sie wollte alles.

Sela lehnte sich zurück und zerrte an den Knöpfen seines Hemds, er zog ihr das Oberteil über den Kopf. Sie rollte sich über die Matratze, schob ihre Jeans herunter, und dann fand sie sich flach auf dem Rücken wieder, bevor sie sie abgestreift hatte. Ben beugte sich über sie, seine nackten Schultern glänzten im Schein des Feuers. »Ich habe neun Kondome«, sagte er heiser. »Im Ganzen. Wenn die irgendwann alle benutzt sind, musst du eine Entscheidung fällen.«

Ihn wegschicken, meinte er, oder eine Schwangerschaft riskieren. Ihr Herz machte einen Satz bei dem Gedanken an ein Kind von Ben. Nein, sie musste keine Entscheidung fällen. Sie wusste, was sie wollte, aber es war der falsche Moment, ihm das zu sagen. Nur weil sie etwas wollte, hieß das nicht, dass sie es bekam. Sie waren zu zweit und mussten beide diesen Entschluss fassen. Fürs Erste hatte sie das hier, und das war ihr jetzt genug. Sie strich mit den Händen über seine Brust und die Schultern, über sein Kinn und rieb mit dem Daumen über seine Lippen, dann streckte sie sich, um ihn zu küssen.

Ben zog sich und sie ganz aus, holte ein Kondom aus seiner Manteltasche und streifte es über, dann schob er ihre Beine auseinander und rutschte auf sie.

Sela hielt den Atem an, genoss sein Gewicht, das Gefühl seines harten Körpers überall. Sein Atem ging stoßweise, aber er hielt sich noch zurück. »Ich bin zu schnell«, murmelte er. »Du bist noch nicht so weit …«

Sie stieß einen tiefen Seufzer aus. »Oh doch, das bin ich«, flüsterte sie. »Komm schnell.« Sie kam ihm entgegen, hob die Hüften an und klammerte sich an ihn, als er die Hand zwischen ihre Beine schob und sie öffnete. Dann drang er mit seinem harten Schwanz langsam in sie.

Sela hielt den Atem an, als sie die unterschiedlichsten Empfindungen überwältigten. Sie hatte noch seinen Geschmack auf der Zunge, spürte die rauen Härchen seiner Brust auf ihrer Haut, seine Hüften zwischen ihren Schenkeln, ein leichtes Brennen, als er sie weitete, den köstlichen

Druck, während er tiefer in sie glitt. Sie versank in ihm, wurde genommen, während sie nahm. Instinktiv hob sie die Hüften weiter an, um ihn noch mehr zu spüren, und keuchte auf, bis das Keuchen zu einem atemlosen Schrei wurde. Sie wollte seine Hoden spüren, sie berühren, tastete danach, umfasste sie und strich über die Wurzel seines Schwanzes. Ben stöhnte auf und stieß kurz und hart zu, wieder und noch einmal. Sie nahm ihre Hand wieder weg, krallte die Finger in seinen Oberkörper und erwiderte seine Stöße.

Es war so atemberaubend leidenschaftlich. Zum ersten Mal in ihrem Leben spürte sie in sich selbst diese Sinnlichkeit, die Lüsternheit und eine nie gekannte Freiheit. Er lehnte sich zurück und sah sie an. Ihm in die Augen zu sehen, während ihre Körper vereint waren, war der sinnlichste, überwältigendste Moment ihres Lebens. Die Wellen der Erfüllung überrollten sie, sie spürte, wie ihre inneren Muskeln sich um ihn zusammenzogen, stärker, intensiver. Sie schrie ihre Lust hinaus. Mit Beinen und Armen hielt sie Ben fest, drückte den Rücken durch und ließ den Kopf zurückfallen, und noch mehr Schreie erfüllten den dunklen, stillen Raum.

Ben stieß tief in sie, bewegte sich immer schneller auf und ab, und ein rauer, tiefer Laut kam aus seiner Kehle, er bäumte sich auf, jeder Muskel im Körper spannte sich an, hilflos immer wieder zustoßend. Sie wollte nicht, dass er aufhörte, sie wollte, dass er das spürte, was sie spürte. Dann stieß er ein letztes Mal zu, erschauerte und sank tief in sie.

Langsam lockerte sich die Anspannung in seinem Körper, und er stützte sich auf, um sein Gewicht von ihr zu nehmen. Er atmete heftig, genau wie sie, und Schweiß glänzte auf ihrer nackten Haut. Das Herz hämmerte in Selas Brust. Wenn das Haus in diesem Moment zusammengestürzt wäre, hätte sie wahrscheinlich keine Energie gehabt, um aufzustehen und sich anzuziehen. Sie wollte nur noch da liegen, wo sie war, unter ihm und ihn festhalten.

Nach einer Weile rollte er von ihr herunter und stand etwas unbeholfen auf, um das Kondom zu entsorgen. Ohne seine Körperhitze fröstelte sie, trotz des Kamins, und sie deckte sich zu. Als er zurückkam, hob sie nur die Decke an, und er schlüpfte darunter und zog sie an sich, sodass ihr Kopf auf seiner Schulter ruhte. »Deine Füße sind kalt«, murmelte er schläfrig. »Wärm dich an mir.«

Sela wunderte sich, dass ein Körperteil von ihr kalt sein konnte, nach dem, was sie getan hatten, aber an den Füßen fror sie tatsächlich. Sie kuschelte sich an ihn, legte die Arme um seinen Hals und klemmte ihm die Füße zwischen die Beine. Vollkommen befriedigt, überall aufgewärmt, schlief sie ein.

Irgendwann später stand Ben auf und legte Holz auf das Feuer. Als er sich wieder hinlegte, rollte er sich auf den Rücken und zog Sela auf sich.

Zwei Kondome weniger.

Bis zum nächsten Morgen waren noch vier übrig.

21. Kapitel

»Ich brauche ein größeres Gewehr.«

Dieser Satz kam völlig zusammenhanglos aus dem Nichts. Ben öffnete die Augen. Trübes Dämmerlicht drang durch das Fenster, aber er war schon eine Weile wach, zufrieden, Sela einfach nur im Arm zu halten, ohne Eile, aufstehen zu müssen. Normalerweise lag er nicht lange im Bett, stand nach dem Wachwerden auf und erledigte irgendwas … bis jetzt. Das hier war anders. Mit Sela im Bett zu liegen war die beste Art, seine Zeit zu verbringen, fand er.

Im Licht des Feuers sah er, wie sie zur Decke starrte, die Lippen leicht geschürzt, während sie ihren Gedanken nachhing, die sich, wie er vermutete, nicht um den Weltfrieden drehten. Ein ungewohntes Gefühl erfasste ihn, erst rumorte es tief im Bauch, dann stieg es höher in seine Kehle, und er musste lachen, wirklich lachen. Er konnte sich nicht erinnern, wann ihm das zum letzten Mal passiert war. »Das hat Olivia auch gesagt.« Und da hatte es ihn genauso erschreckt wie jetzt.

»Es ging mir schon früher durch den Kopf, ich hab's dann immer wieder vergessen, aber jetzt … wir hatten echt Glück, denn die Typen waren uns mit ihren Waffen weit überlegen, Ich möchte so was nicht noch einmal erleben. Auch wenn wir irgendwann wissen, wer sie waren, werden wir noch öfter Probleme bekommen. Andere Leute werden versuchen, ins Tal zu kommen und uns das wegzunehmen, was wir haben. Deshalb brauche ich ein größeres Gewehr.« Sie verzog nachdenklich die Lippen. »Ich könnte bestimmt irgendwas dafür eintauschen.«

»Vergiss die Munition nicht. Eine stärkere Waffe taugt nichts, wenn du keine Munition dafür hast.« Ihr Kopf lag auf seinem Arm, und er winkelte den Ellbogen an, um sie näher an sich zu ziehen und ihr Haar zu küssen. »Aber mach dir deshalb keine Gedanken, ich kann dir da weiterhelfen.« In seinem Haus hortete er ein geheimes Arsenal, Waffen, die er nicht vorhatte, herauszuholen, da er sich nicht im Krieg befand. Eigentlich war es auch nicht legal, sie zu besitzen. Aber Sela brauchte keinen Granatenwerfer, sie benötigte ein Jagdgewehr – und Übung. Viel Übung. Wenn er bei der Schießerei im Laden dabei gewesen wäre, hätte es keinen Zweifel daran gegeben, ob jemand getroffen worden war oder nicht, dann hätten die Mistkerle verstreut auf dem Parkplatz gelegen.

Ben strich ihr über den nackten Bauch und genoss es, sie einfach so berühren zu können – und auch noch intimer, wenn er das wollte. Vor drei Tagen hatte er noch seine festen Grundsätze – seine ziemlich festen Grundsätze gehabt. Doch dann war Sela den Berg hochgekommen und hatte alles zunichte gemacht. Nun lagen sie hier nackt nebeneinander und beobachteten, wie das Zimmer nach und nach von der Sonne erhellt wurde, und keiner von ihnen verspürte den Drang, aufzustehen, denn sie wollten diesen Moment nicht enden lassen.

Dann streckte sie sich gähnend – wobei seine Hand irgendwie höher und auf ihre Brüste rutschte – und sagte: »Schinkenspeck.«

»Oh … na gut.«

»Barb hat bestimmt schon angefangen, das Frühstück vorzubereiten, sie essen immer ziemlich früh. Sie wollte heute Pfannkuchen backen, das hat sie angekündigt, als wir aufgeräumt und abgewaschen haben. Pfannkuchen und Schinkenspeck.« Sie seufzte sehnsüchtig. Dann warf sie ihm einen todernsten Blick zu. »Ich *brauche* Schinkenspeck.«

Ben schalt sich im Stillen, weil er nicht mehr daran gedacht hatte. »Ich hab für dich auch eine Konserve mit Bacon, hab sie nur im Auto liegen lassen.«

Sie setzte sich ruckartig auf und sah ihn aufgeregt an. »Echt? Wir können also auch hier essen?«

Er verabschiedete sich im Stillen von der Vorstellung, noch eine Weile liegen zu bleiben. Die Bettdecke war inzwischen heruntergerutscht und hatte sich um Selas Taille gelegt, sodass ihre hübschen Brüste entblößt waren, die Spitzen hatten sich in der Kälte hart aufgerichtet. Zu seiner Fantasie hatte ebenso gehört, dass er sich wieder auf sie legte, doch das würde nicht jetzt gleich passieren. Er stand auf und zog sich an. »Ich hole sie.« Wenn er gestern Abend daran gedacht hätte, könnte er jetzt immer noch dort neben ihr liegen. Was wieder bewies, dass sich Vergesslichkeit rächte.

Leider stand sie ebenfalls auf und zog sich an, ein Signal dafür, dass die Zeit des faulen Herumliegens endgültig beendet war. Bis jetzt hatte er nicht geahnt, dass er Gefallen an so einem Tag im Bett finden könnte. Mit Sela begann er ziemlich viele Details in seinem Leben neu zu sehen, über die er sonst nie nachgedacht hätte.

Eines dieser Details fiel ihm ein, als er an der Tür stand. Was er dachte, musste nicht unbedingt mit Selas Vorstellungen übereinstimmen. Die Leute im Tal waren nicht prüde, keiner würde sie schief ansehen, weil er über Nacht bei ihr gewesen war. Aber sie würden reden, und das könnte ihr vielleicht peinlich sein. Er sah sie prüfend an. »Soll ich meinen Motor anwerfen und die Fenster enteisen, damit man nicht sieht, dass ich die Nacht über hier war?«

Sela war gerade dabei, Kaffee zu kochen, und hielt mitten in der Bewegung inne. Sie starrte ihn erstaunt an. Er verzog keine Miene, wappnete sich aber innerlich für ihre Antwort. Vielleicht war sie ja einfach vorsichtig, versuchte er sich einzureden, aber er wartete angespannt.

»Das kommt darauf an«, sagte sie schließlich zögernd, und sein Magen verkrampfte sich. »War das für dich nur ein One-Night-Stand?«

Das war leicht zu beantworten. »Nein, auf keinen Fall.«

Langsam erschien ein Lächeln auf ihrem Gesicht. »Für mich auch nicht. Mach dir keine Mühe mit den Fenstern.« Dann widmete sie sich dem Kaffee.

Ben entspannte sich und ließ erleichtert die Schultern sinken. Er bemerkte, dass er lächelte, während er zu seinem Truck ging. Die dünne Schneeschicht knirschte unter seinen Sohlen, und ein eisiger Wind fuhr unter seine Kleidung. Aber er sah, dass die Wolkendecke weiter hinten aufbrach, ein Zeichen dafür, dass es aufklarte und nicht mehr schneien würde. Aus Gewohnheit blickte er sich um und hielt nach Bewegungen Ausschau, aber so früh am Morgen war alles still bis auf ein paar Vögel. Der Geruch von verbranntem Holz in der Luft hatte etwas Vertrautes und Gemütliches, ein Empfinden, das wohl in der DNA verankert sein musste. Seit Tausenden von Jahren hatten sich die Menschen schon um Holzfeuer versammelt, weit länger, als es Klimaanlagen gab.

Ben schloss seinen Wagen auf und holte die Dose Bacon

heraus. Vielleicht hatten sie nur Kaffee und Schinkenspeck zum Frühstück, aber das war ihm recht.

Das Frühstück wurde jedoch reichhaltiger als erwartet. Sela förderte eine Mischung für Pfannkuchen zutage, die nur mit Wasser angerührt werden musste. Sie hatte zwar keine Butter, aber eine halb leere Flasche Pfannkuchensirup mit Butteraroma im Schrank. Bald darauf war der Schinkenspeck in einer schweren gusseisernen Pfanne knusprig gebraten. Während er die Matratze zurück ins Schlafzimmer schleppte, um Platz zu machen, kniete Sela vor dem Kamin und backte vorsichtig die Pfannkuchen über den Flammen, einen nach dem anderen.

Sie aßen auf dem Boden vor dem Feuer, obwohl es einen Esstisch mit vier Stühlen und auch die Couch gab. Aber der Teppich war warm, und die Kaffeekanne befand sich in Griffweite. Aus irgendeinem Grund fühlte es sich intimer an, zusammen auf dem Boden zu sitzen, und das gefiel ihm besser, als es sollte. Ben war über sich selbst amüsiert und auch etwas verwirrt, dass er sich in solch ein Weichei verwandelt hatte.

Anschließend erhitzte Sela etwas Wasser, um das Geschirr zu spülen, dann noch etwas mehr, damit sie sich waschen konnten. Sie entfernte Bens Verband von der Schulter, reinigte die Wunde und verband sie neu. »Es sieht gut aus«, sagte sie. »Keine roten Schlieren oder so.«

Er hatte angenommen, dass es okay wäre, denn auch wenn er die Verletzung noch spürte, tat es nicht weh. Noch besser als okay war aber, wie sie sich um ihn kümmerte. Als Einzelgänger hatte er sich immer selbst versorgt, doch dass Sela sich so mit ihm beschäftigte, war für ihn ein überraschend berührendes neues Gefühl. Er runzelte nachdenklich die Stirn und zog sich sein Hemd wieder an. Dabei beobachtete er Sela – kein Make-up, das Haar einfach zurückgekämmt und zusammengebunden, in Jeans und dicken Socken und einem Sweatshirt. Er hatte noch nie eine Frau mehr begehrt und sich nie so zufrieden gefühlt wie jetzt, weil er sie gehabt hatte. Das erste Mal war schnell und heftig gewesen, danach hatte er es entspannter angehen lassen und sich mehr Zeit genommen, es zu genießen und herauszufinden, was sie mochte, das langsame in sie Eintauchen noch mehr auszukosten. Nach dem fünften Mal dachte er, er könne nicht noch einmal kommen, selbst wenn sein Leben davon abhinge – doch er hatte schon wieder Lust, sich mit ihr auf die Matratze zu legen und in sie einzudringen.

Alles hatte sich verändert. Ihretwegen war er nicht allein und wollte es auch nicht mehr sein. Und das versetzte ihn nicht einmal in Panik. Verdammt.

Sie bemerkte seine Blicke, und ihre Wangen erhitzten sich. »Was?«, fragte sie und zupfte unwillkürlich am Saum ihres Sweatshirts, als hätten sie nicht die ganze Nacht nackt miteinander verbracht und er bereits jeden Zentimeter von ihr kennengelernt.

Er war kein Dichter und hatte sich in seinem Leben nie besonders elegant ausgedrückt. Das Einzige, was er jetzt zustande brachte, war ein nüchternes: »Du bist so süß.«

»Ich … was?« Sie strich sich übers Haar, und die Farbe auf ihren Wangen vertiefte sich.

»Süß. Und liebenswert. Du hast den Generator deiner Tante überlassen. Du isst weniger, damit die anderen mehr bekommen. Du verarztest mich.« Ja, das war echte Poesie. Er wechselte unbehaglich seine Position. »Ich kenne mich mit süßen, liebenswerten Frauen nicht so gut aus. Da weiß ich nicht so richtig, was ich …« Er verstummte, dann erschien ein sehr selbstbewusstes, männliches Grinsen auf seinem Gesicht. »Na gut, vielleicht weiß ich ja doch, was ich machen muss.«

Jetzt wurde Selas rosafarbener Teint dunkelrot, und sie schlug sich die Hände vors Gesicht. Ben fragte sich, was dieser Volltrottel von einem Ex-Mann wohl mit ihr gemacht hatte oder besser nicht gemacht hatte. Er ging zu ihr, legte ihr die Hände auf die Taille und zog sie an sich. Sofort schmiegte sie sich an ihn, als gebe es keinen Platz auf der Welt, an dem sie lieber sein wollte. Perfekt. Vielleicht konnten sie nicht den ganzen Tag hier zusammen verbringen, weil sie anderes erledigen mussten, aber jetzt, in diesem Augenblick, gab es nichts, was nicht noch zwei Stunden verschoben werden konnte.

In diesem Augenblick brauchten sie nur dies hier.

»Sieh doch, Ted. Es hat über Nacht geschneit.« Meredith stand in der Küche und bereitete das Frühstück zu – es waren keine Eier und Waffeln, aber bisher hatten sie noch immer genug zu essen. Ted behielt ihre Vorräte genau im Auge. Er war kein Jäger und konnte Meredith in der Beziehung nichts bieten. Auch vom Angeln verstand er nicht viel. Einer der Gründe, warum er sich der Gemeinde-Patrouille angeschlossen hatte, war, dass die Wachen mit Nahrungsmitteln bezahlt wurden. Meredith hielt einen Moment inne, um die Vorhänge aufzuziehen und aus dem Küchenfenster zu blicken.

Ted sah aus dem Wohnzimmerfenster, dann ging er auf die Veranda hinaus, um einen besseren Blick zu haben. Es war kalt, aber nichts gegen den Winter in Ohio. Er schätzte, dass hier nicht mehr als fünf oder sechs Zentimeter Schnee lagen, im Tal noch weniger. Er und Meredith waren oft während des Winters hier gewesen und hatten das Klima immer sehr mild gefunden – aber da hatten sie Strom gehabt, eine warme Hütte und die Möglichkeit, nach Sevierville, Pigeon Forge oder Gatlinburg zu fahren, um ein Restaurant zu besuchen oder in den Supermarkt zu gehen. Sie hatten tanken und jederzeit nach Hause fahren können, wenn ihnen danach war. Dieser Winter würde eine andere Erfahrung werden.

Er hatte nachgedacht, bis er müde war, aber der gestrige Tag ging ihm nicht aus dem Kopf. Er war hin und her gerissen, auch wenn er wusste, was er tun musste. Das war längst klar. Was ihn aber genauso wütend machte wie Lawrence mit seiner Gangstertruppe, war, wie die Leute im Tal offensichtlich über ihn dachten. Nicht dass er von allen geliebt werden wollte, das war ihm nicht wichtig. Aber respektlos behandelt zu werden, ausgeschlossen, *verspottet* …

Sela Gordon – er wurde immer noch rasend, wenn er daran dachte, was sie ihm vor allen Leuten angetan hatte. Sie hatte ihn beleidigt, und, noch schlimmer, mit dieser rüden Geste hatte sie ihn herabgewürdigt.

»Frühstück ist fertig«, rief Meredith, und plötzlich wurde ihm bewusst, dass er länger als nur ein paar Minuten auf der Veranda gestanden hatte. Und auch wenn die Winter in Tennessee nicht so kalt waren wie in Ohio, zitterte er, denn er war ohne Mantel hinausgegangen.

Meredith stöhnte entnervt auf, als sie ihn fröstelnd hereinkommen sah, und drückte ihm eine Tasse mit dampfend heißem Tee in die Hand. Sie hatten noch etwas Kaffee, aber Meredith variierte immer ein bisschen, sodass es nicht langweilig wurde. Manchmal machte sie Apfelcidre heiß. Das war zwar nicht unbedingt sein Lieblingsgetränk, aber das sagte er ihr nie. Heute hatte sie etwas Fladenbrot getoastet, und es gab Erdnussbutter und Gelee als Belag.

Er setzte sich an den Tisch und tätschelte ihre Hand. »Sieht gut aus«, lobte er, so wie jedes Mal. Meredith war eine verdammt gute Köchin, aber selbst wenn sie das nicht wäre, hätte er ihr immer ein Kompliment für das gemacht, was sie ihm hingestellt hatte. Sie lächelte ihn an, und sofort ging ihm durch den Kopf, wie hübsch sie aussah. Da erst bemerkte er, dass sie sich geschminkt und ihr Haar aufgesteckt hatte. Sie sah aus, als würde sie zur Arbeit gehen.

Nach ihrem Herzanfall vor einigen Jahren hatte sie zunächst ihre Arbeit als Physiotherapeutin reduziert, später aber trotz Teds Protest nach und nach wieder Stunden aufgestockt. Vor zwei Jahren war sie dann erneut etwas zurückgetreten. Sie wurden älter und würden bald in Rente gehen, und sie liebten es zu reisen, verbrachten ihre Ferien gern hier. Er hatte sich darauf gefreut, sich hier mit ihr zu entspannen, dann war dieser verdammte KMA gekommen, und hier saßen sie nun.

»Du hast dich hübsch gemacht.« Er machte eine Kreisbewegung mit dem Finger, um auf ihre Haare und das Make-up zu deuten. »Was ist denn der Anlass?«

»Es sind inzwischen ein paar Tage vergangen, seit Carol Allen sich das Bein gebrochen hat, es wird also Zeit, dass sie mit leichten Übungen anfängt. Du weißt doch, wo sie wohnt, oder?«

Das tat er, weil er beim Sicherheitsdienst war, aber eigentlich wollte er nicht, dass sich Meredith mit diesen schlecht gelaunten undankbaren Weibern anfreundete. »Es gibt genug Leute, die sich um sie kümmern«, sagte er, ohne Merediths Frage zu beantworten.

»Auch gelernte Physiotherapeuten?«

Frustriert registrierte er, dass seine Frau bereits ihre Entscheidung gefällt hatte und sie nichts, was er sagen würde, davon abbringen könnte. Er hatte ihr nicht erzählt, dass Sela Gordon ihm vor allen anderen den Stinkefinger gezeigt hatte, denn er wollte nicht, dass Meredith erfuhr, wie wenig man in der Gemeinde von ihm hielt.

»Weiß ich nicht«, murmelte er schließlich.

»Nun, wir wissen aber, dass ich vom Fach bin.« Meredith tätschelte ihm die Hand und lehnte sich vor, um ihm einen Kuss auf die Wange zu geben. »Möchtest du noch einen Tee? Das Wasser ist noch heiß.«

Dieser Themenwechsel sagte ihm, dass er sich weitere Argumente sparen konnte. Meredith wollte etwas zum Gemeinwohl beisteuern, nicht nur für die Nachbarn, sondern auch für sie beide. Sie wusste, dass sie ihre Hilfe gegen Nahrungsmittel oder andere Waren eintauschen konnte und dass sie von Carol Allens Haus mit etwas Essbarem zurückkehren würde, mit Eiern vielleicht oder Milch oder einer Dose Suppe. So lief es jetzt im Tal, man tauschte.

Ob es ihm also gefiel oder nicht, er nahm Meredith mit dem Auto mit ins Tal und setzte sie bei Carol Allen ab, bevor er weiterfuhr, um Mike Kilgore aufzusuchen.

Carol saß im Bett, eine Position, die ihr inzwischen verdammt auf die Nerven ging, und starrte wütend auf ihr Bein, diesen verdammten Klumpen unter ihrer Bettdecke. Sie musste aufhören, so viel zu fluchen, Olivia hatte inzwischen zu viel Spaß daran, aber … verdammte Unzucht!

Sie langweilte sich zu Tode. In den vergangenen drei Tagen hatten die Schmerzen endlich nachgelassen, Gott sei

Dank, aber sie steckte hier im Bett fest. Zum Teil war es ihre eigene Schuld – okay, eigentlich war es hauptsächlich ihre eigene Schuld –, weil sie diese hirnrissige Idee gehabt hatte, ein bisschen zu übertreiben, damit Sela die Organisation für die Gemeinde übernahm. Sela hatte sich nicht nur in den Job eingewöhnt, sie schien völlig vergessen zu haben, wie sehr sie sich dagegen gesträubt hatte. Vielleicht lag das auch daran, dass Mister Hotbody sie jetzt unterstützte. Wenn nicht, war mit ihren Hormonen etwas ernsthaft nicht in Ordnung, was sie aber nicht vermutete.

Die gute Nachricht war, dass Carol sich eigentlich ganz gut fühlte, solange sie sich nicht bewegte. Wenn die Rippen nicht so wehtäten, hätte sie schon längst versucht, sich mit diesen Krücken fortzubewegen, zumindest wenn Sela nicht in der Nähe war. Aber sie schmerzten nun mal, und so hatte sie es nicht versucht. Solange Mister Hotbody sie nicht ins Wohnzimmer trug, saß sie hier fest. Aber sie musste zugeben, dass sie nicht gerade darunter litt, wenn er sie hin und her trug. Sie war zwar alt, aber nicht tot.

Heute Morgen war Sela nicht zum Frühstück gekommen, was sie fast immer tat. Carol grinste. Sie war auch nicht blind. Es war ihr nicht entgangen, wie der große Typ ihre Nichte angesehen hatte – und er hatte Bacon mitgebracht. In diesen Zeiten war so was ja geradezu ein Heiratsantrag. Sie freute sich wirklich für Sela. Ihre Nichte hatte zwar nie darüber gesprochen, aber jeder, der nur halbwegs bei Verstand war, hatte sehen können, wie sehr die Scheidung von Adam sie mitgenommen hatte. Danach war sie für sich geblieben. Es konnte nur gut sein, wenn sich jemand wie Ben Jernigan so für sie interessierte, denn gegen ihn war Adam ein Waisenknabe.

Carol seufzte. Sie hatte Sela gern die Organisation der Gemeinde überlassen, aber auch in ihrem eigenen Haus war einiges zu erledigen. Es mussten Vorbereitungen für den Winter getroffen werden. Lebensmittel heranzuschaffen würde eine ständige Herausforderung bleiben, bis irgendwann wieder alles normal lief – falls das jemals der Fall war. Ob sie hinten im Garten ein Frühbeet anlegen sollte? Vielleicht konnte man dort noch vor dem Frühjahr Salat und Brokkoli anpflanzen. Carol wollte helfen, Kräuter zu sammeln, und lernen, wofür sie noch gut waren – mal abgesehen von einem Salat mit wilden Kräutern. Dann war da das Holz … sie würde natürlich kein Holz hacken, aber sie konnte die Scheite dort stapeln, wo sie sie haben wollte, in der Nähe, aber nicht zu dicht am Haus, weil sie nicht die Viecher, die darin herumkrochen, in den Zimmern haben wollte. Tatsache war, sie konnte es sich nicht leisten, hier allzu lange herumzuliegen und sich von den Leuten, um die sie sich kümmern sollte, umsorgen zu lassen. Das war nicht richtig.

Aber sie war selbst schuld an der Misere und konnte nur sich selbst dafür verantwortlich machen.

Wenn Sela in der Nähe war, hatte sie es mit den Schmerzen und der Verwirrtheit immer übertrieben und würde das auch noch etwas länger durchhalten. Warum die Strategie jetzt ändern? Zumindest hatte sie ja etwas bewirkt. Wie erwartet, hatte Sela ihre neue Verantwortung ernst genommen, so ernst, dass sie selbst den Cove Mountain Hottie eingespannt hatte.

Vielleicht sollte sie langsam damit anfangen, Mister Hotbody beim richtigen Namen zu nennen, denn sie vermutete, dass er bald nicht nur ein Kunde oder helfender Nachbar sein, sondern zur Familie gehören würde. Unglaublich!

Vielleicht war sie ein bisschen voreilig, aber sie glaubte nicht, dass sie sich irrte.

Carol hatte keine Ahnung, was Ben Jernigan im Sinn hatte, aber sie würde ihren Arsch darauf verwetten, dass er sich gezielt und schnell das sicherte, was er haben wollte. Er war kein Dummkopf und wusste bestimmt, was für ein Schatz Sela war.

Dass er an ihr interessiert war, stand außer Zweifel. Nicht nur, dass er der Gemeinde-Patrouille half, da waren auch die Solarlampen. Und er hatte gestern Abend mit ihnen hier zusammen gegessen. Und den Bacon mitgebracht! Das musste Liebe sein.

Doch auch wenn die beiden etwas füreinander übrighatten, würden sie auch den ersten Schritt machen? Sollte sie etwas nachhelfen?

Nein. Es war nicht an der Zeit, als Kupplerin aufzutreten, und vielleicht war es auch überhaupt nicht notwendig. Das Leben würde seinen Lauf nehmen. Das war schon immer so gewesen.

Carol hörte, wie die Haustür geöffnet und geschlossen wurde, und sofort ließ sie den Kopf sinken und schloss die Augen. Am besten, sie wirkte so schwach wie möglich, falls es wieder mal Sela sein sollte, die mehrmals täglich vorbeikam, als hätte sie nichts Besseres zu tun. Aber einen Augenblick später hörte Carol, wie Barb mit jemandem redete, dessen Stimme sie nicht kannte.

Gelangweilt wie sie war, verspürte Carol den Drang, sich aufzurappeln und kurz einen Blick um die Ecke zu werfen. Sie schaffte es schon, aufzustehen, und hatte bereits ein paar Ausflüge zur tragbaren Toilette hinter sich gebracht, die einen knappen Meter vom Bett entfernt stand. Auch ihre Gehhilfen lagen griffbereit – die brauchte sie, weil sie das gebrochene Bein nicht belasten durfte. Doch Carol bewegte sich nicht von der Stelle. Sie war einfach nicht schnell genug und würde es wohl auch noch eine Weile nicht sein.

Barb steckte den Kopf zur Tür herein. »Carol? Bist du bereit für Besuch?«

Da sie nicht wusste, um wen es sich handelte, gab sie nur ein leises Stöhnen von sich. Sie nahm seit gestern keine Tablette mehr, auch wenn sie immer noch Schmerzen hatte, aber die Medikamente sollten sie lieber für einen Notfall aufheben. Trotzdem konnte sie aber noch so tun, als wäre sie benommen. »Besuch? Für mich? Wie nett …« Sie verstummte, als sie die unbekannte Frau hinter Barb erblickte. Wer war das denn? Das Gesicht kam ihr bekannt vor, aber …

Barb trat ans Bett, und die Unbekannte folgte ihr dicht auf den Fersen. Sie war schätzungsweise Mitte fünfzig. Ziemlich attraktiv, etwas größer als Barb, aber nicht viel. Ihr hellbraunes Haar, in dem sich wenige graue Strähnen zeigten, hatte sie zu einem ordentlichen Knoten zurückgebunden. Knoten und Pferdeschwanz waren in den Zeiten der Apokalypse die Haarmode geworden.

»Carol, das ist Meredith Parsons.«

Parsons? Wie Teddy Parsons? *Um Gottes willen.* Deshalb hatte sie die Frau schon einmal gesehen, beim gemeinsamen Grillspektakel.

»Sie ist Physiotherapeutin.«

Carol riss die Augen auf. Hatte Ted seine Frau geschickt, um Carol kampfunfähig zu machen? Um sie noch hilfloser zu machen, als sie es bereits war?

»Mir geht es gut«, sagte Carol. »Barb und Olivia kümmern sich um mich.«

»Davon bin ich überzeugt«, entgegnete Meredith freundlich, »aber es wird nicht schaden, wenn ich mal einen Blick auf das Bein werfe.«

Ach nein? Verbargen sich hinter dieser sanften Stimme und den netten blauen Augen böse Absichten?

Meredith schlug die Decke zur Seite, um sich Carols Bein anzusehen. Weil es bequem und praktisch war, trug Carol weite knielange Pyjamahosen. Sie hatte sie wegen des weichen Stoffes ausgesucht, nicht wegen des quietschgelben Entenmusters. Das war ein bisschen peinlich, aber das geringste Problem im Moment.

Beide Beine, das gesunde und das gebrochene, waren jetzt ungeschützt Merediths Blicken ausgesetzt. Die Schiene bestand aus zwei schmalen und glatten Holzplanken und war mit langen Streifen von Olivias zerschnittenen T-Shirts befestigt. Eine ziemlich primitive Konstruktion, aber sie funktionierte.

»Barb hat mir gesagt, dass es ein glatter Bruch war, und ich muss sagen, es sieht gut aus. Keine Rötungen, keine starken Schwellungen. Du scheinst auf dem Weg der Besserung zu sein. Aber bevor ich nachher gehe, werde ich das Bein ein bisschen höher lagern.« Meredith sah Barb an. »Habt ihr Hanteln oder andere Gewichte? Nicht mehr als zwei Kilo. Wir wollen gleich mal anfangen, deinen Oberkörper etwas zu stärken.«

»Das Problem ist mein Bein, nicht meine schlaffen Arme«, sagte Carol mürrisch. Sie war nicht in der Stimmung, höflich zu sein.

Meredith war nicht beleidigt, es schien ihr nichts auszumachen, dass die Patientin störrisch war. »Trotzdem sollten wir deine Arme und Schultern ein bisschen trainieren und auch die Körpermitte stärken, wenn möglich. Die Muskeln bauen sich ziemlich schnell ab, wenn man gezwungen ist, tagelang im Bett zu liegen. Für die Krücken brauchst du Kraft in den Armen.«

Verdammt noch mal, die Frau hatte recht. »Meine Hanteln sind in der Garage.« Carol warf Barb einen Blick zu, der hoffentlich deutlich zeigte, dass sie in Gedanken um Hilfe schrie. »Hinter dem verstaubten Laufband.« Das Laufband war bereits lange vor dem KMA eingestaubt, genauso wie die Hanteln.

Barb nickte grinsend, als würde sie sich amüsieren – was sicher auch der Fall war –, und verließ das Schlafzimmer, sodass Carol mit ihrer Feindin allein zurückblieb.

Carol wappnete sich für den Schmerz, den sie ihr zufügen würde, jetzt, wo es keine Zeugen gab. Aber Meredith blieb freundlich und unbekümmert, während sie ans Fußende des Bettes trat und Carol eine Übung zeigte, bei der sie die Füße bewegen musste. Hoch und runter, hoch und runter.

Barb kam mit den Hanteln zurück, Zwei-Kilo-Gewichte. Dann verabschiedete sie sich, verließ das Schlafzimmer und schloss die Tür hinter sich.

Jetzt würde die richtige Folter beginnen. Aber Meredith konzentrierte sich voll auf ihre Arbeit, brachte Carol Knöchel-Übungen und einfache Bewegungen mit den Gewichten bei. Sie zeigte Carol, wie sie aus dem Bett aufstehen konnte, ohne das Gewicht auf das gebrochene Bein zu verlagern, und wie sie mit den geliehenen Gehhilfen laufen konnte, auch wenn sie sich damit zurückhalten sollte, solange ihr die Rippen noch wehtaten. Meredith begrüßte es, dass sie eine transportable Toilette hatte, auch wenn Carol es wütend machte, dass sie dieses verfluchte Ding brauchte.

Als Carol sich schließlich wieder ins Bett legte, war sie völlig erschöpft. Wer der Meinung war, Reha-Übungen seien ein Spaziergang, hatte noch nie welche gemacht. Nachdem sie noch mehr Kissen unter das kranke Bein gelegt hatte, zog sich Meredith einen Stuhl ans Bett und setzte sich.

»Du hast Glück, dass es kein komplizierter Bruch ist.«

»Ach ja?«, schnaufte Carol. Sie war immer noch etwas atemlos, was sie ziemlich alarmierend fand. Da hatte sie die Verletzung extra hochgespielt, damit Sela ihren Posten übernahm, und es schien, als wäre das überhaupt nicht nötig gewesen.

»Ganz schön beängstigend, oder? Dass heute etwas lebensbedrohlich sein kann, das vor zwei Monaten noch ein kleiner Zwischenfall gewesen wäre. Und wie sich Menschen verändern, wenn die Zeiten hart sind.« In Merediths Blick lag noch immer Sanftheit und Geduld, was sehr überraschte, wenn man bedachte, mit wem sie verheiratet war.

»Da kann ich nur zustimmen.« Carol lehnte sich zurück und entspannte sich langsam. Es war noch früh am Tag, aber verdammt noch mal, sie könnte ein Nickerchen vertragen!

Meredith setzte sich auf ihrem Stuhl ebenfalls bequemer hin. »Ted wollte nicht, dass ich heute herkomme.«

Was du nicht sagst.

»Wenn ich früher von deinem Unfall erfahren hätte, wäre ich gleich gekommen.« Sie lächelte. »Hätte Ted das geahnt, hätte er mir nie davon erzählt.«

Gegen jeden guten Instinkt gefiel Carol Ted Parsons Frau, was sehr unerwartet war. »Wir hatten nicht gerade den besten Start miteinander«, gestand sie. »Ich denke, er genießt es, dass ich leide.«

»Oh, nein«, entgegnete Meredith sofort, um ihren Mann

zu verteidigen. »Ted kann sehr schwierig sein, ich weiß, und er denkt immer, seine Art, die Dinge anzugehen, ist die beste, weil er sich alles, was er hat, selbst erkämpft hat. Aber er würde niemals vorsätzlich jemandem etwas antun. Dich oder jemand anderen leiden zu sehen, ist nichts, was ihm behagt.«

Da war sich Carol nicht so sicher.

»Ich wünschte, deine Nichte und er würden sich zusammenraufen. Gestern war er so mitgenommen wegen dieser Geschichte mit dem Benzin. Ich glaube, er hat die ganze Nacht nicht geschlafen.«

Carol schwieg. Diese Frau schien Ted und seine Fehler genau zu kennen.

Meredith seufzte. »Ich gebe es zu, er kann schwierig sein. Es braucht das Gefühl, wichtig zu sein. Das hat mit seiner Kindheit im Heim zu tun. Er hatte nie das Gefühl, jemandem etwas zu bedeuten. Er musste immer um alles kämpfen, und auch heute noch kann er ziemlich unangenehm werden, wenn er meint, dass ihn jemand herabwürdigt. Und auf mich gibt er ganz besonders acht. Schon immer, aber vor allem nach meinem Herzinfarkt.«

Carol richtete sich etwas auf. »Du hattest einen Infarkt?«

Meredith machte eine wegwerfende Handbewegung. »Ja, vor zehn Jahren, keine große Sache.«

»Ein Herzinfarkt ist eine große Sache!«

»Mein Arzt sagt, ich wäre fit wie ein Turnschuh. Ich habe mich gut erholt, auch wenn Ted mir das nie richtig geglaubt hat. Er beobachtet mich ständig, weil er fürchtet, dass es mich wieder ohne Vorwarnung erwischt. Wie gesagt, er ist sehr besorgt um mich, mehr als notwendig. Wenn es nach ihm ginge, würde ich jetzt die ganze Zeit im Haus bleiben, bis die Situation sich wieder normalisiert hat. Er hat versucht, mir den Besuch hier auszureden, obwohl er wusste, dass er diese Diskussion nicht gewinnen würde.« Sie lachte leise. »Das Geheimnis ist, ihn ein bisschen zu verwöhnen, dann gibt er nach. Als er begriffen hatte, dass ich meine Meinung nicht ändern würde, hat er mich hergefahren. Er wollte sowieso ins Tal, um jemanden zu besuchen. Mike Soundso, glaube ich.«

»Mike Kilgore?«

»Ja, genau. Normalerweise läuft Ted runter, aber heute ist er gefahren, weil er nicht wollte, dass ich zu Fuß gehe.« Sie lachte. »Den Berg runter würde ich schaffen, aber ich weiß nicht, wie es mit dem Weg zurück nach oben aussieht, also in der Beziehung hatte er schon recht.«

Oho. Teddy hatte eine gute Seite, die Carol nicht vermutet hätte. Er liebte seine Frau.

»Nimmst du noch Schmerztabletten?«, fragte Meredith und wechselte abrupt das Thema. »Barb meinte, sie hätte dir welche gegeben.«

»Ich hab gestern aufgehört.«

Meredith nickte. »Gut. Das nächste Mal, wenn ich komme, bringe ich eine Flasche Wein mit, die wir nach deinen Übungen öffnen.« Ihre Augen leuchteten, und sie lächelte verschwörerisch.

Wein. Oh ja, das wäre besser als Schmerztabletten! Carol trank selten Alkohol, deshalb hatten sie keine einzige Flasche im Haus. Aber jetzt …

Carol lehnte sich zurück und grinste. »Meredith, ich glaube, wir werden gute Freundinnen werden.«

22. Kapitel

Ted wusste, er würde es bereuen, nachgegeben zu haben. Aber einer der Gründe, warum er Meredith liebte, war ihr gutes Herz. Nachdem er sie abgesetzt hatte, fuhr er langsam die Myra Road hinunter. Er hatte es nicht eilig, und die vereinzelten Schneepfützen auf der Straße gaben ihm einen Grund, zu schleichen. Er graulte sich vor dem, was er tun musste. Vor Mike Kilgore zuzugeben, dass er ein Idiot gewesen war, würde ihm nicht leichtfallen, aber er hatte keine andere Wahl.

Es war nicht schwer, Mikes Haus zu finden. Sein Truck mit der Aufschrift »Kilgore Sanitärdienst«, der Wagen, mit dem er unterwegs gewesen war, als Ted ihn auf der Straße angesprochen hatte, parkte in der Auffahrt.

Ted fuhr an den Straßenrand, stellte den Motor aus und blieb einen Augenblick sitzen, schob das Unvermeidliche noch ein paar Minütchen auf. Das Haus der Kilgores war klein, aber gepflegt, ein einfaches blau-graues Gebäude im Ranch-Stil mit einer geräumigen Terrasse. Zwei Schaukelstühle standen an einem kleinen Tisch, der mit einem Tontopf mit einer abgestorbenen Pflanze dekoriert war. In besseren Zeiten war diese Pflanze sicher gut gepflegt gewesen. Womöglich hätten Tassen mit Kaffee oder Eistee danebengestanden, vielleicht ein Bier oder zwei. Aber es waren keine besseren Zeiten.

Der leichte Pulverschnee auf dem Boden weckte plötzlich

ein Gefühl von Heimweh nach Ohio bei ihm, obwohl er froh war, hier zu sein und nicht dort. Es gab nicht genug Schnee, um einen Schneemann zu bauen, aber für ein paar Schneebälle reichte es. Er hatte sich immer gefreut, im Winter herzukommen, und sich oft gewünscht, mal eingeschneit zu werden.

Es schneite reichlich in Ohio, aber es war nie so schön wie hier in den Bergen und im Wears Valley.

Ted wusste, was er tun musste, aber das machte es nicht weniger unangenehm. Vielleicht hatte er es in den vergangenen zwei Monaten manchmal etwas übertrieben – im Dienste des Überlebenskampfes, in dem Wunsch, Meredith und sich gut durch die Krise zu bringen. Mehr als einmal hatte er sich von seinem Frust leiten lassen, aber seine Absichten waren immer gut gewesen.

Der Weg in die Hölle … Ja, genau.

Ted atmete tief durch und öffnete die Autotür. Das hier würde nicht einfacher werden, wenn er noch länger sitzen blieb, also konnte er es auch genauso gut hinter sich bringen. Verdammt noch mal, nicht alles, was er getan hatte, war falsch! Trotzdem, der Fehler, den er begangen hatte – jemandem wie Lawrence zu vertrauen –, war erbärmlich.

Als Ted den Garten halb durchquert hatte, öffnete Mike die Haustür und trat auf die Veranda heraus. Sein Gesichtsausdruck war nicht sehr freundlich, vermutlich wegen seiner Auseinandersetzung mit Sela Gordon gestern. Vermutlich müsste sie erst einen Mord begehen oder etwas Ähnliches, um die Leute dazu zu bewegen, sich auf seine Seite zu stellen statt auf ihre. Vermutlich ging Mike davon aus, dass Ted Probleme mitbrachte – und das stimmte ja auch, wenn auch nicht die Art, die Mike vermutete.

»Mike Kilgore«, sagte Ted als Begrüßung, während er die Stufen zur Veranda hochstieg.

»Ted Parsons«, erwiderte Mike.

Ted blieb einen knappen Meter vor der Tür stehen und stählte sich für das, was auf ihn zukam. »Ich habe eine wichtige Information, und ich wusste nicht so genau, wem ich sie mitteilen sollte.«

Mike hob die Augenbrauen. »Und da haben Sie mich auserwählt?«

Er war versucht, sich auf der Stelle umzudrehen und wieder zu gehen. Er und Meredith könnten sich eine Weile im Haus verschanzen. Niemand zwang ihn, weiter für den Sicherheitsdienst zu arbeiten, und er musste auch nicht bei Lawrence und seiner Truppe mitmachen. Seiner kriminellen Truppe. Es gab eine Menge Leute, die sich nicht für die Gemeinschaft einsetzten und sich nur auf eines konzentrierten: durchzukommen. Er könnte dasselbe tun.

Aber dafür war es zu spät. Wenn Lawrence und die anderen Drogensüchtigen nicht aufgehalten wurden, wäre niemand im Tal mehr sicher.

Ted seufzte und sah Mike an. »Wir haben ein Problem.«

Es war schon später Vormittag, und Ben war immer noch hier. Sela bekam langsam ein schlechtes Gewissen, weil sie nichts erledigte. Aber mit ihm vor dem Kamin zu sitzen und zu reden erfüllte sie mit einer so tiefen Zufriedenheit, dass sie es einfach genießen wollte. Nicht dass er eine Plaudertasche wäre – alles, was er sagte, geschah bewusst, und er ging so effizient mit seinen Worten um, als hätte er pro Tag nur ein bestimmtes Kontingent zur Verfügung. Doch das störte sie nicht. Sela war selbst eher ruhig und fühlte sich auch im gemeinsamen Schweigen wohl. Selbst wenn er gar nichts sagte, wäre sie glücklich, einfach mit ihm zusammen zu sein.

Trotzdem war ihr bewusst, dass sie das Haus bald verlassen mussten. Barb und Olivia sollten bei Carol abgelöst werden, und Ben würde sich mit den Leuten der Gemeinde-Patrouille besprechen müssen – und er musste sich auch um sein eigenes Haus kümmern, hatte Aufgaben zu erledigen. Sie hatte ihn nicht gefragt, nahm aber an, dass er nachher auch zu den Livingstones gehen wollte, um ihnen etwas zu essen zu bringen und nach dem Hund zu sehen.

Um die letzten Minuten noch etwas hinauszuzögern, kochte sie Kakao, und sie setzten sich mit ihren dampfenden Bechern an den Tisch. Während sie an ihrer heißen Schokolade nippte, hatte Sela plötzlich das merkwürdige Gefühl, dass sie womöglich nie wieder hier sitzen würde, dass sie eine Fremde in ihrem eigenen Haus war. Ihr Leben hatte sich verändert, sie hatte keine Ahnung, was sie erwartete, nur dass alles anders war. Auch sie selbst hatte sich verändert. Und mehr als alles andere hoffte sie, dass Ben Teil dieses anderen, neuen Lebens würde.

Ihre Gedanken wurden von Schritten auf der Veranda unterbrochen. Weil die Vorhänge zugezogen waren, um die Wärme im Haus zu halten, konnte sie nicht sehen, wer der Besucher war. Ben stand bereits mit ihrem 22er-Gewehr, das sie in der Ecke abgestellt hatte, neben der Tür, bevor sie auch nur ihren Stuhl zurückgeschoben hatte.

Es klopfte an der Glastür, und eine Frau rief: »Sela!«

Sela schob den Vorhang ein Stück beiseite und sah hinaus. »Es ist Mikes Frau«, sagte sie zu Ben und öffnete die Tür. »Leigh! Ist was passiert?« Sie und Leigh hatten ein freundliches nachbarschaftliches Verhältnis, waren aber nicht so eng befreundet, dass sie sich gegenseitig besuchten.

Leigh trat einen halben Schritt ins Haus und riss überrascht die Augen auf, als sie Ben mit dem Gewehr bemerkte. »Oh … Ja. Aber es ist niemand krank oder verletzt. Ted Parsons ist vor ein paar Minuten zu uns gekommen, und Mike möchte, dass du dir anhörst, was er zu sagen hat. Es ist wichtig, meint er. Mehr kann ich dazu nicht sagen, ich habe nicht mitbekommen, worüber sie gesprochen haben.«

Sela unterdrückte ein Aufstöhnen. Sie wollte sich nicht mit Ted befassen, vor allem jetzt nicht. Sie wäre lieber mit Ben allein geblieben, um ihn besser kennenzulernen. Sie fühlte sich wohl und war zufrieden inmitten einer Welt, die immer gefährlicher wurde und in der Glücksgefühle selten und zerbrechlich waren. Der bloße Gedanke an Ted verdarb ihr die Stimmung. Das Schlimmste daran war, dass sie Schuldgefühle empfand, weil sie ihm den Finger gezeigt hatte.

Womöglich war er bei Mike, um sich über sie zu beschweren. Vielleicht erwog er eine offizielle Beschwerde, obwohl alles »Offizielle« zurzeit sinnlos war. Woran könnte er gedacht haben? Ungebührliches Verhalten, schätzte sie. Sie könnte nur hoffen, dass sie dann auch schuldig gesprochen und zwangsweise ihrer ehrenamtlichen Aufgaben enthoben würde. Sie hatte ohnehin zu viel zu tun. Auch wenn sie nicht wusste, wohin sie die Sache mit Ben führen würde, hätte sie definitiv lieber etwas mehr Zeit und Energie für ihre Beziehung übrig. Sie war nicht nur willens, abzutreten, sondern brannte geradezu darauf.

Wenn es doch nur jemanden gäbe, der fähig war, ihren Posten zu übernehmen. Leider zählte das nicht für Ted Parsons, und Carol war noch lange nicht so weit, wieder anzutreten.

Sela nahm an, dass sie wohl die Verantwortung für ihr Verhalten übernehmen musste, die Suppe auslöffeln oder wie man das sonst noch nannte.

»Gehen wir.« Ben zog die Mäntel vom Kleiderhaken, ohne das Gewehr aus der Hand zu legen. »Wir nehmen meinen Truck.«

»Hinten rum geht es schneller«, sagte Sela, und sie verließen das Haus mit Leigh durch die Hintertür. Der Weg führte sie durch die Gärten der Nachbarn, von denen niemand sie bemerkt zu haben schien, denn keiner begrüßte sie, als sie vorbeigingen. Als sie das Haus der Kilgores erreichten, stiegen sie die Stufen zu der hinteren Veranda hoch, die Mike im vergangenen Jahr selbst angebaut hatte und die so ähnlich konstruiert war wie Selas, um zur Hintertür zu gelangen. Ben hatte das Gewehr in der einen Hand und hielt ihren Arm mit der anderen, damit sie auf der dünnen, schlüpfrigen Schneeschicht nicht ausrutschte. Sela liebte es, seine große raue Hand zu spüren, seine Kraft und seine Fürsorge. Nach einem kurzen Blick auf sein Gesicht, das kühl und reserviert wirkte, ahnte sie, dass er ebenso auf Ärger gefasst war wie sie und entschlossen, das an ihrer Stelle zu regeln.

Wenn Ted schlau war, hielt er den Mund.

Leigh öffnete die Tür und führte sie hinein. Doch die Situation, die sie vorfanden, was eine ganz andere als die, die Sela sich ausgemalt hatte. Ted und Mike saßen zusammen in der Küche vor ihren Tassen, die offensichtlich mit dünnem Kaffee gefüllt waren. Ebenso wie Leigh sahen die beiden überrascht darüber aus, dass Ben mit ihr gekommen war, was sie aber auch nicht sonderlich zu interessieren schien. Etwas anderes beschäftigte sie.

»Ted hat wichtige Informationen.« Mike zeigte auf die

freien Stühle. Es waren sechs insgesamt, also genug, damit auch Leigh und Ben sich setzen konnten. Leigh nahm den Platz neben Ted ein, während Sela und Ben sich ihm gegenübersetzten.

»Was ist passiert?«, fragte Sela besorgt. Was auch immer vorgefallen war, es hatte nichts mit gestern zu tun. Und es musste etwas Ernstes sein, wenn Ted zu ihnen kam, um darüber zu reden.

Ted sah sie nicht an und schüttelte leicht den Kopf. »Sag du es ihnen«, bat er Mike.

»Okay. Es sieht so aus, als wenn Lawrence Dietrich Ted die abstruse Geschichte aufgetischt hat, er wolle einen alternativen Sicherheitsdienst aufstellen, weil er die Art, wie die Dinge gehandhabt werden, ablehnt. So was war zu erwarten, es sind nie alle zufrieden. Aber darum geht es auch gar nicht. Die Männer haben sich gestern getroffen, und Ted hat dabei einiges entdeckt.«

Mike schilderte alle Einzelheiten, von dem Mann, der hinkte und offensichtlich verwundet war, bis zu den Löchern im Schutzblech, bei denen es sich um Einschusslöcher handeln könnte. Er berichtete auch von Teds Vermutung, dass es sich bei den Typen nicht um anständige Bürger handelte und – was am wichtigsten war – dass Dietrich vor allem daran interessiert schien, Ted als Spion in der bestehenden Gemeinde-Patrouille einzusetzen, um sich auf dem Laufenden zu halten.

Bens Gesichtsausdruck wurde noch finsterer, als er hörte, dass einer der Männer verwundet war. »Hast du die Namen?«, fragte er Ted so leise, dass sich Sela die Härchen im Nacken aufrichteten.

Ted sah sie immer noch nicht an, nannte aber ohne Zögern sechs Namen. So kleinlaut hatte Sela ihn noch nie gesehen.

Er wirkte beinahe verschämt, auch wenn sie nicht wusste, warum. Weil er bei einem alternativen Sicherheitsdienst einsteigen wollte? Es hätte sie überrascht, wenn das nicht der Fall gewesen wäre.

Sechs Namen. Es konnte kaum ein Zufall sein, dass sechs Männer sie an der Tankstelle überfallen und auf sie und Olivia geschossen hatten und sich nun sechs Leute mit Ted trafen, um ihn spionieren zu lassen.

»Harley und Trey haben sich gestern in Dietrichs Nachbarschaft umgesehen, aber keine beschädigten Wagen gefunden«, sagte Ben. »Und Darren und Cam haben heute die Gegend um Patricks Haus überprüft. Sie stehen beide ganz oben auf der Liste der Verdächtigen, aber ich nehme an, selbst Junkies sind schlau genug, Autos mit Schusslöchern zu verstecken. Wenn du nicht so genau hingesehen hättest, würden wir immer noch im Dunkeln tappen. Wie schätzt du die Lage ein, Ted?«

Ben hatte genau wie Sela erkannt, dass Ted sich unwohl fühlte, aber er besaß Führungserfahrung und wusste, wie er auf Ted zugehen musste, um ihm über das Unbehagen hinwegzuhelfen, das ihn plagte. Sie mussten jetzt zusammenarbeiten.

Bis zum gestrigen Tag hatte Ben keinen der Männer von der Gemeinde-Patrouille gekannt, hatte aber schnell herausgefunden, wer von ihnen kompetent war und wer weniger hilfreich. Seine Erfahrung in Krisengebieten erlaubte ihm, Personen einzuschätzen und das Beste aus ihren Fähigkeiten herauszuholen. Tatsächlich richtete Ted sich etwas auf und sah sie beide zum ersten Mal an.

»Wesley scheint nicht besonders viel im Kopf zu haben«, sagte er. »Und er war am frühen Morgen bereits betrunken.

Ich habe ein kleines Einschussloch ziemlich weit unten am Schutzblech gesehen. Vielleicht hat er es übersehen, oder es war ihm egal, weil er davon ausging, sich mit Freunden zu treffen. Wenn ich nicht danach gesucht hätte, wäre es mir womöglich auch nicht aufgefallen.«

Sela war froh, dass Ben dabei war, denn sie hätte nicht gewusst, wie sie mit Ted umgehen sollte. In diesem Moment legte Ben ihr unter dem Tisch die Hand auf den Schenkel. Diese einfache Geste zeigte ihr ohne Worte, dass sie das erste Mal nach langer Zeit nicht allein war. Sie waren ein Paar, etwas Größeres und Besseres als jede einzelne Person es je sein könnte. Der Sex mit ihm war unglaublich, aber es war mehr als das. Es war eine tiefe Verbindung zweier Seelen, etwas, das sie nie begriffen und von dem sie nie erwartet hatte, es selbst zu erleben.

Sie musste all das nicht mehr ohne Hilfe tun. Sie war nicht mehr allein, und auch Ben war nicht mehr allein.

Es hatte eine Menge böses Blut zwischen ihr und Ted gegeben, aber diese Angelegenheit war zu wichtig, um sie wegen einer persönlichen Abneigung zu gefährden. Er war offensichtlich zu dem gleichen Schluss gekommen, denn er hätte nicht kommen und ihnen mitteilen müssen, was er wusste. Und das bedeutete, dass er mehr Charakter besaß, als sie erwartet hätte.

»Danke«, sagte sie leise. »Ich weiß, du hättest nicht herkommen müssen.«

Ted sah sie immer noch nicht direkt an, aber er nickte. »Sie haben für morgen Nachmittag ein Treffen verabredet, in einem leer stehenden Haus, das früher mal ein Kunsthandwerksladen oder so was Ähnliches war. Neben der Pizzeria. Soll ich hingehen? Oder mich zurückhalten?« Er schüttelte den Kopf. »Ich weiß nicht, wie ich mich verhalten soll.«

»Macht nichts.« Bens Blick wurde kämpferisch. »Ich weiß es.«

Sie saßen mit Bleistift und Papier um den Tisch herum. Sela, Leigh und Mike konnten gemeinsam die Adressen der sechs Männer zusammentragen, die zwar etwas auseinanderlagen, sich aber alle mehr oder weniger auf der Talseite von Townsend befanden. Sie zeichneten grobe Karten und schrieben eine Liste mit allen Familienangehörigen, von denen sie wussten. Mike und Leigh waren da hilfreicher als Sela, da sie nicht so viele Leute aus dem Tal kannte wie die beiden, dafür hatte sie in der Vergangenheit zu zurückgezogen gelebt. Auch Ted war eine Hilfe, er hatte viel mitbekommen, wenn er auf Streife im Ort unterwegs war. Ben besaß eine natürliche Begabung, sich seine Umgebung gut einzuprägen und aus strategischen Gesichtspunkten zu betrachten. Vor dem Solarsturm hatte er einen beträchtlichen Teil des Tals zu Fuß oder mit dem Auto kennengelernt. Er kannte die Leute nicht, aber das Territorium.

»Wir können sie nicht in ihren Häusern stellen« Er lehnte sich zurück, während er mit dem Bleistift aufs Papier klopfte. »Wir wissen nicht, wie viele Kinder sie haben und wo die sich womöglich aufhalten.« Diese Männer scherten sich nicht um Menschenleben und würden kämpfen, egal ob ihre Familien dabei waren. Ben aber wollte keine Schießerei, wenn Kinder anwesend waren. Bei den Erwachsenen hatte er weniger Skrupel, aber diese Kids hatten bereits ein hartes Leben, wenn man bedachte, wer die Eltern waren. Meth-Abhängige – und Mike war überzeugt, dass alle diese Männer Junkies waren – lebten nur dafür, an ihre Droge zu kommen, nichts interessierte sie mehr als der nächste Hit. Wenn andere wegen ihrer Sucht umkamen, störte sie das nicht.

Mike und Ted nickten.

»Wenn alle zu dem Meeting im Kunsthandwerksladen erscheinen, ist das unsere beste Chance, die Gefahr von Kollateralschäden zu verringern.«

»Sie kommen bestimmt«, sagte Ted. »Jedenfalls, wenn es nach Lawrences Plan geht.«

Ben nickte ihm kurz zu. »Ein zentraler Treffpunkt ist effizienter, als wenn jemand von Haus zu Haus geht, um alle einzeln zu informieren.«

Mike und Ted kannten den Laden nicht, wussten nur ungefähr, wo er sich befand. Aber Leigh hatte dort oft eingekauft und konnte ihnen eine Skizze von den Räumlichkeiten machen, samt Türen, Fenster, Parkplatz und der Gebäude und Bäume, die in der Nähe standen.

Bens Plan war einfach, trotzdem war zu erwarten, dass Dinge schiefgingen – das passierte meist, wenn Personen mit Waffen beteiligt waren. Mike und Leigh bekamen die Aufgabe, ausgewählte Mitglieder der Gemeinde-Patrouille aufzusuchen und sie in den Plan einzuweihen. Ted sollte sich möglichst fernhalten, sodass Lawrence und die anderen keinen Verdacht schöpften. Die Myra Road war ziemlich weit draußen und lag in einer bergigen Gegend, die sehr schwer einsehbar war. Die Chance, dass jemand ihn hier gesehen hatte, war gering, es sei denn, jemand hätte ihn verfolgt. Aber das hätte er bemerkt, jetzt, wo es kaum Autoverkehr gab. Obwohl die Leute etwas Benzin hatten, gingen sie sparsam damit um, und Auto zu fahren war lange nicht so wichtig, wie Treibstoff für die Generatoren zu haben.

Als alles besprochen war, liefen Sela und Ben zurück zu ihrem Haus. Es war im Laufe des Tages etwas wärmer geworden, sodass nur noch eine dünne Schicht Schnee übrig war und bis zum Nachmittag alles geschmolzen sein würde. »Ich muss nach Hause und ein paar Sachen holen«, sagte er. »Willst du mitkommen?«

»Ja«, antwortete sie, ohne zu zögern. Sie wollte bei ihm sein, wo immer er war. »Aber ich muss vorher nach Carol sehen.«

»Wir können auf dem Weg vorbeifahren.« Er sah sie an. »Meinst du, ich sollte mir dafür eine kugelsichere Weste anlegen?«

»Ich denke, ein Keuschheitsgürtel sollte reichen, falls sie dich überfällt.« Sela grinste, denn sie liebte Carols stürmisches Temperament. Niemand wusste, wie sie Ben heute nennen würde, aber bei der Bezeichnung *Mister Hotbody* hatte er nicht mit der Wimper gezuckt. Er würde wohl auch alles Weitere überstehen.

»Ich benutze dich als Schutzschild. Du bist sozusagen mein Bodyguard.« Er tätschelte ihr den Po, als sie die Stufen zur Veranda hochstiegen, und diese vertraute Geste wärmte ihr nicht nur das Herz, sondern brachte sie innerlich regelrecht zum Schmelzen.

Überraschenderweise benahm sich Carol anständig und strahlte Ben einfach nur an. Barb erzählte ihnen, dass Meredith Parsons da gewesen war und Carol Übungen gezeigt hatte. Carol zwinkerte Ben zu, zeigte mit dem Daumen nach oben, wobei er sich fragte, was genau sie nun gut fand, die Physiotherapie, seinen Hintern oder die Tatsache, dass er mit Sela zusammen war.

Bens großer Pick-up schaffte den schmalen Bergpfad

ohne Probleme nach oben, und das höher gelegte Fahrwerk erlaubte es ihm, über den Fels hinwegzufahren, der im Weg lag und die meisten Leute umkehren ließ. Sie konnte es nicht fassen, dass es erst zwei Tage her war, seit sie die steile Anhöhe fest entschlossen und gleichzeitig voller Angst hinaufgelaufen war.

Das Haus war kalt, als sie eintraten, Ben war sechsunddreißig Stunden nicht hier gewesen, natürlich brannte das Feuer nicht mehr. Er blieb kurz in der Tür stehen und sah sich um. Sie ahnte, dass er an den Hund dachte und ihn schmerzhaft vermisste. Er hatte ein großes Opfer gebracht, als er ihn den Livingstons überlassen hatte. Doch sagte er nichts, sondern begann, effizient wie immer, das Feuer im Ofen anzumachen. Da sein Haus lange nicht so ausgekühlt war, wie es Selas nach so langer Zeit gewesen wäre, vermutete sie, dass er es gut isoliert hatte.

In seinem Schlafzimmer gab es einen kleinen Holzofen, und sie wäre nicht überrascht gewesen, wenn auch in den anderen Zimmern welche gestanden hätten. Wenn sie sich richtig erinnerte, war das Haus einmal eine kleine Pension gewesen. Ben machte im Schlafzimmer ebenfalls ein Feuer und zündete außerdem den Ölofen an, um die Räume schneller aufzuheizen.

Er wartete nicht, bis das Haus warm war, sondern zog sich schnell aus. »Ich muss duschen.« Er sah sie an, und dieses gewisse Lächeln erschien auf seinem Gesicht. »Willst du mir dabei helfen?«

Das wollte sie, und eine halbe Stunde später waren nur noch drei Kondome übrig.

Natürlich wurde sein Verband nass, sodass Sela seine Schulter erneut verarztete, diesmal wurde die Wunde mithilfe der Klemmpflaster gut zusammengehalten. Sela bürstete ihr Haar vor dem Kamin, bis es trocken war. Gerade als sie fertig wurde, kam ein Knacken aus dem Funkgerät, das im Schlafzimmer stand, und es erklang die Stimme eines Mannes, der eine Reihe von Buchstaben und Zahlen durchgab.

Ben hatte sich schon vor das Gerät gesetzt, bevor Sela überhaupt klar geworden war, woher der Ton kam, und griff nach dem Mikro, in das er nun seinerseits eine Reihe von Zahlen und Buchstaben sprach. Dann sagte er: »Gut von dir zu hören, Kumpel.«

»Ganz meinerseits. Wie ist es da draußen in der Wildnis?«

»Stabil. Die Leute passen sich an. Wir hatten einigen Ärger, aber das bekommen wir in den Griff. Wie sieht es bei dir aus?«

»Wir sind in Sicherheit, haben uns neben der Militärbasis niedergelassen. Gen musste anhalten und sich verstecken, während sie auf mich gewartet hat. Aber ich hab's geschafft, sie noch vor dem Solarsturm einzuholen. Die Fahrt war ziemlich chaotisch. Ein paar miese Gestalten waren unterwegs.«

Sela rückte näher heran, fasziniert, Nachrichten von der Außenwelt zu hören. Seitdem der letzte Radiosender in Knoxville aufgehört hatte zu senden, hatte sie sich im Tal ziemlich isoliert gefühlt. Ben streckte den Arm aus und zog sie auf seinen Schoß, und sofort schmiegte sie sich an ihn.

»Gibt es auch gute Nachrichten oder nur schlechte?«

»Beim Militär ist alles in Ordnung. Sie haben die Sicherheitsmaßnahmen verstärkt und die magnetische Datenspeicherung ausgebaut. Die Regierung arbeitet, wenn auch in stark reduzierter Form, und das ist nur möglich, weil das

Pentagon klüger war als diese idiotischen Bürokraten. Das Internet liegt brach, aber die Militärbasen vernetzen sich langsam wieder und können arbeiten.«

»Wie sieht es in Europa aus? Im Fernen Osten?«

»In Europa läuft nichts. Die Politiker sind dort noch schlimmer als bei uns. Japan, Korea, China – die kriegen das langsam hin, aber es ist alles ein langer Weg. Russland ist wieder im Mittelalter, und das wahrscheinlich noch die nächsten hundert Jahre. Es gibt ein paar ganz kleine Stromlieferanten hier in den Staaten, die effektive Vorsichtsmaßnahmen ergriffen hatten und liefern können. Aber die Leute, die davon profitieren, müssen um ihr Leben kämpfen, weil alle möglichen Arschlöcher versuchen, in diese Gegenden zu ziehen und ihnen ihren Platz streitig zu machen.«

»Gibt es irgendwelche Städte, die bewohnbar sind?«

»Keine von den größeren im Norden, also oberhalb der Mason-Dixon-Linie. Auch die Metropolen in Kalifornien kannst du vergessen, bis auf San Diego, die sind weit besser aufgestellt als die meisten. Atlanta, nichts. Nashville, Memphis, St. Louis, nichts. Über New Orleans kann ich nichts sagen. In Omaha sieht es besser aus, als man erwarten könnte. Denver ist hinüber, Colorado Springs nicht. Macht Sinn, oder?«

Das fand Sela nicht, aber sie fragte nicht nach.

»Wie sieht die Wetterprognose aus?«

»Allgemein übel, auch jetzt schon. Vor allem für den Mittleren Westen sieht es schlimm aus. Ich schätze, dass die Kältewelle nach Süden zieht, also bereitet euch vor.«

»Wie viele Opfer?«

»Nach ersten Schätzungen ... die meisten in Europa. Etwa zweihundert Millionen sind noch am Leben, das ist rund ein Viertel der Bevölkerung. Asien hat mindestens eine Milliarde verloren, manche Analytiker schätzen auch mehr. In Afrika und Südamerika geht es einigermaßen, weil es warm ist, aber in den Großstädten herrscht Chaos. Australien und Neuseeland haben gerade Sommer, und soweit ich gehört habe, bauen sie so viel wie möglich an. Hier in Nordamerika ist etwa ein Viertel bis ein Drittel der Bevölkerung umgekommen. Das sind die Zahlen seit September, nach etwas mehr als zwei Monaten. Es bleibt abzuwarten, wie viele den Winter überleben, und zwar nicht nur wegen des Wetters.«

Sela legte den Kopf an Bens Schulter, entsetzt über das, was der Mann zu berichten hatte. Hier im Tal arbeiteten alle hart, aber im Vergleich zu dem, was sie gerade gehört hatte, konnten sie sich glücklich schätzen.

»Du weißt, dass du mit Gen und den kleinen Wadenbeißern hier herzlich willkommen bist.«

»Wir kommen zu Besuch, wenn sich die Situation verbessert hat. Vielleicht in einem Jahr, schätze ich, nach dem, was ich von der Militärbasis so mitkriege. Aber selbst dann … es wird ewig dauern, bis alles wieder läuft, bis die Leute ihre Arbeit wieder aufnehmen können und die Treibstoffpipelines wieder funktionieren. Heb dein Saatgut aus dem Garten gut auf, Kumpel, du wirst eine ganze Weile deine Nahrungsmittel selbst anbauen müssen.«

23. Kapitel

Als Sela und Ben wieder ins Tal kamen, schien das Schicksal sich an ihr rächen zu wollen, so viel Arbeit prasselte auf sie ein. Sie sah das als Strafe für ihren faulen Vormittag an. Aber es war ihr egal, im Austausch für die Stunden mit Ben schuftete sie gerne.

Ben hatte ein eindrucksvolles Arsenal an Waffen mit ins Tal gebracht, und nachdem er Sela bei Carol abgesetzt hatte, fuhr er weiter, um sich mit den anderen Männern der Gemeinde-Patrouille zu treffen.

Kaum hatte Sela das Haus betreten, wurde sie in Beschlag genommen. Carol rief sie in ihr Zimmer, um mit ihr zu reden, was sie so interpretierte, dass ihre Tante bis ins kleinste Detail erfahren wollte, was mit Ben vorgefallen war. Olivia langweilte sich, und Selas Anwesenheit gestattete es ihr, sich auf den langen Weg zu ihrer Freundin zu machen. Barb gab sich alle Mühe zu kochen, sauber zu machen und sich um Carol zu kümmern, was für sie selbst mit Olivias Hilfe etwas viel war. Und die Wäsche musste gewaschen werden.

Zum Teufel. Von allen Arbeiten im Haushalt, die ohne Strom im täglichen Leben großen körperlichen Einsatz erforderten, war das Wäschewaschen am anstrengendsten.

»Das müssen wir jetzt abwägen«, sagte sie zu Barb. »Wir können den Generator anstellen, um die Waschmaschine zu benutzen, und dann die Wäsche zum Trocknen aufhängen.

Aber wenn wir den anstellen, haben wir weniger Treibstoff, um heiß zu duschen. Wofür entscheiden wir uns?«

»Uns selbst zu waschen ist leichter als die Wäsche«, erklärte Barb mit ihrer unschlagbaren Logik.

»Okay.«

Sie stellten den Generator an, und Sela füllte die Waschmaschine. Komisch – jetzt fühlte es sich wie Luxus an, und Sela machte es fast Spaß, die Maschine zu benutzen. Als sie ins Wohnzimmer zurückkam, lächelte Barb sie an. »Das Frühstück war heute Morgen wirklich erstklassig. Dieser Schinkenspeck war lecker, der beste, den ich je gegessen habe.« Sie zwinkerte Sela zu. »Wirklich schade, dass du's verpasst hast.«

Sela spürte, wie sich ihre Wangen erhitzten. Aber sie lächelte. »Ich hab nichts verpasst, wir hatten auch Schinkenspeck zum Frühstück.« *Wir*. Wie außergewöhnlich und wie wunderbar, dass sie und Ben nun »wir« waren.

»*Was*?!«, schrie Carol aus ihrem Schlafzimmer.

Sela sah Barb an und verdrehte die Augen. »Wie zum Teufel kann sie das da drinnen hören?«

»Superkräfte«, erwiderte Barb grinsend und wandte sich wieder dem Abendessen zu. Nach ihrem ersten Schock wegen des Stromausfalls und der Angst vor dem Unbekannten hatte Barb sich gut eingewöhnt. Kochen war ihre »Superkraft«, und Sela war sicher, dass sie ohne Barb nicht im Entferntesten so gut essen würden wie jetzt.

»Sela Gordon! Du kommst jetzt her und gibst mir sofort einen Bericht, oder ich schwöre, ich krieche aus diesem Bett und komme zu dir!«

Das hätte sie bestimmt getan, eine entschlossene Carol Allen war eine Gewalt, auf die man sich gefasst machen musste. Daher ging Sela lachend in Carols Schlafzimmer. Sie hatte nicht vor, ihre Beziehung zu Ben geheim zu halten. Kaum hatte sie sich aber hingesetzt und begonnen, Carols Flut von Fragen zu beantworten, als auch schon wieder jemand an die Tür klopfte. Gleich darauf erschien Barb mit Nancy an Carols Schlafzimmertür.

»Wir müssen kurz was mit dir besprechen«, sagte Nancy zu Sela.

Und das war der eigentliche Start ihres geschäftigen Tages. Nancy, die Gute, hatte es selbst in die Hand genommen, mit Mona Clausen Feuerschalen zu entwerfen, und zwar nach einer Abbildung in einem alten Lexikon. Das war eine Sache weniger, die Sela erledigen musste, aber sie wollten ihre Zustimmung. Als das erledigt und Nancy gegangen war, hatte die Waschmaschine die Wäsche gewaschen, und Sela nahm die Kleidungsstücke heraus und hängte sie draußen auf die Leine.

Noch bevor sie fertig war, kam die Lehrerin vorbei, die Carol angesprochen hatte, um die Planung für die Neuorganisation der Schule zu besprechen. Sie half Sela, die restliche Wäsche aufzuhängen, und dann gingen sie ins Haus und hielten darüber eine Konferenz mit Barb und Carol zusammen ab.

Als Nächstes klopfte einer der Gemeindepfarrer an die Tür. Pastor Ames war in den Siebzigern und sah aus wie ein dünner Santa Claus, da er seinen weißen Bart jetzt wachsen ließ, und er hatte sich viele Gedanken gemacht.

»Es wird bald wieder Paare geben, die heiraten wollen, aber es gibt keine Möglichkeit mehr, Hochzeiten registrieren zu lassen. Das Gleiche gilt für neu geborene Kinder, wir haben keine Geburtsurkunden, und das, obwohl wir in etwa sieben Monaten einen Babyboom erleben werden. Wenn es dunkel wird und es keinen Fernseher gibt, finden die Leute andere Wege, sich zu vergnügen. Wie wollen Sie diese Angelegenheiten handhaben?«

Sela starrte ihn an. Irgendwie hatte sie nicht vermutet, dass man sich als Gemeinde-Organisatorin mit solchen Dingen befassen musste. Heiraten, Scheidung und Geburten waren bürokratische Vorgänge, Aufgaben der Standesämter … und die gab es zurzeit nicht. Verdammt.

Sicher stellte sich nicht nur Pastor Ames diese Fragen, es gab noch weitere Kirchen im Tal, andere Pfarrer. Eine Entscheidung musste her. Wie gern hätte Sela ihn in Carols Zimmer geführt und alles weitere ihrer Tante überlassen, aber Carol schlief gerade.

Morgen würde etwas wirklich Ernstes und Wichtiges passieren, auf das sie sich konzentrieren musste, über das sie aber mit niemandem reden durfte. Doch selbst inmitten des größten Dramas ging das Leben weiter. Kinder kamen zur Welt, und Leute starben. Es würde Hochzeiten und Scheidungen geben, egal ob mit funktionierendem Gemeindeamt oder nicht, und es wäre gut, all das zu registrieren.

»Besorgen Sie sich ein Notizbuch«, sagte sie, »oder vielleicht ein leeres Album. Es ist egal, was Sie benutzen, Hauptsache wir dokumentieren alles. Wir machen das so wie früher, als diese Angelegenheiten Aufgabe der Kirchen waren, bevor die Politik sich eingemischt hat. Sie verheiraten die Leute und registrieren es. Das Gleiche gilt für Geburten, auch die müssen ins Buch eingetragen werden. Und wenn die Eltern es wollen, taufen Sie die Kinder.«

Pastor Ames sah sehr erleichtert aus. »Ich hatte gehofft, dass Sie das sagen. Die anderen Pfarrer und ich haben die

Sache diskutiert, und das war die einzige Möglichkeit, die uns einfiel. Aber wir wollten ein paar Richtlinien, damit wir es alle gleich handhaben.«

Sela fragte sich, warum sie sich diese Richtlinien nicht selbst gegeben hatten. Aber die Menschen waren es gewohnt, Entscheidungen von den Oberen fällen zu lassen. Weil sie bezweifelte, dass sie später dafür verhaftet würde, eine Registrierung »autorisiert« zu haben, konnte sie gern grünes Licht dafür geben. »Wenn alles wieder funktioniert, was Jahre dauern könnte, werden Ehen, die in dieser Zeit geschlossen wurden, sicher gültig bleiben. Also führen Sie alles so gründlich durch wie vorher. Alle Ehen, die Sie schließen, sind ohne Strom genauso legal wie mit.«

»Gott segne Sie«, sagte Pastor Ames.

Später meldete sich eine Nachbarin, die sich nach der Physiotherapeutin erkundigte, die bei Carol gewesen war, weil ihr Vater Rückenschmerzen hatte. Sela war vollkommen ratlos, aber Barb erzählte ihr von Meredith Parsons, was das Rätsel löste, sie aber auch ziemlich verblüffte.

So ging es den Rest des Tages weiter. Vielleicht wollten die Nachbarn nach den traumatischen Ereignissen an der Tankstelle nur freundlich sein, womöglich hofften manche auch, etwas Klatsch zu hören, aber jeder Besuch kostete Zeit, und für jemanden wie Sela, die den Umgang mit anderen Leuten anstrengend fand, war es ermüdend. Dann wachte Carol auf und wollte Antworten auf ihre Fragen. Und Olivia kam in deutlich besserer Laune von dem Besuch bei ihrer Freundin zurück.

Als es dunkel wurde und Barb das Abendbrot auf den Tisch stellte, war Ben immer noch nicht zurück. Sela brachte ihrer Tante ein Tablett mit dem Essen ins Schlafzimmer und erntete einen grimmigen Blick. »Wo ist Ben? Ich will am Tisch essen.«

»Er hat eine Menge zu tun.« Sela versuchte sich ihre Sorge nicht anmerken zu lassen, aber weil sie wusste, was los war, konnte sie nicht anders, als sich Gedanken zu machen. Was, wenn Lawrence Dietrich doch Wind davon bekommen hatte, dass Ted bei Mike gewesen war? Aber einen Gewehrschuss hörte man bis weit durchs Tal, und sie hatte keine Schüsse gehört. Trotzdem sah sie ständig aus dem Fenster und hielt nach sich nähernden Scheinwerfern Ausschau. Sie wünschte, er wäre hier. Sie wollte bei ihm sein.

Und dann war er da. Sela sah das Aufblitzen der Lichter im Fenster und hörte den Motor des großen Trucks in der Auffahrt. Sie war bereits auf der Veranda, bevor er sie erreicht hatte. Ben kam die Stufen hoch und wehrte jede Frage mit einem gemurmelten »Ich erzähl dir alles später« ab und zog sie mit festem Griff um ihre Taille an sich, um ihr einen hungrigen Kuss zu geben.

Barb war bereits dabei, für ihn Teller und Besteck auf den Tisch zu legen, als sie ins Haus kamen. Aus dem Schlafzimmer schrie Carol: »Ben? Ich brauche Hilfe!«

Ben sah Sela an und zog eine Augenbraue hoch. »Sie hat meinen richtigen Namen gesagt. Was hat das zu bedeuten?«

»Sie will was von dir.«

»Das habe ich gehört!«

»Du hörst ja alles«, entgegnete Sela. Ben ging ins Schlafzimmer und kam mit Carol auf dem Arm zurück, die vorsichtig das Tablett mit ihrem Abendessen in den Händen balancierte. Er setzte sie auf einem Stuhl ab und nahm selbst auch Platz. Während die anderen plauderten, konzentrierte er sich auf das Essen. Alles verlief so ähnlich wie am Abend zuvor, als hätte sich bereits eine allgemeine Routine eingestellt. Später spülten Barb und Sela das Geschirr ab und räumten auf, Ben holte noch mehr Feuerholz herein, damit es für die Nacht reichte, und nahm sogar die noch feuchte Kleidung von der Leine. Zusammen mit Olivia hängte er die Wäsche auf einen alten Wäscheständer, den Barb aus ihrem Schuppen geholt hatte. Sie hatten ihn zuerst nicht benutzen wollen, weil er so viel Platz im Wohnzimmer einnahm, aber nun war es doch notwendig.

Als er Carol hochhob, um sie ins Schlafzimmer zurückzutragen, fiel Sela etwas ein. »Ich werde ein bisschen Kaffee einpacken und mit zu mir nehmen.«

»Ich habe welchen von zu Hause mitgebracht«, sagte Ben über die Schulter hinweg, während er Carol durch die Tür in ihr Zimmer bugsierte.

»Das ist gut«, hörte sie Carol sagen. »Männer, die immer vorbereitet sind, gefallen mir.« Es entstand eine kurze Pause, dann ertönte Carols Stimme wieder: »Auf was bist du denn noch vorbereitet?«

»Auf alles, Ma'am. Ich war bei der Marine, da ist man immer auf alles vorbereitet.«

Sela verbarg ihr Gesicht hinter den Händen, hin und her gerissen zwischen einem genervten Stöhnen und Lachen. Sie wagte es nicht, Olivia anzusehen, aber Barbs spielerischem Ellbogenstoß konnte sie nicht entgehen.

»Das ist die beste Antwort, die du geben konntest, Knackarsch.«

Als Ben aus Carols Schlafzimmer zurückkam, war sein Gesichtsausdruck neutral, aber seine Augen funkelten amüsiert.

Sela war so müde, dass ihr fast die Beine wegsackten, aber

das war vergessen, als sie sich verabschiedet hatten und zum Truck hinausgingen. »Wie war dein Tag?«, erkundigte sich Ben, öffnete die Beifahrertür und half ihr auf den Sitz.

»Anstrengend.«

Er ging um die Fahrerkabine herum und setzte sich hinters Steuer, während sie ihm in groben Zügen berichtete, was sie erlebt hatte, ganz so, als wären sie bereits seit Ewigkeiten ein Paar. Sie erzählte ihm kurz von Pastor Ames und ihrem Gespräch über Eheschließungen, von den vielen Leuten, die mit ihr hatten sprechen wollen oder müssen, aber über ihren Tag zu reden, interessierte sie nicht. Als sie in ihre Auffahrt fuhren, erkundigte sie sich nach Lawrence Dietrich.

Ben schilderte, was sie im Großen und Ganzen geplant hatten, während er zwei große Taschen von der Ladefläche des Trucks nahm. Er, Trey, Mike und Cam wollten sich eine Stunde vor dem verabredeten Treffen in einem Versteck neben dem alten Kunsthandwerksladen postieren. Mit etwas Glück würden sie alle sechs Männer ohne Blutvergießen in Gewahrsam nehmen können. Ohne Glück würde es Blutvergießen geben. Bevor sie weiter über die Version ohne Glück nachdenken konnte, erzählte er ihr, dass er bei den Livingstons gewesen war, um nach dem Hund zu sehen und ihnen etwas zu essen zu bringen.

»Er … Sajak schien glücklich zu sein. Als ich ging, rannte er mir nach und wollte mitkommen, aber als Mary Alice sich auf den Schoß geklopft und ihn gerufen hat, ist er sofort zu ihr zurück. Es ist nicht zu übersehen, dass sie ihn schon jetzt abgöttisch liebt.«

Und Ben vermisste den Hund. Das brauchte er nicht zu sagen. Sie umarmte ihn kurz, bevor sie zusammen ins Haus gingen.

Der Abend verlief mehr oder weniger wie der letzte. Ben machte Feuer im Kamin und schleppte die Matratze ins Wohnzimmer. Dann packte er seine Taschen aus und förderte eine beeindruckende Reihe von Waffen zutage, die er im Licht der Petroleumlampe inspizierte. Sela war sich sicher, dass jede in einwandfreiem Zustand sein würde. Aber er war gründlich und wusste, was er tat.

Sie war müde und zufrieden damit, einfach dazusitzen und zu lesen, während er arbeitete. Als sie einen Blick auf die Uhr warf, stellte sie fest, dass es erst kurz vor halb neun war. Ihre Lider wurden schwer und das Buch in ihren Händen ebenso, sodass sie sich seufzend zurücklehnte, den Kopf gegen die Couch stützte und für eine Minute die Augen schloss. Das Nächste, was sie mitbekam, war, dass Ben sie hochhob, und als sie wieder auf die Uhr sah, war es nach neun.

»Ich wollte nicht einschlafen«, murmelte sie.

»Wenn du zu müde bist, können wir …«

»Du machst wohl Witze!«, unterbrach sie ihn.

»Wahrscheinlich.« Er schenkte ihr dieses kleine wunderbare Lächeln, und ihr Herz machte wieder einen Satz. Sie zogen sich gegenseitig aus – nicht so wild und ungeduldig wie am Abend zuvor, aber auch nicht gerade langsam.

Das Vorspiel war auf die feurigen Berührungen beschränkt, die sie austauschten, bevor sie sich hinlegten. Er rollte sich auf den Rücken, zog sie auf sich, und ohne zu zögern umfasste sie seinen Schwanz und führte ihn in sich. Sela hatte das Gefühl, ihr ganzer Körper würde sich fest um ihn schließen, so intensiv spürte sie ihn, groß und heiß, tief in ihr. Mit einem lauten Aufstöhnen lehnte sie sich zurück, um den Kontakt zu intensivieren. Er umfasste ihre Brüste mit seinen großen Händen und rieb mit den rauen Daumen über ihre Nippel, dann packte er ihre Hüften und bewegte sie vor und zurück.

Sie hatte nicht damit gerechnet, dass der Höhepunkt sie so schnell und heftig überfallen würde. Wie aus weiter Ferne, in einer Wolke aus überwältigender Lust hörte sie ihren eigenen heiseren Schrei und war erstaunt über sich selbst. Sie hatte noch nie beim Sex geschrien ... bevor sie Ben gekannt hatte. Er schien sie aus der Reserve zu locken, zeigte ihr neue Welten, Welten, die sich in ihrem Inneren befanden.

Als sie erschöpft auf seine Brust sank, rollte er sich mit ihr herum, sodass sie unter ihm lag, und stieß noch einmal tief in sie. Er konnte sich so weit beherrschen, dass er sich zurückhielt, bis sie ein zweites Mal kam, dann ergab er sich seiner Lust mit einem tiefen, rauen Aufstöhnen.

Zusammen mit Ben vor dem Kamin zu liegen, eingehüllt in ihre Decken, war eins der schönsten Dinge, die Sela je erlebt hatte. Mit einer Hand strich er ihr langsam über den Rücken, massierte sanft ihre Wirbelsäule und streichelte ihren Po. Sie hatte den Kopf auf seine Brust gelegt, lauschte seinem Herzschlag und war sich gleichzeitig bewusst, wie viel Stärke, aber auch Verletzlichkeit darin steckte.

»Hör auf, dir Sorgen zu machen.« Er zog sie noch fester an sich und küsste ihre Schläfe.

»Ich habe gar nichts gesagt«, protestierte sie und sah ihn an.

»Das war auch nicht nötig.«

Sela widersprach ihm nicht, warum auch? Sie versuchte stattdessen lieber, sich auf diesen Moment zu konzentrieren, auf das Jetzt. Sie lagen nackt unter der Decke, wundervoll gewärmt in dieser kalten Nacht, Haut an Haut und die Beine miteinander verschlungen. Das Feuer war bis auf ein paar niedrig lodernde Flammen heruntergebrannt, gerade warm genug. Für den Augenblick war sie wunschlos glücklich.

Nichts weniger als das Ende der Welt, so wie sie sie gekannt hatte, war dafür nötig gewesen.

»Was du zu diesem Pfarrer gesagt hast …«, meldete sich Ben nach einer Weile.

»Ich hab meinen gesunden Menschenverstand eingesetzt.«

»Das glaub ich dir.« Er zögerte. »Wir werden bald keine Kondome mehr haben. Und ich möchte nicht … damit aufhören.« Er streichelte ihre Hüfte, ihre Schenkel.

Sie seufzte. »Ich auch nicht.«

»Wir sollten heiraten.« Seine Stimme klang heiser. »Du brauchst nicht gleich etwas dazu zu sagen. Denk darüber nach, denk gründlich nach. Ich versuche mich zu ändern, aber es ist nicht einfach, mit mir zu leben. Manchmal muss ich einfach allein sein.«

Wie elektrisiert stützte sich Sela auf einen Ellbogen, starrte Ben mit großen Augen im Licht des Feuers an. Er hatte sie gebeten, ihn zu heiraten. Er hatte ihr einen Antrag gemacht. Ihr Herz hämmerte, und sie wollte den Mund öffnen, aber Ben legte ihr einen Finger auf die Lippen. »Ich hab das ernst gemeint. Sag noch nichts. Das ist eine wichtige Sache, und du sollst dir sicher sein.«

Sie schmiegte den Kopf an seine Schulter und unterdrückte das Kichern, das ihr in die Kehle stieg. Also das Schlimmste, was ihm einfiel, war, dass er manchmal lieber allein sein wollte? Für sie galt das Gleiche. Sie brauchten beide Zeit für sich, aus den unterschiedlichsten Gründen. Vielleicht würde dieses Bedürfnis nach Ruhe ihnen zu einem friedlichen Miteinander verhelfen. Und wenn er wollte, dass sie sich Zeit nahm, um zu antworten, würde sie warten. Vielleicht brauchte er selbst ja auch Zeit, um sich an die Vorstellung zu gewöhnen, auch wenn er es war, der den Vorschlag gemacht hatte.

Verheiratet. Mit Ben. Ja, bitte. Oh Gott, ja. Ja, und hundertmal ja. Ja, ja, ja.

Sie lagen schweigend zusammen. Als sie hochsah, starrte er mit abwesendem Blick in die Flammen. Ein Heiratsantrag war etwas Großes, aber sie vermutete trotzdem, dass seine Gedanken bereits zu der möglichen Schießerei am folgenden Tag gewandert waren. Es könnte Tote geben, und er kannte sich in dieser Hinsicht wahrscheinlich besser aus als jeder andere in Wears Valley. Welche Kämpfe er auch hinter sich haben mochte, er trug sie noch immer in sich.

Sie könnte ihn morgen verlieren.

Das war eine ganz besondere Folter, jemanden zu lieben, der an vorderster Front kämpfte. Stolz vermischte sich mit dem leisen Grauen davor, dass ihre zweite gemeinsame Nacht die letzte sein könnte. Sie umfasste ihn noch fester, presste die Finger in seine harten Rückenmuskeln.

Er glitt mit einer Hand zwischen ihre Beine und reizte sie mit seinen rauen Fingern. »Ich kann dich eine Weile ablenken.«

Sela schloss die Augen und seufzte. »Ja, das kannst du.«

Dann war er in ihr, bewegte sich in ihr, sorgte dafür, dass sie die Welt jenseits ihrer Matratze vergaß. »Ich kann nicht genug von dir bekommen«, flüsterte er heiser an ihrem Ohr.

Der Höhepunkt erschütterte sie bis ins tiefste Innere, und Ben folgte ihr.

24. Kapitel

Eine Stunde vor dem von Lawrence angesetzten Meeting hatten Ben, Mike, Trey und Cam neben dem verlassenen Kunsthandwerksladen, keine zwei Kilometer Luftlinie von Selas Haus entfernt, Stellung bezogen. Wenn man aber die gewundenen Bergstraßen dorthin fuhr, kam es einem weiter vor. Die Umgebung des Gebäudes sah genauso aus, wie Leigh sie beschrieben hatte, und bot ihnen eine gute Deckung. Ben hatte überlegt, ob es günstiger wäre, zu Fuß zu gehen und so weniger Aufmerksamkeit zu erregen, doch dann hätten sie ihre Fahrzeuge nicht in der Nähe gehabt, falls sie schnell wegkommen müssten. Daher hatte er beschlossen, bis zu einer Scheune etwa siebenhundert Meter entfernt zu fahren und die Autos dort zu verstecken.

Er hätte noch mehr Männer gebrauchen können, aber je mehr von diesem Plan erfahren hätten, desto größer wäre die Gefahr gewesen, dass jemand sich verriet. Nicht nur das, es wäre auch schwieriger gewesen, mehr als vier Männer zu verstecken. Vier mussten reichen, und er vertraute den anderen dreien instinktiv, genauso wie den beiden, die Carols Haus bewachten.

Harley und Darren waren dort postiert, während die Frauen drinnen warteten. Ben glaubte nicht, dass es dort Ärger geben würde, aber er wäre verdammt, wenn er nicht vorgesorgt hätte. Diese Mistkerle hatten Sela schon einmal fast umgebracht, und einmal war genug.

Direkt vor dem einstöckigen Haus – ein dunkler Holzwürfel, der ziemlich billig gebaut zu sein schien – gab es keine Möglichkeit, sich zu verstecken. An der Straße stand ein bereits verblasstes Schild, das Kunsthandwerk und hausgemachte Konfitüre anbot. Ben hatte keine Ahnung, wie lange der Laden bereits geschlossen war, aber die Aufschrift war so weit verblasst, dass sie kaum noch zu entziffern war, und die Büsche waren an der Fassade bis zu den Fenstern herangewachsen. Ben und die Männer, die er ausgewählt hatte, waren an der Rückwand und zu beiden Seiten des Gebäudes postiert. Die beiden, die seitlich vom Haus wachten, konnten den Eingang am besten sehen, die Stufen und die breite rustikale Eingangsveranda. Der Parkplatz war im Ganzen zu überblicken.

Zehn Minuten vor der vereinbarten Zeit erschienen Wesley und ein anderer Mann und betraten den Laden. Ben konnte nicht allen Gesichtern einen Namen zuordnen, so wie Mike. Aber Mike konnte ihm jetzt nicht helfen, er befand sich auf der anderen Seite. Sie hatten Walkie-Talkies dabei, doch die waren nur für den äußersten Notfall gedacht. Es war nicht notwendig, das Risiko einer Entdeckung einzugehen.

Ein paar Minuten später trafen zwei weitere Männer ein, von denen einer unübersehbar hinkte. Das musste Patrick sein, den Olivia – oder Sela – während des Angriffs auf die Tankstelle verwundet hatte.

Der Zeitpunkt des Treffens war gekommen und vergangen, aber kein Lawrence war in Sicht. Noch ein anderer Mann fehlte, aber Ben hätte nicht sagen können, wer es war. Er schätzte, es könnte sich um Jeremy, Lawrences Bruder, handeln.

Das gefiel ihm nicht. Er hatte ein ungutes Gefühl, dass der Mann, der das Treffen einberufen hatte, nicht erschienen war. Das war gar nicht gut.

Ted kam auf den Parkplatz gefahren, stellte den Wagen ziemlich schräg ab und blieb eine Weile hinter dem Steuer sitzen, bevor er die Tür öffnete und ausstieg. Dieser Mann hätte einen lausigen Spion abgegeben. Er sah blass aus, und selbst von seiner Position aus konnte Ben erkennen, wie nervös er war.

Teds Aufgabe war es, die Gruppe von Männern, und zwar alle, vor das Gebäude zu locken. Entweder indem er das Treffen als beendet erklärte oder es auf die Eingangsveranda verlegte. Dort auf dem freien Gelände würden Ben und die Männer der Gemeinde-Patrouille sie einkesseln und festnehmen. Es hatte eine Diskussion darüber gegeben, was man anschließend mit ihnen machen sollte. Sie zu töten wäre Mord gewesen, wenn es nach dem geltenden Gesetz ging – wobei es zurzeit keine Gesetzeshüter gab. Aber wenn sie die Männer einsperrten, wo sollten sie sie unterbringen? In Wears Valley gab es kein Gefängnis, und sie festzuhalten würde auch bedeuten, dass die Gemeinde dafür verantwortlich wäre, sie zu ernähren und in geheizten Räumen unterzubringen.

Für Ben gab es daher nur zwei Möglichkeiten: sie zu töten oder zu verbannen. Doch auch wenn diese Männer eine Bedrohung waren, hatten sie nichts getan, das die Todesstrafe rechtfertigen würde. Die beste Lösung, die ihm einfiel, war, die Gruppe aufzuteilen und in verschiedene Richtungen zu transportieren, wo sie dann ohne Waffen und mit einer Tagesration Essen ausgesetzt würden. Vermutlich würden sie dann anderen Leuten Ärger machen, aber darüber konnte er sich jetzt keine Gedanken machen. Er musste sich darauf konzentrieren, seine eigene kleine Welt zu schützen.

Sie hatten auf Sela und Olivia geschossen. Sie mussten gehen, so oder so.

Weitere Minuten vergingen, und immer noch erschien kein Lawrence und auch kein Jeremy. Hatten sie Ärger gerochen? Oder verspäteten sie sich einfach nur aus diesem oder jenem Grund? Es waren Junkies, niemand wusste, was sie abgelenkt haben mochte.

Das Warten machte Ben mürbe. Er hatte tagelang in Hinterhalten ausgehalten und mehr Geduld aufgebracht als jetzt, wo er darauf wartete, Lawrence Dietrich zwischen die Finger zu bekommen.

Die angespannte Stille wurde durch einen Gewehrschuss erschüttert, der aus dem Inneren des Gebäudes heraushallte. Sofort sprang Ben auf und rannte zum Haus hinüber, die anderen drei ebenfalls, zwei liefen zum Vordereingang, zwei zum Hintereingang.

Ben betrat das Gebäude als Erster, dicht gefolgt von Mike. Vom anderen Ende des Raumes war das Zersplittern von Holz zu hören, als Cam und Trey durch die verschlossene Hintertür einbrachen.

Vier Männer, die sich im Hauptraum neben der ehemaligen Kasse versammelt hatten, sahen sich überrascht um. Alle vier waren bewaffnet, der eine mit einem Gewehr, die anderen drei mit Handfeuerwaffen. Ted lag gekrümmt am Boden und schrie: »Warte, nicht!« Er blutete stark aus einer Wunde in der Brust, und Ben wusste sofort, dass es für ihn nicht gut aussah. Patrick hatte sein Gewehr auf Teds Kopf gerichtet, um seinen Job zu vollenden.

Als er die Männer bemerkte, schwenkte er die Waffe zu

Ben und Mike herum, und Ben schoss. Die Gewehrkugel hätte einen Hirsch zu Fall gebracht, und es warf Patrick fast einen Meter nach hinten, bevor er in ein leeres Regal stürzte und dann zu Boden fiel. Die anderen drei Männer stoben auseinander wie Kakerlaken und suchten orientierungslos nach Schutz, nachdem die Patrouillenmitglieder nun von vorn und hinten angerückt kamen. Aber sie gaben nicht so schnell auf, noch während sie sich verteilten, schossen sie auf die anderen. Ben war schneller als alle, seine Reaktion reiner Instinkt nach Jahren des Trainings. Wesley feuerte und zielte daneben, Bens Schuss traf ihn zwischen die Augen. Er kippte nach hinten, tot, noch bevor er den Boden berührte. Mikes Zielsicherheit war nicht ganz so gut wie Bens, aber er traf einen der Männer am Arm. Mit einem Aufschrei wirbelte er herum, stürzte und hob die Pistole erneut.

Cam schoss, aber er zielte zu hoch. Trey ging in die Knie und erledigte den verletzten Schützen, aber nicht bevor der noch einen Schuss auf Mike abfeuerte. Mike stolperte vorwärts und fiel. Cam kickte dem verwundeten Schützen die Pistole aus der Hand, sodass die Waffe in weitem Bogen wegflog.

Mit dröhnenden Ohren und dem Brennen von Schießpulver in Nase und Augen beugte sich Ben zu Mike hinunter, um zu überprüfen, wie schwer er verwundet war. Der Schuss hatte ihn unter dem Arm getroffen, keine lebensbedrohliche Wunde, solange sie sich nicht infizierte, aber äußerst schmerzhaft.

»Wie geht es?«, fragte er ruhig, zog sein Messer aus der Tasche und schnitt ein Stück aus Mikes Hemdsaum, um einen Verband damit herzustellen. Dann nahm er eine Packung des blutstillenden Puders aus der Cargotasche seiner

Hose, streute etwas über die Wunde, bedeckte sie mit dem Stoff und presste ihn fest.

»Ziemlich beschissen«, krächzte Mike.

»Vorsicht!«, rief Ted und stöhnte gleich darauf laut auf. Ben wirbelte noch auf den Knien herum. Patrick hatte sich trotz der klaffenden Wunde in der Brust in eine halb sitzende Position gerappelt und versuchte, sein Gewehr in Stellung zu bringen. Ben rollte zur Seite und gab einen weiteren Schuss ab. Patrick erschauerte, und das Gewehr fiel ihm aus der erschlafften Hand. Jetzt war der Mistkerl wirklich tot, Ben verfluchte sich, weil er es nicht schon beim ersten Mal überprüft hatte. Diesmal ging er zu dem Mann hinüber und hob das Gewehr auf, obwohl kein Zweifel bestand, dass Patrick nicht mehr aufstehen würde.

Drei Männer tot, drei verwundet.

Schnell sah Ben nach Ted, der inzwischen keinen Ton mehr von sich gab. Er war bewusstlos, was für ihn sicher am besten war. Ben riss sein Hemd auf und fluchte. Teds Wunde war weit gefährlicher als Mikes. Selbst mit einem Krankenhaus in der Nähe hätte er nur eine Chance von fünfzig zu fünfzig gehabt. Jetzt, wo sie keine medizinische Versorgung zur Verfügung hatten, glaubte Ben nicht, dass er es schaffen würde. Zumindest aber konnte er Erste Hilfe leisten, wie bei Mike. Schaumige Luftblasen in der Wunde zeigten Ben, dass Teds Lunge getroffen war.

»Wie geht es ihm?«, erkundigte sich Mike, der schwer atmend versuchte aufzustehen.

Ben schüttelte schweigend den Kopf und packte Mikes unverletzten Arm, um ihm aufzuhelfen.

Weil noch immer dieses unruhige Gefühl in Ben nagte, ging er zu Trey hinüber, der seine Waffe auf den vierten verwundeten Mann gerichtet hatte, und kniete sich neben ihn. »Wo ist Lawrence?«

Der Mann lachte nur. Auf das kurze Lachen folgte ein krächzendes Husten, dann ein Stöhnen. Er sah nicht gut aus, aber Ben würde kein blutstillendes Puder oder Mitleid an ihn verschwenden.

Mike beugte sich mit schmerzverzerrtem Gesicht hinunter. »Komm schon, Kyle«, sagte er. »Es besteht kein Grund, Dietrich zu decken, der euch den Wölfen zum Fraß vorgeworfen hat, ohne mit der Wimper zu zucken. Was zum Teufel machst du hier überhaupt?«

Kyle verzog das Gesicht. »Ich hab dich immer gemocht, Mike, aber diese Scheiße hier … Ich will nicht abkratzen, ich will nicht verhungern, und ich will ganz sicher nicht zulassen, dass Leute, die sich um mich und meine Leute keinen Dreck scheren, mir sagen, was ich zu tun habe. Lawrences Plan schien okay zu sein. Kein Grund, alles den anderen zu überlassen.«

Mike schüttelte den Kopf. »Du konntest nicht ohne deine Drogen und hast gedacht, dass du auf diese Weise leichter drankommst. Mann, ich kannte deine Mutter. Sie hätte sich für dich geschämt.«

Kyle schnaufte. Wenn ihn interessiert hätte, was seine Mutter dachte, hätte er sich nicht mit Dietrich eingelassen. Er warf Ted einen Blick zu und sah dann zu Ben hoch. »Lawrence dachte, Parsons könnte uns nutzen, aber wir haben ihn die letzten beiden Tage beobachtet. Ihr denkt vielleicht, dass ihr jetzt gewonnen habt, aber wartet nur ab. Lawrence und Jeremy kümmern sich um die Frauen.« Wieder lachte er, dann hustete er und hörte auf zu atmen.

Mit einem Ruck schoss Ben hoch, das Höllenfeuer loderte

in seinem Blick. Er raste zur Tür und fluchte jede Sekunde, die er brauchte, um zu seinem Truck zu gelangen.

Sela.

Sela tigerte in Carols Wohnzimmer auf und ab. Das war der längste Nachmittag ihres Lebens. Sie hasste es, zu warten, und noch mehr hasste sie es, sich Sorgen machen zu müssen.

Ben war in Gefahr, und das machte ihr höllische Angst. Er konnte besser auf sich aufpassen als alle anderen, aber trotzdem sorgte sie sich um ihn. Das würde immer so sein. So war das, wenn man jemanden liebte, und sie hatte sich jemanden ausgesucht, der nicht zögerte, sein Leben aufs Spiel zu setzen, wenn es nötig war. Hatte sich jemals irgendjemand um ihn Sorgen gemacht? Ben tat so, als müsste niemand Angst um ihn haben. Er war ein harter Kämpfer, in der Lage, jede gefährliche Situation zu meistern, er brauchte nichts und niemanden.

Aber jeder brauchte jemanden, der sich um ihn kümmerte. Dieser Jemand für Ben war sie, das würde sie von nun an immer sein.

Wenn alles gut lief, würde die Angelegenheit schnell vorüber sein. Wenn es nicht gut ging, war sie vorbereitet – nicht darauf, Ben zu verlieren, aber darauf, ihre Familie und Freundinnen zu beschützen, so gut sie konnte. Vorsichtshalber hatte sie ihr Gewehr Kaliber 22 mitgebracht. Sela lief nicht mit der Waffe in der Hand im Zimmer umher, aber sie war griffbereit. Wahrscheinlich würde sie das Gewehr nicht benötigen, sie hoffte inständig, dass es nicht notwendig wäre, aber sie hatte es auf alle Fälle dabei.

Meredith, Carol und Barb waren in Carols Zimmer, Carol lag auf ihrem Bett, Meredith und Barb saßen auf Stühlen, die sie sich aus dem Wohnzimmer geholt hatten. Sie tranken Wein aus winzigen Pappbechern, nippten und kosteten, waren darauf bedacht, nicht zu viel zu trinken. Carol hatte darauf gedrängt, dass sie einen klaren Kopf behielten, falls etwas schiefging … Als wenn die drei bei Problemen eine große Hilfe gewesen wären. Carol hatte an diesem Morgen ihre Gehhilfen ausprobiert, um allein zu ihrer tragbaren Toilette zu humpeln, aber diese Aktion war ziemlich anstrengend und schmerzhaft gewesen.

Ab und zu hörte Sela sie lachen. Okay, warum auch nicht? Sie tranken Wein, wenn auch winzige Becher. Sie unterhielten sich darüber, wie sich die Dinge verändert hatten und was noch auf sie zukommen könnte. Barb hatte Meredith Ratschläge für das Kochen auf offenem Feuer gegeben, eine Fertigkeit, die jetzt jeder erlernte.

Zwei Männer der Gemeinde-Patrouille hielten draußen vor dem Haus Wache. Harley stand vorn, Darren hatte sich an der Hintertür postiert. Ben hatte genug Erfahrungen im Kampf, um zu wissen, dass die Dinge nie so liefen wie geplant und man nie wusste, wo der Hase lang lief. Ein Loser wie Lawrence machte Sela womöglich für das verantwortlich, was bei der Tankstelle passiert war, deshalb war sie für ihn eine Feindin. Wie auch immer die Konfrontation in dem Kunsthandwerksladen verlief, Lawrence würde Sela die Schuld geben, und wenn er entkommen konnte …

Olivia saß auf der Couch. Gleich nachdem Ben und die anderen das Haus verlassen hatten, hatte sich ihre Nichte Carols 22er-Gewehr geschnappt, und ihr entschlossener Gesichtsausdruck war fast komisch gewesen. So wie Sela hatte sie sich dann irgendwann entspannt und die Waffe beiseitegelegt, in eine Nische neben der Treppe. Was sagte das über die Welt aus, in der sie gerade lebten und in der Olivia mit ihren fünfzehn Jahren nicht das erste Mal in eine gefährliche Situation geriet. Sie hatte bereits bewiesen, dass sie mit einer Krise klarkam.

Alles blieb ruhig. Vielleicht war noch nichts passiert. Womöglich verlief alles reibungslos, ohne dass ein einziger Schuss fiel. Sollten sie doch Schüsse hören, die aus der Richtung des Treffpunkts oder von woanders herkamen, würden sie sofort zu ihren Gewehren greifen und bereit sein.

Sela sah auf die Uhr, während sie vor dem langsam ausgehenden Feuer hin und her lief. Für etwa eine halbe Minute setzte sie sich zu Olivia auf die Couch, bevor sie wieder aufstand und ihr nervöses Herumtigern wiederaufnahm.

Alles würde gut gehen. Ben würde sich um die Männer kümmern, die ihre eigene kriminelle Organisation geplant hatten, und das wäre es dann.

Alles würde gut gehen. Ben würde jeden Moment an die Tür klopfen und ihr sagen, dass alles glatt verlaufen wäre.

Alles würde gut gehen. Das Leben konnte doch nicht so grausam sein und ihr Ben nehmen, nachdem sie ihn gerade erst gefunden hatte.

Sela atmete tief durch, versuchte sich zu beruhigen, dann ging sie zum Kamin, legte etwas Holz nach und stocherte in der Glut, damit es sich entzündete.

Auf einmal hörte sie aus der Ferne Schüsse, viele Schüsse. Olivia sprang von der Couch auf und ging zur Treppe, um ihr Gewehr zu holen. Auch Sela wirbelte herum, um sich ihres zu schnappen. Bevor eine der beiden ihre Waffe in der Hand hielt, wurde die Vordertür eingetreten, und Lawrence Dietrich stand im Wohnzimmer.

Hinter ihm konnte Sela durch die offene Tür den bewegungslos am Boden liegenden Harley sehen, daneben eine Blutlache. Dietrichs Ärmel und Stiefel und die Vorderseite seiner schweren Jacke waren ebenfalls voller Blut.

»Meine Damen!« Dietrich richtete sein Gewehr grinsend auf Sela.

Sela gefror das Blut in den Adern, aber trotzdem funktionierte sie. Sie machte Olivia ein Zeichen, in Carols Schlafzimmer zu gehen, und nach einem kurzen Zögern gehorchte das Mädchen, ging rückwärts mit kleinen Schritten zur Tür, bis sie in Carols Raum verschwunden war. »Was geht da draußen vor?«, rief Carol, verstummte jedoch gleich darauf, als Olivia ihr die Antwort zuflüsterte.

Sela sah nicht zu ihrem Gewehr hinüber, aber sie wusste genau, wo es sich befand und wie weit es von ihr entfernt war. Es war nicht nahe genug, nicht im Entferntesten nahe genug. Und selbst wenn sie danach hätte greifen können, hätte sie gegen Lawrence mit seinem Jagdgewehr keine Chance. Gewehrkugeln durchdrangen auch Wände. Wenn er zu schießen begann, würden sich die anderen in Carols Schlafzimmer in der Schusslinie befinden. Das musste sie verhindern. Sie wusste nicht, wie, aber es musste einen Weg geben, wenn sie nur die Nerven behielt und am Leben blieb.

Ohne sein Ziel aus den Augen zu lassen, ging Lawrence mit erhobenem Gewehr zur Hintertür und ließ seinen Bruder Jeremy herein. Während die Tür offen stand, konnte Sela einen Schuh sehen. Darren war ebenfalls überwältigt worden. Ob tot oder verletzt konnte sie nicht sagen, aber wenigstens war Jeremy nicht mit Blut besudelt.

Auf Anweisung seines Bruders sammelte Jeremy die beiden 22er-Gewehre ein und packte sie außer Reichweite von Sela neben die Eingangstür. Lawrence hatte sich gedreht, sodass er mit dem Rücken zu Carols Zimmertür stand. Durch die offene Tür sah Sela Meredith, die sich ihm heimlich näherte. Großer Gott, war das eine Vase, die sie da in den Händen hatte? Meredith hatte Mut, aber … eine *Blumenvase*? Sela warf ihr kurz einen Blick zu und schüttelte unmerklich den Kopf, warnte sie, sich zurückzuhalten. Das könnte schnell zum Desaster werden, nur eine falsche Bewegung reichte.

»Ich schätze, du hast die Schüsse gehört«, sagte Lawrence zu Sela. »Was die wohl bedeuten? Wer hat überlebt? Deine Jungs oder meine? Wenn es meine sind, was ich vermute, dann sitzt du in der Patsche. Obwohl … Du sitzt sowieso in der Patsche, weil ich das hier habe …« Er hob das Gewehr ein kleines Stück an. »Und du nicht. Buhu. Zu dumm für dich, dass ich Parsons nicht getraut habe. Schade eigentlich, ich hab's immer vorgezogen, die Dinge auf einfache Art zu regeln, aber diesmal … Diesmal war es ein Fehler.«

Er schwenkte das Gewehr zur Seite, sodass die Mündung für einen Augenblick zur Eingangstür zeigte, dann zielte er wieder auf Sela. »Ich hoffe, dieser Mistkerl Jernigan kommt jede Minute angerannt, um dich zu retten.«

Sela hob vorsichtig eine Hand, als könne sie so eine Gewehrkugel abfangen. »Warum?«, fragte sie. Rede, lass ihn erzählen. Sie musste Zeit schinden.

»Damit er sehen kann, wie ich dir dein Gesicht wegschieße, bevor ich ihn abknalle«, entgegnete Lawrence mit einem schmierigen Grinsen. »Wir müssen sowieso was gegen ihn unternehmen, und zwar schnell. Seit er sich eingemischt hat, geht er uns auf die Nerven.«

»Warum macht ihr das? Du und deine Freunde, ihr habt alle euren Anteil Benzin bekommen. Wir haben uns die größte Mühe gegeben, jeden zu berücksichtigen. Wenn wir alle zusammenhalten, können wir das gemeinsam durchstehen, auch wenn es nicht einfach ist.« Sela versuchte möglichst neutral zu klingen, eher verwundert als aggressiv.

Außerdem hatte sie gelogen. Nicht alle würden überleben. Selbst in der Welt, in der sie früher gelebt hatten, mit elektrischem Strom, moderner Medizin und anderen Annehmlichkeiten, hatte nicht jeder überleben können. Und jetzt hing ihre Existenz am seidenen Faden.

Aber Ben war ein Überlebenskünstler. In jedem Kampf zweier halbwegs gleich starker Gegner würde sie auf ihn wetten. Lawrence dachte, seine Männer hätten gesiegt, aber das glaubte sie nicht. Ben war auf dem Weg hierher, da war sie ganz sicher. Wenn sie Lawrence nur lange genug hinhalten konnte …

Dietrich lachte. »Dachtest du, deine albernen kleinen Zwanzig-Liter-Eimer würden Wunder bewirken? Wir brauchen mehr Benzin, als du uns geben wolltest. Wir müssen Ausflüge in andere Gegenden machen und möchten danach gern wieder nach Hause kommen.«

»Ausflüge?« Wohl eher Raubzüge.

Er verzog verächtlich den Mund. »Manche von uns brauchen mehr als eine Dose Bohnen. Meine Frau, Zoe, braucht ihre Pillen. Ohne ist sie ein Nervenbündel. Darum muss ich unbedingt eine Marihuana-Farm in Maryville besuchen. Und wer weiß, welche Vorräte einige Leute in Wears Valley noch haben? Mit all dem Trauma und Stress hier. Wir könnten eine Menge verdienen in diesem Geschäft, vor allem mit Meth. Aber dafür brauche ich Benzin, und das hast du vermasselt. Warum hast du mit deinem Hintern nicht zu Hause gesessen statt in deiner Tankstelle? Jetzt muss ich von Haus zu Haus gehen, um mir das Benzin zu holen. Dabei werden ein paar Leute verletzt werden, und das ist alles deine Schuld, aber im Prinzip bist du nur ein kleines Licht. Ich werde diesen Scheißdreck überleben und am Ende reich dabei werden.«

»Aber es werden Leute sterben …«

»Nicht mein Problem.« Er war ein paar Schritte nach hinten gewichen, hatte sich dabei Carols Tür genähert und warf nun einen Blick über die Schulter. Was sah er, was ging da drinnen vor sich? Hatte Meredith immer noch diese Vase in den Händen? Carol saß sicher auf ihrem Bett und drehte vermutlich schier durch, denn sie konnten alles hören, was Dietrich von sich gab. Was machte Olivia? Olivia war ein Unsicherheitsfaktor, sie war bei der Schießerei in der Tankstelle beteiligt gewesen. Sie könnte womöglich versuchen, Dietrich von hinten anzugreifen. Aber glücklicherweise bewegte er sich wieder von der Tür weg, nachdem er einen Blick ins Zimmer geworfen hatte, und kam auf Sela zu, die in der Mitte des Wohnzimmers stand.

»Jeremy.« Er grinste Sela verächtlich an. »Kümmer dich um die Damen im Schlafzimmer.«

Jeremy ging in einem großen Bogen um Sela herum zur Tür und sah in Carols Zimmer. »Du meinst, ich soll sie fesseln?«

»Nein, das meine ich nicht«, zischte Lawrence. »Bei einem Putsch musst du die ehemalige Regierung auslöschen. Also, auf geht's.«

»Aber …«

»Schneid ihnen die Kehle durch oder erschieß sie. Deine Entscheidung.«

Entsetzt verfolgte Sela den Wortwechsel. Sie bemerkte, dass Jeremy blass wurde, das bildete sie sich nicht ein. Sie kannte ihn nicht, wusste nur, dass er Lawrences Bruder war, und auch das wusste sie nur von Ted. War er ein Mann, der tat, was sein Bruder befahl, egal was?

Sie musste etwas unternehmen. Sela grübelte angespannt, aber ihr fiel nichts anderes ein, als das Risiko einzugehen und sich auf Lawrence zu stürzen. Wenn sie die beiden Männer nur einen Moment ablenken könnte, nur einen kurzen Augenblick, könnten die anderen vielleicht fliehen oder die Tür verbarrikadieren – irgendetwas tun, um sich zu retten.

Jeremy ließ den Arm sinken. Er hatte sein Gewehr noch in der Hand, es aber auf niemanden gerichtet. »Ich töte keine alten Frauen und Mädchen.«

Lawrence wirbelte wütend zu seinem Bruder herum. »Verdammt noch mal, du warst schon immer ein Feigling. Dann mach ich's selbst!«

Jetzt blieb keine Zeit für Planungen und Berechnungen, Sela sprang einfach mit dem Mut der Verzweiflung auf ihn zu. Sie rammte Lawrence mit aller Kraft die Schulter von hinten in die Hüfte, sodass er stolperte und nach vorn stürzte, aber nicht fiel. Sie umklammerte seine Beine und zog mit solcher Wucht, dass sie selbst strauchelte und zu Boden fiel. Ihr wurde übel, als sie mit dem Gesicht so dicht vor seinen blutbefleckten Stiefeln landete. Wieder war er nur leicht gestolpert, hatte sich aber schnell gefangen. Sie griff nach seinen Knöcheln und riss daran, dann hob sie die Beine und trat ihm mit aller Kraft in die Kniekehlen.

Wieder stolperte er nach vorn, aber der Mistkerl wollte einfach nicht zu Boden gehen. Verzweifelt versuchte sie, sich aufzurappeln, aber Lawrence hatte sich umgedreht und verpasste ihr einen so harten Tritt, dass sie auf dem Rücken landete und ihr fast die Luft wegblieb. Er verpasste ihr einen weiteren Tritt in die Seite, gegen das Bein und fluchte jedes Mal laut. Der Schmerz war unbeschreiblich und lähmte sie. Benommen sagte sie sich, dass sie sich wehren müsste, aber in diesem Augenblick konnte sie sich nur wegrollen und die Arme schützend vor den Kopf halten.

Jeremy wich mit erhobenen Händen von der Schlafzimmertür weg, als wolle er zeigen, dass er mit alldem nichts zu tun hätte. Über Lawrences Schulter bemerkte sie eine Bewegung. Meredith kam mit der Vase näher, während Barb – Barb! – eine von Carols Krücken schwang. Olivia hatte die zweite genommen.

Irgendwie fand Sela die Kraft, sich wegzurollen, und hoffte verzweifelt, dass Lawrence sich weiter auf sie konzentrierte und die Frauen mit ihren bemitleidenswerten Waffen nicht bemerkte. Sie rollte sich bis zur Couch, wo sie stecken blieb. Sofort stürzte sich Lawrence auf sie wie ein Racheengel, das Gesicht vor Wut verzerrt. Sie schloss die Augen, wartete auf den Gewehrschuss, der sie umbringen würde, oder auf den nächsten wilden Fußtritt. Vielleicht war sie nicht in der Lage gewesen, sich selbst zu retten, aber vielleicht schafften es die anderen nach draußen, irgendwie. Ben, dachte sie.

Der Schuss war ohrenbetäubend.

Sie spürte keinen Schmerz. Was …?

Sela öffnete die Augen und sah Lawrence einen halben Meter entfernt merkwürdig verdreht zusammengesunken auf dem Boden. Zitternd rappelte sie sich auf, wollte nur weg von hier, solange sie konnte. Doch dann kniete auf einmal Ben neben ihr und schlang die Arme um sie, drückte sie fest an sich.

»Bist du verletzt?«, fragte er heiser. Seine Stimme war so rau und so wunderbar nahe.

»Ich dachte, er bringt mich um«, sagte sie benommen und verstand immer noch nicht, was vorgefallen war.

»Bist du verletzt?«

»Er wollte uns alle töten, Carol und Olivia und …«

»Bist du verletzt?«, schrie Ben jetzt.

Sie blinzelte und blickte hoch in diese blitzenden, wunderbaren grünen Augen. »Nein.« Das war gelogen. Ihre Hüfte brannte wie Feuer, dort wo Lawrence sie getreten hatte, ihr Bein fühlte sich taub an. Sie fürchtete, das Taubheitsgefühl würde jede Minute verschwinden, und sie wusste schon jetzt, dass sie es sich dann sehnlichst zurückwünschen würde. Aber sie lebte. Sie war nicht erschossen worden, und das war schon mal ein großes Glück.

Ben half ihr auf die Füße, ließ sie nicht los. Das war gut, denn ihr Bein schien unter ihr nachzugeben. Sie hatte auch sowieso nicht die Absicht, ihn in nächster Zeit wieder loszulassen.

Lawrence war zweifellos tot, sein halbes Gesicht fehlte. Sela verbarg den Kopf an Bens Schulter, ihr wurde übel bei dem Anblick. Jeremy stand an der Seite, ohne Waffe, bleich, den Blick auf Treys Gewehrmündung gerichtet, ohne auf die Vase in Merediths hoch erhobenen Händen und die geschwungenen Krücken, die ihn bedrohten, zu achten.

»Lawrence hat ihm befohlen, die anderen umzubringen, aber er wollte es nicht tun«, sagte Sela, das Gesicht immer noch in Bens Hemd vergraben. Sie befürchtete, dass er Jeremy sonst gleich hier exekutieren würde. Vielleicht sollte er es tun. Sie wusste nicht, was er sonst noch getan hatte, ob Darren verletzt oder gar tot war, ob Harley, der an der Vordertür gestanden, bei Lawrences Eintreffen vielleicht nicht mehr gelebt hatte. Aber sie wusste, dass Ben und Trey nicht mehr rechtzeitig gekommen wären, wenn Jeremy getan hätte, was sein Bruder ihm befohlen hatte.

Der strenge Geruch von Tod beherrschte den Raum. Olivia kam weinend zu ihr gelaufen. Ben ließ Sela nicht los, zog aber Olivia auch in seine Umarmung.

Sela versuchte praktisch zu denken, versuchte ihre Gedanken vom Tod, der sie umgab, abzulenken, aber sie fühlte sich einfach nur benommen und so erleichtert, dass sie alles andere vergaß. Carol, Olivia, Barb und Meredith waren noch am Leben. Sie hatte sich auf das Schlimmste gefasst gemacht, und das war nicht eingetroffen, doch sie war noch immer nicht in der Realität angekommen.

Es war Barb, die ein lautes Stöhnen von sich gab, als ihr Blick auf den Toten am Boden fiel. »Das wird ja ewig dauern, diese Schweinerei wieder sauber zu machen!«, rief sie empört.

Aus dem Schlafzimmer kamen Carols heisere, abgehackte Schluchzer. Olivia befreite sich aus der Umarmung und rannte zu ihrer Großmutter. »Alles ist gut, Gran«, hörte Sela ihre Nichte sagen. »Es ist vorbei, uns geht es gut.«

»Gut« war allerdings etwas übertrieben – ziemlich übertrieben.

Zwei von der Gemeinde-Patrouille und ihre nächsten Nachbarn kamen einer nach dem anderen herein. Ben führte Sela zu einem Stuhl, und Barb brachte ihr Wasser. Währenddessen konnte Sela die geflüsterte Unterhaltung der Männer hören: Darren war bewusstlos geschlagen worden, aber inzwischen zu sich gekommen und würde sich bestimmt wieder erholen … doch Harley war tot. Lawrence hatte ihm die Kehle durchgeschnitten, er hatte keine Chance gehabt.

Harley. Tränen traten Sela in die Augen, während sie in ihr Glas Wasser starrte. Er war so ein freundlicher Mensch gewesen, hatte immer ausgeholfen, so gut er konnte. Er hatte früher zu jenen gehört, die auf dem Highway anhielten, um Fremden zu helfen, die Probleme mit dem Auto hatten, war derjenige gewesen, der Fleisch räucherte und es Familien brachte, die nichts hatten.

Wenn Lawrence nicht schon tot gewesen wäre, hätte sie ihn in Stücke gerissen.

Jeremys Hände waren mit Kabelbinder gefesselt, als ihn die Männer aus dem Haus führten. Sela hatte keine Ahnung, wohin sie ihn brachten, und es interessierte sie auch nicht.

Meredith sah sich stumm im Wohnzimmer um. Auf einmal riss sie besorgt die Augen auf. »Wo ist Ted?«

Ben atmete tief durch und seufzte. Langsam streckte er den Arm aus und legte ihr eine seiner großen Hände auf die Schulter. »Er wurde angeschossen.«

Meredith holte erschrocken Luft, und Tränen liefen ihr über das blasse Gesicht. »Wie schlimm ist es?«

»Sehr schlimm«, sagte Ben zögernd. »Er lebt noch, aber … ich weiß nicht, wie lange noch.«

25. Kapitel

Die Bewohner von Wears Valley waren nach diesen gewalttätigen Ereignissen aufgewühlt. Fünf der sechs Männer, die den Aufstand angezettelt hatten, waren tot, aber was sollten sie mit Jeremy anfangen? Er hatte sich geweigert, die Frauen in Carols Haus zu töten, aber er hatte Darren niedergeschlagen, und seine Kopfverletzung war heftig. Bisher war Darrens Zustand stabil, aber wenn er es doch nicht überlebte, wäre es Mord. Alle hofften, dass er nur eine Gehirnerschütterung hatte, von der er sich wieder erholen würde.

Harley zu verlieren, hatte Ben hart getroffen. Im Krieg hatte er viele Männer verloren, aber Harley war Zivilist gewesen, und das machte es noch schlimmer. Ben hatte nie vorgehabt, die Menschen im Tal näher kennenzulernen, aber es war passiert, und nun steckte er bis zum Hals mit drin. Er hatte Harley gemocht. Der Mann war immer bereit gewesen, sich für die Gemeinschaft einzusetzen, und er hatte es mit seinem Leben bezahlen müssen, wie ein Soldat es getan hätte.

Es war eine Herausforderung, in einer Welt ohne Gesetze zu leben. Nein, es musste weiterhin Gesetze geben. Irgendwie, auf irgendeine Weise. Diese Leute gehörten nun zu ihm. Sela gehörte zu ihm, ihre Familie, ihre Gemeinde. So schlimm es gewesen war, in der Nacht den Berg hinunterzurasen, nachdem er die Gewehrschüsse an der Tankstelle gehört hatte, es war nichts im Vergleich zu dem, was er empfunden hatte, als er Sela in Carols Haus auf dem Boden hatte liegen sehen, Dietrichs Gewehr auf sie gerichtet. Er hatte nur noch rotgesehen, und sein Herz wäre fast stehen geblieben. Immer noch spürte er die Nachwehen dieses schrecklichen Augenblicks, vor allem jetzt, wo er wusste, dass Dietrich sie getreten und verwundet hatte. Sie lief zwar herum, bewegte sich aber vorsichtig. Er hatte selbst ein paar Mal Tritte abbekommen und wusste, wie schmerzhaft das sein konnte. Am liebsten hätte er sie auf seinen Schoß gezogen und einfach nur gehalten, aber nach einigen Minuten schien sie den ersten Schock überwunden zu haben und hatte sich zusammengerissen, um sich in der ihr typischen ruhigen, aber entschlusskräftigen Art um alles zu kümmern.

Carols Haus befand sich in einem fürchterlichen Zustand. Harley war auf der Eingangsveranda blutig ermordet worden, und Lawrences Hirn war über das Wohnzimmer verteilt. Sela hatte ihre Tante in ihr eigenes Haus bringen lassen, wo sie alle bleiben sollten, bis Carols Zuhause wieder in Ordnung gebracht war. Darum wollten sich die Nachbarsfrauen so schnell wie möglich kümmern. Carlette Broward, die große Frau mit den Tattoos, war aufgetaucht und hatte wie ein Mann Möbel verrückt, den blutgetränkten Teppich herausgerissen und persönliche Gegenstände eingepackt und schwere Kisten in Selas Haus getragen. Ben machte sich eine gedankliche Notiz, sie für die Gemeinde-Patrouille zu rekrutieren.

Ted hielt sich wacker, aber gut sah es nicht aus. Sie hatten ihn in ein Haus in der Nähe des Kunsthandwerkladens gebracht, ihn ins Bett gelegt, warm gehalten und seine Wunde versorgt. Jemand wollte eine Packung Antibiotika spenden, um einer Infektion vorzubeugen, aber Terry Morris, der Mediziner, hatte nach einer schweigenden Einschätzung der Lage mit dem Kopf geschüttelt. Es hatte keinen Zweck, das kostbare Medikament zu verschwenden. Ted hatte viel Blut verloren, er hatte schwere innere Verletzungen, und sie besaßen nicht die medizinischen Möglichkeiten und Instrumente, ihn zu behandeln.

Mike und Darren wurden in das gleiche Haus gebracht, zumindest vorerst, um Terry die Arbeit bei ihrer Versorgung zu erleichtern. Beide Männer schliefen im Wohnzimmer auf einem Klappbett, wo sie vor sich hin stöhnten und von ihren Frauen soweit es ging verhätschelt wurden. Darren verlor immer wieder das Bewusstsein, wachte aber jedes Mal auf, wenn sie ihn weckten. Mikes Wunde, so schmerzhaft sie auch war, stellte sich als weniger ernst heraus.

Es wurde Nacht. Die Dämmerung kam, der neue Tag brach an. Ein halbes Dutzend Talbewohner, dazu die beiden, denen das Haus gehörte und die freundlicherweise zuließen, dass es in ein Feldlazarett umgewandelt wurde, hatten sich im Zimmer versammelt und warteten. Meredith verließ ihren Platz an Teds Seite nicht. Sie betete, sie weinte leise. Manchmal wachte Ted auf und sagte etwas zu ihr, während sie seine Hand hielt.

Als Meredith die Toilette benutzen musste, bat sie Sela, ihren Platz solange einzunehmen und auf Ted aufzupassen. Ben ließ sie immer noch nicht aus den Augen und ging mit ihr in das Schlafzimmer.

Ted atmete angestrengt und immer flacher. Auf einmal öffnete er die Augen und runzelte verwirrt die Stirn, als er Sela sah. »Meredith?«, flüsterte er kaum hörbar.

»Sie ist zur Toilette gegangen.« Sela nahm seine Hand.

Er holte zitternd Luft und ließ ihren Blick nicht los. »Kümmert euch um sie«, sagte er leise. »Sie ist … mein Herz.«

Sela wollte ihm versichern, dass alles gut würde, aber sie

konnte sich nicht dazu überwinden, ihn anzulügen. Tränen traten ihr in die Augen. »Das machen wir.«

Ben legte ihr eine Hand auf die Schulter. Er sah den Tod in diesem Bett. Davon hatte er weiß Gott schon mehr als genug gesehen, er kannte sich aus. Ted würde keine Stunde mehr leben.

Ted schloss die Augen und verlor wieder das Bewusstsein. Sela blieb schweigend dort, immer noch seine Hand haltend, bis Meredith zurückkehrte, um ihren Platz wieder einzunehmen.

Sela stand auf und schmiegte sich in Bens Arme, legte den Kopf an seine Brust. Er hätte es nicht beschwören können, aber er war sich fast sicher, dass sie »Ich liebe dich« in sein Hemd hauchte.

Er ging mit ihr in die halb dunkle Diele, in der eine einzige Kerze brannte, und zog sie erneut an sich. »Zieh zu mir auf den Berg.« Er legte sein Kinn auf ihr Haar.

»Ist gut«, erwiderte sie, ohne zu zögern.

Eine halbe Stunde später starb Ted.

Am Nachmittag nach Teds Tod wurde eine gemeinsame Beerdigung für Ted und Harley organisiert. Es war ein kalter, grauer Tag mit feinem Schneestaub auf dem Boden. Trey hatte zwei Särge gezimmert, und eine Handvoll Talbewohner, die sich bisher nicht für Gemeindearbeit gemeldet hatten, hatten die Gräber am Rand des Friedhofs mit Schaufeln und Körperkraft gegraben. Sie waren von den Ereignissen aufgerüttelt worden und hatten sich mehr oder weniger aus Schamgefühl entschlossen, etwas zu tun.

Es war wichtig, dass sich viele meldeten, und so ließen auch sie sich nun auf die Liste der Freiwilligen setzen.

Viele Talbewohner erschienen zur Beerdigung. Sela betrachtete ihre Gesichter. Einige kannte sie, viele nicht. Aber fast alle, die erfahren hatten, was passiert war, waren dabei. Viele trugen Schwarz. Die meisten waren zu Fuß gekommen, nur wenige hatten kostbares Benzin verbraucht, um mit dem Auto zu fahren. Auch Sela selbst, die mit Barb, Meredith und Olivia gekommen war, war gefahren. Sie wollte den beiden älteren Frauen den Weg nicht zumuten.

Meredith hatte irgendwann zu weinen aufgehört, aber ihre Augen waren noch rot, und sie zitterte. Sie hatte Ted alles bedeutet, und er, mit all seinen Fehlern, war ihr Lebensmittelpunkt gewesen. Barb stand an der einen Seite der Witwe, Leigh Kilgore auf der anderen mit einer stützenden Hand auf ihrem Ellbogen. Harleys Witwe hatte ähnliche Unterstützung, sowohl helfende Hände wie auch seelischen Beistand.

Carol hatte mitkommen wollen, aber Sela und Barb waren der Meinung gewesen, dass sie im Bett bleiben und sich ausruhen sollte – bei Sela im Haus, bis die Spuren der gewaltvollen Ereignisse in ihrem eigenen Haus beseitigt wären. Es gab zu viele kleine Erdbuckel auf dem Friedhof, zu viele mögliche Hindernisse. Das Letzte, was sie nun brauchten, war, dass Carol noch einmal stürzte.

Nachdem der Priester die letzten Worte gesprochen hatte, trat Barb vor und sang mit ihrer schönen Stimme ein bekanntes Trauerlied. Die Leute begannen mit einzustimmen, und der Chorgesang erhob sich in die kalte Luft. Sela wollte ebenfalls mitsingen, aber ihr war die Kehle so eng, dass sie kaum einen Ton herausbekam. Sie nahm Bens Hand, und er verwob seine Finger mit ihren und hielt sie fest. Seine Hand in ihrer gab ihr Bodenhaftung, und als die Zeremonie beendet war, hätte sie ihn am liebsten nicht wieder losgelassen.

Später hielt sich Ben im Hintergrund, während Sela herumging, Meredith umarmte und der Witwe von Harley ihr Beileid aussprach. Auch Olivia wurde umarmt, oft sogar, von vielen verschiedenen Talbewohnern. Sie war noch ein halbes Kind und hatte in den vergangenen Tagen zu viel Schreckliches erlebt. In Olivias Augen war ein neuer Ausdruck getreten, reifer, entschlossener. Sie war dem Tod schon früh begegnet, als sie ihre Eltern verloren hatte, und nun dies.

Als Sela mit den anderen zum Auto ging, blieb Ben ihnen dicht auf den Fersen und wachte scharf über seine … ja, zum Teufel, seine *Familie*. Alle waren auf dem Weg zu Selas kleinem Haus. Niemand wollte, dass Meredith allein nach Hause ging, in dieses leere Haus oben am Berg. Es war ein schönes Heim, aber isoliert mit all den leeren Ferienhäusern in der Nachbarschaft. Das nächste Haus, in dem jemand wohnte, war Bens, und der Weg dorthin war äußerst beschwerlich.

Als Sela ihren Autoschlüssel aus der Tasche zog, streckte Ben die Hand aus und nahm ihn ihr zu ihrer Verwunderung ab. »Was …?«

»Olivia!«, rief er, und das Mädchen drehte sich zu ihm um. Er warf ihr die Schlüssel zu.

Geschickt fing sie sie auf und strahlte. »Ja!«, quietschte sie fast und umklammerte die Schlüssel.

»Ben!«, sagte Sela entsetzt. »Sie ist fünfzehn!«

»Hatte sie Fahrstunden?«

»Ja, aber sie darf noch nicht fahren.«

»Denkst du, sie schafft die kurze Strecke zu deinem Haus?«

»Weit ist es nicht«, musste sie zugeben. »Und es ist ja Gott weiß nicht viel Verkehr auf der Straße.« Aber viele Fußgänger. Sela war sich nicht sicher, ob Olivia nicht eine Gefahr für sie wäre.

»Lass sie fahren. Und du, komm mit mir nach Hause.«

Komm mit mir nach Hause. Dieser Satz war genauso verführerisch wie »Wenn wir Sex haben«, der Satz, der sie so lange verfolgt hatte … na gut, einige Stunden, bevor es passiert war.

»Ich sollte mich lieber darum kümmern, dass alle versorgt sind.«

»Du solltest wirklich mit mir nach Hause kommen, damit ich mich eine Weile um dich kümmern kann. Olivia kommt mit allem klar. Und morgen früh fahren wir runter und sehen nach ihnen. Versprochen.«

Olivia hatte das Gespräch mitbekommen. Sie wirbelte herum und machte Sela ein Zeichen, dass alles okay sei und sie gehen solle.

Schließlich nickte Sela. Während Olivia mit den beiden Frauen in Selas Honda stieg, half Ben ihr auf den Beifahrersitz seines Trucks. Sie hatte von Lawrences Tritten definitiv schwere Blutergüsse an Hüfte und Oberschenkel. Barb hatte ihr ein paar Wickel gemacht, die halfen, den Schmerz zu mildern, aber sie spürte es immer noch.

»Die Gemeinde-Patrouille hatte heute Morgen ein Meeting«, sagte Ben, als sie losfuhren.

»Das wusste ich nicht, sonst wäre ich gekommen.«

»Du musstest dich ausruhen«, sagte Ben. »Wir haben darüber abgestimmt, was wir mit Jeremy anfangen. Morgen früh werden ihn ein paar von uns ein paar Kilometer außerhalb des Tals aussetzen. Er bekommt ein paar Flaschen Wasser und etwas zu essen, aber dann wird er auf sich gestellt sein. Wenn es nach mir gegangen wäre, hätte er nichts zu essen bekommen, aber ich wurde überstimmt.«

»Also Verbannung.«

»Genau.«

»Eine Kugel im Kopf wäre wahrscheinlich angenehmer.« Sie konnte sich nicht vorstellen, in dieser Welt auf sich allein gestellt zu sein.

»Das fand ich auch«, sagte er grimmig. »Und wenn Darren gestorben wäre, hätten vermutlich mehr für Exekution gestimmt. Aber er wird sich erholen.«

Vor ihnen sah sie, wie Olivia den SUV vorsichtig auf die Straße lenkte. Sie hatte sogar den Blinker gesetzt. Sela hoffte, dass ihre Nichte mehr auf die Fußgänger vor ihr achtete, statt ständig in den Rückspiegel zu blicken, aber sie machte ihr ein Daumen-hoch-Zeichen.

»Wir haben auch beschlossen, die Straßen zu blockieren, die ins Tal führen«, berichtete Ben weiter. »Das wird zwar nicht jeden davon abhalten, herzukommen, aber es wird zumindest niemand mehr einfach mit dem Auto ins Dorf fahren. Zusätzlich wollen wir Beobachtungsposten einrichten.«

Vor ihrem geistigen Auge sah sie eine Gruppe wie die von Lawrence und seinen Freunden mit einem halben Dutzend Fahrzeugen vor sich, mit Waffen und einer Menge Benzin. Was solche Leute anrichten könnten, war unvorstellbar. Der Zugang zum Tal musste kontrolliert werden, davon hing ihr aller Leben ab.

Ben bog in die Covemont Lane ein, von wo aus es nach Hause ging. *Nach Hause*. Sie hatte ihre Sachen nicht dabei, noch nicht. Aber sie zweifelte nicht daran, dass das, was zwischen ihnen passierte, etwas Wichtiges und Bleibendes war und dass sein Zuhause nun auch ihres wurde.

Auch wenn es sich seltsam anhörte, wenn man die Ereignisse der vergangenen Tage bedachte, aber Sela war überzeugt, dass alles für sie gut ausgehen würde. Und auch für Carol und Olivia. Irgendwann würde auch Olivias Bruder Josh nach Hause kommen, Sela war zuversichtlich, dass er auf der Militärbasis sicher wäre und alles gut überstehen würde. Sie konnte nicht voraussehen, was die kommenden Monate brachten, aber mit Ben an ihrer Seite würde sie alles schaffen.

Sie hatte sich noch nie zuvor so stark gefühlt.

Geschickt steuerte Ben den Truck über den großen Felsblock, dann fuhren sie den steilen Pfad hoch bis zu seinem Haus. »Warte.« Er kam um den Wagen herum zur Beifahrerseite, um sie vom Sitz zu heben.

»Lass ruhig, mir geht es gut«, sagte sie. »Ich hab leichte Schmerzen, aber das ist schon okay.«

»Mir zuliebe, ja?«

Sie stiegen die Stufen zur Terrasse hoch, und wieder hielt sie bei der spektakulären Aussicht den Atem an. Das Tal breitete sich weit unter ihnen aus. »Ich hätte ein paar Sachen zusammenpacken sollen«, sagte sie, während sie zum höchsten Punkt gingen, wo Ben ein paar Stühle aufgestellt hatte. Hier würden sie oft sitzen, stellte Sela sich vor.

»Morgen«, sagte Ben. »Ich habe eine extra Zahnbürste, und ich verspreche dir, du wirst keinen Pyjama brauchen.«

Nein, das würde sie nicht. »Wie viele Kondome sind übrig?«

»Null«, entgegnete Ben, ohne sehr besorgt zu klingen.

Genauso wenig wie sie.

Wie friedlich das Tal unter ihnen aussah, auch wenn es das in Wirklichkeit nicht war und auch für eine Weile nicht sein würde. Es würde zwar immer wieder ruhige Tage geben, aber auch weniger ruhige.

Auf einmal kam ihr ein ganz pragmatischer Gedanke. Wenn Carols Haus wieder in Ordnung gebracht war und sie mit Olivia und Barb dorthin zurückzog, könnte Meredith in Selas Haus wohnen. So hätte sie mehr Gesellschaft. Vielleicht wäre es auch möglich, dass sie bei Carol einzog, aber das wäre doch sehr eng für alle. Natürlich mussten die Frauen es selbst entscheiden, aber sie würde der Witwe auf jeden Fall ihr Haus anbieten. Sie selbst würde in Zukunft nicht mehr dort wohnen.

Harleys Witwe hatte Verwandte in der Nähe, aber es war nur recht, wenn andere sich auch um sie kümmerten und ihr Hilfe anboten. Hatte sie eine Heizung? Genug Lebensmittel? Sela hatte Harley viel besser gekannt als seine Frau, aber nun fühlte sie sich für sie mitverantwortlich.

Die Livingstons waren nicht auf der Beerdigung gewesen. Das war kein Grund zur Sorge, aber trotzdem wollte sie nach ihnen sehen. Vielleicht morgen, wenn sie zu ihrem Haus ging, um ein paar Dinge zusammenzupacken.

Ben legte ihr den Arm um die Schultern. »Was planst du denn gerade?«, erkundigte er sich und rieb sein Kinn an ihrer Schläfe.

»Wer sagt denn, dass ich was plane?« Sie legte ihre Arme über seine und genoss die Wärme seines Körpers.

»Dein Gesichtsausdruck«, erwiderte er. »Außerdem bist du doch immer am Planen.«

»Nicht immer.« Sie drehte sich in seinen Armen um und sah ihn lächelnd an.

Er kniff seine grünen Augen zusammen und zog sie fester an sich. »Du kannst dein Organisationstalent auch dafür einsetzen, unsere Hochzeit zu planen. Ich nehme an, deine verrückte Tante wird sich einmischen wollen, also bleib stark.«

Trotz des traurigen Tages heute musste sie lachen. Sela hob den Kopf und küsste ihn. »Du musst sie eben genug ablenken, Mister Hotbody.«

Epilog

Wieder war es September, und wie üblich hielt die Sommerhitze noch an. Der schönste Teil des Tages kam, wenn die Sonne unterging und die Luft sich abkühlte. Nach Sonnenuntergang war die magische Zeit. Sie hatten für heute ihre Arbeit erledigt, die Brise, die durch die geöffneten Fenster wehte, kühlte das Haus, und sie konnten zusammen einfach nur die Zeit genießen.

Zuhause. Dies war ihr Zuhause.

Das Geschirr vom Abendessen war abgewaschen – nach einer Mahlzeit aus Fisch, Gartentomaten und Wildkräutern –, sie saßen auf der Terrasse und beobachteten, wie die Farben des Abendrots verblassten. Sela strich sich gedankenverloren über den Bauch, der jeden Tag mehr anzuschwellen schien, obwohl Carol sie deswegen auslachte und meinte, man würde kaum etwas sehen. Sie spürte inzwischen, wie sich das Baby in ihr bewegte, ein leichtes Flattern und zarte Tritte, und es verschlug ihr jedes Mal vor Freude den Atem. Ein Baby! Sie würde ein Kind mit Ben haben! Letztes Jahr um diese Zeit hatte sie den Traum von einer Familie längst aufgegeben, doch inzwischen hatte sie einen Ehemann, der ihr den Atem nahm, und ein Kind war unterwegs.

Nie hätte sie sich vorstellen können, dass ihre Schwangerschaft so verlaufen würde. Es gab keine Ultraschalluntersuchung, keine Möglichkeit zu erfahren, ob es ein Mädchen oder ein Junge war. Terry Morris überprüfte regelmäßig ihren Blutdruck, und bisher war der in Ordnung gewesen. Sie versuchte viel Obst zu essen und Gemüse, aber das war es dann auch schon mit pränataler Vorsorge.

Wahrscheinlich sollte sie sich mehr Sorgen machen, aber was für einen Sinn hätte das? In einer perfekten Welt hätte sie eine Hebamme, Vitamintabletten und schicke Umstandskleider. Sie hätte merkwürdige Gelüste nach Eiscreme und sauren Gurken, die sie sofort befriedigen könnte. Nach einem Sommer, in dem viel in den Gärten gewachsen war, könnte sie das mit den sauren Gurken hinbekommen. Eiscreme war eine ganz andere Sache.

Sie seufzte. Wem machte sie etwas vor? Das hier *war* die perfekte Welt. Sie war glücklicher, als sie es sich jemals hätte vorstellen können.

Ben saß neben ihr und hielt ihre Hand. Ja, alles war vollkommen.

»Ich hoffe, wir haben wieder Strom, wenn das Baby kommt«, sagte sie sehnsüchtig. Auch wenn es noch keine funktionierenden Krankenhäuser gäbe, hätten sie dann Licht, Heizung … und abgekochtes Wasser.

»Howler meint, die Stromversorgung könnte jeden Tag wieder funktionieren«, versicherte ihr Ben. »Ehe du dich's versiehst, ist es so weit.«

Ben und Cory Howler kommunizierten ungefähr einmal die Woche über Funk. Howler hatte manchmal gute Nachrichten, aber manchmal auch nicht. In dem Jahr nach dem Sonnensturm waren viele Menschen gestorben – nicht neunzig Prozent der Bevölkerung, wie anfangs prognostiziert worden war, aber trotzdem … Millionen. Hunderte von Millionen. Die Welt, wie sie sie gekannt hatten, gab es so nicht mehr, sie war in Schutt und Asche zerfallen. In ein paar Jahrzehnten würde sich die Zivilisation vielleicht erholen, aber nie mehr die werden, die sie einmal gewesen war. Die besten und die schlimmsten Seiten der Menschheit waren zutage getreten, nicht nur in Wears Valley, sondern überall. Aber viele hatten einen Weg gefunden zu überleben, und nicht wenige – so wie Ben und Sela – hatten das Beste aus dieser Welt gemacht, die aus den Fugen geraten war.

Auch Howlers Frau Gen war schwanger. Vielleicht würden ihre Kinder irgendwann einmal miteinander spielen, Freunde werden, zusammen aufwachsen und sich verbunden fühlen als zwei von vielen Sonnensturm-Babys. Was für eine Generation würde das sein, ein ganz neuer Baby-Boom. Wie Pastor Ames schon gesagt hatte, brauchten die Menschen Unterhaltung, und wenn man die Geburtenwelle hier im Tal betrachtete, war leicht zu erraten, worin diese Unterhaltung bestand.

Das vergangene Jahr war anstrengend gewesen. Einige Talbewohner waren bei Unfällen oder an Krankheiten gestorben, die vor dem KMA nicht tödlich gewesen wären. Der pensionierte Tierarzt war friedlich entschlafen und hatte die medizinische Behandlung Terry Morris allein überlassen. Doch die Anzahl der Verluste war geringer als befürchtet, auch wenn jeder einzelne Fall allen sehr nahegegangen war. Ein paar Fremde waren ins Tal gekommen, trotz der Barrikaden ihrer Gemeinde-Patrouille. Keinen von ihnen hätte man als anständig bezeichnet, bis auf einen Krankenpfleger und seine Familie, die sie gern willkommen geheißen hatten. Er hatte sich mit Terry Morris zusammengetan, um die medizinische Versorgung im Tal sicherzustellen. Die anderen Herumziehenden waren wieder weggeschickt worden, manchmal mit Unterstützung von Bens Jagdgewehr. Er hatte eine Art, die Leute anzusehen, dass sie sich wünschten, lieber woanders zu sein.

Selas Familie ging es gut. Die vollkommen genesene Carol hatte ihren Posten als Gemeinde-Oberhaupt wieder für sich beansprucht – zusammen mit Meredith, die sich in Selas Haus eingerichtet hatte. Sie waren ein unschlagbares Team.

Die Schule lief, wenn auch nicht alles problemlos war. Barb gab Kochkurse. Carol bei der Organisation der Gemeinde zu helfen, war nicht so ihr Ding, aber sie kochte für ihr Leben gern.

Meredith ging einmal die Woche zu Teds Grab und nahm Blumen mit, wenn sie welche fand. Es war ein langer Weg, aber Meredith hatte eine bessere Kondition, als ihr verstorbener Mann immer vermutet hatte. Einige Witwer hatten ihr bereits ihre Begleitung angeboten, aber so weit war sie noch nicht, wenn sie das überhaupt je sein würde.

Die Livingstons hatten den Winter überlebt, obwohl Mary Alice sichtbar geschwächt war. Sajak war ein ziemlich beeindruckender Wachhund geworden und schien zu ahnen, dass er die Verantwortung für das alte Ehepaar hatte. Ben besuchte sie mindestens jeden zweiten Tag. Wenn der Hund seine Aufgabe irgendwann nicht mehr haben würde, käme er sicher wieder zu Ben ins Haus zurück.

Olivia war sechzehn geworden, und sie hatten eine Sweet-Sixteen-Party für sie organisiert, mit einem Kuchen, den Barb in der Eisenpfanne über dem offenen Feuer gezaubert hatte. Mit Zuckerguss. Es war kein besonders schöner Kuchen geworden, und der Zuckerguss war nicht üppig, aber es war … Kuchen.

Dank Bens Funkgerät und Howlers Beziehungen zum

Militär hatten sie Josh die Nachricht übermitteln können, dass es seiner Familie gut ging, und die Antwort erhalten, dass Josh viel zu tun hatte, aber bei ihm alles in Ordnung sei. Niemand wusste, wann er nach Hause kommen konnte, aber trotzdem waren alle erleichtert.

Sela und Ben saßen auf der Veranda, bis der Himmel vollkommen schwarz geworden war, dann gingen sie ins Haus. Ihr täglicher Rhythmus hatte sich längst der Sonne angepasst, was Sela sehr gut gefiel.

Sie kuschelte sich an Bens harten, warmen Körper, ein Arm um seinen Hals gelegt und das Baby im Bauch zwischen ihnen. »Wir sollten uns ein paar Namen überlegen«, sagte Sela entspannt und etwas schläfrig.

»Erst wenn ich sein Gesicht sehe«, erwiderte Ben nicht zum ersten Mal.

»Oder *ihr* Gesicht.«

Ben knurrte leise. Der Gedanke, eine Tochter zu haben, erschreckte ihn etwas, was sie sehr komisch fand. Er war bereits so süß und überfürsorglich.

»Ich will mindestens drei«, sagte sie, um ihn zu necken.

»Babys?«

»Kleine Mädchen.«

Wieder knurrte er leise, dann küsste er sie auf die Schläfe.

Sie war sicher die einzige Person, die ihren Mann als *süß* bezeichnete.

»Ich werde das vermissen«, sagte er. »Wenn es wieder Strom gibt, sind wir nicht mehr so isoliert. Dann müssen wir die Welt wieder hereinlassen.«

»Klimaanlage, funktionierende Krankenhäuser, fließendes Wasser, Kühlschrank, Fernsehen, Fußball …«, hielt sie dagegen.

»Ja, ja, schon verstanden.«

»Oreo-Kekse«, zählte sie weiter auf, »Kartoffelchips, Eiscreme und Rindfleisch von einer Kuh, deren Namen ich nicht kenne.«

Er lachte. Sela liebte es, dass sie ihren Mann zum Lachen bringen konnte.

Sie strich ihm über das Gesicht, war so voller Liebe, dass sie fast zu bersten glaubte. Er war immer noch vorsichtig, was andere Menschen betraf, und das würde sich vielleicht nie ändern. Er würde nie ein geselliger Typ werden, ebenso wenig wie sie. Aber sie beide hatten sich durch ihre Liebe zueinander zum Positiven verändert.

»Was auch geschehen mag, es wird gut«, sagte sie.

Wieder küsste er sie, diesmal auf den Mund. Die Magie seiner Küsse würde sie immer wieder von Neuem erstaunen. Es war Zauberkraft. Jetzt, wo sie die Zeit der Morgenübelkeit überwunden hatte – was wirklich schlimm gewesen war –, reagierte sie darauf begierig, und sie liebten sich wieder fast jede Nacht. Er wollte sie vorsichtshalber auf sich ziehen, aber sie hatte noch keine Probleme mit seinem Gewicht und genoss es, ihn auf sich zu spüren.

Danach legte sie den Kopf an seine Schulter, so zufrieden, als würde sie innerlich glühen, und schlief friedlich ein.

Da ging das Licht an.

Es war die Versuchskaninchen-Lampe, wie Ben sie genannt hatte, eine Lampe, die er in die Steckdose gesteckt hatte, nachdem die Nachricht von Howler gekommen war, dass die Stromnetze bald wieder funktionieren würden.

Das Licht ging wieder aus, flackerte auf … und blieb an.

»Damit befassen wir uns morgen«, sagte Ben und schaltete die Lampe aus.